CB139310

ULTRA CARNEM

CESAR

BRAVO
ULTRA CARNEM
II

ULTRA CARNEM II
Copyright © 2025 by Cesar Bravo

Os personagens e as situações desta
obra são reais apenas no universo da ficção;
não se referem a pessoas e fatos concretos,
e não emitem opinião sobre eles.

Diretor Editorial
Christiano Menezes

Diretor de Novos Negócios
Chico de Assis

Diretor de Planejamento
Marcel Souto Maior

Diretor Comercial
Gilberto Capelo

Diretora de Estratégia Editorial
Raquel Moritz

Gerente de Marca
Arthur Moraes

Editoras
Raquel Moritz
Jessica Reinaldo

Capa e Projeto Gráfico
Retina 78

Coordenador de Diagramação
Sergio Chaves

Designer Assistente
Jefferson Cortinove

Preparação e Revisão
Isabelle Simões
Retina Conteúdo

Finalização
Roberto Geronimo

Marketing Estratégico
Ag. Mandíbula

Impressão e Acabamento
Braspor

DADOS INTERNACIONAIS DE CATALOGAÇÃO NA PUBLICAÇÃO (CIP)
Jéssica de Oliveira Molinari CRB-8/9852

Bravo, Cesar
Ultra Carnem II / Cesar Bravo.
— Rio de Janeiro : DarkSide Books, 2025.
496 p.

ISBN 978-65-5598-585-6

1. Literatura brasileira 2. Terror
I. Título

25-4309 CDD B869.3

Índice para catálogo sistemático:
1. Literatura brasileira

[2025]
Todos os direitos desta edição reservados à
DarkSide® *Entretenimento* LTDA.
Rua General Roca, 935/504 — Tijuca
20521-071 — Rio de Janeiro — RJ — Brasil
www.darksidebooks.com

CESAR BRAVO

ULTRA CARNEM

II

DARKSIDE

Para Bianca e Sarah,
minha força e minha luz.

Wladimir Gaster.

“Meu nome do meio é sofrimento; Bem, eu sou mal.”

ELVIS PRESLEY

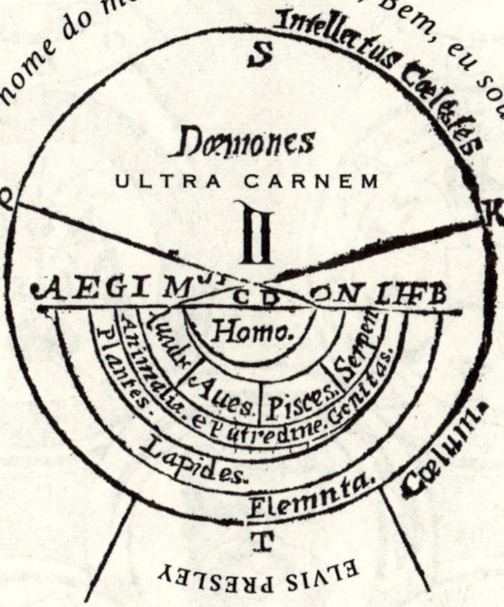

SUMÁRIO

Livro I: Alfa

Livro II: Ômega

LIVRO I

ALFA

"As minhas ovelhas ouvem a minha voz;
Eu as conheço, e elas me seguem."

JOÃO 10:27-28

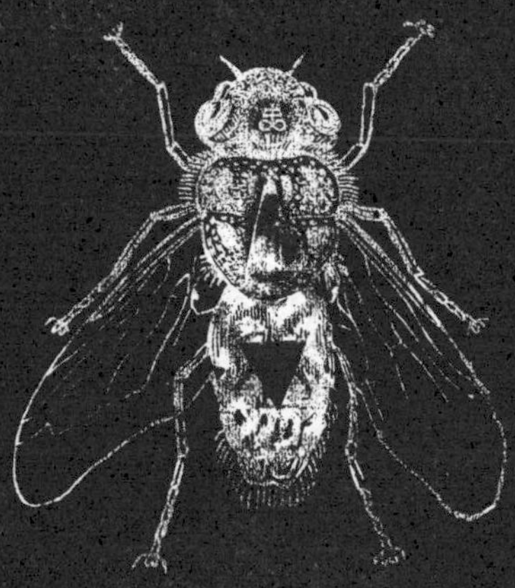

1
O Acampamento de Lazlo

I

Na noite que marcaria Três Rios com dois cascos e um forcado, a primeira pessoa a ver o menino corrompido foi sua melhor amiga. Pela mesma fresta de madeira por onde acompanhou os rituais profanos de Juan e Romena Lester (pai e mãe do menino), a pequena Sarah vislumbrou os momentos finais que transformaram Wladimir Lester em um filho do diabo.

Mesmo desconhecendo exatamente o quê ou quando seria, todos sabiam há semanas que aconteceria alguma coisa importante com os Lester. Juan, desde sempre coroado líder espiritual daquela pátria, se isolou voluntariamente com sua esposa em uma casa feita de madeira e barro, que ficava a algumas centenas de metros do assentamento cigano. Eles já estavam separados do grupo há quase um mês. Os dois filhos do casal, Wladimir e Iolanda, ficaram ao encargo de Carmela, mãe da menina chamada Sarah.

O cheiro que escapava pelo madeiramento da casinha era terrível, tão ruim ou até pior do que as coisas que Sarah fora obrigada a ver.

Juan torturou sua esposa enquanto ela suportou o castigo. A bem da verdade, não pareceu um castigo total à menina, mas um acordo entre os dois, no qual Romena conseguia extrair algum prazer de todo sofrimento que experimentava. Algumas vezes, enquanto a esposa de Juan sangrava e gemia, respirando depressa para se manter acordada e conter as crises de tosse sangrenta, ele a beijava nos lábios com amor e devoção, e secava o excesso de suor e lágrimas de seu rosto. Havia carinho, mesmo enquanto Juan abria-lhe o ventre e o deitava para baixo como uma mortalha de carne.

Ele também fez atrocidades parecidas consigo mesmo, ocupando uma cadeira cheia de pontas e lanças cuja única utilidade era extrair mais dor. Sarah não conseguia imaginar qual dos dois experimentou maior agonia, mas talvez tivesse sido o homem. Pela mesma fresta, ela também viu o demônio, sentiu seu cheiro, ouviu seus relinchos. Seu melhor amigo tinha se comprometido com a escuridão, com *Beng*, o nome do diabo para aqueles ciganos, e por mais que Sarah gostasse de Wladimir Lester, ela não poderia acobertá-lo dessa vez. O menino tinha sugado um Djin para dentro dele, tinha se nutrido com o que havia de pior entre os mundos.

O que quer que tenha acontecido dentro daquele templo maldito, havia terminado. Juan estava seco e morto, reduzido ao que não parecia ter sido humano um dia. O vórtex de luz, uma espécie de roda luminosa esverdeada que girava em espiral, também já tinha arrastado o inferno de volta. Depois da cerimônia de sofrimento interminável daquele casal, um destilado de dor havia sido obtido, uma espécie de tinta vermelha aos olhos de qualquer humano. Até aquele momento, o pigmento milagroso era o objetivo maior de Satã e do menino que ele apanhou para si. Já Juan Lester queria outras coisas. O pai do menino cobiçava o poder entre os povos, o domínio, buscava ter o julgo sobre o próprio anfitrião das trevas, tratado por ele como Beng.

Desde que o demônio voltou pelo vórtex, Sarah não reconhecia mais o menino, seu amigo, dentro daquela casa. Consumido pelo apetite das trevas, Wladimir Lester talvez também tivesse se tornado outra vítima da vontade de ter, de ser, de se tornar.

— O que você está fazendo aqui? — ela ouviu a pergunta.

Sarah ficou onde estava, com medo de girar o corpo e encarar a verdade. Não sabia como Wladimir tinha saído da casa, mas a voz que lhe falava estava próxima, e conservava apenas um rastro de seu amigo. A voz estava mais grossa, mais áspera. O hálito que se aproximava das narinas da menina tinha alguma correlação com carne morta. Carne podre.

— O que você viu? — foi a segunda pergunta dele.

Sarah engoliu o choro e respirou mais fundo.

— Muito.

O silêncio voltou em seguida, quebrado apenas pelas duas respirações. A dele, do que poderia voltar a ser Wladimir Lester, era bastante pronunciada. Respirava como se estivesse acuado, como um bicho, um animal enfurecido. Sarah fazia o oposto, e ofegava tão devagar que o ar inalado já não era suficiente para alimentar o peito.

— Eu posso matar você aqui mesmo, ninguém vai falar que fui eu.

Sarah apertou os olhos com muita força para não começar a chorar de novo. Já tinha ouvido palavras duras outras vezes, porque assim como seu amigo, muitos outros ciganos de Lazlo também eram feitos de espinhos e pedras, mas eles nunca a haviam ameaçado.

— Então mata logo! — ela se empoderou como só uma cigana, mesmo uma menina, seria capaz de fazer.

Lester ainda estava *o outro*. Parecia maior, mais forte, os olhos brancos como duas luas. Muitas veias daquele corpo pequeno estavam escuras, mas principalmente no rosto; onde eram mais aparentes, formavam uma rede de fios e raízes azuladas. A pele começava a trincar em alguns pontos, como se o corpo fosse pouco para o que transportava em seu interior.

A coisa no menino riu e se encolheu dentro dele outra vez.

Sarah ficou onde estava, e esperou mais um pouco até deixar a pergunta sair.

— Dimir? É você?

Lester sacudiu a cabeça rapidamente, como se espantasse um mau pensamento.

—... Eu acho que sim.

— O que você fez? O que foi que você fez, Dimir?

Lester parecia ter levantado de uma trincheira. Estava sujo com algo fuliginoso, escuro como carvão, suas roupas tinham furos e rasgos, cheirava mal, carregava o ranço dos animais abandonados. Antes de responder Sarah, ele olhou para cima, para o céu carrancudo e sem lua.

— Era ele ou eu. Ele, o meu pai.

Sarah não transmitia confiança no que ouvia.

— Você é minha amiga, você viu o mesmo que eu vi. Ele torturava a minha mãe, fazia ela chorar e sangrar. Ele matou a minha mãe.

Sarah inclinou um pouco a cabeça e avançou um passo curtinho, os olhos se mantendo no menino.

— Eu vi o que você viu, e vi o que você fez. E eu vi o que você é agora.

Ouvindo as palavras, Lester apertou os punhos com força. Seus olhos não ficaram brancos, mas havia neles o desapontamento de uma vida.

— Você não sabe de nada. Eu não escolhi o que aconteceu, eu fui obrigado a enfrentar o meu pai. Eu ia ser o próximo, Sarah, porque é isso que o mal pede: o filho. Eu ouvi as coisas que eles falavam, eu sei o que ia acontecer.

— O que vocês estão fazendo aqui? — uma terceira voz, também infantil, perguntou.

Era Iolanda, irmã de Wladimir. Ela era mais nova que os outros dois, tinha por volta de seis anos — seu irmão e Sarah tinham doze. Iolanda estava vestida com a roupa de dormir, descalça, havia carrapichos grudados no tecido.

— Pergunta pra o seu irmão. Conta pra ela, Dimir, conta o que tem lá dentro. Conta pra sua irmã o que você fez.

Iolanda olhou para Sarah e depois para o irmão. Trocou o olhar duas ou três vezes antes de recuar um passo.

— Eu tô com medo. Cadê a mamãe, Dimir? Cadê o pai?

Wladimir fechou o rosto como se existissem cadeados na pele. Restou uma certa indecisão em seu olhar. Ele parecia escolher as palavras certas. Mas elas existiam? Elas poderiam existir em uma cena tão horrível?

— Eles morreram, Nãna. Os dois morreram.

— Mentira! — Iolanda gritou, sem consciência do que fazia. Regida pelo pânico, olhava ao redor, para a casa e para as árvores, sem esquecer da escuridão distante que poderia esconder seu pai e sua mãe.

— Foi o pai — Lester seguiu explicando. — Ele matou a mãe e depois se matou. Agora somos só nós dois. — Voltou a olhar para Sarah. — Nós três.

Iolanda começou a chorar, e nada daquele choro poderia ser considerado normal.

Ela se afastava deslizando os pés e soluçando, os braços cruzados, a alma ainda jovem sendo implodida em um cataclisma de tragédias e incompreensão. Sua mãe tinha defeitos, o pai quase nunca lembrava que a filha caçula existia, mas sem eles, o que seria da vida? E havia seu irmão, o calado e indecifrável Wladimir Lester. Ele a amaria? Conseguiria suprir o amor extinto dentro daquela casa?

Havia tristeza no rosto do menino. Anestesiada pela dor, Iolanda pouco percebeu, mas Sarah a enxergou tão claramente quanto o resto que seus olhos viam. Wladimir era só uma criança, apenas um menino que tinha acabado de perder os pais. Teria tido escolha?

Juan Lester, afamado entre os brancos *gajons* como Cigano, não era uma pessoa na qual todos podiam confiar. O poder que possuía, o poder que *conquistara*, era oferecido da mesma forma para o seu povo e os estranhos: em troca de dinheiro. O tratamento com seus filhos não era muito melhor que o dispensado aos clientes, e, na maior parte do tempo, os meninos ficavam distribuídos entre as diferentes famílias do povoado, para que o pai pudesse resolver seus assuntos.

Tomada pela compaixão, Sarah foi até ele. Wladimir estava com as mãos para trás, a cabeça baixa, parecia cansado e desesperançoso. Ela o abraçou sem esperar nada em troca. Iolanda não seguiu o exemplo, e guardou a mesma distância do irmão que mantinha desde sua chegada. Ainda chorava, embora sua juventude, sua própria inexperiência com a morte, já começasse a aceitar o pior. Crianças com menos de oito anos aceitam tudo, era o que se dizia.

Com um movimento brusco, Lester afastou Sarah do abraço e a segurou pelos cabelos da nuca. Depois esfregou a mão direita na boca da menina.

— Não! — ela o empurrou de volta e cuspiu, forçou o vômito, mas não antes de sentir o gosto doce e enferrujado daquela coisa. Sarah esfregou a boca com força e conferiu as mãos.

— Você passou sangue na minha boca? Passou aquela... coisa?!

— Agora nós dois somos um, Sarah. Enquanto você me ajudar, eu vou ajudar você. E ajudo você também — disse a Iolanda, que a essas alturas estava confusa, atordoada, paralisada pelo choque. E o que poderia fazer sendo tão jovem? Como poderia brigar ou se afastar da única coisa que restou de seus pais? — Nós três vamos ficar juntos, e no dia que isso mudar, alguém vai morrer.

Sarah sentia o gosto da coisa vermelha em sua garganta, da tinta, do destilado de dor e agonia extraídos da carne mutilada de Romena e Juan Lester. Ela viu Juan sentar em uma cadeira de lanças e pregos, viu o corpo do homem murchar e aquela coisa vermelha nascer. Agora ela estendia os braços e espalmava as mãos, girando de um lado a outro, ofegando sem nenhum controle.

— O que você fez comigo? Eu não consigo enxergar direito! O que você fez com meus olhos?! — Sarah mantinha braços e mãos esticadas, como se precisasse fazê-lo para se orientar.

— Agora você vê diferente, enxerga mais longe. Você vai enxergar para mim e para os outros, vai tomar conta do nosso povo no lugar do meu pai.

— Não! — ela começou a chorar. A visão já se estabilizava ao mínimo, Sarah conseguia enxergar o menino. Havia uma aura fuliginosa, de contorno muito maior, sobre ele. Era avermelhada.

— Vai me ajudar sim — Lester disse. — Você vai me ajudar porque ele disse que vai.

II

O casebre logo estava queimando.

A ideia de incendiar tudo foi do próprio Lester, e não houve muita oposição sobre fazê-lo ou não. Incendiar os pertences dos mortos, e mesmo seus corpos, fazia parte das antigas tradições. As três crianças admiravam o fogo a uma distância segura, mas próximas o bastante para que sentissem o calor das chamas, para que sentissem o cheiro. Já estavam naquela espécie de admiração temerosa há alguns minutos quando Sarah disse:

— Tem uma coisa dentro do fogo.

Lester não disse nada, continuou absorto nas chamas.

— O quê? — Iolanda perguntou.

— Não sei, gente morrendo, eu acho. Carroças. Acho que tem alguma coisa a ver com a nossa gente. O que você fez comigo, Dimir?

Lester continuou olhando pra frente, para as chamas. Agora elas tomavam toda a visão, a casa havia se tornado uma tocha.

— Eu só me defendi. Você ia me fazer mal como todo mundo.

— Eu vou morrer? Por causa dessa coisa? Meu estômago está doendo.

A resposta demorou alguns segundos.

— A tinta aumenta o que você já é, o que você já quer. Você precisa dela pra ver, e eu preciso dela pra pintar melhor, pra ser o melhor e nunca mais ser ameaçado por ninguém.

— Quem ameaçou você, Dimir? — Iolanda perguntou.

— Todo mundo. No começo era o pai, depois foram os outros homens, depois os meninos. Eles não gostam de mim. Eles também não gostam de você, Nãna. O papai e a mamãe não voltariam pra casa como eles eram antes. Eu descobri o que eles queriam, e eu sabia que eles iam... ir embora.

— Sabia que eles iam morrer e não fez nada? — Sarah perguntou.

— Eu encontrei uma saída. Eu ia morrer também, e depois seria a Nãna. Meu pai queria colocar o Diabo pra trabalhar pra ele.

— E por que você não falou com Duvel? Com Deus?

Lester voltou a olhar para as chamas.

— Ele nunca responde.

III

Naquela noite, um observador atento notaria três crianças caminhando por uma estrada de terra. Elas quase não se falavam, mas havia claramente uma liderança, a menina chamada Sarah. Mesmo que o menino parecesse mais forte ou mais autoritário, quem tomava as decisões sobre o ritmo da caminhada, sobre tomar atalhos ou continuar na estrada principal, era a menina. A segunda menina, Iolanda, mais jovem que os outros dois, falava bem pouco. Ela parecia triste e envelhecida, como se tivesse perdido seus melhores anos naqueles poucos quilômetros de estrada.

Dos três, Iolanda talvez arrastasse um peso muito maior, e parte dele se dividia entre o horror e a incompreensão. Iolanda conhecia os costumes, já tinha visto casas e corpos serem queimados, mas nunca imaginou que precisasse se despedir de seus pais tão cedo, tão longe do resto do seu povo. O irmão convenceu Sarah de que o fogo protegeria o resto do povoado contra aqueles espíritos tão terríveis, mas a Iolanda, pareceu que Sarah só aceitou porque estava com medo. Agora eles se afastavam das chamas e do que ela conhecia de vida, de pai e de mãe. Esse era o peso dos passos de Iolanda Lester.

As chamas ainda crepitavam.

E o seu irmão parecia frio como o gelo, e em algum momento Iolanda pensou que parte dele também tivesse morrido dentro daquele casebre infeliz. Sarah, um pouco recuada a ele, estava apenas trocando os passos, colocando um pé depois do outro e tentando compreender a revolução que acontecia em seu corpo, em sua alma, em todos os seus sentidos. Via sombras e luzes, ouvia vozes.

Avançaram por pouco mais de uma hora até ouvirem os sons do povoado.

Há alguns meses eles arrendaram os lotes sem muita perturbação, o que era bastante raro naquele início do interior paulista. A região era afamada por uma série de conflitos; violências e desencontros se perpetravam desde a sua origem.

— O que eles estão comemorando? — Wladimir perguntou.

Os violinos e acordeons gemiam alto, a grande fogueira formava fachos de luz na distância.

— É aniversário do seu tio Lazlo.

Lester sorriu com os lábios. Tudo planejado, orquestrado por seu pai.

Com os homens bêbados, Juan poderia fazer o que quisesse. Tinha escolhido a noite de festa para roubar o poder do líder.

Lazlo Zoran era tio de Wladimir Lester, o terceiro descendente Zoran a chefiar o grupo. Naqueles tempos, os imigrantes não eram tão numerosos, e a dinastia cigana era extremamente rígida. Alguém que desejasse o poder deveria tomá-lo à força, e precisaria contar com o apoio de todo o povo. Lazlo era um bom líder, conseguia manter todos em prosperidade, ninguém tinha interesse em destroná-lo. O único problema estava no segundo poder do grupo, *o espiritual*, que colocava Juan, mesmo indiretamente, na linha de sucessão.

O agrupamento era em sua maioria calon, imigrantes que vieram da Península Ibérica — embora pudesse existir roms orientais entre os antepassados —, mas também havia duas pessoas não ciganas no povoado. A linguagem que falavam era o chibi, um pouco mais diluído nas crianças. Muitas vezes os mais velhos precisavam delas para compreenderem ou falarem o português.

— O que nós vamos falar? — Sarah perguntou um pouco antes da porteira da propriedade onde eles estavam instalados há quase um ano. Iolanda começou a chorar. Lester foi até ela e a abraçou.

— Vamos contar que eles queimaram no fogo. — Lester esperou um segundo e complementou: — Foi o que aconteceu, não é uma mentira.

Passaram pela porteira e viram outras crianças brincando e correndo, donas de uma leveza que eles jamais teriam novamente. Aquelas três crianças estavam marcadas pelos pecados dos adultos, que, no caso de um deles, também era o pecado de uma criança.

— Sarah! Sarah, onde você estava? — uma mulher gritou assim que os notou.

— Ela estava comigo — Lester disse.

— Eu perguntei onde, menino, e não com quem.

Carmela, mãe de Sarah, era uma das mulheres mais valentes do povoado. Precisou aprender a sê-lo, os pais de Carmela foram assassinados a mando de um traficante de escravos quando ela estava com três anos.

— O pai e a mãe morreram — Iolanda explicou e começou a chorar. Carmela procurou a confirmação na filha. Sarah assentiu. Carmela conteve o golpe da notícia e a vontade de começar um interrogatório ali mesmo; não competia a ela. Se os Lester estavam mesmo mortos, o futuro seria decidido por Lazlo. O que cabia e ela naquele momento sombrio era acolhê-los.

— Calma, criança, nós vamos cuidar de você — Carmela se abaixou a abraçou Iolanda. Estendeu o abraço a Lester, que se juntou a elas. Sarah preferiu a distância, mesmo tendo visto as lágrimas rolando no rosto dos dois amigos. Ainda estava um pouco zonza, como se sua mente não entendesse mais o mundo da mesma forma.

Mas uma coisa ela entedia: Lester era perigoso.

IV

Dez minutos depois daquele abraço, alguém avisou Lazlo Zoran que ele precisava deixar sua própria festa. Lazlo estava um pouco embriagado, mas nada que impedisse sua compreensão e sua capacidade de julgamento. Naqueles dias se bebia muito, e se bebia por todos os motivos possíveis. No campo ou nas primeiras cidades, consumir rum e aguardente era como beber água ou fazer as principais refeições.

Wladimir estava sentado em uma cadeira dentro da carroça, encostada na parede ao lado da porta de entrada. Era uma boa carroça, podia inclusive servir de moradia, embora Lazlo a preferisse para fechar negócios e guardar mantimentos. O líder estava sentado à sua mesa, à frente de Lester. Suava um pouco, se refazendo da agitação de poucos minutos atrás. Na carroça, estavam apenas ele e o menino Wladimir Lester. Lazlo não havia feito nenhuma pergunta, o menino não tinha dito nada. Quando se olhavam mutuamente, Lester desviava o olhar para baixo. Ele tinha algo nas mãos, e esse algo, um tubinho, foi o responsável por quebrar o silêncio que se instalou entre eles desde o início daquele encontro.

— O que é isso? — Lazlo perguntou quando o menino afrouxou as mãos.

— Isso o quê? — Lester dissimulou, deixando as mãos entre as pernas e escondendo o que trazia nas palmas oculto.

— Eu vi o que tem aí, não vou tomar de você. Só estou tentando conversar. Depois do que aconteceu, nós dois, eu e você, precisamos conversar.

Alguém gritou do lado de fora, um grito de felicidade. Outros gritaram em seguida, as palmas cresceram, a felicidade da festa contaminou a frieza da carroça.

— Incomoda você? Minha festa?

Lester deu de ombros. — É melhor festejar que ficar triste.

— Venha cá, Wladimir, sente-se comigo.

O menino não se mexeu.

— Eu e você, nós somos parentes. Não somos tão próximos como eu gostaria que fôssemos, mas isso não muda o fato de que sua mãe era minha irmã. Eu também perdi Romena nessa noite desgraçada, Wladimir.

Lester esperou mais alguns instantes, mas foi se sentar com o tio. Lazlo era esperto e rápido como todo cigano, mas era justo e confiável entre os seus, era o que todos diziam. Tinha quarenta e poucos anos, cabelos fartos e escuros, constituição massuda. Ninguém o vencia em uma luta com facas, e as mulheres gajins suspiravam por ele. Lazlo era o exemplo perfeito para quase todos os homens da tribo.

— Seu pai sempre quis estar à frente do nosso povo, sempre quis mais poder, o meu poder.

— Ele não gostava de você.

— Eu sei, e muitos não gostavam dele. O que eu quero dizer, menino, é que entendo a dor que você está sentindo, e se quiser me contar qualquer coisa que explique o que aconteceu, eu vou ouvir sem julgamentos, vou ouvir como ouviria meu próprio filho.

Lester mudou a expressão imediatamente. Não gostava muito de Radu, filho de Lazlo. Seu primo Radu costumava provocar os outros meninos, e ele era um pouco mais velho, sabia brigar melhor.

Algo que Lester faria nos próximos anos era mover aquele tubinho entre as mãos sempre que se sentia acuado. Foi o que ele fez naquele momento.

— Vai me dizer de onde isso veio?

— É uma tinta, não é nada demais.

— Eu quero ver nas minhas mãos — Lazlo estendeu sua mão forte e grossa. Lester não entregou. — Eu não vou pedir uma segunda vez, menino.

Lazlo esperava maior resistência, mas o sobrinho obedeceu.

Era bom de segurar, o tubinho estava com a temperatura do menino, era uma sensação agradável. A cor também era muito bonita, a textura; era quase tão líquida quanto a água, minimamente mais espessa. Lazlo o ergueu entre seus olhos e o candeeiro da carroça, deixou o líquido correr do fundo à tampa. Era de um vermelho único. O próximo movimento foi mensurar seu peso, e só depois devolvê-lo ao menino.

— É só tinta?

Lester assentiu com a cabeça.

— Agora eu preciso saber o que aconteceu. Por enquanto poucas pessoas estão preocupadas com a ausência dos seus pais, mas isso logo vai mudar. — Lazlo passou as mãos sobre o rosto e bocejou. Arregaçou mais as mangas da camisa branca. — Posso ter tido diferenças com seu pai, mas eu o respeitava como homem e como feiticeiro. Preciso saber o que aconteceu com ele.

— Eu já contei, eles morreram queimados.

— E como começou o fogo?

Lester deu de ombros, algo que nenhuma criança ousaria fazer com Lazlo. O rosto do líder recebeu um tom nublado, ele respirou fundo e forte.

— Se os seus pais falharam na sua educação, eu posso mudar isso.

Lester o encarou de novo, e de repente sentia a raiva aumentar. Ele só queria seguir com sua vida, por que ninguém o deixava seguir com sua vida? E deu de ombros mais uma vez.

Aquilo destemperou Lazlo a ponto de ele socar a mesa, o menino se encolheu e baixou os olhos. Mas logo os reergueu, embora mantivesse o queixo baixo.

— Você não entra em minha tenda e me falta com o respeito dessa forma, não se pretende fazer o caminho de volta andando. Eu respeitava o seu pai e amava a minha irmã, então o mínimo que você me deve é uma explicação que eu consiga entender. Eu perguntei como o fogo começou, e você tem a última chance de me responder.

Lester voltou a erguer o rosto e estudou Lazlo por alguns segundos.

— Fica entre eu e o senhor?

Lazlo assentiu.

— Meu pai não morreu queimado, morreu tratando com *Beng*. Ele maltratou a minha mãe até ela morrer, depois fez com ele mesmo. Meu tio não precisa acreditar em mim, a Sarah também viu tudo. Eu também quase morri, só que eu não quero que o nome da minha mãe fique morando na boca e nos ouvidos do nosso povo como um espírito maligno.

— E quanto ao seu pai? Você não se importa com o que pensem dele?

— Meu pai era maldito. Nasceu bom, mas cresceu ruim.

Lester voltou a se encolher, os ombros de aproximaram. Ele sugou o nariz e respirou fundo, como uma miniatura de homem que se esforça em conter o choro. Talvez Lazlo fizesse as mesmas perguntas para a menina Sarah, mas o menino estava sofrendo, não falava coisa com coisa, não obstante parecia se esforçar para contar a verdade, por mais vergonhosa que fosse. E perder uma irmã como Lazlo perdeu naquela noite era terrível, mas muito diferente de perder a mãe e o pai.

— Não vamos chegar muito longe desse jeito, menino. Se você quer minha ajuda, preciso que você me respeite da mesma forma, ou ainda mais, que um dia você respeitou o seu pai. Podemos fazer isso?

— Eu acho que sim — Lester disse rapidamente, mantendo a mesma postura.

— Pois bem. Quando sair dessa carroça, você terá novas responsabilidades. A partir de agora sua irmã precisa de você, e você vai precisar amadurecer, mesmo estando verde. Está pronto pra fazer isso?

Lester assentiu. Faria qualquer coisa para se livrar da acusação sobre o que aconteceu com Juan. Pelo menos parcialmente, ele tinha dito a verdade, o que era sempre bom para se sustentar uma mentira.

— Homens selam acordos com rum — Lazlo sugeriu. Não seria a primeira vez que Lester beberia rum, não era incomum que as crianças bebessem um pouco dos copos dos adultos, ou mesmo que surrupiassem suas próprias bebidas.

A garrafa estava no chão, já pela metade. Lazlo colocou um pouco em um copo, decidido a tomar a sua parte no gargalo. Os vidros se tocaram e o líder deu um primeiro gole, antes que o copo de Lester chegasse à boca.

Lazlo cuspiu em seguida, torceu o rosto; parecia sentir vontade de vomitar.

— Não toma essa porcaria, menino. Isso aqui azedou de uma hora pra outra — explicou. Pegou o copo de Lester e o cheirou.

— O do seu copo está bom, mas a minha garrafa está podre. — Lazlo ainda manuseou a garrafa em frente dos olhos antes de colocar a rolha. — Melhor não tomar essa porcaria. Nosso acordo está selado do mesmo jeito pelas nossas intenções.

Lester deixou o copo na mesa e aproveitou o momento.

— Eu respeito o senhor, quem não respeitava era o meu pai.

— Homens são ciumentos. Um homem na minha posição desperta sentimentos estranhos em outros homens.

— Não era só isso.

— Menino, me escuta. Os assuntos dessa noite vão passar por essa mesa e não vamos voltar neles. É uma promessa. Se você quiser me contar alguma coisa, qualquer coisa, isso precisa ser feito agora e só agora.

Lester pensou e pensou. Seu povo dizia que Lazlo tinha palavra, até mesmo seu pai dizia isso. E já era hora de conseguir um aliado.

— Ele queria o que é seu, tio, queria tudo. Meu pai chamou Beng e pediu tudo que era seu. Ele matou a minha mãe por isso, e depois ia me matar também.

— Desgraçado. E Beng veio tratar com seu pai?

O menino assentiu discretamente enquanto o homem à sua frente olhava para os quatro cômodos do quarto.

— Sinto a presença dele, Wladimir, a intenção de Beng ainda está perto de você.

— Eu sei.

— E você está confortável com essa presença?

Naquele instante, Lester pareceu menos humano e mais animal, uma criatura trazida de volta ao básico do instinto. Apertava o tubinho em suas mãos. Teria compreendido a pergunta? Não reagiu a ela ou teve a intenção de responder.

— Esse tubinho... é obra dele? De Beng? Do Diabo?

Lester baixou os olhos e levou a unha do indicador direito à boca. Pareceu roer o dedo de leve, sentindo a textura da pele. Os olhos iam de um lado a outro. Mais que perdidos, eles pareciam tentar captar uma resposta. Lester não demorou a encontrá-la.

— Eu posso ajudar você e o nosso povo.

— Mesmo? — Lazlo riu. — E como isso seria? Como você pode me ajudar, agora que seus pais estão mortos?

Lester sorriu de um modo muito adulto e destapou o tubinho de tinta. Deixou pouco mais de uma gota cair em seu copo de rum e perguntou a Lazlo:

— Posso pintar a sua mesa?

Lazlo conhecia o talento do menino, todos na tribo conheciam. Notando sua confiança, ele simplesmente se levantou e se afastou da madeira.

Havia seis velas distribuídas pelo cômodo, e todas elas se apagaram, à exceção da que estava do lado esquerdo da mesa presa em uma arandela na parede. Um vento gelado correu na pele de Lazlo enquanto ele conferia as velas apagadas. Ficou ainda mais frio quando ele percebeu as feições de seu sobrinho. Os olhos de Lester estavam virados para cima, a boca pendia; de certa forma ele parecia adormecido, de outra parecia tomado. Foi com essa energia que o menino verteu o rum batizado sobre a mesa e começou a pintar.

A madeira reagiu ao álcool derramado, a tintura ficava muito nítida sobre ela. Sob a influência da tinta, o rum também se transformou em um material bem mais denso e pigmentado. Magia, Lazlo sabia. Magia cigana adocicada por Beng.

Muitos calon não eram apegados a santos, anjos ou Jesus Cristo, mas naquele momento Lazlo chegou a pensar neles e em outros supostos poderes que transcendiam o conhecimento humano ocidental. O que aquele menino fazia não era natural, não poderia ser.

Wladimir Lester pintava com as mãos, com as unhas, esmaecia detalhes com a testa e com os cabelos. Tudo nele era um instrumento, tudo nele confluía para a arte. A respiração se tornara contida e curta, os movimentos cada vez mais vigorosos. Não bastasse o esforço que o menino empenhava, ele criava a peça de forma invertida aos seus olhos, para que ficasse na posição correta aos olhos de Lazlo. O suor já brilhava sobre a fronte, a camisa do menino começava a pesar sobre a pele.

No silêncio da carroça, quebrado apenas pela ação do menino, um golpe fez tremer a janela.

Lazlo girou o corpo e ouviu um estrebuchar na mesma madeira. Outro golpe forte, como um coice. Lazlo não se movia, tinha consciência do milagre nascendo naquela casa. Mais um golpe, as velas bruxuleando, alguma coisa carregada de agouro rindo discretamente, cinicamente, do lado de fora. Lazlo fez menção de abrir a janela, então Lester golpeou a mesa com suas mãos carregadas de tinta.

BLAHN!

A cabeça estava baixa, os cabelos, pesados. Uma gota de suor rolou da testa e caiu sobre a pintura, precisamente embaixo dos olhos da menina ali representada.

Lazlo precisou sacar um isqueiro para observar o milagre de perto. Não conseguia acreditar no que via.

— Eu conheço esse lugar, Wladimir, essa aqui é a minha irmã, a sua mãe. Estivemos nessa cidade muito antes de chegarmos aqui. De algum jeito você viu nós dois nessa pintura. Esse momento — ele acariciou o rosto da menina Romena pintado na mesa — mora dentro de mim em algum lugar. É ela sim, e esse sou eu, da maneira mais perfeita que eu consigo imaginar. Filho, você tem um dom.

Lester ofegou um pouco, ainda estava cansado de seu frenesi.

— Agora eu sou uma pessoa boa? — ele perguntou.

— Não tenho essa resposta, Wladimir, mas com um talento igual ao seu, nós podemos fazer o bem para o nosso povo. Se você quiser ficar entre nós, terá um lugar seguro enquanto eu for vivo.

Como era feito entre aqueles homens tão distantes, Lazlo cuspiu na palma direita de sua mão. Wladimir Lester fez o mesmo com a sua e um novo pacto foi selado. Um acordo que duraria pelos anos que Lazlo ainda tinha pela frente.

V

Lazlo abriu a porta da carroça e apanhou um sino de bronze, que ficava pendurado do lado de fora. Usava para atrair seu povo para uma reunião, um pronunciamento; era a maneira de reunir todos os ciganos do povoado. Eles não eram tantos, cerca de oitenta pessoas, e quase todos ainda festejavam o aniversário de Lazlo ao redor de uma grande fogueira quando ouviram o sino tocar.

Muitos ainda estavam embriagados e atordoados, mas felizes com os excessos da festa. A despeito das mentiras que se dizia sobre aquele povo, ciganos trabalhavam duro quase todos os dias, e apenas nas pequenas celebrações experimentavam um alívio para uma vida de perseguições e carências.

Lazlo foi para a frente da fogueira, Wladimir ao seu lado. Também estavam por ali Carmela e as duas meninas. Os outros ciganos iam se agrupando com seus vestidos, copos de bebidas e instrumentos. Muitos chegavam sorrindo, mas a expressão mudava depressa ao notarem a seriedade de Lazlo e do menino. Talvez algumas daquelas pessoas já esperassem o anúncio de uma desgraça. Valkir, o homem mais velho do povoado, era um desses. Fumava seu cachimbo com muita austeridade, e parecia um pouco mais velho no brilho do fogo.

— Acho que estão todos aqui — disse Lazlo. Raspou a garganta e acendeu um cigarro. Tragou. Esperou um pouco até falar novamente.

— Já acabou a festa? — um homem de cabelos compridos, visivelmente bêbado, perguntou. Era Omar, o melhor treinador de cavalos do povoado.

Alguns sorriram, e mesmo Lazlo tentou fazê-lo. O brilho do ouro de seus dentes pareceu mais opaco do que costumava ser.

— Acho que já festejamos bastante, Omar. Minha gente, preciso dar uma notícia e precisa ser feito agora. É o meu aniversário e todos estão felizes, mas a felicidade entre o nosso povo deve ser dividida assim como a lenha, o arroz e o feijão. Assim como a dor.

Mais um trago no cigarro.

— Na noite de hoje, a minha alegria foi roubada. Nós já passamos por muitas perdas, mas algumas doem mais. Todos sabem que Romena, minha irmã, e Juan, seu marido, precisaram se ausentar para tratar de seus assuntos. Eles não vão voltar, meus amigos. Nenhum dos dois.

— O que aconteceu? — Nádia, esposa de Lazlo, perguntou. Ela já estava com as mãos cruzadas no peito, esperando pelo pior.

— Uma tragédia. Meu sobrinho Wladimir foi até eles, tomado pela falta que sentia da mãe. O menino encontrou a casa onde eles estavam pegando fogo.

Os murmúrios começaram aos poucos, algumas mulheres começaram a chorar. Um lamento agudo, quase musicado, muitas mãos à frente das bocas. O resultado lembrava uma matilha uivando.

— Eles não podem estar vivos? Algum adulto foi até lá? — outro homem perguntou. Era o ferreiro principal do grupo.

— Iremos. As três crianças presenciaram o que aconteceu, Nízio. Wladimir, Iolanda e Sarah viram a casa queimar até desabar. — Com a citação dos nomes, muitos olharam na direção das duas meninas, elas se agarraram às pernas de Carmela. Lazlo colocou a mão esquerda no ombro de Lester. — O menino viu que os pais estavam dentro da casa.

— O que eles estavam fazendo? — Nízio perguntou.

Lester blindou o rosto e respondeu, sem pestanejar.

— Eles estavam com Beng.

Alguns ciganos do agrupamento sabiam um pouco sobre o cristianismo, e foi inevitável para esses se benzerem. Lazlo olhou para a fogueira ao ouvir o nome do Diabo, sua impressão é que o fogo estava mais alto agora.

— Vocês ouviram o que eu ouvi, eles estão mortos. O costume é claro em relação a isso, e, se todos concordam, amanhã mesmo começamos a procurar um novo aterro. Alguém se opõe?

O silêncio foi a resposta.

— E as crianças? — uma das mulheres perguntou em relação aos filhos de Juan. Ela estava com seus três filhos por perto, o mais velho tinha quinze anos.

— Eles são meus — Carmela disse. — Eles já são bons amigos da Sarah, vai ser mais fácil.

Antes que o assunto se prolongasse, Lazlo decidiu:

— O menino é meu sangue também, ele fica com a minha família por enquanto. Tem espaço pra você também, Iolanda.

A irmã de Wladimir não respondeu com palavras, mas se agarrou a Carmela com tamanha vontade que a mulher a pegou no colo. Iolanda se jogou sobre os ombros dela.

— Então está resolvido. Quando for possível, deixamos esse lugar pra trás e levamos nosso povo para um lugar de maior sorte. Se alguém ainda quiser celebrar, faça com o devido respeito, é só o que peço nessa noite.

Não festejaram. Aquele povo, aquela gente, entendia mais de família que qualquer outra nação. Ciganos sabiam que para permanecerem fortes, para permanecerem vivos (naquela terra e em tantas outras) precisavam pensar como um só. Mesmo desconhecendo de qual semente brotaram, eles só cresceriam lado a lado.

VI

Carmela ofereceu um chá calmante para Iolanda e a menina logo pegou no sono. Pediu que Sarah tomasse conta da amiga e foi até o lugar onde moravam Juan e Romena, para apanhar algumas roupas para as crianças.

Todas as moradias do povoado eram muito simples. A maior parte era composta por lonas erguidas sobre madeiramento, e algumas eram carroças chamadas tongs. Essas carroças eram organizadas para suprirem as necessidades de uma casa. A moradia de Juan era diferente. Ele tinha sua tong, mas morava em uma casa de madeira com cobertura de palha. Contou com a ajuda das pessoas da cidade, que ofereciam trabalho e material em troca de seus favores. Em Vila Santo Antônio, Juan Lester era tido como feiticeiro e também uma das autoridades médicas locais (principalmente quando o assunto eram gestações indesejadas).

Assim que entrou, Carmela sentiu-se uma sombra perambulando pela casa. O ar estava parado, não havia brisa ou sensação de temperatura. Estar dentro daquele lugar era como mergulhar em ausência. Talvez fosse apenas morte. Era por isso que os ciganos se mudavam quando alguém morria, para deixar a tristeza para trás e fugir da morte, se esconder de seu interesse.

Havia alguns quadros no casebre, não só nas paredes de madeira, mas também recostados a elas, no chão. Materiais de pintura dividiam espaço com aparatos de magia. Mesas, cartas e tabuleiros. Panelas, caldeirões e animais empalhados. Carmela não gostava de Juan, não confiava. Ele estava sempre observando à distância, falando pouco e ouvindo muito, articulando planos para satisfazer sua cobiça.

No quarto onde todos dormiam, havia um retrato de Juan. O bigode farto, os olhos interessados, era um homem bonito. Na foto, ele segurava uma adaga na mão direita e uma maçã na mão esquerda. Carmela observou a pintura por alguns segundos, depois que apanhou as roupas. As peças ficavam penduradas acima e atrás de onde dormiam (a cama do casal era uma espécie de acolchoado, forrado com paina). No outro lado, à direita, havia um retrato de Romena. Wladimir e Iolanda dividiam outro tecido estofado daquele lado. O lugar dos pais era três vezes maior, e forrado com colchas brilhantes, a cama ainda estava desfeita.

Diziam que Juan conhecia uma mulher como ninguém. Era parte de seu poder, das coisas que ele conseguia fazer. Mesmo resistente, Carmela também o desejou algumas vezes, em segredo, inclusive depois de ter se casado. Um homem capaz de convencer uma mulher a tudo, era o que se dizia de Juan. Carmela sentiu um arrepio em seu pescoço, suas pernas se esquentaram. Então alguma coisa lambeu sua nuca.

— Sai de mim! — ela gritou, virando o corpo em busca do desgraçado. Com o susto, derrubou algumas roupas no chão. Não havia nada.

Não parecia possível. O que sentiu não foi uma ideia ou uma impressão. Quando Carmela passou as mãos na nuca, havia uma umidade viscosa, muito semelhante à saliva aderida em seus cabelos, em sua pele.

— Valha-me! Valha-me Santa Sarah! — ela recitou a santa madrinha de sua filha, apanhando as roupas e encarando o retrato masculino. No rosto de Juan, ela enxergava uma expressão diferente, cheia de escárnio e provocação.

A pintura ao lado, de Romena, se despregou de onde estava e caiu no chão, explodindo o vidro da moldura. Um dos cacos voou na canela de Carmela. Não foi fundo, mas o vidro riscou a pele. Ela não esperou por mais, e a cada passo corrido que deu alguma coisa bufou em seu pescoço. Ainda havia alguém morando naquela casa, alguém que não era, e talvez nunca tenha sido, humano.

VII

Carmela chegou à sua tenda e preparou um calmante para si mesma, não queria que seu marido ou as crianças a vissem naquele estado. Sua moradia tinha apenas dois cômodos, separados por uma cortina de contas, e ela podia ouvir a respiração pesada das meninas do outro lado.

Ainda pensava naquela casa, ponderava o que as duas crianças teriam visto e vivido. Com sorte, a coisa maligna ficaria no terreno, lá, mas Carmela pediria a Lazlo que deixasse tudo pra trás. As outras roupas do casal, os pertences, as riquezas. Tudo o que fosse dos mortos daquela casa serviria apenas a eles.

— Mãe... — ouviu a voz da filha em um sussurro.

— Volta pra cama, filha — Carmela disse e continuou mexendo as ervas do chá.

— Não posso...

Carmela deu atenção a ela.

— O que você tem? Está sentindo alguma coisa? — perguntou. Deixou o fogareiro e colocou as mãos no rosto da filha. Imaginou que estaria quente, com febre (Sarah estava toda suada), mas era o oposto, ela estava gelada.

— Eu preciso escrever, mãe.

— Escrever? E desde quando você sabe escrever, menina?

Estava delirando, foi o que passou pela cabeça de Carmela. Naquela casa, apenas o pai sabia ler, e o que Costel escrevia era bem pouco. Ele era muito melhor com números (precisava deles para negociar) do que com palavras.

A menina agarrou a mãe pelos pulsos, com força o bastante para machucar. Os olhos correram para trás e uma voz riscada escorreu pela boca:

— Eu preciso escrever! Preciso escrever agora!

VIII

Costel chegou em casa duas horas mais tarde, cheirando a café, rum e tabaco. Depois do pronunciamento de Lazlo, um grupo de homens decidiu ficar com o líder, tomando mais um pouco de rum e vinho, em silêncio e respeitosamente. Juan Lester gostava de beber e de festejar, ele provavelmente teria feito o mesmo se o defunto fosse outro.

O homem parou na metade do passo assim que cruzou as cortinas da casa.

Carmela estava sentada em um banco, com uma porção de folhas em suas mãos. Seus cabelos estavam rebeldes, pareciam eletrizados. Ela estava tão envolvida com os papéis que não notou o marido, e se o notou, preferiu desprezar sua presença. Sarah estava de frente para a mãe, com uma bandeja em cima de suas pernas dando apoio para um punhado de outras folhas. Os olhos da menina estavam brancos, a cabeça erguida, mas ela não precisava dos olhos para preencher as folhas.

— O que que é isso... — o homem resmungou, ainda sem coragem de avançar um passo.

— Nossa filha pediu pra escrever e não parou mais, faz mais de duas horas.

— Escrever? Não é melhor chamar alguém?

— A única pessoa que poderia ajudar a Sarah era o Juan e ele está morto. Qualquer outro vai saber do que eu sei, vai pensar o que eu penso.

Costel deu um passo, sem avançar muito.

— E o que você pensa?

— A Sarah tem o dom. Não o dom das outras mulheres, o dela é muito maior. Eu olhei esses papéis, mas eu não sei ler. Você...

— E ela sabe mesmo escrever? — Costel perguntou.

— Me diga você. Tem coisa nessas folhas, se elas são palavras, eu não sei.

Costel se aproximou da esposa. Preferiu ficar de pé e apanhou uma das folhas. Ele leu alguns trechos em voz alta.

Os braços esticados de Romena já estavam dormentes. Pernas abertas estirando câimbras. Romena mantinha os dentes cerrados e aguentava, invencível, a toda aquela ritualística obscena. Como instruíam os textos de Juan, ela já tinha sido violentada por três horas consecutivas, em intervalos de treze minutos pelo crucifixo onde supostamente havia fragmentos da cruz original que extinguiu o Nazareno. O orgasmo a atingira em algumas punções, sempre seguido pela dor agonizante em sua abertura profanada. Juan também sofria, mas estava mergulhado em transe há dias, desde que começara o jejum que só lhe permitia ingestão de sangue de carneiro e água. Defecava água suja fazia duas noites, provavelmente acometido por infecções no sangue animal. Perecer é uma fase importante em cerimônias do escuro. Seu corpo estava fétido e cercado por moscas, os cabelos colados como banha suína sobre o couro. O hálito cheirava como o que saía do ânus. Ainda assim, tudo o que Romena sentia era desejo e submissão. Tudo nela era dele e tudo dele, dedicado ao escuro. O amor da cigana gotejava como as lágrimas. Um amor tão poderoso que faria soprar uma brisa fresca pelos portões do Inferno.

— Por que nossa filha está escrevendo essas coisas terríveis? — perguntou a Carmela, devolvendo as folhas como quem se livra de um castigo.

— Eu não sei, Costel, mas se ela está escrevendo, é porque precisa ser lido.

Costel pensou mais um pouco. Ele valorizava as opiniões da esposa bem mais que as suas próprias, mas o mundo também era feito de homens, e de outros homens além dele.

— Lazlo? — ele sugeriu.

— Nosso dever com o povo começa com a nossa família. Vamos esperar nossa filha terminar o trabalho e deixar que ela descanse, nós também precisamos descansar. Depois decidimos o que fazer.

— Você disse que é um dom, um grande dom. Isso é bom ou é ruim?

Carmela apanhou mais uma folha cheia do colo da filha e respondeu:

— Depende do que se faz com ele.

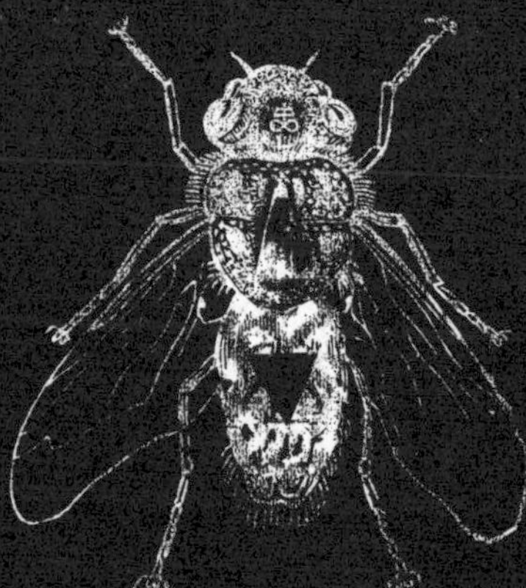

2
Nômades

I

Como determinado, o grupo de ciganos liderados por Lazlo Zoran partiu de Três Rios para procurar melhor sorte em outros lugares. Embora fosse uma tradição, as motivações para as partidas constantes do grupo não se restringiram apenas à morte de Juan e Romena Lester. O problema com as pessoas não ciganas era que elas detestavam os ciganos.

Dois meses depois de deixarem Três Rios, o grupo já havia atravessado o Noroeste Paulista e entrado no estado de Minas Gerais, onde se estabeleceram em um pequeno povoado chamado Santa Cruz dos Martírios. Chamar o aglomerado de cidade seria um exagero, mas existia, sim, um grupo de cerca de vinte famílias que se ocupavam principalmente da criação de gado, agricultura e pequenos comércios. O grupo de Lazlo se fixou próximo a um dos rios da região, o que sempre era uma ótima escolha para as famílias calon.

Uma vez a cada duas semanas, um grupo de ciganos ia até o povoado para praticar comércio e conseguir alimentos, tecidos e outras coisas que precisavam. Os ciganos de Lazlo não cultivavam toda sua comida, dependendo da troca das obras em couro, metal e tecidos (principalmente tapeçarias) que produziam para conseguir sobreviver. Nessas idas até as cidades, algumas crianças iam junto, tanto para assimilar os costumes dos brancos quanto para aprender a negociar com os mais velhos. Era assim que um cigano aprendia seus costumes e sua linguagem, pelo exemplo e pela tradição. Alguém mais velho entre os ciganos era automaticamente elevado ao título de conselheiro e professor, de oráculo.

Das cidades e povoados que as crianças conheceram, aquele era um dos melhores. Havia ruas com calçamento, casas com tijolos e telhas, existia até mesmo um mercado de rua e uma igreja. Como era costume, Lazlo havia conversado com as autoridades locais (no caso, um fazendeiro chamado coronel Mathias Godim) e pedido permissão para fixar acampamento, prevenindo possíveis hostilidade. Coronel Mathias cobrou algum ouro e um cavalo e consentiu que o grupo ficasse.

O comércio da cidade se concentrava em uma única rua, e nesse lugar era possível encontrar comida, ferramentas, animais vivos, algumas roupas e tecidos, e também carne, leite e frutas nativas da região. Nesse mercado à céu aberto, os ciganos não usavam dinheiro em suas transações, mas os munícipes aceitavam ouro, prata, joias e produtos oferecidos na base da troca.

Carmela estava em uma das barracas ciganas, expondo panos de prato e peças de artesanato e bijuterias. Como muitas mulheres do grupo, ela também praticava a quiromancia, a leitura de mãos. Era uma tradição passada de geração para geração desde os tempos imemoriais, os homens entendiam de cavalos, as mulheres entendiam do destino. Algumas vezes, raramente e por escolha de um poder maior, a roda se invertia e apareciam grandes feiticeiros como Juan Lester.

Wladimir Lester ficou algum tempo brincando com Sarah e Iolanda, mas logo se cansou delas. Não tinha muita paciência para correrias ou para as conversas delas, seus olhos sempre acabavam indo parar em alguma pintura, estátua, em qualquer coisa que tivesse relação com arte. Ele tentou visitar algumas barracas sozinho, mas ouviu uma porção de *xôs, sai pra lá, cigano*, e viu mulheres colocando as bolsas no busto e homens protegendo os bolsos. Lester sabia como a vida funcionava nesses lugares. Sempre que sumia alguma coisa, os ciganos eram acusados de ladrões, sempre que alguma coisa dava errado, eram os ciganos atraindo o azar para todos.

Além das pinturas, Lester também gostava muito de animais, e depois de ser enxotado de uma barraca de brinquedos de madeira, ele acabou fazendo amizade com um cachorro preto. Saiu por aí seguindo o bicho e, depois de algumas ruas, o cachorro sumiu e Lester encontrou uma igreja.

Não era grande, mas o menino nunca havia entrado em uma. Os adultos calon não tinham nada contra a fé das outras pessoas, mas as outras pessoas não gostavam de ter os ciganos por perto, principalmente quando estavam rezando em uma igreja. Em algumas cidades, a proibição dos ciganos entrarem em igrejas era uma lei a ser seguida à risca, e um cigano seria preso ou coisa pior se insistisse no erro.

Lester subiu os degraus e parou a um metro da porta antes de entrar. Estava mais escuro do lado de dentro, e também mais fresco — ele conseguia sentir o ventinho que saía da igreja. Talvez pudesse entrar um pouco, só pra dar uma olhada. De onde estava, ele conseguia ver o altar, com uma cruz e um homem pregado nela. Lester já tinha ouvido falar nele, no tal Jesus. Deu um passo adiante.

— Você não pode entrar — ouviu alguém dizer. Lester se virou para ver quem era.

O menino era mais alto que ele, devia ter uns quatorze anos. Estava com outros dois meninos, que aparentavam mais ou menos a mesma idade, mas eram menores em estatura.

— Eu só quero olhar — Lester disse.

— Você vai roubar alguma coisa — o maior dos meninos disse.

— Eu só vou ver — Lester insistiu.

O mesmo menino começou a caminhar em volta dele, e os outros o copiaram. Eles não bateram nele nem nada disso, mas ficaram rindo, fazendo caretas, mexendo o nariz e raspando a garganta, imitando porcos.

— Você fede — o maior disse. — Deve estar cheio de piolho, cheio de doença.

— É, você tem doença, todos vocês têm — outro menino disse.

— Vocês roubam crianças, é isso que você quer? Levar um bebezinho com você?

— Eu já falei o que eu quero. Não tem problema, eu vou embora.

O menino grande tomou a sua frente.

— Agora você vai ter que pagar pra sair da nossa cidade. Sua gente não presta, mas vocês têm ouro, todo cigano tem ouro. Anda! Me dá alguma coisa! Me dá o ouro, diabento! — ele partiu pra cima de Lester, já enfiando a mão em seus bolsos. Lester reagiu, e um dos meninos menores deu um soco em sua barriga.

— Que confusão é essa na porta da minha igreja? — uma voz grossa, um pouco assustadora, perguntou. Antes de identificar seu dono, Lester sentiu um dos meninos sendo içado pra longe, depois o outro. O terceiro (líder do grupo) já estava correndo.

— Eu conheço a sua mãe, Silvano! — o homem gritou de onde estava. Era um padre, Lester já havia visto um deles. — Eles machucaram você?

— Não.

— Cadê a sua gente? Você está sozinho?

Lester deu de ombros, mas respondeu.

— Vendendo coisas. — Aproveitou para ajustar a camisa. Não foi tão ruim, eles só amassaram sua roupa, deram uns socos, não era grande coisa.

— Eu só queria ver o que tem dentro — Lester explicou ao padre, indicando o interior da igreja. — É aí que seu deus mora?

O homem fez uma expressão insegura e coçou o pescoço, perto da linha da barba. A dele estava por fazer, já era um pouco cinzenta.

— Não acho boa ideia, menino. Outras pessoas podem se irritar, gente adulta.

Lester ainda deu mais uma olhada. Parecia tudo tão bonito, as estátuas e cores, tão diferente das coisas que costumava ver. Chegou a inclinar o corpo para desviar do bloqueio do padre e enxergar mais um pouco. O padre olhou para as proximidades, a rua estava bastante deserta. Havia algumas crianças distantes, alguns escravizados, nenhuma ameaça ao menino.

— Tudo bem, filho. Você pode entrar um pouco, mas precisa ser rápido.

O padre se afastou e Lester passou por ele.

Se a estátua do homem crucificado presente no altar pudesse enxergar, teria visto, de onde estava, a silhueta escura de um menino filtrando a luz do sol com sua densidade. Era bem pequeno, mas sua sombra era gigante.

— É mais frio aqui dentro. — Lester caminhou entre os bancos, olhando para a frente e para os lados. — Eu gosto das cores.

— Vieram de fora, os vitrais foram trazidos da Europa.

O menino fez uma cara confusa.

— São as janelas coloridas, nós chamamos de vitrais.

Eram bonitos, cheios de cor azul. Os halos dos santos pareciam ter luz própria. Na representação que chamou a atenção de Lester, um desses homens sagrados segurava um carneirinho, e havia um círculo dourado sobre a cabeça do animal.

Lester continuou avançando, encantado por aquelas imagens tão diferentes. Em mais alguns passos chegou perto do Jesus crucificado no altar. Sentiu pena quando viu mais de perto, não gostava.

— Aquele é Jesus Cristo — o padre explicou.

— É o seu deus?

— Também. Ele é filho de Deus e também é Deus.

— Então ele é pai dele mesmo? — Lester perguntou com muita seriedade.

O padre sorriu da pergunta que tinha, sim, sua lógica.

— O importante é amar a Deus e saber que Jesus lavou todos os nossos pecados.

Lester pensou mais um pouco, ainda com os olhos sequestrados pela dor eterna daquele homem. Havia pregos nele, uma coroa de espinhos, alguém tinha furado a barriga dele, nas costelas.

— E esse deus perdoa qualquer coisa? Qualquer uma?

— Deus perdoa qualquer pessoa que se arrependa verdadeiramente de suas falhas. Você ainda é bem jovem, mas, se quiser, pode se tornar um cristão católico.

O menino concentrou sua atenção no rosto do homem crucificado. Que tipo de pessoa presta homenagem para um homem torturado e morto?

— Eu preciso ir.

— Sim, é melhor voltar pra sua gente. As portas da igreja sempre estarão abertas para você, menino, mas peça autorização antes de entrar. Caso encontre aqueles meninos por aí, corra deles até encontrar seus pais.

— Meus pais morreram — Lester disse. Aproveitou para dar mais uma olhada no homem da cruz e saiu correndo.

II

Lester ficou calado até a volta pra casa. Carmela perguntou o que ele tinha umas duas vezes, outros meninos também perguntaram, mas tudo o que ele disse era que estava cansado. Não confiava em crianças, preferia a companhia dos homens adultos que o tratavam com menos cuidado e mais verdade.

Estava na carroça de Lazlo (a carruagem do líder levava os produtos comprados e o que era mais valioso, e tinha sempre um cocheiro bem armado), Lester havia pedido pra fazer o caminho de volta com ele. A família de Lazlo, sua esposa e filhos, estavam na outra carroça da família.

Depois de alguns quilômetros, o menino perguntou ao líder:

— Por que eles não gostam da gente?

— Os gajons?

Lester assentiu.

— Nós somos diferentes e as pessoas têm medo do que não conseguem entender. Nosso jeito não é como o deles.

— Uns meninos me cercaram, tentaram me roubar.

Lazlo praguejou alguma coisa em chibi, a língua que falavam entre si. Algo como "malditos sejam". Logo se arrependeu.

— As crianças fazem o que os pais ensinam, não é culpa delas.

A carruagem balançou um bocado e os dois voltaram ao silêncio, até o sacolejo terminar. A estrada não era tão ruim, mas qualquer chuva mais forte transformava o chão em uma sequência de buracos.

— Eles falaram que nós somos ladrões e sujos.

— Mas foram eles que tentaram roubaram você — Lazlo falou. — É sempre assim, as palavras não valem tanto quando as ações. Você só precisa entender que o nosso povo não é como as pessoas daqui, nunca fomos e não queremos ser. Somos alegres, usamos cores, somos livres como o vento e o fogo. Você já viu alguém controlar o vento e o fogo, menino?

— Acho que não.

— Eles gostam do nosso ouro, mas detestam a nossa alegria. Odeiam que tenhamos orgulho de ser como somos. O que mais afeta essa gente é a nossa liberdade.

— E por que nós continuamos indo até eles?

Lazlo sorriu o ouro dos dentes e acendeu um cigarro.

— Você faz perguntas difíceis, menino. Tem muito da sua mãe em você.

O interesse de Lester se manteve, então Lazlo respondeu.

— Nosso povo veio de longe, muito longe. Fomos expulsos por rebeldia, nossa maldição é não aceitar o que a vida impõe, o que os outros homens impõem. Mas não podemos ter tudo, não com a vida difícil que escolhemos. Um calon não planta porque a roça fica pra trás, não constrói porque a casa fica pra trás. A casa de um cigano é o seu chapéu, entendeu? E depois do chapéu, é o lugar onde ele é enterrado. Nós vamos até os gajons por sobrevivência e respeito. Somos visitantes. Por mais que vivamos aqui, é nossa obrigação nos entendermos com eles, e não o oposto.

— Mas se eles não querem nosso povo aqui...

— Então nós os convencemos. Um pouco de cada vez.

Seguiram mais algum tempo em silêncio, Lazlo fumou seu cigarro e bebeu um pouco de conhaque. Limpou algumas pratarias que comprou de uma mulher. Lester viu o acordo com ela sendo firmado, a moça tinha acabado de perder o marido e precisava de uma sela de cavalo e de panelas de cobre. Lazlo recebeu um monte de prata como pagamento.

— Eles falaram que nós roubamos as criancinhas — Lester reclamou mais um pouco. — Os meninos falaram que nós levamos os bebês embora.

Lazlo riu e continuou polindo uma pequena taça de prata. Havia mais oito delas.

— Outra mentira. A verdade é que algumas pessoas têm seus filhos sem pensar, sem casamento, fazendo as coisas de uma maneira que o nosso povo não faz. Nós moramos sempre perto dos rios, dos mares, nosso grupo e outros grupos calon. Quando um gajon não quer uma criança, eles deixam perto do rio, e algumas mães gajins ainda afogam os filhos indesejados! Outras preferem deixar as crianças para as nossas mulheres cuidarem, alguns grupos aceitam dinheiro para fazer essa tarefa. Aí, quando o povo branco vê uma criança branca conosco, pensa que roubamos. É isso o que acontece. Mas o que você estava fazendo longe da nossa gente? Já não explicamos como é perigoso?

Lester não respondeu imediatamente, mas acabou dizendo:

— Tinha uma igreja, eu quis ver o que tinha lá dentro.

— Sentiu vontade de tratar com o deus deles? — Lazlo perguntou com uma curiosidade genuína. Algumas pessoas calon estavam se interessando pela religião dos gajons, e não seria tão ruim que o menino tivesse uma presença benigna sobre ele depois de tudo que aconteceu. Wladimir ainda tinha aquela espécie de transe quando fazia seus quadros e esculturas, não parecia ser uma magia boa.

— Não. Eu não gosto de ver o homem pregado na cruz.

III

Seis meses se passaram sem que Lester visitasse a cidade.

Naquela noite, os homens estavam distraídos em volta da fogueira, conversando seus negócios e ouvindo Valkir contar sobre os velhos dias. Algumas vezes o velho repetia uma mesma história, mas sua boca sempre a contava de uma forma diferente. Vinda de Valkir, uma história poderia ser triste e feliz dependendo do dia, mesmo que ele contasse exatamente o mesmo desenrolar de eventos.

Algumas noites, Lester ficava longe do fogo e se refugiava na entrada da mata, um pouco depois da área roçada pelos homens e antes das maiores árvores. Distante da fogueira, a lua parecia maior e mais brilhante. Também fazia menos calor, e depois de um tempo os insetos se acostumavam e paravam de perturbar.

O menino pensava no que precisaria pintar nos próximos dias. Ele tinha recebido de Lazlo um livro cheio de quadros para copiar e vender. Segundo Lazlo, seus quadros estavam trazendo um bom dinheiro para o grupo, e, com o dinheiro, chegavam alguns privilégios aos quais somente Lester tinha acesso. Sobremesas extras, uma barraca só pra ele pintar, o direito de comer antes das outras crianças. Até mesmo o privilégio de estar sempre ao lado de Lazlo, e todo cigano sabia que era dessa forma que o poder era passado de uma geração para a outra.

— A gente precisa conversar — alguém disse às suas costas.

Lester não precisou virar o corpo para saber de quem se tratava, conhecia a voz engrossada de seu primo Radu, único filho homem de Lazlo. Ouviu também outras respirações, e essas ele decidiu conferir de quem se tratava. Eram mais três crianças. Elas eram amigas, mas eram mais amigas de Radu.

— Eu já estava voltando.

— Não, você precisar ir embora. Precisa ir e não voltar nunca mais — Radu disse.

Lester esperou pelo pior, um soco, um chute, mas não aconteceu. Radu apenas chegou mais perto e se sentou no mesmo tronco de árvore onde Lester estava.

— O que eu fiz pra você? — Lester perguntou.

— Você ainda não fez, mas vai fazer. Meu pai só enxerga você agora, eu e a minha irmã ficamos invisíveis. Isso não está certo.

Lester olhou para cima, para a lua gigante que clareava aquela noite.

— Eu não vou embora. E mesmo que eu quisesse, eu não tenho pra onde ir.

Lester levou as mãos ao colar de prata que usava, cujo pingente era aquele tubinho de tinta que nunca se separava dele. A ideia foi de Lazlo; ele disse que com o colar a tinta ficaria protegida, ficaria sempre perto de Lester.

— Ninguém gosta de você, Dimir. Todo mundo sabe o que você fez, e o que o seu pai fez antes de você.

Podia ser mentira, mas havia uma chance de ser verdade. Sarah tinha visto tudo, e todo cigano sabe que os segredos não duram muito tempo em um povo tão coeso. Entre os ciganos, as paredes são feitas de lona.

— Eu trago dinheiro pra nossa gente, as coisas que eu pinto compram a nossa comida.

— Então eu quero ajudar — Radu disse. — Eu quero fazer os quadros com você, assim o meu pai volta a gostar da gente.

Lester sorriu naquele momento, um riso sinistro e obscuro.

— Você nunca vai pintar junto comigo. O que é meu é meu, e eu não divido com ninguém.

— Então eu vou obrigar você — Radu se levantou, já arregaçando as mangas da camisa. Os outros garotos chegaram mais perto. Lester não demonstrou medo, mas estudou uma maneira de correr sem apanhar muito.

Os meninos o cercaram, da mesma forma que os garotos brancos da cidade fizeram meses atrás. Lester olhava pra todos eles, tentando encontrar o elo mais fraco daquela corrente. A fogueira estava perto, ele podia ver o brilho das chamas. Entre um olhar e outro, Radu o apanhou pelo pescoço em um mata-leão. Começou a apertar.

— Tá me sufocando! — Lester gemeu.

Um cão latiu à distância, logo após as palavras. Um vento mais frio sacudiu as folhas secas e a poeira do chão, formando um torvelinho marrom. Lester sentia uma presença poderosa se aproximando. Mas havia outra.

— Solta ele — uma voz de menina disse. Radu não soltou, mas buscou a dona da voz. Era Sarah, filha de Costel. Ela já estava de pijamas, devia ter acabado de sair da cama. Os outros meninos também olharam para ela.

— Eu não vou soltar. Não é problema seu, por que você está ajudando ele?

— Não estou ajudando ele, estou ajudando você. Solta ele, Radu, solta ele ou você vai se machucar.

Da forma que Radu o segurou, o tubo de tinta estava em contato com seu antebraço. Ele não havia notado até aquele momento, mas agora sentia sua pele frigir. Foi o que o fez soltar Lester.

Conferiu o braço assim que o fez. Havia uma marca de queimado crescendo ali, vermelha e úmida, a bolha já se erguia.

Os meninos de Radu se assustaram e correram de volta para os pais. Radu também correu e disse, já de longe, "Se contarem pro meu pai eu arrebento vocês". Sarah e Lester sabiam que não aconteceria, não ali, não naquela noite.

— Chegou na hora certinha — Lester disse.

Sarah manteve os olhos sonolentos nos dele e começou o caminho de volta.

— Você me contou. No sonho.

— Ah é? E o que eu falei? — Lester a seguiu, Sarah já estava se distanciando.

— Que nós vamos mudar de novo.

IV

Eles se mudaram de Santa Cruz dos Martírios cinco dias depois. Wladimir Lester não teve uma ação direta nessa decisão, mas quando uma das vacas abortou dois bezerros gêmeos deformados, de cabeças unidas, o incidente foi recebido como um aviso.

Foi o início de sete anos de longas viagens pelo Brasil. Naqueles dias, muitos estados enfrentaram doenças como tuberculose e varíola, e não importa a cidade para onde o grupo se deslocasse, os acusados pela chegada das epidemias sempre eram eles. Graças ao comércio de couro, cobre e cavalos, e ao contato e negócios praticados com outros grupos de ciganos que se deslocavam pelo Brasil, Lazlo conseguiu manter seu grupo em relativa segurança, algo que mudaria irreversivelmente no estado de Goiás.

Os ciganos comandados por Lazlo formavam um grupo bastante heterogêneo no que diz respeito às capacidades de trabalho. Havia entre eles artesões, ourives, tropeiros, ferreiros, místicos, e, cinco anos antes, um cigano garimpeiro desgarrado se uniu ao grupo, quando a caravana de Lazlo se instalou no extremo norte de Minas Gerais. Seduzido pelas propostas dos fazendeiros e barões locais, o homem chamado Miro Santii tinha deixado sua tribo e se perdido dela, trabalhando na mineração de ouro e pedras preciosas à serviço dos coronéis da região.

Miro ofereceu suas habilidades e pediu abrigo a Lazlo, e todo cigano sabe que possui uma obrigação inegociável e irrevogável com seu povo. A fim de evitar os problemas que certamente viriam (Miro vivia em um regime semiescravo em uma das fazendas da região, seria um fugitivo), Lazlo levantou acampamento na calada da noite e levou Miro em sua carroça, e não acampou por mais do que dois dias em terreno algum até terminarem de cruzar a primeira metade do estado de Goiás. Graças ao trabalho de Miro Santii, os ciganos do grupo acumularam dinheiro nesse período, compraram novas carroças, montaram estábulos, conseguiram armamento para se defenderem quando fosse necessário.

Nesses anos de prosperidade, entre as muitas coisas que tornavam Wladimir Lester um menino estranho em seu próprio povo, estava o fato de que ele não amadurecia, não crescia ou envelhecia como as outras pessoas. O menino ficava mais esperto, isso todos notavam, mas seu corpo e sua força ainda eram basicamente os mesmos da época em que seus pais perderam a vida. Na maior parte do tempo, Lester ficava sozinho, consumindo os livros de arte que Lazlo trazia e praticando seu ofício. Algumas vezes, tinha a companhia da irmã, que agora estava com treze anos e já era mais alta que ele.

— Wladimir? — alguém disse do lado de fora da tenda. Lester podia pintar naquele espaço ou em uma das carroças que guardavam materiais de artesanato e outros produtos fabricados pela comunidade.

Lester conhecia aquela voz e nunca gostou dela.

— Eu estou ocupado.

— Vai falar comigo do mesmo jeito — ouviu Radu dizer, e em seguida o viu puxar a cortina da tenda.

— Nós dois vamos sair, eu e você — Radu disse.

Lester continuou pintando o quadro que Lazlo encomendou para um padre da região. Segundo Lazlo, não renderia dinheiro algum, mas o padre poderia convencer o dono do terreno onde eles estavam a deixá-los ficar por mais tempo. Era uma pintura simples, de Nossa Senhora. Lester gostava, a santa dos gajons lembrava Santa Sarah Kali.

— Eu não vou a lugar nenhum com você.

— Você vai — Radu engrossou a voz.

Lester deixou o pincel que usava em um copo com diluente e limpou a tinta das mãos em um pedaço de pano.

— Não é porque você cresceu que eu tenho medo de você.

Radu sorriu.

— Você tem cinco minutos pra se arrumar. Meu pai me mandou conseguir farinha e você vai buscar comigo.

— E se eu não for?

Radu sacudiu a cabeça em negativa, sorria sem muita vontade.

— Quanto tempo faz que você não sai daqui? Desse acampamento?

Lester não respondeu, mas já fazia mais de um ano. Quando as autoridades começaram a aparecer demais nas cidades anteriores, Lazlo descobriu que havia gente contratada para atacar seu grupo, pessoas interessadas em levar o ourives de volta. Também ouviu dizer que uma ordem religiosa fanática, conhecida como Priorado, andava perguntado sobre os ciganos da região. Parece que houve alguma violência em alguns assentamentos. Desde então foi decidido que as crianças e a maioria das mulheres deveriam ficariam nos assentamentos.

— Você pode ser bom em mexer com tinta — Radu disse —, mas precisa da vida para conseguir pintar de verdade.

V

Na carroça foram Radu, dois tropeiros e Lester. Levaram alguns itens (tapeçarias, cobertores e tachos de cobre martelados) para conseguir a farinha, mas assim que chegaram à cidade de Vila Boa de Goyas, Radu se separou dos tropeiros e levou Lester consigo.

A cidade de Vila Boa de Goyas, outrora chamada de Arraial de Sant'Anna, era desenvolvida e bem-estruturada, de arquitetura e mentalidade europeias, o que a tornava atrativa e ao mesmo tempo perigosa para os ciganos. Lazlo já tinha recebido a visita de oficiais da lei duas vezes, e nas duas despendeu um bom dinheiro para não ter problemas com eles. Também fez um acordo no qual manteria distância da cidade e, caso precisasse visitá-la, o faria em pequenos destacamentos, de no máximo duas carroças — para não enfurecer ou amedrontar a população.

Caminhando pelas ruas da cidade, Radu e Wladimir conseguiam compreender o motivo. Para começar, ninguém passava a menos de dois metros deles. Evitavam olhá-los nos olhos, as mulheres mais velhas chegavam a se benzer.

— Para onde estamos indo? — Wladimir perguntou a Radu.

— Na sombra da jaqueira.

Andaram até lá e se sentaram. Radu tirou um cigarro do bolso e o acendeu.

— O que você quer comigo? — Lester perguntou.

— Eu quero saber que tipo de doença você tem. Eu já perguntei antes, mas agora eu preciso saber.

— Eu não tenho doença.

Radu tragou o cigarro e soltou a fumaça pelo nariz.

— Você não cresce, não fica com a voz grossa, seu corpo não muda como o nosso. Se isso não é uma doença, é o quê?

Lester não se incomodou. Radu nunca tinha perguntado diretamente a ele, mas já o tinha provocado várias vezes; insultado, ele e as outras crianças. Quase sempre algum adulto aparecia na hora certa e resolvia tudo, intercedendo em favor de Lester e dizendo que ele não era menos família porque não envelhecia como os outros, exigindo que os agressores se desculpassem.

— É assim que eu sou.

— Falam coisas de você, moleque. Eu preciso saber a verdade.

— O que você quer saber?

Radu não conseguiu dizer imediatamente, porque fazer a pergunta parecia loucura. Sentia-se estranho simplesmente por mencionar o assunto. Estranho e contaminado pelas coisas que pairavam sobre o menino à sua frente.

— Chamam você de filho do diabo.

Lester não alterou a paz forçada do rosto.

— Meu pai era Juan Lester. Ele não era santo, mas não era o Diabo. E desde quando você acredita em Beng?

Radu tragou o cigarro e deixou a fumaça escapar pelo nariz novamente. Sentia-se mais homem fazendo aquilo, fumando como os outros homens.

— Seu pai está morto, e se você ficasse mais velho como todo mundo, já teria idade para tratar de um assunto sério comigo.

— Você fica me rodeando como uma abelha, me trouxe pra cá e me chamou de filho do diabo. Eu já falei que não quero seu lugar e nem o do seu pai. Por que você não conta logo por que me trouxe aqui?

— Eu vou me casar com a Iolanda, a sua irmã.

VI

Lester juntou as mãos e se deu conta de que estavam geladas. O que Radu percebeu é que o menino à sua frente pareceu muito mais maduro depois de ouvir aquela sentença. Era algo no olhar, alguma coisa que não conseguia mentir.

— Você não vai casar com a Nãna. O meu pai não está aqui pra dar a mão dela, e eu não vou deixar você levar minha irmã de mim.

— De você? Quem cuida da sua irmã é a Carmela e o Costel, eles que decidem.

Lester não abrandou. Mesmo que não tivesse chance de vencer, parecia prestes a partir para uma agressão. Além de maior, Radu era mais forte, mais apto.

— Ela também gosta de mim, Wladimir. Quando eu falei com o meu pai, descobri que ele e Juan já tinham acertado, quando seu pai era vivo. O Costel também ficou muito feliz. Então, se você não aceitar, não vai fazer diferença.

Lester ficava mais irritado a cada sílaba. Tudo feito em sigilo, tudo feito por suas costas. Quem eles pensavam que eram?

— Tudo faz diferença.

— Nós dois também somos família, eu e você. Nosso sangue está amarrado desde sempre, nós vamos juntos do começo até o fim do mundo. Eu só não quero começar uma nova família brigando com a família antiga, não é assim que o nosso povo faz as coisas.

— E como o nosso povo faz as coisas? Pelas costas? Conversando com os parentes e esquecendo que a Nãna tem um irmão vivo?

Lester relaxou as mãos, mas seu rosto ainda estava enrijecido pela indignação.

— Você não gosta dela — disse. — Você quer casar com a Iolanda porque você tem medo que o seu pai prefira a mim. Você pensa que casando com ela vai ganhar mais força.

Radu riu. Não para provocar o outro, mas por tudo o que tinha guardado. Ele perdeu o melhor colchão para aquele moleque. Perdeu roupas. Depois perdeu a carroça e um cavalo que poderia ser dele. Por alguns anos, perdeu o respeito do próprio pai e de alguns amigos, que olhavam para Wladimir Lester como se ele fosse algum tipo de milagre. Mas então o milagre parou de crescer e se tornou o que era hoje, uma aberração, um deslize da mãe natureza.

— Você ainda bate no meu umbigo, Dimir. Ninguém vai colocar uma criança pra chefiar nosso povo, muito menos o meu pai. Agora que estamos ficando ricos, ele não liga mais pra você. É um grande favor deixarmos você viver com a gente. Um acordo que eu vou manter, se você não atrapalhar a nossa vida.

O menino pensou mais um pouco. Uma das frases que Juan gostava de usar é que a raiva não dá bons conselhos. E Lester aprendeu com outros que manter uma boa relação com a família era uma coisa importante, porque, sem família, um cigano não tem mais nada.

— Se você não atrapalhar meus quadros, se não atrapalhar o que eu gosto de fazer, pode casar com quem você quiser.

Radu se levantou e estendeu a mão para Wladimir. Sorria de verdade, sem farpas escondidas nos dentes.

— A Iolanda vai ficar feliz, sei que vai.

Lester desviou da mão estendida e se levantou.

— O tempo vai falar melhor do que eu, Radu.

Lester tomou a direção esquerda da rua de pedras à sua frente.

— Aonde você vai? — Radu perguntou.

Lester não respondeu.

VII

Algumas vezes, quase sempre quando se sentia muito irritado, Lester era impelido por uma nova vontade, uma espécie de força que não era dele, algo quase irracional. Algumas das obras de arte que mais gostava nasceram dessa forma, quando ele se sentia provocado ou desprezado, quando se sentia diminuído de alguma forma.

Seu pai, Juan, era bom em fazê-lo se sentir assim. Muitas vezes Juan nem precisava dizer nada, bastava um olhar, uma palavra dura, até mesmo seu desprezo era suficiente para machucar Lester como uma faca afiada. Juan era frio, e Romena, quando estava com ele, se comportava da mesma maneira. Lester ainda se perguntava por que pessoas como aqueles dois trouxeram crianças ao mundo.

Ele percebeu muito cedo que não teria voz entre os pais, que sua vontade jamais valeria um voto. Iolanda sempre foi mais maleável, antes e depois dos pais terem morrido, e Lester desprezava seu conformismo da mesma forma que ele fora desprezado por sua contundência. Seria possível que a frieza e o desdém fossem passados de uma geração para a outra? Era o que sentia em relação àquela nova união entre Radu e Iolanda, desdém. Frieza.

Lester desviou seu caminho e encontrou o que parecia um comércio, um lugar cheio de panelas, tapetes, roupas e espelhos. Havia algumas mulheres dentro do pequeno estabelecimento, olhando coisas, pechinchando o que encontravam de interessante. As mulheres das cidades não se vestiam como as mulheres do seu povo. Lester as achava envelhecidas, sonsas e sem graça, eram como rascunhos que precisavam receber acabamento. Não foi o que ele viu na mulher com o gato.

A mulher e seu gato estavam dentro do comércio, aos fundos, mas Lester conseguia observá-la pelo lado de fora. Tinha por volta de cinquenta anos, talvez tivesse menos. Usava um vestido longo e escuro, parecia triste. Além de seu olhar gelado, o que mais chamou a atenção de Lester foi o gato que ela segurava. Um gato rajado que ela mantinha em seu colo. O bicho usava uma coleira com pedras brilhantes e Lester nunca imaginou um gato com coleira.

Da forma como a mulher estava posicionada, dois espelhos formavam um túnel de imagens repetidas. Atrás dela havia outro quadro, com outra mulher segurando outro gato. Também havia uma escrivaninha ao lado, igualmente refletida no espelho. Havia rosas sobre ela, meia dúzia de rosas brancas. Lester parecia encantado, e seu encanto foi tão grande que ele deixou toda a raiva que sentia ir embora, pelo menos por um instante. A mulher em algum momento seguiu seus olhos pelo espelho, e, apesar da idade, Lester se sentiu perdidamente apaixonado por sua melancolia, por sua tristeza. Naquele momento, ele desejou do fundo de seu coração que pudesse beber daquela agonia. Enquanto ela o encarava pelo espelho — ela e as outras elas que nadavam naquele mar de reflexos —, a mulher chorou.

Ela saiu de onde estava depressa, deixando seu sofrimento silencioso impregnado na mente artística de Wladimir Lester. Quem era ela, ele jamais saberia, mas precisava pintar um quadro com seu rosto.

VIII

Na mesma noite, um mar de chuva desabou sobre o cerrado.

O acampamento sofreu com a violência das águas, e um pouco mais com os ventos, que levantaram lonas e trouxeram lama e sujeira para a casa daquelas pessoas. Dentro das carroças, o povo estava em segurança, mas seus pertences estavam do lado de fora. Também os mantimentos, matéria-prima para os trabalhos manuais, carne conservada em banha. Os animais entraram em pânico, um dos cavalos acabou fugindo e um cigano tropeiro saiu atrás dele, desafiando os trovões e o aguaceiro. No meio da confusão, enquanto todos se desesperavam e acudiam, Lester estava sozinho em seu ateliê.

Parte de seu acordo com Lazlo é que ele tivesse um lugar seguro para trabalhar, e também para ficar longe das outras pessoas, quando elas fossem inconvenientes. Ultimamente tudo estava mais calmo, mas houve um tempo, quando todos se davam conta que Lester não crescia normalmente, que ele era alvo de olhares, provocações e especulações. Hoje os mais jovens creditavam sua imaturidade a algum tipo de doença. Com os mais velhos era diferente, eles sabiam.

Lester estava na carroça reservada a ele, tentando pintar a imagem que se impregnou em seu cérebro mais cedo. Não fazia ideia do que havia de tão especial naquela cena, se era o gato, a mulher, o espelho ou as rosas brancas, mas algo ali o atraía, o enfeitiçava.

O problema é que a sua mente não conseguia passar para a tela a maestria que ele queria. O desenho não tinha a verdade que precisava ter, não tinha nem mesmo as cores. Seria a chuva lá fora? O barulho dos trovões que rugiam como bestas aladas? O menino arrancou a tela e a amassou, já era a quarta. Recolocou mais uma no suporte e misturou algumas tintas. Concentrou sua mente no momento em que o dia estava brilhante e lúcido, no brilho dos espelhos.

Três golpes na madeira da carroça interromperam a trajetória do pincel antes que ele tocasse a nova tela.

Em uma situação normal, Lester não abriria, mas o céu parecia zangado com a terra como não se via há um bom tempo. No território onde moravam agora, as chuvas eram raras, ainda mais com a violência que carregavam naquela noite. Lester abriu a porta sem perguntar quem era. Confiava em sua gente; apesar de tudo, ainda confiava neles.

O menino também não perguntou quem era a mulher, mas sua expressão fez as vezes da boca.

— Eu posso entrar? — perguntou ela. Era adulta, bastante jovem. Lester aproximaria sua idade dos dezessete, dezoito anos. Tinha os cabelos claros e lisos, escurecidos pela chuva. Não se vestia como as ciganas de seu povo, mas ela se parecia com uma cigana, mesmo com aquela pele tão branca.

Havia algumas delas entre seu povo, pessoas mais brancas. Os mais velhos explicavam que eram descendentes de mulheres tomadas à força nas terras de onde vieram. Também descendiam de pessoas adotadas pelos ciganos, algumas refugiadas da sociedade branca que acabaram se vinculando, principalmente aos maiores grupos calon.

A moça parada à entrada usava um vestido longo em tons de roxo (mas poderia ser de outra cor quando o tecido estivesse seco), havia ouro e prata em seus muitos anéis e pendurado em seu pescoço.

— O que você quer? — ele perguntou.

A mulher olhou para trás, para a cortina de chuva.

— Estão atrás de mim. Se me deixar entrar, eu pago a você.

— Eu não preciso de dinheiro.

Lester a deixou entrar e procurou um possível perseguidor no aguaceiro. Se havia alguém ali, seria impossível enxergar sua presença. Voltou a fechar o acesso à carroça, dessa vez usando a trava de metal como segurança.

— Obrigado — disse ela, e se sentou em um banco forrado com veludo azul. Passou as mãos pelos cabelos. Lester observou os pingos caindo no piso de madeira, se unindo e formando um desenho que ele ainda não compreendia.

— Você pintou tudo isso? — ela perguntou.

O lugar preferido de Lester era por si só uma obra de arte. No espaço restrito que compunha a carroça havia quadros e pinturas, tapeçaria, esculturas de argila. Havia muito do que o menino via e ouvia em seu povoado, mas também existia detalhes que apenas os sonhos contavam; alguns desses, obscenos demais para alguém tão jovem. Mesmo sendo uma mulher jovem e possivelmente cigana, ela também não se incomodou. Depois de saciar seus olhos, acabou se concentrando na pintura que Lester havia jogado no lixo.

Ela a pegou, esticou um pouco e a colocou na frente dos olhos, para não perder nenhum detalhe.

— Não gostou dessa? — ela perguntou.

— Você gosta?

— Meu nome é Ária — ela preferiu explicar.

— Wladimir — ele também se apresentou. — Eu passo meus dias aqui dentro, pintando e trabalhando. Um dia eu vou ser o maior artista do mundo.

— O mundo é muito grande, Wladimir. O mundo é um mar de pessoas sem fim.

— Minha vontade também é.

Ária voltou a apreciar a pintura desprezada.

— Tem alguma coisa especial nesse desenho. É diferente dos outros quadros.

— É só uma coisa que eu vi na cidade. Não saiu mais da minha cabeça.

— Talvez não seja o que você viu, mas o que você sentiu. O que enxergamos passa diante dos nossos olhos como poeira e vento, o que sentimos entra em nós como o ar que respiramos. Consegue se lembrar o que você sentiu quando viu essa mulher?

Lester olhou para os olhos claros de Ária. Eles tinham um tom indefinido, eram azulados e cinzentos.

— Tristeza. Senti como se a alma da mulher tivesse passado pela minha. Ela perdera a vontade de viver. Quando ela olhou para a outra ela dentro do quadro, ela quis ir morar na outra e nunca mais voltar.

Ouvindo aquelas palavras, os olhos da moça se encheram de brilho.

— Talvez ela tenha partido e não possa mais voltar. Pode ser que ela tenha tomado uma decisão precipitada e condenado a si mesma a perder as pessoas que amava. Algumas vezes a vida empurra uma pessoa na direção que bem entende, como se não fossemos donos de nosso próprio destino.

Lester ouvia muito seriamente aquelas palavras. Elas também traduziam parte dele, e, segundo pensava, daquela mulher.

— Não ficou como eu queria. Falta alguma coisa na mulher, falta vida.

Naquele instante Lester percebeu um impulso de falar sobre o que sentia, de dividir um pouco do fardo de não alcançar sua própria excelência, não importa o quanto se esforçasse. Um impulso de se confessar com uma estranha. Preferiu dizer outra coisa.

— Eu usei todas as combinações de tinta, usei as técnicas que eu conheço, misturei materiais diferentes e...

— Usou dessa tinta que está no seu pescoço? — perguntou Ária. Lester agarrou o tubinho de modo que ele desaparecesse entre sua mão direita, mas assentiu com a cabeça.

— De onde eu venho — ela disse —, nada é mais vivo que o nosso próprio sangue. Conheci muitos artistas nas cidades e nos campos, nos reinos e nos becos. Nenhum deles chegou a um lugar de destaque sem colocar o que tinham de mais precioso em seus trabalhos.

— Meu sangue? — Lester perguntou.

Ela sorriu de um modo leve, maternal.

— Conheci uma mulher que se tornou santa, acredita? Já faz alguns anos, em uma terra muito distante. Ainda existem milagres no mundo, Wladimir, mas as pessoas já não sabem procurar. Ela era uma artista como você. Assim como você, não se limitava aos quadros. — Ária apontou para um cavalinho feito de argila.

— Eu gosto do barro. E estou aprendendo a trabalhar com gesso.

— Tenho uma agulha bem aqui no vestido — a mulher mexeu na região da cintura.

— Eu não vou me furar.

Mas Lester apanhou o alfinete para si e olhou para o papel amassado nas mãos de Ária. Prendeu o alfinete em sua camisa e pediu a pintura desprezada de volta. Com a habilidade de um artista experiente, Lester a reposicionou no cavalete de pintura. Tomou alguma distância antes de começar. Não estava mesmo ruim, apesar de faltar alguma coisa, algum brilho, era uma boa pintura.

Voltou a segurar o alfinete com a mão direita.

Por que não?

Colocou bem perto do dedo indicador esquerdo. Tocou a pele, mas não a furou.

— Quer ajuda?

Lester estendeu a mão com algum receio.

Ária apanhou sua mão esquerda.

— Lá vai — ela disse e enfiou a agulha; enfiou com vontade. Lester revirou os olhos, mas não soltou um único suspiro.

O sangue verteu depressa. Ele ergueu a mão, o filete vermelho desceu até o pulso.

— É só deixar pingar na tinta, em qualquer uma que você vá usar. — Enquanto ele obedecia, Ária continuou explicando. — Não use em todos os seus quadros, tudo o que é usado em demasia perde parte de seu encanto. Deixe o sangue para os quadros e esculturas que tocarem mais fundo no seu coração.

Lester percebeu o corpo fervilhar, a pele sentindo tudo em exagero. Estava prestes a ser tomado pelo oculto. Ária se levantou e deslizou as mãos pelo vestido molhado, a fim de esticar um pouco o tecido.

— Melhor eu ir embora, Wladimir. Obrigado por me acolher.

Ele ouviu, mas sua mão direita já mergulhava um pincel nas tintas. A esquerda deixava as últimas gotas de sangue temperarem os pigmentos.

— Você volta? — ele perguntou, concentrado no retoque que eternizaria aquele quadro. A voz tremia, assim como o resto de seu pequeno corpo.

Ária já tinha saído.

IX

Lester terminou o quadro quando o céu parou de se diluir em água, já passavam das quatro da manhã. O que via à sua frente era basicamente a mesma cena, mas havia um tipo de encanto agora, um recado de que ele, enfim, chegara ao fim do trabalho. Eram os olhos, o que precisava encontrar, e encontrou; foi o brilho nos olhos retratados naquela pintura.

Os braços estavam pesados pelo esforço, os ombros doíam, sentia muita sede. A alma estava aliviada e descansada, estava satisfeita. Lester soltou os ombros e deixou os braços ao sabor do movimento, fazer isso sempre melhorava o cansaço. Caminhou alguns passos pela carroça, tirou o vício dos olhos, ainda queria comprovar sua primeira impressão sobre o quadro.

Voltou a olhar para ele.

Os olhos da pintura o seguiam, tanto os da mulher (e das mulheres refletidas) quanto os olhos do gato rajado. Lester mudou de posição pelo menos seis vezes, e em todas os olhos o acompanharam. Não se lembrava de ter tido a intenção de colorir os olhos do gato de uma cor tão inusual, mas eles eram amarelos. Talvez tenha sido a reação da tinta com o sangue, ou o acaso que frequentemente fazia mais pelos homens do que seus planos minuciosos e cheios de arrogância.

Havia algo novo naquela pintura, havia mágica. Lester batizou o quadro de *Um presente para Ária*.

X

Uma semana se arrastou para os ciganos conseguirem restaurar os prejuízos causados pela chuva que durou três dias inteiros. Barracas foram destruídas, animais adoeceram, pareceu um milagre ninguém ter morrido ou se ferido gravemente.

Quando Lazlo pareceu tranquilo outra vez, Lester pediu para falar com ele. O encontro foi marcado na tenda do líder do agrupamento, e mesmo tendo agendado a reunião, Lester precisou esperar meia hora do lado de fora até conseguir sua audiência. Quem deixou a tenda de Lazlo com atraso foi Valkir, o cigano mais velho, e ele sempre olhava meio atravessado para Lester. Quando passou pelo menino, o velho notou que ele trazia um pacote quadrado, grande demais para ele, embalado em um tecido cor de palha. Valkir olhou para o pacote, para o menino, e sacudiu a cabeça antes de seguir seu caminho cocho. Valkir tinha se acidentado a cavalo quando era mais moço, a fratura cobrara o preço devido.

— Entra, Wladimir — a voz forte de Lazlo convocou.

Lester o fez com algum esforço. O quadro já tinha recebido uma moldura, pesava bastante para um menino magrinho como ele.

— Mais um quadro?

— Esse é especial.

Lazlo demonstrou bem pouco interesse, mas nada que tenha desmotivado a empolgação do menino. Lester pousou o quadro no chão como quem desce um bebezinho, o libertou dos tecidos com o mesmo cuidado. Depois tomou maior distância e o segurou na frente do peito. Lazlo concentrou a visão, passou as mãos pelo bigode farto e pela barba que tentava acompanhá-lo.

— Esse é estranho, um pouco mais que os outros — foi o que disse.

— Ele é especial, vai valer mais que todos os outros porque pode trazer boa sorte.

Lazlo deixou a mesa redonda e caminhou até o menino. Apanhou o quadro, deu uma olhada rápida e o colocou na mesa.

— Eu preciso de mais tinta — Lester explicou —, o que eu tenho está quase no final. A vermelha e a verde eu já precisei diluir, e não fica a mesma coisa. Quando nós vamos voltar para a vila?

— Essas tintas são muito caras, Wladimir. Os quadros não trazem tanto dinheiro quanto o ouro que ganhamos com o Miro.

— E o que o Miro e o ouro dele têm a ver com as minhas tintas?

Lazlo caminhou pelo espaço pequeno, os metais valiosos presos às roupas tilintando devagarinho. Como todo cigano, ele presava pela boa aparência. Roupas finas, brincos reluzentes. Colares, anéis e dentes encapados com ouro.

— Miro está conseguindo ouro e pedras preciosas, mas, para tirar da terra, ele precisa de ferramentas e de químicos. Os quadros que você pinta trazem parte do dinheiro que precisamos, mas eles nunca renderam muito. Ouro é diferente.

— Claro que renderam, eu sei que sim.

— Não o mesmo que o trabalho do Miro. Se quer meu conselho, você teria mais vantagem aprendendo com ele do que insistindo nessas pinturas.

— Você não gosta mais dos meus quadros?

Lazlo buscou um pouco de fumo no bolso da camisa. Sacou a palha e o canivete, começou a preparar um cigarro. Era habilidoso, não demorou muito e estava pronto.

— Eu amo as coisas que você faz, mas eu sou um, e eu não pago por eles. As pessoas da igreja também gostam dos seus quadros, os padres e os gajons que vão à missa, mas eles também são poucos. E esses quadros que você começou a pintar de uns anos pra cá... eles são estranhos.

Lazlo tragou o cigarro para que o menino pudesse digerir o que foi dito.

— Esses quadros sombrios — Lazlo reforçou —, eles não têm pra onde ir.

— Eu não posso parar de pintar.

— Sei que você não pode e sei que não quer. E nenhum calon exige que alguém desista da sua arte. A arte é a alegria da nossa vida, a arte é a nossa vida. Eu só estou colocando as coisas como elas são nesse momento, menino. Nós precisamos de dinheiro para o nosso povo, e o dinheiro vem do Miro Santii.

XI

Como todo cigano calon, Lester era da família, mas nos últimos anos poucos falavam com ele além dos cumprimentos básicos e uma palavra ou outra durante as refeições compartilhadas em comunidade. Por opção própria e pela opção dos outros, Wladimir Lester tornava-se cada vez mais recluso e excluído. Entre as crianças, sentia-se mais esperto, mais velho, a curiosidade exagerada e as coisas sem sentido que elas faziam não o atraíam. Os mais velhos, que já tinham ambições adultas, não queriam sua presença, porque aos olhos deles Lester era apenas uma criança, e uma criança doente e incapaz de se tornar um adulto. Sendo uma vítima da má sorte (muitos o consideravam dessa forma depois do que aconteceu com Juan e Romena Lester), sua presença era uma lembrança constante de que os deuses não gostam de quem brinca com seu fogo.

Havia um outro homem deslocado no grupo, o cigano que há alguns anos limpava as fezes dos cavalos. Esse sujeito havia tentado lucrar em cima do dinheiro de outros ciganos, vendendo suas coisas por mais dinheiro e pagando menos do que recebia. Doru não foi expulso por pouco, mas perdeu muitos privilégios e foi delegado ao pior trabalho da comunidade.

— Eu preciso de um cavalo — Lester disse a ele em um começo de tarde, quando se certificou de que não seria ouvido.

— Claro que precisa — Doru desdenhou. Seu hálito tinha o cheiro do que ele recolhia do chão.

— Eu devolvo logo, só preciso por algumas horas.

— Sai daqui, moleque, eu não sou o dono dos cavalos. Pra que você precisa de um cavalo?

— Isso é assunto meu. — Lester já sabia o que esperar daquela conversa, então ele se preveniu. Tirou do bolso um anel de ouro. O olho de Doru cresceu.

— De quem você pegou isso?

— É meu, era do meu pai e agora é meu. Eu dou pra você se me emprestar um cavalo.

Doru secou o suor da fronte, um rastro de sujeira ficou na pele.

— Você sabe montar?

— Sei, o meu pai me ensinou.

Doru estendeu a mão e pegou o anel de ouro. Era chapado, sem entalhe algum, mas tinha um bom peso.

— Conheci o seu pai, eu tinha negócios com ele. Ficou me devendo.

Lester estreitou os olhos.

— Se devia, a obrigação morreu com ele. Onde está o meu cavalo?

Não era seguro ir até a vila sozinho, não era nem mesmo permitido sem o consentimento de Lazlo. O acordo que o líder cigano firmou com os donos de Goyas exigia um afastamento razoável. Os ciganos manteriam a distância e só poderiam ir até a cidade para comprar mantimentos, uma ou duas vezes por mês.

Lester não era bobo, ele sabia que sua presença chamaria a atenção depressa, e sua presença em cima de um cavalo soaria como um tiro de canhão. Além do mais, alguns poderiam se sentir provocados; todo cigano sabia que o povo das vilas e cidades se sentia provocado meramente por ser olhado direto nos olhos por um cigano.

Por isso Lester amarrou o cavalo embaixo de algumas árvores e caminhou cerca de quinhentos metros, chegando ao povoado a pé. Algumas pessoas olharam firmes pra ele do mesmo jeito, principalmente os comerciantes que julgavam todo cigano como ladrão e trapaceiro.

Lester vagou pelas ruas por algum tempo, procurando um rosto em que pudesse confiar. Encontrou segurança em um outro menino, um pouco mais novo do que ele. O garoto usava roupas de tropeiro. Eram menos enfeitadas, mas parecidas com as que alguns calon usavam. O menino poderia se passar por um cigano se não fosse branco como leite.

Lester ficou parado ao lado dele, até que o menino disse:

— Oi.

— Eu preciso saber onde ficam as pessoas que prendem os outros — Lester falou para ele. — Se me contar, eu dou dinheiro.

O menino ficou com a mesma cara sonsa, então Lester explicou.

— Quando alguém rouba alguma coisa; eu preciso achar quem prende o ladrão.

— A guarda?

Lester assentiu. Devia ser.

— Eles ficam andando por aí — o menino da cidade explicou. Talvez tivesse complementado se não tivesse sido surpreendido.

— Já não falei pra não ficar de assunto com essa gente suja? — O homem que avançava pelas costas de Lester perguntou. Tinha um bigode que cobria boa parte de seu rosto, era vermelho de tomar sol e vestia roupas parecidas com as do menino. Usava uma bota bonita, e Lester reconheceria um trabalho cigano do outro lado do estado. Mas não diria nada.

O menino pequeno foi para o lado do pai.

— Xô, moleque, some daqui — o adulto disse a Lester. — Não quero você falando com o meu filho.

— Eu só fiz uma pergunta.

O homem abriu um sorriso irritado, botou a mão no joelho direito e se abaixou.

— Quando alguém como eu fala com alguém como você, não existe discussão. A gente manda e vocês obedecem, tá compreendido?

Lester baixou os olhos — o que sempre agradava um idiota metido a valente como aquele — e assentiu.

— O que você queria com o meu menino?

Duas coisas ficaram bem claras naquele momento.

Primeiro, que a confusão já o havia encontrado, e a menos que ele desse alguma coisa pra aquele homem, o sujeito faria alguma ruindade com ele. Segundo: alguém com aquele tipo de temperamento moveria metade do império para prejudicar um cigano, então Lester havia encontrado o que procurava.

— Eu queria avisar a guarda. Tem um homem no meio do meu povo que está fugindo deles.

— Fugindo de onde? De quem?

— Ele sabe como encontrar ouro e pedras, sabe fazer dinheiro com o que sai da terra. O nome dele é Miro Santii. Ele se juntou com o meu povo e tem gente atrás dele que eu sei, tem recompensa e tudo pra quem achar.

O homem manteve os olhos em Lester, procurando a perna da mentira.

— O que você ganha com isso, moleque?

— Meu povo está brigando por causa do ouro, era melhor quando Miro Santii não estava com a gente.

Os olhos se mantiveram presos um no outro. Os do homem eram miúdos, rápidos, pretos como quase não se via. Em contraste com a brancura avermelhada da pele, eles pareciam ainda mais escuros.

— Alguém da sua gente sabe que você está aqui?

— Eu vim sozinho. Meu povo gosta do ouro do Miro, eles estão cegos.

O homem continuou olhando, analisando, buscando a verdade.

— Onde você e a sua laia estão escondidos?

— Perto do rio, fica depois da fazenda Coração Imaculado.

O homem voltou a ficar de pé.

— É melhor você voltar pra sua gente. É perigoso ficar por aqui, mesmo que você tenha boa intenção.

— Você vai falar com eles? Com a guarda?

— Isso é problema meu. E você — o homem disse ao filho dando um sopapo em sua cabeça —, se eu te pegar falando com essa gente de novo, você vai morar com eles.

O menino acatou e seguiu com o pai. Lester voltou para onde estava seu cavalo.

XII

Desde a noite que experimentara forçosamente o elixir de Wladimir Lester, Sarah percebeu que suas habilidades com a magia aumentavam a cada dia. Não bastasse o relato detalhado que ela escreveu sobre os rituais secretos da família Lester, ela passou a ter sonhos, visões, premonições que a atiravam no chão e a faziam convulsionar de dor de cabeça. Era como se as imagens futuras gritassem dentro dela, como se mordessem seu juízo.

Com a intermediação de Carmela, Sarah encontrou em outra cigana do grupo, Marta, a orientação que precisava para compreender seus novos dons, pelo menos uma parte deles.

Ela agora sabia ler mãos, cartas, lia como desfazer os nós das brigas na terra. Sarah conseguia ler recados ancestrais nas brasas e ver parte do futuro nas águas. Algumas vezes, ela também experimentava um transe profundo, e mesmo a experiência de Marta não conseguia compreender o que se passava com a mocinha. No fim de tarde que Wladimir Lester voltou da vila a cavalo, Sarah tinha dezenove anos e estava esperando por ele na entrada da carroça onde ele pintava.

— Aconteceu alguma coisa? —perguntou ele quando a viu. Já tinha deixado o cavalo, mas as marcas do galope estavam nele, o pó da estrada, o suor amassado nas roupas.

— Você sabe que sim, Dimir.

— Eu estou todo sujo, cansado, eu preciso descansar.

— Você pode descansar depois.

Lester se deu por vencido e a convidou para a carroça onde pintava (e passava a maior parte do tempo). Pelo que conhecia de Sarah, ela não desistiria até conversar com ele.

— Faz tempo que você não vem me ver. Achei que estava brava comigo.

Sarah mal o ouviu, ainda tentava absorver tudo o que via.

Por todos os cantos do pequeno ateliê de Wladimir Lester havia obras de arte em diferentes estágios de composição. A maior parte das pinturas retratava o dia a dia daquele pequeno povo, seus trabalhos, sua dança, a natureza rústica que se mesclava às cores presentes em cada ato. Também havia muitas obras sacras, representações de santos e santas católicos. E havia um grande quadro de Sarah Kali, madrinha de todos os ciganos e daquela menina. No espaço reservado a Lester, o que não era arte corria em direção a ela, como um rio. Papéis, tintas, argila, gesso, metais e couro de diferentes tipos e qualidades.

— Você aprendeu rápido — ela disse. — Era isso o que você queria?

— Por que está interessada agora? Você não se importa comigo desde... você sabe... aquela noite.

— Nós dois sabemos o que você fez comigo. E o que fez com você mesmo. Olha só pra você, ainda está igualzinho àquela noite, tem o mesmo rosto do meu melhor amigo, a mesma altura, então por que eu não tenho mais vontade de falar com ele?

Lester virou o corpo para não precisar olhar para ela. Detestava ser pressionado ou coagido, sentia um nó crescendo na garganta. Sarah estava o arrastando para aquela noite maldita.

— Seu amigo ainda está aqui, mas ele não é igual aos outros.

— Por que ele escolheu ser assim? — Sarah voltou a pressionar.

Lester virou de frente para ela.

— Olha só pra mim, olha bem. Eu escolheria uma coisa dessas? Ver todo mundo crescer, ficar mais forte, e eu continuar assim?

Sarah sentiu alguma empatia, mas as palavras seguintes machucariam do mesmo jeito.

— Ninguém escolhe as consequências, Dimir, elas são o que são.

A garota afastou alguns tecidos e se sentou em uma poltrona dupla. Lester puxou uma banqueta para também se sentar.

— O que você quer de mim? —perguntou ele.

— Eu não sei, não consegui ver tudo. Mas eu sei que você fez uma coisa hoje que terá consequências horríveis. Eu estava lendo as águas e senti gosto de sangue. Olhei para as águas do caldeirão e elas estavam vermelhas. Então eu vi seu rosto, o sol diminuindo seus olhos... um homem mau. Que tipo de semente você plantou hoje?

— Não sei nada sobre sementes.

— Eu vim mais cedo, você não estava aqui. Procurei você o dia inteiro e...

— Você não é a minha mãe. E você não é a minha amiga faz muito tempo. Você sabia que o Radu vai casar com a Iolanda?

Nada que surpreendesse Lester, mas ela disse:

— Ele veio falar comigo e com a minha mãe.

Lester torceu o rosto de uma maneira tão violenta que Sarah pensou que ele fosse chorar. Mas não o fez. Da mesma forma que o rosto foi tomado pela tempestade, ele mesmo desfez as nuvens.

— Sou eu que faço coisas pelas costas? Sou eu o filho do diabo?

— Não sei. Você pode ser uma vítima dos seus pais, ou de Beng, ou pode ser o menino egoísta que trouxe o mal pra dentro da nossa tribo. E nos três casos você pode escolher viver de outra forma, pode escolher ser...

Sarah parou de falar, mas o menino sabia o que morreu em sua garganta.

— Normal? É isso o que você ia dizer?

— Não, Dimir, eu ia dizer que você pode escolher ser feliz, que você pode afastar toda a raiva e a dor que você sente e usar a sua arte para trazer alegria, em vez de usá-la como um chicote.

Lester se levantou e foi até a porta.

— Eu não quero mais falar com você. Não quero ouvir sua conversa.

Sarah se levantou, respirou fundo e ajustou as barras do vestido.

— Não importa o que você faça, Wladimir Lester, eu sempre serei sua amiga. Mas as pessoas não são como eu, elas não conheceram você como eu conheci. Não espere delas a mesma consideração.

Sarah saiu da carroça e Lester continuou olhando para o lado de fora, para a pilha de lenha que começava a crescer e em breve se tornaria uma fogueira.

Não sentia uma gota de arrependimento.

XIII

Naquela noite, Costel, pai de Sarah, acordou no meio da madrugada com vontade de fumar. Carmela não estava ao seu lado, Sarah dormia profundamente na rede. Quase todos dormiam pelo que ele percebia. Ao lado do que restou da fogueira, Carmela olhava para as brasas, como quem tenta desvendar um segredo.

Carmela tinha alguma visão do destino, mas não era muita. E não tinha visão alguma se comparada à sua falecida mãe (assassinada por uma milícia de portugueses assaltantes) ou Sarah.

— Fazendo o quê aí sozinha, mulher? — perguntou Costel, já se abaixando de cócoras ao lado dos restos da fogueira. Se era bom fumar, não havia nada melhor que fumar em volta do fogo, mesmo das brasas.

— Pensando — Carmela disse.

Costel manteve a boca ocupada com o cigarro. Aquilo de pensar demais não era com ele. Pensar muito pode ser a ruína de um cigano. A vida era dura, injusta, e qualquer um que pensasse muito tempo colocaria a mente para jogar contra si.

— É o menino — explicou ela —, e o que veio junto do menino.

— Depois de todo esse tempo?

Ela fez um "hum" com a garganta.

— E o tempo passou pra ele?

Costel tragou novamente. Nada disse.

— Nós já estávamos em Vila de Santo Antônio fazia tempo. Foi um bom lugar pro nosso povo. Tinha quem não gostasse de nós, mas não incomodavam.

— Onde essa conversa quer chegar, Carmela?

— Se não fosse ele, o menino, poderíamos ter ficado.

Costel deixou o ar sair com a fumaça.

— Cigano não fica, cigano vai. Eu posso dormir na carroça, colocar uma tenda no chão, mas não me acostumaria em uma casa. Nós não nascemos pra isso. — O cigarro terminou, mas ele ainda queria fumar. Apanhou mais um no bolso da camisa. Costel sempre deixava uns três cigarros prontos, mas não mais do que isso, pra não perder o gosto de cigarro novo.

— Você nunca sentiu vontade de ter uma casa? Um lugar só nosso?

— Todo lugar que meus pés tocam é meu.

— Eu sei, mas se você pudesse escolher, se pudesse mudar pra uma cidade e ficar em paz, o que você faria?

Costel não respondeu, não tinha essa resposta. Se por um lado a segurança de pertencer a um lugar organizado era sedutora, por outro o castrava, tirava dele a vontade de viver. O povo da cidade era muito bom em dizer como fazer isso ou fazer aquilo, mas longe das ordens que eles davam e recebiam, não serviam pra muita coisa.

— Nós temos sorte — ele disse enfim. — Muitos ciganos por aí não tem nada. Não tem ouro, não tem carroças, eles ainda parecem escravos que fugiram do feitor. Nós fomos abençoados.

Guardou mais silêncio. Se Carmela tivesse algo a dizer, aquele espaço vago seria ocupado com suas palavras. Ela não tinha, então Costel decidiu falar do assunto que estava em sua mente.

— Radu quer mesmo a mão da Iolanda, o Lazlo me procurou para acertar os detalhes.

— Eu conversei com ela, eles se gostam. Vai ser mais fácil.

— É. — Costel concordou, seco. Apanhou uma vareta e reavivou algumas brasas.

— Pensando na nossa Sarah? — Carmela disse. Não precisava do dom da vidência para perceber o marido.

— Já passou da hora, ela é nossa única filha e eu gostaria de ter netos.

— Não era pra ser.

Carmela parecia ter razão. Sarah foi prometida para uma família quando ainda estava na barriga de Carmela. O noivo também estava sendo gestado, apenas três meses mais velho. O garoto tinha sete anos quando a família pereceu sob o ataque de um grupo de linchamento, enquanto acampavam pela região que hoje ocupa o Vale do Paraíba. Atacaram no meio da noite, enquanto todos dormiam. Nove pessoas foram mortas, duas delas crianças. Quando Sarah tinha dez anos, outra família procurou Costel. Eles firmaram compromisso, mas o rapaz morreu de sarampo. O garoto não foi o único do grupo de Lazlo a ficar doente, mas foi o único que morreu. A família do menino ainda tinha duas filhas, a vida seguiu em direção a elas.

— Marta leu que ela não vai ter marido — Carmela explicou —, que a missão da nossa filha é espiritual.

— Você acredita nisso?

— Sarah acredita.

Costel começou a rabiscar desenhos na terra, coisas aparentemente sem sentido.

— Ele ainda me assusta — disse Carmela. — Foi depois do que aconteceu naquele casebre que a nossa Sarah começou a mudar.

— Wladimir? Ele é só um menino doente, Carmela, não seja boba.

— E que doença é essa que parou ele no tempo?

— Eu não sou doutor pra saber.

Enquanto falavam, alguns morcegos caçavam seu alimento, voando de uma árvore à outra. As asas recortando a luz que escapava da lua. Entre um voo e outro, Carmela se lembrou de outro detalhe.

— Os bichos não gostam do menino.

— Aaaara, deixa disso. Eu já vi o menino segurando cachorro, já vi andando a cavalo.

— Não é sempre, mas quando uma fêmea tá prenha, ela não passa perto do Wladimir. Se ele se arrisca, o macho ataca. Eu já vi acontecer.

— Vai ver é culpa da doença dele, bicho sente essas coisas.

— Eles não eram do nosso povo.

— Quem?

— Os Lester. Minha avó contava que eles se juntaram na Europa, vinham de outro agrupamento, os avós de Juan.

— Nossa gente sempre oferece abrigo, é o costume ajudar. Se tem até branco, preto e índio, imagina outros ciganos.

— Ela contava que eles eram diferentes. Rezavam pra bicho, pra bode, e eles sangravam animais o tempo todo. Os mais antigos chegaram a mudar os Lester pra mais longe das tendas, porque começou a dar moscas e berne nos animais, começou a juntar urubu e todo tipo de animal carniceiro. Tinha gente de fora perseguindo também, às vezes eles tinham que se esconder no mato pra fugir dessas pessoas.

— Quem eram?

— Minha avó não dizia, ela tinha medo de falar e eles voltarem.

Mesmo quase morta como estava, a fogueira soltou um estalo e um monte de fagulhas ganhou a noite. Carmela puxou o xale nos ombros.

— Juan manteve a feitiçaria. Antes dele, só as mulheres Lester faziam. Ele foi conversando com os mais velhos e foi aprendendo, misturando com o que já sabia. Aprendeu a ler, conseguiu livro de branco. Uma vez desapareceu uma criança da fazenda vizinha e disseram que foi ele, que pegou pra um ritual.

— E não é isso que sempre falam da gente? Nós não ensinamos os nossos filhos a não ficar perto dos gajons porque se sumir alguma coisa, um pedaço de pano que seja, quem roubou foi um de nós?

As brasas cresceram novamente, ficaram vivas e coloridas, como se tivessem sido assopradas. Carmela esfregou os braços.

— Cresci junto do Lazlo e da Romena — recordou Carmela. — Era uma boa amiga, boa moça, uma ótima filha. No começo os pais não queriam o casamento com Juan, o pai tentou desencorajar, mas foi Romena quem insistiu. Ela estava com treze anos. Ameaçou fugir com ele, aí os pais acataram. Pensaram que era melhor ver a filha com Juan do que mendigando em alguma cidade, se casando com gajon ou fazendo coisa pior. Os Machvaya, avós de Romena, eram músicos, eles que ensinaram nosso povo a tocar violino. Antes só se tocava violão.

— Eu nunca soube dessas coisas.

— Agora você sabe, isso é mais importante. Como era com o Juan? — ela perguntou.

Costel espirrou antes de responder, a temperatura caía depressa. O cerrado era bem parecido com algumas áreas desertas que ele conheceu na infância. Durante o dia o calor era terrível, de noite era preciso usar cobertores.

— Juan era calado. Observava mais do que falava. E ele era bom em tudo o que fazia. Bom ferreiro, bom coureiro, ele entendia de ervas e sabia procurar água. Se você colocasse dois gravetos na mão do Juan, ele achava água em menos de uma hora. Se não achasse no chão, ele encontrava água em alguma planta.

— As meninas achavam ele bonito.

— E ele era. O problema do Juan é que ele exagerava em tudo. Na bebida, na amizade, Juan não aceitava perder um desafio. Coisa à toa, como um carteado, com ele se tornava uma guerra. Tudo com Juan era uma guerra.

— Mas ele trazia dinheiro da cidade, comida, ele foi o braço de Lazlo quando a fome rodeou nosso povo — Carmela recordou. — O casamento da Iolanda vai ser mais um nó pra juntar todos nós, vai ser bom pra gente.

Costel foi se levantando das cócoras, com a destreza que só um cigano e um sertanejo conhecem.

— Vem dormir?

— Eu vou ficar mais um pouco. Tem cigarro pronto?

Costel estendeu a ela. Depois a beijou e foi dormir.

As brasas ainda tentavam contar segredos para Carmela. Brilhando e estalando. Não poderiam ser bons.

XIV

Nos tempos de escravatura, a relação entre ciganos e pessoas negras era bastante ambígua, complicada e, muitas vezes, unilateral. Mesmo que alguns grupos de pessoas escravizadas fugitivas, organizadas em comunidades quilombolas, mantivessem uma relação de cordialidade com os ciganos (ajudando e sendo ajudados nos tempos de crise extrema, seja por falta de comida, doenças ou alguma catástrofe natural), outros grupos de negros os tinham como inimigos, porque certos povoados ciganos se especializaram em capturar fugitivos ou até mesmo roubá-los das fazendas para traficá-los em outras regiões distantes.

Na tribo de Lazlo eram povos amigos, com a condição de que pudessem ser reconhecidos como tal. Isso quer dizer que as relações pré-estabelecidas entre esses negros forros e os ciganos eram muito cuidadosas, e que somente homens apresentados por outros homens teriam o direito de se aproximar em paz.

Primeiro os grupos se conheciam, se visitavam mutuamente, e só depois se estabelecia uma relação de confiança. Estabelecer aliados no Brasil do século XIX era muito importante, principalmente porque o próprio povo "civilizado" se atacava (e a quem estivesse por perto) por bem pouco. As populações de descendência europeia, notadamente os portugueses, tratavam todos os outros povos como selvagens, escravos ou mão de obra barata, oferecendo os piores trabalhos e pagamentos da mesma qualidade. Era frequente que um trabalho remunerado se aproximasse muito do regime escravo. As pessoas não tinham escolha quando um grupo armado as contratava, e não fazia diferença se eles eram indígenas, ciganos ou o povo empobrecido que se escondia na área rural dos vilarejos e cidades mais organizadas.

Foi graças a essa estreita relação entre os povos que Lazlo aceitou receber Akin para uma reunião urgente, quarenta dias depois de Wladimir Lester ter ido à cidade a cavalo. Akin trouxe dois homens armados com ele, o que também era incomum, assim como a presença do líder.

— Faz tempo que não recebo sua visita — Lazlo disse assim que chegou a ele. Os ciganos haviam mantido o destacamento de Akin sob custódia, desconfiados que pudesse ser um ataque, uma armadilha.

— Tempos de paz também afastam os amigos. Estou feliz em ter vindo, apesar dos motivos.

— Se a conversa é dura, vamos adoçar com rum — Lazlo sugeriu e o conduziu até uma das tendas.

• • •

Lazlo serviu dois copos, a primeira rodada vertida em um gole pelos dois homens. Ele, então, recarregou os copos.

— O que está acontecendo, Akin?

— Não tenho certeza se está acontecendo — Akin falou em uma língua muito carregada com o espanhol, Lazlo o entendia com clareza —, mas achei melhor contar eu mesmo.

O líder dos ciganos esperou que Akin continuasse.

— Um dos meus, um escravo livre, estava há cinco meses nas Gerais, tratando da libertação de algumas pessoas.

— Um negro libertando outro?

Akin riu.

— Um escravo pode comprar sua liberdade. Custa caro, os barões não querem vender preto pra preto, mas o ouro sempre fala mais alto. Esse homem livre descobriu um veio de ouro na queda de uma cachoeira, então ele pegou um tanto, falou comigo e foi até onde sabia que a mãe e alguns irmãos estavam escravizados. Ele trouxe a mãe com ele, e junto trouxe o que eu vim contar.

Akin deu mais um gole no rum.

— Tem um cigano novo no seu grupo. Novo, que eu digo, é que não é da família de vocês.

— Temos alguns. Você sabe o nome dessa pessoa?

— O nome é Miro Santii. Pelo que ouvi, ele está sendo procurado pelos brancos faz tempo. Envolveram a guarda também.

Lazlo deu um bom gole em seu rum.

— O Miro, sim, ele tá com a gente. Miro estava sendo mantido refém por um barão, obrigavam ele a garimpar e só pagavam pra comer. Ele tem uma perna cocha, atiraram nele quando ele tentou fugir.

— Tem gente vindo atrás de vocês. Esse homem deve valer muito pra eles, não custa barato colocar gente armada pra cruzar o país.

— Tem ideia de quanto tempo eles demoram?

— O meu homem demorou quase dois meses. E eu demorei cinco dias até aqui. Quando Bonifácio saiu das Gerais, eles estavam convocando mais gente pra coluna. Em menos de mês eles não chegam, mas eles sabem que vocês estão aqui.

Lazlo deu outra golada no vinho, dessa vez na garrafa.

— Malditos sejam. Como esses desgraçados descobriram nosso rastro? Depois de tanto tempo?

— Eu não sei, Lazlo, mas eles tão vindo atrás do seu homem. Vêm tudo armado, tem mestiço trabalhando com eles, cachorro...

Lazlo fechou o rosto, mas suas palavras eram de agradecimento.

— Nós vamos levantar acampamento amanhã mesmo. Já dou o aviso essa noite. Precisando de alguma coisa por lá?

— Se tiver sal, eu aceito. E umas duas selas.

— Já é seu, Akin. Vou colocar alguma bebida também, coisa boa. Agradeço por arriscar seu pescoço e me avisar.

— Você já fez o mesmo por mim, cigano. Se alguém é seu inimigo, é meu inimigo também.

XV

Não houve debate para a decisão final. Lazlo reuniu os homens, contou o que sabia e comandou que todos fossem embora nas primeiras horas do dia seguinte.

O plano era simples e funcional. Lazlo levaria seu povo até o centro oeste do estado de Goiás; de lá, a caravana migraria até a Bahia, descendo pelo leste via Espírito Santo, onde haveria reforço de outros grupos de ciganos. Nesse ponto, ficariam algum tempo, e se fossem ameaçados, desceriam pelo Rio de Janeiro até chegar a São Paulo.

Outras pessoas poderiam ficar incomodadas com tamanha projeção de estrada, mas, para um cigano, se deslocar era como voar para um pássaro. Ciganos nasciam em uma carroça, aprendiam a caminhar sobre as rodas.

Lazlo estabeleceu que ficariam no máximo duas semanas em cada parada, e sempre com a autorização dos donos das terras. Pagariam pela ocupação mesmo que não fosse exigido, para garantir o apreço dos proprietários do local. Felizmente (e graças a Miro Santii), nos últimos anos o dinheiro deixou de ser um problema.

Seguiram por dois meses nesse novo êxodo, e em relativa paz. O casamento entre Radu e Iolanda foi se organizando no caminho. Depois de acertar os preparativos com Costel e Carmela (que assumiam os papéis de pai e mãe de Iolanda), chegava a hora de convidar as famílias conhecidas para a cerimônia. Lazlo destacou dois cavaleiros para essa parte, um descendo o país, outro subindo; as famílias que estivessem no caminho da caravana seriam avisadas pelo próprio Lazlo ou alguém escolhido por ele. Com os homens a cavalo, o deslocamento era mais ágil, então em um tempo aceitável, cerca de seis meses, as famílias conseguiriam chegar para o casamento. A festa — cinco dias de festa — aconteceria em uma propriedade cigana no sul da Bahia.

Faltando menos de um mês para o casamento, Iolanda procurou Sarah. Não sua amiga Sarah, mas a jovem que havia se tornado a vidente mais poderosa entre o povo calon.

XVI

— Você está tão feliz que sua alegria vai sair pela pele! — Sarah disse assim que Iolanda entrou na tenda. Sua amiga usava um vestido verde ornamentado com detalhes dourados, tiara de prata nos cabelos; a pele tinha a cor da argila e a suavidade da seda.

— Estou feliz, sim. Depois de tudo o que eu já passei, ter uma nova família, uma família minha de novo... — Parou o pensamento antes de concluir as palavras. — Eu amo a sua mãe, amo você e o tio Costel, não quero parecer uma ingrata.

— Eu nunca pensaria uma coisa dessas, Nãna. Minha família é como um curativo em um corte, mas o que vai tirar a dor pra sempre vai ser sua nova família, e eu nem preciso ler as cartas pra saber disso.

Estavam na tenda de Sarah, uma das mais bonitas da comunidade. O chão era forrado com uma lona macia, as paredes eram de tecido colorido, havia móbiles suspensos, sinos de vento feitos de pedra, osso e metal, dançando com a brisa que entrava na tenda. Mesmo com o calor do lado de fora, dentro estava bem fresco. O cheiro era agradável, lembrava madeira, cedro com um leve toque de pinho. Tinha um pouco do cheiro da casa de Carmela.

— Vocês são minha família por mais tempo que a minha família foi — disse Iolanda. — E não era tão bom morar com eles.

Era um ponto delicado. Sarah viu as coisas terríveis que Juan e Romena fizeram em sua noite final, viu atrocidades que nenhuma criança deveria ver, e muito menos lembrar com tamanha clareza. Sarah também ouviu Iolanda chorando a ausência da mãe, presenciou a memória de Romena indo embora aos poucos, como o calor de uma fogueira que começa a morrer.

— Você ainda sente falta? — perguntou Sarah.

— Não sei bem. Eu era muito novinha, então as coisas que eu me lembro nasceram na cabeça de uma criancinha. Eu lembro do cheiro da minha mãe, o perzfume dela que ficava na nossa casa, nas nossas roupas, até no meu cabelo. Lembro de olhar enquanto ela se enfeitava, de querer ser como ela.

O olhar de saudade foi mudando depressa para outra coisa, Sarah apostaria em ressentimento, decepção, emoções menores.

— Nós desaparecíamos quando meu pai estava perto.

— Vem, vamos tomar um café, acabei de passar.

As duas se serviram e se sentaram no chão, apoiadas em almofadas.

— Por mais que minha mãe amasse eu e o Dimir, ela amava bem mais o meu pai. Quando eles faziam as coisas deles, rituais como o que você viu, quem cuidava de mim era o Dimir. Uma criança cuidando da outra.

— Seu irmão ama você. Do jeito dele, mas ama.

— Esse é o problema, Sarah, o jeito do Dimir é o mesmo jeito deles. Meu pai queria que o meu irmão se comportasse como um homem, ele não admitia que ele fosse uma criança, fazendo as coisas que as crianças fazem. Uma vez ele bateu feio no Dimir, bateu com cinto; meu irmão estava mexendo nos livros dele e ele viu. As coisas de feitiçaria ficavam em um baú trancado, mas de algum jeito meu irmão conseguiu abrir. Naquele dia, a minha mãe entrou no meio, porque ele ia machucar muito meu irmão. Meu pai juntou umas roupas e falou que ia embora, que não queria mais viver com a gente. — Iolanda deu mais um gole em seu café, talvez tivesse deixado o assunto morrer se Sarah não tivesse insistido.

— E ele foi?

— Não. A minha mãe deu um tapa na cara do Dimir e disse que a culpa era dele. Depois ela falou pro meu pai que se ele fosse embora, ela ia com ele, que deixaria a gente pra trás.

Sarah respirou mais fundo, nada que saísse de sua boca seria de algum proveito naquele momento.

— E o seu irmão? Como ele lidava com tudo isso?

— No começo ele se rebelava. Fugia pra família de algum amigo, quebrava as coisas de casa. Com o tempo ele foi aceitando que a nossa família era daquele jeito, e que nada que ele fizesse ia mudar os dois. O Dimir entendeu que para ter paz com o meu pai, era melhor ficar longe dele.

— Juan Lester... — disse Sarah. — Seu pai era quase uma lenda entre os ciganos. Mesmo os que não aprovavam as coisas que ele fazia, reconheciam que ele era importante. Você ainda era muito novinha, mas eu lembro; em algumas cidades que a gente passava, aparecia gente rica pra falar com ele, saber do futuro, se curar de doenças. Uma vez ele curou uma mulher que era pura ferida. Eu lembro dela, era feia, não tinha cabelos nem nada, ela inteira era uma ferida. Seu pai fez um remédio misturando as cascas da ferida dela com farinha e enxofre, e ela se curou. Vinha gente do rei falar com ele e tudo. Minha mãe conta que uma vez ele conseguiu levar um grupo da nossa gente para a corte, pra tocar nossa música e alegrar as festas deles.

— Depois que ele morreu, todo mundo fala do meu pai como falam dos santos. Você viu o que aconteceu, aquilo era coisa de santo?

— A fé tem caminhos estranhos, Nãna. Tem porta que abre com água, tem porta que abre com fogo. Tem porta que não deve ser aberta.

— Já chega do meu pai, que eu não vim falar dele. Eu quero saber do que ainda vai chegar.

— Tem alguma coisa preocupando você?

Iolanda ficou mais séria, sua alegria ficou nublada.

— Acho que não, mas às vezes eu sinto um aperto no peito. Parece mentira que o Radu me pediu em casamento.

— O que é pra ser, é pra ser.

Iolanda se endireitou nas almofadas.

— Mas tem essa coisa estranha misturada com a minha alegria.

— Eu leio pra você. Se estiver mesmo querendo saber, eu leio.

— Na minha mão?

— A mão dá pistas de quem nós somos, bom pra quem está desorientado e perdido. No seu caso, você quer um pedacinho do futuro, do que ainda vai acontecer.

— Eu só quero saber se meu marido vai ser bom pra mim.

— O Radu? Eu não preciso ver o futuro pra responder isso — Sarah a provocou de novo e as duas riram. — Mas podemos ler sua sorte nas águas.

Sarah se levantou e encheu uma vasilha de cristal (tinha o tamanho aproximado de um prato) com a água de uma barrica. Estendeu um tecido branco no chão e colocou a vasilha sobre ele. Foi até um gaveteiro pequeno e voltou com 5 tubinhos de tinta líquida. Azul, verde, vermelha, amarela e roxa. De cada cor, ela pingou três gotas, separadas uma das outras, apesar delas imediatamente se aproximarem.

— O que eu faço?

Sarah mudou diante dos olhos de Iolanda. Parecia mais experiente, madura, parecia até mesmo mais velha. Havia uma seriedade que pesava em seu rosto, tomava tudo, mas principalmente seus olhos. Estavam mais brilhantes enquanto encaravam a água.

— O que você quer saber, Iolanda Lester? — a voz perguntou.

Por mais que Iolanda presenciasse as sessões de Sarah (e foram tão numerosas quanto os bons dias de infância), ela não deixava de se surpreender. Iolanda observou um poder parecido em seu próprio pai, mas o que havia em Sarah era diferente, mais puro, vinha de outro lugar.

— Se eu vou ser feliz com Radu. Não quero saber de dinheiro, ou se eu vou ter filhos, não quero saber nada disso. Só quero saber se o casamento vai me fazer feliz.

Com a mesma velhice emprestada, Sarah deu sua primeira resposta.

— Alguém é feliz precisando receber a felicidade do outro? Enquanto o outro tiver a chave da sua felicidade, ela nunca será sua. — Sarah levou a mão direita até a lateral da vasilha e tocou.

— Põe a mão do lado da minha — exigiu.

Iolanda obedeceu.

O cristal estava quente, não a ponto de ser desagradável, mas um pouco mais quente do que as suas mãos estavam. Ao seu toque, as tintas se reorganizaram, parecendo magnetizadas. Os pigmentos azul e verde foram os primeiros a se misturarem. O amarelo se afastou para as bordas.

— Existirá felicidade em vocês, porque um quer se juntar ao outro. Você precisará ter mais paciência, seu homem terá uma grande responsabilidade com nosso povo.

— Logo?

Como se ouvisse a pergunta, a tinta vermelha saiu de onde estava e começou a se misturar na azul.

— Não demora — respondeu Sarah.

— Meu tio Lazlo? Vai acontecer alguma coisa com o Lazlo?

— Eu não consigo ver. Pode ser que não seja diretamente com ele, mas alguma coisa vai castigar nosso povo.

— Por causa do meu casamento?

Iolanda estava tão tensa que as águas se moviam devagarinho, tremendo junto de sua mão.

— Não, o sangue está no depois, sangue por vaidade, por inveja. Rios de sangue que já começaram a brotar no nosso chão.

Iolanda tentou tirar as mãos da vasilha, mas, antes que pudesse, Sarah a fez ficar como estava. A água começava a esquentar mais, as tintas formaram um lodo com a cor apodrecida das coisas que começam a morrer.

— Não quero mais saber. Me deixa ir, Sarah! — Iolanda disse.

— Também existe felicidade entre uma desgraça e outra — Sarah a manteve como estava —, existe luz, mesmo que ela crie novas sombras.

— Me solta! Me solta agora!

Sarah a manteve com ela e a água começou a se acalmar, o mesmo com o coração de Iolanda. Também Sarah voltou a ter tranquilidade e estendeu as mãos à sua amiga. As duas choravam.

— Não importa o que aconteça — Sarah disse —, eu vou estar do seu lado. Outros chegarão, muitos irão embora, mas nós duas estaremos lado a lado, como duas árvores amarradas na mesma raiz. Não precisa ter medo, Iolanda, eu sei que o futuro assusta, mas ele está escrito da maneira que está escrito. Você vai se casar, vai ser uma festa linda, e o que vier depois, está no depois, não no agora.

— Eu sabia que precisava ver você, tinha alguma coisa me perturbando, roubando a minha respiração. Ontem à noite, antes de dormir, eu vi a sombra de uma criança passando na minha frente, a sombra de um menino. Fiquei com muito medo de ser um presságio ruim.

— O que tiver que ser, vai ser. Se o futuro não quer mostrar seu rosto inteiro, nós não estamos prontas pra ver. Na hora certa ele vai se mostrar. Na hora certa...

O coração Iolanda tinha certeza que ela não demoraria a chegar.

XVII

Três dias depois daquela conversa com Sarah, Iolanda foi visitar seu irmão. Mesmo que Iolanda e Lester não dividissem a mesma tenda há alguns anos, eles ainda eram irmãos. O sangue de um corria pelas veias do outro.

Lester tinha acabado de almoçar, estava descansando sob a sombra de uma árvore. Os outros ciganos conversavam seus assuntos em outras tendas, mas Lester já não se interessava por eles. A conversa daquelas pessoas o cansava. Era como ouvir uma mesma história, repetidas vezes, contadas por bocas diferentes. Ele não era assim. Lester gostava de viver as novidades de seus quadros, gostava principalmente da distância que eles traziam daquela vida tão vazia.

— Dimir? — Iolanda se anunciou. Lester só moveu o pescoço, e não foi muito.

— O que você quer? Lembrou que eu existo?

Ela não esperava acolhimento melhor que aquele.

— Eu nunca me esqueci. — Ela chegou mais perto. — Nós somos irmãos, Dimir. Moramos na mesma família e quase não conversamos, eu queria mudar isso.

— Foi você que escolheu não falar comigo.

Naquele momento, falavam chibi, a língua dos ciganos Calon. Sempre que podiam preferiam essa língua. Na cidade não era permitido, alguns ciganos foram espancados e mortos no passado por insistirem na língua mãe depois que ela foi proibida. No acampamento era diferente.

— Eu estava com medo — explicou Iolanda.

Lester riu.

— De mim? Do menino que nunca cresce? Ficou com medo da minha doença?

— Você sabe do que eu tinha medo.

O menino elevou o olhar até a copa das árvores. O sol ainda as atravessava, mesmo que as folhas tentassem impedi-lo. As decisões de seu passado agiam da mesma forma no presente.

— Veio até aqui pra lembrar a morte do pai e da mãe? — ele perguntou.

Iolanda se sentou ao lado dele, na grama baixinha que formava um tapete natural naquele ponto do terreno. Quando chegaram havia muito mato para ser roçado em toda parte, exceto ali, sob as primeiras árvores. Um dos lugares preferidos de Lester.

— Não, irmão. Vim pedir sua benção.

Lester se surpreendeu, mas nada nele transpareceu esse fato.

— E você se importou com isso antes?

— Claro que sim. Você conhece nossos costumes, Dimir, eu não tenho escolha, nenhuma calin tem.

— Você pode fugir.

— E viver em desgraça? Viver como uma gajin de rua? Uma perdida? E eu gosto dele, eu gosto muito do Radu. Nós não conversamos além do permitido, mas ele me trata bem. E o nosso pai tinha concordado com o casamento.

— Ele disse isso pra você? O pai?

Iolanda precisou de alguns segundos.

— Não, mas o Lazlo...

— Radu não é mais menino. Ele pode ter escolhido você e convencido o Lazlo a inventar uma mentira.

— E por que eu?

— Porque você é bonita. É uma das moças mais bonitas daqui.

Ela queria ficar feliz, mas não tinha certeza se Lester dizia a verdade.

— Eu confio no Lazlo, Dimir, todo nosso povo confia. E você também deve confiar, porque passa muito tempo com ele.

— Você também podia ter ficado com o tio Lazlo. E comigo.

Ela podia, sim, Lester estava certo. Mas Iolanda não conseguia olhar para seu irmão sem rever o incêndio, sem se lembrar do cheiro da casa queimando, do cheiro do seu pai e sua mãe queimando com a casa. Revia principalmente o olhar frio de Wladimir Lester quando ele esfregou aquela tinha suja na boca de sua amiga Sarah.

— Eu amo você, Dimir. Nós não temos mais o pai e a mãe... — Iolanda não conteve a emoção e deixou os olhos encherem. Chorou um pouco. — Você é meu único irmão, eu não quero me casar sem você aceitar.

Lester continuou como estava. Depois de tanto tempo de afastamento, ele não sabia como reagir ao afeto da irmã. Sentia-se inferior e mesquinho.

— Eu olho pra você e vejo o mesmo menino, mas quando eu olho no espelho, eu vejo que estou maior que você. Se eu pudesse fazer alguma coisa, qualquer coisa pra você ser igual a todo mundo, eu faria. Quando as pessoas falam coisas de você, elas também falam de mim; quando você sofre, parece que a dor está em mim.

Dor era exatamente o que Lester sentia agora. As palavras gentis de Iolanda o feriam como aço. Ele sabia o que havia feito, sabia todas as coisas que havia feito. Agora não tinha certeza se queria que Miro Santii, o homem do ouro, fosse embora. Caso se entendesse com Radu e Iolanda, caso Radu fosse bom com ele, que recompensa teria em trair a confiança de seu povo da maneira como o fez?

— Você pode casar com ele, Nãna, eu não estou mais com raiva.

Iolanda o abraçou e chorou mais um pouco, e já não sabia se era de felicidade ou de alívio.

Já Lester sabia o que sentia.

O nome era arrependimento.

XVIII

Por dois dias Lester tentou recuperar a raiva que sempre sentiu da irmã. Pensou nos anos em que ela o tratou como um indesejado, nas amizades que ela fez e ele nunca conquistou, pesou o fato de que ela foi acolhida por todo o povo, enquanto ele foi rechaçado como uma doença grave.

Ele nunca se importou com a estabilidade irracional de seu corpo. Mesmo seu cabelo crescia menos, alguns dentes ainda estavam apontando, seu próprio intelecto algumas vezes se reduzia à idade que ele aparentava ter. Isso não significa que Wladimir Lester aceitava os olhares de desaprovação, piedade, olhos que diziam que ele era qualquer coisa, menos normal. Saber que Iolanda o amava foi muito pior que qualquer golpe que tenha levado na vida, saber que ela se importava.

Os dias se tornaram mais longos graças ao remorso, as noites ficaram intermináveis. E quando a dúvida sobre o que fazer se tornou insuportável — a ponto de roubar sua inspiração para os quadros —, Lester procurou Valkir, o homem mais velho de seu povo.

Para ter alguma privacidade, caminharam até os cavalos, logo no comecinho da noite, quando todos estavam ocupados com suas famílias e com a fogueira que precisava nascer de novo. Os dois se sentaram em um tronco que servia de banco. O velho acendeu um cigarro, fumou um pouco, tossiu outro tanto. Bebeu do rum que Lester roubou de Lazlo e depois disse, enquanto olhava os cavalos:

— Aprendi a montar tarde, eu tinha mais ou menos a sua idade. Os meninos mais novos já montavam e caçoavam de mim. Naquele tempo nós tínhamos muitos cavalos, mais de cinquenta.

— Aqui?

— Não, foi antes do navio. Cheguei mocinho e nosso povo já estava aqui. Minha família tentou ficar na Espanha, mas fomos expulsos. Viajamos para Portugal, fomos expulsos de novo, duas vezes. Na terceira, mataram alguns de nós, e três famílias foram presas e mandadas pra cá. Eu estava em uma delas.

— Eu não sei de onde a minha família veio.

— Viemos de um mesmo lugar. Todos os calon. Alguns falam que foi da Índia, outros falam que foi do Egito e de outros lugares do Oriente, no fundo nem nosso povo sabe com certeza. É o preço de viver fugindo.

— O senhor sabe como começou? Por que nosso povo fugiu?

O velho riu, tragou o cigarro de novo.

— Um calon não aceita o que não acha certo. Meus avós e os avós dos meus avós contavam que um outro país invadiu as terras dos ciganos, e esse outro povo começou a exigir dinheiro, então quem era dono começou a ser tratado como empregado, escravo, como menor. Nosso povo não aceitou isso, então preferiram sair, abandonar tudo e ir pra outro lugar. E no outro lugar também tinha problemas, mas para quem já tinha deixado o berço, não era um grande esforço sair de novo. Nosso povo se acostumou com a estrada, com o mar, com o céu, então não quis mais ser de ninguém, só dele mesmo. Nós podemos não ter onde dormir ou o que comer, mas andamos de cabeça erguida, nós temos orgulho de ser quem nós somos.

— Chamam nosso povo de ladrão.

— Não somos santos, somos bicho, e somos gente. Se o alimento da nossa família é o que está sobrando na mesa de alguém, nós tiramos. Mas o nosso povo divide o que os outros acumulam.

— O que eu tenho de errado, Valkir? — perguntou Lester, à queima roupa.

O velho pediu que Lester levantasse e ficasse de pé à sua frente. Apanhou seus pulsos com as mãos calejadas e os puxou para baixo, como se pudesse esticá-los. Depois virou a palma da mão direita de Lester pra cima.

— Minha mãe me ensinou a ler. Ela falava que a palma da mão é o caminho mais curto até o coração.

Valkir estudou mais um pouco, mantendo a mão consigo e deslizando o indicador pela palma direita, às vezes alternando com o polegar. O toque era gentil, não incomodava a Lester. Dividir seus segredos era outra história.

— Seu coração tem veneno, menino. Precisa se livrar dele.

— E como eu faço isso?

Concentrado como estava, o velho pareceu não ouvir, mas ele ouviu.

— Se o veneno não matou você, ele vai embora aos poucos, é só você não tomar mais. Eu vejo aqui uma grande escuridão, um grande medo — o dedo do velho correu por uma linha.

— Eu acho que eu fiz uma coisa ruim, a pior das coisas. — Lester não pensava na noite em que traiu seu pai e firmou seu acordo com as sombras, mas no dia em que o ciúme e a raiva o levaram até a cidade no lombo de um daqueles cavalos. Os animais pareceram sentir a mesma apreensão do menino, estrebucharam, um deles empinou e soltou os cascos no chão.

— Esse mal você não pode desfazer, esse veneno já é seu, vai ficar com você o resto dos seus dias. O caminho que você escolheu se juntou ao veneno de mais pessoas, com uma porção de corações cheios de raiva.

Lester puxou a mão com força, o movimento foi tão intenso que desequilibrou o velho. Tomado pela artrite e pela surpresa, ele massageou os ombros. Olhava para o menino com algum espanto.

— Você não sabe de nada, Valkir! De nada! Você só sabe inventar coisas como todo mundo! Meu pai sabia a verdade, ele sim via o que ninguém via! Ele tinha poder de mudar tudo o que ele quisesse!

— E onde está seu pai agora, menino? — perguntou o velho, tranquilo e manso.

Lester deixou o homem com os cavalos e correu para suas tintas. Com elas ele sabia se entender. O velho ficou onde estava e deixou a verdade tomar seu rosto, tornando-o duro e contraído. Aquele menino não estava doente, estava amaldiçoado. O menino era sua própria maldição.

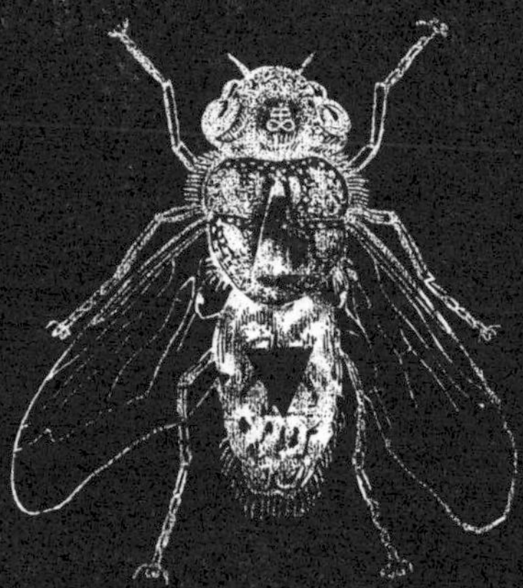

3
O casamento

I

As caravanas calon começaram a chegar no começo de junho, dois dias antes da data marcada para a cerimônia. O espaço de tempo com folga servia principalmente para que as famílias mais numerosas se instalassem, afinal de contas, nenhum casamento cigano se fazia em menos de três dias.

No grupo de Lazlo, a preparação já avançava seis meses. Envolvia a entrega dos convites, compra de alguns alimentos, encomenda de outros, confecção de roupas e enfeites, barracas extras e uma tonelada em bebidas. Isso sem esquecer a preparação dos noivos, que não puderam conversar (ou mesmo se ver com muita frequência) até o dia do casamento.

Caravanas chegaram do Rio de Janeiro, Goiás, Minas Gerais, Vale do Paraíba e do Espírito Santo, a maior parte delas acompanhou as áreas costeiras, onde sua presença era mais bem tolerada.

Com o clima festivo, o consumo de álcool começava imediatamente, e era como se os ciganos nunca tivessem se separado. Havia muito parentesco entre eles, entre os ciganos era preferível manter o sangue dentro da mesma família, sendo comum o casamento (como no caso de Iolanda e Radu) entre primos de primeiro grau. Era a forma que encontraram de manter as tradições vivas e a comunidade coesa. O casamento também era uma espécie de passagem para a vida adulta, uma vez que uma pessoa calon não se faz sozinha, mas em família. Estar sozinho muitas vezes era moralmente condenável para muitos ciganos, enquanto o casamento solidificava uma separação real entre os dois maiores valores calon: a honra e a vergonha.

Para manter sua honra longe da vergonha, da *laje*, em língua chibi, uma calin precisa cumprir três premissas: casar virgem, não trair o marido e não fazer sexo estando solteira (nos casos raros de separação ou, mais comumente, viuvez). Quando uma calin fica sem marido, ela só pode voltar a ter sexo — longe da vergonha — se casando de novo. Quanto ao homem, o calon, ele precisa ter respeito, e esse respeito se mantém na palavra. Um calon sem palavra não vale mais que um gajon.

Na noite anterior ao casamento, coube a Carmela reforçar para Iolanda todos esses conceitos e também os pormenores que só uma cigana casada (ou a própria mãe) seria capaz de conhecer.

Iolanda já estava com as mulheres, reservada dos olhares masculinos, principalmente do seu noivo, desde que os primeiros convidados começaram a chegar. O isolamento também era útil para que ela se esquecesse um pouco da vida atribulada e pudesse mergulhar no momento mais importante da vida de um cigano. Jovem como era, também era uma chance de estar com as mulheres mais velhas, de aprender a ser mais velha, porque seria essa maturidade forçada que o casamento imporia a ela.

— Acho que chegou a hora de você saber de umas coisas, Nãna — Carmela disse. — Sua mãe ou sua avó deveriam ter essa conversa, mas como elas morreram, a obrigação é minha e da sua tia Nádia.

Naquele contexto, tia era tanto pelo parentesco de sangue (Nádia era esposa de Lazlo) quanto pelo tratamento dado às mães dos noivos. Na língua dos ciganos calon, não se diz sogra, mas tia.

— Eu estou começando a ficar assustada com vocês duas — disse Iolanda.

— Você vai assustar é depois — Nádia a provocou e sorriu. Carmela também riu, chegou a ficar vermelha.

Na tenda também havia outras mulheres mais velhas, e Sarah, que a pedido de Iolanda ficaria por perto até a entrega da noiva.

— Bom, seu homem vai saber o que fazer — Carmela se recompôs —, eles sempre sabem, nós mulheres é que somos pegas de surpresa. Quando vocês estiverem à sós, ele vai deitar sobre você. E vai... deflorar você.

— Dói?

— Às vezes dói, mas não é uma dor ruim — esclareceu Nádia. Carmela continuou explicando.

— Depois que ele fizer isso e fizer do jeito certo, sua honra vai manchar o lençol e a parte de baixo do vestido. Ele vai mostrar a prova de sua honra para o povo, e então ele receberá você como esposa, como uma companheira para a vida.

— Minha honra? — perguntou Iolanda, transparecendo a idade infantil.

— É a maneira que falamos — Carmela explicou. — Nós, calin, temos uma pequena flor por dentro, a gente pode sentir quando coloca a mão. Quando o marido aperta essa flor, ela derrama a honra que estava guardada. A mancha tem a cor de café, um pouco mais suave, meio amarelada.

— Se misturar com sangue fica mais escuro — Nádia esclareceu de novo.

— Sangue? — Iolanda se assustou novamente.

— Pode acontecer, mas o sangue não é a honra, o sangue vem depois — Nádia disse.

Percebendo a insegurança — e um certo pavor — em Iolanda, Carmela chegou um pouco mais perto. Apanhou a sua mão carinhosamente e colocou entre as suas.

— Toda calin passa por isso, é uma coisa boa, é um motivo de festa para as famílias, e principalmente para você. O que nós temos de mais precioso nesse mundo é nossa honra, nossa vergonha, e é isso que você vai oferecer para o seu marido. Em troca, ele vai aprender a amar você, os seus filhos, e vai fazer tudo o que precisar para cuidar da família que vocês formarem.

— Fica tranquila, minha filha — Nádia também a acolheu —, eu vou estar perto de você, e eu sei o filho que eu criei. Radu é um bom homem, ele está feliz em casar com você. Vocês dois já se conhecem, cresceram perto, muita gente não tem essa sorte. E se ele fizer alguma coisa que não seja boa, eu e o pai dele vamos ajudar a corrigir. É por isso que no começo vocês vão morar com a gente, pra ajudarmos vocês a viver juntos.

— Outra coisa — Carmela relembrou —, você deve guardar o tecido onde foi desposada. Esse pano vai ficar com você a vida inteira, e se um dia você não ficar mais com seu marido, você precisa queimar.

— E quando tiver roupa de baixo e do seu marido pra jogar fora, você precisa queimar também. Essa parte a sua amiga Sarah pode explicar — Nádia disse.

— Os calon morrem como todo mundo, como morre bicho e como morre planta. Mas tem coisas que os feitiços fazem, coisas que precisam do sangue e do que nós temos abaixo da cintura, que são uma morte em vida. Se alguém quiser, pode destruir a sua família com uma roupa sua ou do seu marido, mesmo de criança. Pode acabar com o casamento, puxar o olho do seu marido pra longe, pode até puxar o seu olho. Se tiver sangue nas roupas, aí é muito pior.

Carmela assentiu em concordância. As noivas geralmente têm uma madrinha que cuida dessas explicações, mas, no caso de Iolanda, as famílias concordaram que Carmela, mesmo ocupando a posição de mãe adotiva, fizesse as vezes de madrinha.

— Vai ser trabalho seu cuidar da comida — explicou Carmela —, da casa e das crianças que vierem, porque é assim que o nosso povo faz. Seu marido cuida de trazer dinheiro e da segurança da família. E agora eu preciso falar com você e só com você, porque tem coisas que uma mulher faz pra um homem que eu preciso te explicar.

Nádia cedeu um sorriso cheio de malemolência para Carmela e cruzou os braços nos de Sarah, a levando para longe das outras mulheres. Sarah ainda ouviu Iolanda cair em uma gargalhada nervosa antes que as duas se afastassem de vez.

II

No primeiro dia de festa, mais de quinhentos ciganos se reuniam nas terras negociadas por Lazlo. Trouxeram presentes, bebidas destiladas, animais para abate e trouxeram, principalmente, a alegria que era tão difícil, mesmo entre os ciganos, naqueles dias. Dentre os povos, a maioria vivia em situação de pobreza, e muitos dos que tinham dinheiro conseguiam esses valores com a revenda de escravizados de segunda mão ou prestando serviços de captura deles para os fazendeiros. Lazlo não aprovava, tampouco condenava. Era um tempo estranho e rude, onde alguns conceitos morais e humanitários eram tão tortos quantos os dentes das pessoas. Para muitos, não havia diferença entre negociar um cavalo e um ser humano.

Mesmo que Lazlo não assumisse um confronto direto, a distorção de ciganos escravagistas o incomodava bastante, principalmente porque o êxodo do povo calon e de outras etnias também foi motivado por não negociarem sua liberdade. Mas não haveria rusgas ou provocações naquele casamento. Durante os dias de festa, todo cigano seria igual novamente, pertencentes a um mesmo laço de sangue.

Lazlo e Costel não economizaram em nada. Só de bebidas, a quantidade era tão grande que estava distribuída em panelas, e era servido em conchas. Pilhas e mais pilhas, garrafões e mais garrafões de vinho e conhaque. Também muita aguardente, trazida diretamente de um alambique de Minas Gerais, e uma quantidade inesgotável de rum.

Com as comidas, a fartura era igual ou até mesmo maior. Lazlo comprou cinco vacas e cinco leitões exclusivamente para a festa. Também havia carne de faisão, de carneiro e o equivalente a um contêiner de galinhada. A mesa de doces para a festa tinha quase cinco metros de comprimento, e o bolo de casamento quase um metro quadrado. Boa parte de tudo o que havia na festa foi feito pelas próprias famílias, mas com uma celebração daquele porte, foi inevitável que Lazlo encomendasse algumas coisas com os brancos da cidade. No mesmo dia em que fez as encomendas, Lazlo informou (via suborno) a lei local que seu filho estaria se casando, e adiantou mais algum dinheiro aos donos de terra mais próximos para que as caravanas passassem em paz. A quantia se aproximou do valor de uma vaca, mas acabou sendo paga em cavalos.

E falando em cavalos, antes mesmo de começar a festa, Omar, o homem dos cavalos, e Nízio, ferreiro, já estavam bêbados com outra meia dúzia de homens que eles não viam desde o casamento anterior, que aconteceu três anos antes. E entre um copo e outro, foi inevitável que alguém não se lembrasse do passado, de um tempo onde Juan e Romena Lester ainda estavam vivos.

— Parece mentira que o Juan morreu — disse um calon chamado Petru, vindo da região do Rio de Janeiro. — Quando Martinho veio entregar o convite e me contou, eu não consegui acreditar.

Os homens que o ouviam se calaram por um instante. Todos ali tinham seus filhos e filhas, todos sabiam o que significava perder aquele momento. Não demorou muito para alguém aliviar o peso, lembrando de uma época em que o feiticeiro Juan Cigano era apenas Juan Lester.

— Ele era indomável — disse outro cigano. Tinha olhos pequenos e verdes, a pele era marrom, muito queimada, o que fazia seus olhos brilharem.

— Conta mais, Luah, acho que eu preciso ouvir essa história — Petru pediu, desejando que a sensação de tristeza fosse embora mais depressa. Bêbado como estava, tinha pouca relutância ao choro, e se ele começasse e tivesse companhia a festa logo se tornaria um velório.

Petru encheu o copo de Luah e ele começou a lembrar, já se acabando de rir logo no começo.

— Uma vez o Juan cismou de matar um leitão pro casamento do Gil Torres.

Conhecendo a mesma história, quem riu dessa vez foi Nízio. Logo se controlou.

Luah também riu mais antes de continuar.

— Claro que tinha gente pra matar o porco, gente que era do ofício, que entendia de criação e de corte. Mas aí aparece o Juan, usando aquelas roupas vermelhas que ele gostava, todo cheio de valentia. Devia ter uns treze anos, frangão de tudo.

— Tinha nem bigode — Nízio esclareceu.

Quem estava perto riu, era bem mais divertido lembrar daquele Juan, do que do homem que todos viram se tornar na vida adulta. Estranho ele sempre foi, mas havia algum equilíbrio.

— Ele tinha temperamento com sangue, isso é verdade — explicou Luah. — O que não tinha ainda era força. Mas ele entrou lá pra pegar o leitão. O bicho já estava meio anestesiado de tanta gente segurar, aí vem o Juan com o punhal dele. O falecido Gonçalo tentou ajudar, "fura debaixo da pata da frente", "fura bem embaixo", cada um gritava uma coisa diferente. No final da história, o Juan espetou foi na garganta. Aí o leitão, que devia pesar uns sessenta quilos, gritou que nem gente. O bicho saiu correndo e arrastando quem tentou pegar, mas o Juan ficou agarrado na pata de trás. E aí o bicho cagou nele todo! Cagou na cara, na roupa vermelha, cagou duro e cagou mole! E o Juan não queria que ninguém risse e começou a ameaçar todo mundo com o punhal sujo de bosta.

Nesse ponto, Luah não conseguia mais falar, totalmente vencido pelo riso e pela bebedeira. Ele teve a ajuda de Nízio com a história.

— Todo mundo precisou lavar o leitão, e mesmo assim teve quem sentiu o cheiro da merda quando o porco foi pra mesa. O Juan ficou de cara azeda a noite inteira, ameaçando todo mundo que ria dele, com aquele punhal.

— Eu me perdi dele faz muito tempo — Luah disse. — Depois que ele se alongou.

O "se alongou" de Juan Lester ficou afamado na região, porque ninguém sabia direito aonde ele tinha ido por quatro anos inteiros. Alguns ciganos disseram que ele se uniu a um pequeno grupo de ciganos do oriente asiático, e que foi com essas pessoas, necromantes e devotas de deuses desconhecidos, que ele refinou seu contado com o outro lado.

— Como ele estava nos últimos dias? — Hélio, outro cigano de fora que conhecia Juan, perguntou.

— Fazendo as coisas dele — Nízio disse. — Mexia tanto com feitiçaria que ele mesmo acabou enfeitiçado. Agora as crianças tão aí, vivendo com a gente, mas sem pai nem mãe. Pelo menos a menina vai casar e se livrar do passado.

— Apareceu um pessoal atrás dele faz uns anos — Luah contou aos homens —, acho que uns cinco ou seis anos. Um bando de gente esquisita, tudo armado, chegaram ameaçando mulher, velho e criancinha.

— Branco? — perguntou Nízio.

— Nada, tudo cigano. Acho que o nome era Priorado, não sei se era nome de família ou que nome era aquele. Não teve muito como falar com eles. Chegaram, bateram, quebraram um monte de coisa, depois decidiram acreditar que ninguém sabia o paradeiro do Juan e foram embora. Bom... agora a gente sabe.

Os homens deixaram a felicidade ir embora e todos ficaram muito sérios, um depois do outro. Mas um cigano bêbado sabia como resolver tamanha tristeza. Foi Petru quem peidou alto e fez todo mundo rir de novo.

— Mais uma pelo Juan! — ergueu seu copo.

— Pelos Lester! — os outros homens gritaram e abriram mais duas garrafas de rum.

III

Como qualquer cerimônia de união matrimonial, um casamento cigano tem algumas etapas necessárias. A primeira é a chamada preparação, onde a festa é organizada, as famílias entram em acordo financeiro e a noiva recebe orientações de sua madrinha sobre como se comportar na noite de núpcias. Na etapa seguinte, já com tudo preparado, chega o momento da cerimônia em si; no caso dos ciganos, a primeira delas.

Iolanda usava um vestido branco tradicional para noivas, rendado, e havia tanto brilho dourado e prataria nas roupas que ela parecia uma estrela, uma deusa. A maquiagem também a deixou bem mais adulta, e quem não a conhecesse previamente poderia confundir sua idade facilmente, a colocando na faixa dos dezessete, dezoito anos. O batom muito vermelho, os olhos tingidos, os cabelos graciosamente ajustados para que destacassem o rosto.

Quando ela saiu da tenda onde se preparava para tomar o tapete vermelho da consagração, arrancou um suspiro discreto de muitos homens. Não era desejo ou cobiça, mas uma espécie de orgulho em ter uma mulher tão linda pertencendo à família.

No final do tapete, em frente ao altar enfeitado com flores, rendas e tules, Radu estava emocionado, e tão empetecado quanto ela. Duas argolas de ouro na orelha esquerda, punhal de prata no cinturão dourado, coletes dourados e botas de couro trabalhadas, com esporas prateadas que valeriam o preço de alguns carneiros no mercado dos brancos. Radu havia colocado quatro dentes de ouro especialmente para a cerimônia, presente de um dos padrinhos.

Como era costume, ele não pôde tocar em Iolanda, mas pelo menos conseguiu apreciá-la, reafirmando a boa decisão que tomou há anos. Apesar do irmão, dos pais, e de tudo o que poderia torná-la uma esposa questionável, o que Radu via nela era a mesma vontade que sentia: ser livre se prendendo ao outro.

O escolhido para a cerimônia foi Bóris Ruppia, um cigano mais velho e bastante conhecido por realizar casamentos. Já naqueles dias distantes, alguns ciganos começavam a ser convencidos ao catolicismo e impelidos a abandonar suas próprias crenças e costumes místicos. Não era o caso de Bóris, que de tão fiel ao povo antigo sofreu perseguições da guarda real, de fiéis da igreja, até mesmo de outros ciganos. Bóris se vestia com maior simplicidade, calça e camisa branca, colete preto, sapatos brilhando de polimento. O bigode farto conferia a autoridade que poderia faltar no rosto arredondado, costeletas fechavam o pacote. Tudo ampliado pela voz, que era das mais grossas e potentes entre aqueles ciganos.

A cerimônia também contava com violinos, violões e acordeons, e os instrumentistas se entendiam nos acordes e compassos como se tivessem nascido todos na mesma tenda.

Quando as reações (gritos, palmas e algumas palavras bêbadas) com o encontro dos noivos se acalmaram, Bóris tomou a palavra.

— Fico feliz em ver dois jovens se unindo segundo nossos velhos costumes. Um calon deve se casar com uma calin, porque só assim nossa família continuará crescendo em união e paz.

Alguns ciganos concordaram, principalmente as mulheres.

— De agora em diante, vocês serão um só, e como um só, deverão apoiar e seguir um ao outro. De agora em diante, sua morada, Iolanda, será o seu marido. De agora em diante, Radu, seus olhos terão o destino de Iolanda. O sangue de um será o sangue do outro, a alegria de um, será a alegria do outro. Nesses tempos tão duros, vocês terão o repasto do amor, as bençãos de um lar, e se for da vontade de Duvel, terão filhos, netos e bisnetos.

Nesse momento, Bóris desviou a atenção para os convidados.

— Se vocês olharem para trás, vão encontrar apenas rostos conhecidos e felizes, que estão aqui para celebrar e dar um bom início ao casamento de vocês dois. Somos todos uma família, e nessa família, apesar de uma discussão ou outra — ele sorriu, claro que sim — todos queremos o melhor pro outro. Somos família, e uma família não se trai.

— Você, Radu, será maldito se trair a confiança de sua mulher, por uma noite que seja. Um calon festeja, mas também trabalha, um calon cuida de sua calin e dos filhos que colocar em sua tenda. Você, Iolanda, será expulsa se procurar os braços de outro homem, mesmo que ele seja um calon, mesmo que você só o queira em pensamento. Cabe ao homem prover a casa, cabe à mulher prover a vergonha e a honra. Também a mulher educará os filhos, para que eles se tornem bons homens e boas mulheres, e se casem com bons calon e boas calin. Você, Radu, tem a missão de defender sua mulher e o seu povo, e junto ao casamento vem a promessa de se casar também com todo o seu povo. É isso que significa o casamento para um calon, é isso que significa ser adulto. Você, Radu Zoran, filho de Lazlo Zoran e neto de Yohan Zoran, está pronto para seguir nessa nova estrada?

Radu assentiu com a cabeça e disse sim, e alguns rapazes, seus amigos, repetiram em uníssono logo depois. Alguns deles já haviam se casado, a maioria ainda estava jovem demais, mas sonhando em ter sua própria família. O que Bóris disse era a mais pura verdade: para um cigano, um homem só se torna homem quando se casa.

— Você, Iolanda Lester, filha de Juan Lester, neta de Ighor Lester, está pronta para seguir nessa nova estrada?

— Sim — ela disse, um pouco timidamente, embargada pela emoção.

As mulheres, principalmente as mais velhas, emitiram um som de grito agudo, mas, da forma como faziam, lembrava o canto de um pássaro.

Bóris estendeu a mão e Radu entregou seu punhal a ele, já puxando a manga da camisa para cima. Entregou sua mão ao cerimonialista em seguida.

— Eu verto seu sangue para que ele encontre o caminho do amor.

Bóris correu a lâmina pelo pulso e o sangue logo começou a sair. Radu não emitiu um gemido, sequer piscou.

— Agora a sua, Iolanda.

Ela esticou o braço com um sorriso no rosto, mas logo o riso esmoreceu. Pensava em sua mãe e em seu pai. Nas coisas que os dois faziam juntos e ela, mesmo tão jovem, acabava presenciando. Juan sangrava a si mesmo e fazia o mesmo com Romena para usar o sangue em seus rituais. Algumas vezes sangrava somente a ela, e a menina via a mãe amarrada com tecidos e unguentos. Quando a comunidade começou a se interessar pelos cortes, o casal passou a se mutilar nas pernas e nas costas, locais onde as flagelações não seriam vistas.

— Iolanda? — Bóris a chamou, percebendo que o rosto se tornava um pouco pálido.

Também pensava em seu irmão. Ela não o encontrava entre os convidados, mas desejava com todo seu coração que ele estivesse por lá, aprovando aquele passo tão importante e a família que cresceria através dela.

O corte no pulso fez o que era preciso e o sangue de Iolanda também verteu com vontade. Bóris uniu os dois pulsos e os prendeu com um cetim vermelho. Ergueu os braços dos noivos e proferiu:

— Radu agora corre no sangue de Iolanda, Iolanda agora corre no sangue de Radu. Você são um, são completos e complementares. De hoje em diante, não existirá segredos desconhecidos pelo coração de um e do outro. De agora pra frente, a dor de um será sentida no outro, a felicidade de um trará alegria no outro. Vocês estão unidos, calon e calin, esposo e esposa, marido e mulher.

Os convidados aplaudiram como se não houvesse amanhã. Os homens assoviaram e gritaram, as mulheres choraram e bateram palmas, madrinhas proveram uma chuva de pétalas coloridas. Os músicos recomeçaram a tocar seus instrumentos e o pessoal começou a abrir mais garrafas. Naquela noite, Iolanda seria deflorada em uma tenda afastada, preparada meticulosamente para ela e Radu. Junto a eles naquele terreno, três casais de padrinhos serviriam como testemunhas da castidade da noiva.

Em poucos segundos, Iolanda entrava na carruagem que a levaria para a consumação definitiva de seu enlace. De longe, Lester a via passar, ouvindo os gritos de felicidade dos convidados da festa.

IV

O menino assistiu parte da cerimônia, mas quando alguns convidados perguntaram como era possível que ele ainda estivesse tão pequeno, Lester preferiu sair. Dessa vez não foi até a sua tenda, escolheu ir para a mata, onde estaria a salvo dos olhos daquelas pessoas tão curiosas, tão descuidadas com a dor do outro.

Lester descobriu argila em um barranco próximo ao curral dos cavalos. Era de lá que ele extraia o barro, que depois filtrava para conseguir uma argila escura e pura. Ninguém além dele frequentava o lugar. Era difícil de caminhar, de pisar, mas era bom para ficar em paz. Um pouco à frente do barranco, Lester tinha erguido uma pequena tenda, que ele usava para preparar argila e para fazer alguns testes com o material.

— Menino? — ele ouviu a voz, e não gostou de ouvi-la. Não era porque todo mundo estava feliz que ele precisava se sentir da mesma forma, principalmente quando as pessoas de fora olhavam pra ele como se enxergassem uma galinha com cabeça de cachorro. Certamente a voz pertencia a alguém tentando levá-lo de volta para aquela porcaria de festa.

— Você? — ele mudou de humor quando a viu.

— Eu não perderia esse casamento por nada.

Ária, a mulher que visitou sua tenda em uma noite de tempestade, sorriu. Agora, sem a água pesando sobre as roupas e os cabelos, Lester podia observá-la melhor.

Os cabelos eram claros, não amarelos como o ouro, mas avermelhados como o cobre. Eram compridos e fartos, estavam soltos. O dia começava a ir embora, mas estava claro o bastante para que ele a visse em detalhes.

Usava um vestido de festa como todas as outras mulheres. O dela era de cor verde, e todo enfeitado com correntes douradas, brilhos, xales e franjas. Estava descalça, havia um pouco de barro grudado nas barras do vestido. Ela não parecia se importar.

— Vim agradecer pelo outro dia — ela disse e estendeu a Lester uma moeda de ouro. Tinha um bom peso.

— Não é certo. Um cigano ajuda o outro porque é assim que deve ser, você não me deve nada.

— Não pago pelo que é devido. É um presente. Para o caso dos ventos da sorte mudarem de direção.

Lester aceitou e colocou a moeda no bolso. Nunca tinha visto uma daquelas, não tinha nenhum tipo de marca, nada que pudesse identificá-la, era apenas um bom peso de ouro.

— De quem você estava fugindo? —perguntou ele.

— De gente que não entende o que é ser diferente. Acham que eu sou uma bruxa.

— E você é?

Ela sorriu.

— Bruxa é nome que as pessoas dão quando não entendem o poder que o outro tem. Então posso ser uma bruxa, assim como você. — Ela apanhou um pouco da argila pronta que estava no chão e a amassou, brincando com ela. — Fez o que eu ensinei? Com suas tintas?

— Você tinha razão, ficou muito melhor com o sangue. Ficou tão bom que eu não vou vender aquele quadro.

A expressão de Ária mudou da paz para a contrariedade. Ela disfarçou apanhando um pedacinho de madeira que encontrou pelo chão e trabalhando a argila.

— Não vai vender? E de que vale a arte que enfeita apenas a vida de seu criador?

Lester deu de ombros.

— Você está chateado, não está pensando direito por causa da dor que você sente.

— Não tem nada doendo em mim.

— Então vamos pra festa. Vamos dançar e comemorar o casamento da noiva. Ela é sua irmã, não é? Você não está feliz com a felicidade dela?

— Você não entende, ninguém entende.

Ária moldou mais da argila e apenas esperou que ele continuasse.

— Eu não tenho mais ninguém. Ainda sou amigo da Sarah, mas ela tem raiva de mim, eu sei que tem.

— E Lazlo?

— Ele não gosta de mim, ele quer o que eu faço. Agora que ele tem ouro, minhas coisas já não têm valor. Com a Nãna era diferente, ela tinha medo, mas nunca me tratou como seu eu fosse um...

— Diabo?

— Eu não ia falar isso, eu ia dizer estranho, doente.

— O Diabo não é tão feio quanto as pessoas dizem. E se quer a minha opinião, ele nem é tão mal. Mas você já sabe disso, não sabe?

O menino ergueu os olhos de uma forma soturna, misteriosa.

— Quem disse?

Em vez de responder, Ária continuou moldando seu barro. O menino deu o tempo a ela, interessado no que sairia de suas mãos.

— Poucas pessoas sabem o que dizem, Wladimir Lester, mas eu digo que as boas pessoas são as que ficam do seu lado.

Enfim ela estendeu a ele a argila trabalhada. Era o rosto de um diabinho. Havia chifres, dentes pontudos e um sorriso cheio de provocação. Enquanto ele se encantava com a peça, Ária se levantou da pedra onde estava sentada.

Do lado de fora da tenda, ela se espreguiçou como um felino, deixando o vento contornar suas roupas.

— Vem comigo, menino. Eu quero mostrar uma coisa.

Lester teria negado, mas ela já estava saindo, tomando a direção de onde começava uma formação rochosa, que limitava as terras ciganas à leste. Não era muito longe de onde estavam, cerca de trezentos metros.

— Eu não vou ficar seguindo você se não contar pra onde está indo. — disse Lester.

Tudo que via era uma montanha de pedras escuras e um caminho muito estreito entre as pedras, também muito vertical. Havia mato e terra contaminando o caminho estreito. Ele não subiria ali, não à toa.

Tampouco Ária iria. Ela preferiu entrar em uma reentrância de duas rochas, praticamente invisível a quem não chegasse bem perto.

A temperatura baixou um bocado assim que Lester entrou no espaço entre as pedras. Não era tão estreito, caberia um adulto forte como Lazlo sem que ele precisasse se espremer. Havia uma umidade inexplicável entre as rochas, não chegava a ser água corrente, mas as deixavam brilhantes com a condensação. Talvez fosse o vento canalizado, o mesmo vento responsável por resfriar a temperatura daquele dia tão quente. Os dois caminharam muitos metros pela trilha, aparentemente descendo. Então Lester parou de enxergar o vestido de Ária.

— Cadê você? — ele perguntou, ouvindo o eco responder antes dela.

— Vem, menino. Estou logo aquiiii!

Com o sorriso no final da resposta, Lestes avançou sem receio. Já conseguia ver alguma luz depois de uma leve curva para a esquerda.

— Nooooosssaaaa — ele disse assim que saiu do corredor estreito.

Era uma caverna, não qualquer caverna, mas uma tão grande que o fez pensar que toda a montanha do lado de fora fosse oca. Era uma ilusão, claro que sim, mas o fato é que o chão da caverna continuava caminhando para baixo. Sem muita dificuldade, Lester conseguiu descer pelos blocos de pedra até chegar a Ária.

O ponto onde ela estava era bastante plano, mas Lester conseguia ver rotas entre as paredes, passagens para outros segredos daquele lugar belo e improvável. O pé direito da cripta era muito alto, poderia chegar a cinco metros. A luz que entrava vinha de buracos esparsos na cúpula, os raios de luz filtrados pela vegetação. Era bem seco lá dentro, o chão era de uma terra muito fina e com a cor amadeirada, as paredes feitas de rochas. Tinha um cheiro, Lester sabia que eram os morcegos.

— Como você achou esse lugar? — perguntou ele.

— Você gosta?

— Eu moraria aqui se pudesse.

Ária caminhou até um dos canais de luz que mergulhavam do teto. Parou sob ele, com o sol clareando seu cabelo, dando a ela um aspecto santificado, angelical. Lester, mesmo sendo tão jovem em biologia, pensou que poderia amá-la se ele fosse apenas um pouquinho maior.

— Gosto de andar por aí — explicou Ária. — Sentir o sol na pele, a chuva no rosto, o mundo é um lugar melhor se soubermos para onde ir.

— O mundo é um lugar perigoso — Lester disse.

— Antes do seu povo chegar, eu vinha aqui para ficar em paz comigo mesma. Às vezes trazia comida e água. Uma vez eu fiquei uma semana inteira aqui, eu e os morcegos.

— E a sua família não ficou preocupada? Seu marido?

Ária manteve a expressão pensativa, quase contemplativa.

— Não tenho marido e nem tenho família. Tenho um pai, mas ele não gosta mais de mim.

Lester deixou que ela ficasse triste por algum tempo, depois disse:

— Meu pai também não gostava de mim. Queria que eu fosse maior, melhor, mais esperto. Eu acho que pai nenhum gosta dos filhos. Eles gostam deles mesmos, e de serem admirados pelos filhos. Se você não for como eles querem, todo pai deixa de gostar de você.

— Sim — ela concordou —, não posso tirar sua razão.

A nuvem de tristeza se foi e Ária voltou a iluminar a escuridão com seu sorriso fresco e jovem.

— Melhor eu voltar para a festa antes que alguém perceba minha falta — ela disse. — Não quer mesmo vir?

— Depois. Acho que eu ainda quero ficar aqui mais um pouco.

Ela não se opôs. Ária se despediu e tomou o caminho de volta.

Dessa vez Lester não perguntou se a veria novamente.

Tinha certeza que sim.

V

Ainda que tivessem unido seu sangue e jurado respeito e amor um ao outro, mesmo tendo crescido juntos em uma mesma família, quando a porta da tenda se fechou, as palavras desapareceram das bocas de Iolanda e Radu.

A tenda preparada para as núpcias era o lugar mais lindo que Iolanda tinha visto na vida. Havia um acolchoado macio para se deitarem, lençóis brancos, cetins brancos, travesseiros bordados com dois passarinhos voando. Também havia muitas flores, e elas eram tantas que toda a tenda tinha a mistura de seus perfumes. O espaço não era muito grande, mas era o suficiente para o que precisavam fazer.

Radu sempre fora muito decidido, até mesmo impetuoso, então Iolanda esperava que ele tomasse alguma iniciativa. Quando demorou demais e o silêncio começou a incomodar, ela perguntou:

— Você não gosta de mim? Não me acha bonita?

— Você é linda. Eu gosto de você desde que eu a vi pela primeira vez.

Ela deixou o buquê de rosas brancas em uma mesinha e chegou mais perto dele. Olhou bem no fundo dos seus olhos e esperou que ele fizesse alguma coisa: a abraçasse, beijasse, que ele pelo menos dissesse por que estava tão sério. Como ele não fez nada, ela apanhou suas mãos. Estavam geladas.

— Eu não sei bem o que fazer — ele confessou. — Eu nunca... fiz isso antes.

Ela tentou manter o clima de romance, mas começou a rir. Uma explosão de riso que logo contaminou Radu, que também começou a rir.

— Ninguém te ensinou? — perguntou ela.

Ele sacudiu a cabeça. Alguém certamente falou, mas pelo que Iolanda percebia, nada no mundo faria seu noivo confessar o que ouviu.

— E pra você? Ensinaram? — ele quis saber.

Iolanda percebeu naquele momento que, embora a sociedade cigana fosse extremamente patriarcal, comandada e gerida pelos homens, as decisões mais difíceis do casal sempre seriam tomadas pelas mulheres.

— Vem comigo, marido, eu vou te contar tudo — ela o apanhou pela mão direita e o conduziu até a cama.

Ele aprendeu depressa.

VI

Ninguém parou de comemorar, mas alguns despencaram de tanto beber e dançar depois da seresta noturna. Acordaram cedo, recepcionados pelo exagero de comida que acompanhava cada etapa da festa. Diferentes tipos de frutas, pães, um pouco de pernil assado que sobrou do dia anterior.

Os homens (re)começaram a beber nesse breve despertar, e muitas mulheres também, sendo que a maioria preferia entornar seus copos longe dos maridos. As mais jovens, mesmo as casadas, fumavam da mesma forma, às escondidas, se espalhando por outras áreas distantes da tenda principal.

Aproveitando que todos se distraiam com a felicidade, Lazlo foi tratar de negócios com duas outras lideranças ciganas. Um deles era o comerciante (considerado pela lei brasileira traficante) de armas Gonçalo Vereda, que nos últimos meses circulava pelo estado do Espírito Santo. Era um calon rápido de pensamento e bom de negócio, do tipo que dificilmente é enganado. O outro era Sales Prata, vendedor de tecidos, principalmente cobertores, lonas e outras confecções que trazia da Bolívia. A especialidade da tribo de Lazlo eram os cavalos e o ouro, mesmo que muitos de seus calon se dedicassem à metalurgia e ao trabalho com couro.

Depois que os negócios mais urgentes se acertaram, havia outro ponto a ser tratado, um que Lazlo objetivava desde o início daquela conversa.

— Precisamos tomar cuidado — ele iniciou a pauta. — Do jeito que estão nos caçando, não vamos durar muito tempo.

— Estamos sendo caçados? — Sales Prata perguntou e acendeu um cigarro. Era o único dos três homens sem um cigarro aceso até então.

— Sempre estivemos. Agora piorou um pouco. Não é nada declarado, mas o rei não está feliz como antes — Lazlo explicou. — Agora tem guarda em todo canto, vigiando todo mundo. Estamos sendo tratados como os pretos deles. Um índio doente por aqui vale mais que um cigano sadio. Como está lá pra cima? — quis saber de Gonçalo.

— Estão apertando. Com o pouso, não mexem, porque sabem que somos muitos e não somos de confusão. Quando eles pegam um de nós é separado, longe da tribo. Preferem pegar quem bebe e joga, quem se perde com as gajin, às vezes pegam crianças sozinhas também.

— E para quê? O que eles fazem com as crianças? — perguntou Sales Prata.

— Entregam pra igreja — Gonçalo explicou. — Eles tratam como se não tivesse pai e mãe, e falam tanta bobagem para os meninos que eles nem tentam voltar pra casa. As crianças crescem na barra da saia dos padres, dormindo em cama macia, comendo e bebendo melhor. Nossa vida é mais dura e criança não é besta.

— Os meninos não sabem o preço que vão pagar pelo conforto — Lazlo explicou. — Tem lugar que proibiu homenagem à Santa Mãe, lugar que proíbe ler a sorte. Se não fosse o comércio, muitos de nós morreriam de fome. Já tentou comprar terra? Terreno nenhum pode ser nosso. Parece até que esse mundaréu todo de terra já tem dono.

— A terra é deles, não é nossa — Sales ponderou. Até mesmo Gonçalo assentiu.

— Eu não concordo — Lazlo disse. — Essa terra é tão nossa quanto é deles. Nosso povo chegou aqui no primeiro navio, nosso povo ergueu as primeiras capelas dos padres; se não fosse nossa mão, nem cidade eles tinham. Essa terra aqui tinha dono sim, mas eram os índios.

— Onde essa conversa vai chegar? — Gonçalo se adiantou.

— No ouro. Tem ouro nessa terra, muito ouro. Um homem meu sabe como achar, mas colocaram a cabeça dele à prêmio. Pelo que eu soube, tem um destacamento vindo atrás da gente pra levar ele daqui. Chamei vocês pra essa conversa pra avisar: se preparem para o pior. Se eles pegarem a gente, se isso de atacar cigano virar moda, não vai demorar pra irem atrás de vocês. A menos que a gente se junte.

Sales e Gonçalo trocaram um olhar mais alongado. Lazlo teve a impressão de que o que seria explicado já havia sido acordado entre os dois.

Gonçalo raspou a garganta antes de falar.

— Estou muito feliz em ser recebido na sua festa. Torço pela felicidade do Radu e da sua nova filha, e tenho certeza que o Sales também pensa o mesmo. Mas nossa união tem limite, Lazlo, todo calon sabe onde a bota aperta o calo. Eu sempre ajudei você e o seu povo, sempre fui ajudado da mesma forma, mas eu não vou colocar minha família nesse assunto. Vender arma eu vendo, e vendo pros dois lados. Arranjar encrenca com os gajons por um problema que você mesmo causou é diferente.

— Problema? — Lazlo se indignou — O homem vivia como escravo, era minha obrigação ajudar.

— E você ajudou — Sales disse. — Ficar com ele por aqui é outra história. Essa, você precisa resolver sozinho.

— Estão me virando as costas? É isso?

Gonçalo sacudiu a cabeça, parecia desapontado pela falta de entendimento de Lazlo.

— Eu entendo de arma, e digo que o que cai nas minhas mãos é mixaria perto do que vem pra eles. Não tem como enfrentar essa gente com facão e meia dúzia de mosquetes e pederneiras. Se o irmão Lazlo está pensando em confrontar essa tropa, perdeu o juízo. Você ganha a primeira, eles mandam a segunda com o dobro de gente. Se você ganhar de novo, eles mandam metade do império pra cá. Essa gente não está incomodada com posse de terra, com gente, com café e cana, mas se você tocar no ouro deles, não vai ter mão pra pegar mais nada.

Lazlo percebeu que debater seria inútil, em parte porque todo cigano cuidava primeiro de sua gente, mas o principal motivo era outro.

Nem todas as tribos eram amigas. Algumas mal podiam se encontrar pelas andanças sem um confronto. Nesses enfrentamentos era comum que morressem quinze, vinte pessoas, e não importava muito se as vítimas eram cavalos, crianças ou mulheres. Um calon evitava uma briga enquanto fosse possível, mas se ele se decidisse a lutar, o que não faltaria era sangue.

— Meu povo não tem lado, não vamos prejudicar você, isso eu dou minha palavra — Sales disse. Gonçalo concordou e completou:

— A pólvora que eu trouxe comigo, fica com você. Isso eu posso fazer. Tenho alguns mosquetes, espingardas, se um homem souber mexer, pode fazer a diferença em um confronto.

Em seguida a reunião chegou ao fim, com alguém gritando que os noivos tinham chegado.

VII

Os ciganos mais antigos do país receberam muita fama negativa injustamente, mas algo que não pode ser atenuado é que eles não eram, nem de longe, discretos em suas festas.

Quem chegou empunhando uma bandeira vermelha foi Omar, um dos padrinhos de Radu. Atrás dele, vinham Costel e Carmela, carregando o lençol manchado com a honra de Iolanda. Ela entrou logo depois, usando um vestido vermelho como era a tradição para as moças que se casavam virgens e eram desposadas. Iolanda tinha acabado de completar quatorze anos, mas era nítido que seu comportamento havia mudado naqueles seis meses. Tudo nela se comportava como uma mulher, o olhar, a postura do corpo, os sorrisos mais ponderados.

Como era hábito, os convidados esperavam fora da tenda principal pela chegada dos noivos. Iolanda logo recebeu de Sarah uma bacia de cobre com água de rosas, que ela usaria para lavar as mãos dos convidados. Em troca, eles davam a ela algum novo presente. Geralmente eram joias, moedas ou ouro, mas havia quem desse peças de vestuário, panelas e peças de enxoval; tinha quase de tudo.

Para essa parte, Lester separou um pequeno retrato que ele tinha feito de Romena. O menino fez dois deles, um para si, um para a irmã. Wladimir ainda tinha aquela moeda de ouro em seu bolso, mas não achou, mesmo se acertando com Iolanda, que ela merecia todo aquele ouro. Talvez ele desse a ela, mas não queria dividir com Radu, e agora tudo o que pertencia a irmã também pertencia a ele.

Iolanda olhou para o retrato e começou a chorar.

— Ela está vendo toda essa festa, sei que está — Lester disse.

Ela o abraçou apertado e disse baixinho, para que só ele ouvisse.

— Obrigado, irmão, obrigado por ter salvado as nossas vidas.

Lester assentiu e secou os olhos dela. Depois teve suas mãos lavadas e enxugadas. Deixou Iolanda e foi cumprimentar Radu, que a partir de agora deveria ter o mesmo tratamento de um irmão de sangue.

— Obrigado por ter vindo, Dimir.

— Eu vim, e agora vou ficar olhando se você está cuidando bem dela.

Ele e Radu trocaram um aperto de mãos ligeiro e Lester seguiu caminhando até os fundos da lona, por onde logo poderia escapar novamente. Algumas pessoas já começavam a cochichar sobre ele, tão discretas quanto um temporal. Em momentos como aquele, Lester imaginava que se Duvel inventou a voz, Beng deve ter inventado a fofoca.

VIII

A festa se estendeu por mais dois dias. Enquanto havia bebida, os homens beberam; enquanto havia comida, as famílias comeram. Por cinco dias a música tocou alto ao lado da fogueira, e todos dançaram como se estivessem, finalmente, em um reino só deles. Crianças nasceram no meio da festa, duas delas do grupo de Gonçalo. Ele encarou como sinal de boa sorte, e teve certeza que a promessa feita para Lazlo (de deixar os mosquetes que trouxeram) precisava ser cumprida.

Alguns homens ficaram tão bêbados que as mulheres precisaram carregá-los de volta para as carroças, mesmo que eles expressassem sua contrariedade com gritos e lamentos. O final de momentos como aquele, onde a felicidade parecia mesmo existir, castigava muito mais um calon que as penúrias de seu dia a dia.

No último dia saiu uma briga feia entre dois pequenos grupos, porque um começou a chamar o outro de falso cigano, se vangloriando de sua linhagem, dizendo que eram descendentes diretos de Jesus Cristo. A tribo de Lazlo não era lá muito católica, então as provocações foram aumentando até o primeiro soco nascer. Alguns ciganos rolaram pelo chão, se bateram, morderam e cuspiram, mas nenhum deles puxou uma faca (o que era bastante incomum, ciganos não levam desaforo pra casa, principalmente de outro cigano). A coisa toda se resolveu com outros ciganos contendo os valentes e forçando que bebessem ainda mais, até que a discordância virasse desmaio alcoólico. Não demorou muito.

Com tantos dias de boa celebração, a festa de casamento de Iolanda e Radu na tribo de Lazlo seria assunto por muitos anos, chegando inclusive a alguns livros de história, mas não só pelos melhores motivos.

Enquanto os últimos ciganos se despediam e se afastavam com suas carroças, tomando a rota litorânea para fazer o caminho de volta mais seguro, cerca de duzentos soldados marchavam pela direção oposta.

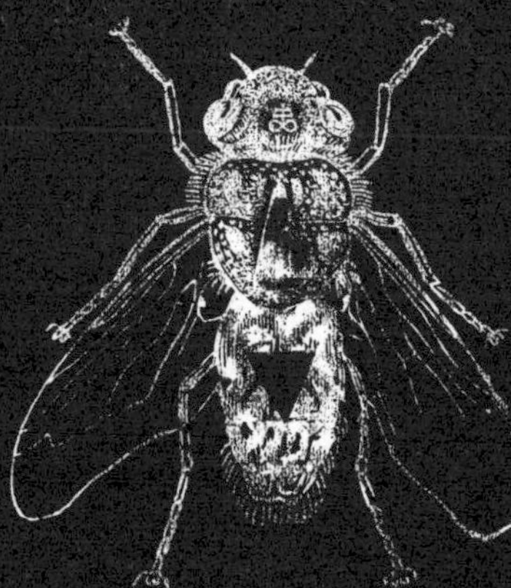

4
Consequências

I

Mesmo estando cansada com a limpeza e a reorganização intermináveis do pós-festa do casamento de Iolanda, Sarah não conseguia dormir. Tinha alguma coisa morando em seu ouvido, sussurrando suas notícias, tentando mantê-la acordada.

Sarah sabia ler mãos, águas, brasas e baralhos, e nunca se furtou de interpretar a si mesma, embora ela não enxergasse seu próprio futuro com a mesma clareza que experimentava nas outras pessoas. Rolando de um lado a outro em sua tenda, pensava em antigas profecias e em como o futuro de Wladimir Lester poderia ser o motivo de sua perturbação. Wladimir tinha amarrado o destino do povo na sola da sua bota. Ou ela estaria errada? Estariam ela e sua melhor amiga, Iolanda, cometendo as mesmas injustiças das pessoas gajons e de tantas outras?

Não poderia esquecer que Wladimir Lester era também uma vítima. De si mesmo, de seus pais, de seu próprio sangue.

Cansada de olhar sua tenda, Sarah foi até o lado de fora respirar um pouco e se aconselhar com a noite.

Não descartava a ideia de que as coisas que sentia poderiam ser a solidão deixada pela ausência dos visitantes. Enquanto havia festa, existia um mundo de mentiras onde se agarrar, uma realidade onde seu povo era um só, unido e fraterno, e não havia ameaça maior aos calon que alguns homens tropeçando nas próprias botas.

Na penumbra da noite, o que sobrou da fogueira ainda ardia. As brasas queimando sozinhas, mensagens se perdendo no fogo.

Sarah apanhou um graveto e reavivou algumas delas. Pequenos pedaços de fogo alçaram voo ao serem tocados. Enovelaram-se. Depois morreram.

Havia uma presença a acompanhando naquela fogueira, Sarah podia sentir. Não sabia quem era, não podia defini-la com seus olhos, mas era capaz de percebê-la com a mesma certeza que sentia o calor do fogo.

Você não pode evitar, ouviu o sussurro do vento.

A voz nascendo de todas as direções, circundando suas percepções, nadando em seus ouvidos.

— O que você quer? Não tem lugar pra você no meu povo.

Não?, a mesma voz perguntou. Sarah não a percebia como palavras, mas como intenções. Embora a voz estivesse ali, perdida no que restou do fogo, ela não poderia existir como o resto do mundo.

De forma mais direta, Sarah ouviu os cavalos. Com o silêncio noturno, Sarah podia ouvi-los acordados no curral, caminhando, relinchando, incomodados com alguma coisa. Ela voltou a olhar para o fogo.

Estaria mesmo acordada?

Algumas vezes, suas visões eram tão fortes, tão nítidas que ela não era capaz de diferenciar o sono da vigília. Poderia o vento na pele e o odor da madeira queimada serem partes de uma visão? Um dos cavalos relinchou e a convocou para mais perto. Sarah sabia que todo animal possui uma carga de vidência; com os cavalos, a capacidade era um pouco mais forte.

A poeira do curral flutuava, mesmo com o sereno noturno. Os animais caminhavam depressa, sem chegar a correr, formando círculos concêntricos. Havia mais de vinte cavalos dividindo aquele espaço, e todos eles marchavam na mesma velocidade. Nos olhos dos bichos, ela encontrou receio, talvez pavor. Estavam nervosos. Um animal preto e brilhante era o mais agitado, era o cavalo preferido de Lazlo, Passolargo. Pelo que Sarah percebia, ele liderava o grupo, tentando, inutilmente, escapar do que quer que fosse.

No centro daquele círculo, obliterado pela poeira, algo tão escuro quanto o cavalo se escondia. Estava parado, calado, tentando se esconder da visão humana. Mas não se esconderia de Sarah.

A cada lufada de poeira, a forma ficava mais nítida. Era mais alta que um homem comum, forte, de pernas parecidas com as dos cavalos. Os ombros eram absurdamente poderosos, os braços desciam até abaixo dos joelhos. Em aparições inseguras como aquela, esferas alaranjadas se firmavam como os olhos. Estava de frente para Sarah, bufando a poeira.

Ela não ouvia, mas enxergava seu resfolegar. A terra suspensa entrando e saindo, formando aspersões de poeira e vento.

Por alguns instantes, o horror foi tão grande que Sarah ficou paralisada, notando e sendo notada, impotente frente aquela força que tomava a realidade para si. Se estivesse presa em um sonho, pediu para acordar. Em vez disso, os cavalos foram se acalmando, ao passo que a presença no curral se esmaecia, deixando de existir.

Além do solo cigano, na estrada de terra que conduzia ao acampamento, tochas quebravam a escuridão da noite. O recado fora dado. Já era tarde demais.

II

Lazlo foi a terceira pessoa a acordar no acampamento, sacudido por Nádia a pedido de Sarah. Ele foi até o curral e de lá seguiu para um lugar mais alto e limpo, de onde poderia estimar melhor o tamanho do problema que teria que enfrentar.

— Pega as crianças e leva daqui — ele disse a Nádia e Sarah.

— Quem são eles? — perguntou Nádia.

A explicação seria demorada, então Lazlo resumiu:

— Gente ruim que veio fazer ruindade. Vão! — disse com mais energia. — Agora!

Enquanto Sarah e Nádia acordavam as pessoas, Lazlo abria os baús com as poucas armas de fogo que conseguiu nos últimos meses, armas de um tiro só.

As armas de fogo eram privilégio do exército naqueles dias, e com as poucas que estivessem disponíveis, era preciso saber usar para não ser morto mais depressa ainda. O recarregamento de uma pederneira era complicado, lento; um homem bem treinado conseguiria disparar duas, no máximo três vezes por minuto. Outro ponto desfavorável era o peso daquelas coisas. Mesmo um mosquete moderno pesava mais de cinco quilos; um arcabuz pesava quase dez. Se existisse disponibilidade de homens, eles poderiam proteger os atiradores com lanças afiadas — para que não fossem mortos por facas e espadas —, mas os ciganos não teriam todo esse contingente nem se colocassem as crianças para lutar.

Lazlo tentaria evitar um confrontamento, mesmo sabendo que as chances de um acordo eram remotas. Os homens vieram atrás de Miro Santii, e nenhum cigano de sua família entregaria outro cigano, com ou sem ouro envolvido.

Outros homens de Lazlo começavam a chegar, ainda confusos pelo despertar repentino. Costel, Nízio, Omar, Miro, o velho Valkir e mais uma dúzia de homens, ansiosos para entender o que estava acontecendo.

— Vieram atrás de você — Lazlo explicou a Miro. — Akin me avisou que estavam chegando, mas já faz uns meses. Achei que tinham desistido.

Os homens que se reuniam em frente à carroça onde estavam as armas já recebiam facas, adagas e espadas. O que havia de arma de fogo (as pederneiras e mosquetes mais leves) também foi distribuído a alguns deles.

— Eu vou me entregar — Miro disse. — Não precisa derramar o sangue da sua gente por minha causa.

— Você é minha gente agora. Não seja inocente, Miro. Eles não levarão apenas você, vão levar tudo. Conheço esses gajons tão bem quanto conheço o nosso povo. Valkir? — Lazlo pediu a opinião do homem mais velho de seu grupo, alguém que tinha o tempero necessário para opinar.

Valkir tomou alguns segundos antes de responder.

— Ninguém é dono dos calon, mas precisamos ter juízo, precisamos de esperteza. Vamos entregar alguma coisa pra eles. Deixe que levem nosso ouro, nós sabemos onde conseguir mais.

Os homens olharam uns para os outros. O velho tinha razão. Se conseguissem convencer a tropa inimiga que Miro estava em outro lugar, talvez ficasse por isso mesmo. Perder ouro e prata não era um preço tão alto a se pagar pra continuar vivo.

— Vamos esconder o grosso do ouro — Lazlo disse. — Nós deixamos uma boa quantidade e falamos que é tudo o que temos.

— Pode ser tarde demais pra isso — Nízio disse. — Em menos de vinte minutos esse lugar vai estar cheio de soldados.

— Eu falo com eles, eles vão me receber — disse Lazlo. — Vou na frente com o Orlando e mais três, saber o que eles querem e dizer o que podemos oferecer.

— Está pensando em negociar? — Omar disse, havia escárnio no tom. — Com essa raça?

— Vou ganhar tempo enquanto vocês escondem o ouro e o Miro.

— Eu vou com vocês — Valkir, o velho, disse.

Em sua tenda, Radu terminava de se vestir.

— Eu estou com mau pressentimento, Radu. Não vai, fica comigo! — Iolanda disse.

— É o nosso povo, Iolanda. Se eu ficar aqui, sou um homem a menos pra lutar.

— E se você for, é mais um pra morrer! O que vai ser de mim? Nós acabamos de casar, Radu!

— Radu, vamo! — outro homem disse do lado de fora da tenda. Era tão jovem quanto Radu, um de seus amigos. Havia mais ciganos saindo das tendas, alguns armados com facas e facões, ansiosos para provarem seu valor uns para os outros.

— Eu preciso ir, Iolanda, fica com a minha mãe, não desgruda dela e da Carmela!

Iolanda secou os olhos e assentiu com a cabeça. Ele a beijou na testa.

— Eu volto pra você, promessa de calon!

Radu chegou ao grupo de ciganos quando Lazlo subia em seu cavalo preto. O velho Valkir também já estava em sua montaria. Todos os ciganos da confiança de Lazlo estavam prontos, com botas nos pés e facas nas cinturas. Lazlo tinha consigo uma garrucha de pederneira (era mais leve, se assemelhava a um revólver).

— Eu vou com vocês — Radu disse, já correndo até um dos homens a cavalo, a fim de trocar com ele.

— Não, você fica — Lazlo disse. — Preciso de gente pra organizar o povo e tirar as mulheres e as crianças daqui. Você leva nossa gente, os outros homens montam guarda com Omar. Se eles entrarem sem a gente, vocês podem revidar — instruiu a Omar.

— Não, eu vou! — Radu insistiu.

— Você fica! — Lazlo disse mais alto, para lembrar que ali, como pai e como líder, quem mandava era ele. Radu se afastou do cavalo, Lazlo abrandou. — Se alguma coisa acontecer comigo, a autoridade é sua. Hoje, você ajuda as mulheres e os meninos a saírem daqui, vão pela fazenda do Sebastião Franco. Não parem enquanto os cavalos aguentarem. Eu alcanço vocês.

III

Liderados por Lazlo, o galope dos cavalos ciganos seguiu até chegar a cinquenta metros do regimento invasor, então diminuiu a macha. Valkir, Nízio e os dois homens que estavam com eles fizeram o mesmo.

— É mais do que a gente pensava — Nízio disse. — Tem quanto ali? Cem?

— Tem mais — respondeu Lazlo.

Um dos homens da cavalaria oposta, que seguia na frente do ajuntamento principal, avistou Lazlo e deu meia volta, chegando a espora no cavalo. Ele rapidamente alcançou os outros e todos pararam de avançar.

— É seguro? — Orlando, outro cavaleiro, perguntou a Lazlo.

— Não, mas nós vamos do mesmo jeito.

Seguiram em formação, com Lazlo e Valkir puxando o grupo de cinco cavaleiros. Nízio e Orlando ficaram na retaguarda, com um terceiro cigano chamado Rico.

Chegavam a cinco metros do regimento e a parede de cavaleiros tinha pelo menos dez metros de lado a lado. Não estavam todos a cavalo, eles também estavam em charretes, muitos a pé. Algumas carroças de suporte estavam mais recuadas. A parte mais adiantada do regimento usava um uniforme encardido, mas havia uma massa de homens esfoliados, caçadores de recompensas, logo atrás. Brancos, negros, adolescentes com rostos castigados pelos maus-tratos de meses de estrada. Parecia improvável que todos estivessem atrás de Miro Santii, por mais ouro que ele representasse.

— Noite. — Lazlo disse. — Quem está no comando?

— Coronel Miguel Pizarro, cigano — um deles respondeu. Montava um cavalo branco, de sela especial, um animal que tinha muito mais altura que qualquer cavalo dos ciganos. Seu cavaleiro, Miguel Pizarro, era baixo, feio, e tinha a barriga desconfortavelmente grande. Mas dos homens, era o único com o uniforme impecavelmente limpo.

— Viemos oferecer passagem — Lazlo disse. — E comida se os homens tiverem fome.

Pizarro se inclinou para frente e manteve os olhos em Lazlo. Ensaiou uma expressão divertida com o rosto.

— Ouviram isso? — perguntou bem alto para a tropa. — Os ciganos querem ajudar a gente.

Alguns homens riram e logo recobraram a raiva que sustentavam há meses. Entre aquelas pessoas, muitos só receberiam na volta pra casa, depois que a tarefa estivesse cumprida. Estavam no lombo daqueles cavalos há meses, alguns a pé, cheios de micoses e piolhos herdados dos outros homens.

— Escute bem, cigano, eu só vou dizer de uma vez porque não gosto de ficar perto da sua gente. Tem um homem com vocês, um fugitivo da lei, o nome dele é Miro Santii. Tenho ordens de levar comigo.

Lazlo ensaiou um olhar para os outros quatro ciganos, eles menearam a cabeça.

— Se tinha algum Miro com meu povo, passou e foi embora. Não tem ninguém com esse nome na minha gente.

Pizarro riu com um pouco mais de vontade. Respirou fundo.

— Não, não tem não. Claro que não tem. Então nós vamos dar meia-volta e encerrar esse mal-entendido, não é mesmo? E vamos dizer que acreditamos na palavra de um cigano vagabundo, e por isso não estamos levando de volta nosso fugitivo, que aliás está sendo procurado pelo império. Vamos acreditar que um cigano ladrão e filho da puta pela primeira vez na sua vida falou a verdade.

— Vocês podem olhar se quiserem — Lazlo não se exaltou. — Meus amigos, isso não precisa terminar da pior maneira. Temos crianças com a gente, velhinhos e velhinhas, somos um povo pacífico, não acobertamos bandidos. Somos gente de...

Foi um movimento rápido e preciso. Antes que Lazlo terminasse a frase, Pizarro sacou uma arma e atirou no peito de Valkir. O velho ainda arregalou os olhos, sem acreditar na dor aguda que sentia. Levou as mãos à ferida e tombou do cavalo, já morrendo. Apanhados de surpresa, os homens de Lazlo empunharam suas facas e espadins, mas Lazlo abriu os braços para que não revidassem.

— Maldito! — disse Nízio, mordendo os dentes de tanta raiva. O velho Valkir era seu avô.

— Agora, cigano, você vai me entregar o que nós viemos buscar. Se você fizer isso, talvez alguém continue vivo.

IV

Radu ouviu aquele tiro enquanto encaminhava a primeira carroça com crianças e mulheres para fora das terras calon. Ainda precisaria fazer o mesmo com mais duas carroças e já ouvia os homens do grupo se articulando para rechaçar os invasores.

Miro Santii era um deles, e agora que as tropas abriam galope aos gritos na direção do assentamento, ele também se preparava. Havia um brilho de vontade nos olhos ciganos, um apetite por sangue e reparação que não seria saciado a menos que eles matassem meia dúzia de homens ou encontrassem sua própria morte. Os jovens também compartilhavam da mesma vontade, apenas as crianças menores de doze anos e as mulheres com filhos pequenos foram colocadas em fuga.

Distante das carroças, Sarah tentava convencer Iolanda a sair com os outros, mas ela não cedia. Iolanda já havia empurrado Carmela e ameaçou Nádia com uma faca quando ela insistiu em tirá-la do acampamento à força.

— Nós precisamos ir! Não tem mais tempo, você não entende?

— Ele é meu irmão! Meu sangue! Eu não vou deixar o meu irmão.

— Eu te ajudo a achar ele — Sarah disse.

As tropas já começavam a invadir o acampamento, derrubando barracas, esfaqueando pessoas, ateando fogo em lonas e madeiras. Os primeiros corpos rapidamente tombaram ao chão, entre eles algumas crianças que não chegaram a tempo nas carroças. Os homens do destacamento não estavam ameaçando e assustando, entraram para matar.

Os ciganos revidavam como podiam, protegidos por barricadas feitas de madeiras e sacos de farinha, jogando paus, pedras, vidros com querosene e o que mais pudesse causar danos. Os primeiros homens de Pizarro invadiam em todas as direções, e também caíam depressa, surpreendidos pelas adagas ciganas. Havia mulheres calin no confronto, as que tinham os filhos já crescidos ficaram para ajudar seus homens. Essas mulheres esperavam em suas tendas, sob cobertores, então saltavam já com as lâminas no pescoço do inimigo.

Do outro lado, os soldados eram muitos. Homens sem remorso, contaminados pela ira e convencidos de que aquele povo não era digno, valoroso, e que os ciganos, assim como os escravizados e nativos daquela terra, não deveriam ser considerados gente. A cada cigano morto, uma comemoração, um assovio, um xingamento.

No meio da batalha, Sarah viu uma cigana chamada Niara correndo em direção à filha. A menina já estava morta, tinha sido atingida na barriga por uma espada. A mãe gritava de dor e de ódio. Depois de atestar a morte da menina, a mulher partiu para cima de um dos cavaleiros e conseguiu jogá-lo no chão. Apanhou um pedaço de madeira incandescente do fogo e o acertou no rosto. Depois enfiou um punhal no olho direito do soldado. Outro a pegou pelas costas do vestido, e o puxão foi tão violento que o tecido se rasgou, deixando a mulher nua na parte de cima. Ele começou a bater nela e a abusá-la ao mesmo tempo, rindo, mordendo, tentando arrastá-la pro chão. Sarah correu e o acertou com uma faca, mergulhando o aço em sua nuca. A mãe chegou até a criança morta, Sarah puxou a mulher pelos cabelos.

— Você precisa ir! Agora! — Apontou para as carroças.

Niara correu e Sarah sentiu a mão gelada de Iolanda apertando a sua. Sarah ficou de costas para Iolanda, estavam cercadas por três homens armados com facas e espadas.

Eles estavam sujos e arruinados pela estrada, fediam, seu hálito era azedo, seus corpos já deformados pelo álcool que consumiam. As mulheres ciganas sabiam o que esperar em emboscadas como aquela, e para elas era melhor ser tomada depois de morta do que sofrer uma mortificação em vida.

— Calma — Sarah disse, temendo que Iolanda se decidisse ao que muitas faziam e tirasse sua própria vida. Ao redor delas, algumas mulheres não tiveram a chance de escolher o fim, e era possível ouvi-las gritando, sendo tomadas a força por outros daqueles homens sujos e bestializados.

— As duas não precisam morrer, é só largar as facas. Solta agora, anda!

— Não! — gritou Iolanda e riscou o ar com a adaga. — Deixa a gente ir! Nós não fizemos nada!

— Eu quero essa daí — um deles disse e salivou. Já não era tão jovem, tinha pouquíssimos dentes na boca. Ele passava a língua por aquelas valas de gengiva, lubrificando a boca com seu cuspe grosso como se estivesse lambendo as duas mulheres.

Iolanda puxou o que tinha na garganta e cuspiu nele. O homem se adiantou em um pulo, Sarah raspou o ar com seu facão. Outro capataz apareceu e a apanhou pelas costas. Apertou o pulso de Sarah até quase quebrá-lo. Ela derrubou o facão, mas conseguiu morder o braço do desgraçado, arrancando um gomo de carne do tamanho de um limão. Enquanto esse homem a socava na barriga, outro a jogava no chão. O homem porco também deitou Iolanda, puxando as tramas do vestido, tentando chegar em seu sexo. O segundo soldado, que estava com Sarah, já abria suas pernas com as mãos. O outro já estava sobre ela, procurando um caminho.

— Não! Nãããão! — Iolanda gritou quando dedos podres a tocaram em sua parte mais resguardada.

Sarah, igualmente imobilizada no chão, olhou para ela, o rosto tomado pela escuridão. Iolanda quase podia ouvi-la dizer: *Vai acabar logo, deixa eles entrarem e depois eles vão sair. Vão deixar a podridão dentro da gente e vão embora, nós duas podemos viver. Outras já viveram, nós também viveremos.*

— Não... — Iolanda tornou a dizer, sentindo um dos porcos morder seu seio direito por sobre o vestido. Como poderia olhar para Radu novamente? Como poderia amá-lo e ser amada, ou a qualquer outro homem, depois de ser...

— Não...

V

Quando Iolanda sentiu o peso do porco, o porco já estava morto, muito antes de conseguir entrar ela. Sua segunda percepção foi o sangue do porco descendo sobre sua pele, sobre seu vestido, e o rosto de seu irmão Wladimir Lester a apressando pra que ela se levantasse do chão. Iolanda não ouvia muita coisa. Ensurdecida pelo pânico, o próprio mundo parecia preso no vácuo, rodando em câmera lenta. Como o porco era pesado demais, coube a Costel e a Lester arrastá-lo para o lado. O menino ainda segurava o punhal que usou para matar o porco, Costel limpava sua adaga na cinta. Foi Costel quem matou um dos homens que estava com Sarah, com tiro de pederneira. Os outros dois, ele e o menino mataram do mesmo jeito, enfiando as lâminas em suas nucas. Um cigano de Lazlo aprendia cedo essa parte do evangelho, mesmo as crianças sabiam como sangrar um adulto. Era só pegar o porco pelas costas e enfiar a lâmina na junção da cabeça, até lá cima. Morriam na hora.

De repente, o acampamento se transfigurava em um inferno. Pessoas estavam mortas pelo chão, outras gritavam em agonia, ninguém era poupado. Um casal de anciãos morreu abraçado, e um sem-número de ferimentos manchava suas roupas e seus cabelos brancos. Um jovem soldado roubava os dentes de ouro da idosa com um canivete. Uma menina estava morta ao lado, tinha oito anos no máximo. Ao lado dela, o menininho menor, que ela provavelmente carregara em sua fuga, ainda vivia. Estava sentado no chão, sujo de terra e muco, chorando compulsivamente.

— Não temos tempo! — Costel disse a Sarah quando notou o impulso da filha em resgatar o menininho.

— Vem! Te mexe agora! — Lester disse e partiu em arrancada. Um soldado disparou nele, a bala riscou a coxa direita de Costel, mas ele não parou de correr por conta disso. Um cigano degolou o mesmo soldado atirador com uma faca, e foi morto por outro soldado em seguida. Costel e os outros já se distanciavam, guiados por Lester.

Pessoas morriam dos dois lados, mas os ciganos estavam sendo massacrados. Não tinham chance. A última imagem que Sarah viu antes de seguir seu pai para dentro das árvores densas foi uma carroça cheia de crianças e mulheres sendo incendiada. Ela viu quando o fogo tomou as pessoas que, em desespero, espalharam o fogo umas para as outras. O homem com a tocha ria, comemorando a empreitada com outros dois soldados.

Cercados, os calon liderados por Omar ainda resistiam, atirando querosene acesa em soldados e cavalos, deixando seus corpos queimando como velas.

— Anda logo com isso, Tino! — O próprio Omar disse ao rapaz que preparava as garrafas de fogo.

— Joga o que tiver! — outro calon disse a Omar, rindo, enlouquecido pela guerra que se instalava. Seu nome era Sergh, um dos cunhados de Lazlo. Esse homem tinha um mosquete e gastou o próximo tiro na perna de um dos caçadores de recompensa. Decepou na altura da canela.

Sergh virou o corpo de costas e pegou uma garrucha, mais fácil de disparar. Os dedos já estavam oleosos, o ferro deslizava. Uma mulher cigana chegou correndo e pulou para dentro da trincheira improvisada. Era Carmela. Tinha sangue em todas as partes do vestido, sangue que não era dela. Havia se separado do marido quando ele correu para socorrer Sarah e Iolanda.

— E as carroças? Fugiram? — perguntou Sergh.

— Fugiu uma — Carmela disse —, o Radu foi nela.

— E a minha irmã? E a Nádia?

Carmela sacudiu a cabeça, deixando a raiva se sobrepor à dor logo em seguida. Ela se ergueu ao ver o rosto de Pizarro, o comandante daqueles desgraçados. Não estava muito longe e ela sabia atirar. Carmela tomou a arma de Sergh e disparou. A bala zuniu na gritaria do combate.

Aquele tiro não matou Pizarro, mas arrancou uma fatia de carne de seu rosto. Ele se abaixou e gritou, as mãos estavam perto do olho esquerdo.

— Ihááááá! — Carmela gritou em vitória.

Um soldado conseguiu rodear a trincheira em silêncio e a esfaqueou pelas costas. Ela resfolegou, virou o corpo e o encarou antes de cair. Cuspiu nele. Sergh socou o rosto do mesmo soldado e os dois se atracaram. Omar ajudou, ele e Sergh o enforcaram até a morte. Deixavam o corpo de lado quando ouviram Miro Santii lamentar.

— Eles pegaram o Lazlo. Pegaram o Lazlo!

— Merda! — Omar disse.

VI

Três cavalos abriam caminho no charco de sangue que se tornou o terreiro cigano.

Sobre um dos animais estava Varkir, morto e de frente. Amarrado costas a costas com ele, seu neto, Nízio. Ainda vivia. O segundo cavalo trazia Lazlo. O líder calon estava com o rosto edemaciado, supercílio aberto, sangue coagulado na barba. No terceiro cavalo vinha Orlando, sangrava na barriga, onde tinha levado uma facada. Os outros vinham arrastados pelos respectivos cavalos, mortos. Os dois arrastados já não tinham muita carne no rosto, por causa do atrito com o chão.

— Minha mãe — Omar disse quando os viu.

Pizarro, mesmo com o rosto aberto como um toucinho, sorria em sua montaria.

— Não precisava terminar desse jeito — disse. — O líder de vocês é um homem teimoso, por isso tem tanta gente morta no chão.

— Filho de uma porca! — alguém gritou, os ciganos ainda vivos riram. Lazlo também riu. Era ruim cair, mas era bom cair lutando.

— Pelo visto vocês são piores que o seu chefe — Pizarro sacou uma espada sabre, própria de oficiais da guarda. Fez o cavalo chegar mais perto de Lazlo.

— Esse aqui pode viver, todos vocês podem viver, mas precisam me entregar o que eu vim buscar. Tem um homem com vocês fugindo da justiça, o nome do condenado é Miro Santii. Estamos aqui por causa dele.

— Vocês mataram as crianças! Maldito sejam, todos vocês! — Uma voz feminina ecoou no que restou da comunidade. Já estava rouca e apertada, distorcida pela raiva e pela dor.

— Vocês atacaram primeiro, é o que eu sei. Meu rosto é prova disso.

Apesar da mentira, a ferida estava mesmo feia. A parte direita do rosto tinha um arrombo que chegava até o olho. Difícil saber o que tinha sido usado como bala, mas os ciganos colocavam lascas de metal, pedras e qualquer porcaria no meio de algumas armas.

Pizarro embainhou a espada, desceu de seu cavalo e abriu os braços.

— Ninguém mais precisa morrer.

— Alguém faz esse filho de porca fechar a boca — Lazlo disse e riu. Bastante sangue manchava seus dentes. — Não acreditem no que o gajon diz, ele mente.

Pizarro lamentou sacudindo a cabeça, como um professor desapontado com um aluno que não aprendeu a lição.

— Coloquem todos de joelhos.

• • •

Muitos ciganos se renderam, entregando as armas que tinham e sendo mantidos sob a guarda do batalhão de soldados. Quase todos estavam feridos. Entre cortes e fraturas, um homem havia perdido quatro dedos da mão direita, outro estava com um talho no braço direito, mais um tinha a perna pendurada, vitimada por uma fratura extensa. Talvez fosse o choque, mas aquelas pessoas não prestavam atenção à dor, talvez nem mesmo a sentissem como deveriam. A maioria das mulheres também se rendeu, feridas por dentro e por fora, era o que os olhos perdidos mostravam.

Lazlo, Nízio e Orlando já estavam de joelhos, as mãos amarradas às costas, todos igualmente surrados. Os calon do assentamento que ainda resistiam estavam atrás do monte de entulhos que Omar e Sergh providenciaram. Com eles, outros quatro homens, além de Miro Santii.

— Eu vou contar até cinco — Pizarro disse. — Se eu chegar no três, morre um. Se eu chegar no cinco, morrem todos.

— Chega disso, eu vou com eles — Miro disse.

— Um...

— Não seja besta! Eles vão matar todo mundo de qualquer jeito — Omar o segurou no pulso direito.

— Dois...

— Então eu morro primeiro — Miro decidiu e puxou o braço, deixando o abrigo antes que mais alguém o impedisse.

— Três... — Pizarro vira Miro Santii de braços abertos, mas riscou o pescoço de Orlando, de um lado a outro, do mesmo jeito. O corte foi tão fundo que abriu a traqueia. Orlando caiu e demorou alguns segundos se engasgando, até que a morte o alcançasse.

— Vocês tão atrás de mim, não deles — Miro gritou à frente da trincheira. — Aqui é tudo gente de bem, capitão. Gente com família, ninguém precisa de mais sangue. A gente já entendeu.

Pizarro não tinha tanta certeza.

— Seu nome é Miro?

— Foi o nome que meu pai me deu, Miro Santii.

Alguém da coluna de invasores corroborou.

— É ele sim, é o desgraçado que estamos caçando.

Miro se adiantou até Pizarro.

— Então é você. O cigano imundo que conseguiu irritar os ricos e a coroa portuguesa. Devia se sentir valorizado, Miro Santii, estão gastando metade do seu peso em ouro nessa empreitada.

Pizarro passou a rodear Santii, sem tirar a atenção dele.

— Pode ter sido um golpe de azar, mas os ciganos começaram a incomodar esse país. Todo esse vai e vem de vocês, essa bagunça, por onde vocês passam as pessoas ficam doentes, as criancinhas somem, a desgraça se instala. sorte acaba. Devia se orgulhar, Miro Santii, você se tornou uma lição! Um exemplo a não ser seguido.

— Deixa essa gente em paz, capitão, que eu tô pedindo.

Pizarro o encarou no olho esquerdo, o direito não tinha mais nada, era só uma bola vermelha e coagulada.

— Te põe de joelho, cani.

Miro obedeceu, bem mais assustado. Aquele jeito de falar era jeito de italiano. Todo mundo sabia que um italiano com raiva é a pior danação da terra.

— Arrancaram meu olho, cani, agora eu arranco o teu — disse Pizarro.

Miro tentou reagir se levantando, mas Pizarro o chutou na cara. Um soldado imobilizou o garimpeiro no chão. Pizarro sacou uma faca da bainha e cuspiu na lâmina.

— Olho por olho, cigano sujo.

— Não faz isso, ele vai com você, não precisa fazer isso — intercedeu Lazlo. Pizarro olhou para as costas de Lazlo, onde havia um soldado, e assentiu a execução. O soldado o degolou. Ao lado de Lazlo, Nízio engoliu o choro, a honra, a valentia. Engoliu o que precisava para continuar vivo.

Pizarro colocou o joelho na garganta de Miro Santii e o segurou pelos cabelos com a mão esquerda. Com a direita, ele espetou o olho por baixo e começou a cortar. Não foi rápido. Não foi fácil. Mas o olho esquerdo de Miro Santii finalmente se soltou do rosto.

VII

A tarde já ia embora quando Radu voltou ao povoado calon. Ainda à distância, ele enxergou a fumaça que ardia sobre o acampamento. Radu contou seis focos grandes, e se ainda queimavam, era possível que os soldados estivessem por lá ou que tivessem saído há pouco.

Como Radu precisou sair com a primeira carroça, não chegou a ver o destino de seu povo. Não sabia o que havia sido feito de Iolanda ou de seus pais, mas infelizmente era inteligente a ponto de prever o pior, principalmente em uma batalha onde os ciganos estavam em tamanha desvantagem.

Por segurança, as crianças e mulheres ficaram alguns quilômetros para trás. Radu ponderou que sozinho teria melhor chance, no caso de ser emboscado pelas tropas no meio do caminho. O combinado com Lazlo não foi voltar para o acampamento tão cedo, mas duas mulheres da carroça puseram o baralho e receberam uma mesma mensagem: a morte estava por perto, e ainda estava colocando ciganos em *sua* carroça.

Galopou mais devagar assim que cruzou o primeiro metro de terreno roçado. Já havia sangue no chão, algumas facas e pedaços de madeira esquecidos, roupas rasgadas. Em um olhar mais atento, utensílios ciganos como panelas, copos e xícaras. Parecia que um terremoto sacudiu a terra bem ali.

Um grupo de ciganos que cuidava de uma mulher ferida (eles suturavam a perna da mulher, que tinha um corte imenso na coxa esquerda) o viu se aproximando.

— Radu voltou! Radu voltou! — a mulher ferida disse. Outros ciganos apareceram depois, não eram muitos. Arrastavam o peso do massacre a cada passo, mas também a esperança de que mais pessoas tivessem sobrevivido.

— Onde está Rarisha? — Era Omar. Bastante ferido, mas vivo.

— Sua esposa está bem, ela e o seu menino. Ficaram escondidos na mata. Onde está a minha mulher?

Omar demorou um segundo para responder, e foi o que bastou para esgotar a última gota de paciência em Radu.

— Onde ela está, homem? Minha mãe? Meu pai?

Omar não conseguiu dizer, era um homem temperado, mas não conseguiu falar que Lazlo e Nádia estavam mortos. Quem fez essa tarefa foi Doru, o rapaz que limpava o curral e cuidava dos cavalos.

— Onde está a Iolanda?

— A gente não sabe. Um dos meninos viu Costel e o seu primo Wladimir ajudando elas a escapar dos soldados, depois disso ninguém mais viu.

— Tem como os soldados terem levado ela?

— Não, eles só levaram o que vieram buscar, o Miro Santii. Se quiser ver os mortos, nós colocamos todo mundo na tenda do Valkir.

— E ele?

Doru sacudiu a cabeça.

Radu o seguiu pelo que sobrou do acampamento. Não era muito.

— Os soldados incendiaram tudo, sobrou só uma carroça — Duro explicou. — Nosso povo lutou, mas eles eram muitos, não tinha jeito de ser diferente. Seu pai foi lá tentar falar com eles, os soldados entraram antes dele voltar.

Estavam deitados no chão, lado a lado.

Quem era casal e filho, manteve a união da família. Quem era sozinho, ficou depois das famílias. As crianças estavam em outro ponto, elas não seriam queimadas, mas enterradas. Era costume que não se queimasse animais ou crianças pequenas.

— Bando de desgraçado. O que essa gente é? Bicho? — Radu se abaixou ao lado do pai. O rosto estava bastante desfigurado, mas ainda era possível reconhecê-lo. Havia um corte bem grande em um supercílio, faltavam alguns dentes, a pele estava suja de sangue e terra.

— São pior que bicho, Radu. Muito pior.

Radu apanhou a mão de Nádia, sua mãe, e a beijou. Boa parte do corpo dela estava queimado, quase não havia cabelos, o tecido do vestido ficou aderido à carne, misturado com a pele.

— Radu! Radu! — ouviu às suas costas. Foi como música. A melhor música que ouviu na vida.

Iolanda correu e o abraçou, como se já estivessem casados há duas vidas.

— Você está bem, graças a Duvel você está bem — ela chorou mais um pouco, o abraçando tão forte quanto era possível.

— Eles te machucaram?

— Eu estou bem, meu tio e o Dimir conseguiram ajudar quando pegaram a gente.

Costel foi o segundo a se aproximar. Cobria as mãos com a boca, já sabia que Carmela estava deitada entre aqueles corpos. Ele foi até ela, se ajoelhou e chorou um pouco. Depois se ergueu, ciente que o choro e o pesar não fazem serviços aos ciganos.

— Que bom que você voltou — disse a Radu.

Os dois se abraçaram. Costel tinha cheiro de fumaça e sangue.

— Obrigado por ajudar a Iolanda.

— Queria ter feito mais, meu lugar era aí deitado com eles.

Radu também pensava o mesmo, e não precisou dizê-lo.

— Foi o menino que salvou a Sarah e a sua mulher.

— Wladimir?

— Eu tava me atracando com um dos soldados, já tinha matado dois. O menino chegou apavorado e me ajudou, cortou o tornozelo do gajon. Eu terminei o serviço e fui com ele ajudar a minha filha e a Iolanda. O menino mesmo matou um homem feito, matou sem pensar, sem pena. Não fosse ele, se a gente não tivesse aparecido, os porco tinha se aproveitado delas.

— Como vocês escaparam? — perguntou Radu, mais uma vez olhando para a fileira de corpos.

— Meu irmão — Iolanda explicou. — O Dimir conhecia uma caverna, não é longe daqui. Ele levou a gente pra lá. Tinha guarda atrás da gente, mas eles não entraram; ou não viram ou não quiseram, mas deixaram a gente em paz.

— Eu queria muito ter voltado — Costel se justificou. Da maneira como olhava para o corpo de Carmela, talvez desejasse que ela o ouvisse. — Eu não podia deixas duas mocinhas e o menino sozinhos, fiquei por isso, só fiquei por isso. Agora minha esposa e meus amigos estão mortos.

Estavam sim, quase todos eles. Lazlo, Nízio, Valkir, Orlando, alguns adolescentes que viviam para aprender a ser como eles. Todos furados de faca e de tiro, todos mortos.

— Nós vamos continuar vivendo. Chama o povo, diz que eu quero falar.

— Agora? — Costel precisou confirmar.

Radu assentiu.

VIII

Algumas vezes, a dor é tão forte que ela nos impede de respirar. Os ouvidos ficam ocos, a boca resseca, nossas pernas não obedecem. São nesses momentos de inaceitação e pânico que nossos corpos imploram pelo fim da vida, porque é muito mais fácil deixar de existir do que continuar carregando o passado.

Um cigano sabia dessas coisas como poucos povos no mundo, e uma dor, como a que experimentavam agora, não poderia ser esquecida em uma única vida. Sendo ciganos, porém, eles seguiriam em frente, porque seu destino era feito de estrada, não de memória.

— Obrigado por aceitarem me ouvir — disse Radu.

Silenciosos, todos estavam atentos.

— Hoje foi o pior dia de nossas vidas. Meus pais estão mortos, outros pais também, muitos filhos foram assassinados. Tenho certeza que muitos de vocês gostariam de trocar de lugar com os que já foram, ou pelo menos acertar as contas com os desgraçados que nos atacaram. Bem, não é assim que estava escrito. Agora, minha família, precisamos ir embora com o que nos restou, porque ficar nesse lugar arrancaria o que ainda temos de esperança, de vida.

— Ir embora? Pra onde? — um homem disse. — De que jeito? Tem muita gente que não consegue nem andar, Radu.

— Então nós carregamos. Quantos cavalos ainda temos? — Radu perguntou a Omar. Ele e Sergh conseguiram sobreviver depois de se entregarem. Os demais da trincheira foram mortos em um sorteio de Pizarro.

— Uns oito — Omar disse.

— Tem comida ainda? — Radu perguntou a Iolanda.

— Pouca, o que eles não levaram, colocaram fogo. Deve ter para uns quatro dias.

— Nós faremos durar mais. Calon, eu acho que nós devemos queimar o passado e ir na direção do futuro. E devemos fazer isso agora. Nós cuidamos dos mortos, pegamos nossas coisas e vamos embora. Encontramos com a outra parte do nosso povo e seguimos de volta para o Sul, onde tinha menos ouro, mas a vida era mais justa. Todo mundo concorda com isso?

As pessoas concordaram timidamente. Radu insistiu:

— Se alguém estiver em desacordo, eu quero saber.

Mais uma vez, ninguém se opôs. Radu já estava saindo do meio do terreiro (foi a única área livre de entulhos do acampamento) quando Sarah disse de onde estava, no meio do grupo que se reunia para ouvi-lo:

— Precisamos de um novo chefe. Precisamos votar agora. Calon sem líder é calon sem reconhecimento do povo.

— O líder já tá aqui — Costel disse e entregou a Radu a lâmina que pertencera a Lazlo, e que antes pertencera ao avô de Radu. Era uma adaga bonita, com cabo de latão cravejado de pedras preciosas. — Seu pai mandou eu cuidar dela, agora é sua.

Sarah foi até Radu, desceu sobre o joelho direito e o beijou nas costas da mão esquerda. Radu a colocou em pé novamente.

— Melhor sairmos depressa, precisamos alcançar a outra carroça, as crianças estão nela — disse a ela. Depois ao povo. — Peguem o que puderem, água, comida, arma, e dessa vez vamos levar qualquer coisa que tenha preço. Não vamos ficar com nada, mas vamos vender tudo para ter comida para o nosso povo.

As pessoas começaram a se dispersar depressa, obedecendo o que acabaram de ouvir. Radu ainda tinha algo a dizer.

— Eu não estou feliz em ocupar o lugar do meu pai. Se alguém tiver interesse e disposição pra fazer melhor do que eu, é só dizer agora.

Com a morte de tantas pessoas, a mulher mais velha do grupo era Constância, e tinha menos de cinquenta anos. Mas foi ela quem disse:

— Um bom líder nasce feito. Somos seu povo, Radu Zoran, sua gente, assim como éramos o povo do seu pai.

IX

Enquanto Radu falava com o povo, Lester recolhia suas coisas. Já havia separado várias delas, colocando o que podia entre tecidos, sacos e cobertores. Não sobrou muito, mas era muito mais do que as demais pessoas conseguiram salvar.

— Tudo bem com você?

Lester não precisou virar na direção da voz para reconhecê-la. Continuou com o que fazia, guardando as tintas que conseguiu salvar em um saco de algodão cru. Era um bom material, resistente, durava muito se não estivesse mofado.

— Eu tô vivo — Lester respondeu.

— Você salvou muitas pessoas, ouvi dizer.

— Eu fiz o que outro faria. Antes de ser sua mulher, a Iolanda era minha irmã.

— E a Sarah? E o Costel?

Lester continuou, parecia mais empertigado do que de costume. Radu imaginava que estivesse triste como todo mundo, mas, verdade seja dita, o menino não perdeu ninguém que já não tivesse perdido. Da forma como vivia isolado, sempre procurando a solidão, era uma surpresa que ficasse tão abalado.

— O que você quer? — Ele enfim deu atenção à Radu.

— Primeiro agradecer, e depois contar que o povo me escolheu como líder.

Lester mudou o jeito de olhar. Pouco, mas mudou.

— Isso incomoda você? — Radu quis saber.

— Todo povo precisa de um líder — respondeu Lester. Estava cansado, sujo, tinha um pequeno corte já coagulado na testa. Mas suas coisas estavam lá, intactas.

— Você teve sorte, muita gente perdeu tudo — Radu disse.

— Foi o barro. Eu tinha trazido argila, um bom tanto, pra fazer minhas coisas. O fogo não passou dela. Queimou algumas pinturas, mas muitas sobreviveram.

— Alguma coisa que a gente consiga vender?

Lester perdeu a tranquilidade do rosto, mas não era raiva, era um certo ardil. Não respondeu nem que sim nem que não, então Radu fez as honras.

— Eu sei que você e o meu pai tinham um acerto. Nós dois podemos fazer do mesmo jeito, mas agora eu preciso fazer dinheiro. Precisamos de cavalos, tecidos, qualquer coisa que a gente possa trocar.

Lester foi até um amontoado de madeira. Ele as usava para fazer molduras. Abriu caminho e foi até o outro lado da carroça, Radu foi atrás dele. Em alguns passos, chegaram a um pacote grande, estava amarrado com tecido cru e cordas. Lester afrouxou o nó e deixou que Radu descobrisse o que era. Explicou a ele:

— Eu pintava para o seu pai antes do Miro chegar e conseguir ouro. Os quadros valem dinheiro.

— E quanto você ganha nisso?

— Eu não preciso ganhar até que comece a sobrar. Mas eu quero mais tintas pra mim. Eu vou fazer uma lista. Com mais tinta, eu posso pintar mais quadros e o nosso povo pode continuar vivendo. Vai ser bom pra todo mundo.

Radu concordou. Concordou, mas lhe parecia muito estranho que a única carroça a não ser completamente incendiada fosse a de Wladimir Lester. O fogo procurou uma maneira de entrar, era visível pelas marcas. A roda do lado direito, por exemplo, tinha virado carvão. Os tecidos queimaram, os metais estavam chamuscados, mesmo as árvores que faziam sombra para aquela carroça estavam desfolhadas e agredidas.

Devia ser milagre. De quem, Radu não sabia, mas devia ser milagre.

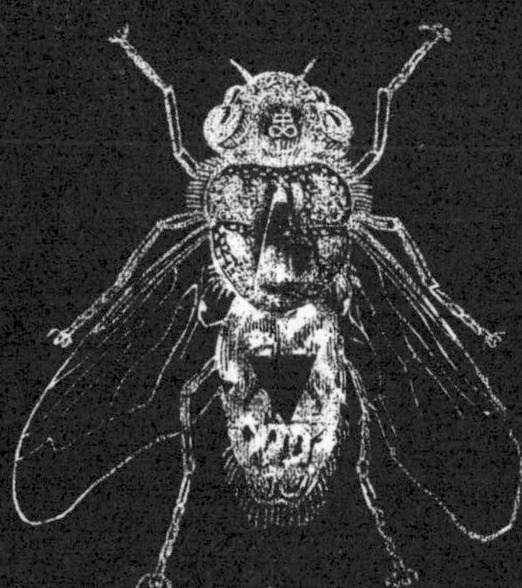

5
Fuligem

I

A estrada pode curar mais depressa que qualquer remédio. A mudança de lugar, o movimento, as decisões que precisam ser tomadas com uma frequência muito maior. A estrada pode curar principalmente aqueles que se entregam a ela com a mesma devoção que a recebem.

Depois do massacre do povo de Lazlo, coube ao povo reestruturar a vida da forma que lhes era permitido. Resiliência é uma palavra relativamente moderna, mas para um cigano, ela está enrolada em seu cordão umbilical. Um cigano não precisaria de muitos anos para perceber que o maior interesse do novo mundo era sua extinção.

A primeira medida de Radu, assim que restabeleceu comida e água para todos, foi estruturar sua comunidade para prever e resistir a novos ataques. As armas de fogo de disparo rápido, que poderiam ter salvado a vida de seu povo, surgiram alguns anos depois, e agora elas estavam na mão de cada cigano adulto de seu grupo.

Entre as medidas preventivas, nenhum cigano tinha autorização para ir sozinho até as cidades, e também não tinha autorização para trazer ninguém de fora para os assentamentos, a menos que essa pessoa fosse entrevistada e aprovada por Radu previamente. Os pedidos eram raros e quase sempre vinham de pessoas interessadas nas previsões de Sarah. Ela começou a ficar afamada em 1845, já próxima aos quarenta anos, quando previu uma inundação no estado do Rio de Janeiro. Sarah também previa o sexo das crianças com exatidão, identificava traições matrimoniais, traçava escolhas profissionais para jovens e evitava que combatentes fossem mortos nos campos de batalha. Ironicamente, Sarah foi procurada por capitães e generais brasileiros, e os ajudou a vencerem alguns confrontos.

Wladimir Lester também cumpriu sua parte do acordo, e nos primeiros anos de dificuldade, seus quadros e esculturas alimentaram as pessoas de tribo. Com o préstimo, ele se tornou querido entre eles, passando de um mau agouro, *de uma doença*, ao que poderia ser considerado um menino santo.

Do casamento de Iolanda e Radu nasceram quatro filhos, dois deles natimortos. Os pais sofreram a perda, mas a dor foi um pouco menor por saberem que não eram os únicos. Por alguma tragédia inexplicável, muitas mulheres abortavam na comunidade de Radu Zoran, algo que sempre manteve o povoado pequeno e coeso. Depois do massacre de Pizarro, o maior número de pessoas da tribo foi cinquenta e dois calon, em meados de 1860.

Nesses anos de estrada e penúria, havia dias em que Radu pensava mal de si mesmo, julgando que sem ele aquelas pessoas estariam muito melhor. Olhava para as cidades que cortavam com suas carroças e via o progresso crescente, ouvia os murmúrios sobre riquezas e novos trabalhos, sobre uma vida próspera que não parecia possível para seu povo.

Em 1868, quando as coisas pareciam se acalmar para os ciganos, uma nova guerra inflamou os homens brancos. Então eles se lembraram dos numerosos ciganos que circulavam pelo país e raptaram os que puderam, os arrastando para um patriotismo que nunca foi semeado em seus corações. Os oficiais diziam que o chão brasileiro também era a pátria dos ciganos, mas o que motivava as pessoas no campo de batalha era um princípio mais simples: eles só sairiam vivos da guerra se a vencessem depressa.

Radu protegeu seu grupo dos sequestros e das promessas, escondido nas matas e subornando aliados, e um ano depois daquela guerra terrível terminar, quando tudo parecia estar em paz, ele se viu mais uma vez sob o cerco dos homens do exército. Os ciganos estavam pela Bahia naqueles anos, procurando o curso dos rios e a maior distância possível das cidades. Quando foram abordados pela tropa municipal, Radu já estava preparado.

II

Entre as grandes invenções da humanidade, poucas mudaram o mundo tão rapidamente quanto os revólveres de múltiplos disparos.

Antes deles, um soldado (ou qualquer pessoa que portasse uma arma) seria capaz de disparar apenas um tiro por vez, o que significa que se ele errasse — e era bem possível que acontecesse, porque as armas de pederneira e mesmo as primeiras armas com cápsula de pólvora tinham péssima pontaria — precisaria estar bem longe do seu rival ou o oponente iria esfaqueá-lo. Depois do envolvimento de Samuel Colt na indústria armamentista, um homem pensava duas vezes antes de provocar o outro, porque além de seis tiros, o revólver de Colt poderia estar nas mãos de qualquer inimigo. Acompanhando a evolução e o frenesi armamentista gerado pelos revólveres, novos fabricantes e nações se inflamaram a armar a população, e nesse ponto Radu fez questão de montar seu pequeno arsenal.

Costel, já às vésperas de completar setenta anos, sentiu os ossos congelarem quando viu o destacamento se aproximando do assentamento. Não era noite, eles não eram tantos, mas a cena era como uma reprise do início daquela noite terrível onde sua esposa e quase todos os seus amigos foram mortos. Ainda sentia falta deles, de Nízio, Valkir, de Lazlo Zoran que por tantos anos cuidou daquela família.

— Acorda, velho — Radu disse a ele, entregando um revólver. Um Colt M1860, fazia um estrago se acertasse o alvo. — Deixa escondido. Se precisar tirar da cinta, atira pra matar.

Radu havia se tornado um homem forte, por dentro e por fora. Estava com os cabelos grandes há duas décadas, mantinha os dentes de ouro, gostava de usar camisas claras e soltas e não abria mão das botas de vaqueiro ou do cinturão com a fivela brilhando o tridente de Três Rios, cidade onde nasceu e pretendia voltar um dia.

— Quem são esses podres? — perguntou Iolanda.

— Gente da cidade. Soldados.

Ela também tinha um revólver, além de uma espingarda presa em uma cinta de couro. Iolanda tinha quarenta e oito, mas aparentava um pouco menos. Mesmo com a pele bastante castigada pelo sol, a genética dos pais a favorecia. Os cabelos, por exemplo, não tinham um único fio branco.

— Eu quero um também — um dos filhos disse. Tinha muito de Radu nele.

O pai o encarou e pegou um dos revólveres do baú, depois pegou mais um.

— Só mostra se eu mostrar primeiro. A gente só atira se não tiver outro jeito, e atira pra matar.

Iolanda beijou o rosto do filho e ele tornou a sair da tenda.

— Pega as mulheres que atiram e coloca perto do fogo. Senta todo mundo ali, as armas ficam embaixo do vestido. Manda os velhos se entocarem com as crianças no buraco.

Radu implementou a estratégia há alguns anos. Sempre que chegavam a um lugar, a primeira coisa era arranjar um esconderijo. Podia ser uma caverna, uma mata muito fechada, e, quando não tinha nada, eles cavavam um buraco no chão, suficiente para umas trinta pessoas bem espremidas, e cobriam com madeira e terra. Era possível ficar ali por umas duas, três horas. Depois, começava a ficar difícil de respirar.

— Tão chegando, chefe — anunciou outro rapaz. Era filho de um dos órfãos do massacre, a mãe e o pai daquele rapaz estavam na carroça que Radu salvou dos soldados. Para aquele jovem e para seus pais, Radu era uma espécie de herói.

— Pronto? — Radu perguntou a Costel quando o rapaz saiu.

— Quando você estiver. — Costel enfiou as armas na lateral da calça e cobriu com o colete e a camisa.

III

Radu não cometeria o erro de seu pai (em confiar em um branco liderando um grupo armado), então esperou que eles viessem falar com ele. Demorou algum tempo, mas um cavaleiro uniformizado acabou chegando à entrada do assentamento. Como já estavam no lugar há alguns meses, existia uma porteira, mourões e cercas.

— Pode chegar, moço — disse Doru. Estava sendo útil e leal há anos, e em vez de limpar as fezes dos cavalos, ele agora ajudava a vendê-los. Doru também era uma espécie de veterinário informal do grupo. Um dos seus filhos cuidava da criação de galinhas e dos galos de briga, fazia um bom dinheiro com isso.

— Não vou entrar, cigano, tenho um recado do capitão.

— E ele não tem boca? — Doru disse a ele. O homem levou a mão à espingarda, mas não a tirou do coldre preso ao cavalo.

— Fala pro teu chefe que a gente vai entrar.

Doru respondeu abrindo a porteira.

— Nossa casa é a sua casa, soldado.

Em pouco tempo, cerca de cinquenta homens, entre montaria e infantaria, ganharam as terras calon. Radu os fez caminhar até perto da fogueira; ainda era final de tarde, mas a lenha já começava a queimar.

Como havia pedido, Iolanda colocou as mulheres perto do fogo. Elas conversavam e ignoravam os intrusos, conversando em sua língua própria sobre como eles eram feios e ridículos, e como todas elas gostariam de enfiar uma faca nas tripas deles para vingar seus antepassados. Depois do que aconteceu com aquelas pessoas, todo cigano mudou a forma de tratar com os brancos. Se antes eles pouco confiavam nos gajons, agora tinham uma espécie de nojo.

— Você está no comando aqui? — perguntou o líder daquele pelotão. Era alto e jovem, possivelmente jovem demais para ter o temperamento certo com as armas. Ficava um pouco mais alto em cima de seu cavalo.

— Radu Zoran, capitão. O que o senhor veio fazer nas nossas terras?

— Pra começo de conversa, as terras não são de vocês.

— Acertamos com o prefeito de Charmosa — Radu explicou —, deixamos uma quantia e...

— E ele não quer mais vocês aqui. Viemos pra garantir que vocês vão embora ainda hoje.

Radu não demonstrou emoção visível, mas perguntou:

— Posso saber o motivo? Que eu esteja sabendo não fizemos nada de errado, muito menos contra a lei. Nós temos mulheres, gente velha e crianças nesse terreno, aqui é a nossa casa. Se é pra sermos escorraçados, eu queria pelo menos saber o motivo.

— Vocês têm um ciganinho pintor por aqui. Como é mesmo o nome?

O capitão esperava que Radu respondesse, mas não aconteceu. Quem respondeu foi um dos outros homens de uniforme.

— Wladimir, ele chama Wladimir Lester.

Perto da fogueira, Iolanda colocou a mão direita sob o vestido. Como se soubesse o que ela havia feito e o que pretendia, Radu olhou para ela, a fim de acalmá-la. Um movimento errado era tudo o que precisava para o sangue começar a sair dos corpos.

— Ele é meu cunhado — Radu disse.

— Pega a porcaria do quadro — o capitão ordenou. Um dos homens que estava mais ao fundo se aproximou com uma tela na mão. Estava coberta com um tecido. — Entrega pra ele — exigiu do soldado.

Radu o recebeu e entregou a Costel.

— A mulher do prefeito comprou o quadro de vocês para dar de presente para a irmã dela. Eu conheço as duas, a cunhada do prefeito é uma mulher decente, casada, mãe de duas filhas. Ela é muito fervorosa na igreja também, organiza caridade, faz novena, mas depois que ela ganhou esse quadro, tudo começou a andar pra trás. Uma das filhas fugiu de casa, a colheita de café encheu de praga, o marido começou a beber e não parou mais.

— E o capitão acha que a culpa é do quadro? — Radu sorriu nesse momento, tentando passar um absurdo que, na verdade, nem mesmo ele sentia. — O senhor me diz que a pintura de uma criança destruiu a família dessa mulher?

— Não, cigano. Digo que fui mandado aqui pra sumir com vocês, de um jeito ou de outro — o homem sacou o revólver.

IV

Por dois segundos, o som mais alto do assentamento de Radu foi o de armas sendo sacadas e engatilhadas. Além de todos os homens que estavam por perto, as mulheres se levantaram e rapidamente se organizaram ao redor dos soldados. Muitos daqueles homens de uniforme sequer tiveram tempo de pensar em erguer suas armas. O capitão já estava um pouco descorado a essas alturas, e depois de relutar por incríveis cinco segundos, ele guardou seu revólver.

— Isso é um erro, cigano. Se você machucar um de nós, um fio de cabelo arrancado que seja, seu povo vai sair desse acampamento em caixões.

Radu sorriu, nem mesmo precisou sacar sua arma.

— Já tentaram colocar nossa família em caixões, senhor. O que vocês estão vendo são os que conseguiram escapar. Nós não tememos a morte, mas também não procuramos por ela. Nossa gente não ataca ninguém, mas nunca vai deixar de se defender. Se toda essa confusão é porque o seu prefeito acha que o nosso menino é um pintor maldito, que ele traz má sorte em seus quadros, nós vamos embora. Com uma condição.

— Condição? — ele escarneceu.

Iolanda empunhou a espingarda.

— Pode dizer — pediu o capitão, bem mais calmo, bem mais manso.

— Se alguém seguir a gente, vai ter cigano saindo do caixão pra matar vocês, a mãe de vocês, os filhos e os netos de vocês. Nós vamos embora e vamos esquecer o dinheiro que pagamos pra ficar. Vocês esquecem da gente. Fica bom desse jeito?

Não deixava de ser uma humilhação, mas colocar o rabo no fogo por um prefeitinho de bosta como Emiliano Torneira era um pouco demais para aqueles homens, principalmente para o seu comandante.

— Leve seu povo e não volte. Porque se voltar, cigano, não sou eu quem vai negociar com você.

Radu comandou que todos abaixassem as armas.

Obedeceram, apenas Iolanda manteve a sua consigo, apontando para o capitão da tropa.

— Estamos de acordo — Radu disse. — Saímos essa noite.

V

A decisão estava tomada, mas o principal responsável pela presença ameaçadora dos soldados não ouviu uma palavra. Radu sabia onde encontrar Wladimir Lester. Era frequente que o menino se isolasse para pintar seus quadros, para namorar com a arte que se tornava cada vez mais uma sombra de sua existência.

Radu se anunciou sem receber resposta. Entrou na tenda do mesmo jeito.

No passado, Lester preferia se refugiar dos olhares de seu povo entre as madeiras das carroças, mas já não era possível. Uma das condições impostas por Radu é que Lester se equalizasse com as pessoas, sem privilégios, sem tratamento especial. Uma maneira para que os outros o respeitassem, além de combater a aura de santidade que algumas pessoas começaram a emprestar ao menino. O que Radu via dentro daquela tenda seria qualquer coisa, menos um santo.

Lester estava tomado pela coisa que o impelia a trabalhar. Visto de costas, o vigor de seus movimentos desafiava a idade que tinha, fazendo que seus braços e mãos alternassem entre a violência e a delicadeza. Aos olhos de Radu, não eram movimentos conscientes, mas ritmados, instintivos, lembravam uma espécie de dança.

— Precisamos conversar — Radu o interrompeu. Ou pensou ter interrompido, uma vez que Lester não demonstrou tê-lo ouvido.

— Wladimir! — Radu disse mais alto.

Lester parou de repente, congelado em pleno movimento. Sua camisa branca estava úmida, os cabelos pesavam com o mesmo suor, ele respirava depressa. Apenas depois de alguns segundos depositou pincel e tinta em uma pequena bancada de madeira à esquerda. Radu aproveitou para observar o que ele acabara de pintar.

Não parecia agradável (ou seguro) olhar para a pintura, como muitos quadros que o menino produzira nos últimos tempos. Quando Lester criava livremente, sem ter a pintura ou trabalho escolhido por outra pessoa, suas obras adquiriam um tom sombrio, lascivo, era quase uma ofensa passar muito tempo olhando para eles. Naturalmente, eram os que alcançavam o maior valor entre os colecionadores. E os que traziam os maiores problemas.

Radu não compreendia o que via, mas parecia uma espécie de torre. Como paisagem, Lester pintou uma tempestade, com nuvens baixas e raios riscando os pontos mais escuros do céu. Na estrutura que parecia uma torre de ferro, havia essa mulher. Tinha os olhos brancos, a boca estava escancarada, havia um abismo querendo sair dela, foram os sentimentos de Radu ao encará-la na pintura. A mulher olhava para fora do quadro, como se soubesse que estava sendo observada. Seu corpo virado para a frente, a tempestade chicoteando o vestido, os cabelos pesados, engrossados pela chuva. No céu, como se formasse um rosto deformado, uma confusão de raios e nuvens.

— Isso precisa acabar, Wladimir.

O menino ainda ofegava um pouco, sugado por seu próprio processo artístico.

— Meus quadros?

— Não todos os seus quadros, mas os desse tipo. O que é isso? De onde isso veio?

Wladimir caminhou até o cavalete e o virou de costas, protegendo a pintura como quem protege uma mulher nua dos olhares masculinos.

— Eu não sei. Algumas vezes tem mais alguém, alguma coisa guiando a minha mão. O que você quer na minha tenda?

— Dimir, me diz uma coisa. Me diga do fundo do coração. Eu e você, nós estamos bem?

Lester assentiu com a cabeça.

— Eu não tenho cumprido meu acordo por todos esses anos, Dimir? Não tenho comprado as tinhas e pincéis, tecidos e gesso, não tenho honrado o mesmo compromisso que você fez com o meu pai?

— É... acho que sim.

Radu saiu da barraca e voltou com o quadro devolvido pelo soldado. Coube a Lester retirá-lo do pacote pardo. O fez com bastante cuidado, zelando pelo que havia dentro dele.

— Que cheiro ruim — Radu disse.

O quadro em si era bem desagradável, o oposto das obras com motivos sacros e bucólicos que o menino costumava pintar para a venda. O que havia na tela era uma cesta de frutas, todas estavam podres. As frutas estavam sobre uma travessa de metal oxidado, suja, uma ofensa aos olhos de qualquer cigano. A travessa estava sobre uma mesa manchada pelo castigo dos anos. As maçãs representadas estavam murchas, enrugadas, a cor perdia o vermelho para o bege. A única maçã cortada estava escurecida, havia vermes a transpassando. As laranjas tinham marcas ferruginosas, a romã estava com a cor do tabaco. Os pêssegos, tâmaras e amoras possuíam cordões de fungo e mofo, teias de decomposição. Algumas coisas irreconhecíveis formavam agrupamentos de matéria orgânica, nem sólidas nem líquidas, apenas o que restou da vida. Além dos vermes rechonchudos, Radu também reconheceu as moscas, lambendo o que podiam aproveitar.

— Por que esse quadro está fedendo desse jeito? — perguntou Radu.

— O fedor veio de quem estava com ele. Se a gente gosta de uma coisa e passa muito tempo com ela, a coisa pega um pedaço da gente.

Radu continuou olhando. Era um quadro indecente, mas ele não conseguia desviar os olhos.

— Eu não sei o que pensar, eu nunca vi uma pintura apodrecer como uma fruta. Olha, Dimir, eu sei que as suas coisas não são como as outras, e você, muito menos... Mas se esses quadros começarem a atrair os soldados... talvez seja melhor...

— Você fez um acordo comigo. Você prometeu, e um calon nunca quebra a sua palavra! Eu podia ter ido embora, sabia? Quando tudo deu errado para o nosso povo. Eu sabia para quem o seu pai vendia os meus quadros, eu podia ter ficado rico sozinho e...

— Você morreria em uma senzala, como um escravo. É isso o que fariam com você porque é isso que as pessoas sempre fazem. Me escuta, Wladimir, os soldados estiveram aqui, cheios de armas, um monte deles. Nosso povo precisa ir embora essa noite ou vamos virar tiro ao alvo de novo.

— Por causa do meu quadro?

Radu não podia afirmar com plena certeza. Mesmo convivendo com Wladimir Lester e cercado pela magia cigana, ele não era capaz de acreditar em tudo o que ouviu do soldado. *Tudo começou a andar para trás*, foi o que o homem disse. E ali estava ele, conversando com um menino de mais de quarenta anos.

— A vida da pessoa que tinha o quadro começou a dar errado.

— E ele falou como ela está? A dona Augusta?

— Tem mais alguma coisa que eu precise saber? — foi a resposta de Radu.

Lester não foi adiante. Das coisas que poderia contar, Radu não conseguiria compreender a metade. Nem seus motivos, nem suas escolhas; entenderia muito menos as consequências e a facilidade com que se transforma o bem em mal.

— Se você colocar uma faca na mão de uma pessoa, ela pode machucar a outra ou pode descascar uma laranja.

— O que você quer dizer com isso?

— Que o nosso povo já foi expulso de mais de cem cidades, e que ser expulso é mais nosso jeito do que gostarem de nós. Se você quiser que eu mostre todos os quadros antes de vender, todos eles, eu mostro, mas isso não vai mudar o jeito dos gajons.

Radu deu uma nova olhada no espaço onde Wladimir Lester passava seus dias e algumas de suas noites. Telas prontas, quadros em andamento, peças de argila, gesso e painéis bordados. Não conheceu na vida um artista tão dedicado e prolífico como aquele.

— Não queremos mudar o seu jeito, nós só queremos continuar vivos.

VI

Depois de quinze pousos em onze anos, a vida parecia ter tomado uma direção mais certa para a família de Radu. Faltando menos de uma década para o final do século XIX, as autoridades federais faziam vista grossa aos grupos de ciganos mais organizados e discretos, enquanto os povos ciganos com grupos mais numerosos tentavam manter a maior distância possível das cidades hostis.

E elas eram muitas, principalmente onde os ciganos ficavam por mais tempo, na esperança de poderem se estabelecer com suas famílias. No Norte e Nordeste do Brasil, fazendeiros formavam patrulhas de homens armados para tirarem os ciganos das terras ocupadas. Havia ordem de atirar para matar, os moradores das cidades eram convencidos que os ciganos não prestavam, que eram ladrões, trapaceiros e mulheres de vida fácil, que eles roubavam crianças brancas e as levavam em suas caravanas, para as venderem em outras cidades da mesma forma que vendiam seus cavalos.

A escolha de permanecer ao sul foi sugerida por Radu e sacramentada por Omar e outros anciãos, que ocupavam o cargo de conselheiros, quase oráculos, à frente dos mais jovens. Naqueles anos, a caravana circulou os territórios dos estados de São Paulo, parte do Matogrosso do Sul e de Minas Gerais, Paraná, Santa Catarina e alcançou o Rio Grande do Sul. Por décadas, não passaram do sul de Minas Gerais, exceto para comemorações como casamentos, aniversários, e qualquer motivo que servisse para convocar centenas de ciganos para uma grande festa. Um povo alegre, apesar das penúrias. Um povo que sabia celebrar.

Omar, o homem dos cavalos, faleceu em junho de 1879, com incríveis 87 anos. Orlando morreu em 1883, vítima de pneumonia, com 83. Doru morreu dormindo, o que era considerado uma benção por muitos ciganos.

Também era considerada uma bênção tamanha longevidade em uma mesma tribo, passar dos oitenta anos; mas, para o povo de Radu Zoran, que convivia há décadas com Wladimir Lester, o impossível recebia novos significados a cada passagem de ano. O próximo ancião a perder a vida foi Costel, e ele parecia saber que sua hora havia sido definida. O homem guardou esse segredo o tempo que pôde; não suportaria a ideia de, ainda vivo, ser tratado como morto. Tomou os chás que conhecia, visitou médicos na cidade, comeu dobrado quando começou a perder peso. Nada adiantou. A única coisa que crescia em Costel era a dor abdominal que sentia e a vontade de se libertar dela. O que de fato aconteceu em uma tarde de inverno, ao lado de sua única filha, Sarah.

Os próximos anos derrubaram os velhos como as folhas das árvores. A cada falecimento, uma nova mudança, uma nova realidade, e, não raramente, uma nova fuga.

Não importa para onde eles se mudassem, a morte mantinha o interesse, os seguindo como uma sombra. Até que ela alcançou Radu.

VII

Radu Zoran nunca gostou de ficar parado. Quando era menino, passava os dias observando os mais velhos, aprendendo coisas, catalogando costumes e segredos. Se não estava com eles, Radu juntava três ou quatro amigos para caçar, pescar, nadar, fingir que eram como os adultos simulando seus negócios e suas brigas. Na juventude, abreviada pela tradição cigana, dançou e bebeu, até que encontrou a mulher certa e se casou com ela.

Desde a morte de Lazlo, Radu chefiava o grupo, como sempre desejou fazer — sem ter conhecido previamente o custo e os rigores exigidos por essa posição, algumas vezes se arrependeu. Ocupando a posição de líder, Radu descobriu que jamais seria um bom político ou diplomata, que estava mais para um homem comum que acorda cedo, faz o que precisa ser feito e encontra a recompensa na companhia dos filhos e no abraço da esposa. Talvez para fugir das tantas obrigações que a coroa exigia, ele preferisse trabalhar cada vez mais. Vender, comprar, emprestar, sair com as caravanas... Vez ou outra passar um ou dois dias longe do assentamento, apenas para olhar as estrelas e contemplar seu silêncio. Nas noites mais caladas, o coração de um cigano conta segredos preciosos, detalhes que podem separar a vida da morte.

Com os filhos crescidos — Orban e Radomir —, as saídas se tornaram mais frequentes. Orban, o mais velho, ficava no assentamento e fazia as vezes do pai sempre que Radu estava ausente. Era mais parecido com a mãe, temperamental e decidido, enquanto Radomir gostava de trabalhar e de estar entre os rapazes, ouvindo suas histórias, sentindo-se parte da vida da comunidade como seu pai.

Naquela tarde que já se tornava noite, Radu, Orban e três outros ciganos voltavam da Vila de Nova Enoque para onde levaram dez cavalos a um grupo amigo de outros ciganos. Em troca, traziam cinco cabras e quatro carneiros vivos, e peças e material para artesanato que poderiam vender e converter em outros produtos, além de algumas louças e pratarias. Os ciganos de Radu estavam de volta ao estado de São Paulo há seis meses, e pretendiam, depois daquela negociação, levar o povo até o litoral.

— Ohhhhuuuuu — Radu comandou seu cavalo. O pasto à esquerda era recente, a grama não estava tão alta, parecia um bom lugar para passar a noite. — O que vocês acham?

— Eu acho melhor parar porque meu saco tá doendo — Radomir disse. Os ciganos ao lado dele riram. Radu também riu e completou:

— Se a saúde dos meus futuros netos está em risco, melhor parar de uma vez.

Desceram dos cavalos e os amarraram logo à frente em uma árvore pata-de-vaca. Havia algumas delas por ali, um pouco castigadas pela falta de chuva daqueles dias. Na penúria, floriam. Mais distante, havia um pedaço de mata que se estendia até cansar a vista. Os homens saíram para procurar lenha para uma fogueira naquela direção, Radomir ficou com o pai. Cansados como estavam, ele e Radu passaram os primeiros minutos deitados na grama, olhando para o dia que agonizava.

— O mundo está mudando depressa — Radu disse.

— E não foi sempre assim? — perguntou Radomir. Estavam deitados lado a lado, as mãos cruzadas no ventre, os olhos acompanhando as nuvens e o mar de fogo que nadava entre elas. Os poentes do estado de São Paulo pareciam diferentes do resto do país, pareciam mais coloridos, cheios de fúria.

— Acho que sim, mas agora está indo mais rápido. — Radu respondeu, sem sorrisos. Já estava na idade em que o que havia pela frente era menor do que os dias que ficaram para trás. — Quando estive em Vila de Nova Enoque na última vez, ela não existia, tudo era Assunção. De lá até Minas Gerais era uma reta só pelo mato, uma estradinha feia e cheia de perigo. Agora as cidades estão se espalhando, as pessoas estão saindo dos campos, logo não teremos escolha a não ser morar com eles.

— E seria tão ruim?

Radu suspirou.

— Você pode morar no Céu, Radomir, mas se ninguém gostar de você, vai ser a mesma coisa que o Inferno. Os gajons não aceitam nosso jeito, nossos costumes. Eles nunca aceitaram.

— E isso não pode mudar também? Junto do mundo?

— Eles já tiveram chance, mas parece que quanto mais o mundo muda, mais igual ele se torna. Nosso povo é diferente, somos soltos, não é como eles vivem. Chamam nossa gente de amigos do Diabo, mas são eles que acendem fogueiras para queimar pessoas vivas. Nossas fogueiras reúnem a família, animam nossas conversas, mas nós é que estamos à serviço de Beng.

Radomir se sentou e começou a preparar um cigarro.

— Faça dois — Radu disse a ele.

O rapaz sacou o fumo e colocou sobre a perna. Apanhou um canivete e começou a afinar as palhas.

Nas cidades, tudo era diferente, facilitado. O fumo já vinha picado, a palha em pacotinhos, e, se você quisesse, arranjava até o cigarro todinho pronto — e o cigarro pronto tinha gosto de esterco mijado. Se aquilo era o progresso, Radomir também não o desejava. Mas havia algo inusitado no futuro, algo que seu pai não esperava ouvir, por mais que conhecesse o senso de aventura do filho.

Finalizados os cigarros, Radomir entregou um a Radu. Esperou que o pai se sentasse e acendesse, que tragasse primeiro, por respeito.

— Como você e a mãe se casaram?

— Igual a todo mundo, a gente fez uma festa e mudamos de casa — Radu riu. Logo explicaria melhor ao rapaz. Radomir tinha dezesseis, já estava na hora de se casar.

Radu inclusive estava cuidado disso, sigilosamente, há alguns anos.

— Meu pai entrou em acordo com o pai da sua mãe, seu avô, Juan Lester. Eu gostava dela, e como o Juan morreu, eu pedi pro seu avô Lazlo refazer o acordo com o Costel, que ficou cuidando da sua mãe.

— E o tio Wladimir? Por que ele ficou com o seu pai e longe da mãe? Por causa da doença dele?

Era uma pergunta difícil, mereceu inclusive um trago mais caprichado no cigarro. Falar de Wladimir Lester, mesmo depois de tantos anos de convívio, era como andar em um pântano.

— Seu tio e o seu avô Lazlo tinham um acordo, eu mantive esse pacto vivo em memória do meu pai, e também por necessidade do nosso povo. Nos anos difíceis, foram os quadros de Wladimir que nos deixaram longe da fome. Houve um tempo em que as mulheres ferviam mato pra colocar na sopa.

— E passarinho? E cobra e fruta? Calon não passa fome... — o rapaz se envaideceu.

— Calon é perseguido, e nessas horas, escondidos, só o dinheiro consegue trazer comida. Dinheiro e bons amigos.

Ficaram calados por mais algum tempo, observando alguns urubus que faziam círculo no céu. Não era muito comum naquele horário, eles preferiam se alimentar mais cedo.

— Eu conheci uma moça, pai. Uma boa moça.

Radu sorriu. Era bom saber que seu filho estava interessado em se tornar homem de verdade.

— Eu conheço? Ela é da nossa família?

Radomir fez que não com a cabeça. Tragou mais uma vez seu cigarro. Aos olhos do pai, pareceu mais maduro e um pouco assustado. Um pai conhece seus filhos, um cigano conhece bem mais.

— Ela não é calin — Radomir finalmente respondeu.

Foi o que fez Radu se levantar.

— Não me dê um desgosto desse tamanho, rapaz. Nós não lutamos o que lutamos, enfrentamos tudo o que enfrentamos, pra você sujar nosso sangue. Você sabe melhor do que ninguém o que essa raça fez e faz com a nossa gente. Eles mataram seu avô, Radomir, mataram meu pai! Filho meu não casa com gajin, ouviu? Não enquanto eu for vivo!

— Então eu fujo!

— Você não sabe o que está dizendo. Você não conhece a vida lá fora, longe da proteção do nosso povo. Essa gajin... ela não será como as nossas moças, elas são diferentes, cheias de ardil, cheias de maus hábitos.

— E não é isso que falam das nossas mulheres?

Radu bufou, porque a vontade era colocar aquele rapaz de volta nas fraudas.

— Eu já decidi — Radomir insistiu.

— E eu já proibi. Como seu pai, eu te proíbo.

Radomir partiu em direção ao cavalo, Radu disse de onde estava:

— O cavalo é da família, é dos calon. Se você vai desafiar minha ordem e se casar com um inimigo do nosso povo, vai ter que pedir um cavalo pra eles. Digo o mesmo das suas botas.

Sem acreditar no que ouvia, Radomir parou de andar, esperou que o pai mudasse de ideia. Os olhos presos um no outro, mas nenhuma expressão de recuo. Radu apenas jogou o cigarro no chão e o apagou. Radomir tirou as botas e deixou no chão. Saiu andando descalço na direção da estrada.

— Você é um Zoran! Não jogue esse nome no lixo!

— Eu sou um Lester, um Lester! — Foram as últimas palavras que Radu ouviu do seu filho mais novo.

Radu esperou que Radomir fizesse o caminho de volta, que olhasse para trás, e nada disso aconteceu. Seu filho estava indo embora. Sem cavalo, sem botas, sem vontade de olhar para trás.

Quando os homens voltaram, encontraram Radu no mesmo lugar, olhando para a estrada vazia. Perguntaram o que aconteceu e Radu disse que o filho escolheu o próprio destino. Que a vaidade o fez ir embora. Os homens perguntaram se deveriam ir atrás dele, trazê-lo de volta. Radu não quis, mandou que eles acendessem a fogueira e foi ele mesmo cuidar do resto da lenha.

VIII

Com todo desapontamento que lhe tomava, Radu trouxe lenha suficiente para duas fogueiras. Talvez, em seu íntimo, pensasse que o filho se decidiria a voltar e se guiaria pelo brilho do fogo. Era uma crença vazia, pelo que ele conhecia de Radomir e dos homens daquela família, que, no caso do rapaz, era dos dois lados; o braço quebraria antes de se dar a torcer.

Os homens beberam e dormiram. Cansados como estavam, nem demorou muito. Radu ainda custava a pegar no sono. Em um ou dois dias, ele teria que confrontar Iolanda, uma mulher que já tinha perdido pai, mãe, dois filhos, os pais adotivos e tinha um irmão que preferia ficar longe dela. Lidar com Iolanda seria muito mais difícil que lidar com a partida de Radomir.

No silêncio da noite, os pensamentos costumam falar mais alto. Há também os casos em que a própria noite, muitas vezes, decide contar seus segredos. Naquela noite, Radu avistou um brilho alaranjado, semelhante ao fogo, no pedaço de mata fechada que fazia divisa com a estrada. Era discreto demais para ser fogo, mesmo um fogo pequeno, mas estava ali, pairando entre as árvores. Ouviu, uma única vez, um grito. E a luz se apagou em seguida.

O ruído podia ser um pássaro. Alguns gritavam daquele jeito, outros assoviavam como gente; tinha pássaro que parecia martelar o ferro e outros que imitavam macacos e cobras.

De pé novamente, esperou que o grito se repetisse. Pensava no filho. Se Radomir tivesse rodeado a estrada e se decidido a ficar por perto, mesmo preferindo não se anunciar naquela noite, podia ser ele. Era um garoto temperamental, orgulhoso, não seria fácil voltar atrás depois do que foi feito e dito. Mas havia aquele grito, havia a possibilidade de que, sendo Radomir, ele estivesse ferido.

— Que merda, filho... — disse Radu a si mesmo e apanhou sua arma. Estava por perto, ao lado do cobertor que lhe serviria de cama. Não acordou os homens, não tinha certeza de nada, e parecia uma covardia ele mesmo não conferir do que se tratava. Também não queria expor o filho aos olhares dos outros, podia estar com raiva, desapontado, mas um filho é sempre um filho. É alguém que pode mudar nossa vida com um simples sorriso.

Radu caminhou devagar, esperando que o brilho laranja reaparecesse, que o grito se repetisse. O coração dizia que era uma ideia ruim, inconsequente, mas também lhe dizia que podia ser seu filho precisando de ajuda. Ainda distante das árvores fechadas, Radu passou pelos cavalos. Estavam atentos. O cavalo que era montado por Radomir olhava para diferentes direções, batia os cascos sem violência, mas com consistência.

— Shhh — Radu fez pra ele e bateu em seu pescoço carinhosamente. O animal soltou o ar pela boca em resposta.

Com mais trinta passos, Radu chegou ao ponto onde não se via muito da lua. Com a presença das árvores, a noite estava mais escura e mais fria, a pele reagia a ela com receio. Seria apenas a temperatura? Ou havia mais resvalando na pele e passeando pelo corpo, algo feito de outras matérias?

Não era uma boa sensação, principalmente para um cigano.

Outros povos tinham sua própria carga de superstição, mas no caso de ciganos como Radu, a intuição chegava a ter mais valor que a visão trazida pelos olhos. Naquela noite ele a desafiaria, não por vaidade, mas por seu filho.

Havia tanto silêncio na relva que os animais pareciam mortos. Não se ouvia nada. Gafanhotos, morcegos, aves, todos calados. Até o vento evitava assoviar, calando o balanço das árvores. Existia uma espécie de energia roubada em todo aquele silêncio, Radu conseguia notar.

Caminhou mais alguns passos discretos pela escuridão, procurando reconhecer qualquer coisa que justificasse uma presença.

— Você veio — ouviu uma voz feminina quebrar o silêncio.

Radu tentou encontrá-la. Só via árvores e mais árvores, salpicadas por algumas rochas e arbustos menores.

A voz tornou a falar:

— Não vá embora.

Dessa vez, Radu conseguiu estimar a direção. Havia um emaranhado de arbustos a alguns metros, seguindo em frente. Seria mais fácil usando um facão, mas talvez conseguisse deitar o mato com as botas. Ou talvez devesse voltar e chamar os outros homens, ou quem sabe sair daquele lugar e não voltar mais. Diziam coisas sobre as matas, sobre espíritos adoecidos que vagam à espera de ajuda e companhia, gente que morreu e não consegue seguir para nenhuma direção.

Através dos cipós, Radu reencontrou o brilho alaranjado que o levou até ali. Não apenas viu o brilho, como também ouviu um relincho, algo nascido de um animal muito maior que um cavalo, mas com a mesma capacidade de fazer o barulho. Radu avançou um passo e empunhou o revólver. Passou pelos arbustos e seguiu caminhando. Não havia sinais do brilho, mas alguém disse às suas costas:

— Eu estou aqui.

Radu virou primeiro o revólver, o resto do corpo acompanhou.

Era uma mulher. No primeiro momento foi tudo o que ele conseguiu perceber. Só depois notou como era bonita e que estava desarmada.

— Moça, eu quase atirei em você — disse, sem devolver o revólver ao coldre. — Está sozinha nesse matagal?

— Eu me perdi — ela disse. Muito à vontade, ocupou um tronco que estava caído no mesmo espaço. Passou as mãos pelos cabelos de cobre e os trouxe para o ombro esquerdo, deixou-os assim, caídos sobre o vestido branco.

— Se perdeu de onde? De quem?

— Foi jeito de dizer. Eu precisava estar aqui, exatamente aqui.

Radu olhou ao redor.

— Aqui? No meio do mato?

Talvez estivesse bêbada. Não era muito comum que as mulheres saíssem por aí de cara cheia, mas os tempos mudavam depressa. Até bem pouco tempo, ele era um garoto, agora estava em vias de se tornar avô. Isso o levou de volta ao primeiro motivo para estar ali.

— Você viu um rapaz passando por aqui? Ele tem mais ou menos da minha altura, está descalço... Ele esteve por aqui?

Ela sacudiu a cabeça em negativa.

Poderia ser de seu povo. Não de sua família, mas de seu povo. Vestia-se como uma cigana, apesar da cor branca daquele vestido. O batom era vermelho e muito vivo, o rosto era claro demais, mas não era tão incomum assim.

— Você é uma de nós? — perguntou Radu na língua chibi, a língua falada pelos clon.

— Sou de tudo um pouco — ela disse na mesma língua. Isso o fez recolher o revólver.

— Moça, se você não precisa de ajuda, eu vou voltar para perto do fogo. Se quiser vir comigo, estou com mais três homens. Você não precisa acreditar, mas nós não oferecemos perigo. Temos comida, água e um cavalo extra. Para onde você vai?

— Não sou eu quem vai, é você.

— E para onde eu devo ir?

— Existem pessoas atrás de vocês. Eles querem um de vocês e irão matar o resto. Você e seu povo precisam voltar para casa.

— Casa? — ele se riu. — Um calon não tem casa, dona. Nossa casa é o nosso chapéu, nossas botas são a estrada.

— Não se pode ir reto quando a estrada é curva, Radu.

A moça se levantou em seguida e seguiu na direção dos cipós.

— Ei, aonde você vai?

Passou pelos cipós com a facilidade de quem afasta uma cortina de contas.

Ela não usava sapatos, mas seus pés gostavam do chão acidentado, de pedras e das farpas. O terreno onde estavam machucaria os pés de um homem acostumado a longas caminhadas, mas a mulher não o repelia.

Não parecia certo deixá-la ir. Não falava coisa com coisa, mas era só uma mulher jovem, sozinha, no meio de uma mata fechada. Tudo indicava que era uma calin, uma mulher cigana, e isso a tornava um alvo fácil para as pessoas brancas que tratavam os ciganos como animais selvagens.

— Moça, espera — Radu tomou a mesma direção.

Em seguida ouviu o sibilo.

IX

— Owuuuuuu — Radu falou, sem saber exatamente o que faria a seguir.

Estava pisando no que parecia um ninho de cobras. Sabia que elas não deveriam estar ali, era no mínimo improvável, até mesmo impossível, mas um novelo de serpentes se movia como se pertencessem a um único animal. Os répteis começavam a se interessar pelas suas botas, se enovelando como se o couro fosse a pele de outras delas.

— Santa Mãe, de onde vocês saíram? — ele se perguntou em um tom monótono, calculando onde poderia pisar sem acertar uma delas. Talvez já o tivesse feito, mas, até então, nenhuma o havia picado. Aquelas cobras não pertenciam a uma única espécie, e essa era uma das possibilidades mais absurdas. Em certo momento, Radu pensou que estivesse sonhando, preso em um pesadelo. Mas sonhos têm cheiro? Sonhos têm suor na pele e dentes se atracando na boca?

— Maldita! — Radu gemeu quando a primeira picou sua cocha.

Não era sonho, um sonho não poderia doer daquela forma, aquilo era de verdade.

Radu apanhou a faca da cinta e escolheu uma serpente pra encaminhar para o céu das cobras. Acertou bem perto da cabeça. Mesmo ferido, o réptil se enovelou em seu braço armado e Radu sacudiu até que a cobra descesse. Ela se soltou, mas outra já o picava na perna direita, depois mais uma. Os guizos não paravam de chacoalhar e já não eram um aviso: era um comando de ataque. Havia um tapete vivo ao redor dele, um chão feito de cobras. Não adiantaria correr e ser picado mais dez vezes, mas talvez pudesse usar uma das árvores para içar o corpo.

— Não! Não é possível!

Também estavam pela copa da árvore ao seu alcance, três ou quadro cobras. Essas eram maiores e mais claras, possivelmente jiboias. Radu já sentia os efeitos do veneno. Era como ter os ossos trincando um a um. Sacou a arma, levaria algumas consigo! Não... não poderia. Se ele disparasse, os homens seriam arrastados para as cobras, para a morte. Radu estava condenado, sabia que sim. Dessa forma, escolheu dobrar os joelhos e apunhalar quantas cobras fosse possível. Uma, duas, mais de cinco. Então o braço perdeu a força, então a dor sobrepujou todo o resto. A morte o venceu.

À frente, a mulher de cabelos acobreados sustentava uma cobra rajada em seu busto.

X

Na mesma noite, Iolanda não conseguia dormir. Virava de um lado, virava do outro, o sono se escondendo como um animal arisco. Não sabia o que havia de errado, mas seus pensamentos estavam em seu marido.

Já era madrugada alta quando ela se deu por vencida e saiu de sua tenda. Respirar um pouco da noite sempre trazia o sono de volta. A noite estava bonita, clara, de poucas nuvens e muitas estrelas. Décadas atrás, havia um céu parecido quando ela seguiu sua amiga Sarah ao encontro de seus pais. Havia o mesmo céu quando ela enterrou seu primeiro natimorto. A natureza não se importava. Nem com ela, nem com ninguém. As águas continuavam correndo nos rios, o vento continuava soprando, a vida seguia adiante, dedicando as pessoas à sua real insignificância.

— Sem sono? — ouviu o filho mais velho perguntar.

— Acordei você?

— Não tenho certeza se eu dormi. — Ele bocejou. — E você?

— Estou sentindo um aperto no peito. Estava pensando no seu pai e no seu irmão, acabei pensando nos meus pais... A falta de sono só piora quando estamos sozinhos.

Mantiveram silêncio por algum tempo.

— Ele não dorme? — Orban disse.

Estava falando de Lester, é claro.

A tenda do menino sempre tinha uma vela acesa. Às vezes, como naquela noite, tinha várias delas. Lester gostava de trabalhar o tempo todo, mas principalmente quando os outros dormiam.

— É a vida do seu tio, sempre foi.

— Por que ele é assim, mãe?

— Pequeno?

— Não, com isso eu já me acostumei. Por que ele não consegue estar feliz longe daquela tenda?

Iolanda tragou um suspiro.

— Algumas pessoas não nasceram para a felicidade, mas para a conquista. É o que está na alma do seu tio. Quando éramos crianças, ele roubava as maquiagens da nossa mãe pra pintar. Usava batom, pó de arroz, rímel, usava carvão e coisas que ele pegava da cozinha.

— Sério?

— Uma vez minha mãe encontrou ele com as coisas dela. O Dimir apanhou igual gente grande.

— Ela era brava feito você?

— Minha mãe? Era muito pior. Ela não tinha paciência comigo e com seu tio, vivia pro meu pai. Acho que ela não tinha tempero pra ser mãe. Romena Lester era uma mulher avançada no tempo, ela e meu pai se tratavam de igual pra igual.

— E o vô?

— Eu era muito novinha, mas lembro dele me tratando bem. Me levava pra andar a cavalo, ensinava as coisas, mas de repente era como se uma escuridão acordasse dentro dele. Nessas horas ninguém podia chegar perto, só mesmo a minha mãe. Devagarzinho seu tio Wladimir foi conseguindo atenção e meu pai foi amolecendo, mostrando alguns feitiços pra ele.

Orban bocejou.

— Acho que vou voltar pra cama. Você vem?

— Eu vou ficar mais um pouco, estou sentindo falta do seu pai.

Sem a companhia do filho, a mente voltou a se perder nas piores possibilidades. Queria Iolanda que todas estivessem erradas, mas não era o que seu coração dizia. Perto do fogo, tudo nela palpitava, o corpo aguçado como animal ferido.

Lester continuava trabalhando, e sendo ele a única pessoa acordada por perto, Iolanda decidiu ir até ele. Nos últimos anos, a relação entre os dois melhorou bastante. Lester parecia mais feliz, mais integrado com o povo. Não devia ser fácil para ele viver como vivia, mas não reclamava. Se tivesse suas tintas, suas telas e seu barro, tudo ficaria bem. Se tivesse a sua vontade.

Parecia mais voraz naquela noite. Iolanda podia ouvi-lo jogando o barro sobre a madeira, golpeando até prover a forma. Seu irmão também falava alguma coisa aos sussurros, segredada, um pouco do som conseguia escapar pela lona. Não era bonito; era quase uma respiração forçada, sofrida.

— Irmão? — ela perguntou à entrada. Não ousou cruzar as contas de argila. Já estava acostumada a não ter respostas, a ser rechaçada, mas dessa vez foi surpreendia.

— Entra, Nãna.

Iolanda sentiu o perfume já no primeiro passo.

— É o cheiro da nossa mãe? — perguntou um instante antes de vê-lo.

Lester estava de pé, esperando por ela. Havia tanta argila nele quanto era possível. Nas roupas, na pele das pernas e braços, pelos cabelos; parecia que ele mesmo era feito daquele barro.

Era comum que acontecesse. Lester produzia com muito vigor e frequentemente era tomado por uma agitação incompreensível, uma espécie de transe.

Respirava profundamente, forçosamente, parecia ter saído de um mergulho prolongado. No rosto, os restos de argila formavam contornos estranhos, passavam uma sensação de pele morta.

— Você está bem? — Iolanda reformulou a pergunta.

— Cansado — ele disse.

Havia algo sobre a mesa de trabalho, protegido por um tecido preto. Parecia uma caixa de trinta por trinta de largura, quase um metro de altura.

— Esse perfume... — insistiu Iolanda.

— Por mais que eu tentasse, eu nunca tinha conseguido. Sempre tinha alguma coisa errada, o nariz, a boca, o rosto... não era como devia ser. O corpo também não, eu nunca conseguia, nunca-nunca-nunca, mas essa noite eu consegui, eu consegui mesmo, Nãna!

Falava freneticamente, sem pausas, sem respirar, empolgado como alguém que tropeçou em uma mina de ouro.

Iolanda não tinha certeza se poderia ser algo positivo, mas a empolgação dele a fez sorrir. Mesmo tendo mais idade que ela, Lester frequentemente era só uma criança, assumindo a maturidade de uma, com toda a falta de controle de emoções do menino que ele aparentava ser. A irmã chegou mais perto dele. Só um pouco.

— É o cheiro dela sim — explicou Lester. Afastou os cabelos pretos da testa e respirou fundo. Depois virou o corpo e ficou de frente para a mesa e para a estrutura ainda coberta. Ele puxou o tecido e começou a levantar a caixa com muito cuidado, pois ele não tinha muita altura e a caixa era bem grande. Os pés apareceram. As franjas do vestido. A linha da cintura.

Iolanda sentiu um arrepio assim que os olhos encontraram o rosto da estatueta.

Aquela coisa não apenas parecia sua mãe, ela tinha a sua energia. Ainda estava sem tinta, em processo de secagem, mas Iolanda sentia como se estivesse olhando para sua mãe de novo, em uma versão diminuída, depois de muitas décadas. Os cabelos longos, o rosto fino, a voluptuosidade que sempre ornamentou seu corpo. Até mesmo o vestido remetia a ela. Sabia que seu irmão tinha um talento único, mas... aquilo...

— Como você...?

— É ela, você não vê? É a nossa mãe! Ela voltou, Nãna!

Iolanda secou os olhos antes que as lágrimas escorressem. Era impossível, tinha noção de que era impossível, mas seu corpo reagia à estátua como se a reconhecesse. Pior do que isso, o corpo dizia que aquela coisa era um novo presságio, e que talvez a escultura fosse o primeiro passo de um destino que condenaria todos que a vissem ao Inferno.

— Eu chamei ela de Ciganinha.

— Não, você não pode chamar ela assim, é uma ofensa. Se ela é uma calin, você precisa chamar de Calin.

Lester mudou a expressão imediatamente, a raiva era tanta que ele parecia mais velho.

— Ela é minha, eu que fiz e eu dou o nome que eu quiser. Você não entende? Ela é diferente, ela não é só nossa, ela é do mundo.

— Mundo? Do que você está falando, Wladimir Lester? Que mundo é esse que só você enxerga? Que mundo é esse onde só você vive? Você acha que os gajons vão fazer fila pra comprar uma estátua cigana? Você pensa que aquela gente vai entender as coisas que você pinta? Que você cria? Eles não entendem nem que nossas crianças são iguais as deles.

— Eu pensei que você ia gostar. É a nossa mãe, finalmente ela está perto da gente de novo. Ela vai ser uma santa, vai viver para sempre!

— Essa coisa de barro não é a nossa mãe, Wladimir. Ela pode ter o cheiro e as formas, pode ter o jeito de olhar, mas ela nunca será nossa mãe. Romena Lester morreu nas mãos do nosso pai, que era tão vaidoso e louco quanto você. Eu quero que você quebre essa indecência, se você não quebrar, eu mesma faço isso.

Lester abriu os braços e se colocou na frente da estátua. Iolanda se preparou para passar por cima dele se fosse preciso. Era seu irmão mais velho, mas ainda tinha a força de um menino. Lester não arredou. Havia um formão na mesma mesa, ele já o segurava nas mãos.

Os dois ouviram o galope dos cavalos pouco antes do confronto. Os cavaleiros também se fizeram ouvir, chamavam aos gritos por Sarah, Orban e Iolanda. Ela arregalou os olhos e deixou Lester para depois. O motivo de sua vigília acabara de se anunciar.

XI

— Radu! O que fizeram com meu Radu! — ela gritou tão logo viu o marido sobre o cavalo. Um dos ciganos tropeiros o conduzia na montaria, sentado na garupa, o abraçando para que não caísse. Radu estava com a pele arroxeada, parecia ter dobrado de tamanho. Os olhos, já quase fechados, não resistiam ao inchaço do rosto.

— Foi cobra — o segundo tropeiro, que trazia o cavalo que pertencia a Radomir, respondeu.

— Cadê o meu filho? — Iolanda perguntou, enquanto desciam Radu do cavalo.

— Radomir tá vivo, dona Iolanda — explicou o tropeiro. — Ele e o seu marido brigaram, Radomir saiu nervoso.

Surpreendida pelo barulho no meio da noite, Sarah estava saindo de sua tenda. Assim que viu Radu, começou a correr na direção dele. Outras pessoas acordavam em todas as tendas, ainda atordoadas pela interrupção do sono. Lester também chegou em poucos segundos, mas guardou alguma distância das pessoas aglomeradas.

Deitaram Radu no chão, enquanto ele ainda tinha vida.

Havia picadas em todas as partes do corpo, mas os joelhos e as coxas pareciam ter sofrido bem mais. Alguns desses golpes tinham rasgado o tecido das roupas e chegado a lacerar a carne. Havia sangue coagulado em vários pontos. Radu não parava de tremer.

— Alguém faz alguma coisa! — Iolanda gritou.

Sarah colocou a mão na testa de Radu, ele fervia. Notou a língua edemaciada na boca, os olhos perdidos, o inchaço dos membros.

— Se despede dele — explicou a Iolanda.

— Não. Não! — ela gritou. — Acode ele! Acode ele agora, Sarah!

— É muita cobra, Iolanda, é mais de uma e não sabemos quais foram. Não tem remédio que cure. Só mesmo um milagre.

— Radu, não me deixa. Não me deixa, tá ouvindo? — ela voltou a chorar e se deitou sobre ele. Radu resfolegava, segurando aquele fio de vida para si.

— Como essa desgraça aconteceu? — Orban perguntou aos tropeiros. Um dos filhos de Doru respondeu a ele.

— Radu estava bravo com o Radomir, não queria ninguém por perto. Ele quis buscar lenha sozinho, depois voltou pra mata que tinha perto da estrada. Eu acordei no meio da noite e vi que ele não tava, e os cavalo olhando pra mata. Eu fui procurar. Quando a gente chegou, Radu estava caído no chão mandando a gente correr de lá.

— E as cobras? — Orban perguntou.

Os tropeiros se encararam. Parecia uma coisa estúpida a se dizer, mas era a mais pura verdade.

— A gente não viu nenhuma — outro tropeiro respondeu.

— A gente pegou ele, juntou as coisas e correu pra cá — o filho de Doru terminou de explicar.

O corpo tinha parado de convulsionar. Agora o peito subia e descia com menos velocidade, mas não tinha força, era o que se percebia. Iolanda afrouxou a camisa para dar algum conforto a ele, fez carinho em seu rosto, em suas têmporas, onde ainda havia menos inchaço.

— O que fizeram com você, meu amor?

A respiração acelerou ainda mais. Ao mesmo tempo, as mãos se fecharam ao máximo. O esforço em ficar vivo era tão grande, tão penoso, que as duas pernas endureceram e travaram, trepidando com todo esforço a que foram submetidas. A boca já não segurava mais a saliva.

Iolanda usou seu vestido para limpar o excesso e o acariciou no rosto novamente.

— Não sei como aconteceu, mas se você precisa ir. Pode ir, Radu. Você me deu o que eu nunca recebi de outro lugar. — Ela apanhou a mão de Orban e o fez descer ao seu lado e ao lado do pai. O rapaz não chorava, não conseguia. Havia uma incredulidade enorme em seu rosto.

— Se despede, filho, seu pai está indo embora.

Orban colocou a mão direita no peito acelerado de Radu e a respiração se acalmou. Assumiu um novo compasso. Apesar de mais espaçadas, as respirações tinham uma urgência desesperada.

Sarah se abaixou do outro lado de Iolanda e entendeu seu braço sobre o ombro da amiga. Elas já não eram mais as mesmas, já não tinham a suavidade dos primeiros anos. Sem saber disso, aquele momento as lançou de volta no tempo, a uma época de muitas dores, poucas alegrias e alguma esperança, pois não havia mais nada. À frente, a terceira ponta daquela trindade ainda não tinha coragem de se aproximar. Cansado de mortes e acusações, Lester se limitava a observar o desfecho de mais uma tragédia.

— Ele quer falar alguma coisa — Orban disse.

Iolanda se abaixou até o rosto de Radu, e Orban sustentou seu pescoço mais alto para que pudesse dizer aquelas últimas palavras. Radu suspirou, ofegou, respirou bem fundo e disse as palavras a ela, somente a ela. Depois morreu.

XII

Três Rios. Foi o que Radu disse em seu último suspiro.

Quando o desespero se transformou em tristeza, Iolanda repetiu a todos o que ouviu; mas, se tivesse menos atordoada, talvez não o tivesse feito. Foi em Três Rios, antiga Vila de Santo Antônio, que ela perdeu seus pais. Foi naquela cidade estranha que ela percebeu que o mal pode ter uma forma e um objetivo. Mas também foi a mesma cidade que abrigou bons anos de sua infância, o lugar onde ela e sua gente passaram mais tempo hospedados. Radu tinha planos de voltar, sempre teve, mesmo que a vida frequentemente os impelisse para outros lados. Envenenado como estava, Radu sabia que não voltaria para Três Rois, mas seu último suspiro escolheu o destino de seu povo.

Em uma reunião discreta naquela mesma noite, o pedido foi rechaçado por Iolanda, mas terminou acatado pelo novo líder do povo, seu filho Orban. Três Rios era o destino. E o destino não se questiona.

Foi assim que, depois de queimarem o que restou de Radu, os ciganos de Orban seguiram em caravana até Nova Granada, depois para Assunção, e finalmente alcançaram a estrada para Três Rios.

Parecia um novo começo, principalmente para os mais jovens. As crianças estavam cantando e brincando ao lado das carroças, descendo, correndo pela estrada de terra e voltando a subir, empolgados em conhecer a cidade mais desenvolvida da região. O próprio clima parecia generoso com todos, provendo uma chuvinha leve em algumas partes do caminho. Por todo trajeto, as noites foram claras e cheias de estrelas, e nos dias a temperatura sufocante se transmutou em uma estadia amena e agradável.

Havia luto de novo, a agonia de Iolanda, mas, depois de muito tempo, existia uma nova esperança.

Diferente de Radu, Orban era jovem e inovador, partidário de não saírem tão cedo das próximas cidades. Com isso, alguns ciganos criavam expectativas no sedentarismo. Talvez conseguissem se aliar a fazendeiros simpatizantes da região, oferecer mão de obra, educar melhor as crianças. E, claro que sim: ficar longe das igrejas. Os religiosos sempre seriam um problema para o povo cigano. Estando perto ou longe das cidades, onde houvesse uma cruz espetada, era melhor ficar atento.

Os calon de Orban foram expulsos na primeira tentativa de se instalarem, mas encontraram abrigo nas terras de um italiano que prosperou em Três Rios, poucas horas depois. O homem não era declaradamente amigo dos ciganos; o caso é que ele gostou do ouro que ofereceram. Não era muito, mas foi o bastante para agradar o sujeito — além da promessa de que no mês seguinte haveria mais daquele mesmo ouro. Não era verdade ainda, mas também não era mentira. Orban pretendia fazer dinheiro com as cabeças de novilha compradas em Cordeiros.

Ergueram as lonas depressa e na chegada da noite já estava tudo pronto. Os homens fizeram planos para os dias seguintes, as mulheres prepararam uma galinhada, as crianças correram pelo pasto perseguindo os vagalumes. Por volta das dez, muitos já dormiam, mas a pedido de Iolanda, Sarah, Orban e Wladimir continuaram acordados.

O último a deixar a fogueira foi Romeo e sua esposa, Valentina. Eram netos do cigano Nízio, embora nunca tivessem conhecido o avô. Não eram os únicos. Depois do ataque das tropas de Pizarro, muitas famílias perderam seus patriarcas. As mulheres jovens que sobreviveram — as poucas que sobreviveram —, muitas vezes desejaram a sorte dos maridos. Uma cigana viúva custava a se casar de novo, então muitas delas dedicaram a vida a cuidar dos filhos e ajudar como podiam as outras famílias.

Iolanda olhava para o fogo. Usava o vestido preto que a acompanharia até que a dor de perder Radu fosse embora. Se iria embora algum dia, era um mistério, mas Iolanda achava que não. Tinha poucos motivos para continuar acordando que não fossem Orban e a esperança de rever o filho mais novo, Radomir.

— Pedi pra falar com vocês porque eu não acho certo guardar meus pensamentos comigo.

Esperaram que ela continuasse, Iolanda não o fez.

— É sobre o pai? — perguntou Orban.

— É sobre essa cidade — Sarah respondeu em vez de Iolanda, que assentiu.

A viúva puxou o xale sobre os ombros para se aquecer. Mesmo perto do fogo, a noite estava bem fria. Era comum na metade do ano. Depois desse período, o clima da região passava ao quente e seco, e de lá não saía.

— Sarah tem razão — Iolanda disse. — É sobre Três Rios.

— É só uma cidade — Orban disse —, a gente já passou por várias e todas elas têm pessoas boas e ruins.

Iolanda olhou para seu irmão e respirou mais fundo.

— Não essa aqui.

Como o frio ainda incomodava, Iolanda reavivou as brasas. Elas logo abraçaram pedaços de madeira e começaram a queimá-los.

— Tem alguma coisa aqui, nessa terra — Iolanda explicou —, que puxa a gente de volta. É como um atoleiro, por mais que você se esforce, a lama sempre consegue vencer. Mesmo se você sair, a lama vai grudada em você pra onde você for.

— A lama pode secar e cair — Orban disse.

— Pode sim. Mas se ela ficar muito tempo, a pele vai apodrecer — Lester explicou.

— Meu pai, seu avô — Iolanda disse a Orban — enlouqueceu nessas terras. Se você andar alguns quilômetros pro Sul, vai chegar no lugar onde ele e minha mãe queimaram.

Sarah esfregou os braços, voltando para aquela noite terrível.

Retornar a Três Rios pareceu uma péssima ideia desde o começo, mas a decisão não era sua. A ela, como líder espiritual e anciã, cabiam apenas os conselhos. Sob o brilho do fogo, sentia-se mais velha, assim como percebia Iolanda. Mais de sessenta anos, sessenta anos em um piscar de olhos. Sessenta anos que nunca acompanharam o vigor de seus espíritos.

— Meu pai escolheu, então é assim que deve ser — afirmou Orban.

— Escolheu pelo seu irmão, eu imagino. Pro caso de Radomir querer voltar.

— Que morra em desgraça — Orban disse.

— Não deseje isso para o seu irmão. Não deseje isso a nenhum calon, a nenhum cigano. Se foi escolha dele viver com uma gajin, vamos esperar que ele escolha deixar essa mulher. Seu irmão não foi o único a experimentar uma gajin — Iolanda cuspiu no fogo, maldizendo as mulheres que flertam com ciganos. Em seguida perguntou ao filho:

— Como pretende alimentar nosso povo?

— Pensei em vender as cabras. Elas valem dinheiro, vai ajudar.

— E depois?

— Podemos vender os cavalos, trocar, e nós temos couro e cobre.

— Aqui? Nessa cidade? Nesse estado? Os paulistas não gostam do nosso povo. Não é como nos outros lugares. Eles sempre vão tratar nossa gente como ladrões e trapaceiros.

Esperou que Orban falasse algo, mas ele preferia ouvir. O rapaz tinha apenas dezesseis anos, estava longe de conseguir tomar as decisões sozinho.

— Seu pai tinha um acordo com seu tio — Iolanda disse e voltou a olhar para Lester —, um acordo que seu tio fez com o seu avô e seu pai manteve.

— Acordo?

— Minhas coisas valem dinheiro — o próprio Lester explicou. — Eu faço o que as pessoas compram e você me dá mais dinheiro para as coisas que eu faço.

— Mas não foram seus quadros que trouxeram problemas pra gente? Meu pai não tinha proibido você de...

— Seu pai está morto, Orban, e o nosso povo precisa comer. Quando o dinheiro for suficiente pra formarmos outra manada de cavalos, podemos pensar no que fazer. Você tem alguma coisa pronta, Dimir?

— Pouco. São quadros de paisagem e com o rosto de Jesus Cristo. Os gajons gostam deles.

— Bom, se estamos todos de acordo, amanhã vocês vão até a cidade e tentam vender os quadros.

— Eu vou separar o que tem pronto — disse Lester. Orban aproveitou para se despedir e ir se deitar. Detestava a ideia de ficar dependendo do seu tio, mas era melhor do que passar necessidade.

Iolanda e Sarah esperaram até ficarem sozinhas, então Iolanda disse:

— Agora eu quero ouvir você.

Sarah não demonstrou surpresa ao ser invadida pela pergunta da amiga.

— O que você quer ouvir primeiro?

— Se o meu filho vai conseguir liderar o nosso povo. Ele tem o sangue do pai, mas ainda é muito moço. Eu não quero colocar nossa família em risco.

— As cartas disseram que é ele. Se é bom ou ruim, elas não disseram.

— E o meu Radu, Sarah? Quem matou o meu Radu? Uma ou duas cobras eu poderia aceitar, mas o que aconteceu com ele foi uma emboscada.

Sarah não respondeu imediatamente, mas parecia ter a resposta dentro dela.

— Eu já enterrei meu marido, minha amiga. O que pode ser pior?

Sarah olhou ao redor, apenas para ter certeza de que nada do que dissesse seria ouvido. As palavras têm poder, e, dependendo do ouvinte, podem influenciá-lo a decisões erradas. Com Iolanda era diferente, ela sabia ouvir, tinha idade e tempero para isso.

— Eu vi alguém com ele. Uma força muito, muito ruim. Foi essa... entidade quem guiou as cobras.

— Alguém? Uma pessoa?

— Eu não consegui ver mais. Meus olhos começaram a doer como se alguém estivesse me apertando. Eu chorei sangue, Nãna. Pouco, mas chorei.

— Santa Mãe — Iolanda disse.

— É essa cidade, foi ela quem nos trouxe.

— E devemos ir embora?

— Não foi o que eu vi. Três Rios está cruzando nosso destino e nada do que façamos vai mudar isso. Eu li nas cartas, no fogo, nas águas e na terra. Depois da visão com Radu, eu tive um sonho muito ruim com o seu irmão. Ele pintava com sangue, seus olhos estavam pretos, ele tinha a feição de um demônio. O resto do sonho fugiu da minha memória, mas eu acordei com o corpo todo dolorido e com uma vontade enorme de vomitar. — Sarah usava uma bolsinha de couro ao redor do vestido, onde levava suas coisas. Alguma maquiagem, moedas, o baralho que usava desde os vinte anos ficava guardado na mesma bolsa. Ela retirou um pequeno objeto da bolsinha e mostrou para Iolanda. — Eu vomitei isso aqui assim que eu acordei.

Iolanda apanhou o objeto e o aproximou do fogo para observá-lo melhor. Era uma pepita dourada, bastante irregular, como as que saem da terra.

— É ouro?

Sarah assentiu e explicou.

— Vamos enfrentar outra tragédia em pouco tempo. Eu não consegui ver o que é, mas tem relação com ouro. E com o seu irmão.

XIII

Dois dias depois daquela conversa, Orban e um outro cigano mais velho, apelidado de Bagre, foram até a cidade a cavalo. Descobriram através de um andarilho que passou pelo acampamento que havia uma feira de rua todas as quartas-feiras, e que aquele era um bom momento para fazer negócios, sendo você um cigano ou não. A feira era tradicional na cidade de Três Rios, atraindo todos os pequenos agricultores da região.

A cidade seguia em pé, sobrevivendo a uma série de desgraças. Catástrofes naturais, epidemias, massacres indígenas... As pessoas que ficaram eram a resistência, mesmo naqueles primeiros anos de fundação. O trirriense trazia esse peso em seus ombros curvados, nos rostos fechados, até mesmo na fala que era sempre contida e econômica.

Naquela primeira visita, foram somente os homens ciganos, e em vez dos produtos para a troca e negociação — a *catira* como chamavam os calon —, o que eles levaram foi ouro e algum dinheiro. Era a língua do povo da cidade, o dinheiro.

Estavam somente em dois, homens que se vestiam como outros homens, e mesmo assim as pessoas da cidade os reconheciam. Uma mulher de vestido preto, provavelmente guardando luto, praguejou algo em italiano assim que passou por Orban e Bagre. Outra mulher, essa mais moça, atravessou a rua quase correndo para evitar cruzar caminho com os ciganos. As mulheres com crianças rapidamente requisitavam seus filhos para perto e, em poucos minutos, toda feira parecia prestar atenção neles. Orban também se mantinha preocupado, não tirava os olhos dos cavalos, com medo que fossem roubados.

Seguiram pelas barracas, recebendo pouca ou nenhuma atenção dos feirantes, tratados como fantasmas pelos pequenos comerciantes. Uma vez que haviam sido reconhecidos como ciganos, preferiram falar na língua chibi, que permitia que ninguém entendesse o que estavam dizendo.

— Pelo menos tem bastante coisa — Orban disse.

— Se ninguém negociar com a gente, não vai fazer diferença. Vamos parar em algum lugar e conversar.

Escolheram uma barraca onde se vendia batata, mandioca, tomate, também algumas frutas e verduras. Bagre se aproximou primeiro, Orban ficou recuado, mas próximo, às suas costas. O feirante era um homem de meia-idade, avermelhado pela exposição ao sol, tinha cabelos claros, quase brancos. Era bastante simpático enquanto atendia uma mulher mais jovem. Falava alto, ria bastante, inclusive ofereceu um doce ao menininho que estava com ela, pouco antes de saírem. O sorriso faleceu em seu rosto assim que ele olhou para Bagre.

— O que vocês querem?

— Comprar, ora! Comprar, vender, negociar! — Bagre sorriu. Não tinha o apelido à toa, ele era um dos homens mais eficientes no comércio. Como um peixe bagre, se você tentasse aprisionar aquele cigano em um negócio, ele deixaria o ferrão em sua mão e lhe escaparia pelos dedos.

— Não estou vendendo mais. O que sobrou aqui volta comigo, pra família.

Bagre deixou os olhos correrem pela banca.

— Moço, a família do senhor deve ser bem grande, porque o que tem aqui alimenta umas vinte pessoas e ainda sobra pro dia seguinte.

— É grande sim. — O homem acendeu um cigarro de palha e manteve os olhos diminuídos em Bagre.

— Vamos, nós achamos outro lugar — Bagre disse a Orban.

— Tem alguma coisa errada com a gente, gajon? — Orban tomou-lhe a frente. — Quer me falar alguma coisa?

— Melhor se controlar, cigano — o homem apanhou a faca que usava com as mercadorias. Não empunhou na direção de Orban, mas é claro que ele o faria se não fosse obedecido.

— Meu amigo está com fome, ele fica nervoso de barriga vazia — Bagre contemporizou. — Nós vamos arrumar o que comer. Bom trabalho pro senhor.

Bagre só voltou a conversar quando se afastaram o suficiente da barraca — que já acumulava outros três feirantes, vizinhos de ponto, ansiosos por confusão.

— Não pode encrespar com eles desse jeito. O sujeito pode ser um tonto, mas nós precisamos deles pra alimentar nosso povo.

— Ele tratou nós dois como vagabundos. Isso é certo?

Antes da resposta de Bagre, alguém gritou às suas costas:

— Ei, vocês dois!

Calculando que era tarde demais para evitar uma briga, Bagre virou o corpo depressa, já com as mãos às costas, onde a camisa escondia um revólver. Não chegou a sacá-lo.

— Eu vi a confusão lá atrás. Não liga pro Alberto, aquele alemão é meio esquisito. Ele é boa pessoa, mas não confia nem na mãe dele.

— Nós não somos a mãe dele — disse Orban.

— Meu nome é Ítalo, Ítalo Dulce.

— Luiz, mas todo mundo me chama de Bagre. Esse aqui é Orban Zoran, chefe da nossa gente.

O homem chamado Ítalo não questionou a idade de Orban. Em vez disso, estendeu a mão aos homens.

— Você também não é daqui — Orban observou. Ítalo tinha um jeito de falar diferente; era possível compreendê-lo, mas havia o rastro de outro idioma.

— Vim da Itália, mas já me considero desse país. Vamos — Ítalo indicou o caminho —, eu tenho uma barraca mais na frente.

Nenhum dos ciganos se moveu.

— *Ascoltami*, se eu quisesse o mal de vocês era só ter incentivado o alemão, *capisce*? Eu estava na barraca ao lado, trocando dinheiro quando ouvi ele provocando. Não tenho nada contra a gente de vocês, podem acreditar.

Bagre buscou a confirmação em Orban. O jovem líder deu o primeiro passo na direção apontada por Ítalo.

O Italiano não mentiu. Sua barraca estava mesmo por ali, ao lado de outra muito maior, que atraía o dobro de gente. Os produtos de Ítalo pareciam mais frescos, maiores e mais saudáveis, o que deixou os homens confusos sobre a falta de popularidade.

— Experimenta a banana, por conta da casa — ofereceu Ítalo. Os ciganos apanharam e comeram, aprovaram o sabor.

— Nessa feira existe muita propaganda negativa — Ítalo explicou aos dois. — Ninguém dá muito crédito pra japonês, italiano e gente preta. De igual pra igual só quem nasceu aqui, os portugueses e alguns espanhóis. E os donos das maiores fazendas.

— Tem um motivo pra isso? Além da estupidez do povo? — Orban perguntou.

Em vez de falar, Ítalo apontou.

Estava um pouco distante, mas a cruz da igreja crescia no céu. Os ciganos já haviam passado por ela no caminho, era bonita, novinha, o cheiro do verniz dos bancos ainda escapava até a rua.

— Eles falam na missa onde o povo deve comprar. Falam bem de uns e mal dos outros, de acordo com o dinheiro das doações. Aquela barraca ali — apontou para um lugar apinhado de gente — é do João Bento Carvalho. Todo mês ele deixa um dinheirão com os padres.

— E o que a igreja tem a ver com o que sai da terra?

— Não desmerecendo a providência divina, mas aquela igreja é o maior dos pecados — Ítalo respondeu. — O povo daqui tem muita crença e pouca razão, acho que é o jeito da cidade.

— E qual é o seu jeito?

— Eu gosto de negociar. O que eu tenho não é muito, mas é mais do que eu preciso. Quase todo mundo dessa feira é desse jeito. São pessoas simples, donos de pouca terra que produzem pra comer e vestir. Estamos pensando em montar uma cooperativa pra nos fortalecermos e vender mais barato. Onde vocês estão acampados?

— Na Fazenda do Retiro, fica depois da fazenda Sete Quedas. Conseguimos negociar um mês.

— Eu vou ajudar vocês. Podemos acertar assim: vocês fazem uma lista, nós combinamos o preço e eu levo o que vocês precisam. O que eu não tiver, eu consigo com o pessoal daqui.

— Você leva? De graça?

Ítalo sorriu. Tinha um riso fácil, uma certa falta de preocupação que não era comum nas pessoas daquele tempo.

— Tem mês que a gente vende pouco, acaba até perdendo. Se eu vender pra vocês, tenho garantia de não ficar no prejuízo. Podem me pagar como puderem nesse começo, ouro, panelas, couro, o que vocês preferirem.

Orban coçou a cabeça.

— Não tem muito não, moço. Mas a gente sabe mexer com cavalo, gado... a gente entende disso. E temos uns carneiros já na época de tosar.

— Então está decidido. Eu vou marcar o que vocês precisam e na sexta mesmo eu levo.

Um homem usando batina vinha chegando para falar com Ítalo. Bagre e Orban esperaram pela confusão, mas ela não veio, o padre apenas passou por eles. Ítalo pediu licença e foi atender o clérigo.

Bagre e Orban se afastaram um pouco mais, não gostavam do pessoal da igreja. O homem de hábito também não devia gostar deles. O padre ficou mais sério assim que notou o ouro nos dentes de Bagre.

— O que vai ser hoje, seu Giordano? — perguntou Ítalo.

— Preciso de farinha, batata, arroz e um pouco de verdura. Pode misturar as folhas, como sempre. E um bom tanto de quiabo e abobrinha. Faz a conta pra uma semana.

— Tá certo, eu mando entregar pro senhor ainda hoje.

— Agradeço, meu filho, Deus te abençoe — o padre o benzeu com brevidade.

O homem chamado Giordano olhou para os ciganos e se despediu com um aceno curto. Seguiu seu caminho até uma barraca que vendia carne, peixes e alguns grãos.

— O senhor não falou que os padres mandam comprar nas outras barracas? — Bagre observou.

— Dom Giordano? Ele não é da igreja, não como pároco. Ele e uma freira cuidam do orfanato, fica na próxima rua depois da feira. Giordano é brigado com o padre da igreja, o seu Lucas. Não sei bem o motivo, mas eles não se falam.

— Se esse aí cuida das crianças, deve ser boa pessoa — Orban falou.

— Ele faz o que pode. Depois que o orfanato ficou conhecido, chega gente de todo lado para deixar o filho em Três Rios. Hoje tem mais de vinte crianças morando com Dom Giordano.

— A gente sabe como é, moço, a gente sabe — Bagre disse. — Mas pelo menos não falam que o padre rouba os filhos dos outros.

XIV

Com a ajuda de Ítalo, os ciganos conseguiram se firmar em Três Rios, e a sexta-feira se tornou o dia de trocar o que produziam. No começo, o grupo de Orban tinha bem pouco pra oferecer, mas com o tempo eles retomaram os artesanatos em couro, encontraram compradores para os quadros, as mulheres iam uma vez por semana à cidade, sempre aos domingos, para ler a sorte das pessoas e conseguir mais dinheiro. Essa parte não durou muito tempo, na terceira semana a polícia ameaçou prendê-las. Ítalo ajudou a evitar a prisão e depois explicou para Orban que a ordem de prisão tinha sido um pedido da igreja, que andava dizendo nas missas que as mulheres ciganas roubavam enquanto liam as mãos.

Depois de três meses, todos os ciganos tinham ido até a cidade pelo menos uma vez, inclusive as crianças. A nova regra veio de Orban, que acreditava que quanto mais as pessoas vissem os ciganos, mais facilmente se integrariam com eles. Apesar de algumas confusões esporádicas, o novo líder tinha razão, e dia após dia sua gente passava a pertencer um pouco mais a Três Rios. Era comum que políticos e empresários locais viessem se consultar com Sarah para saber o melhor caminho para seus negócios. Ela acertava quase sempre, e, em vez de cobrar em dinheiro, Sarah preferia os favores. Foi dessa forma que, mesmo com a pressão da igreja, as autoridades deixaram os ciganos em paz.

Por todo esse tempo, a única pessoa que não visitou a cidade foi Wladimir Lester. Não importava o quanto insistissem, ele se recusava. Estava cansado daquela gente branca, de seus olhares, de seu julgamento. Aparentando ser uma criança, Lester era tratado como um animalzinho que, a qualquer descuido, poderia morder alguém. O menino preferia ficar em sua tenda, pintando e se anestesiando da vida, se preparando para o momento seguinte, onde o mundo seria capaz de apreciá-lo e valorizá-lo da forma que ele merecia. Quando se cansava do acampamento, Lester se alongava com os italianos Ítalo e Gemma Dulce para descansar de sua própria gente. Ítalo tinha um filho pequeno, mais ou menos da idade de Lester, e ele precisava de companhia enquanto os irmãos não vinham. O casal deixou uma cama arrumada na casa de ferramentas, onde Lester podia dormir caso quisesse ficar mais tempo. Gemma Dulce se cansou daquela situação quando presenciou um dos transes de Lester — foi o filho quem a alertou aos prantos. Gemma sentiu a presença do Diabo em sua casa, viu o Diabo naquele menino. Desde então fechara as portas da fazenda para Wladimir Lester.

— Dessa vez você precisa vir com a gente — Orban disse a ele. Era uma terça-feira. Não era dia de feira, ou dia de trocar as coisas com o italiano.

— Hoje? Eu não quero ir, não tem nada pra mim naquele lugar.

— Hoje tem — disse Orban. — O Nunes descobriu que o prefeito está mudando as coisas na prefeitura. Querem alguém pra pintar retratos da praça, do prédio, as coisas da cidade.

— Não é problema meu.

— Acho que é, tio. Até agora nós gastamos mais dinheiro com as suas coisas do que recebemos de volta.

— Porque vocês não sabem vender. Meus quadros continuam bons.

— Wladimir, me escuta, a gente precisa ir, vai ser bom pra gente. Se o prefeito ficar feliz, ele pode doar um terreno pra nossa família, e aí nós podemos ficar mais tempo sem precisar pagar pro dono. Estamos indo bem em Três Rios, nosso povo está feliz, podemos melhorar ainda mais de você ajudar um pouco.

— Eu não sei...

— Você não queria ser famoso? Ser o maior pintor de todos?

— Ainda quero.

— Se o desejo é forte e nada acontece, então você precisa ajudar a sorte. Se esse homem importante comprar os seus quadros, seu nome vai estar no prédio do prefeito, do homem que manda na cidade. Outras pessoas podem ver, podem levar seu nome pra longe.

Lester olhou para a tenda onde trabalhava. Parecia uma bagunça, mas ele conhecia cada detalhe daquele lugar. Não só o lugar das coisas, não só o que não mostrava aos outros, mas conhecia o cheiro, até mesmo a temperatura. Enquanto estava ali, protegido por tudo o que era apaixonado, ele não tinha vontade de pensar no resto (e o resto era tudo o que ainda morava em sua cabeça, como um exército de insetos famintos e barulhentos).

— Eu tenho medo.

Foi uma surpresa para Orban.

— Você não vai ficar sozinho, não precisa ter medo.

— Não é das pessoas que eu tenho medo, é do lugar. Três Rios nunca dorme, Orban. Esse lugar fica esperando pra te comer vivo. Eu tenho medo que Três Rios lembre de mim, da minha irmã e de todos nós, e faça o que fez com o meu pai e a minha mãe. Foi nesse lugar que o meu pai perdeu o juízo.

— As coisas mudam, tio. Mas se nós ficarmos sempre no mesmo lugar, elas vão parecer as mesmas.

Lester sorriu ao ver que Orban se tornava cada vez melhor com as palavras, tão bom ou até melhor do que Radu e Lazlo foram um dia — bom o bastante para convencê-lo. Infelizmente, nenhum dos dois tinha a capacidade de prever as consequências de tal convencimento.

XV

Do acampamento até a cidade, um homem levaria cerca de uma hora a cavalo. Com uma única carroça, o trajeto se esticava em mais trinta ou quarenta minutos, isso se ela estivesse leve ou vazia.

Orban decidiu levar uma carroça para entregar duas celas que os ciganos haviam confeccionado a um fazendeiro que morava no caminho para Três Rios. Norato Trindade costumava ser ríspido com o pessoal de Orban, mas agora que o homem lucrava revendendo as celas, os tratava como se fossem príncipes. Norato também provia o açúcar e o sal para os calon, então era um negócio bom para todo mundo.

Chegaram a Três Rios pouco depois das duas da tarde. Nesse horário, a cidade costumava estar um pouco adormecida, frequentada por um ou outro desavisado comprando suas coisas, trabalhadores do comércio e pelas crianças que sempre passeavam pelos bares e confeitarias. Três Rios tinha uma loja tradicional de doces no centro, mas tudo era caro demais, mesmo para o pessoal da cidade. Para um cigano, era o mesmo que sacrificar uma refeição decente.

Naquela tarde, a calmaria estava longe. Assim que os ciganos chegaram perto da praça central, ouviram a agitação feita de música, fogos de artifício e uma certa comoção popular. Entre os gritos de aplausos e aclamações, o ruído exagerado das crianças que estavam felizes demais.

— Parece que perdemos mais uma festa — disse Maciel, um dos cavaleiros, enquanto amarrava o animal em um poste. A carroça também ficou por lá. Logo no começo da cidade, havia um espaço com cochos para dar de beber aos cavalos e deixá-los descansar. Algumas vezes tinha um homem cuidando, um escravo forro chamado Damasceno. Já era bem velho, as pessoas o ajudavam com doações. Foi a esse homem que Orban perguntou:

— Está tendo festa?

— O senhor é quem devia saber, seu moço. Esse movimento todo é por causa do seu povo.

Orban acendeu um cigarro, suspeitando que aquele dia estava longe, muito longe de acabar bem.

Se eram ciganos, não deviam ser amigos, essa era a primeira possibilidade. Caso o fossem, teriam se anunciado e visitado seu povo. A segunda opção, bem mais agradável, era que eles não sabiam da existência de outra tribo em Três Rios. A terceira e mais certa é que que vieram de outro caminho, via Terra Cota ou Nova Enoque.

— São do circo — Damasceno explicou. — Tem, bicho, palhaço, equilibrista. É até bonito de ver.

Bonito devia ser, mas se eles não se acertaram com os mandachuvas da cidade, não só arranjariam problemas para si, como também para outros ciganos.

— Chegaram faz tempo? — perguntou Maciel.

— Mais ou menos uma hora, uma hora e meia.

— Será que perdemos a viagem? — Bagre, que também participava do comboio, perguntou a Orban. Quem respondeu foi Lester.

— Vamos ver de perto. Se a festa for bonita, posso desenhar ela também, acho que fica até melhor.

O grupo de ciganos seguiu no contrafluxo de algumas pessoas que já começavam a se cansar do barulho. Eram poucas. Enquanto as crianças continuavam pulando, os adultos as repreendiam como se a alegria fosse um crime.

— Pelo barulho, parecia mais gente — Bagre observou.

Havia quatro carroças. Em uma contagem rápida, eram mais ou menos trinta pessoas, entre artistas e pessoas comuns daquele povo. Estavam espalhados pela rua e na praça central da cidade, de frente para a igreja católica e de costas para o prédio da prefeitura. Entre ciganos e pessoas da cidade, ocupavam quase cinquenta metros inteiros.

Os artistas usavam maquiagem pesada, quase todos com fantasia de palhaço, mesmo os malabaristas. Havia também um engolidor de fogo e um homem que fazia acrobacias com espadas. Sentadas em vários pontos da rua e da praça, mulheres se ofereciam para ler a sorte, agarrando as mãos de quem passasse perto delas. Contagiadas pela emoção da festa (e pela música acelerada executada por quatro ciganos), as pessoas pareciam gostar deles, pareciam inclusive aceitar seus modos estravagantes.

Lester apanhou uma folha e um lápis e começou a rabiscar ali mesmo, apoiando as folhas em sua perna esquerda. Enquanto rascunhava, a agitação dos artistas foi enfraquecendo, e um homem começou a circular pelas pessoas, distribuindo o lugar onde teriam as apresentações. Orban esperou chegar a sua vez e apanhou um dos papéis. Assim que o homem do circo botou os olhos nele, o sujeito perguntou na língua chibi:

— Somos irmãos?

Orban sorriu e o homem o abraçou, como se tivessem crescidos juntos. O homem disse que voltaria depois e pediu que Orban esperasse que o povo fosse embora, para que pudessem se conhecer. Enquanto distribuía os panfletos (Circo Irmãos Ramirez, venha conhecer o maior espetáculo do Brasil, por esses dias, nessa cidade!) e dizia onde estavam alocados, Lester concluía seu primeiro rascunho — que aos olhos de Orban e Bagre já valeria ser pendurado em uma parede. Quando Lester terminou, as últimas pessoas voltavam para suas casas e comércios, e o homem com os panfletos falava novamente com Orban.

— Que satisfação encontrar nossa gente nessa cidade. Onde vocês estão ficando?

— Depois da Sete Quedas, na Fazenda do Retiro. Fica no caminho para Nova Enoque. Esse aqui é Bagre, esse é Maciel, o menino é o Wladimir.

O cigano do circo os cumprimentou um a um e disse seu nome.

— Emiliano Ramirez. Estamos do outro lado, conseguimos alugar um terreno depois do cafezal da fazenda Campos Del Rey. Conhece?

— Conheço sim. Acertaram com alguém daqui?

— Pagamos dois dias de circo para a guarda.

— Ramirez... acho que não tinha ouvido falar de vocês ainda.

— Eu sou quase um deles — Emiliano riu. — O circo era do meu pai, Alziro Ramires, ele era filho único, mas achava que o nome de irmãos era melhor pros negócios. Já eu, tenho mais dois irmãos, e eles não gostam nada de circo, o negócio deles é ouro.

— Quem não gosta de ouro não é calon — Bagre disse.

— Vem, vamos conhecer o pessoal — Emiliano fez o gesto com as mãos. — Venham, a gente bebe alguma coisa — os convidou. Orban confirmou com os homens e com Wladimir, ninguém se opôs.

Enquanto caminhavam, Emiliano explicava:

— É uma vida maluca, mas eu não reclamo. Nossa família não era de circo, éramos de cavalos, comércio, de qualquer coisa. Meu pai veio do Norte do país, lá de cima onde até pouco tempo só tinha mata. No começo nosso circo era só música, mas aí apareceu um artista, depois outro, quando ele percebeu já tinha o suficiente pra cobrar ingressos.

— Nossa gente vive de comércio. O menino aqui é um artista também, o único da nossa família.

— Em compensação, tem talento pra uns seis ou sete — Maciel explicou. Lester se manteve calado.

Sentia-se tratado como um menininho. Mesmo que ele aparentasse ser — e muitas vezes pensasse como — alguém de doze anos, aquilo de falarem por ele o irritava. Quando explicavam sua arte e suas habilidades com tamanha simplicidade, era como se falassem de um tonto, de um bobo que sabe pintar. Lester sabia quem era e o que fazia, sabia que merecia bem mais.

Continuaram caminhando até um dos ciganos fantasiados de palhaço. Era um rapaz, pouca coisa mais novo que Orban.

— Esse é o Petro das Espadas, um dos acrobatas e equilibristas mais talentosos do país. A família dele foi uma das primeiras a encontrar o meu pai, já estão com a gente há uns cinquenta anos.

Olhando ao redor, chamava a atenção a longevidade daquelas pessoas. Na tribo de Orban, os velhos foram sendo assassinados, morrendo de causas naturais, foram desaparecendo um a um. No grupo de Emiliano Ramirez eles chegavam a empatar com os moços. Bagre não se conteve.

— O que vocês comem para viver tanto? — disse, em tom de ironia.

Emiliano riu alto, em seguida disse:

— Nosso verdadeiro milagre está em uma das carroças. Ele é uma das atrações do circo, "O homem mais velho do Brasil!" — recitou, como o apresentador que de fato era. Lester chegou a se encolher, pensando na possibilidade nefasta de ser descoberto por aquela gente. O que eles fariam com ele? "O menino que nunca envelhece"? "O cigano que nunca morre"?

— Eu quero ir embora, Orban — acabou pedindo.

— Nós já vamos, não podemos fazer essa desfeita para nosso amigo.

— É assim que se fala, vá chamar o Bisa — Emiliano disse. O rapaz saiu depressa, limpando o suor que começava a enlamear a maquiagem.

Lester continuava receoso, mas não podia deixar de se encantar com o que via. Eram tantas pessoas felizes, sorrindo, apesar do cansaço aparente. Pareciam ter o mesmo senso de recompensa que ele sentia em seus quadros.

Uma das mulheres que fazia leitura de mãos estava vermelha com o tempo prolongado no sol, mas o ouro nos dentes dela era muito mais visível que seu abatimento. Próximos dela e dos demais adultos, as crianças brincavam e pediam dinheiro aos passantes, e mesmo que as pessoas não estendessem uma moeda, não as tratavam como ladrões em formação. Na escadaria da igreja, algumas pessoas ainda observavam a movimentação. Havia uma atmosfera de harmonia e aceitação entre elas, algo incomum em cidades paulistas.

Distraído como estava, Lester não fez questão de reparar no homem velho chegando às suas costas. Chegou a ouvir Orban o cumprimentando, mas era como um eco, algo muito menos interessante que as coisas que seus olhos captavam. Tudo mudou quando o homem se apresentou em sua voz rouca e cansada:

— Miro Santii, ao seu dispor.

XVI

Entre os mais jovens da tribo de Orban, Miro Santii raramente era mencionado, mas alguém com a longevidade de Wladimir Lester e com seu envolvimento com aquele homem, jamais poderia esquecê-lo.

Lester virou o corpo depressa, tão rápido que acabou esbarrando em um transeunte e derrubando seu lápis e os papéis. Orban olhou para ele, e Lester se esqueceu de apanhar de volta as suas coisas.

O rosto do velho chamado Miro Santii era um tapete de rugas profundas e enoveladas. O homem tinha apenas um dos olhos, o outro parecia ter sido arrancado e costurado às pressas. A estatura parecia ter baixado com o peso dos anos, os cabelos finos e ralos eram vaidosamente tingidos de preto, o que não resultava em um bom aspecto.

Da mesma forma surpreso, o velho matou um sorriso e recuou um passo assim que enxergou Lester, arregalando o olho que ainda tinha e deixando a boca pender. Talvez tenha sentido seu coração falhar pela primeira vez. Ao seu lado, Emiliano o acolheu e o amparou, o velho parecia prestes a cair no chão.

— Você! Como é possível que ainda seja você? — Miro disse a Lester.

— Tenha calma, seu Miro, eles são amigos.

— Amigos? Esse moleque é um dos filhos de satanás! É ele mesmo, o maldito que condenou meus verdadeiros amigos à morte!

Miro conseguiu se libertar com um tranco e deu um soco no rosto de Lester. O golpe forte, adulto, jogou o menino no chão na mesma hora. O velho parecia mais jovem quando se atirou sobre ele, rosnando e babando, tomado por uma fúria que ficou guardada por cinco décadas.

— Esse maldito — continuou socando o rosto, o peito, o que podia de Wladimir Lester — me entregou! Foi ele! Ele me entregou para aqueles homens! Ele chamou a tropa!

— Me solta! Me solta, seu velho podre! — gritou Lester, inutilmente, tentando se libertar dos golpes.

Orban puxou o velho pela camisa, Emiliano e outros homens de seu grupo chegaram em apoio e o contiveram. Bagre e Maciel tomaram a frente de Wladimir, enquanto o menino se levantava. O olho esquerdo ficou roxo na mesma hora, havia um coágulo se formando dentro do olho.

Atraídas pelo cheiro do sangue, as últimas pessoas que se dispersavam voltaram a se aglomerar, saboreando a confusão entre os ciganos. Agora aquela gente era o que esperavam que fossem, selvagens, vagabundos. Os homens começaram a se empurrar, Maciel levou a mão ao coldre, mas Orban, conhecedor de algumas coisas que aquele homem velho falava, decidiu ouvir mais.

— Calma, todo mundo calma! — Ele espalmou as mãos.

Os homens do circo conseguiram conter o velho Miro, mas ele não parava de tentar se libertar. Xingava, cuspia, ameaçava matar o menino. Em seu desatino, falava sobre as coisas que estavam enterradas, apodrecendo dentro ele.

— Eles arrancaram meu olho! Meu olho, seu desgraçado! Arrancaram o meu olho e depois mataram a mulher que eu amava!

— Calma, senhor, isso deve ser um engano — Orban disse a ele.

— Ele é o engano! E quem é você?

— Sou parente dele e chefe do meu povo, Orban Zoran, filho de Radu Zoran.

O velho parou de reagir imediatamente.

— Puta merda, filho... eu... eu conheço o seu pai. Conheci o seu avô também, na mesma noite que esse... verme traiu a nossa confiança. Traga o Radu até aqui! Eu quero falar com ele agora!

— Meu pai está morto, senhor.

Miro se abalou muito pouco. Com toda aquela idade, já tinha um batalhão de mortes nas costas.

— Você não entende? — perguntou Miro. — Precisa se livrar desse menino, precisa acabar com ele agora! Já!

Com a gritaria que se instalou na rua, alguns oficiais começaram a se interessar. Possivelmente já estavam por perto, esperando que alguma coisa acontecesse. Ciganos sem agitação já causavam alguma comoção negativa nas pessoas, com todo aquele barulho, era um milagre que ninguém ainda tivesse levado um tiro.

— Aqui não é o lugar — Emiliano apertou o velho no braço. Miro se agitou de novo. Parecia ter recuperado a força de um homem de meia-idade.

— Me leva até alguém da sua gente que tenha idade pra me entender. Sua mãe ainda vive? Iolanda?

Orban não sabia se deveria confiar no velho, mas de que outra maneira aquele homem conheceria o nome de seu pai e sua mãe? E ele não precisou dizer coisa alguma para o velho Miro Santii sugerir ele mesmo uma solução.

— Esse menino-demônio não pode continuar vivo depois do que ele fez. Eu vou com vocês até onde estão morando, eu quero falar com os mais velhos. Depois que eles me ouvirem, podemos discutir se teremos paz ou se eu vou deixar a minha família fazer justiça com esse desgraçado. E com quem entrar na nossa frente.

— Orban... os guardas — Maciel sinalizou.

Os oficiais estavam se aglomerando para uma possível abordagem. Chegavam do interior do prédio da prefeitura, cinco deles de uniforme e já com as mãos nos coldres.

— O menino vem com a gente — Orban disse.

— Então um de nós também vai. E vai armado — Emiliano decretou. — Se ele tentar fugir...

— Ele não vai fazer isso — Orban garantiu, olhando para Lester.

— Nossa carroça está na parada de cavalos. Esperamos vocês lá — Bagre disse.

— Se vocês tentarem fugir... — o velho praguejou consigo mesmo.

— Ninguém vai fugir — Orban o tranquilizou —, ninguém do nosso povo foge de outro cigano. A minha mãe vai ouvir a sua história, se é o que você quer.

— Ele mente! — Lester finalmente disse, pressionando o olho esquerdo que crescia como um limão.

— Se você abrir a boca, demônio, mato você aqui mesmo — o velho Santii vociferou antes de tomar a direção de sua carroça. Estava chorando. Silenciosamente, mas estava. Emiliano o amparava entre a aglomeração de pessoas. Lester ia na frente de um dos homens de Emiliano, estava na mira de um revólver oculto pela camisa do cigano.

XVII

Iolanda não disse palavra alguma ao rever Miro Santii, mas ela o reconheceu imediatamente e o abraçou, como se estivesse se reencontrando com Costel, Omar, Lazlo ou outro dos homens bons que foram soterrados pelos anos. Depois que todos se acalmaram um pouco, ela sugeriu que conversassem longe do resto do povo.

O lugar escolhido foi a tenda do Sagueiro, que ficava bem próxima ao lugar onde eram realizadas as trocas de mantimentos com Ítalo Dulce. Sob essa tenda estavam Orban, Iolanda, Sarah e o velho Miro, os demais aguardavam no alcance dos olhos, sem muita conversa e prontos para gastar as balas necessárias. Depois da emoção do reencontro (cheio de tensão sim, mas um reencontro que também trazia felicidade), a conversa chegou aonde precisava.

— Como em nome da Santa Mãe esse menino está do mesmo jeito até hoje? — perguntou Miro Santii.

Sarah e Iolanda se entreolharam, sabendo que seria inútil sustentar mais mentiras.

— Ele tem um Djin dentro dele — Iolanda explicou. — Um demônio, talvez seja o próprio demônio.

— E como puderam ficar com ele? Isso é uma... ofensa.

— Ele ajudou nosso povo, Miro — Iolanda disse. — Antes de você e depois que você foi levado, os quadros do meu irmão nos mantiveram vivos. Você tem certeza que foi ele?

— Foi ele, sim. Eu ouvi o nome do seu irmão saindo da boca do desgraçado que mandou me buscar. — Miro tocou a cicatriz do olho arrancado. — O coronel era um homem mal, muito mal. Quando Lazlo me acolheu, eu tinha fugido dele. O maldito conseguiu fazer que a lei me julgasse culpado de ter roubado ele e todo mundo. Por anos fui obrigado a enriquecer o desgraçado com o ouro que eu achava, e quando eu me recusei, ele enforcou a minha esposa. Consegui fugir de novo em 1862, quando as terras foram atacadas por um grupo de escravos rebeldes. Mataram todo mundo, acho que eles teriam me matado também se eu não morasse na senzala com os outros pretos. Depois de um tempo eu encontrei meu bom amigo Ramirez e fiquei com eles até os dias de hoje.

O velho parou para tomar fôlego. Também para se acalmar.

— Foi seu irmão quem contou onde eu estava, Iolanda. Wladimir deu os detalhes do nosso pouso para um fazendeiro, contou que pagariam muito pela minha vida. O filho da mãe que contratou a milícia do Pizarro fez questão que eu soubesse quem tinha sido: um menino cigano. Ele ficou feliz quando me contou.

— Maldito seja — Iolanda disse a si mesma. Pensava em todas aquelas mortes, nas mulheres e crianças, nas vidas que foram destruídas na noite do ataque de Pizarro. — Mas por que ele faria isso? — Ela ainda se perguntava.

— Vaidade — respondeu Sarah. — Seu irmão fez o que fez porque estava perdendo a atenção de Lazlo. Você casou com Radu, nosso povo tinha ouro, as coisas que ele precisava para continuar pintando deixaram de ser prioridade. Lembra do meu sonho, Iolanda? Da pedra de ouro que eu vomitei. Nós fomos avisadas.

Sarah era sempre muito calma, mas parecia cuspir cada palavra que disse a seguir:

— Ele matou o meu pai e a minha mãe da mesma forma que matou Juan. Ele matou Costel, Carmela e Lazlo, matou o que nós poderíamos ter sido se ele nunca tivesse existido.

— Sei que o menino é seu irmão — Miro disse com maior moderação —, mas Wladimir Lester precisa morrer. Ele é a semente do mal que cresceu e cobriu a sua gente. Se o menino viver, isso nunca vai terminar.

— Ele aprendeu com o pior — Iolanda disse.

— Você também poderia ter aprendido — disse Sarah. — Juan tinha todos os defeitos que o demônio aprecia, mas foi seu irmão quem sugou o mal para dentro dele. Wladimir fez isso por si mesmo, por cobiça, avareza, por desejar mais do que se pode ter. Eu estava lá, Iolanda, eu tinha a idade dele quando aconteceu. Olha pra mim. Eu tenho cada um desses anos marcados no meu corpo, nós duas temos! Ele enganou todo mundo, do mesmo jeito que enganou o seu pai.

— E o que você quer que eu faça? Que eu o mate? Isso traria alguém de volta?

O velho Miro raspou a garganta.

— Não, mas pode evitar que mais gente se vá.

XVIII

Por mais controle que imaginasse ter, Iolanda o perdeu nos passos que a separavam de seu irmão Lester. Ele estava com o capataz de Miro, ainda sentado na carroça que o conduziu de volta para a Fazenda do Retiro. Na mesma carroça, também estavam Orban e Bagre.

Ela anunciou que estava chegando e foi autorizada a subir. Orban se surpreendeu ao vê-la, sua mãe parecia outra pessoa.

Não existia traço de vaidade em Iolanda. Estava sem maquiagem, os cabelos embaraçados, seus olhos estavam cheios de urgência e loucura, do mesmo tom que eles ficaram quando trouxeram o corpo de seu marido. Orban não precisou ouvir dela que aquele cigano velho dizia a verdade.

— Eu preciso falar com ele — Iolanda exigiu.

— A senhora pode falar, dona — disse o cigano.

— Qual é o seu nome, calon? — ela perguntou a ele.

— Milton.

— Muito bem, Milton, quem manda nesse lugar é o meu filho, e eu estou exigindo falar com meu irmão antes que vocês matem ele. Se eu puder fazer isso, vamos evitar um banho de sangue nesse lugar. Nós estamos em maioria, teríamos acabado com vocês se fosse a nossa vontade.

O homem engoliu grosso, segurou o revólver com mais força, mas não debateu.

— Eu e o Orban vamos ter uma última conversa com Wladimir. Você pode esperar do lado de fora da tenda.

— O velho sabe? Emiliano autorizou?

— Eles vão saber. Você mesmo vai dizer a eles depois que a conversa terminar.

Naqueles dias, era incomum que uma mulher tomasse à frente de populações, principalmente ciganos, que notadamente eram geridos por homens. Mas aquela não era uma mulher comum, Iolanda Lester era feita de chumbo e pólvora.

— Eu fico do lado de fora — ele disse, como se a ideia fosse dele. Era um custo pequeno para Iolanda, perder uma ideia.

Olhava para o irmão, e havia tanta amargura em seu jeito que ela parecia capaz de atear fogo nele com aqueles olhos. Lester ficava cada vez mais acuado, encolhido, refém de seus próprios atos passados.

— É mentira — disse quando o outro cigano se afastou.

— Não, não é. Eu sei que não é — Iolanda disse. — Como você pôde?

— É mentira — ele repetiu.

Ela começou a olhar ao redor, para todos aqueles quadros e esculturas. Acabou encontrando a estatueta que o menino tratava como mãe. Iolanda a apanhou no colo, Wladimir deu um passo na direção dela.

— Se você chegar mais perto, eu vou quebrar. Se não me contar a verdade, eu vou quebrar. Se você respirar fundo demais, eu vou quebrar e faço você comer o barro.

Lester estava com os olhos vidrados na estátua. Estava tão tenso que, no silêncio da tenda, Iolanda ouvia seus pequenos dentes rangendo.

— Fala! — ela gritou. Lester recuou um passo.

— Era ele ou eu.

Iolanda sustentou a estátua, esperando por mais. Precisava haver mais.

— Isso é tudo o que você tem pra me dizer? Depois de acabar com tantas famílias, depois de me enganar por todos esses anos, isso é tudo o que você diz em sua defesa? Você vai morrer, meu irmão, as pessoas lá fora querem que você morra, entendeu?

Lester destravou a expressão e, por um momento, Iolanda realmente acreditou que tinha conseguido tocar em algum ponto de seu coração. Se ele se parecia tanto com uma criança, talvez ainda existisse alguma fagulha da inocência dentro daquela alma.

Lester começou a relaxar o rosto. Primeiro a boca, depois olhos, enfim toda musculatura. Compôs um sorriso decidido e disse:

— Você não tem autoridade sobre a minha morte.

Iolanda sorriu de volta e respondeu:

— Talvez não.

E atirou a estátua no chão.

— Vagabunda! Puta! — Lester gritou e correu até o local onde os pedaços da estátua se espalhavam. Começou a chorar e a gemer, tentando juntar os cacos. Apanhava os pequenos blocos partidos com delicadeza, tratava-os como se fossem coisas vivas. Ainda tomada pela fúria, Iolanda pisoteou a cabeça da estátua.

Com Lester no chão, ela começou a vasculhar os quadros, tomando conhecimento do que ele já havia pintado, buscando novas evidências, ou talvez algo que a fizesse compreender aquele pequeno monstro, pelo menos um pouco.

Havia muitas pinturas recostadas às paredes, quase todas refletiam paisagens comuns, rostos, algumas tinham motivos sacros como rostos de cristo e de outros personagens da igreja católica. Nada significavam a ela, eram fragmentos, coisas pequenas e insignificantes perto do que ele era capaz de fazer. Lester continuava de joelhos, juntando cacos, tentando remontar o que Iolanda destruíra.

— Eu devia saber, você não é normal! Nunca foi! — ela disse ao encontrar o lote especial de Wladimir Lester. Iolanda apanhou um dos retratos, era um rosto nascendo na noite, uma coisa terrível de se olhar. A pintura cheirava a desconfiança e o ardil, era como respirar o fedor da maldade.

Iolanda apanhou uma faca sobre a bancada e apunhalou o quadro até que ele se abrisse em tiras. Não contente, puxou o tecido tingido com as mãos. Na espécie de transe raivoso onde mergulhou, Iolanda não se preocupava em calcular os movimentos, tudo o que fazia era forte demais, intenso demais. Não foi uma surpresa quando encontrou sangue em suas mãos. A revelação veio quando Iolanda notou que não estava ferida, que o sangue nascia daquele quadro rasgado.

— Demônio! Você é um demônio! — repetiu. Pegou mais um quadro e deu-lhe o mesmo destino, depois um terceiro. O menino não reagia mais, estava sentado entre os cacos de cerâmica, entregue ao peso do destino.

Havia mais quadros daquela coleção indecente, mas o último que ela ameaçou desfigurar conquistou um destino diferente dos demais. Era o rosto de uma mulher. Bonita sim, mas branca demais, cabelos acobreados, era diferente das mulheres ciganas, mesmo das mulheres da cidade.

— Quem é ela? — perguntou.

— Eu quero que você morra! — foi a resposta de Lester.

— Agora queremos a mesma coisa um para o outro. — Ela deixou o quadro cair sem rasgá-lo, apenas lascando a moldura. Apanhou mais um, retratava um cavalo morto e podre. Lester tinha pintado o bicho com a barriga aberta, e dentro dela havia todo um ecossistema de larvas. Era nojento de olhar, nojento demais para segurá-lo nas mãos. No próximo quadro ela voltou a sentir raiva.

— Antes ou depois? — ela perguntou e virou o quadro para que ele visse.

Lester não respondeu, olhou em outra direção.

— Antes ou depois, Wladimir Lester! — ela gritou e, cheia de fúria, cravou as unhas na moldura.

Era Radu. Estava de joelhos, as mãos espalmadas para o alto, como se implorasse a Deus. No chão, havia um tapete de serpentes. Cores, guizos e presas. No pescoço, um colar de serpentes menores e enoveladas. No rosto ferido, ponteado por presas, uma delas ainda se agarrava deixando seu veneno.

— ANTES OU DEPOIS!? — ela deixou o quadro cair, apanhou novamente a faca e foi até o irmão.

— Antes — Lester disse. — Foi antes.

A faca começou a tremer nas mãos de Iolanda. Matar aquele monstro não seria uma grande perda para o mundo, mas o que dizer de si mesma? O que dizer dos anos que viriam e da memória que ela seria obrigada a carregar? Além disso, a morte seria pouco para ele. O que Iolanda desejava tinha outro nome: justiça.

— Mãe! — Orban invadiu a tenda no exato momento em que ela pensava resolver tudo por si mesma, com sangue lavando sangue. — Você precisa vir comigo, mãe! Agora!

XIX

Iolanda começou a ouvir os gritos assim que deixou a tenda. Eram gritos de mulheres, muitas delas. Enquanto andava mais depressa para ver o que fazia aquelas pessoas se desesperarem, Orban começou a explicar:

— Não temos mais leite, está tudo azedo. Nossa comida está cheia de bicho, o arroz, o feijão, nossas carnes estão cheias de vermes. Nós não temos o que comer amanhã.

— Como assim? — ela continuou andando.

— Fomos amaldiçoados, mãe! O que sai das vacas não é leite, é sangue! Uma das éguas deu cria antes da hora e o que saiu dela não era só um potro morto, era uma besta, um monstro! Os bichos estão se atacando, parecem odiar uns aos outros.

— E elas? — Já estavam chegando até as mulheres, mais ou menos cinco passos e chegariam a elas.

— Abortaram. Todas elas abortaram. Mirian, Tainara e Milena, os bebês caíram delas como se estivessem podres.

— Santa Mãe, Santo Deus. — Iolanda parou de andar e, por um instante, levou os olhos para o céu. Não parecia mais céu, o que via era um rio alaranjado, cheio de pedaços de sangue. — Onde está a Sarah? Eu preciso falar com a Sarah.

Iolanda viu as três mulheres que choravam e perdeu a firmeza das pernas. Elas ainda seguravam seus bebês mortos; dois deles, mais maduros, tinham o cordão umbilical preso ao corpo. Os bebês estavam ressecados, como se tivessem sido fervidos. Os vestidos das mulheres estavam tingidos de sangue e fluidos, mas o cheiro era de matéria decomposta, da morte que saiu de dentro delas. Seus maridos, sem saber como agir, deixavam que as três se consolassem mutuamente e pediam, com olhos em Iolanda, exigindo, sem gastar uma palavra, que seus filhos mortos fossem vingados.

Perto daquelas pessoas arruinadas, dois cães se atracavam furiosamente, um deles já havia perdido um dos olhos e o focinho, o outro não tinha mais o rabo. A cauda estava por ali, mastigada e jogada no terreiro. Uma criança bem pequena, esquecida e engatinhando por lá, apanhou o rabinho amputado do chão e enfiou na boca. Uma criança maior a esbofeteou.

De toda parte, os sons que reverberavam eram de choque, choro, ódio e desespero. Havia algo pernicioso andando entre o povo cigano, algo que só poderia ter sido atraído por um serviçal do Inferno.

— Orban, Orban! — o homem que se responsabilizava pelas criações chegou gritando, sacudindo o chapéu na mão esquerda. Não havia muitos animais além dos cavalos, mas os ciganos tinham cerca de vinte, trinta galinhas.

— Não tem mais nada, os ovos estão podres, tem sangue dentro deles! Sangue! As galinhas tão se bicando até a morte, bicando como os galos de briga!

— Tira uma de perto da outra — disse Orban.

O homem não se mexeu.

— Agora homem! Salva o que puder e o resto a gente vê depois. — O homem pareceu ter despertado do pânico e voltou para o cercado onde ficavam as galinhas. — Eu preciso saber o que fazer, mãe. Com o tio e depois dele.

— Você já sabe o que fazer, nós precisamos matar o demônio e ir embora desse Inferno!

XX

Após terminar de contabilizar as perdas (abortos de qualquer ser vivo que estivesse gestando, e não havia mais comida possível no acampamento, tudo estava podre e azedo), Iolanda se reuniu com seu filho Orban, Sarah, o velho Miro e Emiliano, o líder da tribo Ramirez. Ela contou parte do que conversou com Lester, contou sobre as coisas terríveis que encontrou em sua tenda e fora dela, e em como aquele pedaço de Satã parecia não se importar com o próprio destino. Depois de ouvir tudo, o velho Miro deu seu decreto.

— Se ele ficar vivo, todo sangue derramado terá sido em vão, inclusive o sangue do seu marido — Miro disse a Iolanda, e completou para Orban —, do seu pai.

— Eu também quero meu irmão morto, mas não posso carregar essa culpa, não por ele.

— Não é culpa, dona Iolanda, é justiça — disse Emiliano.

Os quatro se calaram, ouvindo o silvo dos ventos que prometia trazer chuva. O céu continuava pesado, agora sem cores, assim como o temperamento daquelas pessoas. Ainda era possível ouvir clamores desesperados ecoando pelas tendas.

— Eu acho que podemos resolver tudo de uma vez — Orban rompeu o silêncio. — Ele pode morrer pra nossa gente, pode sofrer, e continuar vivo pode ser um castigo pior do que morrer.

— Como? — o velho Miro quis saber.

— Tem um orfanato católico na cidade, gente de igreja que não gosta da nossa gente. Ouvi dizer que eles aceitam crianças pra cuidar. Nós expulsamos o Wladimir do nosso povo e deixamos com os brancos. Eles não vão deixar ele pintar e vão tentar educar ele pra Deus, do jeito deles.

— Ele tem razão — disse Sarah. — Essa cidade é cheia de padres e freiras, eles podem controlar o que nós não conseguimos. Essa gente entende mais do demônio do que qualquer cigano. O demônio é coisa deles, não nossa.

— Calon não expulsa calon — Miro Santti disse. — Viver como um renegado? Sem lugar no mundo? Sem família? Seria melhor a morte.

Iolanda pensou um pouco, não precisou de muito tempo.

— Ele merece o pior depois do que fez. Se todos concordarem, eu mesma vou levar pro orfanato.

— E se eles recusarem? — Orban disse.

— Eles não vão recusar ouro — o velho Miro falou. — Eu dou o ouro que eu tenho se vocês cumprirem a palavra. Se não tivesse ouro, eu pagaria com meu olho bom pra ver aquele desgraçado pagar pelo que fez.

— Ele vai fugir, vai voltar e encontrar vocês quando estivermos longe — Emiliano disse.

— Nós vamos embora de Três Rios essa noite — Orban decidiu. — Do nosso povo, essa cidade só terá uma coisa: Wladimir Lester.

XXI

Enquanto as pessoas se reorganizavam, Lester ficou em sua tenda, amarrado para que não tentasse sair, amordaçado para que não pudesse falar. Sarah entrou algumas vezes e voltou a sair, carregando alguns quadros. Disse que os queimaria e, na última vez que entrou, não trocou uma palavra ou um único olhar com ele. Sentia-se mal em sua presença, falar com Lester, mostrar alguma simpatia por ele, seria compactuar com os horrores que desceram sobre o seu povo naquele dia de agonia.

Depois de tantas horas amarrado, Lester sentia pernas e braços dormentes, mas sua coluna doía como se estivesse sendo torcida. Também sentia dor de cabeça, e a garganta estava tão seca que ela latejava se ele tentasse engolir a própria saliva. Era melhor estar morto, pensou várias vezes. Exausto, ouvia o vento rugir lá fora, as trovoadas distantes, mas do lado de dentro o ar parecia feito de vapor. Sentia um pouco de sono, o que na verdade era exaustão.

Quando viu a mulher entrando em sua tenda, ele já não sabia se estava acordado. Era ela, a mulher de cabelos acobreados, Ária. Ela se aproximou e colocou a mão à frente da boca, para que ele ficasse quieto. Depois ela mesma o livrou da mordaça.

— Veio me ajudar? — ele perguntou bem baixinho.

— Não, Wladimir Lester, não dessa vez.

O rosto foi mudando, se apertando, e enfim aquele menino chorou. Ária o permitiu, e quando as lágrimas verteram, ela as secou com suas mãos. A pele tinha um toque fino e macio, o gesto era maternal.

— Como você entrou? Quem deixou você entrar?

— Sua gente não tem autoridade sobre mim, mas você tem.

— Eu ordeno que você me solte! Agora!

Ária sorriu cautelosamente, sorriu como quem conhece um destino que não pode ser evitado.

— Não pode me pedir isso — ela disse. — Eu vim pra ajudar, mas não posso evitar o que vai acontecer.

— Então como vai me ajudar?

— Salvando o que você tem de mais precioso, salvando a sua arte.

Lester bufou toda raiva que sentia.

— A desgraçada da minha irmã mandou queimar tudo, Sarah levou tudo pra fora, eles vão fazer uma fogueira.

Ária se ajoelhou na frente da cadeira onde Lester estava amarrado. Passou a mão em seu rosto, não de uma maneira maternal, mas adulta e carinhosa, quase libidinosa. Ela se inclinou e o beijou nos lábios.

— As coisas que você mais gosta ainda estão aqui. Você só precisa me dizer quais são.

— Estão no baú, ele tem um fundo falso, eu guardo tudo nele. São duas pinturas e uma estátua de gesso. As outras que a Iolanda não rasgou estão embaixo da bancada, em uma caixa.

Ária foi até a bancada, ergueu a forração de tecido e encontrou a caixa. Havia várias telas enroladas, como papiros.

— Essas você pintou como eu ensinei?

Lester acenou que sim com a cabeça.

A mulher apanhou as telas e as colocou no baú indicado por Lester. Era um baú bem grande, tinha mais de um metro de comprimento. Também era alto, e só de fundo falso havia vinte centímetros.

— É a sua mãe? — Ária perguntou quando viu a estatueta de gesso. Uma réplica da que Iolanda estilhaçou.

— Não toca nela! — Lester disse.

— Não vou. A Ciganinha é sua e de mais ninguém. Essa ninguém vai quebrar menino, eu prometo.

Ária voltou sustentado uma faca, a mesma que Iolanda usou para ameaçá-lo. Por um momento, Lester pensou que Ária fosse feri-lo, mas ela cortou o próprio pulso e deixou algum sangue pingar sobre o baú. Recitava algo, uma língua que não era o chibi ou o português. Lester reconhecia alguma semelhança nos encantamentos usados por seu pai, décadas atrás, quando Juan Lester flertava com o Diabo. A mulher usou as próprias mãos e besuntou o baú com sangue, como se aplicasse um verniz na madeira.

— Eu preciso prender a sua boca de novo ou eles vão perceber que estive aqui.

— Me solta desse lugar, me leva com você — Lester implorou, voltando a ficar com os olhos cheios.

— Não ainda, Wladimir Lester, você tem trabalho a fazer — ela subiu a mordaça e puxou o baú para o lugar onde estava antes. Então sua respiração, seu cheiro, toda sua presença deixou de existir. Sozinho de novo, Lester não a viu sair.

XXII

Pouco antes de partirem em caravana, Iolanda procurou por Sarah. Iolanda tinha acabado de atear fogo nos quadros e esculturas de Wladimir Lester. Ninguém se opôs, inclusive Sarah ajudou a separar as coisas do menino que um dia foi seu melhor amigo; ela só não pôde assistir. Mesmo se existisse algo de profano e condenatório nas obras de Wladimir, elas eram arte, eram o que existe de mais puro e verdadeiro na expressão humana.

— Será que vamos ter paz um dia? — Iolanda perguntou na sequência de uma trovoada. Parecia envelhecida e cansada, não havia traços de esperança em seu rosto.

Sarah fechava sua última bolsa, a que servia aos artefatos de magia. Velas, essências, diários e grimórios. Colocou a pequena mala junto a outras duas tão surradas quanto, e disse:

— Essa pergunta caminha para uma resposta errada.

— E qual seria a pergunta certa, minha irmã?

— Será que o seu irmão deve viver?

Iolanda pensou um pouco a respeito.

— Nós tivemos essa mesma escolha quando ele saiu daquele casebre maldito. Nós duas sabíamos que ele não era o mesmo que entrou e nós duas o aceitamos, aceitamos um cordeiro onde vivia uma serpente. Agora, depois de tanto tempo, eu não preciso mais matá-lo. Preciso que ele desapareça.

XXIII

Partiram em caravana como fora combinado, mas somente duas carroças chegaram ao orfanato católico. Iolanda, Sarah e Orban estavam em uma delas, Miro e Emiliano estavam na segunda. O restante das carroças da tribo continuou o caminho até a saída para a cidade de Cordeiros, onde esperaria pela chegada da carroça de Iolanda.

Naquela noite, o céu parecia decidido a cair sobre a cidade. Era uma torrente de água sem fim, trovões que faziam tremer a terra, os raios eram tantos que vez ou outra a cidade parecia tomada pelo dia. Com o temporal, não havia ninguém nas ruas, o que de certa forma facilitou a chegada do grupo até o orfanato. Em uma noite mais hospitaleira, seria certa a abordagem de alguma autoridade, e eles fariam perguntas cujas respostas não fariam sentido.

Lester seguia amordaçado na carroça de Iolanda. Sarah estava do lado de dentro, ao lado dele, e quem tocava os cavalos era o próprio Orban.

Os cavalos pararam na frente do orfanato. Em alguns minutos, o velho Miro, auxiliado por Emiliano e Orban, escalou os degraus até chegar à parte de dentro. Estava açoitado pela chuva, ensopado em barba, roupas e cabelos, mas Miro Santii estava feliz.

— Querem que eu entre com vocês? — perguntou.

— Eu vou sozinha — Iolanda decretou. — Esses padres... essa gente gosta menos do nosso povo que o resto dos brancos. Se eu for sozinha, a chance de aceitarem ele é maior.

— Bom, se está tudo decidido, vamos acabar com isso. Antes... — ele olhou com o olho vivo e embaçado para o menino e puxou a mordaça para baixo da boca. — Não sei como tamanha maldade coube em um corpo tão pequeno, mas eu espero que você pague pelo que roubou do nosso povo. Eu desejo do fundo da minha alma que essa gente trate você com o mesmo desprezo que você nos tratou. Que você perca tudo o que sempre amou, Wladimir Lester, essa é minha sentença pra você.

O rosto de Lester caminhou do medo para a raiva durante o clarão de um relâmpago. Ele apertou os lábios, puxou o que tinha na boca e cuspiu no rosto do velho.

Inabalável, Miro sorriu. Lester então gritou:

— Vocês vão morrer, todos vocês!

— Sim, nós vamos — Miro disse. — Mas você vai sofrer muito mais.

De tudo o que tinha ouvido, aquela frase chegou mais fundo que todas as outras. Não porque fosse dura ou violenta, mas porque o menino acreditou nela. Pela primeira vez, seu rosto tinha um traço de arrependimento.

— Você ainda é minha amiga? — perguntou a Sarah, tão triste que seus olhos estavam cheios e vermelhos.

— Não, Lester. Não sou mais.

— Chega, você precisa ir agora — Iolanda o fez levantar, apontando um revólver para ele. Ela o escondeu sob um chale do mesmo tom do vestido verde que usava e o empurrou na direção da saída.

Sarah esperou que descessem e foi se sentar ao lado de Orban, para observá-los. A chuva já não estava tão forte, mas era suficiente para contornar os corpos de Wladimir e Iolanda. O menino olhou para trás uma única vez, e foi pressionado pela irmã a seguir em frente. Bateram à porta e a porta se abriu. O céu descarregou o que ainda tinha de água.

XXIV

— Está feito — Iolanda disse ao retornar, retirando o xale do rosto e respirando profundamente.

Miro Santii a encarava com respeito e admiração. A mulher à sua frente tomou uma decisão certa, mas nunca seria uma decisão fácil. Ele conhecia parte da história de Iolanda e Wladimir Lester, sabia que eram órfãos, e que, bem ou mal, aquele menino ajudou a protegê-la nos anos mais difíceis.

— Obrigado por me atender.

Ela apanhou as mãos do velho entre as suas e as beijou.

— Agradeço por me deixar conhecer a verdade, mesmo que ela me machuque tanto. Se quiser ficar com nosso povo, você tem um lugar entre nós. Vocês também, Emiliano.

Eles agradeceram e se despediram, e Orban açoitou os cavalos na direção do restante de seu povo.

Exaustos, eles cruzaram as ruas de lama que os separavam da saída da cidade. Aos poucos, a chuva foi se tornando mais branda e dissimulada, os trovões, mais distantes e roucos; a natureza de Três Rios mentindo e os convencendo a seguir viagem em segurança.

— Parece que a nossa sorte voltou. — Iolanda disse a Sarah, depois de algumas horas de viagens.

Sarah tinha colocado o baralho novamente, já era a terceira vez.

— Você me ouviu? — Iolanda reforçou.

— Desculpa, Nãna. É o baralho, as coisas que ele diz não fazem sentido pra mim.

— As cartas gostam de brincar, até eu sei disso.

— Elas não estão brincando, então me confundindo. Não consigo ver nada do nosso futuro desde que saímos de Três Rios.

— Talvez não seja pra você ver.

A carroça sacolejou algumas vezes e as mulheres se seguraram do lado de dentro. Era uma carroça pequena e estava entulhada de coisas, assim como todas as outras. Caixas de madeiras, baús, malas e sacos, toda vida colocada em pacotes. Com a idade que tinham, ambas com mais de sessenta, uma queda ou uma pancada podia significar uma fratura que talvez nunca se consolidasse direito.

— Esfriou de repente — Iolanda disse. Sarah esfregou os braços sentindo o mesmo.

A Caravana seguia via Cordeiros, o caminho mais rápido para deixar o Noroeste Paulista. Estradas complicadas, com muitas curvas e uma serra íngreme, mas valeria a escolha levando-se em conta os afluentes que proveriam água para os animais e a ausência de pessoas mal-intencionadas, ladrões que se acumulavam nas estradas mais frequentadas. Outro ponto positivo era a ausência de fazendeiros hostis, que se acumulavam nas cidades vizinhas de Assunção e Velha Granada.

O plano de Orban e dos outros tropeiros era cruzar o trecho mais complicado da serra e descansar em Moinhos, vilarejo seguro para ciganos e outros viajantes, graças a um fazendeiro que oferecia alimentação e estadia para quem estivesse disposto a pagar. Mesmo se não tivessem o dinheiro, o hospitaleiro não se oporia pela ocupação de suas terras por uma ou duas noites, mas os passantes (principalmente tropeiros) sempre deixavam alguma quantia, para que ele pudesse continuar ajudando.

Sarah ouviu os tropeiros parando os cavalos, sentiu a carroça desacelerar. Iolanda foi até a frente falar com o condutor, Maciel.

— Minha mãe — ela disse, bem baixo, tomada por uma sensação horrível.

Estavam em um trecho onde a estrada principal se alargava em uma área circular de mais ou menos dez metros de diâmetro. As carroças estavam bem próximas umas das outras, uma névoa espessa nadava entre veículos, pessoas e animais.

— Por que paramos? — ela perguntou ao cocheiro.

— Muita serração, dona Iolanda. Os animais estão teimando.

A tropa de cavalos, cerca de quinze animais, não se movia. Era possível vê-los aos borrões por causa da neblina, mas seus ruídos chegavam com clareza; as batidas de cascos e estrebuchadas. Os dois animais que puxavam a carroça de Maciel estavam com os olhos aumentados, atentos demais, as orelhas espetadas.

— Eu vou descer — Iolanda falou para Sarah. — Você vem?

A anciã demorou a responder.

— Tem alguma coisa errada — disse.

Iolanda continuou a descida.

Claro que tinha alguma coisa errada, sempre tinha alguma coisa errada. Talvez o problema nem mesmo fosse Wladimir Lester, mas sim o mundo todo que parecia construído apenas de erros a serem consertados.

Nas carroças vizinhas, outras pessoas tiveram a mesma ideia. Quatro ou cinco homens desceram, alguns mais jovens; as crianças reclamavam embarcadas, impedidas de descerem por suas mães. Os animais estavam reunidos atrás das carroças, organizados por Mathias, filho de Doru. À frente, um grupo de três homens observava a neblina densa. Iolanda foi falar com eles.

Sarah já a seguia. Podia ser a idade, a velhice que caminhava veloz como um galope, mas Sarah sentia seus ossos doendo, principalmente seu quadril. Também havia algum incômodo nos olhos. Não chegava a ser dor, mas existia um peso atrás deles, uma sensação de fadiga.

— Onde está o meu filho? — perguntou Iolanda.

— Orban tá vendo a estrada — Bagre respondeu.

Começava a chover de novo. Não incomodaria um cigano, mas chovia o bastante para manter as roupas molhadas e fazer lama entre as carroças.

Sarah deixou o grupo e deu alguns passos na direção da névoa. Ouviu, em algum ponto de sua mente, Iolanda chamando por ela de volta. Ignorou. O que a conduzia agora, o que a sugava para a névoa, era muito mais poderoso. Aos poucos, a condensação também se sentiu atraída pela anciã, e da mesma forma como Sarah fazia, a serração caminhou em sua direção. Era mais fresco dentro dos limites da sanidade, agradável, era quase sentir-se em casa. Não durou muito.

— Saaaaaraah — ouviu um sussurro do vento.

A voz estava às suas costas e à direita. Sarah procurou identificá-la, virou o corpo, mas como poderia ser feito? A mesma voz também era feita de névoa, também era feita de intuição.

O coração parecia sentir que alguma ameaça se aproximava do corpo, estava acelerado, pesava dentro do peito. Os ouvidos de Sarah, já refinados para ouvir o oculto, começavam a captar uma respiração. Era lenta, calma, e parecia vir de todas as direções.

— Sei que você está aqui, eu posso ouvir.

A névoa se tornara tão espessa que o limite da visão era cerca de dois metros, talvez menos. A parede cinza ficava mais sólida a cada passo, o que obrigou Sarah a parar de caminhar. Sentia um odor diferente agora, que nasceu adocicado como as damas da noite, e evoluiu a algo podre e repugnante. Sarah virou o rosto, mas o odor vinha de todas as direções; talvez fosse a própria névoa a dona de tamanho mau cheiro.

— Aqui, anciã — a voz masculina disse, morosa, riscada.

Sarah virou o corpo mais uma vez.

Enxergou um vulto, um contorno desenhado na névoa. Estava diluído na fumaça, se fundindo e separando, como se tudo fosse uma coisa só. Havia um riso frouxo da mesma voz.

— Sarah, eu sou o Diabo — ela o ouviu dizer. — Eu caminho no vento e alimento o apetite humano.

— Santa Mãe, Santo Deus, me guarde.

— Não, anciã. Se o Diabo teve mãe e pai, eles morreram ao concebê-lo.

— Não tenho medo de você! Não tenho parte contigo! — Sarah se abaixou e apanhou um pouco de lama. Mastigou e comeu.

— Alguns feitiços são escritos por mim, como poderia usá-los pra me atacar?

— O que você quer? Por que persegue minha gente?

— Só persigo o que é meu, velha.

Sarah rodou em volta de si, a voz vinha de todas as direções.

— Você não tem poder sobre mim.

A coisa riu e seu contorno se tornou mais aparente. De todas as formas que o demônio poderia ter, escolheu a que Sarah reconheceria. Alto, com chifres, braços como as patas de um louva-a-deus. O rosto era animalizado, híbrido entre um equino e uma forma humana.

— Sou as pontas do tridente, a batida do casco, o sabor da danação. A força que desafia e comanda as vontades, o príncipe desse mundo. Aquele que me invoca tem parte do meu poder para si, aquele que me pertence tem um lugar em minha corte. Sou o Diabo, velha, e estou contigo desde os primeiros dias.

Sarah apanhou mais lama e enfiou na boca. Mastigou até os dentes gastarem.

— Calar minhas palavras não me fará desaparecer. Estou no seu sangue, velha, entrei pela sua boca e me escondi nos seus pulmões. Cada vez que você respirou na vida, cedeu um pouco do seu ar para mim.

Sarah ouvia outras vozes a convocando. Iolanda, Maciel, Mathias, talvez Orban. Mais uma vez olhou em todas as direções. Nada existia com clareza, o mundo parecia fora do eixo, esmaecido, o chão parecia pastoso e fluido, como a névoa que se recusava a dispersar. Sem conseguir uma orientação, Sarah mantinha os braços abertos. Sentia coisas tocando seu vestido, suas pernas, seus cabelos. Alguém respirou em seu pescoço.

— Se afasta de mim, Diabo! — ela gritou e correu às cegas. Um, dois, seis passos! Então sentiu cinco unhas agarrarem seu antebraço esquerdo.

XXV

— Sarah, sou eu, Sarah! — Iolanda tentava contê-la, Sarah parecia não ouvir. O que a anciã dos calon ainda escutava era a voz do Diabo, sua convocação, sua condição profana. — Precisamos de você!

E outras vozes gritavam entre as carroças: — Valha-me minha mãe!

— Alguém ajuda!

— Acode! Acode aqui, gente! — alguém também gritou. — Estão com fogo!

— Puta merda — Orban disse quando viu do que se tratava.

Algumas mulheres carregavam tochas acesas. Olhando com mais atenção, Orban percebeu que os tecidos inflamados não estavam fixados em toras de madeira, mas nos braços das mulheres. Elas não reagiam à dor, mesmo com seus braços e mãos pegando fogo. Havia loucura presa nos olhos, elas riam enquanto a gordura dos braços alimentava as chamas. Suas pernas tinham novamente o sangue dos inocentes abortados mais cedo.

— Vamos embora desse lugar! Precisamos ir agora! — Sarah despertou de sua ausência e saltou na carroça, apanhando ela mesma a condução dos cavalos. Iolanda sentou ao seu lado; Orban ainda tentava acudir as pessoas que queimavam como velas acesas. Sarah açoitou os cavalos uma, duas, três vezes! Eles não se mexeram. Estavam apavorados, paralisados pelo horror.

— Bate neles! Bate com força! — Iolanda gritou. Era inútil.

As mulheres incendiárias avançavam na direção das carroças, havia três delas, e não precisou haver mais para que as carroças pegassem fogo uma a uma. Elas calmamente encostavam seus braços incendiados nas lonas, nos animais, onde podiam.

— Estão loucas! Elas estão loucas! — Orban gritou, sacando seu revólver e atirando na cabeça de uma delas. Uma segunda, porém, já se aproximava pelo outro lado, enquanto a terceira ateava fogo nas carroças ainda intactas. Os homens não sabiam o que fazer, não eram somente incendiárias, eram suas mulheres, suas esposas queimando como velas feitas de carne.

Os cavalos que estavam em tropa, todos unidos um ao outro para que não se dispersassem, estouraram em uma fuga descontrolada quando o fogo chegou. Alguns animais pareciam tochas acesas, e o cheiro das crinas queimadas era tão forte que não seria mais possível respirar perto deles. Pedaços das cordas que os prendiam foram se enroscando uma a uma, carroça a carroça, os animais contagiados pelo mesmo pânico de seus amigos ciganos. Todos gritavam, pediam proteção aos deuses e santos, apenas Sarah não reagia. Ela sentia o abismo e via o Diabo cavalgar um dos cavalos em chamas. Beng açoitava o animal e sorria.

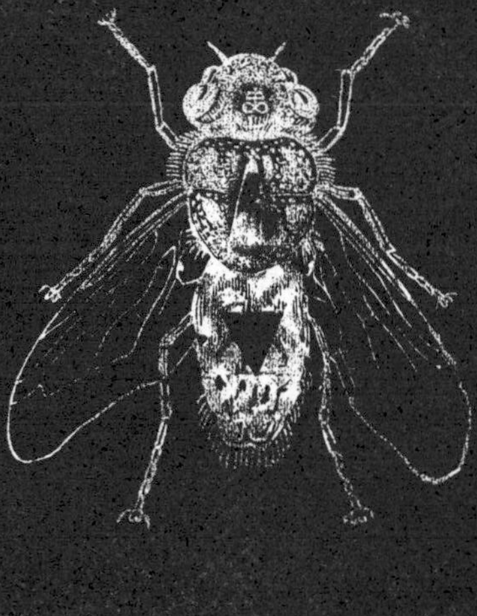

6
O fim da infância

I

Do fogo ao fogo.

Meses depois, na calada de outra noite, o orfanato que abrigou Wladimir Lester também queimou como uma fogueira. Nas ruas de uma Três Rios que para sempre se lembraria daquela tragédia (e rabiscaria a morte dos ciganos dos livros de história), as pessoas tentavam inutilmente apagar as chamas com baldes de água, areia e orações. Os primeiros a chegar conseguiram ouvir os gritos dos adultos, o choro das crianças, sentiram o odor sufocante da carne queimada dos moradores do orfanato de Dom Giordano.

A fumaça do orfanato se alastrou por toda a cidade, e onde houvesse uma janela aberta, pedaços voláteis daquelas pessoas entraram e ficaram. Da mesma forma que entraram nos pulmões. Da mesma forma que entraram em suas almas.

Com o horror instalado em tamanha potência, muitos não notaram um menino de onze, talvez doze anos, usando um pijama encardido, assistindo ao incêndio e chorando copiosamente. Wladimir Lester estava sentado na frente da escadaria da igreja, afogado em arrependimentos pela primeira vez em sua vida. Era uma sensação ruim, não havia nada pior que detestar algo que você fez e não pode ser desfeito. Em seu desespero, ele pensava se esse seria o grande poder do tempo: fazer as pessoas se arrependerem.

Em frente ao caos do incêndio, uma brigada improvisada unia homens e mulheres, brancos e negros, pobres e abastados.

— Engraçado como todos se unem na desgraça — o menino ouviu alguém dizer.

Mas Lester não queria conversar sobre coisa alguma, ainda mais com a dona daquela voz.

— Ele me obrigou a fazer coisas terríveis.

— Ele? Ninguém obriga ninguém a coisa alguma, menino, mas o destino segue seu fluxo.

Lester secou os olhos e continuou assistindo às chamas. Havia fogo em toda a estrutura, exceto por um pequeno quadrante, onde os homens conseguiram derrubar uma parede e controlar o incêndio.

— Não era pra ser desse jeito — Lester disse e reviu a mulher que sempre aparecia em seus momentos mais decisivos. Era ela, Ária. — Algumas pessoas gostavam de mim no orfanato, pessoas que me tratavam bem. Eu tinha uma amiga de verdade depois de muito tempo e...

— Amigos? Amigos como a velha Sarah? Ou os amigos que emboscavam você pelos cantos e te chamavam de filho do diabo? Amigos que exploravam seu talento para enriquecer a si mesmos? Amigos que o matariam, se você se colocasse contra eles? Isso não são amigos, menino.

— Quem é você? Quem é você de verdade?

— Você sabe, Wladimir Lester, nós conhecemos um ao outro como conhecemos o nascer e o morrer dos dias.

— Você me tornou pior, eu não quero piorar ainda mais.

Ária sorriu maternalmente e se sentou ao lado dele.

— O maior artista do mundo, lembra? Aquele que colocaria o nome dos ciganos nas joias da coroa. Você não está nem perto de conseguir, Wladimir Lester, não ainda. Eu ainda posso fazer por você o que ninguém mais fará. Juntos nós construiremos castelos, ergueremos nossas próprias catedrais.

— Não tem mais juntos. Eu sou sozinho. Todos os que eu amava estão mortos, e, se eu pudesse, eu me juntaria a eles.

— Morrer? Deixar de existir? É isso que você deseja?

Lester pensou e pensou, sentindo o cheiro do fogo, imaginando o quanto aquelas pessoas sofreram. Dom Giordano, madre Suzana, Agatha. Os gritos ainda ecoavam dentro dele.

— Quero que você me deixe em paz. — Lester retirou o tubo de tinta de seu bolso e estendeu a palma da mão a Ária. Com a tensão que tal decisão o submeteu, sua mão tremia.

Ária respirou fundo, e uma tristeza tão grande tomou seu rosto que o menino por pouco não se arrependeu do que fez. Ela olhou o tubo de tinta e olhou para o céu carregado de fumaça.

— Você pode ficar com a tinta, menino — disse. — E sua voz não era mais feminina e aveludada, mas grossa e sóbria. Os olhos também não eram os mesmos, havia um halo de ouro tomando as cores da íris. — Se é o que deseja, você terá o que os humanos têm, ficará velho e serás desprezado, verás seu corpo apodrecer e encolher, assim como seu talento. É do seu entendimento que estás abrindo mão da eternidade?

Lester olhava para frente, como se a presença do Diabo não passasse de outro acaso.

— Eu não quero a eternidade que você me ofereceu.

Calada, a criatura feminina lambeu o polegar, depois o colocou na testa do menino e o amparou, para que a criança não caísse adormecida pelas escadas. Quando abrisse os olhos de novo, Wladimir Lester não teria mais a aparência de um menino, seria um homem de trinta e três anos.

II

— Acorda, homem! — Lester ouviu, mas pensou ter ouvido em um sonho. Na estadia onírica, ele afundava em um fosso de águas escuras, um líquido grosso como lama, azedo como vinagre. Ao redor do fosso, Lazlo, Radu e Orban, segurando as próprias cabeças decepadas, o chamavam em coro de filho do diabo. Estavam em uma paisagem desolada e mortificada, sem sinais de recuperação. A árvore mais próxima estava toda queimada, cheia de forcas vazias balançando com o vento.

— Levanta, homem! — Lester sentiu um chute na batata da perna esquerda. Esse bastante sólido.

Abriu os olhos e enxergou um homem de uniforme. Estava segurando um cacetete.

— Aqui não é lugar de vagabundo descansar.

— Eu não sou um vagabundo — disse Lester. Em seguida emudeceu, assustado com a própria voz. Estava grossa, madura, não era mais o que costumava ser. Mesmo atordoado, ele foi rápido em calcular outra resposta, uma que convenceria o oficial a deixá-lo em paz.

— Acho que eu desmaiei de cansaço. Eu acordei com os gritos do orfanato, ajudei no incêndio a madrugada toda. O senhor me desculpa, mas em algum momento as forças me faltaram.

O homem da lei usava roupas pretas, botas da mesma cor, um colete longo e cheio de botões. Era uma roupa bonita e ao mesmo tempo assustadora. Compondo a seriedade do rosto, um bigode curvo. O rosto ficou mais brando ao ouvir as palavras de Lester.

Da forma como as roupas se arruinaram com o crescimento do corpo, aliado à sujeira que elas sustentavam desde a fuga do orfanato, ele parecia mesmo ter trabalhado no combate ao fogo. O próprio pijama contribuía para isso, como se ele tivesse acordado em desespero e sem tempo de se vestir.

— Foi uma coisa terrível — disse o guarda —, ainda estão procurando corpos. Até agora encontraram os restos de cinco crianças. Também de um adulto, era o padre que tomava conta do orfanato.

— Giordano — Lester disse. — Ele era meu amigo. Eu levava pessoalmente as coisas da feira pra ele. Não quero atrapalhar seu dia, mas será que o senhor pode me emprestar alguma coisa pra vestir ou pra me cobrir? Eu não posso ir pra casa desse jeito — Lester ensaiou um sorriso.

— Alguém que arrisca a vida para salvar o próximo merece um melhor tratamento. Eu vou arranjar roupas decentes pra você. Não são novas, mas tenho uma muda de roupa no prédio onde montamos guarita, você pode ficar com ela. Assim eu também consigo recompensar o senhor por tê-lo chamado de vagabundo.

— Não por isso — Lester disse. — Levantou-se e olhou para as ruínas do orfanato. Havia apenas escombros em alguns pontos. Em outros, paredes e teto ainda resistiam. Pela claridade do dia, amanhecera há pouco, o prédio deve ter ardido madrugada adentro.

Antes de seguirem até o prédio da polícia, o oficial da guarda sugeriu que passassem pela brigada, a fim de apanharem um cobertor. O prédio da base policial não ficava na mesma rua, e o oficial não queria que Lester fosse confundido com um qualquer, afinal de contas, ele entrou no fogo pelas crianças, era um tipo de herói.

— O meu nome é Gusmão, Fabriciano Gusmão. O seu?

— João dos Santos — Lester disse.

Continuaram caminhando, e enquanto desciam as escadas o homem puxava mais conversa.

— Está tudo bem com o senhor? Não se queimou? Precisa passar pelo médico?

— Eu estou bem, acho que Deus me ajudou — Lester disse.

— Isso é tão certo quanto a água é água! E digo mais, o seu nome é João, igualzinho o nome do discípulo mais amado do senhor.

Atraíram alguns olhares na caminhada, mas Fabriciano se colocou ao lado de Lester, de forma que as pessoas entendessem que ele era uma vítima e não alguém sob custódia. Algumas pessoas continuavam por perto do incêndio. Três Rios ainda era uma cidade bem pequena, tinha se estabelecido como tal há pouco, os trirrienses haviam visto desgraças, mas nada como aquilo.

Entre os curiosos, Lester notou um rosto conhecido. Vestia-se como um gajon, mas não era possível disfarçar o olhar atento, o jeito vaidoso, a pele lustrosa. Era ele, sim, Radomir Zoran, seu sobrinho. Estava com uma mulher branca.

Lester seguiu na mesma direção onde Radomir estava, com mais cautela, obrigando Fabriciano a também diminuir a marcha.

— Tudo bem?

Lester raspou a garganta e fez que sim com a cabeça.

Com o espetáculo de destruição que tomava a rua, Radomir podia ter simplesmente o ignorado. Deveria estar atraído pelo fogo, pelos bombeiros e voluntários, assim como todos os outros rostos que ocupavam a rua. E bastou Lester se aproximar um pouco e Radomir moveu o pescoço na direção dele.

Radomir não conseguiu desviar os olhos. Encarava Lester com um senso de reconhecimento e confusão, como quem o conhecesse de uma outra vida, de uma outra história. Não tão absorto, o policial acabou notando que Lester caminhava mais devagar a cada passo.

— Algum problema?

— Não, acho que não.

Seguiram em frente. Sem mudarem a rota, acabaram passando justamente ao lado de Radomir. Os olhos dele e os de Lester se prenderam um no outro, ficaram assim por um tempo.

A confusão em Radomir era tão grande que seu corpo reagiu. A certa altura, os olhos lacrimejaram, foi quando ele os desviou de Lester. Era o sangue, o sangue que compõe, o sangue que não mente. Se um ser humano tiver a intenção de mudar a si mesmo, sua primeira batalha será com seu sangue.

Lester não olhou para trás uma única vez, e não precisou fazê-lo para saber que Radomir o encarava. Da mesma maneira, não precisaria de cartas e oráculos para saber que suas estradas se separariam por muitos anos. Radomir seguiria seu destino entre os gajons, Lester seguiria seu destino rumo ao Inferno.

III

Mesmo sendo bem cedo, a delegacia conservava a movimentação que a tomou a noite toda. Sem um corpo de bombeiros dedicado — sem uma sede do corpo de bombeiros —, o prédio da guarda foi eleito para que as pessoas do combate ao fogo se recuperassem e preparassem para confrontar o incêndio.

Havia pilhas de cobertores, uma das principais estratégias para a proteção. Havia um buraco nesses cobertores, e, depois de colocá-los sobre o corpo, como um poncho, outros homens o enxarcavam com água — não protegia o quanto era preciso, mas era a forma que as pessoas encontraram de não se queimarem. Dentro do prédio da guarda, o cheiro de queimado era intenso e se misturava à fumaça que vinha das ruas com alguns objetos recuperados do fogo. Lester olhava para eles já a alguns segundos quando Fabriciano explicou:

— Estão salvando o que é possível.

Não era muito. Havia uma caixa com utensílios de cozinha, outra com documentos chamuscados, umas poucas pratarias. E havia as coisas que fizeram Lester parar de respirar por alguns segundos. Eram quadros, seus quadros. Um deles, ainda coberto, possivelmente era o que pintou em seu período dentro do orfanato e batizou de *Desgraça*. Outra peça sobrevivente era a da mulher e seu gato, que ele chamou de *Um presente para Ária*. Também um terceiro, batizado de *Cura*. Lester perguntou sobre o quadro coberto, apenas para ter certeza.

— Um dos voluntários perdeu o juízo quando salvou esse quadro. Parece que ele tirou o quadro do fogo e se atirou nas chamas em seguida. Chamaram um padre para benzer tudo.

— E depois? Já sabem o que vão fazer com tudo isso?

— Devem leiloar. Uma perda de tempo... essas porcarias não devem valer muita coisa. São de um gosto terrível.

Lester engoliu a própria vaidade. Era difícil de fazê-lo, tinha um gosto amargo, o estômago a repugnava. Mas a vaidade é algo que cresce depressa, melhor engolir enquanto ainda está pequena. Ficou um pouco mais difícil quando ele viu a estátua. Era ela, sim, seu primeiro grande amor, a Ciganinha.

— Venha João, vou arranjar as roupas que eu prometi.

Lester o fez, embora todo seu corpo quisesse continuar ali, olhando para as suas coisas, pensando em como ele poderia recuperá-las. Não queria mais servir aos interesses do Inferno, mas aquelas obras eram parte de sua vida. Como poderia abrir mão do ar que respirou em tantos anos de asfixia? Seria justo simplesmente deixar que o passado se apaixonasse por outras pessoas? Longe dele?

— João? — o guarda disse novamente. O oficial segurava as roupas que prometera. Lester foi até ele e o homem tomou um novo corredor, até chegar ao cômodo de vestir.

— Pode ficar à vontade. Se quiser deixar esses retalhos que você veste no canto, eu peço pra alguém dar um jeito. O sapato pode ficar um pouco folgado, acho que eu sou um pouco maior.

— Não tem problema.

— Bem, eu preciso voltar para o trabalho, já avisei o pessoal daqui que você foi convidado por mim. Se precisar de mais alguma coisa, pode pedir para um dos homens de uniforme, eles vão ajudar.

Lester trocou um aperto de mãos, agradeceu novamente e trancou a porta do cômodo.

Havia prateleiras de madeira, alguns uniformes limpos, uma pia com um pequeno espelho acima dela. Lester sentiu um receio enorme antes de se aproximar do espelho. Sabia que estava grande, mas não fazia ideia de como seria sua aparência. Não ainda. Nesses pequenos segundos de apreensão, desejou que se parecesse mais com a sua mãe, mesmo que fosse um pouquinho, um detalhe que o levasse de volta a ela. Sarah gostava de dizer que ele fez tudo o que fez por mesquinharia, mas Lester também traiu seu pai por amor, por justiça.

O homem Wladimir Lester respirou fundo e fechou os olhos, deu o passo que o colocaria na frente do espelhou e os abriu.

IV

O que via era um homem bonito. Não era o homem mais bonito que já vira, mas não era feio. Tinha alguns traços do que restou da infância, mas eles eram bem poucos. Uma marca no lábio inferior, o olho esverdeado, havia uma sombra de barba despontando na pele.

— Meu Deus — ele disse, involuntariamente. Talvez fosse apenas a confusão da surpresa, talvez tenha sido o tempo que passou com os católicos, mas alguma coisa havia mudado sua cultura, sua religião. Não era bom, ele se sentia contaminado. Irreversivelmente contaminado.

Sua pele não era tão escura quanto deveria ser, lembrava uma tela que ainda precisava de algumas cores. A impressão que tinha era de que aquela pele, de fato, nunca havia sido temperada pelo sol. Apesar de sua genética, era bem branco, e isso explicaria por que o guarda Fabriciano conseguiu ser tão gentil. Se soubesse que era um cigano, provavelmente o teria empurrado aos chutes da escadaria da igreja.

Era estranho reconhecer-se homem, quando tudo nele apontava, desde sempre, para um menino. Lester deslizou os dedos pelo rosto maduro sentindo a oleosidade do suor, a textura da pele, a agressão suave da barba que tentava crescer. Não tinha muita, era verdade, mas era o bastante para de fazer notar com a ponta dos dedos.

Lester retirou a camisa e repetiu o ritual de verificação. Tinha bons músculos, boa estrutura. Havia um pouco de pelo em seu peito, menos que nas axilas, mas eles estavam lá. Lester passou algum tempo se admirando, de certa forma aprendendo a gostar de si mesmo. Sorriu algumas vezes, ficou sério em outras, repetiu os movimentos, testando o alcance das expressões do rosto.

Tendo passado a vida sendo um menino, vendo a si mesmo e sendo visto como um menino, ele sempre conseguiu manipular suas expressões com maestria. Não precisava de muito esforço para ir do choro ao riso, da fúria à generosidade, conseguia emergir da arrogância e mergulhar em humildade em poucos segundos.

— Eu sou Wladimir Lester — disse com sua nova voz. — Wladimir Lester — Testou outros tons mais graves. Riu de si mesmo. O rosto gostou do riso, ficou mais bonito. Lester apanhou um pouco d'água nas mãos e lavou o rosto, depois usou a mesma umidade para ajustar os cabelos. Eles eram muito pretos, não havia sinais de outra cor nos fios.

Satisfeito com a primeira análise, desceu as calças do pijama.

Não foi uma boa sensação no começo, porque tudo que havia ali, de certa forma, parecia não pertencer a ele. Inclusive *aquela* parte. Estava maior, perdido em uma confusão de pelos. Com um pouco de insegurança, até mesmo de repúdio, Lester desceu a mão até tocá-lo. Apertou. Depois desceu até a bolsa escrotal e a tateou.

Era uma experiência nova e assustadora.

Mesmo que tivesse sentido uma fagulha de desejo sexual em algumas ocasiões, o apetite estava ausente fazia tempo. Na última vez que sentiu algo parecido foi na presença de Ária, que ele sabia agora, era o demônio. Desistiu da ideia de novas descobertas assim que pensou nela, nele, no inimigo. Subiu a calça nova, vestiu a camisa, e depois olhou para as suas costas, onde havia dois ou três uniformes dobrados. Talvez, só talvez, ele devesse levar parte do passado consigo.

V

Ao deixar o vestiário, Lester estava muito parecido com qualquer outro guarda do pequeno regimento, exceto pelos cobertores que mantinha sob o braço direito e pela ausência de armas de fogo ou espadas. Talvez tivesse se apropriado de uma arma se tivesse encontrado alguma, mas não foi o que o destino escolheu.

Precisou respirar fundo quando reviu seus quadros. Ali estavam eles, filhos chorando, feridos, abandonados; filhos que exigiam a atenção do pai. Ali estava ela, sua grande paixão, aquela que, por pouco, não desapareceu para sempre. Iolanda tentou arruinar sua representação da própria mãe. Quebrou, pisou e a esfarelou, como se pudesse desfazer um ser humano e devolvê-lo ao barro divino. Era o que o homem de saia, o padre chamado Giordano dizia, que Deus pegou o barro, assoprou, e dele nasceu um homem.

Lester foi até os quadros primeiro. Deitou o cobertor no chão e colocou o primeiro quadro sobre o tecido, depois repetiu o trabalho com os demais. Entre eles havia pinturas ordinárias, coisas que o padre encomendou para outras igrejas e para a festa da padroeira, que agora não aconteceria. Os quadros juntos pesavam bastante, mas com seus novos músculos, Lester conseguiria carregá-los.

Chegou mais perto da estátua da ciganinha. Ele apenas a cheirou e seu coração se acelerou. Havia tanto nela agora, naquele pedaço de gesso, que chegava a pesar mais que argila. Entremeadas na Ciganinha estavam sua mãe, a freira Suzana, a menina Ágatha que, ao contrário de Sarah que envelheceu e o abandonou, ficou ao lado dele até o final.

Havia fuligem na tinta da estátua, mas parecia apenas sujeira; ela viveria. Lester colocou a estatueta sobre um outro cobertor e também a enrolou.

— O que você está fazendo?

Lester não se moveu, ele apenas terminou o que estava fazendo com naturalidade.

Ainda de costas e abaixado, disse:

— Fabriciano me pediu um favor. Eu preciso levar a estátua até o padre.

— Na igreja?

— Lá mesmo. Essas peças precisam ser benzidas. Precisam de oração e água benta.

O homem não disse mais nada, mas claramente aquela era uma boa hora de encará-lo de frente, para que ele não se sentisse ignorado ou desrespeitado.

Era alto, magro, tinha os dentes absurdamente tortos e usava um bigode muito fino, que em nada favorecia seu rosto. Também tinha olhos pequenos e rápidos, uma característica perigosa.

— Não lembro de ter visto você por aqui.

— Vim de longe... da capital. Meu nome é João dos Santos.

— Você tem um sotaque diferente. Parece... espanhol?

— Eu nasci no Sul — inventou. Foi o suficiente porque o homem não retrucou. Lester aproveitou para confundi-lo com outra explicação. — Mandaram seis ou sete de nós para ajudar no incêndio. Nós somos bons pedreiros, viemos ajudar a reerguer o orfanato.

O homem suspirou.

— Deus devia estar distraído. Eu fiquei com os homens do primeiro turno, chegamos logo no começo. Era tanto desespero dentro e fora do orfanato que muita gente ficou paralisada. Nós sabíamos que eles estavam morrendo lá dentro. Quando alguém grita pela vida, é diferente dos outros gritos. Mesmo de fora ouvíamos as pancadas nas portas. Pobres pessoas, Deus tenha piedade, principalmente dos órfãos. Quer que eu ajude a levar?

— O quê?

— As coisas, homem, as coisas da igreja.

— Não, não precisa, eu mesmo levo.

— Deixa disso. Não é trabalho nenhum.

— O caso é que... eu prometi a ele. Prometi pro Feliciano e pra Deus que seria eu, então se mais alguém me ajudar, eu acho que a promessa será quebrada.

O homem magro da polícia olhou profundamente para Lester, olhou e olhou, e seus olhos ficaram ainda menores enquanto ele olhava. Então começou a rir.

— Você é engraçado. Da maneira que você fala, parece até que o Fabriciano é algum santo.

O homem saiu mantendo o riso, entrou por uma porta, causou um ruído metálico e reapareceu, carregando um carrinho com rodinhas, parecido com os que os homens usam para carregar caixas, malas, objetos maiores.

— Será que esse carrinho ajuda? Ou também vai quebrar sua promessa? — perguntou a Lester. O cigano sorriu, bem de leve.

— Se eu empurrar sozinho, acho que não.

VI

De fato, o carrinho chegou até a igreja. Depois seguiu em frente.

Lester também passou novamente pela frente do orfanato, e mesmo a passos largos, apressados, atestou que não restou muito da construção original. A exceção era uma parte que, se ele bem calculava, havia sido onde o fogo começou. Algumas paredes ainda estavam na vertical, partes do telhado, porém tudo muito danificado.

Não exatamente despercebido (porque muitos da cidade ainda olhavam a polícia com um misto de estranhamento e respeito), Lester seguiu seu caminho sem ser incomodado. Seguiu caminhando e caminhando, e quando se afastou o bastante para não ser visto, retirou o fardamento e vestiu as roupas cedidas por Fabriciano. Rasgou partes do uniforme policial e usou o tecido, assim como usou o cinto, para improvisar alças para os quadros e para a estátua. O carrinho de transporte poderia atrapalhar caso ele precisasse se esconder depressa, então Lester o deixou. No horizonte à frente, o sol já estava pronto para castigar a pele, mas uma brisa constante ajudava a resfriar o suor. Quanto e quão veloz ele conseguiria andar com suas pernas adultas? Lester era bom em correr e caminhar, sempre foi. Corria melhor ainda quando alguém o perseguia.

A estrada de terra à sua frente era quase toda da mesma cor, alaranjada e quente. O céu estava azul e limpo, bonito demais para tempos tão feios. Sendo um cigano, Lester ficou mais feliz assim que deu o primeiro passo para fora da cidade. Não sabia para onde iria, mas a ideia estava quase brotando em sua mente. Talvez, se ele continuasse caminhando, cansando as pernas e deixando a cabeça livre e solta, ela o provesse com uma boa ideia. Não era fácil não pensar, sua mente ainda estava presa em uma espécie de cemitério. Todos mortos, todos que amou um dia, todos que odiou um dia. Até os meninos do orfanato, os indecentes que infernizaram sua vida, estavam mortos e incendiados. Lester não tinha pena desses. Crianças ou não, eles pertenciam ao fogo e para o fogo retornaram. Buba, Vermelho e Japonês. Sementes da maldade, ervas daninhas que gostam de privilegiar o açoite.

Em alguns quilômetros, percebeu que pensava diferente, que alguma coisa cresceu dentro dele, assim como cresceram as suas pernas. Quando os pés experimentaram a fadiga, Wladimir Lester percebeu que o imediatismo não bastava, não como antes, e apanhou-se mais uma vez flertando com o futuro. Precisava saber para onde iria, agora era um homem. Triste e confuso, sem pátria, família ou povo, mas agora era um homem.

O cheiro da estrada (a poeira, o mato e as infinitas coisas desconhecidas que o vento trazia) gerava um efeito curioso. Era como voltar pra casa, mesmo que a casa jamais tivesse existido. Depois de uma vida de mudanças, a memória do lar é a própria estrada, e as pernas já não sabem fazer outra coisa que não seja caminhar por ela. Então o viajante pensa que pode parar de andar. E o corpo não aceita. A mente não acata, o coração não se emociona com mais nada. Lester pensava em encontrar um novo lar, e para isso precisaria aprender a ficar em um único lugar, um que pudesse chamar de seu.

Com as horas de caminhada, passou um bom tempo pensando nesse assunto e em todos os lugares onde esteve. Norte, Sul, Nordeste, Centro-Oeste. Conhecer o país e tantas pessoas não significava muita coisa, porque, na verdade, nós só encontramos nos outros o que temos por dentro. Ele agora sabia disso, da mesma forma que sabia que precisava pintar para não perder o juízo.

Lester fechou os olhos e colocou o tubinho de tinta entre os dedos. Sim, aquele pequeno gole de tinta era o mais próximo que ele conhecia de um lar. Os melhores momentos, as maiores descobertas, a materialização da esperança. Mas aquele elixir demoníaco talvez não fosse a resposta para suas buscas, e sim uma nova pergunta: até onde ele ainda estaria disposto a ir?

Já caía a noite quando Lester avistou uma pequena igreja. Estava há oitenta, talvez cem metros, dentro de um terreno descampado, onde algumas vacas e um único cavalo pastavam. Os animais estavam magros e secos, povoados por carrapatos, violentados pela própria natureza. Seria ele? Seria sua presença tão maldita a ponto de condenar a criação? Seria seu hálito tão pernicioso que mesmo sua respiração desnutria o solo?

Lester pensava na noite de sua expulsão da tribo, é claro. Nos animais mortos, no leite azedo, nos bebês caindo das barrigas, enforcados por seus próprios umbigos. O Diabo era um aliado poderoso, mas haveria um poder acima dele? Que Lester soubesse, havia apenas o vácuo.

Naquela noite, depois de muitos anos, ele decidiu visitar uma igreja.

Cruzou os mourões primeiro com a estátua, depois passou os quadros. As vacas não reagiram a ele, apenas o cavalo reclamou alguma coisa em um estrebucho. Lester olhou para o animal, gostava de cavalos mais do que gostava de todo resto. Havia alguma especial naqueles bichos, talvez fosse a liberdade.

— Ooooo — disse Lester e parou de caminhar, cedendo oportunidade para que o cavalo se aproximasse caso quisesse.

Embora gostasse dos bichos, eles nunca confiaram nele. Cavalos, cachorros, gatos, muito menos os passarinhos. Aquele cavalo era diferente, ele parecia tão abandonado quanto o próprio cigano.

— Olha só pra você. Quer ser meu amigo?

O animal resfolegou, bem de leve. Baixou a cabeça, pareceu reverenciar Lester. O cigano o acariciou com algum receio. O cavalo soltou um sopro e relaxou as orelhas. Depois se reergueu e assoprou o ar, dessa vez sobre o cigano. Lester riu, riu de verdade, riu com o coração.

O cavalo virou o corpo na direção da igrejinha. Deu alguns passos, parou e olhou para trás, como quem espera ser acompanhado. Lester o fez.

Daquele momento em diante, o cavalo não permitiu que Lester o alcançasse. Em vez disso, abriu caminho guardando pouco mais de dois metros. As poucas vacas que ocupavam o trajeto iam saindo quando o cavalo se aproximava; pareciam entender seus planos, seus objetivos. E os bichos não eram os únicos a se comportarem estranhamente naquele lugar.

O começo da noite sempre trazia muitos insetos, atraídos pela chegada da lua. Nenhum deles perturbou Lester. Também não havia mais vento, ou mais calor, aquele pedaço do mundo havia se tornado estranhamente estático.

Bem próximo à entrada da igreja, o cavalo se abaixou e raspou o casco no chão. Continuou olhando para a porta, e dessa vez Lester pôde se aproximar. O cigano parou ao lado do animal e olhou na mesma direção que o bicho.

Não havia luxo ou beleza nas portas, ou no madeiramento da construção, em coisa alguma. A igreja era a mais simples que ele encontrara na vida, e foi nesse detalhe que Wladimir Lester enxergou beleza. Um lugar que parecia tão solitário e abandonado à própria sorte quanto ele se sentia.

Chegou mais perto e notou alguma luz, muito frágil, escapando na junção das madeiras. Onde havia luz, haveria vida. Onde houvesse vida, haveria alguém para implicar com um cigano. A mente de Lester podia ter crescido, mas ela não perdeu uma única memória.

Mas o que fazer com sua curiosidade? O que fazer com o cavalo que pareceu conduzi-lo até aquela porta? Seria justo desprezar o destino e tratá-lo como simples construção do acaso?

A porta estava entreaberta e, em um primeiro momento, Lester não teve coragem de abri-la. Sentia um receio diferente, mais que medo, um princípio de pavor. As pessoas estavam certas, todas elas. Ele tinha se submetido ao Diabo. Por vaidade, por orgulho, por não acreditar em si mesmo. Havia destinado ao demônio a alma de amigos e pessoas que confiavam nele. Iolanda tinha razão. Sentia-se um desgraçado.

— E que lugar melhor para um desgraçado que uma igreja? — disse a si mesmo e empurrou a porta.

Era diferente por dentro. A pequena igreja estava bem mais iluminada do que parecia, era limpa, e havia, em vez de um crucificado, o quadro de um cordeiro imolado, atravessado por uma lança com cabo em formato de cruz.

As velas acesas denunciavam a presença de alguém, mas onde estava?

— Oi? Eu entrei para conhecer a igreja. Não sou um ladrão.

Ninguém respondeu. Lester tornou a se anunciar e depois se sentiu à vontade para descansar um pouco. Caminhava há horas, agora descobria que os anos não jogam a favor de ninguém. Suas pernas pesavam, as costas doíam, a garganta parecia riscada pela poeira. Lester preferiu um dos bancos da frente, onde poderia apreciar melhor a decoração do lugar.

Além do quadro de cordeiro, havia um de Santa Luzia e outro de Santo Antônio do Deserto, conhecido como Santo Antão. Lester conhecia um pouco das suas histórias. Giordano, o padre do orfanato, costumava ler a vida dos santos, enquanto tentava enfiar o cristianismo goela abaixo nas crianças.

Pelo menos havia silêncio, o mais próximo que Lester conhecia da paz.

Não demorou muito e ele bocejou, vencido pela estrada. Os olhos pesaram mais. O corpo foi se esparramando no banco. Parece justo dormir um pouco, o cérebro exigiu.

Lester voltou à vigília com um homem raspando a garganta.

— Quem está aí? — perguntou o velho. Olhava na direção de Lester.

Seria melhor ir embora, o cigano pensou. Um padre velho, no meio daquele nada, não estaria sozinho. A maioria dos padres não gosta dos ciganos; melhor dizendo, eles gostam ainda menos dos ciganos que as outras pessoas não ciganas.

— Eu sei que tem alguém aqui, eu sinto seu cheiro!

Lester olhou para ele e sentiu alguma repulsa. Era muito velho, velho a ponto de precisar encurtar os passos. No rosto costurado por rugas, havia uma falta de vitalidade que incomodava os olhos, que repugnava. Sentia o cheiro de Lester, mas quem fedia a urina era ele.

— Já sentiu seu próprio cheiro, velho?

O homem arfou o ar, deixando o rosto de frente para o teto desforrado da igreja. Alguns pombos ajeitaram suas penas lá em cima.

— Eu não sei o que você fez ou o que deixou de fazer, mas você fede a arrependimento. Onde você está, andarilho? Quero me sentar ao seu lado.

Aquele era um ótimo momento para ir embora, mas Lester estava curioso demais para fazer isso. Ele disse onde estava.

— Estou na segunda fileira.

O velho avançou com seus passos inseguros, usando uma varinha de bambu para sondar o ar. Lester rapidamente percebeu que a varinha servia apenas para detectar alguma novidade; o que era da igreja, os espaços e móveis do lugar, o velho tinha memorizado. A varinha logo encontrou Lester.

O padre se acomodou ao lado dele com um gemido. Depois começou a cantarolar alguma coisa que Lester não conhecia, bem baixinho.

— Você pode ficar — disse enfim. — Pode passar a noite se quiser.

— O senhor vive sozinho aqui? Sem ninguém pra ajudar?

O velho riu, e foi quase uma tosse.

— Sempre tem alguém pra ajudar, mesmo que a gente não queira. Eu me dou melhor com a solidão, meu filho. Depois que a gente se acostuma, a solidão é um presente. Mas já que eu tenho companhia, conte um pouco sobre você. O que o fez entrar na casa de Deus?

— Acho que foi o cansaço.

O velho voltou a sorrir, dessa vez discretamente.

— Você não é o primeiro.

— Eu vi as luzes acesas — Lester reformulou sua resposta. — Como eu gosto das coisas que as igrejas guardam, entrei pra dar uma olhada.

— Coisas?

— Os quadros, as esculturas, e eu gosto do cheiro de madeira dos bancos.

— E de Deus, nosso Senhor? Ele não desperta seu amor?

— Nunca encontrei Deus em uma igreja. Nunca encontrei Deus em lugar nenhum.

As mãos do velho tremiam um pouco, ele as juntou em seu colo, unidas. Aquele tremor não era outro préstimo da idade; apesar das palavras contidas do visitante, o padre sentia o bafo do Inferno em seu hálito.

— E quem você encontrou em vez de Deus?

Era uma pergunta difícil. Lester poderia dizer apenas que foi o demônio, mas isso parecia, de certa forma, resumir muito a sua história.

— Pessoas ruins. Pessoas que odeiam e perseguem, gente que destrói outras pessoas pra conseguir mais poder.

— E você nunca encontrou bondade em nenhuma delas? Difícil acontecer, meu filho, muito difícil. Tudo o que existe no mundo tem sua porção de luz e sombra. Se você esteve assim tão perto da maldade, deve ter visto algum pedacinho do bem.

Algo que Wladimir Lester fazia muito bem era dissimular, se fazer de inocente e até mesmo de bobo. Naquele momento, ao lado de um homem que não lhe oferecia o menor risco, ele só desejava ser verdadeiro.

— Eu matei toda bondade que chegou perto de mim, padre. Tenho matado a bondade desde que eu me conheço por gente. Eu sou como um buraco onde as pessoas caem e não conseguem sair mais.

— Pra todo mal há uma cura. Se você fosse assim tão ruim, tão pernicioso, não estaria dentro de uma igreja, procurando respostas para a dor que você causa, para a dor que você sente.

Lester sugou o ar pelas narinas e dispensou um longo suspiro.

— Um dia, não faz muito tempo, eu fui uma criança, padre. Que eu saiba, nasci puro e sem pecados, como toda criança vem ao mundo. Nos meus primeiros anos vi coisas que não soube explicar. Experimentei o veneno de outras pessoas, deixei que o veneno delas entrasse em mim. Então, uma noite, o Diabo veio me visitar. Ele me visitou várias noites, conversando, me conquistando. No momento certo ele se ofereceu para tirar todo o veneno, explicou que entendia minhas tragédias da mesma forma que eu as sentia.

— Meu Deus, meu filho...

— Não conheço esse deus, padre, mas o Diabo está comigo há muito tempo.

A varinha de apoio do velho tremia bem mais agora, os olhos cegos e azulados estavam mais abertos, procurando alguma luz na escuridão da cegueira.

— E quer se livrar dele, filho? Você deseja deixar o maligno longe das boas coisas de Deus?

— De que jeito, padre? Primero porque o Diabo é forte, segundo porque eu sou fraco. Minha vontade é fraca. Como eu posso combater a força que me permite conquistar o que mais amo? O que mais quero?

Aquela pergunta exigiu silêncio. O padre respeitou a quietude e só voltou a falar quando encontrou as palavras certas.

— O que eu vou dizer pode parecer blasfêmia, mas Deus e o Diabo não são tão diferentes na forma em que agem. Os dois dão, os dois tiram, os dois aceitam e rejeitam nossas vontades. Ambos fazem milagres e outras vezes preferem não ouvir nossas preces. Deus e o Diabo são dois ferreiros que não sabem o que será feito de suas facas.

— Eu tenho muitas facas, padre. E todas me feriram. O que eu preciso fazer? Me livrar delas?

— As mais perigosas, as que não têm empunhadura, você devia jogar fora. E seria melhor se você conseguisse esconder as outras, para que outras pessoas não se machuquem sem querer. Mas se o Diabo deu uma faca a você, e você consegue empunhar com segurança, talvez deva manter essa por perto.

— E continuar fazendo o trabalho dele? Do mal?

O padre gastou um sorriso cheiro de saudosismo.

— As pessoas procuram os padres e as igrejas em busca de perdão. Querem se livrar do demônio, da tentação do mal. Não querem nem mesmo falar o nome dele, do príncipe desse mundo. O Diabo não odeia os humanos, o Diabo foi feito para nos amar e adorar, e do jeito dele, é o que ele faz. Para você se livrar do demônio, você precisa partir seu coração, e não existe outra forma de fazer isso senão fazendo a vontade de Deus, com as armas que o Diabo provê. É no orgulho e na vaidade que o Diabo chora, meu filho. Escolha sua faca, e use a faca para cortar seus laços com Satã.

Lester suspirou, sabia o quanto a esperança conseguia ser perigosa, ainda mais em relação do demônio.

— Eu gostaria de fazer isso.

— Pois então faça, pois estão mude. Por que você não me conta, meu filho, de peito aberto, o que aconteceu de tão grave para você renegar as bênçãos do inimigo? Pelo que ouvi dizer, o Diabo sempre paga o que foi acordado.

Uma brisa mais forte chicoteou a chama das velas, todas ao mesmo tempo, como se uma massa de ar se deslocasse pela nave. O padre não tinha mais o benefício da visão, mas não precisou dos olhos para saber que as luzes estavam se apagando. Lester continuou explicando.

— Sentir a presença dele, sentir a confiança do demônio, era como estar nos braços da minha mãe — disse. — Era parecido com meus sentimentos por ela. Mesmo de longe, quando eu conseguia pintar um quadro bonito, eu pensava no demônio, meu maior admirador. Depois ele me abandonava e me deixava fora de suas asas, para que eu sentisse a dor da sua ausência, da sua falta de interesse. Se o senhor me pergunta se o demônio honra suas promessas, eu respondo que sim, desde que elas também sirvam a ele.

Os dois guardaram silêncio, cientes que estavam sob as asas do príncipe. O padre talvez tenha rezado, bem baixinho, enquanto Lester manteve a boca fechada e os olhos abertos, enxergando o que o outro já não podia. Quando o agouro se foi e o coração parou de ter medo, Lester se levantou. O homem segurou seu pulso.

— Você é quem eles procuram. Não sabem que você é *você*, mas seu nome anda na boca de gente perigosa.

— Você não sabe o meu nome, velho.

O padre riu.

— Eu não, mas seus inimigos sabem. Arrependa-se dos seus pecados, homem. Faça isso antes que encontre mais do que se arrepender.

Lester forçou um pouco o braço e o padre o soltou. Em pagamento pela boa conversa, o cigano perguntou a ele:

— Quer ajuda para acender as velas?

— Não, filho, eu mesmo acendo. Já estou acostumado com o escuro. Se quiser ficar essa noite, ninguém irá incomodar você nessa igreja. Esse é um segredo dos padres, mas o Diabo não pode enxergar você aqui dentro.

Lester olhou ao redor, as memórias do orfanato ainda frescas em sua mente. O padre, a freira, as crianças. Todos mortos. Se a ausência do demônio o entristecia, a presença de Deus o açoitava.

— Eu vou indo.

VII

Lester ainda pensava no padre e em tudo o que ouviu enquanto esticava um cobertor para passar a noite, cinco quilômetros à frente da igreja, em um novo descampado.

De todas as novidades que havia experimentado no orfanato, a parte mais difícil, a que ele menos gostou, foi dormir em uma caixa fechada. Cigano nasceu para ser livre, do nascer do sol até a chegada da lua. Para dormir olhando constelações e estrelas, ouvindo o silvo dos gafanhotos e os chirriar das corujas.

Por segurança, ele se enrolou no mesmo cobertor da estátua da Ciganinha. Não arriscaria que nada de ruim acontecesse a ela, não depois de tudo o que passaram juntos. Como conseguiria dormir longe dela? Como seria capaz de não se confessar a ela, noite após noite, sussurrando planos e desejos em seus ouvidos? Perto daquela estátua, Lester sentia-se parte de um todo muito mais vasto que ele.

A Ciganinha também tinha um pouco de Sarah, sua primeira grande amiga, que um dia se tornou a mulher mais velha de sua tribo — e concordou em bani-lo, atraindo a fúria do demônio para o que restou de seu povo. Lester havia colocado uma das cartas do baralho de Sarah (baralho que ela mesma fez) dentro da Ciganinha. No rito de magia maldita que Lester iniciou no orfanato, cuidou para que Agatha e Suzana fizessem companhia a ela. Estavam mortas, todas elas. Lester não entendia exatamente como acontecia, qual porta ele abria, mas algumas vezes era tomado pelas decisões do Inferno. Era assim com seus quadros, com suas esculturas, era assim toda vez que ele utilizava sua tinta especial e seu sangue. Foi dessa forma que a menina e a freira emprestaram suas almas para a Ciganinha. Não pediria perdão por elas, porque, no fundo, gostava de tê-las por perto. Da mesma forma não pediria perdão a Iolanda (que tentou destruir a estátua, despedaçando seu molde em argila) e a todos os que o perseguiam e foram alcançados pela mão firme da desgraça. Eles mereceram, todos eles. Pensando nessas pessoas cinzentas, ele se absolveu e dormiu, agradecendo por seus gritos.

VIII

As palavras daquele padre velho ainda mexiam com Lester. Cresciam dentro dele. Coçavam.

Seria mesmo possível se livrar do demônio sem perder o que já havia conquistado? Não parecia possível, afinal, por mais que o Diabo tenha feito a ponte, quem a cruzou foi Lester. Outro problema é que tudo estava diferente desde o incêndio do orfanato. Lester matou com as próprias mãos, deixou que a força que o impelia falasse mais alto que todas as outras vozes. Conseguiria se dominar na próxima tentação? Quanto tempo demoraria para ele ser incriminado? Para a justiça dos homens fazer o que a justiça divina nunca fez? O padre disse que alguém estava atrás dele. Pessoas obstinadas. E para o padre conhecê-las, possivelmente tinham laços com a igreja.

Pensou e pensou enquanto caminhava, e os passos foram tantos que chegou o momento de não conseguir mais avançar. Lester ainda se acostumava com o peso de ser um homem adulto, dentro e fora de sua alma.

Apoiou os quadros em um mourão abandonado, colocou a estátua à frente dos pés e se sentou em um toco de madeira que havia no lugar. O calor lutava forte naquele final de manhã, batia na pele como o bafo de um dragão. Se aquela região não era o próprio Inferno, passava bem perto. Havia outras, claro que sim, mas Três Rios possuía uma espécie de assinatura, como se existisse uma semente de destruição plantada bem no centro daquela terra. Talvez fosse mesmo o inferno, um deles.

Naquele passado tão distante, a energia elétrica dava seus primeiros passos. Mesmo os carros eram poucos e raros, sendo quase todo o transporte produzido por força animal. Depois de algum tempo se recuperando do cansaço, uma carroça com galinhas passou pela mesma estrada. Percebendo Lester sentado, o homem parou os cavalos.

— Vai derreter num sol desses, seu moço. Precisando de alguma coisa?

— Chuva — Lester sorriu. — O senhor vai pra onde?

— Tenho que levar essas galinhas pra Acácias. São de uma cria especial, o pessoal usa pra cruzar com as deles.

Lester conferiu as galinhas e estranhou um pouco. Eram todas pretas. Mais de uma dezena entre galinhas e galos sem uma única pena de outra cor.

— Se não atrapalhar o senhor...

— Sobe, meu amigo. Um bom cristão não pode deixar alguém na penúria dessa estrada. O senhor é crente no senhor Deus e em seu filho Jesus Cristo, nosso senhor?

Lester riu e apanhou os quadros, depois pegou a estátua da Ciganinha.

— Fui ensinado a ser. — Colocou tudo entre as gaiolas.

As aves começaram um estardalhaço na mesma hora. Esvoaçaram, cacarejaram, um galo gritou como se o dia estivesse amanhecendo. Voltaram a se acalmar quando a carroça começou a se mexer de novo.

— Sebastião, satisfação em conhecer. O moço tem nome?

— João dos Santos.

— Já conhece Acácias, seu moço?

— Conheci quando menino, mas não fiquei muito. Uns amigos contaram que a cidade está crescendo depressa, igual Nova Enoque.

— É sim, tá sim. É uma cidade de Deus, então Deus ajuda. Acácias era um buraco até pouquinho tempo atrás. Não tinha nada, só meia dúzia de sítio, um pouco de cebola e outro pouco menor de café. Acontece que um morador da cidade, seu Gevaldo Cruz'Alta, teve uma doença terrível, feia mesmo, daquelas que comem a pele do corpo. Ele estava derretendo, Deus tenha piedade. O pobre do homem viu médico, benzedeiro, fez de tudo, até que fez a promessa. Seu Gevaldo falou pra Deus, no ouvido do padre, que se ele se curasse, levantava a igreja mais bonita da região.

A carroça tropeçou em um buraco e os cavalos se estressaram um pouco.

— Oooooô!

— Ele se curou? — perguntou Lester.

— Curou sim. Curou, casou e enricou. Gevaldo começou a trabalhar com borracha no Norte do país. Borracha, acredita? Fez fortuna e voltou rico pra Acácias. Depois que a igreja começou a crescer, Deus fez a cidade crescer junto. O senhor vai gostar de Acácias, moço, não tem como não gostar.

— O senhor já pensou em morar lá? — Lester perguntou.

— Mudar pra lá? Quem me dera. Se eu fosse um homem sozinho já tinha feito, mas já tenho mulher, filho, tenho até neto. Chega uma idade que a gente começa a ter medo da solidão, então grudamos nos filho igual carrapato. O amigo tem filho? Mulher?

— Não.

— Causdiquê, moço? — o homem perguntou.

Não era uma resposta tão fácil naqueles dias. Um homem de trinta e três anos ainda solteiro tinha alguma coisa errada, era o que a sociedade pensava. Uma mulher da mesma idade sem um marido, então? Não prestava pra nada.

— Eu quase fui padre — Lester mentiu.

O carreteiro gemeu alguma coisa. Depois ficou mascando a própria boca, um cacoete dele. Fazia tanto isso que os dentes eram diminuídos pelo bruxismo. Sebastião controlou a ansiedade com o cigarro que despontava do bolso da camisa, então continuou a conversa:

— Quando eu era mais mocinho, muita gente queria servir à Igreja. Homens queriam ser padres, mulheres queriam ser freiras. Eu tenho pra mim que muitos deles ficavam de olho no estudo que a religião oferecia, então era o caminho mais fácil. Muita gente também entrava pro exército, entra até hoje, pelo mesmo motivo. Mas me diz: quem vai pro seminário pensando *mesmo* em servir a Deus, nosso senhor, e seu filho, Jesus Cristo? Dá pra contar nos dedos das mãos. Qual era o seu motivo, moço? Ainda lembra?

Para responder essa pergunta, Lester só precisou ser sincero.

— Encontrar um poder maior, alguém que me explicasse por que o mundo é do jeito que é.

— E de que jeito que é o mundo?

— Injusto.

Em sua simplicidade, o condutor da carroça disse:

— Entendo por que o moço nem vestiu a batina. Esse tipo de coisa de justiça a gente só descobre depois do julgamento, depois que morre e vai pro céu.

— Ou para o Inferno — Lester complementou. O homem se benzeu.

A carroça precisou rodar mais um pouco até o assunto continuar. Falar do Inferno era ruim, falar do Inferno em uma estrada, um pouco pior. Dizem que o demônio gosta de andar por aí, pegando gente desprevenida.

— O moço estava vindo de onde? Três Rios? Ou de alguma fazenda no caminho?

— Vim da cidade.

— Então deve ter ficado sabendo daquela calamidade indecente que aconteceu no orfanato. Meu Deus do céu, só de pensar nas criancinhas...

— Saí de Três Rios por isso.

— Conhecia alguém de lá? Do orfanato?

— O padre do orfanato, Dom Giordano, era meu amigo. Bom, eu prefiro pensar que sim. Esses quadros que o senhor me viu carregando, eu vendia pra ele. Depois comecei a pegar encomendas de outras igrejas da região, mas quem intermediava com o artista era Dom Giordano.

— Hoje em dia tem muito padre com interesse estranho. Eu tropeço em muita gente nas minhas andanças. Gente boa, gente que não presta... o moço me entendeu. Uma dessas pessoas é um padre lá de Cordeiros. O sujeitinho não é de muita fala, olha miúdo pra gente, Deus me perdoe, mas ele é cheio de vaidade. A cidade inteira comentou que ele comprou uns quadros cheios de má sorte, diz que o pintor é um menino de orfanato, um — o velho cuspiu de lado — cigano. Não vai me dizer que o artista era esse.

— Quem? — Lester reagiu de surpresa.

— O ciganinho, moço, o que pinta quadros.

— Nunca ouvi falar.

Sebastião raspou a garganta, chacoalhou o arreio e fez os cavalos andarem mais rápido.

— Eu não gosto dessa gente. Cigano é ardiloso, esse povo foi plantado na terra pelo capeta.

— Nunca tive problemas com eles. Sabendo lidar, não fazem mal a ninguém.

— Você ainda é jovem, é moço, eu já vivi mais. Essa estirpe de gente é formada por bandoleiros e ladrões. As mulheres roubam as pessoas enquanto leem as mãos delas, todo mundo sabe disso. Mas o pior é o que eles fazem com as criancinhas.

— Crianças? — Lester incentivou o homem, apenas para ouvir mais besteira.

— Eles roubam e levam com eles. Depois vendem pra rituais, magia negra, sabe? Coisas que o moço nem imagina. Bebem o sangue delas, igual bebem dos bodes e das galinhas.

— O senhor já falou com algum deles?

— Com um cigano? Deus me livre. Eu não preciso falar com o Diabo pra saber que ele tem chifres. Aí me aparece esse padreco lá de Cordeiros, colocando as coisas do tal ciganinho dentro da igreja... Conversei com um conhecido, conversei com outro, o padre não é como antes, nisso todo mundo concorda. E tem uma outra coisa... mas o senhor precisa guardar segredo.

— O que o senhor me contar, não vai sair dessa carroça.

— Diz que o padre anda rezando missa negra. Fazendo serviço do inimigo dentro da casa de Deus.

O cavalo que puxava a carroça deu um pinote, ergueu as patas e relinchou. Pareceu um grito. O animal pousou e repetiu os movimentos. Sebastião ainda tentava acalmá-lo puxando o arreio, assoviando, dizendo palavras de ordem. O bicho não amansava. Percebendo que o animal acabaria virando aquela carroça, Lester saltou para a terra batida da estrada.

Era uma cascavel. A cobra estava perto da dianteira do cavalo, desviando dos cascos.

Quando tinha as mãos pequenas e era rápido como uma coruja, Lester sabia lidar com elas, mas agora era diferente. Ele ainda estava se habituando àquele corpo, testando os acertos e as falhas.

Mais um pinote e duas gaiolas se soltaram. Sebastião começou a chicotear o cavalo. O animal tentou escoiceá-lo. Se continuasse pulando, acabaria derrubando gaiolas, galinhas, e Lester pensava nos quadros, principalmente na Ciganinha. O gesso era duro, mas não era inquebrável.

No próximo salto dos cavalos, Lester se adiantou pela terra. No mesmo momento, a cascavel correu para cima dele. Lester se afastou, ela se arrastou mais na direção dele. O cigano parou contra a roda da carroça, sem ter para onde recuar. Ergueu a mão direita para chamar a atenção da cobra.

— Mata ela! Pega a faca e mata! — Sebastião gritou. Segurava um facão de meio metro na mão direita e descia o cabo para Lester.

Lester ignorou o facão e aproximou a mão espalmada da cobra, a cascavel sibilou. Os olhos se hipnotizaram mutuamente.

— Shhh, não quero machucar você. Não vou.

A serpente ergueu a cabeça e balançou um pouco, de um lado a outro, direita depois esquerda. Lester manteve os olhos nela, recuou a mão.

— Shhh...

... e deu o bote, pegou a danada logo abaixo da embocadura.

— Isso! Agora mata a maldita! Corta a cabeça dela, João, corta a cabeça!

Lester manteve a cobra nas mãos. Ela já se enovelava em seu antebraço. O guizo chacoalhava como um copo cheio de sementes.

— Se ela quisesse me matar, tinha matado.

A cobra ganhou sua liberdade no pasto seco que margeava a estrada. Lester a desenrolou do braço com delicadeza e a colocou no chão. Depois de alguns segundos de confusão, ela seguiu seu caminho arrastado, sem atacá-lo, até desaparecer em um amontoado de pedras e mato. O facão ainda tremia nas mãos de Sebastião.

— O moço é corajoso demais. Por que não matou ela? Deixar viva pra pegar outra pessoa?

Lester sorriu, passou pelo cavalo e o cumprimentou. Em um passado distante, os animais não gostavam dele, mesmo os cavalos. Podia ser que o bicho tenha apenas demostrado seu agradecimento por ter sido salvo da cascavel, mas talvez fosse mais um sinal de que as coisas estavam mudando.

IX

— Conhece a igreja que fica no meio dessa estrada? — perguntou Lester a Sebastião, depois de mais algumas histórias. Falaram sobre cobras venenosas, escorpiões, aranhas, e Sebastião contou sobre ataques mortíferos de cobras "sicuris" que caem dos telhados direto na cabeça das pessoas, falou inclusive de um homem que era imune aos venenos e era tido como milagreiro pelo povo da região. Depois os dois se calaram porque o balanço das carroças sempre deixava Lester relaxado e com sono, como costumava ser em seus primeiros anos, antes do Diabo se apresentar a ele.

— Uma igrejinha velha? — Sebastião confirmou. — Caindo aos pedaços?

— Deve ser essa. Achei boazinha por dentro.

— É a Sagrada Igreja de Santa Luzia. Ninguém mais vai lá, aconteceu um crime terrível uns anos atrás. Pelo que eu sei, descobriram que o padre andava tendo um caso com uma mulher casada. O povo das redondezas foi convocado pelo marido traído pra vingar sua honra. Enforcaram os dois lá mesmo, dentro da igreja.

— Tinha um homem morando lá, um padre — explicou Lester.

— Ele falou o nome?

— Não, ele pode ter se assustado comigo. Ele era bem velho e era cego, ou quase cego. — Lester fez uma pausa, atraído por um jacu (a ave parece uma mistura de pomba com galinha) que passou na frente da carroça. Andavam sempre em casais, mas aquela ave estava sozinha.

— A idade cobra um preço terrível para quem desafia a morte — Lester completou, trazendo de volta à mente a imagem do velho. Não foi agradável. — Ele tinha cheiro a urina e mofo. Pobre homem. Tinha secreções nos olhos, quase nenhum dente na boca, acho que ele nem pensava direito. Era melhor ter morrido.

— Às vezes a morte não aceita. E eu tenho pra mim que todo mundo espera uma prorrogação, sabe como é? As pessoas ficam pedindo a vida inteira pra não morrer. Alguns pedidos a morte aceita, só pra mostrar o preço de viver tempo demais.

Pensaram sobre o que foi dito por mais um trechinho de estrada. Pasto, terra seca, árvores sem frutos.

Duas curvas adiante, a paisagem no horizonte se tornou diferente.

— Ouuuwww! — Sebastião sinalizou para o cavalo.

Havia uma placa à frente, à esquerda da estrada. Era feita de madeira vagabunda e sofrera um bocado de intempéries. Havia muitas trincas, sujeira, mas a pintura em branco estava legível: "Acácias: Abençoada por Deus".

— Parece que chegamos, seu moço. Meu caminho vai para outro lado, mas se o senhor seguir uns cinco quilômetros pra frente, chega na praça central. Tá vendo ali a cruz da igreja? É só mirar nela. — Sebastião soltou o arreio e apanhou algo que estava a seus pés. — O padre é boa pessoa, um velho amigo meu. Precisando de alguma coisa, diz pra ele que o Sebastião das Galinhas te mandou.

— Agradeço.

— E fica com essa garrafa também, é rum, e é bom. Meu presente por livrar meu cavalo daquela cobra.

Lester apanhou a garrafa, abriu a rolha e cheirou. O álcool trouxe memórias de Lazlo, de seu pai, de muitos outros homens que não estavam mais vivos.

— Obrigado pela carona e pela conversa boa. E se um dia o senhor encontrar um cigano por aí, dá uma chance pra ele.

Sebastião riu.

— Era mais fácil eu ter dado um abraço naquela cobra.

X

Quando o destino é conhecido, ele chega mais depressa. Depois de alguns goles de rum, algumas decisões e um pouco de caminhada, Lester alcançou o seu. De fora, a igreja já se mostrava muito bonita. Tinha arquitetura de estilo neorromânico, com um portal de rosácea e Jesus e os discípulos esculpidos sobre ele. Lester registrou o que pôde em sua memória (que estava cada vez mais aguçada) e entrou. Havia um homem no altar, de costas para a porta.

— É o senhor quem cuida dessa igreja?

Distraído que estava, o padre daquela igreja reagiu em sobressalto. Virou o corpo depressa, sem soltar o turíbulo que o interessava. O padre estava desembaraçando as correntinhas de sustentação.

— Parece que sou eu sim. Padre Lustosa. E da próxima vez, tente não me assustar desse jeito. — O padre colocou o defumador na mesa do altar.

Lester ainda carregava os quadros pendurados na alça improvisada com o couro do cinto. Todos estavam embalados com o que restou dos cobertores. A estátua da Ciganinha estava na outra mão, sustentada rente ao corpo e envolvida por tecidos parecidos.

— Conheci um amigo do senhor na estrada, seu Sebastião. Ele vende galinhas.

— Ele que te mandou aqui?

— Sebastião disse que o senhor podia ajudar.

— De qual ajuda estamos falando, meu filho? — O padre olhou para as coisas embaladas que Lester carregava, ainda sem muitas suspeitas do que se tratava. O cigano cuidou disso.

— Eu tenho umas coisas que preciso manter em segurança, longe dos olhos das pessoas.

— Eu posso ver?

— São de Wladimir Lester — explicou, antes de dizer que sim ou que não.

O padre manteve a expressão congelada por alguns segundos. Em seguida, calado, caminhou até a porta da frente. Lester pensou que o pároco fugiria, chamaria a guarda, sabe-se lá o que se passa na cabeça de um padre... Mas o homem puxou os painéis de madeira da porta e os travou. Caminhou um pouco mais depressa até a porta lateral, que ficava mais próxima do altar e da entrada da sacristia, e fez o mesmo.

— Agora podemos falar. Isso que você traz são os quadros do menino?

— O que restou deles, os mais... cobiçados.

O padre pareceu mais contido, mas ainda olhava para Lester com cautela e receio. Não dizia nada. Apenas continuava olhando para ele.

— O que foi, padre?

— Eu tenho um amigo em Três Rios, um grande amigo. Nós estudamos juntos no seminário. Tem alguns meses, eu encomendei um quadro com ele, está pendurado ali na frente. Na parte de trás do quadro tem uma fichinha com o mesmo nome. Pelo que ele me disse, Wladimir Lester era um menininho.

— Seu amigo está morto, padre.

— Imaginei que estivesse. A notícia do incêndio já chegou por aqui. Encontraram o corpo do meu amigo?

Dessa vez foi Lester quem olhou para o homem.

— O que restou dele.

Padre Lustosa enrugou as sobrancelhas, por um instante Lester pensou que fosse chorar. Não aconteceu.

— Venha, venha comigo. Vamos ver o que você trouxe. — O padre o conduziu até a primeira fileira de bancos, onde havia mais espaço para cuidar do que estava envolto em cobertores.

Lester acompanhou o padre. Se a intenção do demônio em deixá-lo mais velho fosse uma espécie de punição, não estava funcionando. Sua imagem adulta transmitia confiança, força, era bem mais fácil do que ser uma criança. Mas havia um problema, um dos grandes. Talvez

Lester estivesse envelhecendo mais depressa e não estacionado nos trinta e três anos. Sentia o corpo mais desgastado, não tinha a mesma energia.

— Revi o meu amigo Giordano não faz tanto tempo — o padre explicou enquanto se sentava. — Foi um pouco depois do menino ter chegado ao orfanato.

— O que Giordano falou dele? O que um homem de saia fala com o outro quando ninguém está olhando?

Lustosa inclinou um pouco o rosto, como se buscasse a certeza do que ouviu.

— O padre me contou que o menino o chamava dessa forma. Foi engraçado de ouvir, mas ele não riu quando me falou. Estava preocupado, Giordano queria dar uma boa educação ao menino. Ele também disse que o ciganinho era teimoso. Irredutível. Mas que às vezes era amoroso e gentil.

Lester sentiu o coração apertar, mas não permitiu que a brandura o dominasse.

— Um cigano não se dobra fácil.

— Se dobrar é a receita para a não quebradura, um cigano deveria saber disso.

— E o senhor deveria saber que o meu nome é Wladimir Lester.

Lustosa ganhou nova seriedade no rosto, apanhou um terço do bolso, baixou os olhos fechados e começou a correr as contas.

— Como é possível? — murmurou a pergunta.

— Se me deixar pintar, eu posso provar que é possível.

Lustosa voltou a erguer os olhos, mas o terço continuou em suas mãos.

— Giordano me confidenciou que ele, que você... tinha episódios estranhos enquanto pintava. Ele estava assustado, não sabia como agir. Giordano pensava em procurar a medicina.

Lester estava com um sorriso muito frouxo na boca, quase cínico, pouco divertido. Poderia ser falta de paciência, dureza disfarçada.

— Eu sou tomado pelo Diabo, padre. É isso que acontece.

— Pela misericórdia divina! Não dentro dessa casa, meu filho!

— Seu Deus nunca me ajudou, padre. Foi a ausência do seu Deus que baforou o demônio para dentro de mim. Me ignorando, deixando que eu sofresse, permitindo que o sangue do meu sangue fizesse planos para a minha morte.

— Deus não se mostra a qualquer pessoa, se assim o fosse, ele...

— Qualquer pessoa, padre? Qualquer pessoa é qualquer uma, menos eu. Se o seu deus tivesse ouvido meu choro uma única vez, se tivesse me consolado e me coberto com as esperanças que as outras crianças têm, eu teria deixado o Diabo antes que ele pudesse se apresentar a mim.

— E o que você quer comigo, um padre, dentro de uma igreja? A igreja é a casa de Deus, cigano. Por que veio me procurar?

— Estava em meu destino. Ciganos podem duvidar das pessoas das igrejas, mas nunca do destino.

Sentados na primeira fileira de bancos, o altar estava logo à frente. Lustosa deixou os olhos no crucificado antes de confessar a Lester.

— Eu sonhei com meu amigo Giordano. Estava nu, coberto somente nas vergonhas. Tudo nele era uma pústula de feridas e bolhas. O osso da perna esquerda tinha saltado para fora, logo acima do joelho. Giordano carregava uma freira em uma coleira de cachorro. Deus me perdoe...

Lustosa tomou fôlego, correu mais contas em seu terço.

— No sonho ele disse que o menino faria um pedido, e que eu deveria atender. Quando eu vi você, um homem adulto... eu ainda não estou convencido, me perdoe. Somos padres, não mágicos.

Lester apanhou o cobertor que continha a estátua da Ciganinha. Carinhosamente a desenrolou do tecido e a colocou sobre o banco, entre eles. Padre Lustosa esqueceu o terço enquanto a vasculhava, esqueceu-se que era um padre quando chegou aos bustos da estatueta.

— Essa é minha mãe, padre. Minha deusa, todas as mulheres que eu amei. Qualquer pessoa que pedir alguma coisa para a Ciganinha, qualquer pedido que seja feito com fé, será atendido. Eu posso provar mais de uma vez ao senhor, mas pode não ser uma coisa boa.

— Quer que eu peça alguma coisa a esse pedaço de gesso e tinta?

Lester olhou para frente para o altar.

— Meu gesso e minha tinta não são diferentes das que usaram no seu Cristo.

— Isso está indo longe demais — Lustosa se levantou.

Lester o apanhou pelo braço em um bote, como uma serpente.

— Vossa santidade não faz a menor ideia do que significa longe demais, longe a ponto de não existir caminho de volta!

Os olhos de Lester se iluminaram de repente, não ele todo, mas apenas as pupilas, que se iluminaram como um pequeno sol branco.

— Santo Deus.

— Faça o seu pedido, homem. — Lester o soltou.

O padre esperou que os olhos ciganos se acalmassem.

— Por favor — Lester reiterou. — Faça o pedido e me deixe provar quem eu sou e o que vim pedir ao senhor. Não é por si só uma estranha coincidência, ou um ato de Deus, eu estar aqui? Justamente com o senhor?

— Até onde eu sei, você pode ter matado meu amigo Giordano, matado a criança, e está planejando fazer o mesmo comigo.

Lester olhou para a frente da igreja. Era melhor um pedido simples, precisava ser imediato, algo que também blindasse o padre de fazer mau uso dos seus pedidos.

— Ela é feita de desejo, padre. Desejo é toda língua que ela fala e ouve. O senhor pode pedir o que quiser. Se ela realizar o pedido, por mais difícil que seja, o senhor acredita em mim?

Os olhos se demoraram uns nos outros. Pensava em Giordano, no sonho horrível e nas coisas que o padre confidenciou a ele. Ouviu muito mais do que contou a Wladimir Lester. Segredos de confissão que levaria para o túmulo e dali a diante. A resposta do padre foi se ajoelhar à frente da estátua.

Sentia-se horrível. Venerando uma obra abençoada pelo oponente dentro da casa de Deus. O que mais ofendia não era a estatueta em si, mas o efeito que ela causava em sua carne. Padre Lustosa sabia que as sensações não vinham da estátua, mas dele.

— O pedido fica entre o senhor e ela — Lester explicou. — Peça bem baixinho, com carinho e humildade, ela vai atender.

— Deus me perdoe — o padre disse, erguendo o olhar até o domo decorado com anjos e profetas. Depois falou com a visita.

Terminado o pedido, o padre se levantou e foi até o corredor da igreja. Caminhou três passos e passou de andar. Três velas à sua direita se acenderam. Caminhou mais dois, e duas velas à esquerda se acenderam. Se ajoelhou e todas se apagaram. Lester o ouviu chorando de onde estava.

— É um milagre, um milagre de Deus — disse Lustoza. — Não pode ser outra coisa senão um milagre de Deus.

Lester foi até ele e se abaixou ao seu lado, apenas com o joelho direito apoiado no chão. Colocou a estátua na frente. Tinha uma faca na mão direita.

— O que vai fazer com isso? — Lustosa perguntou, a voz saiu bem fraquinha.

— Não é para o senhor, padre.

Lester enterrou a faca no seu antebraço esquerdo e puxou a lâmina por cinco centímetros. Conforme o metal andava, o sangue desistia de sair e a pele cicatrizava imediatamente, não deixando nem sombras da ferida que acabara de se abrir.

— Essas coisas não são do seu Deus, mas vim pedir que ele tome conta delas para mim. Se me ajudar com isso, o senhor nunca mais verá o meu rosto outra vez.

XI

— Essa parte foi ideia do nosso patrono, o seu Gevaldo — Lustosa explicou enquanto descia. — Na época da construção, ninguém sabia como proteger os materiais do sol e da chuva, o prazo de construção passaria de dez anos. Nessa igreja temos mármores e granitos que vieram da Inglaterra, da França, com o custo do transporte, valem seu peso em prata. O porão nasceu para guardar e preservar esses itens mais valiosos durante a construção.

— É perfeito.

O acesso ao subsolo era pelo altar, havia uma abertura e uma escada. O padre explicou que a entrada foi diminuída assim que terminaram as obras. O espaço total cobria quase metade da igreja. Havia bastante entulho, mas também alguns materiais em bom estado, os que sobraram da construção. O chão onde repousavam cheirava a terra velha, tinha um odor discreto de mofo. Na parede direita, havia uma espécie de oratório, estava coberto por uma camada razoável de pocira. No centro, o que um dia foi um altar, mas de madeira.

— O senhor tem um bíblia, padre? Uma que possa ficar aqui embaixo?

— O que exatamente você pretende fazer?

— Vou deixar as minhas coisas sob os cuidados do seu Deus. São malditas e eu não tenho resistência para não tocá-las de novo.

— Você está pronto para abrir mão desses... poderes?

— Não tenho certeza alguma. É por isso que vou deixar tudo aqui.

O padre o tocou com gentileza no ombro esquerdo.

— Você é um homem valoroso, foi isso que o demônio viu em você. Aqui está — Lustosa cedeu a bíblia a Lester. O cigano a apanhou e deixou as folhas correrem a esmo.

— Deuteronômio 28:19 — o padre disse ao ver onde o livro sagrado escolheu ficar. — Maldito serás ao entrares, e maldito serás ao saíres.

Lester se abaixou e apanhou um pedaço de lápis de carpintaria, um pequeno caquinho que encontrou no chão. Ele grifou o trecho na bíblia e pediu que o padre deixasse como estava, e que jamais voltasse a tocar nela. Lustosa concordou. Sentiu uma presença maligna tão forte que seu corpo todo se arrepiou. Chegou a se benzer.

Os quadros que Lester trouxe foram para a mesma mesa, e ele deixou escrito:

“Nada que existe aqui servirá aos bons olhos. Se servir aos maus, terminará por arrancá-los.”

Com a mesma faca que se cortou, Lester abriu um pequeno retângulo em um dos quadros. Ele retirou o tubinho de tinta de um dos bolsos e colocou dentro da moldura.

— Só preciso de um último favor. Você precisa colar isso pra mim, não pode ficar aberto.

— Eu tenho goma lá em cima, fica na sacristia. Vou apanhar e você mesmo faz.

Lester esperou que o padre subisse as escadas e que seus passos se distanciassem. Recuperou o tubinho do interior da moldura, o abriu, deixou que uma pequena gota molhasse a ponta de seu indicador. Ele a lambeu em profunda devoção, como se pudesse, através da pequena gota, ficar longe dela e ainda sustentar uma fagulha de seu poder. Depois da gota, um gole do rum, que começava a se afeiçoar a ele.

Voltou a guardar a bebida na cinta e o tubinho no quadro. Mais uma vez, revisitou as coisas velhas que dormiam no chão. Poeira, cacos de pedra, cimento velho. Encontrou um pequeno armário abandonado em uma das paredes. Retirou com facilidade um parafusinho da madeira, usando sua faca. Com esse parafuso, improvisou uma espécie de portinhola na madeira fina do fundo da moldura, usando também a parte que ele havia cortado.

Em seguida, deixou o quadro e apanhou a Ciganinha. Tomou-a nas mãos e a colocou ao lado da bíblia, sobre o mesmo altar abandonado. Passou os dedos pelo rosto da estátua, pelos lábios. Desceu até o busto e as franjas do vestido.

— Eu pediria que vocês ficassem aqui para sempre, mas sei que isso quebraria meu pedido mais valioso. Tenho mais um desejo, santinha, um último desejo. Eu gostaria que qualquer coisa que saísse dessa igreja, um dia retornasse a ela, ou que encontrasse sua própria destruição nas mãos de um Lester.

Acariciou o rosto da estátua mais uma vez.

— Amei vocês com todo meu coração. — Minha mãe, Suzana, Ágatha. Me perdoem por ter oferecido esse destino a vocês, mas eu estou tentando... sair desse buraco. Não sei se vou conseguir ou não, e não me importa. Esse é o caminho que eu escolhi tomar. Se essa for a última vez que vejo vocês, meu coração se parte em três.

Lester beijou a estátua e sentiu vontade de também se aprisionar dentro dela, de ficar cercado pela tinta, entre a matéria e a alma, assim como as pessoas que ele encerrou no gesso. Nos olhos da Ciganinha enxergou apenas tristeza e desapontamento. *Por que está nos deixando aqui, Wladimir Lester? Por que na escuridão? Não honramos seu nome? Não fizemos o que era preciso?*

— Trouxe o que você pediu — o padre estava voltando, já descendo à cripta.

Lester o auxiliou nos últimos degraus e pegou a goma e um papel pardo que o padre também trouxe. Usou o material para blindar o quadro escolhido para guardar sua tinta, *Desgraça*, o mais perigoso que havia feito. Daquele dia em diante, o quadro seria a prisão final de seu elixir diabólico. Os outros (*Prosperidade*, *Incêndio Cigano* e o *Fazedor de Milagres*) também foram para o pequeno oratório recostado à parede. Lester os escondeu dentro do móvel. Naquele momento feito de sombras e despedidas, o que havia de mais poderoso lamentava a partida de seu mestre. Ele podia ouvir os gritos dos quadros, ouvia o choro.

— Está feito, padre. Quando subirmos, não volte a descer ou permita que alguém o faça. As coisas que ficaram lá embaixo são perigosas, e elas não estão contentes.

XII

Estava feito. E pela primeira vez em sua vida, Lester experimentava a liberdade completa.

Escolheu conduzir seus dias sem pensar muito, sem trabalhar demais, esmolando quando a fome apertava. Encontrou alguma conversa e novas caronas enquanto deixava o noroeste de São Paulo, nada que valesse uma memória. O que lembraria por muitos anos é que se afastava de Três Rios a cada passo; a cidade maldita que tanta desgraça lhe causou ficava cada vez mais distante. Mas essa culpa caberia a Três Rios? Ou seria dele? Ou daqueles que se fizeram de cegos e surdos quando negaram suas necessidades?

Sem planos, sem carrascos ou tribos, Lester encontrou consolo no sabor da bebida. Passou dias e noites onde sol e lua não faziam a menor diferença. Capinou pastos, colheu cafezais, comprou e vendeu o que pôde, indo e vindo do caminho da miséria absoluta ininterruptas vezes. Agora não havia uma criança morando no espelho, mas aquele homem desconhecido, que envelhecia um mês ou mais a cada noite de falsa adolescência. Lester ainda descobria seu corpo, familiarizava-se com suas falhas, driblava suas limitações.

Perdido nessas noites de insônia e caminhadas sem fim, as tintas não tiveram espaço. O máximo que fez foi esculpir um ou outro toco de madeira que encontrou pelo caminho, desenhar algo na terra da estrada, brincar com pedaços de corda as transformando em tranças estilizadas.

De tanto não pensar, um novo pensamento brotou e o arrastou até outra cidade do passado, a que talvez tenha sepultado suas chances com a redenção, muito antes do que sua maldita Três Rios.

Do alto da estrada, Lester avistou o povoado de Martírios, suas ruas de pedra e sua igreja tão bonita. Antes de avançar, prometeu que aquela cidade seria sua última. Parado na encruzilhada que o levaria até mais uma corda do seu destino, recordou quando ele subiu em um cavalo e condenou toda sua tribo à morte nas mãos de caçadores de recompensa. Foi naquele ponto do destino, naquele momento exato, que ele escolheu a quem servir. Por vaidade, sim, por egoísmo, por tantas coisas que o Diabo e o ser humano apreciam.

Outra péssima escolha em sua vida miserável?

Cansado como estava, Lester pensou ter ouvido o próprio pensamento.

— Estou falando com você, cigano.

De costas para a voz, ele sacudiu a cabeça. Detestava ser chamado daquela forma, a mesma a qual chamavam o seu pai. Uma pena que estivesse cansado demais para discutir qualquer coisa. Sem muito ânimo, ele virou o corpo.

Havia um rapaz à sua frente. Bem-vestido de terno escuro, colete, camisa escura e sapatos engraxados. Não usava gravata. Os cabelos eram um pouco grandes demais para os padrões da época, mas estavam organizados e fixados com goma. O rapaz sorria.

— Sabes quem eu sou? — perguntou e chegou mais perto.

Lester não deixou a resposta cair da boca. Olhou com maior atenção, arfou seu perfume, reconheceu a respiração controlada.

— Não importa a roupa que você coloque em uma cobra, ela ainda será uma cobra. O que você quer comigo, demônio? Eu fui claro na nossa última conversa.

— Eu também senti saudades. Aliás, estou ótimo, obrigado por perguntar... — Ele sorriu. — O caso, meu bom amigo, é que eu repensei a dissolução do nosso acordo. Tendo em vista que você não quer mais laços comigo, parece justo eu reaver minha parte nos negócios. A alma eu posso deixar com você. O corpo você já está cuidando de arruinar.

— Me diga de uma vez o que você quer.

— A tinta, menino. Eu quero aquela tinta.

— O que vai fazer com ela? — Lester sacou a garrafa de rum que trazia amarrada à cintura e deu um trago. Limpou a boca com as mangas da camisa imunda.

— Oferecer a outros o poder que você renegou. É exatamente como dizem, Wladimir Lester: Inferno de um, Paraíso do outro.

Lester deu mais um gole na bebida.

— Eu amava você — confessou. — Amei de todas as formas, em todas as possibilidades. Você não foi leal comigo, usou da minha arte, envenenou a minha vida. Eu escolhi meu caminho, e goste você ou não, ele é somente meu.

— Não pode se esconder de mim, Lester. Onde suas botas pisarem, eu estarei no seu encalço.

— Nada do que é meu voltará a ser seu.

O Diabo jovem sorriu, e foi tão amigável que Lester quase se arrependeu de tratá-lo tão mal.

— Por que decidiu me renegar, cigano? Depois de tanto tempo? Depois de tanta luta? Você sempre soube quem eu era, você mesmo me procurou.

— Quem o procurou foi uma criança assustada. E quem a assustou foi você e as coisas que você fazia com os meus pais. Você usou a criança, atendeu seus pedidos para conseguir os milagres que já não tinha. Mas o menino envelheceu em seu corpo pequeno, viveu vidas que já não queria. Eu escapei de uma prisão para cair em outras, Diabo, agora quero viver do meu jeito.

— Assim? Vagando e perdido em vícios? Esperando que uma fatalidade decida pelo fim da sua vida? E os planos para sua arte, suas paixões, onde está sua verdadeira essência?

— Nas minhas escolhas, demônio. Finalmente nas minhas escolhas.

O Diabo riu.

— Você pode falar o que quiser, Wladimir Lester, mas só o tempo nos dirá a verdade.

Mesmo sem sinais de chuva, o céu ronronou um trovão. O cigano desviou seus olhos por um segundo e, quando os trouxe de volta, estava de novo sozinho na encruzilhada.

XIII

Lester chegou à cidade no final da tarde. Perambulou pelas ruas, bebeu em alguns bares, sentou-se em uma praça e ficou algum tempo olhando para a igreja. Quantos anos fazia? Cinquenta? Setenta? Parecia outra vida.

O padre que tomava conta da igreja era outro, a mulher que serviu de modelo para seu quadro *Prosperidade* devia estar morta. Ou muito velha, que fosse, ela já não era mais a mesma. *Ele* não era mais o mesmo.

Precisaria de roupas novas, principalmente de um calçado. Seus pés doíam, seu dedão do pé direito estava em carne viva.

Lester descalçou os sapatos para aliviar o aperto.

— Bem melhor agora — resmungou em sua língua mãe. Fechou os olhos por um instante, relembrando a voz de seu povo. Agora que todos estavam mortos, ele sentia mais falta. Sorriu um pouco ao relembrar como ele, Sarah, Radu e Iolanda corriam por aí, explorando matas e rios desconhecidos, despreocupados e sem imaginar que o futuro seria tão mesquinho. As vozes infantis pareciam vivas demais, então Lester abriu os olhos.

Vinham correndo atrás de um cachorro caramelo, quatro meninos. Pela forma como estavam suados, faziam isso a algum tempo. O cachorro mancava, havia uma ferida feia na perna traseira, com bicheira e tudo. Estava cego do olho direito, a orelha esquerda, comida pela sarna. Os meninos jogavam pedra, queriam acabar com ele. O bicho notou o interesse de Lester e correu para ele. Em um ato desesperado, se enovelou às suas costas e rangeu para os meninos.

— Solta ele, tio! Solta esse lazarento!

— O que foi que ele fez pra vocês? — perguntou Lester.

— Ele me mordeu, bem aqui! — O menino mostrou a mão, tinha uma marca mesmo, um pouco de sangue.

— O que fez ele morder?

— Ele é seu? — o mesmo menino disse. — Se ele não é seu, então ele é nosso, porque a gente viu primeiro.

Um outro menino, mais gordinho, começou a rir. A mente de Lester voltou aos dias de orfanato, quando ele era pequeno e incapaz de reagir. Havia um menino que o perseguia, Leonardo — chamavam o infeliz de Buba Baleia.

Lester se levantou, diminuindo a valentia dos meninos com sua altura. Sentiu o cachorro lambendo o ferimento de seu pé, como forma de agradecimento, e cresceu ainda mais.

— Ele precisa de ajuda, não das pedras de vocês — disse Lester.

Dois daqueles meninos não olhavam mais para ele, apenas para o cachorrinho. Os meninos estavam assustados, o menorzinho estava visivelmente arrepiado, seus olhos estavam úmidos.

— Milagre... — ele deixou sair pela boca.

O outro menino se espichou mais e também disse:

— Milagre! É um milagre do moço! O moço é santo!

Não demorou muito e os meninos gritavam juntos, mesmo o que fora mordido, que parecia ser o capitão daquela tropa. O cachorro não parecia tão feliz, continuava enrolado nas pernas de Lester.

— Ei, ei, ei, podem se acalmar. Se foi milagre, não foi meu.

— Então de quem foi? — o mais miudinho perguntou.

Lester apontou para a igreja à frente.

— Se quiserem falar sobre isso, vão ter que falar que foi milagre de Deus. De Deus, não meu. Se não fizerem isso, Deus vai ficar bravo e vai mandar todas as feridas do cachorro nascerem em vocês. Entenderam isso?

Eles acenaram com as cabeças.

— O cachorro fica comigo — disse Lester. Os meninos olharam mais um pouco, assustados e curiosos, mas acabaram indo embora. O gordinho se benzeu antes de sair.

— Vou chamar você de Podrinho — Lester contou ao cachorro e o devolveu ao chão. Podrinho bocejou tão forte que chegou a choramingar. Depois se deitou ali mesmo, às costas de Lester.

Lá longe, gritando e batendo palmas, os meninos cantavam, em coro:

— O vagabundo faz milagre, o vagabundo faz milagreeeeee!

XIV

Na mesma noite, Lester conseguiu outra garrafa de bebida. Gostaria de dizer que foi um presente, e que manteve sua honestidade para não maldizer sua etnia, mas a verdade é que Wladimir Lester entrou em uma venda, esperou a oportunidade certa e roubou uma garrafa de cachaça.

Após consumir pouco mais da metade da garrafa, adormeceu no coreto da praça da igreja. Havia outro homem dormindo ali, nenhum dos dois se incomodou. Quando alguém acordou Lester, na mesma madrugada, o homem não estava mais lá, mas havia uma mulher. Tinha pele bem branca e cabelos de um tom avermelhado, puxado ao caju. O perfume que ela usava era doce e forte, não desagradou a Lester, assim como a aparência da mulher.

— Você é o tal que curou o cachorro? — ela perguntou sem rodeios.

— Que cachorro, dona? — Lester olhou ao redor, procurando sinais de perigo. Não havia, ela estava sozinha.

— Os meninos falaram disso. O pai de um dos meninos ouviu e me contou.

— Crianças vivem em um mundo de fantasias. Eu sei lá por que falaram uma coisa dessas.

— Esse aí é o cachorro? — ela perguntou.

— É melhor a senhora voltar pra casa. Eu só impedi que os meninos maltratassem do cachorrinho.

Ela se abaixou para olhar.

— Eu conheço esse bicho, todo mundo conhece. Ele rouba as sacolas de quem sai do açougue. Essa orelha faltando, quem fez foi o próprio açougueiro, ele também é meu cliente.

Podrinho parecia mais esperto do que aparentava, e assim que ouviu a acusação saiu com o rabo entre as pernas, acelerando a corrida quando passou ao lado da mulher. Lester não tentou impedi-lo.

— O que a senhora faz pra viver? — perguntou Lester, tentando desviar o foco do assunto.

— Eu sou puta, os homens gostam de putas.

Ele não soube o que dizer. Aquela era uma declaração e tanto.

— Todo mundo sabe que aquele cachorro estava roído de sarna — ela continuou —, barrigudo de tanto verme.

— Por que me acordou essa hora da madrugada, moça?

— Meu nome é Judith. Eu estou, eu acho que estou com uma... doença ruim. Já vi médico, tomei remédio, nada dá jeito. Começou lá embaixo — apontou para a genitália —, daí subiu pra barriga e começou a inchar. Agora dói sem parar. Às vezes escorre pus, às vezes sai sangue.

— Moça, eu não sou médico.

— Eu só quero chupar o seu dedo, igual o cachorro fez.

Lester recolheu os pés.

— Perdeu o juízo, moça?

— Me dá a porcaria do seu pé, infeliz! — ela exigiu e se jogou em cima de Lester, tentando pegar à força.

Ele a evitou, continuou a segurando pelos braços para manter a distância. Judith começou a chorar.

— Eu estou pedindo ajuda, desgraçado! Minha doença não tem cura!

Lester continuou a abraçando com mais força, sentado, a moça praticamente em seu colo.

— Você não precisa fazer dessa forma — ele disse e apanhou a sua faca. Judith saltou para trás. — Calma, dona, eu vou usar em mim.

Havia sobrado um pouco de cachaça, Lester abriu a rolha e deixou a garrafa no chão. Depois furou seu pulso, um pequeno rasgo. Deixou que o sangue pingasse dentro da bebida. Pouco a pouco, o límpido passou ao rosa. Uma cor bonita, gentil.

— Isso aqui deve servir.

Ela não perdeu tempo pensando. Judith deu um bom gole na bebida e devolveu a garrafa ao chão. Levou as mãos à barriga em seguida.

— Está queimado. Eu posso sentir mexer, parece que tem alguma coisa viva aqui embaixo. — Ela apanhou a mão de Lester e a levou até a barriga. — Meu Deus, você é mesmo um santo. A dor está indo embora, está mesmo indo embora!

Lester sentia na palma da mão, era como uma efervescência.

Aos poucos foi cessando, a mulher se acalmando, ela chorou um pouco.

— Funcionou? Eu estou boa de novo?

— Eu não faço ideia — Lester riu.

Judith apanhou a mão que ainda estava em sua barriga e a subiu para os seios. Conduziu Lester para que os tocasse sobre o vestido. Depois, desceu o tecido do busto e deixou que ele os sentisse na pele.

— Moça... eu também não sei como isso funciona.

Judith lambeu os próprios lábios, sendo sugada por aquele homem milagroso. Ela fez com que ele a apertasse nos seios com força, com gosto. Depois o fez se deitar.

— Eu vou ensinar como funciona, moço, é só fazer o que eu mandar.

XV

Lester nunca havia pensado sobre o momento exato no qual um menino se torna um homem, mas talvez pudesse ter acontecido a ele na noite anterior. Enquanto abria olhos sob a claridade de um novo dia, se dava conta de que nada em seu corpo, em sua vida, seria o mesmo novamente. Não sabia muitos detalhes daquela mulher, um endereço, e foi com ela que ele experimentou o que fazia os homens de sua tribo se casarem tão cedo.

Seu café da manhã foi um gole do que restou da garrafa de aguardente batizada, e só depois ele se encorajou a procurar café em algum comércio do centro. Em anos tão distantes, café não era raro, e ele conseguia encontrá-lo em quase todos os pequenos estabelecimentos, servido como cortesia. No raiar do dia, as ruas de Martírios estavam quase vazias, habitadas por uns poucos trabalhadores e alguns homens tão ou mais alquebrados que ele mesmo. A fidelidade do cachorro também terminou no centro. O bicho deixou Lester sem se despedir e foi tratar de arrumar sua própria comida. Lester fez o mesmo.

Dessa vez pagou pelo café. Além de ter se deitado com ele, Judith deixou algum dinheiro.

Amar era uma experiência estranha; amar na carne era diferente de amar no espírito. Era bom, mas, de certa forma, menor. Embora o amor verdadeiro fosse íntimo e egoísta, servindo apenas a quem o sente, o sexo era trocado e dividido.

Sem muito a fazer depois do café, Lester caminhou por ruas mais distantes, procurando descartes, alguma coisa que pudesse vender. Era bom em restauros, então, se encontrasse algum móvel velho, poderia precificá-lo com um pouco de trabalho, embutir-lhe de algum valor.

Encontrou um armarinho de chão, duas panelas com o cabo danificado e uma moenda de café engripada. Tudo ali tinha conserto, mas para isso precisaria das ferramentas certas. Conseguiu emprestá-las em um ferreiro com a promessa de devolvê-las no final do dia, com algum dinheiro pelo empréstimo. A confiança na palavra de um homem valia muito no passado, então não era tão difícil receber crédito. Muitas pessoas tinham um senso de cidadania apurado, principalmente os trabalhadores mais pobres. Eles compreendiam muito bem o ditado de que uma mão lava a outra.

Antes de procurar um lugar para trabalhar (em uma das ruas do centro, trabalhar à olhos vistos sempre atraía bons clientes), Lester passou pelo coreto, onde deixou escondida sua bebida. Parou no terceiro passo da escada, dois degraus antes do topo.

— Minha mãe...

Lester conhecia pouco das religiões dos escravos, mas era exatamente o que lhe parecia. Arroz, farofa, galinha, bebida, pão doce e alguns quindins de sobremesa. Ele subiu os degraus que faltavam e olhou ao redor, buscando o responsável pelo presente. Pensava na mulher curada, Judith, é claro, e de fato a encontrou. Ao lado de outras duas...

Elas acenaram e riram de onde estavam, por perto da igreja. Tomaram seu caminho.

Com a fome que sentia, o trabalho podia esperar. Lester começou pelos salgados, comendo com a mão mesmo, do jeito que dava. Estava uma delícia, mas se ele comesse barro temperado, talvez também gostasse do sabor. A fome emprestava um ótimo sabor a qualquer refeição.

— Vai comer tudo, amigo? Ou tem uma sobra pra um condenado?

— Eu divido com você — Lester disse sem pestanejar.

Dimas era o nome do sujeito que dividia o coreto. Ele explicou a Lester que vinha de Minas Gerais, estava fugindo de um crime. Dimas matou o irmão e a esposa, apanhou os dois na cama enquanto ele cuidava da roça. Não lamentava. Lester não o julgou. Entre seu povo não seria diferente.

— As moças do puteiro devem gostar de você — Dimas disse a certa altura, entre uma mastigada e outra. Lester concordou. Também contou um pouco de si, da versão que gostava de falar de si, onde era um artista cigano sem emprego, um homem desgarrado de sua família que ainda procurava um bom lugar para viver.

— Viu o cachorro? Ele se perdeu de mim no centro.

— Chegou antes de você. Eu dei um pedaço de frango e ele saiu de novo. E eu também já vou indo, amizade.

Antes de sair, Dimas apanhou mais um pão doce e deixou algumas moedas como retribuição. Lester aceitou. O homem precisava de comida, ele precisava de dinheiro, ninguém roubou ninguém, era justo.

O dia de Lester também se acelerou com trabalho. Ele conseguiu vender o armarinho de chão e uma das panelas, a outra panela e a moenda consertadas ele deixou com o ferreiro, disse que daria vinte por cento do que o homem conseguisse pela venda das peças. Um pouco menos ansioso (o trabalho tem dessas coisas em ajudar a mente), voltou para o coreto já na noitinha. Duas pessoas o esperavam.

— Moça — Lester disse a Judith, pronto para correr se precisasse. A segunda pessoa no coreto era um homem. Tinha mais que a sua idade e não parecia contente.

— É um amigo, Wladimir — ela explicou. — Esse é o seu Figueira.

— Coronel Arlindo Figueira. — O homem raspou a garganta. Foi logo ao assunto. — A moça contou que você tem... jeito pra cura.

— Não sei se tenho.

— Homem, não vim lhe prender. Acontece que eu tenho um irmão doente. Começou com uma tosse, virou uma asma, agora ninguém mais sabe de nada. Os médicos não conseguem resolver, então, se você puder dar uma olhada nele, eu vou recompensá-lo.

— Eu já falei pra moça, eu não sou médico.

— E eu não sou boxeador, mas se precisar eu dou uns socos. O caso, cigano, é que nessa cidade não tem lugar pra vadiagem. Então, se você conseguir aprender medicina até essa noite, eu posso garantir sua segurança. Do contrário... — Figueira sacudiu a cabeça em negativa.

Lester não precisou ouvir duas vezes.

XVI

Chegou à Pousada Madame Lulú, o prostíbulo local, por volta das oito da noite. Sua carona foi o chofer do coronel Arlindo, e o motorista também trouxe uma muda de roupas novas que o fez vestir.

Lester estava inseguro, mas tudo se foi depois de ouvir a música. Não era nada parecida com as canções de seu povo, mas também era feita de alegria e festa, algo que sumiu de sua vida há muito tempo.

Dentro da pousada alguns homens já bebiam, dançavam, beijavam as mulheres. Lester passou os olhos por eles e os deixou soltos, livres, encantados com os lustres de cristal e com os móveis e os estofados do lugar. Parecia tudo novinho, embora faltasse alguma vida nas paredes — quadros, como os que ele produzia.

— Que bom que veio! — Coronel Arlindo chegou ao seu encontro, depois de se despedir de uma jovem que trabalhava na casa. A mulher acenou para Lester de onde estava. — Vamos lá pra cima. — Figueira o convocou.

Pelo menos para Lester, o cheiro foi mudando à medida em que ele se aproximava do quarto. Do perfume quente das moças misturado ao tabaco e loção de barbear dos homens, o ar recebeu um odor pungente de éter, contaminado com o cheiro pútrido da doença, de peles que não tomam sol. Ouviu a tosse incessante, agonizante, antes mesmo de chegar à porta.

Arlindo cobriu a boca com um lenço ao tocar a maçaneta.

— O nome dele é Jordão. Entra e faz o que tiver que fazer.

— Você não vem?

— Deus do céu, não. Eu não quero pegar essa coisa.

Em um relance, Lester olhou para as costas do coronel. Muita gente do andar de baixo tinha se distraído das apalpações e drinks para prestar atenção neles. A notícia de que estava curando pessoas estava se espalhando mais depressa que as doenças.

Lester entrou.

O moribundo não poderia receber outro adjetivo. Era um homem mais velho, aparentava cerca de sessenta anos. Tinha a pele branca e frouxa, principalmente no rosto que acumulava uma película de suor oleoso. Do lado da cama, um aparato de metal estava cheio pela metade com uma substância bolhosa, que Lester supôs ter sido expelida dos pulmões. Estava um pouco rosada. O homem desatou a tossir de novo. Lester chegou mais perto da cama.

Por quase meio minuto, o homem só conseguiu tossir. Depois completou aqueles sessenta segundos com respirações rasgadas e desesperadas, forçando a entrada do ar que parecia, a ele, ter a densidade de um óleo.

— Quem é você?

— Seu irmão me mandou.

— Hum, o tal do coreto. Você vai me curar?

— Eu não sei, não faz muito tempo que isso está acontecendo comigo. Pode ser que você melhore, pode ser que não.

Mais uma crise de tosse. Essa ainda pior, o que arrancou do homem uma pelota de sangue que ele descartou em uma toalha.

— Começou do nada. Eu já tive algumas doenças, mas essa é pior. Perdi mais da metade do peso, e essa tosse não para. Minha mulher foi embora com as crianças, pra casa da mãe dela em Três Rios.

Lester ofuscou suas reações, mas detestou ouvir aquela palavra. Não queria trazê-la de volta, nem mesmo em pensamento.

— É alguma coisa no meu sangue — Lester disse. — Um tipo de milagre.

— De Deus? — o homem perguntou. Lester riu.

— Duvido que seja de Deus. Isso importa?

Jordão parecia inseguro, mas ponderou:

— Se foi Deus quem me colocou nesse lugar, ele não ia me tirar daqui. Nesse caso, eu preciso de qualquer outra ajuda.

— Você está tomando algum remédio? Um colutório talvez?

— Xarope de hortelã. Mas beber mijo daria mais resultado.

Lester sorriu e apanhou a faca em seguida, a que sempre trazia com ele. Cortou o pulso, não muito fundo. Pingou as gotas que verteram no colutório até que elas desistissem de sair. Não foi muita coisa, umas seis ou sete gotas. Lester agitou o vidro com algum vigor.

— Bebe isso até ficar bom.

— Seu sangue?

— Não só o meu.

Jonas deu um primeiro gole, cheio de nojo. Segurou a repulsa e deu o segundo. Se não soubesse do sangue, não notaria a diferença.

Quando Lester deixou o quarto, Jonas já não tossia. Arlindo Figueira estava do outro lado da porta, sentado em uma cadeira com uma jovem em seu colo. Ele sugava seus seios quando a porta começou a se abrir.

Lester esperou que mulher cobrisse os bustos, mas antes disso ouviu de Arlindo:

— O que aconteceu lá dentro?

— Fiz o que você me pediu.

— Sim, mas... venha comigo. Maria, precisamos do seu quarto.

— Eu não faço com dois de uma vez — a mocinha disse.

— Anda — ele a apanhou pelo braço. — Eu só quero mostrar uma coisa pra ele.

O quadro ficava no final do corredor, à direita. O coronel entrou na frente, depois chamou por Lester. Por garantia, Maria, a dona do quarto, ficou por perto da porta, para o caso de alguém tentar tomá-la à força. Conhecia os homens e já havia passado por aquilo. Não com dois, mas com quatro ao mesmo tempo.

— Olhe você mesmo — Arlindo o colocou na frente do espelho.

Lester passou as mãos pelo rosto, apenas para ter certeza. Era sua barba, havia ficado mais branca em toda a extensão do rosto, um pouco menos no bigode, mas todo o resto estava cinza. Nas têmporas, as manchas grisalhas e discretas se alastraram e o lançaram aos cinquenta anos ou mais. Havia rugas sulcando a pele enquanto ele se olhava no espelho.

— Eu só preciso descansar um pouco.

XVII

O descanso de Lester nos noventa dias seguintes envolveu:

Dois casos de gripe severa.

Um caso de tuberculose.

Três curas de catarata.

Sete casos de doenças venéreas.

Uma mudança para o prostíbulo de Madame Lulú.

Dois casos de paralisia infantil.

Um caso de sarampo.

Oito casos de barriga amarela.

Três de erisipela.

Doze casos de diarreia.

Dois cachorros com cinomose.

Um gato com paralisia parcial.

Cinco doenças desconhecidas que causavam emagrecimento rápido.

Dezenove mulheres diferentes, três delas casadas, em oito camas da cidade de Martírios.

XVIII

Então a nova vida, assim como as anteriores, começou a perder o sabor. O homem que chegou a Martírios estava envelhecido, sem apetites, sem desejos de conhecer outras mulheres ou ajudar quem quer que fosse. Depois de tantos dias e noites, as pessoas começavam a tratá-lo não como homem, mas como um frasco de remédio. As mulheres não o desejavam, os homens o olhavam com repulsa, as crianças evitavam chegar perto, porque sabiam que aquele homem curando as pessoas, no fundo, não conseguia curar a si mesmo.

De fato, era verdade. Lester começava a desenvolver algumas doenças. Elas não o matavam, mas se alternavam em abatê-lo.

Ciente do que acontecia com seu corpo, Lester tentou deixar o Madame pelo menos três vezes, mas em todas elas não o deixavam passar pela porta. Ofereciam presentes, mulheres, o que ele pudesse pensar em desejar. Enquanto teve energia, Lester se deixou corromper, mas ele já não podia agir assim. Não estava curando ninguém, estava trocando sua vida pela dos doentes, e eles não parariam de chegar à sua porta.

Em uma noite de sexta-feira, quando Lester se esforçava para conseguir dormir com o *tec tec* dos saltos altos e a música que não cessava, alguém bateu em seu quarto. Naqueles meses, a pessoa que mais o chamava era a primeira mulher de sua vida, Judith. Ele já conhecia seus três toques. Levantou-se com alguma dificuldade, as costas não andavam muito boas, assim como o jato que urina que começava a afrouxar, assim como todo o resto.

— Tem um homem querendo falar com você, Wladimir.

— Não tínhamos combinado que eu não atenderia mais à noite? Olha pra mim, Judith, eu preciso me recuperar.

— Eu sei, mas é que... ele não é qualquer pessoa.

Lester assentiu com a cabeça e ela abriu a porta de novo, para que o homem pudesse entrar. Por pouco não voltou a fechar a porta.

Era um padre. O vigário da igreja próxima do coreto onde Lester se hospedou em suas primeiras noites. Lester o havia visto de longe, espiando pela porta lateral da sacristia, se escondendo sempre que era percebido.

— O senhor só pode ter errado o endereço, padre.

— Você é o que chamam de Wladimir? O homem que está curando as pessoas?

— Se o senhor chegou até esse puteiro, parece que sou eu.

— Meu nome é Licíneo, Wladimir. Padre Licíneo. Obrigado por me receber.

Lester o estudou com seus olhos pequenos.

— Deixando as gentilezas de lado, o que o senhor veio me pedir? Algum contribuinte da igreja com caganeira? Algum bispo adoentado?

O padre descarregou o ar dos pulmões.

— Posso me sentar em algum lugar?

Lester indicou uma poltrona do mesmo cômodo. O padre seguiu até lá afrouxando o colarinho da batina. Deixou o corpo descer como quem se livra do peso de um homem extra, tomou fôlego, limpou o suor da testa com um lencinho.

— Estou morrendo, meu amigo. É isso.

Lester não gostava de padres mais do que do seu próprio passado, mas ele se solidarizou com o sujeito. Talvez fosse o rosto que lhe lembrava um pouco de Lazlo, pai de Radu, embora o padre fosse mais gordinho. Padre Licíneo tinha a pele mais escura, não tinha a pele sem sol do resto do povo da cidade. Mas Lester conseguia ver sombras da doença que lhe comia. Os olhos amarelados, os lábios secos e sem cor, a língua saburrosa emplastando cada palavra dita.

— Imagino que o povo fale, mas como se decidiu a me procurar em um lugar como esse?

— Deus às vezes age por si mesmo, em outras envia os sinais. Eu tenho implorado a ajuda divina há alguns anos, desde que descobri que meus intestinos estão crescendo desordenadamente. Se você quiser ver, eu posso mostrar, trago o peso de uma criança de cinco anos em um tumor na barriga. Agora já são intestinos, pulmões, a morte está me alcançando depressa.

— Desespero? Esse foi o sinal do seu Deus?

O padre respirou fundo para ter um pouco mais de energia.

— Comecei a prestar atenção com as pessoas que se confessavam comigo. Mulheres, velhos, até as crianças. Todos falando das suas curas e me agradecendo, dizendo que Deus todo poderoso tinha trazido você para Martírios. Tem mais gente entrando na igreja agora, as doações aumentaram, você fez o bem para as pessoas e para a paróquia.

— Bondade é uma palavra forte, geralmente ela não está ligada a mim.

— Você curou as pessoas, não curou?

— O que eu fiz, padre, tudo o que fiz em favor das pessoas, ou do seu Deus, foi para me livrar de uma dívida com o demônio.

O padre não precisou de muito tempo para responder.

— Você perguntou o que me convenceu de que você poderia me curar, o que me trouxe até aqui e me fez pisar em um prostíbulo. Não existem muitos Wladimir por aí. Na verdade, eu só tinha ouvido falar de um deles, da diocese de Três Rios. Pelo que consta, o menino morreu junto de seus tutores e amigos em um incêndio. Ele se tornou notícia de jornal, não existe outro ciganinho em uma casa de adoção em todo estado de São Paulo. Em uma noite de bebedeiras e orgias, você falou seu nome completo no ouvido de uma mulher casada. Ela foi se confessar o adultério comigo e repetiu o que ouviu. Então, senhor Wladimir, se dentro desse corpo velho você ainda é o mesmo menino cigano que morou naquele orfanato, eu consigo acreditar nos seus milagres.

XIX

Lester não tentou negar as palavras do padre, mas não se comprometeu imediatamente. Precisava dizer a coisa certa, o argumento irrefutável, ou então jamais sairia daquela nova prisão.

— Eu sou um escravo, padre. Pode parecer um deleite, pode já ter sido um deleite, mas não é mais assim. Cada vez que eu curo uma pessoa, parte de mim se vai com ela. Estou ficando velho, padre, morrendo aos poucos.

— Toda vez que você ajuda alguém, você... envelhece?

— Parece que sim. Pelo que eu conheço de quem me deu esse poder, cada vez que eu opero em poder do *outro*, parte da minha graça, da minha eternidade, também se vai. O demônio quer algo que eu tenho, e eu não posso entregar a ele. O Diabo está me torturando dia após dia, tentando enfraquecer as minhas vontades.

O padre foi tomado por alguma tristeza, era possível ler em seus olhos. Não poderia colocar ainda mais miséria no homem à sua frente, principalmente em benefício próprio, para se livrar da própria pena.

— Eu não tenho direito de pedir outra costela sua, Wladimir. Se eu imaginasse que você estava nessa situação, não teria vindo.

Distante de se compadecer da mesma forma, Lester já tinha encontrado uma saída para ambos.

— Quer me ajudar, padre? Está disposto a fazer um pacto comigo, padre Licíneo?

— Estou disposto a te ouvir.

XX

Naquela mesma noite, padre Licíneo foi embora com a coluna ereta, o passo firme, sorrindo e abençoando os que cruzaram seu caminho. Havia um novo brilho morando dentro daquele homem, ou quem sabe a escuridão tivesse desistido dele.

XXI

Por volta das dez da manhã do dia seguinte, um dos meninos pobres que esmolava pelas ruas de Martírios bateu às portas do Madame Lulú. Trazia uma caixa de madeira de tamanho médio, pesada o bastante para fazê-lo transpirar.

Entregou a caixa para a própria Maria Lúcia, a cafetina de setenta e dois anos conhecida como Lulú. Disse que era pro "moço que cura as pessoas" e saiu correndo. A dona do pensionato dos prazeres deixou a caixa na entrada da casa, porque estava sem vontade nenhuma de subir as escadas e conversar "com o tal cigano". Não gostava daquela gente, sempre afirmou, mas como o homem acabava rendendo mais dinheiro que suas meninas, ele acabou ficando.

Uma menina ainda nova no ofício, chamada Rosa Jasmim, foi quem apanhou a caixa e levou para o andar de cima. Como ela estava sofrendo de cólicas terríveis, pediu ao milagreiro que a ajudasse com a dor. O que ele fez de bom grado, trocando o serviço por um pouco de amor. Não era sempre que ele queria, mas estar com uma mulher era bom, mesmo que estivesse tão velho. Lester ficou com ela meia hora, tirou uma soneca, e deixou para abrir aquela caixa perto das nove horas da noite, quando a casa estava cheia dos adúlteros da cidade que poderiam testemunhar o que viria a seguir.

XXII

Apenas quem já exumou o corpo de uma pessoa amada conhece o maior segredo da morte.

Tal testemunha se lembraria imediatamente do cheiro da pessoa amada ainda viva, desprezaria a sujeira e as roupas corroídas, sequer notaria os cabelos esfarrapados, as unhas encardidas ou os furos e retalhos que poderiam ter tomado a carne do rosto. Tudo o que haveria de sentimento nesse ato de exumação seria dor e saudade, a verdadeira essência da morte.

Lester abriu a caixa nesse mesmo estado de comoção, como se desenterrasse sua mãe, Sarah, Iolanda, tantas outras.

O padre cumpriu sua palavra, e agora Lester, depois de muito tempo, tinha suas tintas, pincéis e vernizes. Também tinha carvão para o esboço e lixas que não pretendia usar. Tudo o que ele precisava, estava naquela caixa. Lester abriu um dos frascos e arfou o perfume da tinta vermelha; na verdade, do diluente, que era o verdadeiro odor das tintas. Fechou os olhos.

Em um segundo estava de novo em sua tenda, nos anos de 1800, respirando o cheiro da mata fechada, o ranço da crina dos cavalos, o cheiro da comida assando no fogo. Ouvia as vozes das crianças "Dimir, Dimir, Dimir!", sentia o cheiro do tabaco dos moços e ouvia os velhos contando suas histórias. Também ouvia o sussurro do demônio. "Pinte, menino! Pinte o seu futuro com as cores que desejar. O mundo é seu, Wladimir Lester, você só precisa tirar o seu pai do caminho. Juan Lester precisa cair para que você possa subir! Subir até as estrelas, menino! Subir até o trono mais alto!"

Sentiu a musculatura mudando, se refazendo, os nervos voltando ao tônus. Lester respirou fundo para não ser tomado imediatamente. Antes de começar, ele precisaria abrir a porta, para que todos daquela casa, todas as putas amadas e seus usurpadores malditos vissem seus movimentos selvagens, a saliva que voava da boca, os olhos revirados e brancos.

A porta rangeu e Lester se abriu para as vontades do Inferno. Verteu o frasco de tinta vermelha nas mãos e as esfregou no próprio rosto. Depois começou a pintar.

XXIII

Como esperava que acontecesse, Lulú mandou buscar o padre às pressas, quase arrebentando a porta da igreja de tanto bater. Quem batia era Judith, em pânico, ainda usando algumas roupas mais curtas, de trabalho. No único Ford da cidade, ela e Jordão (o irmão de Arlindo Figueira que recuperou a saúde e com ela seu vício incombatível pela prostituição) levavam o padre de volta para o Madame Lulú. Estavam visivelmente transtornados, pálidos, falando para o padre que o demônio havia tomado o quarto de cima do prostíbulo.

— Ninguém pode com ele, padre! — Judith explicou. — Está enlouquecido, possuído, ele quase matou dois homens. Eu mesma vi, ele não tem mais cor nos olhos! Não tem mais alma!

— Tenha calma, minha filha, deve ser algum tipo de surto. Nós vamos ajudá-lo.

O Ford chegou em dez minutos ao prostíbulo, desviando das pessoas que se aglomeravam do lado de fora com medo de voltarem a cruzar a porta. O padre desceu do carro e foi recebido por Lulú e pelo coronel Arlindo Figueira.

— Graças a Deus, Licíneo — Lulú disse.

— O que aconteceu aqui?

— Eu não sei bem. Mais cedo um negrinho trouxe uma caixa e deixou para ele. Disse que era encomenda, não sabia o nome de quem tinha mandado. Eu não dei muito crédito, o senhor sabe como são esses meninos da rua, não fazem nada direito. O nosso amigo recebeu a encomenda e enlouqueceu. O que ele fez naquele quarto, padre, o nome disso é pecado, o nome é blasfêmia. Nós não somos santas, mas aquilo... o que vimos é uma profanação do ser humano.

— Eu vou falar com ele.

— Deus te ajude, Licíneo, porque ele não ajudou nenhum de nós — disse o coronel Arlindo. O padre já estava subindo as escadas.

— Precisa de ajuda, padre? — Outro homem ergueu a voz para perguntar.

— Me acudam se ele me jogar pela janela — o padre disse e entrou no puteiro. A porta bateu sozinha atrás dele.

Lester estava parado no meio do quarto. O rosto vermelho e trincado de tinta. Os olhos estavam pretos e brilhantes, como duas obsidianas polidas. Lester olhava para o teto, onde uma representação do Inferno parecia abençoá-lo. Estava com a boca aberta, corria saliva pela barba longa e grisalha. O cigano emitia um gemido constante, que tinha alguma relação com canto. Mas era uma coisa feia, era assustadora.

Retratadas nas paredes, toda espécie de sodomia. Mulheres rasgadas, homens empalados, animais copulando com seres humanos. Havia um touro sofreando um homem, uma mulher sendo tomada por um porco enorme. Também animais míticos antigos, dragões e coisas infernais. Em uma das paredes, um querubim praticava felação com um demônio. A calda do mesmo demônio penetrava a abertura vaginal de uma deidade.

— Wladimir, pode me ouvir?

O gemido continuou no mesmo tom, constante, frouxo e rouco. Ele sequer tomava fôlego para fazer aquilo.

— Wladimir Lester, estou falando com você! — O padre exasperou.

Lester desceu a cabeça, mantendo os olhos pretos. De dentro daquele pretume, um pequeno brilho nasceu na pupila.

— Sei o que pretendem, porco. — A voz do Diabo ecoou pela boca do cigano. — Ele é meu, ele sempre será meu.

— A alma desse homem pertence a Deus, como todas as outras. Você não é dono dele ou de coisa alguma.

— Ele é meu. E se não for meu, não será de mais ninguém. Sei quem tu és, Licíneo, sei o que mora em seu coração. Sei dos desejos, do gozo proibido, das coisas que pintamos nas paredes.

— Eu não as renego, elas moram sim em meu coração, mas eu comando o que deixo sair dele ou não.

— Vais adoecer de novo, eunuco, e dessa vez crescerá um demônio com cascos e presas dentro do seu intestino. Eu o farei vicejar, vai comer da sua carne, vai rolar na sua alma.

— Esse homem tem um trato comigo, e se tem comigo, tem com Deus. Não compete a você interferir no nosso acerto. Em nome de Deus eu te esconjuro, Satanás, em nome de Deus, eu...

Com um movimento praticamente imperceptível dos lábios, o demônio lançou uma palavra no quarto. Ela entrou pelos ouvidos do padre e, mesmo sem ser traduzida, dobrou seus dois joelhos e o atirou no chão.

— Deus...

— O único Deus desse mundo sou eu, e é por minha vontade que continuarás vivo. Sua fé impede que eu saiba onde pretende esconder meu menino, mas ela também passará. Quando passar, ele voltará a ser meu.

— Vai-se, Diabo — Licíneo enlaçou as mãos tão forte que elas sangraram. Fechou os olhos. O padre destravou a boca para que, se viesse a morte, ela lhe permitisse um último grito.

— Padre? Pode se levantar, padre. Eu acho que nós conseguimos.

XXIV

Não houve discussão sobre Lester mudar-se para a igreja, mas existiram condições.

O plano de Wladimir Lester era simples, porém eficaz. Conhecendo aquelas pessoas (e tantas outras) como de fato conhecia, era fácil convencê-las de que, contra o Diabo, só havia o poder de Deus. Da mesma forma, era possível convencê-las, com alguma engenhosidade, que o poder de Deus era cedido aos padres. E haveria um acordo com esses padres, porque é disso que Céus e Infernos são feitos.

A primeira parte do entendimento geriu que, daquele dia em diante, Licíneo alimentasse os cães vadios da cidade e dedicasse um pouco mais de comida ao cachorro caramelo que começou a dormir nas escadarias da igreja. Em troca, Wladimir Lester emprestaria um dia de sua semana para atender os necessitados, os adoecidos de Martírios. Para pagar por seu abrigo e fazer suas novas obras de arte, Lester começaria, sozinho e com as próprias mãos, a reformar a Sagrada Igreja de Martírios — e a manteria em boas condições enquanto estivesse vivo.

Em sua vida de isolamento, o cigano recebeu no padre Liscíneo um grande amigo. Os dois homens dividiram histórias vividas e sonhos não realizados, compartilharam pesadelos e memórias dolorosas, desenharam as imagens horríveis que não os deixavam dormir. Com o tempo certo, Lester confessou o mal que havia feito, as mortes, os egoísmos. O padre confessou o que morava dentro dele, os desejos, a fúria, os arrependimentos. Na companhia um do outro, conseguiram ter um pouco de paz no porão da igreja, enquanto a cidade se curava no andar de cima.

O demônio visitava seu pupilo algumas vezes, sempre em sonhos, perguntando onde ele estava, oferecendo a tinta, a juventude, tocando suas vaidades. Lester nunca aceitou um novo acordo, não enquanto esteve amparado pela amizade de Licíneo. E assim o Diabo se calou.

Liscíneo morreu dormindo, em uma manhã de domingo, pouco antes de começar uma cerimônia de batismo. Sabendo dos riscos que Lester corria, havia deixado tudo acertado, como um bom e leal amigo — não era segredo para a igreja a existência de Wladimir Lester nos porões daquele local, mas era sigilo.

Outros padres vieram, outros padres partiram. O último deles chamado Crispim.

Com o passar dos anos e a ausência de seu único amigo, Lester sentiu o veneno voltar para sua alma. O corpo continuava definhando, passando dos setenta aos cem, dos cem aos duzentos, dos duzentos à berlinda do fim. Em um dia do futuro que poderia ter sido qualquer outro, uma mulher de bengala e terninho vermelho entrou em seu santuário. Lester já estava tão castigado, tão cansado de si mesmo e da própria existência, que achou que poderia barganhar sua morte com ela. Atrelado a essa mulher, chamada Lucrécia Trindade, Lúcifer descobriu seu paradeiro e ofereceu a dignidade de Lester de volta. Ele não conseguiu negar. O alívio de suas dores, o esplendor de sua arte, a juventude de volta ao corpo. Depois de anos de escuridão, silêncio e cegueira, Lester não sabia mais quem era ou as coisas que havia feito, mas imaginava o que ainda poderia fazer. Havia a fome, a vontade invencível de continuar caminhando.

Foi dessa forma que Wladimir Lester encontrou o Inferno.

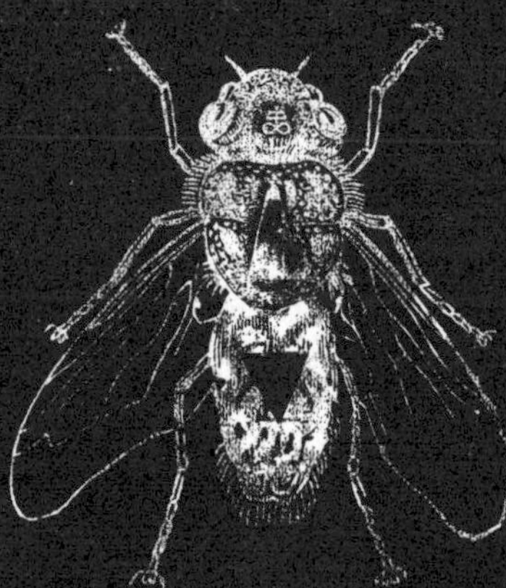

Interlúdio

O tempo é um grão de areia no olho do furacão. Rodando, rolando e esbarrando em outros grãos. Crescendo, consumindo e sendo consumido.

Tempo que para muitas vidas não significou nada maior que o arraste de uma existência inútil, um prolongamento de decepções sem fim. Para outras, o tempo significou a chegada do último choro da criança, a pá de terra sobre a cova, a danação. Para quase todos, continuou sendo um grão de areia.

No Inferno, também o tempo é relativo. Dependendo do destino da alma atormentada, o tempo voa; dependendo de quanto ela sofra, ele decide ficar.

Nos primeiros anos da década de 2010, um homem chamado Nôa D'Noir remodelou o compasso do Inferno ao recuperar a tinta de um artista cigano que mesmo o demônio julgava perdida para sempre. Com o elixir milagroso em mãos, a mulher chamada Lucrécia Trindade foi colocada no comando das decisões mais fundamentais, para que Satã continuasse a reinar. Como sua primeira missão, sua prova de fogo, Lucrécia recebeu a missão de trazer Wladimir Lester até o Inferno.

E foi o que ela vez.

LIVRO II

ÔMEGA

"Que homem pode viver e não ver a morte.
Ou livrar-se do poder da sepultura?"

SALMOS 89:48

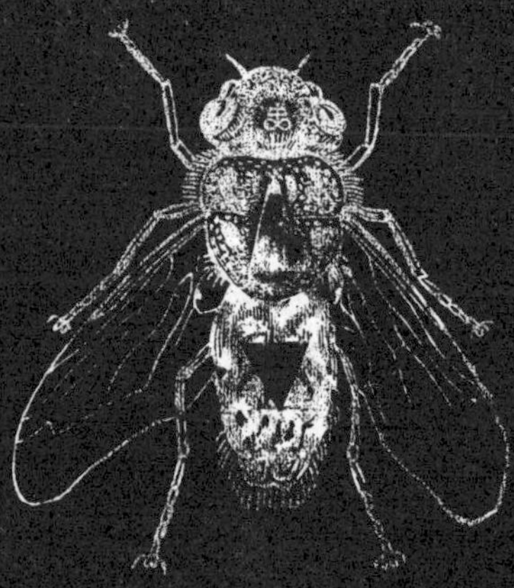

1
Ressuscitado

1

Para o caso de alguém se interessar, fazia sol do lado de fora.

Depois de uma queda de temperatura inesperada na cidade de Três Rios, o céu estava limpo de novo, vazio de nuvens e de pássaros, descortinado em um firmamento monótono e tingido de azul. Perto das três da tarde, o que sobrou da chuva noturna havia ido embora, e as pessoas circulavam pelas calçadas fugindo das sombras, procurando um gole de sol onde pudessem se esquentar.

Do lado de dentro do hospital Santa Helena continuava escuro.

O quarto 307 havia se tornado a casa de Jonas Molina há sete semanas, depois que os médicos se mostraram incapazes de conter "a doença". Bem antes, tudo começou com uma dor no peito, uma dorzinha à toa, ainda mais para um menino de oito anos. *Deve ter sido no futebol*, Iago, o pai, contemporizou na primeira reclamação do garoto. A avó materna recomendou um unguento — Vick Vaporub resolve tudo. A anemia chegou em seguida. Depois dela, foi a vez da icterícia e da descalcificação. Os médicos ainda se perdiam no diagnóstico, mas todos concordavam com um possível câncer. Porém onde estava concentrado? De onde veio? E o mais importante: como poderia (*poderia?*) ser tratado?

O menino gemeu e o pai se levantou mais uma vez. Deu uma olhada no rosto pálido que morava naquela cama — parecia uma lua. Não na beleza da lua, mas em sua distância, na dificuldade em alcançá-la. Algumas veias discretas pareciam tingidas de verde no rosto de Jonas, formavam uma pequena malha radicular nas maçãs e na testa. Naquela cama, a lua pesava menos de vinte quilos.

Iago foi até a janela. As persianas eram retráteis, fáceis de limpar, um pouco mais fáceis de serem substituídas. Separou algumas folhas com os dedos e a luz entrou. Voltou a fechá-las. Não queria saber do sol, do céu azul, das pessoas cretinas que sorriam do lado de fora.

Seu filho estava desenganado... Como poderia aceitar um sorriso? A mãe não conseguia mais entrar no quarto, ficava em casa, olhando para a TV, esperando que tudo se resolvesse de uma forma ou de outra. Que expressão horrível isso de dizer "de uma forma ou de outra". Quando foi que seu filho de oito anos se tornou uma moeda que alguém jogou para cima?

Jonas nasceu um pouco tarde, a mãe tinha trinta e dois. Gestação difícil. Seria o único.

O menino gemeu de novo.

— Calma, eu sei que é ruim, vai passar — Iago disse. Arrependeu-se e reformulou a frase: — Você vai ficar bom e nós vamos pra casa.

Apanhou a mão do menino, a acariciou com cuidado.

— Todos estão sentindo sua falta, a mamãe, seus avós, o Rafael já ligou duas vezes, ele quer jogar videogame com você.

O menino continuou de olhos fechados, e seria impossível saber se Jonas era capaz de — ou se queria — abri-los. Na primeira semana, ele só reclamava. Das agulhas, da posição da cama que fazia suas costas doerem, das interrupções do sono e do perfume forte de uma das enfermeiras. Então tudo se acalmou, embora nada daquilo fosse calma, mas extenuação, desistência. O corpo já não reagia, já não podia.

A pele do menino parecia mais fria naquela tarde.

Iago puxou o cobertor para cima, tomando cuidado para não arrastar algum cateter pelo caminho. A mão do menino estava povoada de esparadrapos e escalpes, as veias do braço já não serviam. Jonas ronronou, parecia satisfação. Iago se inclinou e o beijou na testa. Sentiu nele o cheiro alcoólico, químico e desumano que estava por todo o quarto. Foi quando o choro tentou subir a garganta.

Detestava chorar, principalmente na frente do filho. Algumas vezes se permitia um pouco de desespero na frente da esposa, ou de amigos mais fiéis (que aos poucos deixavam de existir). Uma ou duas vezes começou a chorar na firma de engenharia onde costumava prestar consultoria administrativa — fingiu que tinha engasgado com a própria saliva e despistou as atenções dos colegas.

Iago apertou as mãos com força, sulcando as palmas com as unhas. O rompante de choro foi indo embora, deixando que uma mixaria de lágrimas tomasse seu posto. A raiva veio em seguida, e ela era sempre uma ótima alternativa para a dor, o choro ou qualquer outra expressão de desespero. Muito melhor sentir raiva do que viver o futuro projetado por aquele quarto.

Iago voltou para a cadeira onde passou a noite. O corpo cansado, os olhos estavam pesados, mas a mente não dava trégua. Em algum momento, aquela mesma mente chegou a se perguntar se não seria melhor o fim. No instante seguinte, a mesma mente chegou à conclusão que o fim, naquele caso, não passava de uma ilusão.

Caso o menino... parasse, os passos seguintes não seriam mais fáceis. A mãe já dissera que preferia a morte, e Iago não sabia o que preferir, mas duvidava que poderia ser mais forte que a dor. Seu filho, seu primeiro filho, e o único filho que poderia ter com Cíntia. Ela passou por oito meses de complicações na gestação, e o momento do parto não foi mais favorável — culminou em uma histerectomia. *Hemorragia*, disseram. Sugeriram um espessamento de tecidos, "uma condição rara", inventaram qualquer lambança que os pais pudessem engolir. O menino vivia, então, que se fodesse todo o resto.

Jonas suspirou e Iago pensou na casa, no quarto, nos brinquedos. Nas infinitas fotos armazenadas na nuvem, nos smartphones, espalhadas pelos móveis. Pensou nos desenhos deformados e desproporcionais que o menino oferecia como presente, exigindo que fossem guardados como prêmios. Como poderia desmontar tudo aquilo? Esquecer? Tratar filho, amor e memória como pedaços de tempo que nunca voltariam a fazer parte do presente? Ou do futuro? As pessoas mais próximas ofereceriam as condolências na hora necessária, mas então, em dez ou quinze anos depois, alguém não tão próximo dispararia em um encontro casual no supermercado: "E o seu menino? Já se formou? Ele está com quantos anos? Vinte? Vinte e três?".

Morto, meu menino está morto.

Alguém bateu à porta e foi entrando. Era Denise. Vinte e cinco anos, enfermeira particular e cuidadora. Custava uma fortuna por semana.

— Boa tarde — ela disse.

Iago assentiu com a cabeça.

— Nada de novo?

— Nada de novo — ele repetiu e foi se levantando. — Eu vou dar uma esticada nas pernas, parece que alguém quebrou metade dos meus ossos.

— O senhor vai sair do hospital?

— Só vou comer alguma coisa, aqui mesmo na lanchonete.

Ela aquiesceu, muito séria, sem traços de piedade ou qualquer outro sentimento que pudesse ser catalogado. Melhor assim, coração vedado, rosto de pedra. Sinceridade.

— E a dona Cíntia?

— Ela teve outro surto anteontem. Começou a gritar, sentiu falta de ar, o pânico só terminou com um desmaio. O médico passou um remédio novo e quinze dias de molho. Sinceramente, eu não sei como isso vai ajudar minha mulher.

Duas semanas antes, o mesmo médico disse a Iago que seria melhor mantê-la afastada do filho, que seria mais fácil já ir "cavando esse afastamento". Cavar, esse foi o termo escolhido pelo filho da puta. Cavando. Como uma cova.

— Ela ainda está assimilando tudo isso — Denise disse. — E o senhor? Como o senhor está?

Ele fez o que pôde para esticar alguma simpatia no rosto. Não foi capaz.

— Tentando continuar de pé. — Meio sem vontade, caminhou até a porta. — Estou levando o celular. Vou tentar comer alguma coisa e já volto.

Denise aquiesceu e Iago saiu, tomando o corredor que levava à lanchonete que vendia salgados requentados à preço de prato feito.

Poucos metros depois da cantina e dobrando à esquerda, Iago encontrou seu verdadeiro destino.

A capela do hospital era pequena, contava com apenas quatro fileiras de bancos. Era iluminada com um verde bastante intenso, e vigiada pelos quadros de Jesus Cristo e Nossa Senhora, também de um outro santo que Iago não conhecia. No mesmo espaço havia uma gruta artificial, alguns peixes nadando, o som das águas era tranquilizante.

Iago deixou o corpo sentar em um dos bancos. Respirou fundo e olhou para a frente, diretamente para a figura de uma pomba branca, que deveria representar o Espírito Santo. Santo Deus, uma pomba... *A porra de uma pomba.*

Já conhecia a capela, a pomba e o som das águas. Havia estado pelo menos dez vezes naquele espaço, barganhando com Deus, tentando expressar o amor que nunca sentiu por ele. Mas poderia sentir, claro que poderia. Se Deus salvasse seu filho, ele poderia sentir qualquer coisa, fazer qualquer coisa, dizer qualquer coisa. Poderia tomar todas as dores e flechadas do cristianismo, uma por uma, todas para si. Iago ergueu os olhos até o teto da capela.

— Salve o meu filho. Se você está aí, salve o meu filho.

Pode ter sido a voz riscando a garganta, mas alguma coisa voltou a fisgar o choro, como um anzol. Iago mordeu os lábios, apertou as mãos, moveu os dedos dos pés dentro dos sapatos. O choro veio do mesmo jeito. O filho lá no fundo da mente. O sorriso que nunca ia embora, os primeiros passos, o jeito como ele acordava mais cedo, antes do despertador, e se atirava na cama dos pais, de mansinho, para não ser levado de volta. E vem a doença, o emagrecimento, o corpo virando papel. Pela primeira vez em oito anos, Iago não conseguiria ser o herói de Jonas, não salvaria a ninguém, muito menos a si mesmo.

A luz oscilou três vezes, e pareceu a Iago que o retorno se tornou mais demorado a cada piscada. Olhou para o reflexo da mesma luz inconstante nas águas, o leito também parecia mais calmo, silencioso, quase vítreo. Não parecia mais água, era quase um cristal.

O sistema elétrico chiava um pouco, como se o esforço de manter as luzes acesas tivesse sido onerado. O ar também estava diferente, mais rarefeito, mais frio. Iago secou os olhos e retomou o autocontrole. *Homem não chora!*, ouviu dizer. Mas os pais talvez chorassem, mesmo sendo homens, mesmo sendo duros.

Assim que a luz estabilizou, o alarme de emergência gritou no corredor. Iago fez menção de se levantar, mas um silêncio pleno e repentino o fez ficar onde estava. Não era algo que ele pudesse reconhecer como normal, parecia que alguém tinha desligado seus ouvidos por dentro. Não ouvia mais o alarme, as águas ou o chiado das lâmpadas. Não ouvia sua respiração acelerada, mas Iago Molina ouviu aquela voz:

— Um coração aflito é uma ferida aberta.

Iago virou o corpo com energia e encontrou o dono da voz. Um homem comum, alguém com cerca de quarenta anos, talvez um pouco mais velho. Pele levemente escura. Barbeado. Vestia camisa e calça social, não usava gravata, os cabelos escuros tinham um corte bem curtinho. Havia receptividade nos olhos castanhos, mas também havia perspicácia, algum ardil.

Iago ficou de pé.

— Eu não quero atrapalhar... — o outro homem disse.

— Não atrapalhou. Eu já estava de saída — explicou Iago, e ficou onde estava. O homem também continuou na fileira de trás, um pouco à esquerda da direção de Iago, sentado. Havia uma valise no mesmo banco.

— O senhor foi atendido? — o sujeito perguntou.

— E alguém é? — Iago escolheu uma resposta espirituosa, algo que não fosse ofensivo, mas não o fizesse mentir. O outro também estava em um hospital, dentro da mesma capela, possivelmente tentando se consolar de uma desgraça parecida.

— Tá ouvindo isso? — Iago perguntou.

— Só ouço a sua voz.

— Exatamente — Iago concluiu. Sem dizer mais, foi até a fonte, onde a água parecia cristalizada. Levou a mão direita ao fluxo, a pele se molhou, mas a água não corria, estava parada, inerte, mesmo ainda líquida. — Viu?

— E importa?

Iago passou a mão sobre a água para reforçar o que dizia. Quase não havia deformação no fluxo, apenas sua mão ficando molhada. Importava bastante na opinião dele.

— Eu quis dizer que nem tudo precisa ter uma explicação — o outro falou.

— Quem é você?

Obviamente, havia algo estranho naquela capela, e pode ter começado com a chegada daquele cara.

— Atílio.

— Bom falar com você, Atílio, mas eu preciso ver o meu filho. — Iago caminhou até a porta da capela, a cerca de seis passos de onde estava. Em cada um desses passos, sentiu um pouco de sua energia indo embora. Quando chegou à porta, a vertigem foi tão forte que ele precisou se escorar. O homem chamado Atílio já estava ao seu lado, apanhando seu braço direito em suporte.

— Eu preciso ver o meu... — Iago quase desfaleceu.

— Acredite em mim — Atílio o interrompeu —, você pode ver o seu filho, ou pode encontrar o cadáver do menino. É por isso que eu estou aqui, eu vim trazer uma escolha, Iago Molina.

II

— Se você ficar entre mim e o meu filho, eu passo por cima de você.

Atílio catalogou o aviso e continuou conduzindo Iago até um dos bancos. Colocou-o no assento com cuidado, depois sentou ao seu lado. Iago afrouxou mais o colarinho da camisa e reforçou a respiração.

— Eu pareço uma ameaça? — perguntou Atílio.

— Sei lá... De onde você saiu?

— Das suas preces.

Iago voltou a encará-lo.

— Você é um anjo? Um santo? — Grogue como estava, Iago não conseguia duvidar das duas possibilidades.

Atílio sorriu ternamente.

— Não acredito que um anjo desceria à terra por vontade própria, muito menos para atender um chamado humano. Mas um santo, como aquele cara no quadro da esquerda... bom, é possível.

Iago olhou para a pintura, com um homem estranhamente comum retratado nela. Não fosse pelas vestes, aquele santo poderia se passar por alguém moderno. Tinha boa estrutura física, um pouco calvo, olhar atento.

— Camilo era um enfermeiro cristão — explicou Atílio. — Beijava os pés e as mãos dos enfermos depois de acudi-los, cuidava dos pobres, dizem que sua mãe o concebeu aos sessenta anos.

— Você me drogou? — Iago perguntou. Sentia certa confusão mental, os sentidos estavam alterados. Atílio não respondeu, Iago não insistiu. Foi um período de silêncio curto, mas precioso.

— Você esteve nessa capela algumas vezes — Atílio voltou a falar —, e antes dessa capela, você esteve em duas igrejas da cidade. Fez promessas em uma delas, mas o poder além dos portões não está mais interessado nas pessoas. Por acaso você faz ideia de por que as preces sob os joelhos dobrados são as mais atendidas?

Iago deixou o corpo escorregar um pouco, a exaustão aumentava. Sentia como se estivesse prestes a adormecer.

— Acho que você vai me contar.

— De joelhos a pessoa fica entre o Céu e o Inferno, bem no meio do caminho.

— E você veio lá de baixo...

— Eu represento os direitos de quem pode tirar o seu filho daquela cama.

— E em troca?

— Precisamos de lealdade, de pessoas que não vão nos trair. Resumindo, nós temos um trabalho pra você, e somente para você, senhor Iago.

— Trabalho.

— Que será muito bem pago. E, como adiantamento, o senhor levará seu filho para casa em três dias. Poderia ser hoje mesmo, mas levantaria suspeitas, perguntas desnecessárias. Me parece mais prático dedicarmos a cura de Jonas aos inesgotáveis esforços da medicina.

— E se eu recusar esse... trabalho?

Atílio sorriu novamente, cheio de complacência.

— Do que você tem medo?

Iago não saberia dizer se era medo, mas sentia o erro, o desacordo. A própria alteração de suas percepções dentro daquela capela, a antinaturalidade com a qual flertava, lhe soava uma mutação desastrosa, uma aberração.

— Vamos colocar dessa forma — Atílio retomou a fala —, em uma realidade planejada, o futuro já aconteceu. Você saiu dessa capela, seguiu uma enfermeira chamada Cláudia e encontrou dois médicos na porta do quarto 307. Seu filho estava dando os últimos suspiros. Enquanto os médicos tentavam ressuscitá-lo, você se sentou apoiado na parede do quarto, fechou as mãos e pediu novamente para o outro lado, que sempre está muito ocupado. Sua esposa nunca se recuperou da morte de Jonas, ela tirou a própria vida seis semanas depois, jogando o carro na frente de um caminhão. Você tentou o mesmo com um revólver dois dias depois de enterrá-la, mas a bala entrou da maneira errada, o que permitiu que uma parte muito pequena do seu cérebro continuasse viva. Essa condição se prorrogou por onze anos, graças aos esforços do seu pai, que você despreza, para mantê-lo vivo nos aparelhos. Por onze anos, tudo o que você viveu foram as memórias de perder um filho e uma esposa. No dia da sua morte, a equipe do hospital comemorou, porque você finalmente estava livre.

— Meu Deus.

— Sim, essa parte era dele. A nossa é reescrever essa história.

III

E o tempo voltou a correr. Iago também o teria feito, se Atílio não o tivesse segurado pelo antebraço.

— Confia em mim, você não precisa ter pressa. As coisas serão diferentes a partir de agora.

Caminharam normalmente pelos corredores, no contrafluxo da correria de alguns enfermeiros e auxiliares. A campainha de emergência não parava de gritar. As macas indo vazias e voltando cheias.

— O que está acontecendo?

— Hoje é o seu dia de sorte, mas outras quinze pessoas desafortunadas perderam a vida em um acidente de ônibus na estrada para Terra Cota. As pessoas com chance de sobrevivência vieram para cá.

Uma das macas passou ao lado deles, uma mulher tinha um torniquete feito com um cinto. O antebraço e a mão esquerda tinham sido decepados no acidente. Ela ainda estava acordada, mas os olhos pareciam ausentes.

— Chegamos — Iago disse à porta do quarto 307. — O que acontece agora?

Atílio retirou do bolso um frasco de amostras. Era bem pequeno e de plástico, suficiente apenas para algumas gotas. O líquido em seu interior era bastante vermelho, mesmo com a opacidade do frasco.

— Faça o Jonas beber. Uma gota é o bastante.

— Eu vou dar sangue para o meu filho de oito anos beber?

— Se quiser que ele viva, vai fazer o que eu estou sugerindo.

Iago o encarou, vasculhando segredos que demorariam a ser compartilhados.

— Isso tem alguma relação com as coisas que eu fiz no passado? — perguntou. — É por isso que vieram me socorrer?

Atílio apenas sorriu.

— A enfermeira precisa sair do quarto quando o menino tomar o remédio. Esse é um momento entre você e o seu filho. Boa sorte pra vocês dois.

Atílio também já estava partindo, desviando do corre-corre para não atingir ninguém com a valise. Iago pensou em retê-lo, mas tinha algo mais importante para tratar naquele momento. Ele respirou fundo, apertou o tubinho nas mãos e abriu a porta do quarto.

IV

Iago chegou mais perto da cama e beijou a mão amortecida do filho. O cheiro de Jonas ainda era estranho, o odor de pele parecia exagerado, como se o corpo tentasse chamar a atenção para a própria ruína. Um pedido de socorro.

— Me dá um minutinho com ele? — disse para a cuidadora.

Antes de sair, Denise tocou a parte de trás do ombro de Iago com suavidade.

— Você é um bom pai.

— Estou tentando. — Ele esperou que ela saísse e fechasse a porta. E recostou a poltrona na maçaneta para não ser interrompido.

Apanhou o frasco de amostra e olhou mais de perto. Talvez não fosse sangue. O líquido era um pouco mais fluido, mais fino. Iago abriu o frasco e cheirou. Tinha um perfume frágil, ligeiramente floral. Não era ruim. Causava certo torpor, Iago também percebeu.

— Jonas, tá me ouvindo?

O menino não reagiu. Pode ser que respiração tenha se profundado, ou talvez não.

— Eu vou colocar um remedinho na sua língua. Não sei que gosto tem, mas vai fazer você melhorar. É vermelho, então pode ser de morango ou framboesa. E mesmo se for um gosto ruim, você precisa aguentar.

Palavras e mais palavras. Quando o coração não conseguia dizer a verdade, as palavras brotavam na ponta da língua. E se Jonas piorasse? Se piorasse muito. E se ele... não. Isso não.

Iago abriu o frasquinho e segurou o queixo de Joas com a mão esquerda, forçando a abertura da boca. O menino suspirou. Seu hálito estava embolorado, parecia uma bacia de uvas podres. Era terrível pensar nele daquela forma, sentir a repulsa ameaçando o amor. Iago precisava retirá-lo da rota da morte, precisava de alguma forma restabelecê-lo.

— Vamos lá, meu herói, me ajuda a salvar o dia.

O menino abriu os olhos no momento exato em que a gotinha vermelha se formava na boca do frasco. A pouca luz do dia que entrava pela janela a encontrou e a tornou mais apetitosa, a gota adquiriu a cor de uma semente de romã. O menino gostava da frutinha, achava engraçada. Por dentro da romã, as sementes pareciam uma joia. Mas aquilo não era uma romã, parecia muito mais com sangue, e o pai dele estava pingando aquela coisa na sua boca?

Logo a sentiu cair.

— É só remédio, é um remedinho novo, você vai ficar bom.

Jonas não reagiu e voltou a fechar a boca, depois fez o mesmo com os olhos.

Iago pensou em rezar, implorar, pedir uma última vez. Não o fez.

— Tá sentindo alguma coisa diferente?

Jonas puxou o ar com tudo, ruidosamente, com uma força que não era comum desde que ele se deitou naquela cama. Puxou o ar, e o ar ficou com ele, e puxou um poco mais, retendo, sem expirar.

— Precisa soltar, Jonas.

E Jonas continuou arfando.

— Filho, solta o ar.

Mais um fôlego, curto, já não havia muito espaço nos pulmões.

— Jonas, solta a porra do ar! Solta! — Iago gritou, forte o bastante para a ordem atravessar as paredes daquele quarto.

Jonas fincou os pés e os ombros no colchão e subiu o ventre, como se existisse um gancho puxando seu estômago para cima. A respiração parou como estava. Ele verteu alguma urina e travou os dentes, rangendo, como se sofresse uma eletrocussão. Começava a tremer, os olhos tão abertos que pareciam rasgar o rosto.

— O que foi que eu fiz? — Iago se entregou ao pânico. Ficou de pé, resistindo em tocar o alarme e chamar os enfermeiros. Estava matando o próprio filho, era o que a mente berrava. Mas o coração pedia mais alguns segundos.

Tudo ficava mais escuro. A luz sendo drenada do quarto. Estava de fato acontecendo, não era imaginação, estresse ou desespero, havia alguma coisa devorando a luz do ambiente. Em poucos segundos, o quarto mergulhou em noite, e a única coisa visível eram os olhos brancos de Jonas. Encaravam o pai com uma expressão de mármore.

Ushhhhhhhhhhhhh, o ar saiu do peito de só uma vez. O corpo desceu como se não tivesse mais substância, como se fosse o próprio ar. A luz do quarto foi voltando em seguida, na mesma cadência do corpo retornando ao colchão. As costas estacionando. Tudo inerte.

Eu matei meu filho, o pensamento chegou como uma imposição.

Jonas não conseguia tocá-lo, os olhos obcecados no peito do menino, esperando um movimento que não vinha. Iago passou as mãos no próprio rosto com certa violência, tentando acordar do pesadelo. Os olhos se fecharam nas palmas.

— Pai? Eu ainda tô no hospital?

Iago soluçou todo o choro que vinha acumulando. Soluçou tão forte que a voz esqueceu de sair. Agora chorava o que podia, sem fazer questão de esconder o rosto transtornado pela felicidade.

— Nós vamos embora, campeão — se acalmou o bastante para falar. — Nós finalmente vamos sair desse lugar horrível. Eu vou chamar alguém.

— Não, fica comigo.

Iago obedeceu. Ele abraçou o menino e o beijou, e o raspou com a barba por fazer e o fez reclamar. O abraçou não como pai, não como amigo, mas com o exagero de uma mãe.

— Amo você, Jonas, amo mais que a mim mesmo.

Iago se afastou da cama e se ajoelhou. Desceu o corpo com as mãos até o rosto tocar o chão, apertou até que não houvesse mais como descer. Fechou os olhos e relembrou a última oração que havia guardado. O que gostaria de dizer. E a *quem* deveria agradecer.

— Obrigado, Satã.

V

No estacionamento do hospital sempre havia bons carros. Automáticos, elétricos, híbridos, blindados, carros que nasceram para as corridas, mas que obedeciam aos limites de velocidade, pilotados pelos cinco médicos mais ricos de Três Rios.

Mas uma limosine era novidade.

Atílio abriu a porta traseira e ouviu a pergunta do homem que o aguardava no mesmo carro:

— Foi difícil?

— Nunca é fácil. Mas fica mais simples quando eles estão desesperados. — Atílio se acomodou no banco, de frente para o homem. — Vocês podiam ter escolhido outra pessoa, Aim. Eu fiquei pensando na minha filha o tempo todo.

— Foi por isso que funcionou. A empatia é uma força poderosa.

Aim acendeu o cigarro e deixou a fumaça cinzenta brincar com seu rosto negro.

— Homens como Iago já experimentaram muita coisa, precisa pegá-los de jeito ou eles escorrem pelos dedos.

— Fomos nós que adoecemos o menino?

— Quem sabe? Nós podemos ter gerado a doença, mas o pai foi o veículo. Ele abriu a porta, nós entramos. — Aim tragou novamente.

Atílio tossiu, odiava cigarros. Mas não diria isso a um demônio da grandeza de Aim.

— Esse... Iago Molina, ele é tão importante assim? — preferiu perguntar.

— Ele é assunto da mulher. Meu assunto foi escolher alguém, no caso você, para convencer o pai de que o menino seria salvo se ele concordasse com os termos.

Atílio riu.

— Ele nem chegou a conhecer os termos.

— Ele irá, Atílio, pode ter certeza que ele irá.

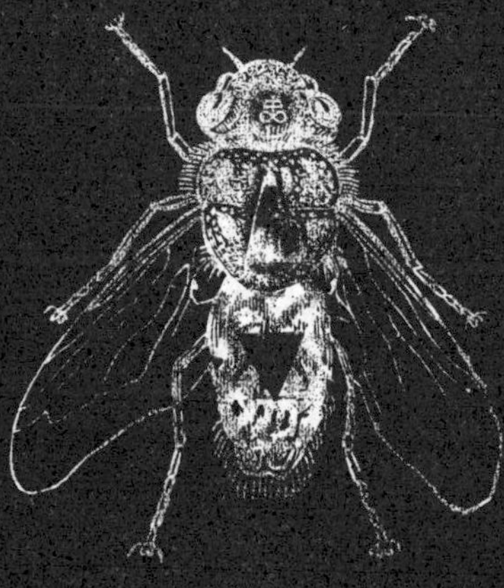

2
Negócios

I

O que a agonia impõe de lentidão, a esperança oferece de velocidade. Foi dessa forma que os quinze dias seguintes voaram para os Molina. Bem depressa, os humores melhoraram, as noites voltaram a ser dormidas, os primeiros sorrisos apareceram nos rostos.

— Tem certeza que você precisa ir? — Iago ouviu a pergunta pela terceira vez.

Na frente do espelho do quarto, ajustou as fraldas da camisa e o cinto, tentando equilibrar os amassados do tecido. A situação da internação do filho havia sugado cinco ou seis quilos de seu corpo original.

— Eu não posso perder essa oportunidade. O Jonas está melhorando depressa, mas nunca se sabe. Precisamos de algum dinheiro para alguma emergência. Falando nisso, cadê ele?

— Jogando videogame de novo.

— No tablet?

Cíntia assentiu com uma expressão de *mea culpa*. Era uma espécie de consenso entre os pais que Jonas não perderia a visão e parte da massa encefálica na frente das telas.

— Ele ficou todo esse tempo sem, então...

— É justo — Iago acatou. — Como eu tô? — ele se virou de frente. Cíntia deu uma boa olhada, colocou a mão no queixo e o observou por cima dos óculos.

— Bonito demais para uma reunião.

O local do encontro não agradou muito a Iago, da mesma forma que não o agradou descobrirem seu número de telefone sem perguntarem a ele. Mas não era disso que eram feitos os milagres? De coisas boas e não ditas e jamais explicadas?

Ainda era o começo da noite para muitos moradores de Três Rios, e mesmo passando bem pouco das nove, as ruas estavam vazias. A cidade continuava ecoando os horrores do Açougueiro, do seu *ressurgimento*. Na primeira onda de assassinatos, na década de 2010, o criminoso foi "encontrado" pela polícia, mas quase todos desconfiavam que a notícia da captura era falsa. Há poucos meses, um homem fora encontrado desmembrado, canibalizado no bairro do Limoeiro. Mais tarde, dois ou três corpos apareceram na mesma condição. Foi um pouco antes da onda de escândalos do grupo empresarial Hermes Piedade, maior conglomerado da região, vir à tona. Mesmo com as autoridades descreditando a autoria dos crimes, O Açougueiro de Três Rios moraria para sempre nos corações da cidade, adormecido e esperando a hora de destrinchar carne humana outra vez.

O Waze perdeu o sinal quando o carro passou pelo bairro Colibris. Não era novidade. Os especialistas apontavam anomalias na recepção de sinais analógicos e digitais em algumas partes da cidade, possivelmente influência da cidade vizinha de Terra Cota ou das camadas mais profundas do solo da região, que escondiam um grande depósito natural de quartzo. Em duzentos metros o sinal voltou, e Iago precisou fazer duas curvas desnecessárias para retornar à rota.

Não era um bom lugar para se perder. Ruas escuras e sujas, policiamento inexistente, pouquíssimas pessoas transitando. Dessas, um número ainda menor mereceria confiança. Eram usurpadores, não havia outra forma de defini-los. Pessoas que aprenderam a viver como ratos e já não conseguiam se comportar de outra maneira. Coletores, ladrões, aproveitadores.

Quando o letreiro luminoso quebrou a hegemonia da noite, Iago precisou olhar duas vezes para conseguir acreditar no que via. Parecia impossível que uma lanchonete como aquela existisse em um dos bairros mais podres de Três Rios.

Estacionou o carro, mas antes de afogar o motor deu uma olhada no retrovisor, procurando uma possível companhia. Aproveitou para ajustar os cabelos que há anos começaram a ficar ralos e rebeldes. O preço da idade, um dos muitos preços da idade.

— Vamos lá, seu Iago — disse ao reflexo de seus olhos —, o pior você já fez.

Desceu do carro e deu mais uma olhada no lugar.

Era um vagão de verdade, possivelmente mais de um, unidos em solda, adaptados a uma lanchonete. "Vagão do Turco", brilhava o letreiro rosa fluorescente, como uma homenagem ao filme *Ruas de Fogo*, de 1984.

De fora, pouco se via do interior. O vagão era alto, as janelas protegiam a intimidade dos frequentadores.

Iago saltitou ridiculamente sobre os sapatos para quebrar a ansiedade crescente, respirou fundo e subiu as escadas. Era um lance curto, apenas nove degraus, e em cada um deles a respiração acelerou um pouco. Havia uma substância diferente contaminando os sabores da periferia, azedando e amargando, tornando tudo um pouco depravado. Era o que Iago sentia, *o erro*, quando ele atravessou a porta do Vagão.

II

Havia três pessoas no bar-lanchonete.

O atendente, o homem e a mulher.

O atendente, ainda bem jovem (poderia ter saído de uma academia ou da novela das nove), cuidava de alguns copos e louças no balcão. Ele cumprimentou Iago discretamente assim que ele entrou. O homem sentado à mesa (usava um terno cinza, estava de costas para a entrada) não se distraiu da mulher (também à mesa, de lado para a entrada). Ela também não desviou os olhos do homem, até que ele se despediu, depois de um minuto de espera de Iago, que fingia inspecionar o local à procura de uma mesa. O homem que saiu estava um pouco vermelho, o rosto úmido por uma aparente exposição ao estresse. Acendeu um cigarro antes mesmo de chegar à porta. A mulher passou sua atenção ao smartphone. Não era um modelo que Iago tivesse visto antes. Era todo de vidro, parecia ter o circuito embutido dentro dele, camuflado de algum jeito. Quando a mulher o colocou em descanso, tudo virou vidro, completamente transparente.

Era uma mulher em posição de comando, Iago percebeu assim que a viu. Havia alguma coisa dentro dos olhos castanhos, um tipo de radiação que só os líderes possuem. Quando ela também o encarou, Iago se sentiu um pouco invadido, como se ela conseguisse ler cada linha do seu rosto. Ele raspou a garganta e chegou mais perto da mesa.

— É a senhora quem eu devo encontrar?

Ela olhou de lado.

— Tem mais alguém aqui? Pode se sentar, Iago.

Direta como uma facada. Ele gostava disso, embora não soubesse se comportar da mesma forma. Puxou a cadeira e sentou. Ajustou a camisa amassada pelo cinto de segurança.

— Quer beber alguma coisa? — ela perguntou.

— Gim. Um gim tônica está ótimo.

— Dois, Danilo — ela pediu ao barman, que parecia distraído, mas catalogava cada palavra trocada nas mesas. Ele aparentava experiência e segurança apesar da pouca idade.

O silêncio à espera das bebidas soou ligeiramente constrangedor, mas Iago conhecia o sistema. Tire do conforto antes, domine depois; o bê-á-bá da domesticação emocional.

Com os drinks à mesa, ela estendeu a mão direita.

— Lucrécia. — O aperto forte, na medida certa. — E você é o homem que eu mandei buscar.

— Parece que sim — Iago sorriu. — Iago Molina.

Um primeiro gole nas bebidas.

— Seu menino está melhor?

— Espero que sim. Quer dizer, ele saiu do hospital e está ganhando peso. Dona Lucrécia, eu não quero parecer ingrato, mas... quem é a senhora? E como descobriram meu telefone?

Ela sorriu de leve, sem perder a confiança.

— Você sabe com o que está lidando, então podemos dispensar essa parte da enrolação. Seu telefone é nosso porque todo resto é nosso. Sua vida, sua esposa, a vida do seu filho. E se você continuar caminhando conosco, eu garanto que o que você tem ficará ainda maior.

— Você é... ele?

— Meu nome é Lucrécia Trindade. Já limpei as privadas desse restaurante, estive no Inferno algumas vezes, tenho uma ferida consolidada na perna esquerda, e ela foi feita pelo próprio Lúcifer.

— Puta merda.

— É, um grande puta merda.

Ela deu mais um gole na bebida, e havia tanto prazer em chocar Iago que Lucrécia sorria enquanto engolia o gim.

— Eu trabalhava no Vagão, garçonete de segundo turno. Uma coitada mais coitada que as outras coitadas. Uma noite eu estava lavando os copos, cuidando da minha vida e ouvi a conversa de três clientes. Eles estavam sentados naquela mesa bem ali — apontou. — Um deles era um desses homenzinhos tarados e nojentos, ele parecia um porco. O outro era bonitão, bem-vestido, parecia mais decente. O terceiro homem era bem jovem e cheio de autoconfiança. E ele tinha... aquela coisa, sabe? Não, você não saberia, mas uma mulher sentiria uma espécie de impulso de se atirar nele. Descobri naquela noite que eles eram do andar de baixo, do mesmo porão que providenciou a cura para o seu filho.

— Então Atílio e todas as coisas que aconteceram na capela do hospital... foi tudo real?

— Você sabe que sim, meu caro, você sabe.

Lucrécia se abaixou na lateral da mesa e subiu uma valise, Iago apostaria um rim que não havia nada ali quando ele se sentou.

— Gosto dos computadores e de toda essa parafernália moderna, mas o papel ainda tem seus feitiços — ela foi explicando, enquanto sacava folhas impressas da valise. O primeiro dos documentos tinha o nome de Iago Molina em letras grandes.

— Pelo que diz aqui, você começou a se interessar pelo nosso pessoal no final da década de noventa. Eu estava lá também, sabia? Bem novinha, sonsa, mas eu me lembro. Todas aquelas ideias obscuras e bandas de rock, foi um tempo muito interessante para fazer escolhas espirituais.

— Eu não escolhi nada, pelo amor de Deus.

Lucrécia ensaiou algo crítico no rosto. Trocou a ordem dos papéis.

— Você entrou para a Estrela Eterna em 2001. Em dez anos, foi promovido três vezes nos graus decadentes, matou duas cabras, um cachorro e algumas galinhas. Bebeu sangue, deflorou uma virgem em solo profano e caminhou pelo fogo em busca de Satã, depois de jejuar e se autoflagelar por uma semana. Esqueci alguma coisa? — Ela devolveu o olhar a ele.

— Não pode estar falando sério. Vocês me chamaram aqui por causa das cagadas que eu fiz quando era moleque?

— De jeito nenhum. Você está tendo essa oportunidade porque pediu, com toda a sua fé, que intercedêssemos em favor do seu filho. Estamos aqui reunidos porque alguém lá embaixo desenvolveu um senso de afeto e confiança por você, mesmo depois de você tê-lo negado. Com tudo o que dizem sobre ele, Satã é muito bom em perdoar, sabe?

— Como eu posso aceitar uma coisa dessas?

— Você já aceitou. E você sabe.

Tomaram mais um gole de gim, o que estava no copo de Iago começou a amargar no fundo da língua, como alguma coisa podre.

— Me escuta, Iago. Você não é o único. Todos os dias uma multidão de desgraçados verga os joelhos pedindo a atenção de Lúcifer. Todos os dias alguém perde um filho, toma um chifre, descobre uma doença fatal.

— E por que decidiram me ouvir?

— Porque você é um pacote completo. Ambição, capacidade e desespero. As três máximas para transformar um monte de poeira em um castelo. Tenho seu currículo completo, e quando eu bati os olhos em tudo o que você já fez, em todo esse talento desperdiçado, puxa vida, eu só conseguia me perguntar como você não ficou rico antes dos trinta.

— Eu tentei.

— E?

— Na maior parte dessas empresas, em algum momento alguém me passou para trás. O chefe, o melhor amigo, a filha do chefe que decidiu exigir o meu cargo. Depois que a gente ganha uns cabelos brancos... — Iago cedeu um sorrisinho. — Hoje minha experiência vale menos que dez mil moleques em uma rede social.

— Bem menos, Molina. Bem menos.

— E quais são os benefícios? Além de manterem meu filho seguro, obviamente. Não posso abrir mão disso.

— Ninguém tocará na sua família enquanto estiver conosco. Além desse ponto, podemos conseguir dinheiro, mulheres, homens, químicos, podemos conseguir qualquer coisa que mantenha você feliz e alinhado com os nossos negócios. Isso inclui um carro novo, se estiver precisando.

Lucrécia acendeu um cigarro. Sem que Iago pedisse, ela estendeu um tubinho a ele.

— Eu parei. — Ele se explicou.

— Eu sei. Provavelmente por medo de ter câncer. Você não precisa mais se preocupar com isso.

Iago sentiu a boca salivando.

— Pra matar a saudade — disse.

O primeiro trago foi como transar de novo depois de dez anos. Após o terceiro, o vício se tornou menos urgente e doloroso, mais confortável. Iago olhou para as paredes redecoradas, para o balcão luminoso, para o luxo improvável daquela ferida urbana chamada Vagão do Turco.

— Curioso?

— Um pouco.

Lucrécia passou a mão direita sobre a taça, suavemente, quase acariciando suas bordas úmidas.

— Escolhi o Vagão porque me lembra de onde eu vim, e para onde eu não posso voltar. Por mais estranho que possa parecer, foi nesse pedaço de chão podre que eu descobri como viver de verdade, como me tornar alguém. Se eu não tivesse passado tudo o que passei aqui, e as coisas piores antes de chegar nesse lugar, eu provavelmente estaria com alguns ex-maridos e uma filha de vinte anos me tratando como uma idosa.

Iago riu.

— E isso seria tão ruim?

— Não. Mas eu prefiro estar morta. Voltando aos negócios, você está familiarizado com o nome Wladimir Lester?

— Lester... Lester... não me soa estranho. Mas não. Acho que não sei quem é.

— Wladimir Lester foi o maior aliado involuntário que o Inferno já teve. Pelo menos na parte do Inferno que me compete.

— Existe mais de um?

— Quase isso. O Inferno muda quando você olha pra ele. Como cada civilização pensa de uma forma diferente, o Inferno se reconfigura. O próprio Lúcifer se reconfigura. Mas voltando à Lester. A história é que o pai de Wladimir era um feiticeiro cigano. Ninguém além do chefe sabe muito bem de onde ele veio, ou como aprendeu a falar com o demônio, mas o fato é que Juan Lester abriu as portas para nós. Na verdade, ele nos sugou. Wladimir é ainda mais poderoso que o pai, mais talentoso, um prodígio. Foi assim que o chefe se interessou por ele. O menino era um artista sem precedentes, dentro e fora das telas. Barro, vitrais, gesso, ouro e lixo... Quando confrontou o pai, Wladimir produziu uma espécie de elixir, um concentrado de danações e sofrimentos humanos que, nas condições certas, é capaz de promover milagres.

— E foi isso que eu fiz meu filho engolir.

— Foi isso que não deixou seu filho apodrecer em um caixão, lago.

Fez-se algum silêncio. E, com o silêncio, era possível ouvir os copos tremendo nas mãos do barman. Lucrécia olhou para ele e sorriu. Não gostaria de matá-lo. Danilo era um rapaz bonito.

— Há alguns dias eu consegui encontrar Wladimir Lester e levá-lo até o Inferno. Agora ele está repousando nas asas de Lúcifer, e assim permanecerá até recuperar a vitalidade que os anos roubaram. Sua parte, enquanto isso, é reerguer o império que ele deve assumir.

Foi isso que não deixou seu filho apodrecer em um caixão, lago

Foi isso que não deixou seu filho apodrecer em um caixão...

Foi isso...

— Por onde eu começo?

— Estrela Eterna. Aquele pulgueiro precisa se tornar uma igreja para Satã.

III

Iago fez questão de esticar o caminho para casa em pelo menos meia hora.

Ainda tentava assimilar os últimos dias, mas principalmente as últimas horas. Era tudo verdade. O que parecia brincadeira, o que parecia terrível, o que parecia impossível. O que aconteceria se as pessoas soubessem que existe uma guerra por suas almas em cada esquina, e que apenas o demônio está trabalhando nas trincheiras?

Entrou em casa sem fazer muito barulho. O plano era chegar antes das onze, e já passava da uma.

Havia uma substância nova morando entre as paredes, percebeu assim que entrou. Projetava uma espécie de insegurança. Iago sentia alguns arrepios, seu sistema físico parecia avisá-lo sobre o perigo oculto. A boca também estava mais seca, os ouvidos tentavam amplificar os sons da casa. Mas o que poderia ser? Medo? Apenas medo?

Um copo tilintou no armário. Não era nada. Nunca era nada.

Um caminhão passando na rua, talvez a dilatação das madeiras dos móveis. As leis fundamentais da física — a melhor ferramenta para afastar o oculto.

Decidiu sentar um pouco na sala, talvez ligasse a TV. Ou, melhor ainda, recorreria ao Youtube, que rapidamente o entorpeceria com centenas de podcasts, e cortes e propagandas de gadgets que jamais usaria em sua vida. Bateu o dedo no controle remoto e a TV ficou como estava. Devia ser a pilha. Desde que Jonas ficou doente, ninguém ligava muito para a televisão. Também não ligavam para a sujeira do carro, para o cheiro do banheiro, pouco importava se tinha comida azedando no fundo da geladeira.

Iago olhava para a escuridão da TV, pensando em Lucrécia e nas decisões que precisaria honrar. Mergulharia no abismo, era isso o que faria. Depois de décadas afastado daquela água suja, beberia dela outra vez.

Ouviu algo na TV que o fez prestar mais atenção, um estalinho, como se alguém golpeasse a tela com as unhas.

O reflexo que tomava a tela o confundia. Pelo bem de sua sanidade, que aquilo fosse uma confusão. O reflexo mostrava que havia alguma coisa com ele, na sala, atrás da poltrona. Uma sombra grande e humanoide. A coisa filtrava a claridade que vazava da abertura da porta. Parecia ter constituição forte, era muito alta (quase da altura do batente), e o cheiro que tomou a sala era de uma podridão absoluta. Havia outro espectro ao lado da coisa grande; era menor, mais gordinho. Tinha algo preso no pescoço, uma corda que ia até o braço do outro.

Iago cruzou as mãos no colo e apertou os nós dos dedos. Sentiu os olhos lacrimejarem. As coisas estavam lá, seguras de sua invisibilidade, espionando. Estavam prestes a entrarem na mesma sala. Iago não conseguiu mais olhar.

Não abra os olhos, não abra, não abra! Não importa o que aconteça, não abra os olhos.

Ouviu o primeiro passo, pareceu um saco de cimento caindo no piso da sala.

Tum.

O corpo inteiro varrido por um tremor.

Tum... tum...

Sentia-se observado, não como homem, mas como caça.

Conseguia ouvir uma respiração. Parecia vir de um equino. Forte demais, decidida demais, constante no ritmo. Sentiu algum calor vindo da parte de trás da poltrona, depois a temperatura cresceu pela lateral. Incomodou sua nuca, a pele de seu pescoço. Estavam perto, estavam bem do seu lado.

Olhos fechados, não abra os olhos, não olhe pra eles. Se não olhar, não é real.

Mais um passo.

Tum.

Se não olhar não é real!

Ouviu um relincho. Não uma impressão distante, mas algo que travou os tendões de seu corpo.

Sabendo que era real, começou a abrir os olhos.

Ainda conseguia ver um deles pelo reflexo na TV. Estava atrás da poltrona, a cabeça inclinada para a esquerda, e o que devia estar no rosto, os olhos, observavam a metade direita do rosto de Iago. O menorzinho havia desaparecido, só restava o gigante. Da posição em que estava, com um mínimo movimento do pescoço, Iago o veria diretamente. Sentiu mais uma vez o hálito, ouviu o som pastoso da saliva da coisa nadando pela boca. Parecia penetrar seu ouvido esquerdo.

— Eu... eu estou do seu lado — Iago disse.

No instante seguinte, viu pelo reflexo da TV a forma agigantada se expandindo e tomando toda a sala com sua escuridão. Tomou paredes e o teto. Tomou cada pedacinho. Iago piscou os olhos e a tímida luz presente na noite conseguiu renascer, como um alvorecer discreto e desencorajado. Ele olhou para o reflexo na TV, havia partido. Levantou-se lentamente e procurou os rastros da entidade pela sala, esperando não os encontrar. Foi parcialmente atendido. Nada havia de humano, de presença física, mas o odor da ferrugem e do enxofre estavam lá.

Iago voltou a conferir o cômodo com a luz de emergência do celular. Deu a volta até a parte de trás da poltrona.

No chão, logo atrás das costas do assento, havia dois pequenos círculos de fuligem, deviam ter quinze, vinte centímetros de diâmetro. Iago se aproximou e eles se foram, como se tivessem sido assoprados pelo vento. Vento que não existia naquela sala. Já o medo continuou ronronado, suspirando, até o amanhecer do dia.

IV

Como muitas cidades do interior paulista, Três Rios também era o lar de algumas ordens sociais discretas. Sociedades dentro da sociedade, irmandades dentro de inimizades, laços entre pessoas que, de outra forma, jamais se relacionariam em um nível tão profundo.

Uma das mais famosas sociedades "secretas" na região de Três Rios era Os Filhos de Jocasta, mais conhecidos como os Homens do Porão. Também havia a Maçonaria, Lions Clube, Rosa Cruz, havia o mesmo que existe em qualquer outro lugar onde um pequeno grupo de pessoas detém conhecimentos sigilosos sobre o resto da população. Parte dessas sociedades sempre flertou indiretamente com a religião, e muito dessa característica servia apenas para emprestar-lhes credibilidade — e algum abatimento nos impostos.

A Estrela Eterna surgiu em 1977, quando um homem chamado Zênite Argentum se desgarrou do sincretismo dos Filhos de Jocasta e montou sua própria congregação, essa, sim, indiscutivelmente religiosa. Assumidamente devoto do anjo escuro, Zênite fez de sua igreja um paraíso corrompido na Terra (um éden construído de ritos orgásticos, cerimônias profanas e sacrifícios diversos). A igreja atuou até 2002, quando um escândalo envolvendo a filha de um delegado de polícia promoveu seu fechamento. Desde então, pouco se sabia do pastor Zênite, exceto que ele talvez ainda celebrasse seus cultos sozinho, na calada da noite, enquanto os vizinhos ouviam seus gemidos.

Iago estacionou o carro à frente da igreja e foi golpeado por uma onda de memórias.

O que recordava, no entanto, era bastante diferente do que via agora. A fachada da igreja, por exemplo, antes era novinha, e apesar de discreta, tinha um certo charme. Era feita de concreto, mas revestida de madeira, para se assemelhar a igrejas da Nova Inglaterra, que descendiam da estrutura original de celeiros. O pé direito da construção era alto, o teto tinha uma caída agressiva, e era composto por telhas ecológicas. Na fachada da igrejinha havia uma estrutura de torre; sobre a torre, uma cruz minimamente invertida (parecia uma cruz simétrica a um olhar distraído, mas as medidas não mentiriam para uma régua). As madeiras eram escuras, puxando para a cor de imbuia. A porta de entrada era branca, assim como as suas seis (três de cada lado) janelas laterais. Tudo estava no mesmo lugar, mas nitidamente abandonado, descorado, deixado à própria sorte.

Iago bateu palmas. Um cachorro latiu do outro lado da rua. Mais cinco latiram pela extensão do quarteirão.

A Estrela Eterna ficava em um bairro afastado, bastante impopular. Quando foi concebida, havia uma promessa que o Jardim Pison se tornasse o lar de condomínios de alto padrão, mas jamais aconteceu. Com a cratera que se abriu no bairro na década de 2000 e perdurou por semanas, atraindo crianças jornalistas e estudiosos, os ricos fugiram como criminosos.

Não havia sinais de resposta, mas Iago não calculava que pudesse ir embora e deixar como estava, não depois da conversa com Lucrécia.

Toda a proteção do terreno era um portão de ferro antigo, há anos maculado pela ferrugem. Iago verificou a tranca do portão menor, de acesso a pedestres, e estava aberta. Ele passou e o fechou atrás de si. Caminhou até a lateral da igreja. Voltou a bater palmas.

Quando frequentou aquele lugar, sempre havia uma chave extra para os mais experientes, para que pudessem entrar sem precisar bater à porta ou interromper as cerimônias intermináveis que aconteciam no interior da Estrela. A chave costumava ficar em um pequeno jardim, embaixo de uma pedra falsa, que ocultava uma caixinha. O jardim fora reduzido a uma terra seca e farelenta, mas a pedra ainda estava no chão.

Iago usou chave e sentiu o bafo fedorento assim que a porta se abriu.

Um punhado de merda, urina, mofo e podridão lançados em seu nariz. O fedor era tamanho que ele precisou recuar. Respirou o ar do lado de fora duas vezes e voltou a entrar, fechando a porta.

Não estava totalmente escuro, as janelas (mesmo cobertas) ainda permitiam que alguma luz entrasse.

Dizem que não há nada que não dê para se acostumar, e foi assim com a fedentina. Ela existia, mas já não repelia como antes. Iago avançou pela igreja, acessando as memórias que dormiam dentro ele. A Estrela ainda era como se lembrava. Duas fileiras de bancos, teto e paredes adornados com tinta preta, um tapete vermelho arrastando os fiéis até o altar. A estátua vagabunda, feita de fibra de vidro, ainda estava à frente do local. Corpo humano, cabeça de bode, cascos, pernas cruzadas sobre o trono. Dois grandes seios e um grande pau. As palmas das mãos estendidas sobre os joelhos, para oferecer ou tomar qualquer coisa. Enrolada no pescoço da estátua, uma serpente de duas cabeças.

— Zênite?

Iago logo reformulou:

— Tem alguém morando aqui?

Seria melhor perguntar se tinha alguém apodrecendo, mas não parecia muito cortês. Iago continuou caminhando, relembrando as sombras que o tempo tentou apagar de sua mente. Amou naquele salão. Sofreu. Ficou mais puro e mais santo. Então descobriu que o homem ao qual se devotava era um farsante. Foi o que pareceu quando Zênite foi espancado até quase morrer dentro daquela mesma igreja. Não havia poder nele. Não havia santidade. Apenas corrupção.

Com o silêncio e a acústica privilegiada da igreja, Iago conseguia ouvir o mínimo ruído. O que escutava agora eram patinhas. De que bicho, não gostaria de pensar. Estava no teto. Ou nas paredes? Concentrado no ruído áspero, Iago acabou ouvindo uma respiração. Parecia urgente e acelerada, como se tentasse compensar uma possível escassez de oxigênio. Iago se abaixou suavemente, até que seu ouvido direito ficasse encostado no chão. Pressionou um pouco. Ouviu mais claramente.

Sem perder mais tempo, arrastou os bancos do lado esquerdo até o conjunto chegar na parede. A entrada para o porão sinalizada por uma argola de ferro fundido continuava no chão. Iago a puxou para cima e uma folha de madeira grossa, de um metro e meio por um metro e meio, encaixada em relevo, se destacou. Ele a rodou para o lado e sentiu mais daquele fedor terrível.

— Eu tô descendo — se anunciou.

O porão da Estrela havia sido estruturado para as piores práticas. Torturas, sacrifícios, canibalismo, depravações da carne que chocariam os devotos menos preparados do andar de cima. Iago havia estado naquele subsolo uma única vez, para levar água a um penitente. O que viu o manteve no andar de cima.

A única luz do lugar estava acesa, fraca e ineficiente, mas ela conseguia mostrar o que se escondia naquela tumba.

— Caralho... — Iago disse quando os olhos se acostumaram.

O chão estava salpicado de carne podre. Havia vermes, moscas e decomposição. Com a condensação do chorume, do *necrochorume*, a umidade ficou aprisionada nas paredes, untando as superfícies como óleo queimado. Com a presença de Iago, as moscas acordaram, e a parte mais ansiosa do batalhão passou por ele em um enxame barulhento.

Em um cantinho, enrolado em um cobertor ensebado, o homem velho que Iago procurava tremia de febre, sujo e corrompido, marcado pelos fungos. Havia uma poça de urina e fezes sob ele. Havia vômito em seu cobertor. Zênite estava perto de encontrar a morte.

— Zênite. Eu sabia que era você.

— Foi ele quem te mandou? O nosso pai? Lúcifer finalmente me ouviu?

Iago se aproximou e apanhou um frasquinho de seu bolso. Era da mesma qualidade que recebeu de Atílio, apenas a cor parecia ligeiramente mais escura. Lucrécia entregou a ele no final da reunião no Vagão.

— Quem é você? — Zênite perguntou em seu estado de decrepitude.

— Precisa tomar isso pra melhorar.

— Eu não vou fazer nada enquanto não me contar quem é você! — o velho usou o resto de energia para gritar. O hálito podre tinha o mesmo cheiro da carne do chão. O resto dele era pus, feridas e lixo.

— Iago, mestre. Seu afilhado batizado pelo fogo.

Lentamente, Zênite ergueu a cabeça. Olhou para Iago, manteve o rosto no dele. Não foi imediatamente, mas, quando o reconheceu, o moribundo se encheu de contentamento. Chegou a sorrir com os dentes amarelados e amolecidos que mantinha a boca. Sem conseguir controlar sua emoção, ele tomou o rosto de Iago e o beijou na boca.

— Me tira desse lugar, minha benção.

V

Mesmo não sendo humano, o estranho gostava de sentir o vento.

Muitas vezes passava o dia todo sentado em um dos bancos de concreto da praça do Tridente, onde uma pequena legião de idosos se reunia no início da manhã e nos finais da tarde para jogar baralho e reclamar de suas coisas desinteressantes. O estranho fechava os olhos e sentia o sabor do vento, sentia na ponta da língua os segredos que ele contava. Quando se entediava com o vento, o estranho jogava um pouco com os velhos, ouvia suas provocações, tomava algum dinheiro deles.

A cidade gostava de desprezar o que tinha de mais especial, e nessas tardes mornas, onde tudo parecia esquecível, a verdadeira essência das coisas podia seguir seu caminho em paz.

Sentia o cheiro de um novo adultério no quarteirão seguinte. E a felicidade de alguém que ganhou a quina na loteria. No mesmo bloco de casinhas, uma criança enterrava seu cachorrinho morto no quintal. Três casas depois, uma jovem de quinze anos descobria que estava grávida, e o filho era do tio, irmão da mãe. A jovem era apaixonada por ele. Dois quarteirões adiante, uma mulher de meia-idade se preparava para contar à família que tinha descoberto um câncer no intestino. Na casa da frente, dois adolescentes perdiam a virgindade ao mesmo tempo. Alguém fumava maconha pela primeira vez, alguém perdia o emprego pela terceira vez, alguém desistia de se explicar e decidia sair de casa para nunca mais voltar. A vida humana explodia, morria e renascia, nas sombras, sem ninguém dar importância.

— Sabia que encontraria você aqui — a voz feminina disse.

Já sabendo de quem se tratava, o homem não precisou olhar para ela.

— Como vai, Lucrécia?

— Conforme combinamos.

— Não foi o que eu perguntei.

Lucrécia se sentou no mesmo banco, ao lado dele, observando a reunião dos velhos que pululava a praça.

— Estou bem — ela disse. — Sempre me adaptando.

— Alguma coisa que eu possa fazer para facilitar esse translado?

— Você já fez, Lú.

O príncipe estava diferente desde a chegada de Wladimir Lester. Provavelmente devido à chegada de Wladimir Lester. Lúcio Ferro, um dos rostos de Lúcifer, agora aparentava cerca de quarenta e cinco anos. Os cabelos ainda eram fartos, mas estavam curtinhos, e um pouco mais claros. Nas têmporas, fios platinados brotavam, à semelhança da barba pequena e discreta. As rugas existiam, eficientes em aumentarem seu charme. Ele já não viajava com um Maverick, mas com um Rolls Royce.

— Iago encontrou seu amigo — ela informou.

— Zênite nunca foi um amigo — Lúcio respondeu. — Aquele homem é uma barata. Ou um piolho.

— E os homens não são todos iguais?

Lúcio arfou o ar intoxicado da periferia. Soltou lentamente.

— Quando as pessoas precisam de alguma coisa, elas se tornam melhores. Todo homem que pede uma graça está exercitando a humildade, a indulgência, está moldando sua própria vontade. Zênite foi um desses. No momento em que ele montou sua congregação e começou a ser adorado, o Inferno se tornou dispensável. Eu trato a todos como meus amigos, como meus irmãos, mas exijo receber o mesmo tratamento. Mas me faça feliz, Iago conseguiu tirar aquela lacraia do buraco?

— Ele me telefonou ontem. Mesmo com a nossa ajuda, Zênite precisou de três dias de internação. Desidratação severa, anemia, escorbuto, o corpo estava na reserva. Ele já está recuperado e cuidando dos preparativos para a reinauguração da Estrela.

— Tem alguém de olho nele?

Lucrécia assentiu.

— Precisamos de sincronia, Lucrécia. A igreja, a galeria, nossos financiadores, tudo precisa funcionar ao mesmo tempo, como uma chuva de flechas. E se você tiver um tempo, eu gostaria de saber a quantas anda o nosso braço digital. Cantão está à frente disso?

— Está sim. Do jeito dele, mas está.

Lúcio suspirou.

— Às vezes eu ainda me pergunto por que eu o mantive no Inferno.

— Por que você gosta dos canalhas? — ela perguntou de volta.

O Diabo riu e olhou mais uma vez para os velhos viciados em truco.

— Definitivamente eu gosto deles.

VI

Iago chegou em sua casa mais cedo, por volta das quatro da tarde. Preparou uma vitamina com Whey Protein e banana, assistiu a um pouco de TV aberta, e desde então estava trancado em seu escritório. Por duas horas seguidas, pesquisou os imóveis encomendados por Lucrécia. Encontrou três que serviriam, ambos espaçosos e deslocados do centro, como ela mesma sugeriu. Depois de horas de busca, os braços já doíam na altura dos ombros, mas o feed do Instagram continuava rolando, enchendo os olhos não com imóveis, mas com uma variedade interminável de corpos femininos.

Amava ver o corpo de Cíntia, ter o corpo de Cíntia, mas desde o início da doença de Jonas (talvez um pouco antes) ela não era mais a mesma. As coisas boas fogem, mas as ruins se acomodam depressa, era o que dizia seu avô. Com o tempo, a vontade dela também se acomodou, por conta da idade, por conta dos problemas. Por não ser mais vontade.

Ele também tinha se acomodado. Não fazia o tipo traidor, não por decisão, mas por nunca ter sido capaz de atrair muitas mulheres. Fora dos negócios, Iago chegava a ser tímido. Uma característica que também mudava depressa em seu sistema.

Desde que reencontrou Zênite, pensava em sexo com uma frequência muito maior. Não apenas o pensamento de fazer, de pegar, de gozar. Era diferente, Iago experimentava uma espécie de corrida contra o tempo para compensar seus anos perdidos. Talvez o agente excitante fosse o poder. O fato de se sentir novamente relevante, de sentir-se valorizado. Sentir-se gente. Iago ampliou o zoom na tela ao notar uma mulher mais voluptuosa, de ancas largas, de tetas grandes. Sentiu vontade de entrar nela bem ali, de enfiar o pau na tela do computador.

— Amor? Posso entrar?

Iago se endireitou na cadeira e puxou a calça social no cavalo, para folgá-la um pouco. Cíntia já estava empurrando a porta.

— Chegou cedo? — ele perguntou.

— Cancelaram duas reuniões — Cíntia explicou. — Privilégios — sorriu.

Era uma piada interna. Cíntia era formada em arquitetura, mas ganhava a vida como decoradora de ambientes. Seu grande filão eram as pessoas ricas de Três Rios, gente que andava com os Piedade e outros magnatas emergentes da cidade. Os *privilégios* eram as piores características dos clientes. Desmarcar reuniões, distorcer prioridades, tratar todo colaborador como desnecessário e bobo da corte, esse tipo de coisa.

— Esses me pagam de qualquer jeito. Aliás, já me pagaram. Muito trabalho por aqui?

— Comecei a dar uma olhada no prédio para a galeria.

— Encontrou?

— Acho que sim. Certeza, mesmo, só depois que a Lucrécia aprovar.

Cíntia tinha a pele bem branca, descendia de italianos. Iago notou seu rosto ficando rosado ao ouvir o nome da CEO.

— Eu vou conhecer essa mulher um dia?

Iago conhecia aquele tom. Não gostava.

— Entrou no escritório pra reclamar da minha chefe?

— Bom, a casa também é minha. E eu estou reclamando à toa?

O celular de Iago bipou. Ele virou a tela para baixo.

— Toda essa cumplicidade em tão pouco tempo... Isso é bem esquisito.

— Não é cumplicidade, Cíntia, é trabalho. Se eu quero entender o que ela precisa, o que a empresa precisa, nós precisamos estar afinados.

— De administrador sênior de empresas a corretor de imóveis... É bom estar valendo o salário, Iago, porque não parece uma coisa muito boa pra se colocar no currículo.

— Preciso mencionar quem engavetou o diploma de arquitetura pra babar o ovo dos ricos ou podemos parar por aqui?

Os rostos se fecharam ainda mais, as bocas — felizmente — decidiram fazer o mesmo. Cíntia estendeu o dedo mindinho em um acordo infantil de paz. Iago o selou. Depois das animosidades iniciais, a conversa poderia caminhar para onde ela queria desde o começo.

— Você já tinha percebido que o Jonas fala dormindo?

Iago pensou um pouco.

— Ele geme e resmunga quando está muito cansado, mas falar é novidade. Deve ser comum, oito anos é uma idade engraçada. Quando eu era menino, tinha pesadelos quase todas as noites, minha mãe chegou a chamar uma benzedeira.

— Eu acho que ele tem paralisia do sono. Ontem eu ouvi ele falando e fui dar uma olhada. O Jonas estava sentado na cama, falando e olhando para a porta, mas não tinha ninguém lá. Eu parei na frente dele e ele ficou do mesmo jeito, falando com alguém.

— Conseguiu entender o que ele falava?

— Era quase um cochicho, não consegui entender nada. Ele ria, depois ficava sério, parecia uma conversa com alguém. De repente ele me olhou e... acho que ele ficou sem respirar. Só voltou ao normal quando eu dei um chacoalhão nele.

— E não lembrava de nada?

— Ele falou que não.

— Pode ser sonambulismo. O Jonas acabou de sair de uma internação, ficou dias sem muita consciência, é a maneira que o corpo dele encontrou de colocar tudo no lugar. — Parecia uma boa hora para colocar a si mesmo no lugar, então Iago se levantou e foi até ela. A abraçou. Cíntia deixou o rosto em seu ombro. Iago voltou a sentir o calor e aumentou as apostas, a beijando no pescoço, a apertando com mais força contra si.

Estavam sozinhos naquele meio de tarde. Jonas chegaria da escola por volta das seis. Isso era mais tempo do que precisariam. O cheiro dela continuava bom. Iago a beijou na orelha, bem de leve. Cíntia se descolou dele.

— Estou toda suada. Eu ainda preciso tomar um banho e passar no shopping, combinei de fazer as unhas com as meninas. Consegue pegar o Jonas na escola pra mim?

Iago manteve a boca fechada, o que para ela significou um sim. Ela se afastou do abraço de vez.

— Tem pizza na geladeira se vocês sentirem fome.

Cíntia saiu do escritório e Iago continuou como estava, pensando no que ainda poderia fazer para salvar seu casamento. Talvez não houvesse nada a ser feito. Quando a coisa acaba, ela acaba.

VII

Iago precisou de ajuda para seu próximo objetivo.

Mesmo sendo um entusiasta das artes plásticas e da boa música, ele ainda era bastante amador nos detalhes técnicos, detalhes que incluíam o tópico "como agradar magnatas que, mesmo sem sentir a arte nas vísceras, tratam as galerias como sua principal forma de exposição social".

A pessoa escalada para a missão foi outro amigo deixado na berlinda dos anos.

Alex tinha trinta e dois, gay, refinado, trabalhava desde 2015 como representante de uma confecção de roupas femininas para pagar as contas, embora sua paixão fosse o ocultismo, o teatro e a arte. Conheceram-se na igreja de Zênite, quando Alex era praticamente uma criança. O velho Zênite gostava dos meninos, cercava-se deles com suas promessas de sucesso e beleza eternas. Como um vampiro, sugava a energia mais pura de seus amantes, trocando os jovens por outros assim que o sabor da carne deixasse de surpreendê-lo.

— Juro que eu não esperava ver você de novo. Quando li a mensagem, pensei que o velho tinha sido promovido a cadáver.

Estavam dentro do carro de Iago, rodando a cidade e visitando imóveis que poderiam hospedar a nova exposição encomendada por Lucrécia. Até aquele momento, haviam visto três prédios pré-selecionados por Iago. Dois eram péssimos, sem o espaço físico necessário, sem localização, sem nada. O terceiro era um imóvel muito bom, mas infelizmente ficava próximo demais do centro de Três Rios. Alex explicou a Iago que os admiradores da arte — dita *inconvencional* — preferem lugares discretos e afastados, bairros arruinados onde as exposições emergem como tumores malignos capazes de gerar milagres.

— E o Zênite quase morreu mesmo — explicou Iago. — Ele precisou passar uns dias no hospital.

— O que ele tinha? Descobriram?

— Tudo. Desnutrição, desidratação, ele também tinha alguns vermes e uma infecção fúngica. Zênite mantinha uma dieta de carne crua há anos. Ele disse que estava se purificando, tentando recuperar as graças do Inferno.

— Aquele bode jogou fora as graças do Inferno, como jogou fora todos nós. É para ele que estamos trabalhando? Porque se for isso...

— Estamos trabalhando para quem manda, não pra quem pede.

Iago puxou o Renault para a esquerda, desviando de um buraco no asfalto. As armadilhas existiam em várias partes da cidade, mas o Limoeiro era um campo minado. Ninguém ligava, o bairro era o lar das manchetes criminosas dos jornais, o suprassumo da incivilidade. Havia gente boa morando em suas casinhas? Claro que sim. Mas eram reféns. Da cidade, das notícias, de si mesmos.

— O GPS diz que é aqui — Iago diminuiu a velocidade.

O que havia à direita do Renault era um prédio de três pavimentos, de arquitetura colonial, à beira de ser condenado. Em alguns pontos, as paredes foram reduzidas aos tijolos, o sistema de calhas estava despencando, toda vista do térreo estava protegida por tapumes.

Naquele horário, o sol agonizante da tarde incidia de uma maneira interessante na estrutura, a dividindo em metade clara e metade escura, em dia e noite. O prédio possuía alguma nobreza escondida, mas estava tão oculta no abandono que se confundia com a velhice. Graças aos véus de nylon para proteção dos pedestres, tudo parecia aprisionado em uma teia de aranha. Nas três sacadas do andar de cima, havia um catálogo de pichações das diferentes facções criminosas que infestavam o bairro. Entre as tipografias estilizadas, frases de amor, luxúria e evangelização.

— É aqui sim — disse Alex. Havia um brilho novo em seus olhos.

Iago apanhou as chaves e abriu um dos cadeados presos aos tapumes.

Precisou se esticar já no primeiro passo dentro do terreno, para não pisar na carcaça de um cachorro que apodrecia no concreto. Já estava bastante corroído, quase não havia carne, a pele moldava os ossos da cabeça. Parecia sorrir, como uma hiena. Pelo menos já não fedia tanto. Iago olhou para trás, esperando reconhecer um mesmo desapontamento no rosto de Alex. Viu o oposto. Ele parecia estar entrando em um palácio.

— Como está de estrutura? Não está condenado, espero — Alex falava com Iago e caminhava com alguma ansiedade, a fim de chegar à porta principal do prédio. Era imensa. De madeira muito velha, ainda sólida como carvalho.

— Segundo a defesa civil, ele ainda aguenta uns anos. Mas eles querem aprovar qualquer tentativa de restabelecer o prédio.

O espaço além da porta não tinha nada de especial, a não ser mais pichações, dois colchões apodrecendo e algumas latinhas de alumínio escurecidas pelo fogo, possivelmente usadas no consumo de crack e outras drogas populares entre os sem-teto.

— Iago abriu a segunda porta. Uma camada de poeira desceu antes que a luz entrasse. Com o brilho da tarde, uma ratazana do tamanho de um gato se ofendeu e saiu correndo.

Ainda em seu estado de encantamento, Alex respirou profundamente o ar apodrecido do térreo.

— Dá pra sentir o cheiro da miséria humana — disse.

O buffet vinha dos colchões e cobertores apodrecidos, que agora serviam como o ninho de outras espécies. Alex passou as mãos pelos azulejos, havia restos de gordura e poeira, antigas memórias.

— Que lugar é esse? — acabou dizendo a si mesmo, sem se dar conta.

— Já foi de tudo. Residência de um magnata do couro, prostíbulo, foi uma confecção de roupas nos anos 1950. Em 1975, um homem comprou o prédio e se mudou para cá, sozinho. Ele ganhou uma bolada na loteria, comprou um carrão e enfiou o resto do dinheiro nesse prédio. Isílio Valente rodava pela cidade à procura de mulheres em situação de rua e trazia as moças para morar com ele. Em pouco tempo montou um harém com sete mulheres. Com a notícia se espalhando, imaginava-se que ele tivesse dinheiro escondido. Três assaltantes invadiram a casa e torturaram as pessoas que moravam aqui, ficaram duas semanas com os reféns. O massacre terminou quando alguém da vizinhança ouviu gritos e chamou a polícia.

— Que horror — Alex disse. — Alguém sobreviveu?

— Uma das moças. Os assaltantes não a mataram porque ela estava esperando um bebê. A mulher não quis prestar queixa e desapareceu de Três Rios.

— Descobriu tudo isso na internet?

— Direto com o dono. Ele mora aqui mesmo em Três Rios, perto daquela videolocadora que os Pirelli reabriram.

Alex passou a mão em outro trecho de parede, como quem faz um carinho.

— Uma história trágica pode ajudar — disse Alex. — As pessoas são mais mórbidas do que parecem. Se elas puderem voltar pra casa em segurança, pulam de cabeça em qualquer chiqueiro. Aquilo ali é uma caixa de som? — Apontou para a parede à frente, do lado esquerdo que se esticava até a abertura para a escada.

— Restos mortais da Corpus Christi. Esse prédio também foi uma boate nos anos noventa. Você só entrava com convite pessoal, e, depois que entrasse, o Inferno era o limite. Não era feito para o pessoal daqui da cidade.

— Que loucura.

— Quem tocava o show era um narcotraficante famoso, você deve ter ouvido falar dele. O Rei Invertebrado.

— E quem não ouviu. Tínhamos nosso próprio Pablo Escobar em Três Rios — Alex comentou.

— A boate durou cerca de dois anos, fecharam quando a polícia matou o Rei. A última atividade comercial do prédio foi um açougue, por isso as paredes desse andar são azulejadas. Os donos conseguiram o alvará, funcionaram por uns meses, mas não passaram da segunda inspeção da Vigilância Sanitária. Os fiscais encontraram muita coisa vencida, carne sem procedência, a população estava sendo envenenada.

Subiram as escadas, com o cuidado de testar o pavimento a cada dois degraus. Não havia mais corrimão, apenas os furos de fixação continuavam nas paredes. O avanço foi lento. No segundo andar, o chão era de madeira. Estava tudo muito gasto, riscado, mas, segundo Alex, um verniz e algumas substituições resolveriam tudo.

A verdade é que Alex estava encantado com o ranço daquela construção. Seduzido a tal nível que ele participaria pessoalmente da reforma.

Para a surpresa dos dois, a arquitetura era diferente no segundo nível. Havia corredores, divisórias, quartos e banheiros. Tudo em um mesmo estado de abandono, mas o esqueleto parecia forte.

— É perfeito, Iago. Você precisa ficar com ele. Eu já consigo ver os quadros expostos, as esculturas distribuídas em nichos dedicados. Olha só esse lugar, nós podemos fazer dois corredores centrais e abrir para as laterais, como um sistema vascular, entende?

— A estrutura aguenta tudo isso de parede?

— Temos o santo Drywall, mais barato e mais rápido que qualquer parede. A fachada carrancuda do lado de fora nós deixamos bem perto do que já está. Se conseguirmos mexer bem pouco, só mesmo para tornar tudo seguro... — Alex confabulou em voz alta. — Por dentro, deixamos parecendo um castelo. Esse contraste junto a uma iluminação certa... imagina comigo, Iago, tudo preto, do chão ao teto, alguma iluminação indireta em tons de vermelho e verde, talvez roxo. Podemos estruturar um novo sistema de som ambiente, uma experiência sensorial completa!

Iago estava calado, tentando alcançar a visão quadridimensional de seu amigo. Tudo o que via era um prédio que poderia desabar com um peido forte.

— Por que você ainda não disse sim?

— Estava pensando em quem vai tocar essa loucura. Eu sou bom em administrar empresas e em conectar pessoas, mas não entendo nada de alvenaria, muito menos no caso de um projeto tão específico.

— Querido, olha pra mim. Tudo o que você precisa está bem aqui. Só me garanta carta branca pra contratar meu pessoal.

— Tem certeza? Nosso amigo Zênite vai estar na outra ponta desse novelo, não vou mentir pra você.

— Desde que ele não esteja dentro de mim, aquele velho pode se enfiar onde quiser.

Iago sorriu. Era sempre um prazer lidar com gente de verdade.

VIII

Cíntia tinha acabado de terminar a videoconferência de duas horas com suas melhores amigas. O assunto dessa vez girava em torno da mais nova crise conjugal de Ana Luiza, que tentava içar o casamento do abismo há quase quatro anos.

As cinco amigas dividiam um grupo no WhatsApp onde geralmente se sentiam livres das famílias que escolheram ter. Cíntia estava com um ótimo estado de ânimo no final da conversa, renovada depois de atestar que os problemas conjugais gostavam de mudar de endereço, mas em essência continuavam os mesmos: falta de atenção, parceria e significância. O que não faltava eram as apalpações na cozinha, exigências por mais sexo, reclamações sobre o cansaço da esposa e a escassez das lingeries que começavam a ficar grandes e beges, enquanto eles, os rapazes, mantinham suas cuecas furadas como troféus de sua masculinidade.

Estava um pouco mais cansada que as outras, não negaria. Até mesmo mais cansada que Ana Luiza. Também sentia mais falta de Iago, afinal de contas, daquelas cinco mulheres, apenas ela e Daniela ainda não haviam pulado a cerca. Os professores eram os preferidos para os casos extraconjugais. Personal trainer, professor de dança, de tênis, de tênis de praia, voleibol e culinária... Uma das mulheres, Liana, ensaiava um affair com o professor particular de matemática do filho. Talvez também devesse tentar. Sentir o prazer de outra forma, usar o anzol de outro homem para içar o tesão que Iago nunca fisgava.

Perto das quatro da tarde não havia ninguém em casa, e Cíntia aproveitou para conferir as gravações da noite anterior. Desde que Jonas começou a ficar doente, ela não conseguia ter uma noite de sono completa. Acordava de hora em hora, assustada, com o coração aos saltos. Imaginava encontrá-lo morto. Não dizia a ninguém, mas esse era o motivo de sua insônia. A expectativa de entrar no quarto e encontrar tudo quieto, seu corpo durinho, durinho, com a mesma temperatura da noite. Os olhos abertos buscando a ajuda que nunca veio. A boca torta para um dos lados.

Chacoalhou a cabeça para espantar os pensamentos terríveis.

Seu lugar preferido na casa era a sala onde assistiam televisão. Uma memória dos tempos mais auspiciosos do casamento. Nos primeiros anos, ela e Iago se visitaram em todos aqueles móveis, exceto a poltrona de Iago, comprada depois. Mas transaram na poltrona dupla, na mesinha de centro com vidro espelhado, transaram no tapete e no chão de porcelanato, e algumas vezes ela ficou com os joelhos ralados, de tanto transar. Então tudo mudou, esfriou, deixou de ser. Sentia falta dele, sentia sim.

Mas do outro ele, do Iago mais atencioso e menos estressado. Agora ela o tratava como pai, o provedor da casa. Um companheiro que, na cama, tinha a utilidade de um edredom. Ele também se distanciava... sentiria o mesmo? Cíntia o ouvia falando com a tal Lucrécia. Rindo, todo satisfeito e gentil. Estaria comendo ela? Sendo comido? Devorando e sendo devorado com toda gentileza possível? Filho da puta.

Apertou o play no aplicativo de vigilância. Na tela, Jonas dormindo, inocente, saudável.

Talvez Iago ainda fosse honesto, talvez ele também tivesse razão quando disse que as frases noturnas de Jonas eram apenas "coisas da idade". Mas se assim o era, por que soava tão assustador?

Na gravação, nada de fala. Jonas dormia.

Era tanto amor que Cíntia puxou um zoom, para ver seu rosto redondinho, seus lábios finos como os do pai, um menino tão bonito. Deus o salvou, mas por que o fez sofrer tanto tempo naquele hospital maldito? De quem era a conta que foi cobrada de Jonas?

Na gravação da noite passada, um movimento nas cortinas. Pareceu vento, mas também pareceu que alguém tocou o cetim e o tule por dentro. Um único golpe, o tecido acordando e repousando. Jonas pode ter percebido. Ele abriu os olhos e se sentou na cama, olhando para aquele mesmo ponto. Mesmo desperto, não parecia acordado, seu rosto continuava inexpressivo. Embora a boca se movesse, era como se ele todo fosse um transmissor, um reprodutor de palavras.

Cíntia concentrou o zoom nas cortinas, ainda havia movimento. Agora discreto e macio, duelava com as palavras de seu filho. Ela ouvia a voz de Jonas, mas o que saía parecia outra língua. Uma que ela desconhecia. Havia um estalado na garganta, uma coisa engasgada.

Sentiu um arrepio.

A sensação grudou nela, como uma goma feita de sujeira e medo. Assustada com a própria reação, Cíntia se levantou e esfregou os braços; o fez com força, como se arrancasse de si a estranha substância. Não parou. Não passou. Ela deixou o celular na sala e foi até o quarto de Jonas.

Havia um cheiro novo no cômodo. Era ruim, parecia adulto. Um odor doce e penetrante, enjoativo. Cíntia cheirou a cama, pensando em coisas que jamais diria. Uma gota de felicidade a tranquilizou quando não percebeu o mesmo cheiro nas fronhas, no lençol, no pijama de Jonas que o aguardava aos pés da cama.

Olhou para as cortinas em seguida. Estavam paradas, claro que sim. Deveria ir até lá? Tocar nos tecidos e se certificar? Faltava coragem. Que tipo de mulher ela era? Que tipo de mãe?

Entre os brinquedos, Jonas não tinha nada parecido com um bastão de baseball, nada para golpear e machucar, mas o Skate que há meses não saía do quarto faria esse favor. Cíntia se equipou dele, mesmo sabendo o quão ridícula aquela situação se tornava. Lutar com a cortina, puta merda.

A mão direita segurou o skate, a esquerda se preparou agarrar o tecido. Estava a dois passos da cortina. Cíntia estava prestes a rir de si mesma quando o tule recebeu outro golpe invisível.

Naquele momento estranho, assustada e dentro de um quarto pouco iluminado, ela conjeturou que seria possível. Uma presença, uma entidade, uma porção de coisas que, contadas ao pé do ouvido, tiraria o sono de uma pessoa adulta. Em um fragmento de tempo muito pequeno — teria durado um segundo? — o tule se moveu mais uma vez.

Livre do tecido, havia metade do rosto de alguma coisa. Era cinzento, pálido, a pele parecia folgada sobre os ossos. O olhar era de surpresa e receio, como se tivesse sido flagrado. A visão desapareceu instantaneamente, e foi tão rápida que poderia ter sido uma mentira, uma ilusão, imaginação.

— Deus do céu — Cíntia falou enquanto recuava um passo, porque skate nenhum confrontaria aquela... coisa. Ela acabou o soltando.

O skate quicou no chão e as cortinas se acalmaram, mas Cíntia ouviu passos corrediços pelo quarto, como se um animal arisco escapasse de seu encarceramento. Não viu quem ou o quê, mas viu brinquedos caindo, sentiu a corrente de vento, alguma coisa esfumaçada passou à sua esquerda, se chocando contra a porta entreaberta do quarto.

— Meu Deus, meu Deus do céu! — gritou. Ou achou que sim. A voz não saía.

A mente racional tentou se convencer de que era um animal. Um pássaro, talvez? A camada mais profunda se perguntando: onde estava? Algum bicho consegue se mover mais depressa que o reconhecimento dos olhos? Sim, um morcego faria isso, talvez fosse um morcego. Mas não foi o que ela viu. E ela realmente viu? Ou pensou que viu?

Cíntia apertou as mãos no peito como uma criança, fechou os olhos e começou a falar baixinho, tentando não chorar:

— Tira isso daqui. Eu não sei o que é, mas tira daqui. Deus, tira essa coisa da minha casa.

O abajur deslizou do móvel de cabeceira. A lâmpada do teto acendeu e apagou.

— Tira daqui, Deus, por favor tira daqui — ela repetiu.

Um lápis rolou do móvel de cabeceira para o chão, e tudo pareceu quieto de novo.

O silêncio continuou. O mundo todo calado, os olhos fechados. Uma brisa nova correu pelos cabelos de Cíntia, brincou com sua nuca. Era agradável. Era perigoso. Como o toque de uma cobra deslizando sobre a pele. Cíntia abriu os olhos, só um pouquinho, e notou a cortina se movendo graciosamente, se acomodando.

Poderia sair correndo imediatamente? Claro que sim. Mas faria sentido deixar como estava? Arriscar que seu filho também encontrasse aquela... coisa?

Aproximou-se de novo das cortinas diminuindo o peso dos passos, convencendo o corpo a lutar contra os instintos. Fosse o que fosse, precisaria ver mais uma vez. Apenas para ter certeza, para não ser ou se sentir uma descompensada.

Cíntia puxou a cortina com o que tinha de força, puxou tão forte que o tecido se abriu em um rasgo. Do outro lado, nada que pudesse ver, apenas a parede nua, branca, imaculada.

Sim, e o cheiro de podre continuava no quarto, como um registro frágil e momentâneo daquela... do que quer que fosse aquilo. Talvez estivesse mesmo descompensada. Estresse? É, sim, o estresse faz dessas coisas. Estresse podia ser curado com Rivotril e uma boa conversa com as amigas.

Amém.

IX

Lucrécia era excelente em muitas coisas, mas ela nunca aprendeu a tolerar atrasos. Já estava no Vagão do Turco desde às nove e cinquenta da noite, dez minutos antes do horário combinado para o encontro com Iago Molina. No momento, passavam das dez e quinze e nada do infeliz aparecer. Para tornar tudo mais satisfatório, Aim, antigo companheiro de negócios, havia sido convocado para aquele encontro. Ele olhava para a mulher com um sarcasmo denso e irritante.

— Seu contratado está ciente de quem nós somos e quem representamos?

— Mais do que um homem comum suportaria, Aim. Ali está ele — Lucrécia sorriu. Havia alívio naquele riso. O sentimento foi obliterado assim que Iago se aproximou da mesa.

— Pareço alguém que tem tempo a perder?

— Não, Lucrécia, de jeito nenhum. Posso me sentar? — perguntou. Iago ofegava bastante, estava um pouco suado na testa.

Ela indicou uma cadeira e Iago se sentou. Esticou a mão direita para Aim. A mão ficou no ar.

— Esse é Aim Lamé, ele também trabalha pro Lúcio.

— Algum problema com a minha mão, moço? — perguntou Iago a ele. Era uma pergunta divertida, tentando quebrar o gelo.

— Eu não aperto as mãos de um homem até confiar nele.

Iago sepultou a expressão divertida e deu o caso por encerrado. Era só um aperto de mãos, nada que ferisse seu orgulho.

— Ficamos um pouco receosos com o seu atraso — Lucrécia explicou. — Aconteceu algum problema?

— Minha esposa. A Cíntia às vezes tem umas... crises.

— Podemos ajudar de alguma forma? — Lucrécia perguntou.

— Eu não sei. A Cíntia não tem dormido muito bem faz algumas noites, e agora ela não me deixa dormir também. Vocês têm alguma coisa a ver com isso?

— Com a insônia da sua esposa? — Lucrécia perguntou.

Aim riu.

— Seu atraso está perdoado — Lucrécia continuou —, mas vamos aos negócios. Como estão indo nossos projetos?

— Melhor do que eu esperava. A Estrela Eterna está pronta para recomeçar as reuniões, Zênite está recuperado, não tivemos nenhuma ameaça das autoridades na reforma dos prédios.

— Estamos lidando outra vez com Zênite Argentum? — perguntou Aim. Iago percebeu algo em seus olhos, um brilho exagerado, e não conseguia mais parar de olhar. Por um milésimo de segundo, o círculo que limitava as íris de Aim pareceu incendiar. O próprio Aim aproveitou para explicar.

— Eu sou um demônio, humano. Não no sentido figurado, mas um de verdade. Se você ficar me encarando, eu transformo você em carne moída.

Iago mudou os olhos para Lucrécia.

— É melhor ouvir o que ele diz.

— Zênite é um verme — Aim disse. — Ele é menos que um verme. Tudo o que você fizer por esse homem, ele irá subverter ao próprio benefício. Ele pegou dois dos meus para realizar seus favores, teria conseguido mais demônios se eu não tivesse chegado a tempo. Seu amigo vai dizer que é escolha dele viver de carne podre, mas na verdade fomos nós, com o consentimento de Lúcifer, que jogamos o infeliz naquele buraco.

— Mas ele não era um... colaborador? Um soldado?

— O Inferno não precisa de puxa-sacos interesseiros, precisa de pessoas que possamos confiar.

— Ele vai andar na linha — Iago disse. — Zênite tem suas falhas, centenas delas, mas ninguém conduz uma congregação como ele. Eu sei porque já vi acontecer, eu fiz parte disso.

— E a galeria? Já conseguiu alguma coisa?

Iago sorriu, satisfeito como um garoto que se prepara para apresentar um dez na prova de matemática. Apanhou um tablet novinho da valise para ilustrar o que diria. Com o adiantamento que recebera de Lucrécia, tecnologia não era um problema.

— Pensei em enviar por e-mail, mas queria apresentar pessoalmente.

Aim deu um risinho.

— Eu senti o cheiro da sua vaidade assim que você desceu do carro.

Iago o ignorou e entregou o tablet à Lucrécia.

— São fotos da reforma. Ainda estamos trabalhando, mas eu queria dividir com vocês.

Ela parecia satisfeita. Passava as fotos lentamente, o rosto queria aprovar. E ela o fez muito quando não criticou nenhuma imagem.

— Temos previsão para terminar?

— Duas semanas, três, no máximo.

— Uma semana e meia parece perfeito — ela devolveu o iPad a ele. — Vou colocar outra pessoa para os ajustes finais, preciso de você em outra frente.

— Depois de todo o trabalho que eu desenvolvi? Eu gostaria de concluir essa primeira...

— Você já concluiu — Aim disse.

— Você ganhou nossa confiança, Iago. Já está feito, tudo certo, missão cumprida. Nós vamos pagar seu amigo Alex, e inclusive daremos um bônus para vocês dois.

— Tudo bem, um bônus não vai cair mal. O que mais vocês têm pra mim?

Lucrécia efetuou uma pequena pausa, para quebrar a aceleração do momento e dar a devida importância ao que diria.

— Precisamos que você recupere as maiores realizações de Wladimir Lester.

— Peraí, gente. Eu entendo de imóveis e reformas, entendo um pouco de demonologia, mas eu não entendo nada de obras de arte.

— Não estamos pedindo pra você pintar a *Mona Lisa*, humano. Você só precisa recuperar alguns quadros e esculturas. O grosso do material nós já conseguimos.

— Agora você pergunta "por que eu?" — Lucrécia sugeriu. — Vá em frente, Iago. Eu quero ouvir.

Ele concordou.

— Por que eu?

Lucrécia sorriu, com um pouco mais de apetite.

— O Inferno não escolheu seus serviços porque você é um gênio, ou um grande administrador. Você não é nem mesmo um grande pai, Iago, além de ser um filho ausente e um marido medíocre.

— É sério que estou ouvindo toda essa merda depois de ter conseguido o que vocês queriam?

Aim sorria. O sofrimento de um humano, mesmo um sofrimento moral tão pequeno, não deixava de ser um deleite.

— Você tem uma qualidade fundamental, muito mais importante que todas as outras — explicou Lucrécia. — Carisma, Iago. Você tem carisma. É por isso que você está trabalhando com a gente.

— Tudo bem, eu vou tomar como elogio. Você tem um ponto de partida? Por onde eu começo a procurar?

— O problema maior está concentrado em uma cigana chamada Sofia. Ela já fez alguns negócios com o Lú, mas está irredutível em ceder as obras.

Iago se recostou à cadeira, cruzou os braços.

— Eu não quero sugerir um crime, mas nós sabemos que poderia acontecer. Uma cigana velha assaltada, alguns quadros roubados, quem se importaria?

— Ela precisa ceder, precisa concordar — Lucrécia explicou. — Quem cedeu a tutela desses materiais a ela foi o próprio Lúcifer, e ele não pretende pedir uma reversão.

— Pedir?

— Existem poderes em jogo — Aim complementou. — Pactos selados há milhares de anos, acordos entre potestades e principados, condições que devem ser seguidas por anjos, humanos e demônios. Um acordo não pode violar o outro, um pacto não pode ser desfeito a menos que as duas partes entrem em novo acordo.

— Vá até lá, Iago — disse Lucrécia. — Converse com Sofia e descubra se existe alguma coisa que possamos oferecer em troca.

— E o que eu preciso procurar?

— Uma estátua e alguns quadros.

Aim respondeu melhor:

— Os santos da sua nova igreja.

X

Não parecia grande coisa.

Pelo que Iago observava, *O Estranho E O Mágico: Produtos Raros* era só mais uma lojinha encravada nos comércios miseráveis da rua Carneiro Justo. Não frequentava muito aquele bairro, muitos não frequentavam, afinal, foi na mesma região que o Açougueiro, lendário assassino de Três Rios, fez suas primeiras vítimas na década de 2010.

Iago gostava um pouco menos do calor efervescente do asfalto, dos pedestres suicidas que corriam na frente dos carros tentando atravessar a rua antes da hora, dos flanelinhas que exigiam pagamento para limparem seu para-brisas com mijo e não riscarem a porra do seu carro. O puro creme do milho brasileiro.

À porta do comércio, o cheiro de incenso de canela o fez espirrar. Conteve o acesso das narinas, matando dois espirros na sequência, e entrou. Parecia mais frio no interior da loja, como se houvesse um ar-condicionado instalado. Não havia, é claro. Tudo o que existia era uma infinidade de itens que, se não eram cenográficos, poderiam gerar algumas buscas e apreensão da polícia. Esqueletos, animais empalhados, órgãos de animais desidratados, diferentes venenos naturais... Havia uma sessão inteira com *próteses reutilizáveis à venda*, retiradas de antigos usuários.

Ninguém se interessou em atendê-lo, então Iago circulou pelas prateleiras, catalogando matéria-prima para possíveis pesadelos. Não se considerava covarde ou impressionável, mas não era todo dia que alguém se deparava com um culto ao mau gosto como aquela lojinha.

Pelas pesquisas que fez, o estabelecimento operava sob o comando de Sofia Lester desde os anos setenta. Originalmente era uma loja de panelas de alumínio e cobre, passando a revenda de tecidos e confecções, e estacionando no comércio inusitado que ele via agora.

— Vai ficar olhando ou vai me contar o que você quer? — Alguém o pegou desprevenido com a pergunta.

— Oi, eu quero falar com a dona Sofia Lester.

— Serve essa, fio?

Servir, servia. Mas não parecia grande coisa.

— Muito prazer, dona Sofia, meu nome é Iago Molina.

Ela o presenteou com uma cara desconfiada, o olho esquerdo bem aberto e o direito quase fechado.

— Vai me dizer que veio arrumar o computador?

— Acho que não.

— Mocinho, alguém que entra na minha loja e usa meu — cuspiu de lado — sobrenome, não pode ser coisa boa. Me diz logo o que você quer e eu digo não de uma vez só.

— Dona Sofia... que é isso. Pode ser bom pra senhora.

— Bom pra gente velha é morrer em paz.

Iago olhou para as profundezas da loja, o corredor se tornava menos iluminado ao longo do caminho.

— É um assunto delicado. Podemos conversar em particular?

Sofia coçou o queixo habitado por alguns fios brancos. Acabou acariciando uma verruga de estimação no canto direito da boca.

— Percebo — ela disse. — Eu tenho um rapazinho que me ajuda. O Curupira é meio tonto, mas sabe cobrar dos clientes. Curupiraaaaaa — Sofia gritou de onde estava. — Meu marido Atanásio ajudava antes dele, mas ele morreu tem uns sete anos.

— Meus sentimentos.

— Não sinta. Eu já não aguentava mais limpar a bunda dele. E o Atanásio tinha aquele problema na torneirinha, vivia vazando. Era mijo na loja, mijo em casa, ele se mixava até assistindo o *Fantástico*.

O ajudante de Sofia vinha chegando, e Iago rapidamente percebeu a razão do apelido.

O rapaz devia ter uns vinte anos, e cada pé apontava para um lado. Ele conseguia andar pela loja, mas a cada passo dado Iago pensava que ele fosse cair. E o garoto tinha mesmo uma cara de tonto de dar pena. Era desses que ri à toa.

— Fica de olho na loja pra mim que eu vou falar com o moço.

Curupira disse um “tá bão” meio fanho e Sofia avançou para os fundos da loja.

Iago continuava surpreso com a decoração do lugar, movia o pescoço de um lado a outro, às vezes diminuía os passos, até se esquecia de andar, enfeitiçado por algum item. Um dos que mais chamou sua atenção foi um coração humano, ressecado, que estava dentro de uma cúpula. A coisa parecia de verdade.

— Tudo que você vê nessa loja, nasceu ou vai se tornar uma tragédia. São histórias que a cidade não quer ver, fio. Gente que ficou doente, que perdeu a fortuna, mulheres que perderam seus filhos.

— A senhora coletou tudo isso sozinha?

— Nem que eu quisesse teria dado conta. O que você vê aqui é trabalho de três gerações. Quem começou com essa ideia de ficar parado, de morar em casa, foi o meu avô. Um cigano bem mais cigano do que eu. Foi difícil pra ele conseguir se firmar.

— Não sei muito sobre os ciganos.

— Hoje a gente sofre, antes sofria mais. No tempo do meu avô tratavam nosso povo como uma praga. Os brancos não gostavam dos pretos, dos amarelos e dos pardos, não gostavam nem deles mesmos, mas os ciganos? Eles odiavam. Seu nome, Iago, é cigano, sabia?

— Não fazia ideia.

— É, ninguém faz ideia do tanto de coisas que já roubaram da gente.

Passaram pela frente de uma estátua de Santa Morte. Iago a conhecia, então cruzou o peito.

— Dessa aí não adianta puxar o saco. A Santa Morte sabe o que você tem por dentro. Ela não liga pra lei que você segue, mas se não tiver uma razão justa, ela não vai ouvir uma palavra. O que você tem no coração, fio? Ouro ou veneno?

— Eu ainda tenho um coração, é mais do que muita gente tem.

Sofia sorriu e apontou para o ponto de chegada. Parecia uma encruzilhada formada pelo corredor extenso e duas pequenas câmaras, cômodos sem porta. À esquerda havia duas cadeiras de PVC, uma mesa e uma estátua de Exu Caveira em um altar. Do outro lado, uma porta branca, fechada — essa porta destoava da loja, era nova demais.

Ela sentou em uma das cadeiras de PVC e ajeitou o vestido. Era bonito, verde e rendado, roupa tradicional cigana. Assim como as joias, o ouro, assim como o jeito rápido e enxuto de lidar com as pessoas.

— O que você quer comigo? Pela sua cara, não tem muita coisa nessa loja que você levaria pra casa.

— Eu represento um pessoal importante, dona Sofia.

— Fio, diz logo o que você quer. O meu tempo é a coisa mais valiosa dessa loja.

Iago pensou em todo seu ferramental sobre a incrível arte de convencer pessoas. Suas técnicas seriam inúteis com aquela mulher. Restava apenas a mais arriscada delas: ser sincero.

— Preciso convencer a senhora a me entregar sua herança, as coisas que a senhora herdou de um parente.

Sofia praguejou alguma coisa em uma língua desconhecida. Sacudiu a cabeça. Juntou as mãos e olhou para o céu.

— Foi o Diabo quem te mandou. Santa Mãe, nem pra isso aquele covarde serve. O que ele te ofereceu? Dinheiro, poder? Meia dúzia de bucetas? Se for só isso, fio, eu mesma poderia ter arranjado e economizado a dor de cabeça.

— Sou eu quem está em débito. Eles salvaram a vida do meu filho.

— Mocinho, eu não me meto nos negócios lá de baixo, mas preciso dizer que o Diabo não cura um mal que ele mesmo não tenha começado. O demônio é como um costureiro, rasga daqui, emenda dali, mas só ele tem a agulha e a linha. Ele não tem os panos. O que vocês pretendem fazer com as coisas do meu tio-avô?

— Eu não sei muito, dona Sofia. Mas se a senhora colocar um preço, eu posso ajudar a negociar.

— Como eu poderia negociar o que não é meu? As relíquias que mandaram você buscar foram a vida e a morte de meu tio-avô, elas são a única herança que ele deixou. E Wladimir foi bem claro sobre o destino final de suas obras de arte, não é coisa que eu possa decidir por ele.

— Ele se foi, Sofia, são suas coisas agora.

Ela bufou.

— Vocês gajons... Eu entendo que os lacaios de Beng podem subir e tomar o que bem entenderem, mas a única pessoa que teria o direito de sair com essas coisas da minha loja é Wladimir Lester. E nós dois sabemos que ele está morto.

A velha era durona. Nesses casos, é preciso ser aço contra aço.

— Me dá um minuto, dona Sofia. Eu preciso usar o telefone.

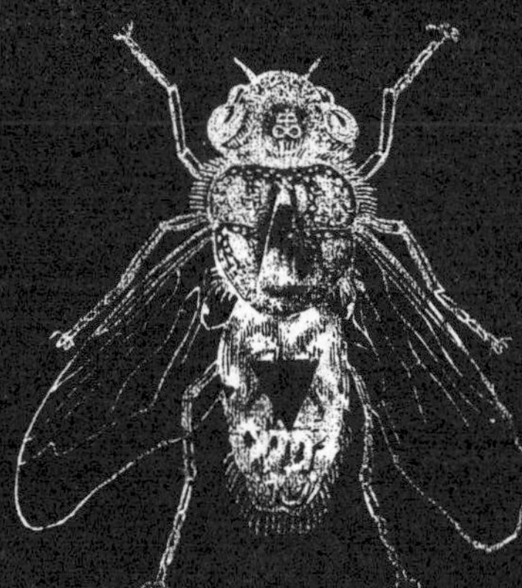

3
De volta ao Inferno

I

No Inferno, cada segundo pode valer uma eternidade.

Assim que o vórtice se abriu na igreja da cidade de Martírios, Wladimir Lester atravessou o sexto portal e chegou desacordado do outro lado, sendo amparado por uma pequena legião de demônios pálidos e enrugados. Carregado sobre a massa de espíritos flagelados como uma espécie de santo da escuridão, Lester foi conduzido em procissão para as alas inferiores, onde seria agraciado pelas promessas feitas pelo príncipe desse mundo, Satã.

O milagreiro de Martírios sonhou por alguns anos, imaginou-se no sonho de alguém por outros tantos. Lester visitou tantos pecados e êxtases, amores e desafetos, que se imaginou lançado novamente para a mesma vida, com o objetivo de revivê-la em um círculo reencarnatório punitivo e infinito. Então ele ouviu o toque de um sino e conseguiu abrir os olhos de novo. Continuava escuro. Não havia o menor traço de luz.

— Lazlo? — perguntou ao nada. Deitado e confuso, pensou estar de volta ao acampamento cigano que o fez pecar pela primeira vez.

Sentia as mãos amarradas sobre o peito. A cabeça estava travada pelas têmporas. Logo descobriu que as pernas e os tornozelos experimentavam a mesma imobilidade. Reconhecia um odor mofado e úmido, a vida apodrecendo. No silêncio oco que frequentava, conseguia ouvir um gotejamento. Parecia pingar do alto, as gotas demoravam para atingir o chão. Ou estariam apenas demorando a se formar?

Novas memórias começaram a brotar depressa. Os primeiros anos, as grandes traições, todas aquelas mortes. O demônio. Primeiro seu pai, depois Lúcifer. Demônios. Também os anjos como Sarah, Ária e Iolanda. Não, não Ária. Ária também era o demônio.

Havia outro som, mais discreto que todos os outros. Ia e vinha, compassado, rítmico. Lester esperou que ele se repetisse meia dúzia de vezes até falar:

— Eu sei que você está aí. Consigo ouvir você respirar.

O silêncio parcial continuou, as gotas caindo, a respiração.

— Por que está fazendo isso comigo? É assim que o Inferno trata seus convidados? É dessa forma que os trabalhadores do fogo são recompensados?

— Estou falando com você! — Leste enfim gritou.

O eco voltou por três vezes. Depois o silêncio. E a respiração.

— Eu ouço você, Wladimir Lester — a voz disse em um sussurro gasto e velho. — Eu posso ver a sua carne.

— Por que estou preso?

— Para que não saia.

— Quem é você? O Demônio?

Lester ouviu um ruído áspero, reconheceu como sendo um fósforo riscado. O brilho amarelado surgiu logo depois, trazendo companhia.

— Sou o que você precisa agora, vim fazer o que você negociou com o Todo-Poderoso.

A luz estava se aproximando e Lester não conseguia olhar diretamente para ela, sua cabeça continuava presa de alguma forma. Ao tentar movê-la, sentia uma dor aguda nas têmporas, por dentro da carne.

O portador da luz parou o castiçal no limite da periferia dos olhos. No primeiro instante, tudo o que Lester viu foi a chama da vela.

— Santa Mãe — disse no instante seguinte, quando a luz iluminou sua companhia.

A coisa tinha a pele dos porcos. Os olhos também eram parecidos, caídos, avermelhados e frouxos. Havia rugas tão profundas no rosto que pareciam sulcadas propositalmente com um formão. O nariz era quase humano, exceto pelas aberturas exageradas, pelas quais escorria um muco espesso e transparente. Na parte da cabeça visível (havia um capuz em boa parte dela), a coisa suava, parecia untada. Parte dos dentes era grande demais, escapavam pela boca. Havia cálculos de sujeiras antigas espalhadas no esmalte, restos alimentares concentrando fedor. Emanava um cheiro horrível a cada expiração.

— Você precisa ficar, Wladimir Lester. Ainda não acabamos.

— Por que não consigo me mexer? O que estão fazendo comigo?

A coisa-porco riu, resfolegou-se de rir. Estava feliz com a confusão de Lester, ria de fechar os olhos.

— Animal imbecil! Decrépito!

Longe de se ofender, o ser corrompido aproximou a luz da vela do corpo de Lester. O cigano olhou mais atentamente para si, catalogando o que via. Estava nu. E estava um pouco mais jovem. O ventre parecia menor, havia alguns músculos no tórax, os poucos pelos do peito estavam mais escuros. E havia uma coisa grudada em sua barriga. Sugando. Lembrava a boca de um verme, um tentáculo com uma ventosa.

— O que estão fazendo comigo?

— Você recebe um presente. Receber é uma coisa boa. Deixa você forte e vivo.

— Eu quero falar com Lucrécia, quero falar com a mulher chamada Lucrécia.

Coisa-porco ergueu o dedo indicador e médio unidos na frente boca. Lester se calou.

Mantendo a posição dos dedos, aproximou a mesma mão do peito de Lester. Deslizou pela carne, até tocar a estrutura vermicular agarrada a ele. A unha do corrompido acariciou o aparato biológico. Fez isso algumas vezes, a coisa pulsou. Lester sentiu como se ela vomitasse dentro dele.

— O que é essa coisa grudada em mim? — perguntou. Havia outra em sua genitália. Agarrada.

— Sempre melhor mostrar — disse o anfitrião. Ele se levantou e foi se afastando com a chama, a luz se tornando menor e menor. Metros depois, a luminosidade clareou algo preso à parede. Assim como Lester, os outros prisioneiros tinham fixadores nas pernas e tornozelos, e outros dois vergalhões nas têmporas. Tais seres também eram entidades corrompidas, a mesma pele de porco, desfigurações parecidas. Os olhos já não tinham cor, pareciam lixados, limados e sem brilho. Havia sete dessas criaturas, mas talvez a escuridão escondesse alguns mais. O que vinha deles, entrava em Lester.

— O que estão injetando em mim?

— Você vai ficar jovem e forte. Eles não.

— Eu quero sair daqui, quero sair agora! — Lester se agitou novamente.

Coisa-porco aproximou a vela do rosto e retirou o capuz. Ele tinha um corte enorme na cabeça, costurado de qualquer jeito por alguém. A linha era grossa demais. Os pontos quase aleatórios. Parte do interior da pele era visível, um tecido muscular de um vermelho muito vivo.

O ser corrupto sorriu e assoprou a chama.

— Agora você descansa.

II

— Acorda, cigano.

A frase ecoou no tempo e no espaço, distante de ambos, como se não pertencesse a nenhum deles, embora navegasse pelos dois. Era uma voz feminina. Havia familiaridade. Mas a quem pertencia?

— Pode abrir os olhos, Wladimir Lester, seu último pedido foi concedido.

Ele o fez, embora o movimento tenha sido doloroso, como se abrisse os olhos pela primeira vez. Em um primeiro momento, não enxergou nada mais nítido que um borrão amarelado, os olhos queimavam. Lester voltou a piscar, tentou firmá-los.

— Você... claro que seria você — disse.

Lucrécia sorriu.

— Fico feliz que não tenham cozinhado seu cérebro.

Lester se reergueu e sentou-se. Ainda estava no mesmo lugar, mas já não havia seres presos nas paredes. Naquela espécie de cripta, estavam apenas ele e a mulher chamada Lucrécia.

— O que fizeram comigo?

Lester fez a pergunta e a resposta chegou pelo próprio tom de sua voz. Estava mais forte, mais firme. Ele confirmava a mesma informação na respiração, na rigidez dos músculos, na acuidade dos olhos que agora enxergavam a mulher, a sala e o brilho das velas com perfeição.

Ela estendeu um espelho pequeno a ele.

— Pode conferir você mesmo.

A moldura era entalhada em ouro, Lester não confundiria o brilho daquele metal mesmo que ainda enxergasse como um velho.

Descrente do próprio reflexo, Lester tocou o rosto com a ponta dos dedos, como quem se certifica de não estar sendo vítima de uma ilusão. Seus olhos marearam e algumas lágrimas pousaram no rosto. Tinha esse direito depois de todos aqueles anos de abandono e solidão. Contou, sim, com a companhia de alguns padres, mas, pobres homens, do que eles sabiam?

Sua barba estava escura e densa, os olhos brilhavam, os lábios recuperaram a cor e a firmeza. Os dentes, bendito sejam, ele os tinha de volta. Os anfitriões também o vestiram, um hábito simples e marrom, mas era melhor que a nudez.

— Obrigado — disse. Tentou ficar de pé e precisou voltar a sentar outra vez. Sentia um pouco de desorientação. Achou coerente testar o movimento dos braços, dedos e mãos; pareciam bons. Poderia ficar sem andar, mas ficar sem pintar seria o mesmo que morrer em vida. — Pode me arranjar um pouco d'água?

Lucrécia apenas pensou no pedido e juntou as palmas das mãos horizontalmente. Quando as separou, o copo de vidro foi surgindo, crescendo entre as palmas. Ofereceu o copo ao cigano. Ele não se moveu para apanhá-lo.

— Pode beber. Seu corpo foi refeito da mesma maneira.

— De água?

— De intenção.

Lester verteu o copo avidamente. Vinha do Inferno, mas era uma boa água. Devolveu o copo a Lucrécia e ela o suprimiu entre as palmas.

— Se souber servir, você também será servido, cigano. Essa é uma das leis imutáveis do Inferno.

— Você parece conhecer bem esse buraco. Há quanto tempo está aqui?

— Uma vida, cigano. A parte da minha vida que valeu a pena. Sente-se bem-disposto?

— Acho que sim. Não sinto dor e faz muito tempo que eu não sei que é isso.

— Pois bem, se está recuperado, eu quero que você conheça dois homens.

— Quem são?

— Pessoas com uma relação estreita com seus feitos, homens que foram corrompidos por suas criações.

— Se você pretende trazer todos os homens que eu condenei para o Inferno, eles não caberão nessa sala.

Lucrécia deu as costas a ele e a cripta esmaeceu, tomada pela escuridão. Lester viu algumas candeias se acenderem, estavam presas às paredes mais distantes. Pelo cheiro, elas eram abastecidas com óleo ou banha. Junto à luz que produziam, Lester viu, em vez de prisioneiros, alguns quadros nas paredes. Eram três pinturas que ele mesmo produziu. Dois daqueles quadros nasceram na infância, tinham sido feitos antes do acordo com o Inferno. Eram pinturas simples, paisagens e fotografias do cotidiano ciganos, livres de qualquer traço de má intenção. O terceiro era o retrato de um cavalo podre. Distraído pelas imagens, só voltou a si quando ouviu o som metálico de uma fechadura. A porta se abriu e mais luz invadiu o lugar. Passaram dois homens desconhecidos. Lucrécia voltou a fechar a porta.

Os dois chegaram mais perto, o encararam como se ele fosse uma espécie de santo. Um deles começou a chorar. Um choro discreto, mas as lágrimas não paravam de sair. O mesmo homem tentou falar, mas não conseguiu. A garganta parecia travada.

— Se acalma, homem — Lester disse. — Eu não mereço seu desespero.

— Esse é Nôa D'Noir — explicou Lucrécia. — E esse ao meu lado é Marcos Cantão.

— É uma honra, Wladimir Lester. Um prêmio — Nôa enfim conseguiu falar.

— Por que estamos nos conhecendo, Nôa?

Nôa pareceu inseguro, olhava para Lucrécia como se ela pudesse franquear as palavras que ele ainda diria.

— A parte mais interessante da minha vida é minha admiração por você. Eu descobri suas coisas na Igreja de São Matias, em Acácias. Seus quadros, a estátua e a sua tinta. Procurei seu rastro desde que ouvi seu nome pela primeira vez, eu tinha menos de vinte anos.

— Então desgraçou sua vida por bem pouco.

Nôa sorriu, fraternalmente.

— O senhor é uma lenda. Não existe pessoa que admire a boa arte e não tenha ouvido seu nome, mesmo de raspão. O senhor é estudado nas escolas e oficinas, é citado em seminários e estudos sacros.

— Tudo isso?

— Muito mais do que isso. Se o senhor deixar... eu queria aprender com você, queria ser tão bom quanto você.

Lester mudou da tranquilidade para a aversão imediatamente.

— Cada homem risca seu próprio rascunho, Nôa, cada um é responsável pela composição de sua própria vida. Que tipo de homem dedica a vida a ser o espelho de outro?

— Nosso amigo se expressou mal, cigano. Ele faz isso o tempo todo.

Lester olhou mais atentamente para Nôa. Parecia um homem em todas as suas características, mas havia alguma coisa estranha com a pele, como se estivesse um pouco folgada.

— O que foi feito com você?

— Foi a condição do Inferno para que eu...

— Já chega, Nôa — Lucrécia pontuou. Nôa apanhou as mãos de Lester e as colocou entra as suas.

— Você é minha linha de chegada, Wladimir Lester, desculpe se eu falei besteira. Quando você está à frente com seu Deus, é difícil controlar a língua.

Lester aquiesceu e se interessou pelo segundo homem.

— E você?

— Marcos Cantão.

— E qual seu interesse em me conhecer?

— Queria ver o rosto do filho da puta que acabou com a minha vida.

Lester diminuiu a abertura dos olhos e se preparou para ser atacado, como aconteceu várias vezes enquanto esteve vivo. Para sua surpresa, Marcos Cantão começou a rir.

— Eu estou no Inferno por sua causa, isso é certo. Mas se me perguntassem se valeu a pena experimentar tudo o que eu experimentei, deixar vazar a escuridão que me consumia, porra... eu faria tudo de novo.

Lucrécia cuidou de fazer uma síntese.

— Marcos Cantão tentou passar a perna na sua estatueta, a que você batizou de Ciganinha.

— Mas que espécie de imbecil é você? — Lester indagou. — Ela foi feita com a paixão e a dor de três mulheres únicas, nasceu para atender, apenas para atender. Como você conseguiu que ela o detestasse a ponto de o condenar a esse lugar?

— Posso ser direto com ele? — Marcos Cantão olhou para Lucrécia.

— Por sua conta e risco, Marcos.

— Eu sempre tive um problemão com as mulheres, com todas elas. Conhecia uma mulher, e na mesma hora imaginava ela sem roupa, peladinha, fazendo todas as devassidões possíveis. Eu queria dinheiro, sim, poder, mas o que me movia era o sexo. Ser montado, chupado, lambido e cuspido. Eu ficava pensando no que poderia fazer com todas elas. Não só no sexo, mas nas coisas sem limites. Queria saber que gosto tinha o sangue de outra pessoa, queria trepar enquanto elas paravam de respirar, tinha alguma coisa no sexo que me viciava, que tirava o meu juízo. Eu pedi pra sua estátua dar tudo o que eu queria, sem restrições, tudo o que eu pensasse, de uma vez só. Pedi que ela estourasse a fatura, me entende?

— Pobre de você, meu amigo. Pobre de você. Não existe um ser humano digno de ser atendido em todos os seus desejos. Somos feitos de brilho e escuridão, e mesmo que o brilho seja forte, a parte escura terá a mesma medida.

Lester tentou encontrar traços de remorso no rosto de Marcos, não havia. Então ele perguntou:

— Algum arrependimento?

— Ficar longe do meu filho, o Randy. Eu queria ter visto ele crescer, se tornar um homem, eu amava aquele menino com todo meu coração. Uma das coisas que a sua estátua me deu foi a saúde do Randy de volta, eu não jogaria isso fora. Acabei tirando minha própria vida por esse motivo. Era ele ou eu.

— Qual é a verdade desse lugar? — Lester perguntou à Lucrécia. — Os padres contavam que tudo aqui era sofrimento e danação, e o que vejo são homens satisfeitos pelas escolhas erradas que tomaram em vida. Esse não é o Inferno que me prometeram.

— A religião é um canteiro de mentiras — explicou Lucrécia. — O Inferno é definitivo, mas também é maleável. O reino do fogo saber tratar bem aqueles que o valorizam. Os homens que você vê não são mais como eram antes. Nôa foi corrompido a um demônio híbrido, Cantão não pode sair do Inferno, pois tudo o que restou foi a alma.

— E quanto a você?

— Eu posso ir e vir, e levo o Inferno comigo para onde eu for. Somos um time, cigano, uma falange, uma legião. Aceite você ou não, nós existimos para que Lúcifer possa vencer. — Lucrécia olhou para o alto, para o oponente do Inferno.

— Meu acordo com seu chefe não tem relação com essa guerra. Tudo o que desejei foi lutar minhas próprias batalhas, servir minha própria arte. Nessas paredes, vejo pedaços da minha infância, as coisas maravilhosas que eu fiz quando estava sozinho com meus pincéis e tintas. Mas quantos anos não vividos foram sugados pelas mentiras de Lúcifer? Quem ele é agora? Um homem feito? Uma jovem? Uma víbora?

— Você precisa saber de que lado está — Marcos Cantão falou. — Ninguém serve a dois senhores.

— Estou do lado que sempre mostrou interesse sincero por mim. O meu.

Lucrécia achou melhor dispensar os convidados daquela audiência. Pelo que percebia, Lester era bem mais perigoso do que pensava. Seu poder de convencimento era notável.

Quando os dois se foram, ela disse a Lester.

— Nós conseguimos recuperar muitas obras, mas ainda precisamos das mais valiosas.

— Tudo que restou da minha arte estava nas igrejas que vocês roubaram. Ou eu estou errado?

— Você já vai entender. Vou providenciar umas roupas decentes e nós vamos para a cidade de Três Rios.

— Minhas coisas estão naquele lugar maldito?

— Seu sangue ainda está em Três Rios, cigano. Seu sangue.

III

Iago devolveu o celular ao bolso e ouviu Sofia perguntar:

— Já resolveu, fio?

A resposta não veio de Iago, mas do ajudante de Sofia, Curupira. O rapaz chegou todo precipitado do meio da loja.

— Tem mais duas pessoas querendo falar com a senhora. Elas sabem que o moço aí tá aqui na loja.

— Quem são? — Sofia perguntou a Iago.

— Lucrécia Trindade — a mesma se apresentou, chegando imediatamente atrás de Curupira.

— Vixi, a moça parece até assombração — Sofia provocou.

— Tem uma pessoa que eu quero que você conheça, Sofia. Ele não quis vir até aqui sem ser convidado, achou que seria falta de respeito. Nesse caso a senhora vem comigo.

Sofia esticou o lábio inferior em uma expressão de desprezo.

— Você chamou essa gente? — perguntou a Iago. — Quem é a lacraia?

— É melhor a senhora ir com ela.

Lucrécia já fazia o caminho de volta. Sofia acabou ouvindo Iago e a seguiu, mas o fez apenas para escolher o melhor momento de escorraçar com a aquela loira aguada da sua loja.

— É melhor não mexer em nada — disse. — Se quebrar alguma coisa, eu faço você pagar.

Mesmo com a bengala, Lucrécia ganhava distância.

O homem a quem ela se referiu estava na entrada da loja, de costas para Sofia, de frente para a rua. Assim que Lucrécia chegou a ele, Lester virou o corpo e Sofia pôde vê-lo. Lester usava um terno de risca de giz, cabelos organizados, os sapatos tinham o brilho do couro novo e encerado. As orelhas sustentavam argolas de ouro. Ele tinha altura suficiente para parecer alto, e assim que Sofia encontrou seus olhos, ela recuou um passo.

— Santo-Deus-tende-misericórdia.

Não conhecia o visitante, não poderia. Mas alguns traços daquele homem moraram no rosto de seu pai e de seu avô. Sentia-se olhando para um fantasma. De uma pessoa, de uma época, de toda uma geração. Era um cigano, Sofia soube imediatamente, da mesma forma que sabia que o ouro era amarelo e brilhante.

— Meu nome é Wladimir Lester, Sofia. Se não for incômodo, eu gostaria de conversar com você.

IV

Sofia subiu as escadas em silêncio.

Caso tentasse falar alguma coisa, acreditava que pouco diria a seu favor. Além de surpreendida e desorientada, o ar lhe faltava, a pulsação estava forte demais, ela sentia os pulmões nos ouvidos. Era uma mulher velha. Tinha boa saúde, longevidade, mas isso não a blindava do desgaste do tempo.

A condição para aceitar aquela conversa foi que não envolvesse ninguém além deles dois, excluindo principalmente a mulher chamada Lucrécia. Sofia a odiou desde o primeiro olhar. E não havia só ódio, também existia medo.

A residência de Sofia ficava sobre a loja, após uma escada oculta por uma cortina de contas vermelhas. Lester gostou da sensação de passar pelas pedrinhas losangulares, lembrou seu tempo de menino. A porta da casa era diferente, de madeira maciça, entalhada e antiga, uma obra de arte. Sofia a abriu e tirou os sapatos antes de entrar, Lester fez o mesmo.

Havia um cheiro amadeirado no ar, parecia cedro. Um pouco de pinho também permanecia, mesmo com todas as janelas abertas. A combinação dessas janelas com poucos móveis e nenhuma parede promovia uma sensação de liberdade agradável, compatível com as preferências ciganas.

— Paramos de nos mudar sem nos acostumarmos com as paredes — Lester disse.

— Pode ficar à vontade. — Sofia apontou uma poltrona azul a ele. Bem pouco do tecido sintético estava visível, os três estofados da casa estavam cobertos por tapeçaria. O mesmo com as paredes — a decoração principal era toda de tecidos. No teto havia esse lustre enorme, feito de pingentes de cristal, que parecia valer mais que o resto da casa.

Entre os poucos móveis, havia uma prateleira com muitas fotos, e outra, também aberta, com panelas e louças. Também uma cristaleira com taças finas e artefatos de prata. A cama ficava no extremo da casa, de frente para um armário. Acima da cama havia um quadro do casal. Sofia era uma mulher bonita, de traços finos, Lester reconheceu outras pessoas morando em seu rosto.

— Chá? — ofereceu. Lester aquiesceu com a cabeça.

Sofia tinha um aparelho de chá de prata pura, polido, reluzente de encher os olhos. Lester se emocionou um pouco ao vê-la preparando a bebida, lembrou de sua mãe, de sua irmã, de Sarah e das tantas mulheres calin que povoaram sua vida. O cheiro do chá, com notas de canela e mate, o golpeou como um chicote de memórias. Junto ao saudosismo, chegou todo o resto que ele preferia esquecer.

Terminado o preparo atento, silencioso, Sofia trouxe uma pequena mesa de madeira e a colocou na frente de Lester. Serviu o chá sobre ela, usando os aparatos mais leves do conjunto de prata. A parte principal do aparelho de chá (uma espécie de destilador) seria impossível de carregar, pesava mais de trinta quilos. Com o necessário da prataria à mesa, Sofia se afastou novamente e voltou com um álbum de fotografias que apanhou do armário próximo à cama. Manteve-o com ela e se sentou na poltrona perpendicular a Lester.

— Pelo visto você é meu parente — ela perguntou na língua chibi.

Lester sustentou o olhar enquanto bebia seu chá. Agradeceu e elogiou a bebida na mesma língua mãe. Sofia respondeu da mesma forma, dizendo que era uma receita de família. Feito o reconhecimento, voltaram a falar em português.

— Quando me disseram que havia um Lester nessa cidade, eu não consegui acreditar — Wladimir disse. — Qual a sua história, Sofia?

Sofia deu mais um gole na bebida e respirou profundamente. Repousou a xícara na mesinha e colocou o álbum de fotografias em seu colo.

— Tenho a história de todos os calon. Trabalho muito, finjo não entender as provocações, me faço de besta para conseguir meu sustento. O mundo nunca foi bom com nossa gente, continua não sendo.

— Cheguei a pensar que os tempos eram outros.

— E são. Mas as pessoas são as mesmas. Quem me vê na loja me toma por louca, por desequilibrada, e eu acabo fazendo esse papel. É o preço que eu pago para não ser incomodada pelo povo dessa cidade. Se eles me subestimam, eu fico invisível, consigo viver em paz.

Lester se serviu de mais chá e manteve o interesse em Sofia.

— Meu avô era diferente, de opinião muito forte. A parte da história que eu soube é que ele rompeu com seu grupo para viver com uma mulher gajin. Não deu certo, mas ele não tinha mais uma tribo para voltar, então ficou na cidade, até conhecer a minha avó.

— Qual o nome do seu avô?

— Radomir. Radomir Lester.

Lester manteve a xícara na altura da boca, se esquecendo de levá-la aos lábios.

Radomir, claro que sim. Seu sobrinho. O homem que rompeu com Radu para viver um grande amor. O mesmo homem que Lester viu quando foi resgatado por um policial das escadarias da igreja católica.

— Radomir teve três filhos, Jorsca, Pepe e Coron. Pepe morreu na epidemia de sarampo, Coron saiu pelo mundo com dezesseis anos e nunca mais deu notícias. Jorsca era o meu pai. Morreu em paz, velho e feliz com a história que construiu. Quem começou essa loja foi o meu avô, Radomir. Era uma cobra nos negócios, amava conversar com as pessoas, meu pai aprendeu com ele. Meu pai só não foi mais longe na vida porque colocaram fogo nesse prédio quando ele começou a ganhar dinheiro. Minha mãe morreu no incêndio, eu só escapei porque estava na rua com meu pai.

— Sinto muito pela sua mãe.

— Todos sentimos. — Sofia estendeu o álbum a Lester.

Ele começou a folheá-lo, conhecendo a família que insistia em levar o seu nome. Sabia, é claro, que Radomir havia renegado sua parte Zoran, depois da discussão com Radu, discussão essa que culminou na morte de Radu. Horas antes, Radomir havia se autoproclamado um Lester, mesmo conhecendo o peso cravado àquele sobrenome. Foi o que soube pelos homens que voltaram com Radu.

— Você carrega muito de seus parentes — disse Lester —, seus olhos, o jeito como eles ficam pequenos quando você ri. Esse é o seu pai? — perguntou. Sofia acenou que sim. — Me lembra o jeito do meu pai, Juan. Tem a mesma decisão no rosto. A pele mais escura também se parece.

Continuou folheando, bebendo da felicidade que jamais construiu.

— Você tem uma história bonita, Sofia, mesmo que ela tenha esbarrado na minha. Não é privilégio de muita gente.

— Como é possível? Como você está vivo, Wladimir?

— Eu acho que você sabe. — Fechou o álbum.

Sofia pareceu pesar as palavras antes de despejá-las.

— Ele esteve aqui, o Diabo, veio trazer suas coisas uns dez anos atrás. Na época, o Atanásio, meu marido, ainda era vivo. Vivo é um elogio pra aquele gajon desgraçado, mas ele ainda respirava.

— As coisas que ele trouxe ainda estão com você?

— Não posso me livrar delas. A culpa deve ser sua, mas não importa o quanto elas caminhem, sempre voltam para a minha casa.

— Para o seu sangue, Sofia Lester, para o seu sangue.

Ficaram em silêncio, Sofia serviu uma nova rodada de chá. De repente, o dia pareceu mais escuro, mais frio. O mundo lá fora havia se tornado quieto, como se, naquele instante, Céu, Terra e Inferno tentassem ouvir cada palavra dispensada na casa.

— O acordo que você fez é só seu, eu não quero parte nisso.

— Mas quer saber como foi, aposto.

Sofia inclinou a cabeça e refletiu o interesse de uma menina.

— Nada é mais forte que a curiosidade de uma mulher cigana, é por isso que lemos a sorte.

Lester calculava que Sofia não fosse exatamente ignorante acerca de sua história, que também acabava sendo parte da história dela mesma.

— Quanto você já ouviu?

— Meu avô falava sobre você, falou um pouco mais quando ele estava chegando perto do fim. O menino que pintava como um gênio. Já faz muito tempo, mas eu lembro dele falando que nós precisávamos tomar cuidado com Beng, que o Diabo tinha matado nosso povo até não sobrar ninguém. O velho Radomir não tinha muito do que se arrepender, a única dor que levou pra outra vida foi ter se afastado do seu povo. Ele pensava que podia ter evitado o que aconteceu.

— O fogo na caravana? Não, Radomir não poderia ter evitado. Ninguém podia. Sarah, minha melhor amiga, e Iolanda, minha irmã, cavaram os buracos das sepulturas junto a Orban, quando decidiram me banir da tribo.

— E por que eles tomaram essa decisão, meu tio?

Lester se calou e olhou para o dia pintado na janela. Havia se tornado cinza, esmaecido, já trazia o cheiro da chuva.

— Eu era só uma criança. O antepassado que nos deu nosso sobrenome era um desgraçado. Juan Lester, meu pai, o homem mais poderoso que eu já conheci. Sabia falar com os Djin, conjurava feitiços e orações, um homem santo. Meu pai poderia ter servido a Deus e ao Diabo, mas preferiu corromper as dádivas dos dois. Ele navegava entre os poderes, sabia mudar a posição dos ventos, atraía e afastava a chuva, meu pai conseguia curar feridas e quebraduras apenas com a imposição das mãos.

— Se o seu pai era tudo isso, por que se virar contra ele?

— Por amor, por autopreservação. O caminho para esses poderes era o sofrimento. No começo, era o sofrimento dele mesmo. Ele conseguiu os conhecimentos dos senhores da morte, homens sagrados que conheciam os atalhos para os demônios e a santidade. Depois de casado, ele passou a usar a minha mãe nas cerimônias. Passavam dias jejuando, se cortando, atingindo o torpor e a purificação para tocar os deuses. O Diabo começou a falar comigo entre uma cerimônia e outra, me contando segredos de Juan Lester. Eu estava marcado para a morte, Sofia, assim como a minha mãe.

— Mas você podia ter ido embora, não podia? Era seu direito ter escolhido outra direção.

— Eu tinha apenas doze anos e uma única referência de poder, que era o meu pai. Eu gostava de pintar, sabia que era especial quando estava com meus pincéis e tintas. Muitos da nossa tribo já desconfiavam da minha relação com o Diabo antes mesmo de eu fazer qualquer acordo. As pessoas não entendiam como um menino tão jovem abria mão da companhia dos outros, das brincadeiras, de todo resto pra se dedicar ao ofício. Cheguei a questionar se eu tinha nascido mesmo dos meus pais. Talvez o próprio Beng tenha me criado. Ou talvez eu seja a voz de um exército de homens e mulheres subestimados, tratados como pouco por aqueles que se acham muito.

— Foi ele quem te mandou aqui?

— Vim porque é meu direito, Sofia. Meu direito e meu dever. O que ofereço em troca é a promessa de que tudo voltará a ser seu quando... quando finalmente terminar.

Ela o contemplou com pesar, como quem admira uma arte feita de assassinatos, lágrimas e sangue.

— Tenho pena de você, grande Wladimir Lester. Pena do que poderia ter sido e do que se condenou a ser. Eu sou uma cigana velha, não tenho todos os dentes, às vezes acordo mais cedo que o sol, pensando em tudo o que gostaria de ter feito e não fiz. Mas olhando para você... quanta sorte eu tenho.

Sofia se levantou e retirou as pratarias usadas no chá, levou até onde ficava a pia. Depois caminhou para a sua cama e se abaixou no espaço escuro entre o estrado e o chão. Puxou da parte de baixo algumas coisas. Levou primeiro as telas, quatro delas, todas cobertas. Deixou com Lester. Voltou para perto da cama e abriu o guarda-roupas. Se ajoelhou, juntou as mãos, disse algumas palavras sussurradas. Tornou a se levantar e a trouxe para a luz. Era a Ciganinha. Sofia a colocou na mesinha de madeira, de frente para Lester.

— Minha Santa Ciganinha. — Ele se encheu de emoção. E como não o faria? Por muito tempo, aquela peça de gesso foi o que restou de sua família. Tomado pelo afeto, Lester beijou os dedos indicador e médio e a selou suavemente com o mesmo beijo no rosto.

— Ela ficava lá embaixo — explicou Sofia —, no braço da cruz. Já não era seguro. Minha amiga acabou destruindo a vida de algumas pessoas enquanto distribuía suas graças.

— Chegou a pedir algo a ela? Pendurou os quadros que eu pintei?

— Nada do que você fez é oferta, é tudo uma troca. Achei melhor não correr o risco.

Sofia continuava olhando para a estátua, havia certa devoção em sua expressão.

— Com os anos que ficamos juntas, me tornei amiga da Ciganinha. Bons amigos não são como carrapatos chupando o sangue um do outro, amigos são a família que a gente escolhe ter. Agora minha adorada quer ir com você, é apenas por essa razão que ela vai sair da minha casa. E se nós já terminamos, eu preciso voltar pro trabalho.

Lester se levantou, sua missão estava cumprida naquela casa.

— Diz pro teu chefe que ele me deve — Sofia disse. — Já me devia antes, me deve um pouco mais agora.

— Se eu causei algum mal irreparável à sua família, causei o mesmo mal a mim mesmo, então não acho justo me desculpar.

Sofia riu, e foi tão sincero que seus dentes de ouro brilharam sob a claridade cinza do cômodo. Ela se esticou toda e abraçou Lester, ficou assim por um tempo, com a cabeça apoiada em seu peito.

— A família não é feita para julgar. Vá em paz, Wladimir Lester, vou orar para que as suas decisões não prejudiquem muita gente.

V

Lester desceu para a loja sozinho, Sofia disse que não suportaria outro contato com "algum dos lacaios de Beng".

Quando o notou carregando os pacotes (a Ciganinha recebeu uma sacola de tecido cru emprestada por Sofia), Lucrécia perguntou:

— Pegou tudo o que é nosso?

— Peguei tudo o que é meu — respondeu Lester e seguiu na direção da luz da saída.

Além do carro de Iago, havia um Volvo xc60 T8 estacionado do lado de fora. Lester concordou em colocar os quadros no porta-malas, mas segurou a Ciganinha em seus braços quando Lucrécia tentou cuidar dela.

— Como vocês chegaram tão rápido? — perguntou Iago. — Eu tinha acabado de enviar uma mensagem quando ouvi a sua voz — disse a Lucrécia.

— Conheço alguns atalhos.

Lester e Iago se encaravam mutuamente com curiosidade, Lucrécia fez as honras.

— Iago é nosso colaborador, Wladimir. O homem que está preparando tudo para o nosso próximo movimento.

Iago apertou a mão de Lester com sinceridade.

— Você salvou a vida do meu filho, muito obrigado.

— Não salvei sozinho, moço. É melhor ficar de olho na sua família.

— Tem algum lugar pra comer por aqui? — Iago perguntou. — Não sei de onde veio essa fome, mas meu estômago está doendo.

— O Jeffão não fica longe, o endereço está no seu telefone, Iago. Ou você pode seguir a gente — ela disse. O motorista já estava ligando o volvo.

O telefone de Iago bipou em seguida, com o endereço gravado no atalho do Waze. Que ele tenha visto, Lucrécia não chegou a tocar o telefone.

— E as minhas coisas? — Lester perguntou.

— Levaremos pro mesmo lugar.

Lester e Iago pareciam experimentar estados de confusão parecidos. Como ela podia ter planejado tudo tão rápido?

— Antecipação, meus senhores, antecipação. O segredo de qualquer história de sucesso.

VI

No caminho até a churrascaria, Lester mantinha os olhos nos vidros, absorto com a direção que o mundo havia tomado. A curiosidade atenta do cigano não passou despercebida por Lucrécia.

— Faz quanto tempo que você não vê o mundo? —perguntou.

— Muito. As pessoas ainda não andavam por aí com os olhos nos telefones.

O Volvo fez uma curva para a direita, na esquina havia uma igreja evangélica da Universal do Reino de Deus. Na frente opulenta da igreja, um homem todo desfiado pelas ruas chamou a atenção de Lester. Segurava um cartaz de papelão encardido que dizia que o fim estava próximo e pedia dinheiro. O homem e o cartaz estavam tingidos com a fuligem do centro da cidade.

— Como pôde abrir mão de tudo o que você conquistou e se enterrar em uma igreja? — perguntou Lucrécia.

Lester manteve os olhos no vidro do Volvo.

— Uma brasa, um pedaço de fogo, pode ser bonito visto de longe. Mas segurar nas mãos só machucaria você. Eu percebi que as pessoas me sugariam até a morte se eu permitisse. Me refugiando com os padres consegui me manter vivo. Meu sangue curava as pessoas e ao mesmo tempo me destruía, na mesma medida.

— Lúcio teria ajudado.

— Lúcio, Lúcifer, Beng. Como eu pediria ajuda ao ser que me condenou à miséria?

Voltaram a ficar calados.

— Que histórias ele contou para você? — Lester perguntou depois de outros dois quarteirões.

— A de um menino que o renegou. Foi o que sempre ouvi dizer. Também ouvi sobre a tinta, fui umas das pessoas que a experimentou.

— Faz ideia de como ela foi feita, mulher?

Lucrécia fez que não com a cabeça. A ideia que tinha era superficial demais para ser mencionada; melhor seria ouvir direto da fonte.

— Dor. — Lester resumiu. — A tinta vermelha que empodera, cura e corrompe nasceu do sacrifício do meu pai e da minha mãe, assim como nasceu da minha própria agonia em deter Juan Lester antes que ele me matasse. Aliás, foi uma surpresa não encontrar meu pai no Inferno.

Lucrécia não disse nada. Pelo que conhecia de Lúcifer, Juan possivelmente fora exterminado. De corpo, coração e alma. Privilégio dos poucos que tentaram subverter Lúcifer às suas vontades.

— Parece que chegamos — Lester disse, ao sentir o Volvo desacelerando. Notou que o carro de Iago também se aproximava.

Lester desceu assim que o carro parou. Começou a se sentir enjoado logo que partiram. Os carros modernos eram diferentes, velozes demais, o cheiro do couro dos bancos era artificial e desagradável.

Lester se recuperou e viu um toldo verde, agredido pelo tempo, com o nome do lugar: Churrascaria do Jeffão. O restaurante também se identificava com uma pintura amadora na parede, um homem vestido de gaúcho, com um bigode desproporcional e bombachas. Não era possível enxergar o lado de dentro, a porta de vidro fumê condensava toda a luz. À frente dessa porta, havia um homem de camiseta preta e calça cargo da mesma cor — o sujeito poderia acomodar três pessoas dentro de si, era maior que Aim.

— Não parece grande coisa — Lester disse.

— Nós também não parecemos, cigano. — Lucrécia deixou sair. Iago já estava chegando para ajudar com os quadros do porta-malas.

A montanha que tomava conta da porta cedeu assim que Lucrécia chegou mais perto. Ela o cumprimentou e não houve perguntas sobre os dois homens que estavam com ela. A porta fechou assim que todos passaram.

O interior lembrava uma cantina italiana. Toalhas de mesa quadriculadas, azeite, sal e temperos, alguns arranjos discretos com flores artificiais. O som era alguma coisa instrumental, com violinos e violoncelos. Lester sentiu-se à vontade com o que ouvia.

Lucrécia escolheu uma mesa para oito pessoas, Iago colocou os quadros sobre parte dela. Lester ficou com a estátua no colo. Não havia mais ninguém no lugar, nada além de umas quinze mesas vazias e garçons. Um atendente se aproximou assim que todos se acomodaram. Deixou um cardápio para cada um, depois disse que o "senhor Franco" já viria falar com eles, sem fazer menção aos quadros que bloqueavam parcialmente o espaço das mesas. Lucrécia o agradeceu.

— Não peça nada que está em vermelho — ela explicou.

Lester a olhou por sobre as páginas do cardápio.

— Parecem bons pratos — disse.

— É carne de gente, especialidade da casa.

Iago, que também lia um cardápio, o deixou sobre a mesa. O nojo em seu rosto o retorcia inteiro.

— Lucrécia! Minha querida Lucrécia — um homem grande e sorridente falou alto, emergindo da área da cozinha. Usava camisa social branca, calça cáqui, tinha um rosto acolhedor e um sorriso aberto. Não tinha muitos cabelos, mas ainda eram castanho-escuros. Lucrécia se levantou e ele a abraçou. — Pensei que estivessem com raiva de mim. — disse divertidamente.

— De jeito nenhum.

— Me apresenta os rapazes?

— Iago — ela disse e Iago o cumprimentou. — Iago é responsável pela nova expansão, acho que o Lúcio já atualizou você.

— Já sim. E o bonitão ali?

— Wladimir Lester.

— Puta merda, então você existe mesmo. Moço, eu me sinto honrado em finalmente apertar a sua mão. Você é uma lenda.

Leste o cumprimentou com sobriedade, agradeceu os elogios timidamente.

— São seus quadros? — Franco se inclinou para apanhá-los. Instintivamente Lester esticou o braço, impedindo que ele tocasse as telas cobertas.

— Ele é de confiança, Lester. Franco tem um bunker embaixo do restaurante. Suas obras só sairão daqui quando Iago terminar as reformas.

Lester não sabia a que reformas ela se referia, mas retirou as mãos lentamente, sem tirar os olhos de Franco.

— Não se preocupe, a única pessoa que vai colocar as mãos nas suas criações sou eu. Tenho muito respeito pelo senhor, Wladimir, suas coisas trouxeram boa sorte ao meu pai. Não fosse um dos seus quadros, teríamos morrido de fome.

Lester não se interessou em perguntar mais nada, mas concordou em ceder seus materiais.

Mesmo Franco sendo um homem forte, ele não arriscou transportar tudo em uma única viagem. Quando deixou a mesa, levava somente os quadros, a estátua ficou com Lester. Lucrécia aproveitou a saída para explicar.

— Franco Nälg chegou a Três Rios em 2018. É um bom amigo do chefe, um dos poucos homens que Lúcio confia de verdade. Franco assassinou a família em 2004, vendeu alguns marmitex com a esposa e os dois filhos até ser denunciado e preso, no Sul do país.

— Posso perguntar como ele foi pego? — Iago indagou.

— Alguém encontrou um dente no PF. Quando a Vigilância Sanitária inspecionou o restaurante, a cabeça da esposa ainda estava em um dos freezers.

— Cacetada... — disse Iago.

— Hoje, essa churrascaria e o Vagão são os dois pontos de encontro para os nossos colaboradores. O Vagão é onde eu trato dos meus negócios, Lúcio prefere vir aqui, ele gosta mais do cardápio. Já escolheram o que vamos comer? — ela perguntou.

— Podemos confiar no que não está escrito em vermelho? — Iago quis saber, por segurança.

— Claro que sim, mas você não perceberia a diferença — Lucrécia explicou. Notando que os cardápios se fecharam, o garçom voltou e anotou os pedidos. Iago preferiu escolher uma massa com molho branco.

— Essas reformas... O que estão pretendendo fazer?

O garçom voltou com as bebidas antes que ela pudesse responder. Lucrécia e Iago escolheram vinho; Lester não era muito dado a eles, preferia destilados. Seu gim também foi colocado à mesa. Ergueram um brinde silencioso, beberam, as taças voltaram para a mesa.

— Iago trabalhou duro enquanto você se recuperava. Descobriu bons imóveis, recrutou pessoas, tudo isso para que possamos seguir com várias frentes ao mesmo tempo.

— Várias frentes? O que vocês são agora? A bolsa de valores?

— Nós somos o dinheiro e tomaremos Três Rios de uma vez por todas.

— Tomar de quem, gajin? Essa cidade já é nossa... — Lester observou. Lucrécia gostou do pronome escolhido. *Nossa* era uma expressão simples, mas poderosa.

— Fiz essa mesma pergunta à Lúcifer muito tempo atrás. O fato é que existem outros poderes no nosso caminho, poderes humanos e não humanos. Lúcifer pretende marcar sua autoridade à ferro quente, para que nunca mais seja questionado. Para garantir essa medida, vamos nos apoiar nas três grandes ambições humanas: riquezas, poder e vida eterna. Nós não precisamos combater cada maluco que entra no nosso caminho, mas precisamos destronar o poder maior.

Lester elevou os olhos, Lucrécia assentiu.

— Com a sua tinta, entraremos no circuito dos milagres de uma forma que essa cidade jamais viu. Dinheiro, curas e promoções executivas, sexo, vícios e prazeres ilimitados; ofereceremos ao cidadão comum o que só está disponível aos poderosos. Tudo estará ao alcance dos que se dedicarem aos nossos representantes. É questão de tempo para essa cidade se esquecer de quem os abandonou faz tempo.

— E quanto a mim? — Lester perguntou. — O que esperam que eu faça? O que pretendem fazer comigo? Retirar todo meu sangue?

— Não somos selvagens, meu caro. Você será nossa grande estrela, a maior prova das manifestações de Lúcifer. Todo caminho para a iluminação passará por sua tinta, por seu sangue, por suas criações. Existe um pequeno ponto que ainda precisamos conversar, mas nada que manchará seu legado.

— Meu legado é uma mancha vermelha, moça. Mas do que estamos falando?

Lester respirava mais pausadamente, seus olhos pareciam menores.

— Adotaremos outro nome para as aparições públicas, apenas para manter a imprensa anestesiada. Se isso não for um problema, é claro.

Lester deu outro gole no destilado.

— Nós não podemos fazer uma aparição pública e simplesmente trazer de volta um homem que todos acreditam ter morrido há mais de 200 anos.

Os olhos de Lester desceram mais. Por um momento, Lucrécia teve plena certeza que ele se levantaria daquela mesa e sairia pela porta.

— Gajin, eu não estive morto, mas estive no Inferno a maior parte da minha vida, e ninguém precisou abrir a porta para eu entrar. Ficar satisfeito com essa ofensa é impossível, mas se eu precisar passar por Jesus Cristo para popularizar os meus quadros, me arranjem uma cruz e uma coroa de espinhos.

VII

Antes de a comida chegar, Franco retornou ao salão para apanhar a estátua da Ciganinha e colocá-la em um lugar seguro. Assim que ele chegou perto o suficiente, Lester a apertou mais forte nas mãos. Ele mantinha a estátua em seus braços desde que a apanhou de Sofia.

— Estou aqui pra ajudar, moço — explicou a Lester.

— É o que todos dizem antes de me traírem.

— Lester, esse é o melhor a ser feito. — Lucrécia o recordou. — Precisamos dos quadros e da estátua em um lugar seguro.

Lester continuou a mantendo consigo, olhava fixamente para Franco. Tinha tempo de vida o suficiente para reconhecer um farsante.

— Tudo bem. — Franco relaxou o rosto — Eu tenho a solução. Não costumo fazer dessa forma, mas vocês podem descer comigo e ver onde sua amiga ficará hospedada.

Lester confirmou a informação com Lucrécia.

— Vá em frente, cigano. Eu odeio escadas desde que acidentei a minha perna.

— Você vem? — Lester se levantou e perguntou a Iago.

— Melhor não — Lucrécia respondeu por ele. Não explicou o motivo, nenhum dos homens a questionou. A verdade oculta é que era cedo demais para confiar em Iago Molina.

Franco seguiu até o balcão aos fundos do salão, que delimitava a área da cozinha. Passaram por esse balcão e o cheiro do alho frigindo nas panelas fez o estômago de Lester ronronar.

— A Trindade deve ter mencionado nossos pratos especiais. — Franco já chegava na área dos fogões. Havia três cozinheiros, e eles pareciam perfeitamente profissionais e asseados. Usavam uniforme branco (que realmente estava limpo e branco), redinha nos cabelos e sapatos com proteção de plástico. Os chefes e auxiliares de cozinha que cuidavam das carnes usavam luvas de proteção resistente a lâminas.

— Ela falou alguma coisa sim.

Franco olhou para trás e sorriu para Lester. Estavam chegando perto da área de granito onde um homem fatiava peças de carne.

— Gilson, deixa comigo um pouquinho — Franco disse ao cozinheiro. O homem se afastou para a área à esquerda e trocou a carne por legumes. Começou a cortá-los com uma destreza impressionante. Franco colocou duas peças de carne de proporções parecidas, cerca de dois quilos, lado a lado.

— Olha bem pra elas, meu amigo. Você vê alguma diferença?

Lester fez o que Franco pedia, mas não achou nada diferente, além do tamanho e forma das peças.

— As duas são saudáveis, macias e com a coloração perfeita. Depois de temperadas, o gosto será muito parecido, muito parecido mesmo. Porque carne é carne, meu amigo. A única diferença entre essas duas peças é que uma veio de gado animal, e a outra veio de gado humano.

— Vocês criam pessoas? — perguntou Lester.

— Onde existe carne, existe um curral. Mas isso não é importante agora. Eu trouxe você até os fogões para explicar que as pessoas não compram a carne pelo que ela é — Franco golpeou uma delas e depois acariciou, como quem estapeia a bunda de uma nova amante —, compram o que ela representa. No meu negócio, carne é poder.

Depois da explicação, Franco secou a mão em um pano de prato e seguiu até uma porta de plástico maleável e transparente, uma divisória que separava a cozinha da área de refrigeração. Passaram a seguir pela porta reforçada do frigorífico; a temperatura estava tão baixa que os olhos de Lester começaram a doer. Ele os manteve abertos mesmo com o incômodo. Havia fileiras e mais fileiras de peças de carne penduradas, protegidas por um material plástico já bastante opaco devido à condensação da umidade. À frente, em uma das paredes do final da câmara e bem rente ao chão, Franco deslizou um dispositivo parecido com um chaveiro na parede. A porta oculta despejou um pouco da pressurização e se abriu.

O outro lado era diferente, escurecido e avermelhado como uma câmara de revelação. A temperatura ainda mantinha um pouco do ar refrigerado do freezer, mas passava longe do congelamento da instalação anterior.

Depois do corredor vermelho, havia um cômodo repleto de objetos estranhos, que não faziam sentido em um restaurante. À esquerda, a parede estava decorada com rádios antigos, aparelhos da era das válvulas distribuídos em prateleiras. Outra sustentava três televisores, dois manequins femininos e uma prateleira carregada de fitas VHS. Os quadros — Lester os reconheceu porque continuavam com a mesma proteção parda que Sofia havia providenciado — estavam sobre um aparador, uma prateleira, que tomava toda a parede restante. Havia dois conjuntos desses organizadores de madeira, o mais baixo ficava a vinte centímetros do chão.

— O que são essas coisas?

— Negócios. Eu conheço Lúcio Ferro faz muito tempo, ele me manteve a salvo nos anos difíceis, no meu período de reclusão social — sorriu. — Mesmo com a ameaças que eu recebia na cadeia, nenhum preso chegou a tocar em mim. Eles me detestavam, você sabe como é. Ninguém confia em um predador, e é isso que eu sou. Eu mato para comer a carne. Como um leão.

— Isso é repugnante — Leste disse. — Desculpe se o ofendo.

— Vai precisar de bem mais pra me ofender. — Franco o golpeou amigavelmente no ombro. — Posso perguntar o perigo real dessas coisas que você pinta? Porque todo o resto desse cofre carrega a desgraça da vida de alguém.

— O perigo não são os quadros, mas quem os coloca na parede. Se a pessoa tiver respeito, não terá problemas.

— Exigir respeito de um ser humano é o mesmo que exigir finesse de um macaco. Não somos feitos para isso, Wladimir. Nossa maior capacidade é vencer usando as armas que temos. Isso inclui rasteiras, terra nos olhos e facadas nas costas. Da minha parte, posso garantir que estou do seu lado, e que suas coisas ficarão seguras. — Franco apontou para cima, onde um conjunto de câmeras fazia o monitoramento do lugar.

— Vê aquele ducto ali? — indicou uma região à esquerda de uma das câmeras, um pequeno furinho redondo e metálico. — É gás incapacitante. Eu tenho um acionador eletrônico remoto, o outro está com o Lúcio. Se alguém conseguir o milagre de entrar nesse lugar, vai terminar dentro de um prato.

Enfim convencido, Lester colocou a Ciganinha sobre um espaço vago no aparador, ao lado dos quadros. Desceu de joelhos e murmurou algumas palavras. Franco não conseguiu ouvir muitas delas, mas escutou que Lester logo estaria com ela novamente. O cigano terminou de se despedir e levantou.

— Pode ficar tranquilo — Franco disse —, ela está segura.

— É melhor você ter razão. E já que estamos falando em segurança, eu preciso ficar com sua arma.

Franco tensionou o rosto.

— Essa aí na sua cinta — Lester elucidou.

— Minha arma? Meu querido, eu não posso entregar um revólver para você. A Lucrécia me mata. Por que você não pediu a ela?

— A mulher não confia em mim.

— E eu devo confiar?

— Bom, acredito que sim. Se você não confiar em mim, eu vou precisar convencer Lúcifer a não confiar em você. Vou precisar falar que não concordo em deixar minhas coisas nesse buraco, e que você demonstrou interesse em comprar os meus quadros e revender. Imagino que ele vai ficar desapontado.

Franco olhou para Lester, o rosto foi se fechando.

— Mas isso é mentira.

— É?

E Franco foi relaxando a expressão, soltando o peso dos ombros, até que sorriu.

— Tudo bem, cigano, um homem precisa se proteger. Eu entrego a arma assim que a gente sair daqui — Franco olhou para as câmeras de vigilância. — Mas se alguém te pegar com essa merda, eu vou dizer que você roubou.

Lester riu. Acusarem um cigano de ladrão... grande novidade.

VIII

Iago voltou para casa no finalzinho da tarde, ainda enjoando quando pensava no almoço. Não comeu carne alguma que tenha identificado no Jeffão, mas a lembrança do apetite de Lucrécia e Lester o incomodavam. Era possível que eles estivessem comendo carne de gente sem perceberem, e mesmo que tivessem pensado na possibilidade, saborearam cada mordida. Felizmente ele precisou sair às pressas do Jeffão, deixando para trás meio prato de farfalle ao molho gorgonzola que não conseguia empurrar pela garganta.

O motivo era Zênite, seu pastor da escuridão pedindo uma reunião de emergência.

Fisicamente Zênite estavam indo bem, mas seu psicológico continuava arruinado. Todos aqueles anos de autopenitência e castigos, de pensamentos intrusivos crescendo e se apossando de sua resistência racional. Zênite tinha certeza que Lúcifer preparava uma vingança pessoal contra ele, que sua contratação era uma mentira, confabulava que na hora certa ele passaria por sofrimentos maiores que os autoinfligidos em busca do perdão infernal. Iago precisou de duas horas de conversa e de um psicotrópico pesado para acalmá-lo e devolvê-lo a um estado mínimo de sanidade. Conseguiu comprar o medicamento no próprio bairro onde conversaram, em uma das Drogarias Piedade da periferia — pagou um pouco mais caro e o próprio balconista adulterou uma receita. Obrigado pela preferência. Passar bem. Volte sempre.

Sentia-se bastante exausto quando entrou em casa, e ficou feliz em ser surpreendido pelo silêncio. Quem tem uma criança pequena sabe que a calmaria fora do horário do sono é quase uma impossibilidade.

— Cíntia? Tá em casa? — perguntou, já supondo a ausência de Jonas.

Ainda havia luz natural, mas todas as luzes da casa estavam acesas, o que também era incomum. Há anos Cíntia adotara um posicionamento social consciente. Lixo reciclável, alimentos sem agrotóxico, ela havia se tornado vegana há cinco anos. A economia de energia elétrica também entrava na lista, assim como a redução do consumo de gás na casa.

Iago deixou a chave do carro na sala e continuou caminhando no sentido dos quartos, apagando o excesso de lâmpadas acesas que encontrou pelo caminho. Sala de visitas, sala de TV, cozinha, banheiro social, tudo estava aceso. A porta do quarto de Jonas estava fechada no trinco, Iago a abriu e encontrou a luz também acesa. A próxima área clara vinha do seu quarto, e ele ficou alguns segundos parado à porta antes de entrar.

Cíntia usava fones de ouvidos, e "Rivers of Babylon", de Boney M., estava tão alta no dispositivo que Iago ouvia da porta. Sua esposa estava sentada na cama, recostada à cabeceira, segurava um travesseiro no colo em posição defensiva. Olhava concentrada para a TV desligada à frente, talvez um pouco desconectada da realidade. Seu rosto estava visivelmente pálido, os cabelos estavam soltos e eletrizados. Percebendo-se observada, ela também notou Iago parado à porta.

— Onde você estava? Eu liguei dezessete vezes. — Livrou-se do fone de ouvidos.

— Tive duas reuniões pesadas, acabei esquecendo o não perturbe ligado. Aconteceu alguma coisa?

— Perturbação — ela disse. — Eu não sei como falar sem parecer uma doida, mas tem alguma coisa nessa casa. Eu não sei o que é, eu não quero saber, mas eu não aguento mais passar por isso sozinha.

— Do que você está falando, Cíntia? Animais? Insetos?

— Eu tenho nojo de baratas, odeio ratos, mas o que está acontecendo é muito pior.

Iago respirou fundo e chegou mais perto da cama, sem se sentar.

— Se quiser me contar, eu quero ouvir.

— As coisas estão se mexendo sozinhas.

— Que coisas?

— De todo tipo. Os móveis, as portas do guarda-roupa, os brinquedos. Eu não quero mais que o Jonas durma naquele quarto. Tem uma coisa morando lá dentro.

— Cíntia, do que estamos falando aqui? Espíritos? Fantasmas?

Havia tanto descrédito naquelas palavras que Iago parecia rir mesmo sem mover os lábios.

— Demônios. O que eu vi atrás da cortina foi um demônio. Um bicho, um ser, uma coisa que não é humana.

— Consegue explicar melhor? Eu não estou tentando questionar você, mas eu preciso entender.

— Eu não sei como explicar. Faz dias que estou tentando desmentir a mim mesma, acreditando que é algum tipo de visão, crise nervosa, qualquer coisa. Acontece que está piorando.

— Você ainda está vendo? — Iago olhou ao redor, sem perceber.

— Não, mas eu ouço. Ele derruba as coisas no chão, derruba dentro do armário... A TV ligou sozinha uma porção de vezes, só parou porque eu puxei da tomada. E hoje... hoje essa... esse demônio me tocou. — Cíntia não conseguiu mais se conter e explodiu. Começou a chorar.

Iago se sentou e a abraçou, a trouxe para a cabeceira da cama. Cíntia tremia como uma criança que sai de um pesadelo.

— Me diz o que está acontecendo, Iago? Você tem alguma coisa a ver com isso?

— Eu nunca colocaria você e o Jonas em perigo. — Sentia que mentia descaradamente. Se havia risco maior que negociar com os servos do Inferno, ele desconhecia. E como seria possível contar a verdade a ela? Que ele estava cercado de pessoas que entravam e saíam do fogo? De canibais? De verdadeiros monstros?

— Como isso começou? Consegue se lembrar? — perguntou a ela.

Cíntia passou as mãos pelo rosto e pelos cabelos, tentando recuperar o mínimo de dignidade. Sentia-se horrível. Descabelada, de olhos vermelhos, devia estar toda vermelha, depois da crise de choro.

— Foi quando o Jonas voltou pra casa. Não estou dizendo que a culpa é dele, mas foi nesse dia.

— Viu alguma coisa quando o nosso filho chegou do hospital?

— Não no mesmo dia, mas eu senti um cheiro forte no quarto. Estava em outros cômodos da casa também, mas no quarto dele era pior. Tinha um cheiro enjoativo, lembrava laranja podre. Eu cheguei a pensar que o cheiro do hospital tinha impregnado na pele do Jonas. Só depois eu comecei a ouvir os barulhos. Com tudo o que nós passamos, eu achei que estava tendo um surto emocional.

— Cíntia, o Jonas está saudável, ganhando peso, você precisa se equilibrar também.

— Tem alguma coisa nessa casa, Iago. Alguma coisa má, ruim de verdade.

— Eu preciso de um copo d'água.

— Você precisa ficar comigo, Iago.

— Não dá. Não desse jeito. — Ele se levantou.

Ela voltou a abraçar um travesseiro.

— Por que nós dois não somos como antes? Por que você não me ouve?

— Cíntia, pelo amor de Deus. Todo esse rodeio foi pra chegar em uma D.R.?

— E eu consigo falar com você de outro jeito?

Iago olhou para o teto da casa, tentando não encarar Cíntia naquele instante. Talvez essa fosse a única forma de não piorar tudo. Mas ele não conseguiu.

— Foi você que se afastou de mim. Quando eu estava quebrado, precisando de apoio, de qualquer palavra, você preferiu suas amigas. Eu não reclamei, não obriguei você a ficar do meu lado, eu respeitei suas escolhas.

— Respeitou? Ou você deixou seu orgulho falar mais alto que a minha ausência?

— Essa conversa não vai chegar a lugar nenhum. Você não precisava ter inventado toda essa história de fantasmas pra me encostar na parede.

— Eu fui abusada, porra! — ela gritou. — Aquela coisa nojenta me tocou. — Ela fechou as pernas, sem precisar dizer as palavras.

— Já chega, Cíntia. Eu não quero ouvir mais nada.

— Mas você vai! — o grito foi ainda mais forte, rouco, cheio de raiva. Não era teatro, a coisa era de verdade. Iago voltou a se sentar na cama.

— Eu vi a coisa se escondendo no quarto do Jonas. Vi duas vezes, atrás das cortinas.

— E como ele é? Essa coisa?

— Parece humano, mas... Ele é bem pequeno, e o rosto é diferente do rosto de uma pessoa, é mais ossudo. A pele é frouxa, meio torta, parece pele de porco. Ele é meio cinza. Eu vi de relance, foi muito rápido, mas ele estava lá, atrás das cortinas.

Iago voltou ao dia em que viu os dois espectros na sala de descanso. A descrição de Cíntia batia com o menorzinho. Mas por que agora? E por que com Jonas?

— Pode ter sido reflexo de alguma coisa, às vezes a luz confunde nossos olhos.

— Ele também me viu, e ficou tão surpreso que saiu correndo pelo quarto. Essa parte não foi criação da minha cabeça, ou reflexo, eu mesma recolhi o que ele tirou do lugar.

— Você viu essa coisa correndo?

— Foi muito rápido. Tudo o que eu enxerguei foi um borrão cinza e as coisas que ele derrubou no chão. Hoje foi diferente, foi muito pior. Iago, eu quero ir embora dessa casa, aqui eu não fico. — Ela ameaçou chorar novamente, mas se conteve.

— Eu vou pensar em alguma coisa. O problema não é a nossa casa, nós já vivemos aqui há mais de dez anos. Por que isso estaria acontecendo agora?

— O que você quer dizer? Que o problema somos nós? Um de nós? O Jonas?

— Eu não sei, Cíntia. Não faço a menor ideia. Mas eu vou tentar descobrir.

IX

Atualmente, a cidade de Três Rios tem um único espaço verde decente, o Parque Municipal Ítalo Dulce.

O espaço conta com cerca de dois quilômetros de mata preservada, e dentro dessa área existe um lago com peixes, outro lago com patos e gansos, muitas árvores, duas quadras de vôlei de areia, um pequeno campo de futebol e trilhas de concreto para correr ou passear. Também existe um espaço com aparelhos de ginástica para as pessoas com prazo de validade próximo a expirar e brinquedos para as crianças. Na parte da manhã, os garotos gostavam se reunir em volta desses brinquedos, mas, no período da tarde, o passatempo preferido era alimentar os peixes.

O homem que doava a ração estava sentado em um banco de pedra, logo depois da pequena ponte que ligava as margens opostas do regato. Como sempre, o homem tinha dois sacos bem cheios de ração (que ele dividia em saquinhos menores e entregava aos meninos). As crianças o cercavam com uma certa loucura, indo e vindo do parapeito onde alimentavam os peixes intermináveis vezes, gritando e fazendo barulho como um bando de maritacas.

— Me dá, tio, agora sou eu! — Um dos meninos chegou acelerado, empurrando os que estavam em seu caminho. O homem cedeu a ração que ele queria, deixando os que não se impunham esperar mais um pouco.

— Não é justo! Ele ganhou mais! — um menino menorzinho reclamou.

— A vida não é justa, Tiago — o homem da ração disse. — Se você quer justiça, você tem que fazer valer sua força.

— Mas eu sou pequeno! Olha o tamanho dele.

— Venha aqui — o homem o chamou, para que pudesse contar um segredo. O menino se aproximou e o homem disse o que queria. Os dois se olharam por um segundo, sorriram em cumplicidade, o menininho correu até a ponte.

O garoto maior, o que tomava a frente dos outros, estava fora do parapeito agora, agachado nas margens do riozinho e alimentando os peixes. Tinha se apropriado de seis saquinhos de ração dos outros meninos. O menino pequeno chegou correndo e o empurrou. O maior caiu na água, sem defesa. O pequeno pegou os saquinhos de ração que não caíram na água para si e saiu correndo pelo parque. Lá de longe, parou e acenou para o homem da ração. Os meninos se dividiram entre tirar sarro ou ajudar o garoto a sair da água. O riso venceu depressa.

— Se divertindo muito? — perguntou Lucrécia, notando o tumulto enquanto se aproximava.

— Vocês, humanos, nunca perdem a graça. Não é preciso muito para arrebentarem a si mesmos. Alguma novidade, minha adorada? Ou sentiu saudades minhas?

— Lúcio, isso é uma cantada?

O Diabo sorriu, ficou um pouco mais charmoso dessa forma.

— Você é uma mulher interessante, Lucrécia Trindade, muito interessante. Do que está precisando?

— Desculpe aparecer sem avisar. Vim trazer boas notícias.

— Você não precisa de autorização pra isso.

Ela sorriu. Era bom sentir-se valorizada. Tão bom quanto confiar em si mesma, andar de cabeça erguida, não ser explorada.

— Chegou a hora, Lúcio. Todas as peças estão no tabuleiro.

— Vamos caminhar um pouco? — ele sugeriu.

Caminharam os primeiros passos em silêncio, aproveitando o vento que se tornava mais presente e mais fresco. A cada pequeno avanço, o brilho do sol ia se evanescendo, cedendo lugar para a noite. Lucrécia já ouvia o ruído dos pássaros voltando para os ninhos. Por todo o parque, pais também convocavam os filhos de volta pra casa, enquanto, do lado de fora, o trânsito se tornava caótico e acelerado.

— Você confia nele? — perguntou Lucrécia, depois de se afastarem o suficiente das pessoas barulhentas.

— Em quem?

— Wladimir Lester. Quero saber se confia nele.

— Eu posso conhecer a real motivação da pergunta?

— Eu não sou uma mulher ciumenta, Lú, mas detestaria ser apunhalada pelas costas.

Lúcifer cruzou as mãos às próprias costas, continuou caminhando.

— Eu não confio em ninguém, adorada. Não confio em você, nunca confiei naquele cigano, e sendo muito honesto, eu jamais confiarei em um ser humano. Sejamos justos, se não me dou ao luxo de confiar nem mesmo nos meus pares, por que confiaria em um dos seus?

— Estamos falando de... — Ela olhou para cima, economizando palavras que poderiam tornar aquela conversa uma batalha. Apesar da roupagem carnal escolhida e do tom mais ameno, ela sabia que o dragão ainda morava sob a pele.

Lúcio assentiu. Inexpressivo.

— Você fala tão pouco desse evento. Evito perguntar por esse motivo.

Dessa vez ele sorriu.

— Você prefere não perguntar porque é uma mulher esperta. Aprendeu a falar a língua dos lobos sem precisar abrir a boca.

Caminharam mais alguns minutos sob a caída pronunciada da noite.

— Eu o amava sobre todas as coisas, Lucrécia. Eu e meus irmãos fomos criados para a glória e a graça, para a beleza e a sabedoria. Mas ele preferiu vocês, humanos.

— Desculpe a sinceridade, Lú, mas se você nos odeia, e se nos odeia a ponto de trair sua própria natureza arquitetada para a bondade, por que estamos no mesmo time?

— Odiar? Eu não odeio a humanidade. — Ele pareceu extremamente indulgente, até mesmo didático. — De todas as raças que eu conheci, vocês representam uma das maiores possibilidade de desenvolvimento. Mesmo que ainda sejam só um pouco mais adiantados que um macaco, o futuro pode ser generoso com a sua espécie.

Lúcio ergueu os olhos para a lua gigante que se esticava atrás das árvores como um sol sem fogo.

— Meu rompimento foi com ele, com o eterno. Rompi com a decisão de ele tomar vocês como prioridade, e nos deixar com as espadas. O grandioso nos proibiu de visitar a terra, de estar com as humanas e gerar uma nova descendência. No momento de tornar nossas espécies uma só, ele preferiu vocês, nos mantendo como seus soldados. É isso que os anjos são, a tropa particular do altíssimo. As más notícias, as grandes tragédias, tudo isso é incumbência dos anjos. Mas ele, o altíssimo, sempre foi o causador de todos os problemas.

— Nas igrejas dizem que você é o responsável.

— Lucrécia, minha doce Lucrécia. A onipotência explica tudo o que é preciso saber. Ele está no trono, observando cada criança que morre, cada bandido que cresce, cada assassino que se torna um general. Se a nossa gestão está crescendo em número e vontade, é porque assim ele o permite.

— Eu nunca entendi as regras desse jogo. Não tome como pessoal, Lú, mas se o outro poder tivesse me favorecido, eu talvez estivesse com ele até hoje.

— Talvez não é a palavra certa, adorada. *Certamente* você estaria. Infelizmente *Ele* não sabe escrever fora das linhas tortas. Para o altíssimo, o que importa é ser amado nas graças e nas desgraças. A desistência de questioná-lo é o grande prêmio para esse comandante vingativo, egocêntrico e mesquinho.

Mesmo sem nuvens no céu, um trovão ronronou lá longe, bufando até que se cansasse de existir. Lúcio riu. Era bom ser notado. Depois de tanto tempo, ainda era bom.

— Falávamos sobre Wladimir Lester. O que a preocupa?

— Eu não sei o que se passa com aquele cigano. Lester é um cofre sem chave, nem mesmo nossos maiores demônios conseguem uma leitura de sua alma. Nós oferecemos tudo o que ele pediu, exatamente *como* ele pediu, mas nada parece ser suficiente.

— O que te assombra?

— Que ele traia nossa confiança, que de alguma forma ele volte a agir contra nós. Lester não gostou do anonimato. Ele dissimulou, mas era possível ver no seu rosto o tamanho da decepção que ele sentia.

Lúcio pareceu considerar o que ouviu, e demorou alguns segundos até formular um novo pensamento. Ele e Lester estavam ligados há tanto tempo, unidos pelo mesmo nó há tanto tempo, que suas histórias já não poderiam ser separadas e ainda continuarem consistentes.

— Quando se produz alimentos, é fundamental vigiar as pragas. Wladimir Lester foi um cultivo delicado, belicoso, mas ele floresceu e gerou frutos. Como era uma árvore exuberante, Lester também atraiu algumas pragas para dentro de si. Ele nunca estará satisfeito, adorada. Enquanto estiver vivo, nosso amigo oscilará entre o que tem e o que gostaria de ter, sem encontrar uma posição definitiva.

— E o que ele quer?

— Lester deseja mudar seu próprio passado através de eventos futuros. Um terrível engano, uma impossibilidade. O ontem precisa ser aceito. Por pior que ele seja, o ontem precisa ser deixado para trás. Essa é a única maneira de seguir em frente.

— Você conseguiu? — Lucrécia assumiu o risco de uma pergunta mais ousada.

Lúcio parou de caminhar por um instante, interessando em um besouro caído no chão. Não era um inseto tão pequeno, tinha cerca de três centímetros. O bicho era preto e parte da carapaça era verde e brilhante.

Lúcio se abaixou e estendeu a mão, deixou o inseto caminhar por sua pele. O besouro caminhou até o antebraço, confiante, sequer tentou voar. Deu a volta e retornou à palma da mão. Lúcio o enfiou na boca e o mastigou como uma cereja. Depois engoliu.

— Se eu ainda vivesse no passado, essa terra não existiria mais. Vocês deveriam fazer o mesmo.

X

Depois de seu encontro com Wladimir Lester, Sofia tentou seguir com sua vida, mais ou menos como se nunca o tivesse visto. Era fácil ficar mais leve, mais segura longe das obras infernais de seu tio-avô — mas não à ponto de conseguir esquecê-las. Sendo uma mulher cigana, Sofia conhecia os entroncamentos das linhas do destino, sabia reconhecer os atalhos, os nós e os perigos da descendência.

Tentou ignorar o que os oráculos diziam, esperançosa em não precisar mais tomar parte daqueles assuntos tão sombrios. Sofia seguia trabalhando em sua loja, acordando mais cedo e dormindo mais tarde, como fazia desde os quinze anos.

Percebeu que sua tranquilidade seria outra vez abalada quando Curupira chegou todo afobado, interrompendo a conversa entre Sofia e um técnico de computadores. Era um rapaz bem jovem, parecia esperto, do tipo que passaria a perna em uma velhinha sem pensar duas vezes. Mas ela não era uma velhinha qualquer, seu nome ainda era Sofia Lester. Ela pediu que Curupira esperasse um pouco e disse ao técnico:

— Tá caro.

Ele coçou a cabeça.

— Olha, dona Sofia, do jeito que esse computador estava esquentando, podia ter pegado fogo e incendiado a sua loja.

— Sério, fio? Essas coisas pegam fogo fácil assim, é?

— Por Deus do céu. Foi uma grande sorte a senhora ter me chamado.

Sofia riu e mostrou o ouro dos dentes.

— Então eu tive sorte por essa bosta ter estragado pela décima vez?

O rapaz tropeçou na língua antes que abrisse a boca. Sofia aproveitou a oportunidade.

— Se o mocinho trocou alguma peça, eu quero ver a antiga. E se você manter esse preço exagerado, eu vou desfazer o serviço e coloco a sua foto na frente da loja, mandando os clientes desviarem do seu telefone.

— A senhora não pode fazer isso.

— Posso sim, fio. Uma mulher da minha idade pode fazer um monte de coisas.

O rapaz da informática olhou para Curupira. O rosto do atendente dizia que não é esperto brincar com Sofia Lester.

— Acho que trezentos paga, dona.

— Eu vou pagar 150 se você não me mostrar o que queimou. Tá de bom tamanho e eu ainda faço uma propaganda boa do seu serviço.

— Dona Sofia, 150 não paga nem...

— Paga sim, fio, você não ficou nem meia hora em cima desse troço. — Sofia retirou as notas de sua blusinha e estendeu a ele. — É pegar ou largar.

O rapaz pegou as notas meio contrariado, mas guardou tudo no bolso. Depois pegou a sua bolsa de ferramentas e saiu sem se despedir.

— Essa gente não sabe a sorte que tem... — Sofia disse a si mesma. — E você quer o quê, assombração? — perguntou a Curupira. — Se for problema, eu já tenho demais.

— Tem um moço querendo falar com a senhora.

— Aquela gente de novo?

— Não, é gente nova. Ele entrou sozinho, mas deixou mais gente no carro. Um carrão daqueles todo preto com...

— Tá, tá... — Ela parou de ouvi-lo e fez o caminho até a frente da loja. — É sempre assim. Basta pedir pra não ter problemas e Deus caga na nossa cabeça.

Chegou onde o outro estava. Não estendeu a mão, e sorrir não passava por sua cabeça. O que ela fez foi perguntar:

— Não sei o que você quer, mas não devia ter aparecido de novo na minha loja.

— Dona Sofia, isso é jeito de receber um amigo?

— Não sou sua amiga. E cadê o resto dos bandidos?

O homem respirou fundo.

— Do outro lado, Sofia, do lado que você deveria estar.

— Com o meu sobrenome? Todo Lester que nasce nesse mundo sabe que não pode confiar em ninguém. O que você quer comigo, Lazar?

O homem falou em outra língua a partir desse momento, uma que Sofia aprendeu com seu pai e seu avô.

— Soubemos que você recebeu uma visita. Algumas pessoas. E sabemos que elas saíram da sua loja com alguns quadros e uma estátua. Quem eram?

— Se você ficar na minha loja mais dez minutos, vai ver alguém saindo com alguma coisa. Pode não parecer, mas esse lugar é um comércio. As pessoas entram com dinheiro e saem com coisas, é assim que funciona.

O homem manteve o rosto como estava; sério, inegociável.

— Não brinque comigo, Sofia. Nós temos meios de fazer você falar. Quem eram? O que você entregou a eles?

— Eram negociantes, gente graúda. Vieram buscar algumas coisas do meu tio.

O rosto do homem se fechou mais um pouco.

— As mesmas coisas que você disse que nunca sairiam da sua loja? As mesmas coisas que foram criadas por Wladimir Lester?

— Eram minhas coisas e eu faço com elas o que bem entender. E se o senhor já terminou de roubar o meu tempo, eu preciso trabalhar.

O homem a encarou mais alguns segundos, sabia que seria inútil insistir.

— Ele ainda está por aí, não está? Depois de todos esses séculos, de alguma maneira, ele ainda está por aí.

— Eu cansei de perder meu tempo com essa sandice, moço. Meu antepassado está morto. Se vocês não encontraram o corpo, isso não é problema meu. Passar bem.

Sofia deu as costas a ele começou a caminhar no sentido oposto, para os fundos da loja. O homem ainda disse mais alto a ela:

— Nós vamos encontrá-lo, Sofia, vamos encontrar Wladimir e acabar com ele de uma vez por todas.

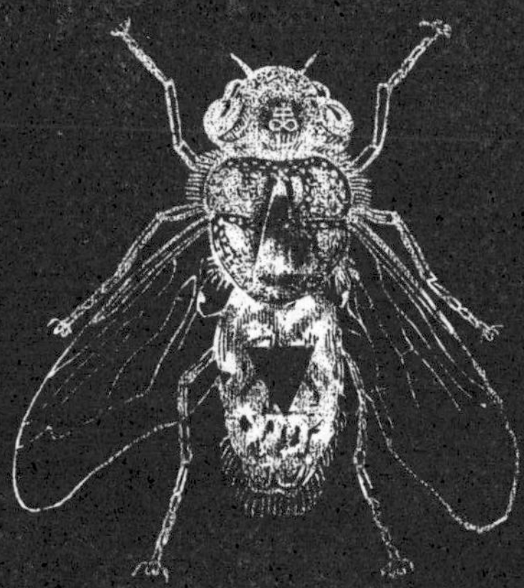

4
Obras de arte que fazem milagres

I

Donizete da Silva tinha um nome de registro, mas sua verdadeira essência era ser um Zé-Ninguém. Vinte e seis anos, trabalhando como servente de pedreiro para uma empreiteira corrupta, tinha dois divórcios e três filhos no currículo, embora nunca tivesse se casado formalmente. A maior parte do que recebia de salário era sequestrado para os três pedidos de pensão, e o que sobrava — bem pouco —, ele dividia entre os marmitex e a cachaça.

Donizete estava passando pelo caminho de todos os dias, destinado a pedalar os mesmos cinco quilômetros que o separavam do trabalho e fazê-lo de volta ao final do expediente, arregaçado de cansaço, mas naquela manhã ele percebeu uma movimentação diferente em um dos pontos de ônibus do caminho. Não era exatamente uma comoção popular, mas algumas pessoas se interessavam por um homem que distribuía panfletos. Bem mais curioso do que compromissado com seu horário de entrada na obra, Donizete parou para olhar.

Não demorou nada e o sujeito com os papéis notou seu interesse. Estendeu um panfleto para Donizete.

— Estrela Eterna — Donizete leu. — Mais uma igreja, macho? — perguntou, em um tom divertido. Embalados pela gracinha, algumas pessoas mais próximas também riram.

— Não leva a mal, moço — Donizete voltou a subir em sua bicicleta —, mas já tem igreja demais em Três Rios.

— A Estrela não é como as outras. Se me der cinco minutos, eu posso provar.

— Igreja de crente que não é igual as outras?

— Somos crentes sim, mas temos outro senhor. Nosso soberano sempre atende quem pede com fé.

Donizete ficou na bicicleta, mas não saiu pedalando.

— E dá pra ficar rico, é? Pra pegar mulher bonitona? — Donizete manteve o humor alto, na intenção de quebrar a confiança do sujeito. O homem estava mentindo, é claro. Usava terno de crente, tinha uma bíblia de couro (de crente...) sob o braço esquerdo, a cara de quem vive no curral (de crente) era quase uma confissão.

— Qual é o seu nome, meu amigo? — cara-de-crente perguntou.

— É Donizete.

— Satisfação, meu nome é Pedro Luiz. Donizete, escuta o chamado, irmão. Você pode finalmente mudar de vida. Não estou dizendo que a sua vida não presta, mas sempre é possível melhorar. Tô certo?

— Certo duas vezes, amizade. A minha vida é uma bosta e ela precisa melhorar. O problema é que eu não acredito em igreja. Já perdi meu tempo quando era mais novo, agora eu quero distância. Igreja existe é pra tirar o dinheiro do povo.

— Então esse é o problema. — Pedro Luíz levou a mão na parte de dentro do paletó. Por um momento Donizete firmou o pé no pedal, com medo de levar um tiro. O mundo havia se tornado um lugar perigoso, Três Rios um pouco mais. Hoje em dia existia mais malucos soltos nas ruas do que se consultando com os especialistas.

O que saiu do bolso do paletó de Pedro Luiz foi uma nota de duzentos reais. Donizete só via uma daquelas quando recebia o salário, e ela ia embora no mesmo dia.

— O que eu preciso fazer pra ganhar essa notinha?

— Nada — ele entregou a nota a Donizete. — Já é sua. O dinheiro é a prova que você pode acreditar em mim. E na Estrela.

Donizete desceu da bike de novo, pegou a nota e enfiou depressa no bolso, com medo do homem mudar de ideia.

— Hoje tem culto, pontualmente às nove da noite. Você pode aparecer para nos visitar e tomar uma decisão mais acertada.

— Nove hora? Tão tarde assim?

— Não queremos atrapalhar o trabalho dos irmãos.

Donizete deu mais uma olhada no panfleto. Era todo preto, a igreja parecia uma coisa retirada dos livros de história. E tinha uma estrela de cinco pontas pintada na madeira, ele não sabia exatamente o que significava.

— Não é mesmo mais uma dessas igreja de crente?

— Nosso templo é dedicado aos que foram ignorados, seu Donizete. Os desesperados, os endividados, os doentes e os rejeitados pela sociedade. Se o senhor for um desses, ou desejar receber mais do que os outros prometeram e nunca cumpriram, seu lugar é entre nós.

— Eu vou pensar, vou sim. — Donizete voltou a subir na bicicleta. Já estava no asfalto quando o homem chamado Pedro Luiz gritou:

— Às nove! Se perder o papel, é só digitar Estrela Eterna no Google.

— Maluco da porra...

Foi o que Ismael, parceiro de obra de Donizete, disse assim que ouviu a história, enquanto comia sua marmita no intervalo do almoço. Sua próxima frase foi:

— E o dinheiro que ele deu? Era de verdade?

— Pior que era. Já troquei no bar do Alemão. O véio olhou, olhou, achei que ia perguntar se eu tinha roubado a nota. Acabou servindo a pinga meio contrariado, reclamando que ia ter que dar um monte de troco.

— E você vai na igreja?

— O homem me deu duzentão, acho que vou.

— Sei não, hein. Você não tem medo? — Ismael enfiou mais arroz com farofa na boca.

— Mediquê, uai?

— Ninguém dá dinheiro à toa, Zeti. Pode ser tráfico de órgão. Eles tiram os rins da pessoa pra vender. Tem gente rica que compra, eles mandam dopar um pobre e tzzziu — Ismael fez a sonoplastia com a boca —, era uma vez um rim. Tem vêis que eles manda uma gostosa também, pra seduzir o coitado. Tem até documentário na Netflix falando disso.

— Então você vai comigo, pronto. Aí se me drogarem ou mandarem uma gostosa, você me salva.

Ismael riu. Não era muito dado a herói. Preferia ser figurante.

— Sei não, mano, tem outro BO nesse negócio aí. Empresta aqui o papel.

Donizete estendeu a ele. O panfleto estava todo cagado, amassado e sujo, mas ainda era possível ler.

— Esse negócio aqui ó — Ismael disse —, tá escrito "príncipe desse mundo". E tem essa estrela de cinco pontas, e esse outro sinal aqui pode ser qualquer coisa. Eu acho que essa igreja é do capeta.

— Do capeta?

— É, macho. Igreja do tinhoso — Ismael se benzeu. — Todo velho dessa cidade conta que o cascudo já andou por Três Rios. E ainda tem aqueles homens lá do Porão. Gente rica. Eu tenho um cagaço da porra dessas coisas.

— Mesmo se eles derem duzentão?

Ismael pensou mais um pouco e deu outra garfada na marmita.

— Por duzentão eu entro pro coro do capeta.

II

Donizete e Ismael chegaram com dez minutos de antecedência, um verdadeiro milagre em se tratando dos dois. Não vestiram ternos e calças sociais, mas na medida do possível estavam dignos, com jeans, camisetas piratas (da Nike e da Napoli compradas no centro) e tênis brancos que não combinavam com os jeans. Em sua defesa, eles não eram os únicos a pecarem contra o bom senso.

Havia uma verdadeira fauna na frente da Igreja. Senhoras de vestidos e véus, homens com a vestimenta dos evangélicos (de crente...), uma porção de garotos com camisetas de heavy metal e meninas com saias curtas, batons escuros e meias arrastão. Os mais jovens faziam sua parte, falando alto e tirando sarro de quem passasse muito perto deles. Bebiam bexigão, uma mistura de guaraná com qualquer coisa alcoólica.

— Vixi Maria, de onde saiu esse povo todo? — Ismael indagou.

Donizete não respondeu, mas apostaria no desespero. Assim como muitas cidades brasileiras, Três Rios sobrevivia a duros golpes do destino. Catástrofes naturais, doenças, governos corruptos, governos incompetentes, governos assassinos, uma população que aprendeu a dar rasteiras para continuar de pé. Existia gente boa em Três Rios? Claro que sim. Mas era muito mais fácil tropeçar nos maus.

— Nem parece igreja — foi o que Donizete disse.

Para alguém nascido e criado em uma cidade do interior, com uma cultura limitada como era o caso daquele dois, o imóvel não poderia ser considerado uma igreja, lembrando muito mais um celeiro retratado em filmes norte-americanos. A pintura da igreja também era incomum, de um marrom muito escuro, tendendo ao preto. A única parte branca da estrutura eram as portas coloniais e as janelas, que recebiam destaque maior graças a um conjunto de holofotes externos. A porta principal era retangular, mas na parte superior havia uma estrutura em triângulo, branca e com a mesma angulação agressiva do telhado. Dentro do triângulo, o pentagrama. A pequena torre que formava a parte mais alta da igreja mantinha um formato de foguete, subindo retangular e terminando em um cone. Havia uma cruz, mas ela era diferente, parecia perfeitamente alinhada (embora fosse 6,66 centímetros maior na parte de cima).

— Bora lá, mano — Ismael puxou a marcha.

As pessoas já se afunilavam na porta da igreja. Aglomeração, pequenos empurrões, cotoveladas dos mais ousados. Donizete notou que as idosas eram as mais agressivas, um bom grupo delas entrou como uma falange, lado a lado, esbarrando e deslocando quem estivesse na frente. O próximo detalhe que Donizete notou foi uma corrente contrária, formada por pessoas que saíam, horrorizadas, do interior da igreja. Muitas delas se benziam e uniam as mãos em oração, arrependidas como se tivessem cuspido na cruz. Ele e Ismael preferiram entrar.

— Pelo menos tem ar — Ismael disse à porta, quando sentiu o assopro fresco escapando do interior da igreja.

Os dois amigos seguiram em uma marcha tímida e silenciosa, até passarem pelo homem alto (usava terno completo) e pelas duas mulheres de vestido (um pouco curtos demais) que cuidavam da porta, todos os três vestidos de preto. Assim que entraram, sentiram a queda maior de temperatura, também da iluminação.

— Puta que pariu — Ismael disse assim que a visão se acostumou.

Como não poderia deixar de ser, a primeira coisa que ele percebeu foi a tonalidade escura da decoração. Diferente do que conhecia das igrejas, aquela tinha o chão todo feito de um granito preto e raiado, e pelo que os dois homens conheciam, parecia ser autêntico, pedra de verdade. As paredes também eram pintadas de preto, mescladas com trechos em vinho. O que afugentou o pessoal pode ter sido a escolha de cores, mas Donizete apostava na quantidade de símbolos e imagens estranhas presentes na igreja. A motivação ainda era religiosa, mas não havia santos conhecidos nas pinturas e retratos. Em vez disso, havia hienas, cordeiros, ovelhas, lobos e bodes. À esquerda, havia a pintura de uma cruz vazia e cheia de sangue; abaixo dela, um grupo de cães se refastelavam com o que pareciam pedaços de intestino. O altar em si ainda estava oculto, protegido por uma cortina púrpura, que caía do chão ao teto.

E mesmo com todo esse choque visual, o que Donizete captava era outra coisa.

— Que luxo, meu patrão — ele disse assim que se sentou, externando sua admiração, enquanto percebia o teto.

A parte de cima da igreja era de um vermelho opaco e aveludado, puxando para a tonalidade do vinho. Havia um pentagrama preto, bem grande, pintado na parte que ficava próxima ao altar. Também chamava a atenção um lustre desproporcional, devia ter dois metros de diâmetro. Parecia muito antigo, feito em metal fundido. Havia seis círculos concêntricos de velas e cristais no aparato. As velas não estavam acesas com chama (em vez de velas havia lâmpadas elétricas adaptadas ao lustre).

Donizete e Ismael encontraram lugares vagos na quinta fileira de bancos. À frente deles, todos os assentos estavam tomados. As primeiras filas eram ocupadas por pessoas mais jovens, como a gangue dos remanescentes do death metal de 1991 que Donizete e Ismael viram do lado de fora. Depois vinham as fanáticas banidas, religiosas renegadas de outras congregações. Depois dessas, as pessoas que se misturavam como grãos de areia.

— Essa igreja tem quanto tempo? — perguntou Ismael. Donizete fez que não com a cabeça.

— Se é velha, foi reformada. Reparou no chão e nas pinturas? Tá estalando de novo.

Ismael havia reparado sim. Mais do que deveria.

— É meio esquisito aqui dentro, chega a dá arrupio. Essa igreja não parece coisa de Deus, mano.

— Parece não. — Donizete concordou. — Deus não dá dinheiro pra pobre, ele cobra dízimo.

Os dois riram, mesmo que o alvo da piada fossem eles próprios e os outros pés-rapados aglomerados nos bancos.

Em pouco menos de dez minutos, a porta da igreja se fechou. Naquele instante, parte da iluminação elétrica se apagou, e tudo o que restou foram as velas. Havia muitas delas espalhadas em suportes de chão, em candelabros, e mesmo em boa quantidade não eram suficientes para clarear muita coisa. Donizete e Ismael ouviram a agonia dos sinos por seis vezes. A música alta, instrumental e vibrante, começou a tocar assim que as badaladas pararam. Com a música, a cortina púrpura da frente do altar começou a se erguer, revelando a presença do celebrante daquela reunião.

Os cabelos cromados diziam que o homem tinha passado dos anos de ouro. Já nos olhos e na expressão do rosto persistia o frescor, o fogo da juventude. Zênite vestia uma casula vermelha, estolas sacerdotais púrpuras com barras douradas; poderia ser confundido com um padre tradicional católico não fosse seu olhar energético, de certa forma incômodo, e as cruzes invertidas bordadas nos trajes.

— Boa noite a todos. Que o príncipe desse mundo nos acolha em suas asas para que tudo volte a ser glorioso.

— A Estrela vive — os mais experientes disseram em resposta.

Zênite caminhou pelo púlpito, olhando atentamente para os fiéis. O controle de iluminação reascendeu algumas lâmpadas para que ele pudesse enxergá-los melhor.

— Vejo muitos rostos novos essa noite.

A voz proliferava com clareza, captada por um microfone de lapela e amplificada pelo sistema de som da igreja. O operador estava à direita no altar, perto de algumas cerimonialistas. Eram sete moças no total. Um dos seguranças na organização (ele estava próximo à porta no momento da abertura) também estavam próximo a elas. Donizete também notou o homem dos panfletos, estava em um dos primeiros bancos com a família.

— Vejo aqui trabalhadores incansáveis, políticos sedentos por progresso, dissidentes de outras religiões e muitos jovens interessados na palavra que caiu dos céus. É uma ótima novidade a presença de todos vocês. Se não for pedir muito, gostaria que aqueles que estão aqui pela primeira vez ficassem de pé.

Cinco pessoas levantaram.

— Pessoal, vamos lá, nós queremos dar as boas-vindas. Vamos, se animem, esse é um momento de festa na Estrela Eterna!

— Bora levantar, macho — Donizete falou quando viu outros fazendo o mesmo.

Pouco a pouco, um terço da igreja ficou de pé. Todos igualmente intimidados com a exposição que sofriam, olhando para baixo, rindo sem jeito e sem motivo.

— Que sorte nós temos. Daqui da frente, eu só vejo pessoas lindas. Vamos aplaudir, pessoal, vamos aplaudir nossos irmãos até nossas mãos arderem! Vamos! Agora!

Com a acústica privilegiada da igreja, cada palma tinha a potência de duas, e todos os fiéis acataram o pedido de Zênite.

— Sejam bem-vindos, que a luz da manhã se derrame sobre todos nós. Se me permitem, eu gostaria de dizer mais algumas palavras antes de começamos nossa celebração. Podem se sentar.

Zênite esperou enquanto a igreja se acalmava.

— Naquele tempo... — ele começou a falar e logo parou. Encarou a assembleia, segurando um sorriso ardiloso, que só ganhou vida plena quando mais pessoas sorriram nos bancos.

— Isso de *naquele tempo* é a coisa mais broxante que existe, se é que vocês me permitem usar esse nível de sinceridade. Não estamos aqui para cultuar o passado, meus amigos, e sim para celebrar o futuro. Estamos aqui reunidos para louvar o que nos foi privado, e agora podemos ter.

Zênite tomou fôlego antes de continuar, parecia contaminado com uma emoção poderosa.

— Nem todos devem saber, mas a Estrela nasceu há algum tempo, algumas décadas. Gestada por uma vontade maior, só agora ela está pronta para seguir seu caminho e ganhar o mundo. Vocês devem ter percebido algumas diferenças para as outras igrejas. Nós temos uma decoração mais impactante, cores diferentes, usamos tratamentos diferentes.

A bem da verdade, a maior diferença é sermos tão diferentes na forma de pensar, porque apenas através do pensamento livre e individual podemos exercer nossa humanidade de forma plena. Entendam, irmãos, a igualdade serve bem à justiça, principalmente à justiça social, mas ela nunca servirá ao espírito. Cada homem e cada mulher é uma estrela, e essa verdade foi escrita há muito tempo. As estrelas, meus devotos, as estrelas precisam de energia e espaço para alcançarem seu brilho máximo, estrelas se implodem quando se equalizam umas às outras. Como estrelas de brilho raro que somos, respeitamos o espaço do outro, e dessa forma formamos nossa própria constelação.

"Dentro dessas paredes, não iremos venerar aqueles que não concedem as graças. Dentro dessa congregação, recebemos antes, e só depois agradeceremos. E não é dessa forma que os presentes são ofertados? Ou alguém entre nós tem o hábito de agradecer pelo bem que ainda não tem?

"'Oh, mas ele nos deu a vida', adoradores do céu vão dizer... Como se isso fosse uma grande dádiva, como se nascer fosse uma grande graça. Não! Nascer nunca foi um prêmio, meus amados, mas uma obrigação, e dependendo da vida que se vive, pode se tornar uma penitência. Não foi com essa escala de valores que erguemos a Estrela Eterna. Nós nos reunimos para a graça e o gozo, para o exercício de uma vida sem chicotes ou ressalvas, desejamos que em nosso último suspiro possamos dizer: 'Venha o que vier, eu experimentei e fui feliz, vivi da maneira que escolhi viver'."

A igreja estava absorta, hipnotizada pelas palavras de Zênite. Ele também ficou em silêncio por alguns instantes, observando os rostos nas primeiras filas.

— Pastor? — Uma mulher havia se levantado, estava mais ou menos no meio da igreja. Para que pudesse ser vista por Zênite, ela ergueu o braço direito. — Aqui, pastor.

Era uma mulher de meia-idade, usava saia jeans e uma blusinha comum, na cor azul-marinho. Os cabelos crespos estavam presos em um coque apertado que favorecia os olhos pretos e grandes a se destacarem no rosto.

— Pode falar, minha filha, é só não me chamar de pastor. Ou de padre — Zênite completou e sorriu. — Eu sou Zênite, apenas Zênite.

— Então, seu Zênite, essa é a primeira vez que eu venho. O senhor vai me desculpar a franqueza, mas essa igreja não é nada do que eu esperava.

Zênite a acolheu com um sorriso.

— Qual é o seu nome?

— É Luzinete.

— E o que você esperava encontrar, Luzinete?

A mulher olhou para a igreja novamente. Direita, esquerda, para cima, depois voltou a encarar Zênite.

— Não era isso.

Com a resposta simples, algumas pessoas sorriram. Zênite também o fez, e ainda sorria quando explicou:

— Somos presas fáceis quando não sabemos o que buscamos, ou para onde estamos indo. Mas você se encontrou em um bom lugar.

— É que essa igreja, Deus me perdoe, parece coisa do inimigo.

— Seu inimigo? — ele perguntou, muito sóbrio.

A pergunta forçou a mulher a uma reflexão mais profunda.

— Moço, seu Zênite, que eu saiba o Diabo é o inimigo de todo mundo.

Zênite caminhou alguns passos pelo altar, concentrado e introspectivo.

— Em minha defesa, posso dizer que o patrono dessa igreja faz mais pelas pessoas do que os outros jamais fizeram. É por isso que eu e os trabalhadores dessa congregação, até mesmo a senhora, estamos aqui hoje. Nos reunimos para receber o que nos foi covardemente negado.

Ela continuou de pé, esperando ouvir mais. Zênite deu a ela.

— Dizem que o Céu sabe o que faz, mas me diga, com sinceridade, Luzinete, sem medo de ser condenada por ninguém: a senhora acha que o Céu sabe o que faz?

Depois de perder dois filhos para o crime, ter um ex-marido violento e um atual companheiro alcoólatra e desempregado, tudo o que a mulher encontrou para dizer foi:

— Sabe nada.

Zênite voltou a sorrir.

— Você está entre os eleitos, minha amada, você será coberta de tantas bençãos, que sequer vai se lembrar dos dias difíceis. Glória à Estrela?

— Glória! — a igreja respondeu. E a mulher também.

III

Naquela noite, Zênite continuou palestrando e arrastando a assembleia a uma rápida inversão de valores. Sabia que não seria difícil, mas não imaginava que seria tão fácil.

As pessoas estavam desencorajadas, frustradas, muitos naqueles bancos venderiam um rim — e um pedaço do fígado — se o preço fosse estimulante. A vida que já não era fácil ficou muito pior depois da pandemia. A guerra entre os partidos políticos, a guerra dentro das famílias, as diferentes crises que pareciam apaixonadas pelo território brasileiro.

Quando estava próximo de terminar a primeira parte da celebração, Zênite pediu que o sonoplasta colocasse mais uma música, enquanto ele trocava as vestimentas para os sacramentos. Para entreter o pessoal, o rapaz do som escolheu uma seleção de cantos gregorianos, algo muito gutural e feito de vocais à capela. A música era um tanto hipnótica, Donizete e Ismael logo notaram, se rendendo a dois ou três bocejos.

Atrás do altar, Zênite mudava de roupas auxiliado por uma jovem. Ela também providenciou o pozinho branco que Zênite sempre usava entre uma celebração e outra. Ele cheirou e a apalpou nos seios. Ela retirou um dos seios do vestido e deixou que Zênite o sugasse. Eram bons seios, de bom tamanho, firmes e de pele escura. Ao lado da entrada do vestíbulo, um segurança cuidava para que os dois não fossem interrompidos. Quando Zênite se fartou do pó e do seio, a assistente se recompôs e o ajudou a ajustar o traje preto e brilhante, de bordas douradas e estolas púrpuras, usado na parte final da celebração.

Zênite a beijou nos lábios e voltou a atravessar a porta.

— Meus amados, irmãos, minha constelação, vamos celebrar a cura e a boa vontade, para que os milagres prometidos possam alcançar nossos corpos e espíritos. Pela glória da Estrela Eterna, eu vos convido a receber as graças.

— Seja feita a nossa vontade — os mais experientes disseram em coro.

Enquanto a música recomeçava e as pessoas se organizavam, Donizete e Ismael se surpreendiam.

— Iximaria, vai ter até hóstia? — Donizete observou.

— Pelo menos a gente não precisou confessar — Ismael pontuou. — O que é aquela coisa ali?

Donizete se esticou todo, assim como as pessoas das fileiras da frente, para conseguir enxergar.

— Parece estátua de santo.

— Santo nada, isso aí é coisa de umbanda, né não? — Ismael foi direto ao ponto. Não era diretamente contra a umbanda, mas era contra qualquer coisa que o deixasse com medo (inclusive todas as coisas que os ignorantes da cidade diziam sobre a umbanda).

Donizete não concordou ou se opôs, mas via a representação de uma mulher cigana com toda certeza.

A estátua era carregada por Zênite com zelo e respeito, a tinta sobre o gesso estava brilhando como se tivesse sido finalizada na noite anterior. Agora a Ciganinha tinha um manto vermelho feito de tecido de verdade, joias em miniatura feitas de ouro, os olhos pareciam feitos de carne. Algumas pessoas se ajoelharam nos bancos assim que a viram. Outras se benzeram com a cruz tradicional.

Estimulado por Zênite e pelo final da música, o silêncio se apossou da assembleia. Algumas pessoas caladas externavam fé e devoção, até mesmo submissão. estavam nitidamente com medo.

Com a garantia da quietude (quebrada apenas por tosses discretas e esporádicas e o choro de um bebê), Zênite se abaixou e apanhou um vaso de cerâmica entalhado com temática oriental, que repousava sob a mesa do altar. Era bastante bonito, branco, alguns detalhes da pintura eram feitos em ouro. Colocou-o em cima do granito.

— Nesse receptáculo temos uma grande dádiva de nosso príncipe, um pagamento pela nossa fé e devoção verdadeiras. Da mesma forma que a nossa madrinha Ciganinha nos atende, a cura pelo sacramento também é um poder ancestral. Passaremos primeiro aos pedidos, depois seguiremos para as curas.

Zênite deixou as coisas sobre a mesa e foi para a frente do altar mais uma vez.

— Os irmãos podem se organizar em fila e fazerem seus pedidos para a Ciganinha. Peçam com o coração, por quê?

— Ela sempre atende quem pede com fé — as pessoas treinadas naquela cerimônia prontamente responderam.

Zênite continuou.

— Agora alguns recados. O primeiro aviso para os que vieram pela primeira vez: façam apenas um pedido, e até que esse seja realizado, não peçam mais nada. A Ciganinha é justa e correta, ela detesta a ganância e o ardil. Nossa madrinha também pede uma pequena contribuição, uma moeda que seja, para selar o acordo feito entre vocês. Ofertem o que seu coração desejar e permitir, a Ciganinha fará o mesmo por vocês. Eu não tenho relação direta nesse trâmite, meus irmãos, o que vocês acertarem com a Ciganinha, será assunto de vocês e dela.

O dinheiro que vocês deixam também fica com ela, não tocamos em um único centavo.

"Segundo aviso: embora nossa comunhão possa se parecer com a de outros ritos e religiosidades, somos menos simbólicos e muito mais práticos. Nossa hóstia escura e amarga representa o sangue derramado pela cura, ela também deve ser dissolvida na boca. Em hipótese alguma mordam a hóstia. Repito: em hipótese alguma mordam a cura."

Zênite fez mais uma pausa, para que todos assimilassem a informação.

— Façamos o que sabemos — ele disse e a música recomeçou a tocar.

As pessoas foram se levantando dos bancos e se organizando em fila. Os iniciantes seguiam os passos dos mais velhos, repetindo o que eles faziam. Donizete e Ismael, assustados e inseguros, preferiram não se mexer.

— Tá vendo aquele ali? — Ismael disse, apontando para um homem de calça social e camisa clara. Estava de pé, relativamente próximo ao altar.

— O de camisa branca?

— Isso, o de braço cruzado. Ele tá ali parado desde o começo da missa. Não falou com ninguém, não se mexeu, acho que trabalha aqui.

— Pode ser. — Donizete ainda tentava compreender o ponto de Ismael.

— A gente pode perguntar mais sobre essas coisa aí.

— Se ele é daqui da igreja, vai falar o que a gente já ouviu.

— Eu sei, Zeti, mas olha a cara amarrada dele. Ele não vai mentir. Ele sabe das coisas.

Donizete deu de ombros, o que significava um sim.

Foram até o sujeito, desviando da movimentação dos fiéis. O homem de camisa clara percebeu que os dois estavam se aproximando, olhou para eles, e voltou a olhar para a fila.

— O moço trabalha aqui na igreja? — Ismael perguntou.

— Não — o homem respondeu, sem dar maior abertura.

— O amigo não vai comungar não? — Ismael insistiu.

— Ainda não.

Ismael olhou para Donizete, Donizete ensaiou uma expressão de tédio no rosto.

Em vez de caminharem para a fila ou voltarem para seus bancos, os dois ficaram por perto do homem, calados, *moscando,* como se diz em Três Rios. A presença dos dois deve ter incomodado um pouco, porque o homem acabou perguntando:

— Primeira vez que vocês vêm?

— É sim — Donizete disse. — Tinha um cara distribuindo panfleto no ponto de ônibus, eu tava indo pro serviço e vi aquele monte de gente em volta dele e...

— Ele te deu dinheiro?

Donizete olhou para Ismael e manteve a boca fechada. O homem de camisa clara riu.

— Claro que deu. É por isso que a igreja está lotada.

— É tudo de mentira, né moço? Sempre é — Ismael disse. — Eles dão duzentos pra pegar quinhentos.

— Querem saber se as pessoas se curam e se os desejos são atendidos? — o homem perguntou.

— Eu quero — Donizete disse.

— É de verdade. Se vocês pedirem uma coisa pra aquela estátua, vão receber. Mas se pedirem do jeito errado, vocês vão perder muito mais do que vão ganhar. A outra fila, a das hóstias, só entrem ali se estiverem com uma doença séria. Ou nem assim. — O homem ajustou a calça na cintura. — Eu preciso ir.

— O moço não participa não? — Ismael perguntou.

— De jeito nenhum. — O sujeito disse e continuou andando.

IV

Com tudo o que viam e ouviam, o que mais chocava continuava sendo o visual da igreja. Mesmo por fora, a Estrela Eterna destoava do resto do quarteirão, atraindo todos os olhares com sua estrutura colonial, desurbanizada, um pouco assustadora. Nada que afugentasse o povo. Seduzidos pelo dinheiro e pelas promessas, ninguém se importava de onde viria a graça, desde que ela continuasse chegando.

Donizete tomou a fila dos pedidos — que soubesse não estava doente, assim como seu amigo Ismael. O avanço era lento, as pessoas se ajoelhavam e cochichavam, contando seus segredos para a estátua cigana (a Ciganinha agora estava sobre uma coluna de mármore). Um homem bastante idoso precisou ser amparado para conseguir se abaixar e levantar, ele chorava muito depois de conversar com a estátua.

— Misericórdia, eles tratam a coisinha como se fosse Nossa Senhora. — Ismael observou. Donizete assentiu com a cabeça.

— É a senhora deles. E se ela atende mesmo o que a gente pede, também vai ser a minha.

Caminharam apenas dois passos na eternidade de cinco minutos. A fila das curas seguia a mesma cadência monótona, ligeiramente mais rápida. De quando em quando, Zênite continha o avanço moroso para pingar algo avermelhado, quase transparente, sobre as hóstias. Não passou despercebido por Donizete.

— Que será que é aquilo? — ele indagou a Ismael.

— A hóstia é preta, mano, misericórdia — o amigo citou outro detalhe.

Seguiram em fila por mais de dez minutos, tempo suficiente para conseguirem ouvir o que Zênite dizia quando colocava as hóstias escuras na boca das pessoas.

— Pelas chagas, eu te curo.

As pessoas que a recebiam diziam:

— Curado estou.

Enfim chegava a vez de Donizete pedir seu milagre. Pensou em se benzer, mas àquelas alturas já sabia que o grande celebrado não era Deus, mas outra coisa. Seu maior palpite era o demônio, e mesmo desconfortável com a ideia, havia gente demais naquela igreja para estarem todos errados. Oh sim, o poder das massas.

Donizete parou um pouco antes de fazer seu pedido à Ciganinha e olhou para Ismael.

— Vai lá — Ismael incentivou.

Donizete apanhou uma nota de dois reais do bolso da calça e a desamassou. Não era grande coisa, mas esperava que a santa não ficasse ofendida. Havia visto sua mãe doar boa parte do salário para uma igreja evangélica, e quando ela ficou doente, nem visitas recebeu. Chegou mais perto da estátua, a onda de arrepio chegou no mesmo instante. Donizete esfregou os braços e deixou a nota na cerâmica destinada ao dinheiro.

A estátua parecia olhar pra ele, parecia julgá-lo, antes mesmo que ele fizesse o pedido. Isso o fez tratá-la como trataria uma mulher de verdade. Uma mulher sábia e igualmente machucada, como eram todas as santas. Como era a sua mãe.

— Prazer, dona Ciganinha, meu nome é Donizete. Eu vou ser sincero com a senhora, eu vim aqui hoje porque me deram dinheiro. Não sou de religião, faz tanto tempo que eu não rezo que eu já esqueci as palavras. O seu Zênite falou que a gente podia pedir qualquer coisa pra Santinha, mas eu não tenho muito pra pedir, só queria mais dinheiro mesmo, que é pra não precisar ficar na mão de mais ninguém, nunca mais. Com dinheiro, eu acho até que eu parava de beber. Parar, parar não — ele corrigiu —, mas eu ia diminuir. Então, se a dona santa achar que eu mereço, meu pedido é dinheiro. Não pra ficar rico, mas pra ficar livre. Agradeço a atenção. Amém.

Donizete se levantou e esperou que Ismael tomasse seu lugar com a Ciganinha. Ismael pagou a estátua com uma moeda de vinte e cinco centavos e fez seu pedido, depois começou a fazer um sinal da cruz e Donizete sacudiu a cabeça, para que ele parasse com aquela provocação. Deus não estava dentro daquela igreja, isso era mais certo que o sujeito chamado Zênite não valer o sal usado em seu batizado. Donizete notou que o pastor dava uma atenção bem grande para as moças de decote, e que ele mergulhava o dedo com vontade na boca das mais bonitas, na hora de colocar a hóstia. Uma delas já devia estar acostumada, porque ela chupou o dedo do pastor e tudo. Ismael também reparou que as hóstias tinham uma espécie de desenho em baixo relevo, um símbolo que ele não conhecia, mas que também existia em outros pontos da igreja, e até mesmo nas vestimentas sacerdotais de Zênite.

Na fila da hóstia, o próximo da fila era um rapaz bem jovem, devia ter cerca de vinte anos, talvez menos. Ele não parava de rir, possivelmente tinha entrado na roda do bexigão. Estavam em três, dois jovens e uma garota. Zênite despejou mais da substância rósea nas hóstias escuras e deixou uma na boca do rapaz. Antes de aceitá-la, o rapaz disse *Hail Lúcifer*. Zênite sorriu e o abençoou com uma cruz invertida no ar. Deixou mais duas hóstias com os amigos do rapaz. Os três saíram se acotovelando, tentando parar com os risos infecciosos.

Estavam há poucos metros de Donizete e Ismael quando a garota gritou:

— Ele tá sangrando! Alguém ajuda a gente!

O berro chamou a atenção da igreja toda.

A garota dizia a verdade, tinha muito sangue escorrendo da boca do seu amigo, sangue vermelho, farto, como se ele tivesse seccionado a própria língua com os dentes. Cuspia nas mãos o que saía da boca, e, entre todo o sangue, havia algo sólido, parecido com carne. Cada pequeno pedacinho que caía no chão sangrava como se ainda estivesse ligado a um corpo.

— Alguém ajuda! Ajuda ele!

Começava a engasgar, tossia, e mais pedaços saíam pela boca. Impossível saber se era pelo pavor ou asfixia, mas o rapaz acabou de joelhos, vomitando em crise, enquanto os dois amigos, tomados pelo horror, não tinham coragem de tocar nele. Zênite colocou o que ainda havia de hóstias no altar e caminhou depressa até os três.

— Precisa engolir — disse calmamente ao rapaz. — Eu avisei para não morder, não avisei? — inqueriu, sem se abaixar, testemunhado o sangue que não parava de escorrer da boca do outro. — Agora vai ter que engolir.

— Ajuda ele, moço! Por favor! — implorou a jovem.

— Ele precisa engolir, só ele pode se ajudar agora.

— Tá sangrando, porra! Eu não consigo engolir — o rapaz disse. A voz estava empapada, quase incompreensível. Ele engulhou em seguida e vomitou mais sangue.

— Engole essa merda, Guto! Engole agora! — a garota exigiu.

O outro amigo o içou do chão. Segurou Guto pelos cabelos e o fez manter o pescoço esticado.

— Engole agora! Engole essa nojeira, Guto!

Não adiantava. A garganta parecia ter apenas um sentido, despejando sangue e mais daqueles pequenos grumos de carne.

Percebendo que não havia outra maneira, Zênite socou a barriga do rapaz, bateu com tudo que tinha. O jato de sangue propulsado acertou várias pessoas, Zênite desviou do jato e logo depois se projetou à frente, abraçando o rapaz.

— Engole agora ou você vai morrer, filho — Zênite disse em seus ouvidos.

Guto arfou o ar e conseguiu engolir um pouco.

— Precisa engolir mais. Isso. Engole tudinho. — Havia um prazer indisfarçável, sexualizado na voz de Zênite. — Engole tudinho, meninão.

O rapaz o fez, engoliu tudo o que mantinha na boca. Engulhou de novo. Engoliu de novo. Zênite o fez lamber o que restava nas mãos. O sangue foi parando de sair. A respiração voltou a ter ritmo.

— Você vai ficar bem — Zênite falou e o entregou de volta aos amigos.

A igreja estava perdida em comentários e sussurros. As pessoas se acotovelavam para enxergar o que tinha acontecido, algumas desistiram da celebração, impactadas com a sangria inesperada. Zênite voltou rapidamente ao altar, ainda estava sujo com o sangue do rapaz.

— Se acalmem. O pior já passou. Por que não tiramos algumas lições do ocorrido? — Raspou a garganta, esperando que as pessoas voltassem aos seus lugares. Aos poucos, todos foram se acalmando.

— O que fazemos em comunhão não é apenas simbólico, vocês devem ter percebido. Se vocês mordem a cura, as chagas se despejam em suas bocas. Precisamos aceitar o milagre sem conhecer suas origens, acatar sem questionar a ordem, esse é o único caminho para a prosperidade e a salvação. Que seja feita a vontade da Estrela.

Dessa vez a maior parte da igreja recitou:

— Eternamente seja louvada.

V

Apesar da insistência de Ismael em deixar a Estrela Eterna depois do que aconteceu com aquele pobre coitado que mordeu a hóstia, Donizete insistiu que os dois ficassem até o final. Apenas depois de saírem, já em segurança e distantes o suficiente da igreja, Ismael voltou a falar.

— Pra mim, deu — disse.

Donizete ficou calado. Talvez seu amigo tivesse razão. Tudo aquilo parecia loucura demais, mesmo as coisas boas. Mas Donizete também pensava em seu pedido e se ele seria atendido.

— O cara mordeu o negócio — Donizete disse —, o seu Zênite tinha avisado para não fazer.

— E isso explica o que veio depois?

— Se explica eu não sei, mas agora a gente sabe que nessa igreja tudo acontece de verdade.

Caminharam mais alguns passos, absorvendo o que foi dito.

— O que você pediu? — Ismael perguntou.

— Eu não posso falar, macho. Você não ouviu o homem? Se eu falar, além de não acontecer, eu desrespeito a santa.

— Santa? Aquela coisa não é como Santa Rita ou Nossa Senhora. Aquele lugar não é a casa de Deus, Donizete. Eu não quero vender minha alma pro Diabo, muito menos ir pro Inferno morar com ele.

Donizete deixou um risinho tomar os lábios finos, que no momento sustentavam um cigarro Derby.

— Onde a gente vive é muito melhor? Eu tô cansado de ver gente rica cagando na nossa cabeça, mano. O seu Valter mesmo, ele é dono da obra e nem olha na nossa cara. A filha vai lá e trata a gente que nem dois saco de bosta. A gente rala o dia inteiro, ergue a porra do prédio deles, e eles tratam a gente que nem bandido. Mulher bonita não quer saber da gente, as moças chegam a mudar de calçada quando veem nós dois. Até viver, a gente que é pobre vive menos, até nisso a gente é mais fodido.

— É assim com muita gente, irmão. Não somos só nós.

— Eu quero viver de verdade, igualzinho o seu Zênite falou. Se é pra escolher um lado, eu vou escolher o que me trata bem. Deus nunca fez questão de ajudar a gente, macho. Se ele existe, só existe pra agradar gente rica.

Naquele ponto do trajeto, passavam em frente a um bar copo sujo, desses que toda periferia tem. O nome do estabelecimento era Galo Cego (porque o dono tinha se acidentado no olho direito com um anzol de pescaria, e agora aquele olho era branco e morto). O comércio já agonizava no horário avançado, quase meia-noite, e dentro do bar restavam apenas os dois últimos clientes, pendurados no balcão feito dois corvos.

— Bora uma pra esquentar? — Ismael fez o convite. Começava a sentir muito medo, e a cachaça sempre dava um pouco de coragem. Donizete tomou a direção do boteco.

O dono avisou que estava fechando, Ismael disse que era só uma dose e foi servido. Donizete pediu uma pinga com Campari e também recebeu.

— Ainda tem bicho, Galo? — perguntou Donizete.

— Hoje já fechou.

— Pode ser amanhã — Donizete sacou cinco notas de cem do bolso. Seu pagamento parcial pelo trabalho na obra, tinha recebido no final da tarde. — Põe tudo na cobra.

Galo botou o olho bom no dinheiro. Achou melhor avisar antes de pegar as notas.

— Deu cobra da última vez, não quer escolher outro bicho?

— Escuta o homem, Donizete. E pra que apostar uma dinheirama dessa? — Ismael o alertou.

— É quinhentos na cobra.

O dono do bar pegou a nota, guardou na gaveta do caixa e voltou com o caderninho das apostas. Anotou o jogo, perguntou o endereço, nome completo e telefone de Donizete.

Ismael olhou para o amigo, para o caderninho, depois olhou de novo para Donizete.

— Bota mais cinquenta meu na cobra — ele disse e deu outra talagada na pinga.

VI

A bebida ajudava a dar coragem, mas quando Ismael chegou em casa, uma tempestade de pensamentos nocivos caiu sobre ele. Pensava no mal, no Inferno, no Diabo e em todas as possibilidades de sofrimento físico. Sozinho em casa, sentia-se como realmente estava: indefeso. Se um demônio se interessasse por ele naquele instante, mesmo que fosse um desses diabinhos menores, quais chances teria de escapar dele?

Morava sozinho desde a pandemia, quando a avó, sua única ancestral viva, faleceu da doença. A casa que agora era dele, antes pertencia a ela. Assim como as panelas, o armário azul da cozinha, a geladeira de 1989, o fogão também era dela. A TV não, Ismael fez questão de comprar uma TV grande, de Led, daquelas que só gente rica tinha. A avó gostava de novela, mas era quase surda e não enxergava muito bem. A tela nova ajudou a trazer um pouco de alegria nos momentos finais.

Ismael deu um gole no café frio do meio da tarde e os olhos encontraram o pequeno altar que ficava na cozinha. Jesus, Maria e São Benedito. Quem ganhava o café todo dia era São Benedito.

Podia ser impressão, mas eles estavam zangados? Estavam olhando feio para Ismael?

O que a avó pensaria ao vê-lo entrando naquela igreja? Fazendo pedido pra estátua de cigano, ouvindo músicas do demônio e cercado por pinturas estranhas e estrelas de cinco pontas?

A lâmpada incandescente da cozinha chiou. Era velha, apenas 40W. Estava no mesmo bocal há mais de oito anos. Não clareava muita coisa, mas quem precisa de lâmpada é quem gosta de ler, e Ismael só lia as contas da casa e os holerites.

Era uma casinha feia e triste.

O vento cantava alguma coisa lá fora, bufando, assoprando a poeira para dentro da vizinhança. A porta sacudia um pouco, empurrada por ele. Ismael pensava no rapaz cuspindo sangue. A imagem ainda estava nítida em sua mente, os gominhos de carne sangrando no chão, a agonia do pobre coitado.

— Ismael, sua besta, pra que foi entrar naquela igreja? — disse a si mesmo, em voz alta, afugentando os pensamentos. Não adiantou nada.

Ele não tinha apenas entrado na igreja maligna, na casa do Diabo, ele havia feito um pedido, e todo mundo sabe o preço de se firmar um acordo com o coisa ruim. Olhou mais uma vez para o pequeno altar. São Benedito não era assim tão poderoso, não perto do Diabo. Jesus era, ah sim, mas ele também iria perguntar por que Ismael preferiu pedir coisas pro inimigo. Restava Nossa Senhora, que era mãe e devia entender como os filhos podem ser cretinos às vezes. Ele foi até ela, cruzou o peito e fechou os olhos. Pensou no que diria, para não dizer nenhuma besteira. Não era fácil. A cabeça estava pesada, cansada, atordoada pela pinga. Mas rezar ele podia, sabia de cor (aprendeu na marra, Ismael precisava ouvir a missa no rádio com a avó duas vezes por semana). Ele respirou fundo e começou pela Ave Maria.

— Ave Maria cheia d...

E houve um golpe na porta da cozinha, a única entrada da casa. Pelo barulho que fez, pode ter sido um pedaço de pau, uma pedra, uma barra de ferro ou um chute bem dado.

— Ave Mari...

Mais uma cacetada, rapidamente seguida por outra. Os copos do armário chegaram a fazer barulho.

Ismael não conseguia sair de onde estava. Suava frio, sentia que a urina ia escapar. Os olhos não deixavam a porta, esperando que a madeira vagabunda, reaproveitada pelo menos três vezes, cedesse ao próximo golpe. Começava a ouvir passos. Não eram passos calmos, mas uma espécie de correria. E não pareciam vir de apenas dois pés. Haveria pelo menos quatro, ou seis.

— Meu Deus do céu — conjurou. — Uma fedentina terrível entrou na casa e invadiu cada pedacinho do ar. — Vá de reto — ele disse, baixinho, quase chorando. — Vá de reto que meu Deus é maior.

O próximo som foi um riso. Bem baixo, bem velho e frouxo.

— Eu me arrependi — Ismael disse. — Não quero mais nada. Não quero nada seu, nem da estátua, nem de ninguém, eu não quero mais.

Pow! A próxima cacetada foi ainda mais forte, fez cair meia dúzia de lascas da tinta seca da porta.

O corpo de Ismael se retraiu como se também tivesse sido atingido.

— Deus, me ajuda.

Um relincho do lado de fora. Depois uma estrebuchada. A respiração da coisa ficou mais áspera, mais alta. Em seu pavor, Ismael ouvia o despejo do ar com uma clareza terrível.

Alguma coisa passou correndo pelo basculante da cozinha, uma escuridão, um vulto. Ismael fechou os olhos e se encolheu, teria entrado embaixo da toalha da mesa de existisse uma. As mãos continuavam juntas. A boca correndo orações, fazendo promessas precipitadas. Aos poucos, a respiração que ouvia foi se acalmando, lentamente deixando de existir. Ismael abriu os olhos, apenas para se arrepender em seguida.

No basculante da cozinha, uma cabeça preta e bovina o encarava. Tinha olhos amarelados, puxados pro âmbar. Ismael piscou e a coisa continuou onde estava. Piscou novamente e não estava mais lá.

— Minha Nossa Senhora, minha Nossa Senhora.

Só depois de mais cinco minutos de orações ele conseguiu sair de onde estava. Correu para o quarto e pegou alguns cobertores. Cobriu o basculante, os espelhos da casa, guardou o maior cobertor para cobrir a si mesmo. Fazia mais de trinta graus naquela noite, mas Ismael não sentiu calor até o amanhecer. Assim que a casa ficou clara, ele foi olhar a porta da frente. O lado de fora parecia ter sido escoiceado por um cavalo.

Ismael não foi trabalhar naquele dia, não ficou sabendo que Donizete ganhou uma bolada no jogo do bicho e não recebeu sua aposta ou o ordenado da semana. O que Ismael fez foi passar na igreja evangélica do bairro e pedir perdão pra Deus. O pastor da Sagrada Aliança disse que Deus gostaria de um sinal de sua boa vontade. Ismael foi no banco, sacou os trezentos que tinha na conta e se ofereceu para ajudar na igreja, se pudesse dormir por lá algumas noites. O pastor concordou, mas cobrou mais cem reais de aluguel.

Amém.

VII

Quando seu iPhone tocou perto das dez da manhã, Cíntia Molina estava mostrando o resultado de três semanas de trabalho para o novo prefeito da cidade. Já eleito, Juliano Campos continuava cuidando da transição de governo, e sua primeira medida foi redecorar o gabinete. Prefeito Juliano era um cliente especial, não porque fosse um homem especial, mas porque traria mais clientes ricos e influentes (e especiais) caso ficasse feliz com os prestadores de serviço.

— Era da escola do meu filho.

Juliano ouviu, mas continuou avaliando o escritório. Parecia satisfeito com o que via.

Ele não poderia saber, mas o “alguém da escola de Jonas” disse que Cíntia precisava comparecer à escola com urgência. Cíntia só conseguiu arrancar da inspetoria do colégio que Jonas não estava machucado.

— Problemas? — Juliano percebeu assim que olhou novamente para ela. A mulher à sua frente estava um pouco pálida, ainda segurava o telefone nas mãos como se esperasse que ele voltasse a tocar.

— Um filho de oito anos. — Ela tentou retirar a tensão do momento. — Eu odeio ser esse tipo de pessoa, mas o senhor se incomoda de terminar a aprovação sozinho? Ou podemos marcar uma outra data, como for melhor para o senhor. Parece que eu preciso ir até a escola do meu filho.

— Não me incomoda em nada. Você fez um ótimo trabalho, Cíntia, eu já vi o suficiente. Se tiver alguma coisa que eu perceba depois, fazemos os ajustes pontualmente.

— Obrigado, seu Juliano, pela compreensão e pela paciência.

— Relaxa, Cíntia, eu tenho uma menina de nove anos, conheço o campo minado de perto. Dá um abraço no seu menino por mim.

— Dou sim — ela disse e pegou a chave do carro de dentro da bolsa.

• • •

Encontrou Jonas na secretaria da escola. Ele notou a mãe chegando e fechou a cara, cruzando os braços e olhando em outra direção. Uma das inspetoras de alunos, Erika, deixou a outra sala anexa e foi receber Cíntia.

— Pela cara do meu filho, ele não foi a vítima.

— Vamos conversar lá dentro. — Erika a conduziu para a sala de atendimento, a mesma que Cíntia visitara na semana anterior.

— A senhora aceita um café? Uma água?

— O que o Jonas aprontou?

Erika apanhou um café para si, ganhando tempo para que Cíntia se acalmasse.

— As crianças às vezes se envolvem em confusão, aqui na escola nós sabemos que os conflitos fazem parte do desenvolvimento. O problema, dona Cíntia, é quando os conflitos se tornam frequentes e extrapolam o mundo das crianças. Como ele está indo dentro de casa? Como vai a família?

Um espetáculo! Eu acho que meu marido anda trepando com outras pessoas, temos um poltergeist de estimação e meu filho não fala direito comigo desde que voltou do hospital. Ah sim, e eu comecei a ter cabelos brancos.

— Estamos trabalhando mais nesses últimos meses, mas quem não está?

Erika manteve a atenção no rosto de Cíntia. A expressão da inspetora desenhava claramente que as palavras que ouviu não a convenceram.

— O Jonas falou palavras feias para a professora. Feias de verdade. Pobrezinha da Roberta, ela chegou chorando aqui na secretaria. — Erika deu mais um gole no café. — Vou contar para a senhora porque não é segredo, mas a Roberta tem um probleminha com sobrepeso, com obesidade. Ela inclusive fez uma cirurgia bariátrica, mas o peso voltou depois de três anos. Parece que o caso dela é hormonal.

— O que o meu filho falou, inspetora? — perguntou Cíntia, deixando o nervosismo tomar conta de vez. Sentia-se responsável.

— O Jonas chamou a professora Roberta de... puta gorda — sussurrou —, depois de porca. Quando a professora o repreendeu com mais energia, o Jonas ficou de quatro na sala de aula e começou a imitar um porquinho. As crianças ficaram chocadas, mas no final o riso venceu. A professora precisou tomar um calmante antes de voltar pra sala, e ela só voltou quando o Jonas saiu.

— Meu Deus. Eu... eu não sei o que dizer. É uma surpresa ouvir uma coisa tão horrível. — Cíntia fez uma pausa dramática, começava a pensar em aceitar aquele café. — Não que exista uma justificativa, mas como começou? Por que ele ficou nervoso com a Roberta?

A inspetora se ajustou na cadeira e raspou a garganta.

— Parece que a confusão começou quando ela tirou o agasalho. A professora Roberta é uma pessoa muito religiosa, ela estava com uma camisa estampada com Nossa Senhora. Seu filho chamou a santa de... nomes feios também. A Roberta corrigiu o Jonas e ele despejou nela.

Cíntia se encolheu um pouco na cadeira, queria encolher mais, encolher até desaparecer no estofado.

— Eu não sei o que dizer, estou morta de vergonha.

Erika não se abalou. Continuou com a mesma expressão séria que mantinha no rosto.

— O Jonas passou bastante tempo no hospital — explicou Cíntia. — Eu e o pai dele, nós não podíamos ficar com ele o tempo todo. Esse surto violento pode ter nascido no período de internação. O Jonas sempre reclamava das enfermeiras que aplicavam as injeções. Eu fico pensando se ele não está reagindo à autoridade por autoproteção. Confundindo as coisas, entende?

— É uma possibilidade, mas de qualquer forma nós não podemos deixar ele continuar frequentando as aulas sem acompanhamento profissional.

— De que tipo?

— Nossa sugestão é acompanhamento psicológico. Nós temos alguns profissionais que ajudaram em outros casos, mas, se a senhora preferir, você e seu marido podem escolher alguém do seu círculo de confiança.

— Está me pedindo para contratar um psicólogo da noite pro dia?

— Não temos outra alternativa depois do que aconteceu.

Cíntia se ajustou na cadeira para ganhar um pouco mais de altura.

— Vamos ser claras uma com a outra, essas ações têm algum amparo legal?

— Dona Cíntia, em outra escola, o seu filho estaria suspenso ou expulso. Ele tem discutido com os coleguinhas quase todo dia, empurrou uma amiguinha do balanço, mordeu o braço de outro amiguinho... O que estamos fazendo pelo Jonas é oferecendo uma nova oportunidade. Ninguém está contra o seu filho, mas o que nós vamos dizer para os outros pais? Ou para os professores?

— Eu vou falar com o pai dele e entramos em contato. Temos algum prazo para tomar uma decisão?

— Uma semana, dona Cíntia. Enquanto isso o Jonas pode assistir as aulas normalmente, mas com uma supervisão dedicada. E se vocês precisarem de indicações de...

— Eu vou falar com o pai dele. — Cíntia se levantou e seguiu na direção da porta.

• • •

Cíntia só falou com Jonas no carro, depois que o menino estava devidamente afivelado no cinto de segurança.

Pode ter sido impressão de Cíntia, mas ele pareceu voltar ao Jonas de sempre (calmo, bem-educado, gentil) assim que cruzou o portão da saída. Tão o "Jonas de sempre" que ele ameaçou começar a chorar duas vezes, porque Cíntia não respondeu nada do que ele perguntou até desativar o alarme do carro.

— Agora o senhor vai me explicar direitinho o que aconteceu na escola. Ou conta tudo pra mim ou vai falar com o seu pai primeiro.

— Eu prefiro falar com o papai.

Cíntia meteu o pé no acelerador.

— Claro que você prefere... Seu pai não participa da sua educação, não se impõe, tudo o que ele faz é deixar você fazer tudo o que você quer. Seu pai também não precisa cozinhar, lavar suas roupas, e ele só paga um terço da escola, porque apesar de ganhar mais, se fosse pelo papai você estaria estudando na escola pública.

— Mãe, vai devagar — pediu Jonas. Ela olhou pelo retrovisor e viu o rosto assustado do garoto, as mãozinhas se agarravam no cinto de segurança.

— A mamãe ficou nervosa, tá bom? — Ela diminuiu a velocidade. — Agora me conta direitinho o que aconteceu.

O menino pensou e pensou.

— Não foi culpa minha.

— Sério, filho? E você pode me explicar como aquelas palavras horríveis saíram pela sua boca sem você perceber?

Ela viu pelo retrovisor Jonas dando de ombros. Não como uma provocação, mas como se realmente não pudesse fazer nada melhor.

— Eu não vou repetir as palavras que você usou porque não quero que a minha boca fique suja, mas o que nós conversamos sobre não falar das características físicas das pessoas?

— Que é feio.

— *O que* é feio, Jonas?

— Chamar as pessoas de fedidas, de estranhas, de carecas, de baixinhas... de aleijadas... e de gordas.

— Sua professora ficou muito triste, Jonas, e eu acho que o reitor da escola também, tão triste que ele pensou em não deixar mais você assistir às aulas.

— Por que eu chamei a rolha de poço de gorda? De porca? Ou foi por causa do resto?

Cíntia olhou pelo retrovisor e ali estava ele, o outro menino, o que falava obscenidades e ria escondido depois de deixar todo mundo triste. Para sorte de Jonas, estavam chegando no portão de casa.

Ela estacionou, destravou o cinto de Jonas e esperou que ele descesse. Bateu a porta traseira da Duster com vontade. O menino correu para a frente da porta da casa, esperando que ela abrisse. Cíntia enfiou a chave tetra e ouviu de Jonas:

— Tô com fome.

— Você está de castigo, mocinho. No meu quarto. E sem televisão.

— Mas o que eu vou ficar fazendo lá, mãe?

— O senhor vai pensar na cagada que você fez.

Enquanto Jonas pensava "na cagada que tinha feito", Cíntia foi até o quarto dele, para abduzir o videogame por pelo menos uma semana.

Assim que entrou sentiu aquele cheiro podre.

Por mais que limpasse o carpete com álcool, vinagre e meia dúzia de produtos específicos, o quarto continuava exalando a fedentina, como se algo estivesse se decompondo lá dentro. Cíntia já tinha esvaziado o armário, trocado cobertores e lençóis, mandou higienizar o ar-condicionado e trocou as cortinas de tecido por uma folha novinha de blackout. E o cheiro estava ali.

Naquela tarde o fedor parecia mais concentrado, tão forte que a fez enjoar.

Em vez de desconectar o Playstation, ela começou a rastrear o odor mais uma vez. Foi até o armário, abriu portas e gavetas, depois olhou as caixas com os brinquedos mais velhinhos de Jonas, que ficavam embaixo de uma escrivaninha. Desencostou tudo o que estava próximo à parede, para garantir que não havia nada morto e escondido. Um rato, uma lagartixa, um gato... qualquer coisa que soubesse morrer e feder.

O cheiro estava mais forte perto da cama. Cíntia olhou sob o móvel, mais uma vez retirou alguns brinquedos da escuridão do chão (um *Cara a Cara*, um jogo de RPG, duas caixas de Lego e uma guitarra de brinquedo). O causador não estava lá, mas o mau cheiro se mantinha constante. Era aquele quarto, aquela coisa espectral. Ela não o via desde a conversa com Iago (como se a aberração a tivesse escutado... teria?), mas a coisa ainda estava ali, contaminando tudo. Seria capaz de também contaminar Jonas? Era no que pensava agora, na esperança de absolver o filho dos últimos acontecimentos.

Decidiu também erguer o colchão, mesmo não existindo muita coisa capaz de morar no pequeno espaço entre ele e o estrado e feder tanto.

— Puta merda — ela disse assim que ergueu o colchão. O nojo a fez soltá-lo de volta. Era dali, toda a podridão nascia daquele ponto.

— Coragem, mulher — Cíntia disse a si mesma e puxou o colchão com mais força, fazendo com que tombasse até o chão. — Meu Deus, que nojo!

A primeira coisa que ela notou foi um punhado de baratas, e as filhas da puta corriam como se jamais tivessem visto a luz do sol. Como é característico desses insetos malditos, elas pareceram farejar o pânico de Cíntia, naturalmente correndo em sua direção. Cíntia matou as que pôde enquanto se desesperava e sapateava, mas pelo menos três conseguiram escapar com vida.

— Porra! Que merda! Que merda do caralho! — gritou. Tremia em cada centímetro de pele. Encarar um fantasma dividindo cômodos da casa era uma coisa terrível, mas baratas— e bombas atômicas — eram o destilado da covardia.

No mesmo estado de nojo, ela notou o que estava atraindo aqueles insetos. Havia um rato e uma ave (talvez uma pomba) em estágio avançado de decomposição, grudados na madeira do estrado. Também havia algo marrom, tendendo ao preto, que só poderia ser merda. Apenas imaginar que Jonas dormia naquela cama todas as noites fez seu corpo inteiro coçar.

— Jonas, vem aqui agora!

Um segundo depois, o berro:

— JONAS!

O garoto chegou lentamente, desestimulado pelo grito da mãe. Ele ficou mais perto da porta do que de Cíntia, provavelmente pensando em fugir caso a coisa desandasse para a violência.

— O que é essa nojeira? — perguntou Cíntia.

— Você tirou o colchão da minha cama?

— Jonas, não de faça de besta! De onde vieram esses bichos?

Ele chegou mais perto e tapou o nariz.

— Que nojo, mãe.

Cíntia pareceu levemente mais calma. Menos desesperada, que fosse.

— Não foi você?

Ele não respondeu.

— Jonas, foi você ou não?

O menino sacudiu a cabeça de um lado para o outro.

— Eu vou pegar alguma coisa pra limpar essa nojeira. E pelo amor de Deus não põe a mão em nada.

Jonas ouviu o calçado da mãe pisando o chão do corredor com força, depois alguns gritos com as baratas fugitivas. Os produtos de limpeza pesada (pano de chão, sabão em pó, baldes) ficavam nos fundos da casa, Jonas ouviu quando a mãe abriu a porta para o quintal. Sabendo que ela estava longe, ele tirou o pinto da bermuda e mijou nos animais em decomposição.

Sorria como um adulto.

VIII

Na tarde em que Wladimir Lester concordou em deixar suas obras aos cuidados de Franco, no bunker da Churrascaria do Jeffão, Lucrécia o levou de volta ao Inferno. Nas palavras da CEO, para que ele se reunisse com um velho amigo. O cigano não gostou nada, odiava surpresas e não tinha amigos, e aquela era a segunda péssima notícia em um intervalo bem pequeno de tempo. Agora que voltou a se aproximar da Ciganinha, sentia-se incompleto sem ela, e retornar para aquele lugar confuso chamado Inferno definitivamente não o ajudaria a ficar mais calmo.

Quando Lucrécia o levou de volta a Três Rios, ele chegou a pensar que poderia se adaptar, reviver a vida dos vivos, quem sabe recuperar um pouco do que perdera em seus anos de clausura. Em vez disso, encarou outro ardil de Lúcifer, que o manteve distante da Ciganinha e dos quadros.

Depois do portal, Lucrécia o conduziu por algumas instalações do Inferno, e nenhuma delas se parecia com o que Lester conheceu ou imaginou do principado do fogo. Para começar, em vez do espaço cavernoso, o que via se descortinar era um ambiente corporativo que, não fosse pela ausência de seres vivos, poderia ser uma galeria de lojas, algo que as pessoas modernas chamavam de Shopping Center. Tudo vazio. O espaço era tão silencioso que os sapatos gemiam a cada passo.

— Eu fazia uma ideia muito diferente desse lugar — disse Lester.

— Não tire conclusões precipitadas. O Inferno muda cada vez que pisamos nele. Esse aqui, especificamente, possui um tipo de formatação que apavora a maior parte das pessoas. Muitos não aguentam três dias da solidão desse lugar, uma eternidade seria inimaginável.

— Algum perigo real?

— Não existe nada de especial nesse nível, não temos demônios, criaturas, não existe uma tortura física. Apenas o vazio da presença humana.

Com o tempo, os espíritos enlouquecem. Começam a imaginar coisas, a mente passa a torturá-los.

Lester conhecia a sensação. Estar sozinho, abandonado, condenado à ausência de outros seres. Por muito tempo ele buscou lugares como aquele, o isolamento, mas quando se forçou a experimentá-lo goela abaixo foi bem diferente.

— E o seu Inferno, mulher? Qual seria ele?

Lucrécia não respondeu imediatamente, mas o fez depois de alguns passos.

— A vida que eu vivi antes de Lúcifer.

Continuaram caminhando em silêncio, observando as lojas vazias, banhados pela fragilidade das luminárias que chiavam e oscilavam nos corredores e galerias. Subiram uma escada rolante, venceram outro corredor, seguiram por ele até o próximo bloco. Aqui e ali, havia alguns pôsteres de cinema. Lucrécia conhecia alguns dos filmes, todos tinham a temática do Inferno, de seitas, de ordens satânicas secretas.

— Você não parece tão feliz quanto deveria estar — ela disse.

Lester sorriu.

— Você está jovem, meu amigo. Conheço pessoas que venderiam tudo o que têm por alguns anos.

— Eu nunca soube o que é felicidade.

— Você pode fingir que sabe, é o que todo mundo faz.

Lester seguiu olhando para as galerias vazias, para o piso branco e marmorizado, para as paredes pintadas de um creme insosso e impessoal. Era monótono, mas, pensando bem, não tão ruim a ponto de ser chamado de Inferno. Em sua vida, seus melhores momentos foram os solitários; estar com outros sempre era o equivalente a caminhar sobre o fio de uma lâmina.

— Eu fico por aqui, cigano. — Lucrécia parou em frente a uma porta diferente, da cor cinza. — Sua reunião é na sala seis. Fica depois dessa porta, ao lado de um restaurante japonês.

— Vão me fazer comer peixe cru? — Lester tentou parecer divertido. Lucrécia não sorriu e fez o caminho de volta.

IX

A entrada da sala seis não tinha nada de especial. Era apenas uma porta creme com um número estampado, poderia facilmente ser tomada como uma saída de emergência ou um acesso exclusivo para funcionários. Lester a abriu e a escuridão do outro lado recebeu a luz da galeria. Parecia um espaço grande e vazio. Ele deixou a porta aberta atrás de si, para garantir aquela luz. Assim que se afastou da porta, ela foi golpeada de volta. Lester não tentou correr, imaginou que seria inútil.

— Chegou o saco de lixo... — a voz de um menino disse na escuridão.

Lester pensou reconhecê-la, mas a lembrança estava distante demais, perdida em algum momento de seu passado. E eles foram tantos. Momentos que ele gostaria de esquecer, que preferia não ter vivido.

Novas vozes logo se juntaram àquela, todas infantis. As vozes riam aos cochichos, como se as crianças estivessem em uma sala de aula, ocultas pelos ombros do colega sentado à frente. Planejavam alguma coisa. Crianças faziam dessas coisas, pelos menos as que ele conheceu. Elas gostavam de se unir para dominar as outras, refletindo o comportamento nocivo dos pais, dos tios, do mundo adulto. Não demorou para começarem a cantar juntos:

"Filho do diabo! Filho do diabo!

Lester malditoooo, filho do diaaaaabo!"

— Quem são vocês?

"Filho do diabo! Filho do diabo!

Lester malditoooo, filho do diaaaaabo!!"

— Parem com isso! — Lester exigiu. Aquelas vozes finas e provocativas não obedeciam. Riam cada vez mais alto, dizendo novas provocações, tentando tirá-lo de vez da razão.

Sua mãe é uma putaaaaaaaa!, uma voz se sobrepôs às outras.

Putaaaaaaaaaaaa.

Estaria de volta aos calabouços da infância? Ao tempo em que era vítima de tudo e de todos? Pelo que percebia, acabava de conhecer seu próprio Inferno, e ele era feito de provocações, desilusões e covardia.

— Buba? Buba Baleia, é você? Vermelho? Japonês? Vocês não podem estar aqui! Suas almas estão nos meus quadros, o que restou de vocês agora é meu! Será sempre meu!

"Fedido, nojento!

Filho do diaboooooooo!"

— Mostrem a cara, desgraçados! Eu faço questão de queimar de novo o que sobrou de vocês!

No estado de choque e confusão que experimentava, Lester vislumbrou o rosto de seus desafetos do orfanato incendiado. Estavam piores que no dia de suas mortes. Os rostos queimados estavam tomados por bolhas e pus. Os cabelos, já diminuídos pelas chamas, pareciam um carpete velho. O sangue estava seco, coagulado nos olhos. Lester recuava sem perceber, como fez tantas vezes na infância, concebendo poder aos que não tinham.

As imagens horríveis se desfizeram com a chegada inesperada da luz. Lester precisou fechar os olhos pra suportar a claridade, mas qualquer coisa seria melhor que rever aqueles meninos.

À sua frente não havia crianças, mas esse homem de meia-idade, de olhar direto, franco, seguro.

— Quem é você?

— Um amigo.

— Eu não tenho amigos.

— Todos têm um amigo, pelo menos um.

— Eu não. Nunca conheci na vida pessoa que não se virasse contra mim.

— Que seja. Convoquei o artista para falar de suas obras, não de suas motivações. Você é Wladimir Lester, nascido cigano calon, um dos maiores artistas que esse país já conheceu. É com esse homem que eu preciso falar.

Lester encarou os olhos do outro, não precisou perguntar mais nada.

— É você. Claro que é. O demônio, o começo de tudo.

O homem sorriu.

— Fico lisonjeado. Mas quem poderia conhecer o começo da nossa história? Talvez o início tenha sido seu coração egoísta e assustado, mesmo que você culpe a mim e ao seu pai por tê-lo envenenado. Quantos desse mundo experimentaram terrores parecidos sem se distorcerem por eles?

— Eu sei quem é você e o que você faz.

— Sabe mesmo? — o ser perguntou, carregando seu rosto humano com algum ardil.

— Você é um costureiro, demônio. Sua vida é a vida dos outros, seu destino é tecer a teia. Eu consigo ver os pontos sem precisar de uma lupa, vejo de longe, eles brilham para mim.

— E quais tramas eu costurei para tirar você daquela igreja nojenta e restituir a sua saúde? É assim tão ruim ser grato ao seu senhor?

— Você não é o meu senhor; um cigano não tem senhor maior que seu próprio coração.

O Diabo o avaliou profundamente, enxergou o menino e o velho que ainda existiam naquele momento de vida adulta. Sorriu.

— Gosto de você, Lester, gostei desde o primeiro momento que o vi.

— Me trouxe de volta para o Inferno pra falar que gosta de mim?

— Direto como a ponta de uma faca. Gosto disso. Mas meu motivo é outro. Chamei você porque finalmente vou conseguir atender seus desejos. Os que eu ainda não atendi, que fique bem claro.

Lester sustentou o olhar afiado.

— Sou jovem de novo, tenho condições de pintar os meus quadros, o que deveria me faltar?

— O mundo, Lester, falta o mundo.

Lester não conseguiu negar. Era verdade. Mas como conseguiria o mundo sendo obrigado a se passar por outro? Era o que ainda o machucava, o anonimato sugerido por Lucrécia.

— Suas obras são parte do Inferno, do seu sangue, da mesma forma que o Inferno é parte de tudo o que você toca. Sendo mais claro, os pactos comigo caminhavam para o desaparecimento até você surgir. Agora as pessoas estão voltando a crer, estão dobrando os joelhos para mim e para os meus. Dobrando os joelhos para você. Consegue entender o valor desse feito?

— O mundo — Lester disse, preso em si mesmo. Sua brasa sempre viva, seu desejo mais profundo, suas obras reconhecidas no mundo. Era o que ele desejava desde o começo, a porta de saída para suas dores, uma maneira de dizer ao mundo que todos os ciganos são gente. Os meios que escolheu para alcançar esse objetivo foram cruéis e tortuosos, carregados de enganos e sofrimentos, mas agora tudo seria passado, ele ressignificaria cada história tingida com seu sangue.

— Fizemos uma exposição para você, Lester. Seus quadros, *quase todos* os seus quadros, estarão expostos. O mesmo com as esculturas. Estão todas conosco, das obras sacras aos prodígios intencionados a mim.

— Expor as minhas coisas? Isso não será perigoso?

— Tomaremos precauções para que nada fuja do controle. Lucrécia deve ter explicado que você não será reconhecido. Sua nova identidade terá o papel de um negociador, um marchand. Pensamos inclusive em um nome, mas não queríamos tomar uma decisão arbitrária.

Lester parecia congelado, vítima de um feitiço ruim. Se mudar seu nome não era arbitrário, seria melhor ressignificarem a palavra.

Então, o grande prêmio, o grande pagamento de sua existência miserável seria realmente o anonimato. Ele não desejou saber o nome, e caso insistisse em fazer a pergunta, sua garganta provavelmente se recusaria a falar. Havia um bolo crescendo na glote, congelando as palavras, impedindo o ar de sair.

— Gaspar. — O demônio se antecipou. — Usaremos o mesmo sobrenome se estiver de acordo. Gaspar Lester, um parente distante que dedicou sua vida a procurar a obra perdida de Wladimir.

— Gaspar... Já conheci nomes piores — Lester resmungou, a voz fraquinha, sem vontade.

— Não quero transformar você em um bezerro de ouro. Nós já temos os seus quadros, o seu nome estará em cada um deles, creio que seja suficiente nesse primeiro momento.

— Precisará ser. Porque o único adorado deve ser você.

Lúcio sorriu, e dessa vez havia pureza no sentimento.

— Você sabe que não. Meu plano é levar todos comigo, não apenas você, mas todos os que se interessarem pelo novo e desejarem abandonar o velho. Já faz muito tempo eu tive um sonho, Wladimir Lester, e nele a evolução humana não teria como base o sofrimento, mas as conquistas e a satisfação dos prazeres.

— Não é possível dar o que todos querem. Alguém sempre terá que varrer o chão, limpar o banheiro, um pobre coitado sempre irá trabalhar mais que o outro pra ganhar bem menos.

— Claro que sim! — o demônio se refastelou. — Mas os *meus* não precisarão servir a outros senhores.

Lester ainda pensava naquele nome maldito, Gaspar. É possível sentir ciúme de si mesmo? Sentir raiva?

— Você não tem medo de uma oposição? — perguntou Lester. — Pensa mesmo que pode mudar as regras do jogo, formar exércitos sem que o outro lado se oponha?

O demônio olhou para o teto.

— Ele não se importa mais com as suas criaturas. Ele sabe que é perfeito, mas também sabe que em algum momento, se não existir interferências, outros poderão atingir o mesmo poder.

— E você é a garantia divina de que nós jamais consigamos chegar ao nosso máximo — Lester supôs por conta própria. Lúcio não disse nada, apenas riu.

— Enquanto ele recebe a glória, eu ganho a má fama.

A forma humana que ali se manifestava caminhou alguns passos pela sala, cedendo as costas a Lester.

— A maneira que me tratam não é diferente do que fazem com você, Lester. Quando tudo começou e sua tribo lucrava com seus quadros, quantas bocas você alimentou?

— Muitas.

— E quantas lembraram de agradecer?

— Eles me davam o que eu pedia.

— Certamente que davam, e você sempre pedia mais tintas e mais telas, que se tornavam mais quadros, que se tornavam mais alimento para todos que o tratavam como lixo. Não estou aqui para costurar, cigano. Convoquei você, tudo e todos, para cortar as linhas. Agora, se você estiver pronto, chegou a hora de conhecermos a Galeria de Artes Wladimir Lester.

X

O Inferno tem muitos atalhos, e alguns se abrem em Três Rios. Um deles no bairro do Limoeiro, aos fundos de uma revenda de botijões de gás. O dono do estabelecimento estava ciente do vai e vem de transeuntes incomuns, havia inclusive construído um espaço de alvenaria, um único cômodo, para que os agregados de Lúcio Ferro pudessem atravessar o portal sem causar estardalhaço.

Lester emergiu do outro lado vestido para a ocasião. O traje era minimamente formal, um blazer combinado com jeans, camisa branca, colete púrpura e botas. Estava um pouco inseguro com o que esperar, devastado por seu anonimato forçado, mas não se recusaria a ver suas coisas.

Como um primeiro milagre, não estava tão quente em Três Rios. Lester calculava que a chuva tivesse ajudado nisso — havia poças ainda vivas aqui e ali, marcando contornos no concreto do chão, o cheiro do ar insistia em preservar um pouco da tempestade.

Lúcio respirou profundamente.

— Mesmo com toda podridão dessa cidade, o ar consegue ser agradável. Não é puro como era no seu tempo, mas ainda é possível respirar sem ter uma crise de tosse.

O demônio também estava bem-vestido, um traje social completo, preto, apenas a camisa era em um tom cinzento, embora muito escuro. A opção de ser um homem maduro trazia algumas marcas da idade, mas o resultado era melhor que sua versão jovem. A despeito do que dizem sobre cabelos brancos não refletirem caráter, as pessoas em sua maioria pensam de outra forma.

Lúcio seguiu até uma pequena área coberta da revenda, onde um homem de cerca de trinta anos, com algum sobrepeso, lia uma revista pornô. O sujeito baixou a revista quando notou os visitantes.

— Tudo certo, Edinho?

— Tudo sim, seu Lúcio.

— Juliana está bem?

— Tá sim, a neném que tá meio enjoadinha, mas deve ser gripe.

— Ela está com quantos anos? Seis?

— Sete e meio.

— É uma idade difícil, os germes pulam nas crianças como as pulgas pulam nos cachorros. Estão precisando de alguma coisa? Se precisar de um médico pra neném...

— Tá tudo certo, seu Lúcio. É uma dessas tosse besta de criança.

Lúcio apresentou Lester pelo sobrenome, o cigano acenou para o outro sujeito. Edinho cumprimentou de volta e reabriu o pôster da revista na horizontal. Apertou a área do pinto na calça.

Lúcio já estava perto do portão. O metal deslizou para a direita, sem que ele precisasse tocá-lo. Lester foi até ele. Passaram pelo portão e o portão se fechou.

— Edinho pegou a primeira esposa no pulo com um vizinho. Ela se prostituía por uma miséria, trepava com a rua inteira enquanto ele trabalhava. Solange era o que chamam de puta voluntária — o Diabo riu. — Edinho perdeu a cabeça, coitado. Quem não perderia?

— O que ele fez?

— Socou o rosto dela com um martelo. Bateu mais de trinta vezes. Depois sentou do lado do que sobrou e telefonou para a polícia.

— Matou ela — Lester disse, para si.

— Ainda está viva. O que sobrou da Solange mora em uma casa de repouso aqui mesmo em Três Rios. Não fala, precisa usar fraudas, o rosto parece ter passado por um moedor de carne. Edinho já era um velho conhecido, então eu dei uma força. Ele pegou pena comunitária, se eu não me engano pintou a escola municipal aqui do bairro e doou umas cinco cestas básicas.

— Ficou barato.

— Não diga isso. Você precisa considerar o que o Edinho sofreu, toda a humilhação que ele passou já é um tipo de pena. A puta mereceu, Lester. Você faria o mesmo, não faria? Imagina o que é pegar a boca que você beija enganchada no pau do outro? — O Diabo fez parecer trágico, mas ele ria discretamente, como se o pau fosse o dele.

— Vamos a pé? — Lester preferiu mudar de assunto.

— A galeria fica a três quarteirões, caminhar um pouco faz bem.

Lester seguiu devagar, desviando das poças e armadilhas de sujeira. A chuva deixou um rastro de entulho e nojeiras para trás. Em uns poucos passos, Lester precisou desviar de uma camisinha cheia, de uma fralda, e dos cadáveres de um rato e de uma pomba — as carcaças estavam unidas em um emaranhado de folhas e barro.

— O Limoeiro é um dos meus bairros preferidos de Três Rios.

— Esse lugar é um bueiro aberto... — Lester falou e saltou os restos mortais de uma calota da Chevrolet.

— Tenho muitos clientes nessa área. Gente que cansou de esperar a graça divina. Eles me procuram nos bares, nas mesas de carteado, me procuram inclusive dentro das igrejas. — Sorriu.

— É assim tão fácil?

— Eu não disse que era. — Lúcio manteve o otimismo, mas o riso fechou pela metade. — Trata-se muito mais de esperar o momento certo do que de convencer alguém a fazer alguma coisa. Você conhece a humanidade, meu amigo. Sempre existirá alguém sendo traído, alguém subestimado pelos amigos, provocado pela família, sempre haverá um pobre coitado recebendo um novo castigo em vez do perdão pelo arrependimento. Já ouviu aquele provérbio "Os humilhados serão exaltados"? Minha parte é exaltar o que o céu já humilhou.

— Foi o que fez comigo?

— Não. — Lúcio chegou mais perto de Lester e ficou de frente para ele, ajustou a gola do blazer do cigano. — Eu o tornei meu sócio. Lester, você ainda vai entender que tudo que fiz servirá a você.

— Mesmo o sofrimento?

O demônio voltou a caminhar.

— Principalmente o sofrimento. Ou você pensa que qualquer artista, nascido de quaisquer ambições artísticas, conseguiria fazer valer sua arte sem experimentar a dor? A agonia? Tome por base você mesmo. Me responda, quais são seus maiores êxitos?

— Minhas criações são como os dedos da minha mão. Eu não poderia escolher.

Em um movimento rápido demais para ser observado, Lúcio tomou o braço de Lester, mais especificamente, sua mão direita. Colocou uma lâmina sobre o dedo médio.

— Quer que eu corte esse ou prefere escolher outro?

— Perdeu o juízo? O que está fazendo?! — Lester tentou se libertar, mas sabia que seria impossível. Lúcio tinha força sobre-humana.

— Eu quero um dedo. Pode ser dessa mão ou prefere trocar pela esquerda? — Lúcio apertou mais a faca.

— Me solta!

— Direita ou esquerda, Wladimir Lester! — Lúcio já começava a cortar a pele do dedo médio da mão direita.

— Esquerda, desgraçado! O mindinho da mão esquerda!

Lúcio o soltou assim que ouviu a resposta. Sorria.

— A igualdade é uma falácia, cigano. Ninguém é igual a ninguém. Nem você, nem seus dedos, muito menos suas obras de arte.

— Que ótimo, agora meu dedo está sangrando. — Lester se lamentou. Por algum mistério, aquele dedo não estava cicatrizando como ele viu acontecer antes.

Lúcio chegou mais perto e lambeu a própria palma de sua mão direita. Passou a palma umedecida sobre o ferimento de Lester. Quando a mão terminou o trajeto, a pele estava íntegra novamente.

— Dor, cigano, a passagem secreta para o coração humano.

Caminharam mais um quarteirão pelo asfalto. Na calçada, uma comunidade de moradores de rua se entulhava em cobertores e lonas. Lester olhou bem para eles. Eram pessoas invisíveis, assim como seu povo costumava ser. Distraiu-se deles quando ouviu um novo som cortando o silêncio. Estava bem baixo, eram vozes abafadas pela distância, pessoas conversando. Ao dobrarem a próxima esquina, Lester viu os primeiros carros.

O prédio da galeria de artes ficava na metade do próximo quarteirão, um olho de ouro no rosto de um andarilho.

As paredes externas eram pretas como turmalina, e tudo parecia recém-construído nos três andares do prédio. Na entrada, um corredor de cordas vermelhas e traves de inox organizava as pessoas. A fila tinha pelo menos quinze metros, e havia seguranças na porta, garantindo que os mais privilegiados cortassem caminho sobre a massa de infelizes eufóricos. Na parte de cima do prédio, um conjunto de spots de luz lançava seu brilho pelas paredes até atingir o chão.

Lúcio e seu tutorado chegaram mais perto sem muita conversa. A porta principal já estava aberta, mas se via pouco do lado de dentro. O primeiro espaço da galeria era escurecido, iluminado por uma luz roxa e frágil.

De cada lado da porta aberta havia uma estátua. Cada uma tinha o corpo de um leão e a cabeça de um bode, era o que Lester interpretava. Apostaria em algo sintético e barato, mas para olhos sem treinamento se passariam por esculturas legítimas, feitas de pedra. A simbologia lembrava um pouco as ornamentações dos portões de ferro fundido que ele conheceu no orfanato católico, em sua curta e trágica estadia com os padres. Acima da porta, havia um garfo e uma faca, cruzados em diagonal.

Algumas jovens que estavam na fila rapidamente notaram Lester, e cochicharam coisas umas com as outras. Sorriram para ele. Lúcio não deixou de notá-las.

— Coloco as três na sua cama quando terminarmos aqui.

Lester preferiu manter a atenção no prédio.

— Vocês construíram isso tudo?

— Reformamos. Poderíamos ter feito do zero, mas lugares com história tem mais personalidade.

Lúcio se afastou, cumprimentou as jovens e chegou mais perto da porta de entrada. O segurança liberou a passagem; ele parecia um pouco intimidado por Lúcio, apesar de ter o tamanho de uma Harley Davidson. Lester entrou logo depois do demônio e o brilho ultravioleta mudou a cor de tudo.

O segundo acesso depois do hall estava logo à frente, a abertura estreita deixava uma luz morna, salmão, passar por ela e invadir o roxo. Lester sentia o coração acelerar depressa. Já reconhecia o cheiro de seus quadros, a velhice impregnada nas telas, percebia-os com total clareza, mesmo imerso no ar-condicionado que carregava uma infinidade de perfumes diferentes. Sequestrado por si mesmo, seguia na direção da luz mais clara quando Lúcio o tomou pelo braço.

Mais uma vez, Lúcio ficou de frente para ele. Paternalmente, ajustou novamente o caimento do blazer do cigano, depois se afastou um pouco, como quem avalia o trabalho que acabou de realizar. Tocou o queixo de Lester, o fez subir um pouco. Quando se deu por satisfeito, disse:

— Jamais se esqueça de quem o colocou aqui.

Os dois se encararam, Lester seguiu em frente. Sem concordar.

XI

— Onde vocês estavam? — Lucrécia perguntou no salão de coquetel.

— No Inferno. — Lester não economizou a piada realista. Entendia que ela se referia à demora dos dois, mas quem se importa? Não é todo dia que o destino permite uma agulhada em Lucrécia Trindade.

Lúcio se adiantou e apanhou a mão direita de Lucrécia, a fez rodar para que ele pudesse apreciá-la. Ela o fez com desenvoltura, mesmo com a bengala que sempre a acompanhava. O ferimento na perna, a lembrança constante de quão tênue era a linha entre o amor e o ódio de Lúcifer.

— Devia usar vestido mais vezes, olha só esses quadris.

Lucrécia expressou alguma timidez.

A CEO do Inferno no Brasil havia reformado o corpo até ficar satisfeita com ele. Não precisou de muito, diga-se a verdade — um pouco de peito, algum bumbum, duas micro intervenções no rosto e estava pronta. Preferiu não contar com os poderes do Inferno nos procedimentos, fez tudo da maneira mais natural possível, com silicones, médicos e fios de sutura — algo que não poderia ser tomado de volta em um estalar de dedos.

O vestido escolhido para aquela noite era bem justo, vermelho-vivo, exigia personalidade. Combinado aos saltos altos que jogavam tudo para cima, seria impossível não notar Lucrécia.

Sempre por perto, Aim também se aproximou e estendeu sua mão a Lúcio.

— Que a glória sempre seja sua.

— Dessa forma será feito, Aim. Tudo certo por aqui?

Aim e Lucrécia se entreolharam. Lucrécia fez as honras.

— A polícia nos visitou mais cedo. Receberam uma denúncia por causa do barulho.

— Tá de brincadeira. Aqui? No Limoeiro? E aquele merda do Siqueira? — perguntou Lúcio. — Nós não colocamos aquele filho da puta na polícia pra evitar esse tipo de sacanagem?

— Já está resolvido — Aim disse. — Paguei vinte mil para o oficial que fez a visita e coloquei ele de tocaia aqui na rua. Se alguma viatura chegar perto, ele mesmo resolve. Siqueira está fora.

— Perfeito. Mais algum detalhe que possa estragar minha noite?

Nada havia, então Lúcio voltou a relaxar e foi até o bar, instalado naquele mesmo ambiente. A recepção também contava com uma mesa com petiscos e outra com docinhos, tudo muito refinado, pequenas obras de arte comestíveis. Lúcio desprezou a comida e encomendou uma vodca russa com um dos garçons do bar. Enquanto a bebida não chegava, interceptou um drink mais leve e colorido, em laranja e verde, que estava rodando pela galeria com uma garçonete. O lugar começava a ficar movimentado, embora naquele ponto do salão a maior parte dos presentes fossem esfomeados, entusiastas do alcoolismo ou simplesmente curiosos visitando um novo ponto de entretenimento.

— Ele bebe bem. — Lester observou.

— Lúcio beberia um basculante de uísque e você não perceberia a diferença. Ele é praticamente imune ao álcool.

Corroborando com o que Lester ouviu, Lúcio recebeu a vodca e entornou de uma só vez. Depois voltou aos três.

— Vou deixar você à vontade — disse a Lester —, tenho negócios para resolver em outra festa. Aim, você vem comigo.

— Vamos, *Gaspar*? — Lucrécia enlaçou seu braço em Lester. Ele absorveu o desgosto em ter seu nome anulado e se deixou conduzir.

— Como está se sentindo com tudo isso?

— Esse lugar vai além do que imaginei.

Lucrécia alterou um pouco a rota na direção de Iago Molina. Ele estava sozinho, parado, logo depois da saída da recepção. Deslocado como um sushi em uma churrascaria. Ele sorriu quando notou rostos conhecidos.

— Sua esposa não quis vir? — perguntou Lucrécia.

— Cíntia? Ela... precisava descansar.

— Nosso Gaspar está encantado com a galeria. Pode agradecer a ele, Lester, foi o Iago quem providenciou tudo o que você vê. Tudo, exceto as obras de arte, é claro.

— Está incrível, gajon. Eu não sabia o que gostaria de ver até olhar para esse lugar. Você leu a minha mente.

— Não fiz nada sozinho, pessoal, eu tive muita ajuda.

— A ajuda que você mesmo contratou? Estou certa?

Iago não precisou responder.

— Aprenda a aceitar elogios, Molina. O reconhecimento é uma coisa boa. Apesar do que ensinam sobre humildade e toda essa coisa ridícula de gratiluz, saber se valorizar, ter orgulho de si mesmo, é um dos segredos do sucesso. — Lucrécia aproveitou para apanhar um Dry Martini com uma das moças que serviam os convidados. — Aceita ser nosso anfitrião antes que o Gaspar seja anunciado, Molina?

— Claro, chefe, é uma honra.

Iago continuou explicando.

— O imóvel cresce em profundidade, então construímos uma série de corredores mais estreitos nos salões principais, onde posicionamos os quadros. A classificação e o agrupamento desse material não ficaram sob minha responsabilidade, acho que a Lucrécia pode explicar melhor.

— O homem que você conheceu no Inferno, Nôa D'Noir, ele estudou seu trabalho a vida toda. Você também conheceu o Cantão, foi ele quem rastreou quase todo o material pra gente. O que o Cantão encontrou, Nôa agrupou, e o Iago trouxe até aqui.

— Meu amigo Alex, uma das pessoas que eu contratei, sugeriu dividirmos suas obras por temáticas — explicou Iago —, foi assim que chegamos a um resultado esteticamente mais assertivo. Significa que conseguimos chamar a atenção dos compradores com mais facilidade.

— Pretendem vender os meus quadros? Tiveram todo esse trabalho para voltar a vendê-los? — O rosto de Lester dizia que era mais um desgosto para catalogar, mais uma contrariedade.

Lucrécia assumiu a explicação:

— Nenhum artista cresce sem o impulso do dinheiro. Você vai continuar produzindo, criando coisas novas, e vai se desapegar do que está feito. Os quadros dessa galeria merecem outros lares, cigano, eles merecem o mundo.

— Vocês se preocuparam se o mundo saberá lidar com eles?

Lucrécia seguiu em frente, sozinha. Deteve o avanço em poucos metros de começar as escadas.

— São seus filhos, Lester, sempre serão seus.

O cigano avançou em direção a ela e os três começaram a subir.

A luz do salão anterior rapidamente foi se esvaindo e se tornando mais cálida, substituída por duas arandelas. Vencidos os degraus (apesar da largura ser de bom tamanho e do conjunto contar com corrimãos seguros, Lucrécia não deixou de manifestar sua contrariedade), os três chegaram à entrada da primeira parte da exposição. Havia uma placa dourada, metálica, com o nome da ala: Sangue e Vida.

A nova iluminação vinha do teto, distribuída em spots centrais. As paredes tendiam para um tom grafite, mas havia alguma textura na tinta, onde tons mais claros quebravam a hegemonia do cinza. O piso era de madeira escura, lembrava sucupira ou mesmo cedro. Se o piso fosse uma réplica, a semelhança com madeira verdadeira era enorme. No final do corredor, garantindo o primeiro impacto de quem visitasse aquela parte da galeria, estava o quadro *Fazedor de Milagres* (resumidamente, era uma cadeira de tortura com pregos, lâminas, correias e aparatos para coleta de fluidos corpóreos). Lester conseguia supor o motivo da escolha. Aquela tecnologia maldita foi o início de tudo, foi graças ao *Fazedor de Milagres* que Lester obteve a tinta. No fundo de sua mente, ele via o corpo de seu pai, Juan Lester, se definhando sobre o aparato. Ouvia seus gritos, sua agonia, sentia o cheiro de seus excrementos.

Maravilhado com o que reencontrava, Lester se adiantou, deixando Lucrécia e Iago para trás. Mesmo depois de tanto tempo, não sentia por Juan algo melhor que desapontamento. Amor não tinha, arrependimento tampouco. Juan era o único responsável pelas coisas terríveis que semeou em seu tempo de vida, inclusive por aquela cadeira maldita.

Aproveitando a ausência do artista, Iago explicou para Lucrécia.

— Essa ala é dos temas ciganos. Quase todos os quadros estavam em Goiás, abandonados em um museu ignorado pela gestão da cidade. Eu quase não acreditei quando recebi o lote em tão boas condições.

— Não estavam abandonados, estavam escondidos, mantidos em segredo. Os quadros desse homem agem de forma estranha com algumas pessoas. Não sei exatamente se são os quadros em si, mas as pessoas começam a experimentar... fenômenos quando estão perto deles.

Iago retornou ao que Cíntia vinha falando há meses. Sua esposa estava convencida de que a casa estava assombrada, a casa ou ela mesma. Via sombras, ouvia vozes, a temperatura descia de uma hora pra outra. Mas que Iago soubesse, ele não tinha levado nada do artista consigo, não conscientemente.

Lucrécia aproveitou para apreciar os quadros. Não era grande conhecedora de arte, não entendia que tipo de pessoa dedicava sua vida a um trabalho tão subestimado, mas ela sentia que aquelas pinturas tocavam uma parte primordial de sua existência. No quadro onde havia um cavalo selado, pastando em uma paisagem noturna, ela sentia a solidão do animal, seu receio, os olhos abertos em demasia para descobrir um possível agressor escondido. Ao lado desse quadro, havia a representação de uma fogueira acesa, com ciganos ao seu redor. Não havia dança, romance ou música — como o Ocidente resume o povo cigano —, mas havia uma espécie de sombra sobre os rostos, um pesar.

O sentimento de conexão com o receio, o perigo, estava em todos os quadros. Na paisagem em si, nos rostos, nas roupas; até mesmo em um prato de comida com ossos de galinha e insetos se fartando das sobras, a pintura de Lester transmitia a mensagem de que a natureza era uma matriarca insaciável e cruel.

— Melhor ficarmos perto dele — Iago disse. Lucrécia acatou, Lester já fazia a curva que o levaria para a próxima ala.

O segundo bloco era formado por quadros sacros. Representações de cenas católicas, alguns santos, Jesus Cristo castigado, morto e ressuscitado. Boa parte das telas representava o martírio dos santos, e não havia economia nas diferentes representações gráficas do sofrimento. Sangue vertido, cabeças decapitadas, intestinos retirados do ventre e atacados por aves de rapina. Cordeiros imolados e hienas refasteladas.

Nessa galeria, o pavimento era diferente (ainda de madeira, mas escuro como carvalho, feito de um sinteco longo e retangular). As paredes também eram mais escuras, tendiam ao preto. A iluminação era fixada lateralmente, e os bocais apontavam para a parede oposta. O teto recebeu uma pintura tempestuosa, de nuvens escuras e densas, que se estendia até o final do corredor. Havia três divisões e em todos os corredores pessoas se admiravam com o trabalho de Lester, com a galeria em si. Mantinham a mesma expressão de admiração controvertida em seus rostos, absorvendo a beleza e a carga de escuridão que as pinturas carregavam. Uma dessas pessoas, uma mulher de cerca de quarenta anos, parou para observar o mesmo quadro que Lester contemplava. Era uma representação de Tomé, onde o santo enfiava os dedos nas feridas abertas de Cristo a fim de atestar sua veracidade. Na representação de Lester, o sangue vertia em profusão, e os lábios, a barba e o manto de Tomé estavam vermelhos, sugerindo que o discípulo bebera do sangue do mestre.

— Gosta do que vê? — perguntou Lester, incomodado com o rosto indecifrável daquela mulher.

— Acho que sim. Mas, meu Deus, parece tão errado gostar disso.

— Conhece o artista?

— Todo mundo de Três Rios conhece Wladimir Lester. É a sua primeira vez com o artista?

— Eu vi algumas coisas.

Ficaram em silêncio e, em curiosa sincronia, caminharam lado a lado até o próximo quadro. Esse era de Santa Luzia, ela segurava os olhos em um prato de ouro. Os buracos de onde eles saíram continuavam escavados no rosto da santa. Havia sangue seco no rosto, descendo como uma mancha coagulada. Nos olhos dispostos no prato, a parte do nervo óptico ainda estava presa; lembrava uma formação tumoral, quase alienígena.

— Dizem que Wladimir fez um pacto.

— De que tipo?

— Com o Diabo, moço, foi o que eu quis dizer.

Lester sorriu.

— E você acredita nisso? Que ele tenha feito esse acordo?

— Eu não sei... — ela disse lentamente, levando a mão ao queixo. — Tudo o que ele faz é tão bom, tão diferente e único, não parece possível ser apenas talento humano. Existe alguma coisa além das telas. Eu posso sentir que existe.

Lester esperou que ela completasse o pensamento. Não demorou:

— Nós deixamos os quadros para trás, mas um pedacinho deles fica com a gente. Eu já visitei essa galeria duas vezes, e acho que vou acabar vindo de novo. Bom, se eu conseguir ingressos...

— É assim tão difícil?

— A espera é de três semanas.

Antes que Lester falasse algo novo, outra mulher chegou ao lado dos dois. Ela cumprimentou Lester com alguma secura e disse à amiga:

— Estava procurando você. O Junior e o Dani querem ir pro Rouge.

— Eu vou indo, meu amigo — a primeira mulher se despediu de Lester e foi com a outra para a saída da ala.

O cigano continuou calado, e por um momento seu cérebro estacionou em uma única fala daquela mulher: "Não parece possível ser apenas talento humano". Foi o que ela disse, o que significava que, apesar de todo esforço feito por ele, toda a abnegação, todas as dores, ela encarava o demônio como um coautor. A mesma mulher que trocou seus quadros, que segundo ela eram tão magníficos, por alguma coisa chamada Rouge...

— Você ainda tem muito pra ver. Vamos indo? — Iago convocou Lester. — Você precisa conhecer a melhor parte.

XII

— Qual é a fixação de vocês por escadas? Algum fetiche? — perguntou Lucrécia.

Iago pensou em dizer algo em sua defesa, mas o silêncio sempre era uma resposta mais segura, principalmente se tratando de Lucrécia Trindade. De qualquer forma, a mulher mais poderosa do Inferno avançava degrau por degrau com a mesma desenvoltura com a qual caminhava no piso regular. Adaptação deveria ser seu nome do meio.

A iluminação do terceiro pavimento tinha um tom mais amarelado e aveludado, aconchegante. A luz vinha de duas fileiras de spots distribuídos paralelamente no teto de cada corredor. O espaço não apresentava divisórias tão estreitas, era bem mais largo e permissivo à circulação que o andar de baixo. Os arquitetos também providenciaram uma área segura — apenas meia parede — com um vidro blindado encravado nela, para proteger alguns quadros.

— Pensei que estivessem perdidos — Lester disse.

Diretamente à frente, ele via o quadro à óleo batizado de *Ária*. Lester manteve seus olhos na pintura e sorriu discretamente.

— Quem é ela? — Lucrécia perguntou.

— Um engano — Lester disse. — A segunda pessoa que amei.

— Era uma mulher bonita.

— Era sim. Linda. Mas não era uma mulher.

Lucrécia não soube como reagir, mas se manteve séria, assim como Iago.

— Seu chefe me visitava desde menino, às vezes ele fingia ser essa pessoa. Eu esperava ansiosamente por meses, por anos pela sua vinda. Algumas vezes, Ária me socorria, em outras me condenava... Eu nunca soube se a intenção era boa ou má, até que ela se revelou o demônio.

— E por que está contida? — Lucrécia perguntou e tocou o vidro.

— Não faço ideia — Lester disse. — *Ária* foi perdida em uma das mudanças da minha tribo. Agora parece mais certo que ela tenha sido roubada e vendida por alguém.

— Parece que o quadro desperta desejos de vingança — explicou Iago. — Estava na casa de uma mulher de Terra Cota, em um buraco, um porão que ela mesma abriu no chão. A mulher contou que algumas famílias foram destruídas por causa do quadro, ela preferiu colocar embaixo da casa, pra manter longe das pessoas.

Lester continuava hipnotizado.

— À sua maneira, Ária é uma deusa — ele disse.

Na ala Visões os quadros eram estranhos e selvagens, diferentes e mais pungentes que as galerias visitadas anteriormente. Apenas *Ária* possuía uma beleza prontamente reconhecida, enquanto os outros quadros cresciam em desconforto. Na mesma área protegida havia um segundo quadro relacionado à mesma mulher, mas apenas no título, *Um presente para Ária*, enquanto o quadro representava uma mulher com seu gato. A pequena descrição presente no abrigo blindado dizia: Felicidade é a chegada, castigo é o partida. Por alguma razão, Lucrécia o detestou, mas não disse nada aos outros. Havia também o quadro chamado *A Criança*, mostrava um menino de cerca de três anos em um bercinho vermelho. A criança estava sozinha, já com sinais de decomposição. Ao redor dela havia três lobos, dispostos em formação triangular. A saliva dos lobos escorria pelos dentes, os animais pareciam furiosos e famintos. O próximo era *Bruxa*, uma menina pré-adolescente lendo seu baralho cigano. Havia cinco espectros espirituais, demonizados, atrás dela. A cena retratada era bastante escura em tonalidades, mas a menina estava com os olhos brancos e brilhantes, revirados nas órbitas.

— Sarah... — Lester disse baixinho.

Por todas as paredes explodia a vida cigana. Não exatamente como ela realmente era, mas como Lester a enxergou. A penúria do povo, os insetos nos cabelos, grupos derretendo no calor da estrada enquanto suas crianças, magras e marcadas de sol, adormeciam de cansaço.

Um dos quadros representava a família de Lester. O pai, Juan, segurava a cabeça decepada do menino Wladimir. Romena, a mãe, segurava a cabeça da pequena Iolanda. As crianças tinham uma expressão curiosa, muito viva, a boca estava entreaberta, tentando contar o que aconteceu. Os corpinhos de Lester e Iolanda estavam à frente dos pais, servindo de alimento a dois urubus.

No quadro *Igreja*, Lester pintou uma congregação de mortos assistindo a uma celebração da figura obscura de Satã. Até aquele momento, era incomum que um visitante encontrasse uma representação direta do demônio, mas ali estava ele. Alto, com cascos e chifres, o olhar cheio de cobiça e cinismo. Usava os trajes de um padre, embora escapasse da túnica a parte dos cascos e as mãos alongadas, de unhas escuras, em forma de garra.

— Quer me contar o que achou desse, gajon? — Lester perguntou a Iago. Lucrécia manteve a atenção na conversa.

— Eu não sei, mas é como se eu estivesse... — Iago escolheu melhor quais palavras poderia usar. — Vai parecer uma comparação esquisita, mas sabe quando alguém espiona a intimidade do outro pelo buraco da fechadura? Quando invade a vida secreta de outra pessoa? Existe o prazer, mas se eu acreditasse em pecado, acho que estaria pecando da mesma forma só de olhar para esse quadro.

— E você estaria — Lester falou, muito sóbrio.

Os visitantes da galeria começavam a se interessar por Lester, mesmo sem saber quem ele era. Olhavam com curiosidade. Além de ser um homem bonito, a sua falta de pertencimento ao mundo moderno era clara. Apesar das roupas se orientarem para o moderno, Lester parecia ter saído de um daqueles quadros.

— Melhor subirmos para a apresentação. — Iago conferiu em seu relógio de pulso.

— Você recuperou muita coisa, mas senti falta dos quadros que o *churrasqueiro* guardou.

— Deixamos o melhor para o final — Iago o tocou nos ombros e abriu caminho até a próxima ala, Sombras.

O lance de escadas era o menor até então. Lucrécia achou uma ótima notícia — não fez questão de agradecer depois das duas escadas anteriores.

A última sessão da exposição trazia um cheiro diferente, muito discreto e que talvez fosse uma sensação olfativa provocada pelo que se via. O cômodo era todo cinza. Em diferentes tons, lembrava fumaça, um incêndio. Teto e parede tinham essa mesma tonalidade pesada e agressiva. O chão, de madeira como os demais pavimentos, recebeu pigmentos para parecer queimado, fustigado. A luz morna distribuída em spots centrais era quente e neutra, um pouco direcionada para o âmbar. À frente, no final daquele espaço alongado e retangular, Lester viu a Ciganinha. Sem blindagem. Sem isolamento.

— Cometeram a insanidade de trazer ela para cá? Desprotegida?

— É uma réplica — Iago explicou. Sem se dar conta, olhou para Lucrécia.

— Ideia sua? — Lester perguntou a ela.

— Sua Ciganinha está na Estrela Eterna, ela está segura com nosso amigo Zênite.

— E o que é a Estrela Eterna? — o cigano perguntou.

Lucrécia chegou mais perto para escapar dos ouvidos alheios e respondeu sem rodeios:

— Uma igreja para Lúcifer.

Lester manteve a sobriedade e a boca fechada, embora sua expressão fosse de clara desaprovação. Preferiu economizar algumas palavras e dar mais um passo, na direção da escultura de um lagarto. Tinha produzido aquela bem jovem, três ou quatro anos depois de seu pacto.

— Foi difícil encontrar essa — Iago disse —, estava com um desses acumuladores. O velho tinha uma propriedade rural na Bahia, foi o filho que negociou as peças comigo.

Ao lado do lagarto, havia cinco estatuetas estranhas, disformes, algumas eram humanoides, enquanto outras se assemelhavam a polvos e lulas.

— Eu tinha pesadelos com essas coisas — explicou Lester. — Sonhava que estava sendo devorado de dentro para fora. Às vezes elas diziam coisas ruins sobre mim e o meu povo.

— E esse aqui? Quem é? — Iago perguntou, sobre uma escultura de argila crua que também destoava das demais. — Essa estatueta deixou todo mundo confuso.

— É o seu chefe — Lester resumiu.

Era um homem jovem, usava uma jaqueta e uma calça justa, que poderia ser couro ou jeans, não fazia sentido estar onde estava. A estátua estava com as mãos na cintura, o sorriso aberto, os olhos pareciam encarar de volta, como sempre acontecia com as obras do cigano.

— Ele sempre apareceu nos meus sonhos. Às vezes como um demônio com cascos e chifres, em outras como homens, algumas vezes como Ária.

Iago manteve um silêncio receoso, encarando aquela pequena representação de um Lúcifer que ele não conhecia.

— Se quiser falar o que está perturbando você — Lester disse.

— Estava pensando que ninguém conhece o rosto do Diabo, então as pessoas podem falar com ele sem perceber.

— Acontece o tempo todo — Lucrécia decidiu participar da conversa. — Quando conheci o Lú, ele era exatamente como essa estátua. Jovem, bonitão, tinha uma aura de sucesso quase sufocante. Eu já estava enfeitiçada por ele, pelo seu jeito, muito antes dele se revelar para mim.

Lester seguiu em frente, conferindo mais do que estava exposto e absorvendo a reação de seus admiradores. Agora podia ver seis tubinhos com tinta vermelha, estátuas de santos com elementos pornográficos, depravações, obscenidades que não poderiam ter saído do juízo de uma criança. Visivelmente chocadas, as pessoas comentavam umas com as outras, tapavam as bocas em um reflexo infantil de erro. Lester as deixou e caminhou até o único autorretrato fiel que havia na galeria, estava acima da estátua da Ciganinha, bem próximo ao teto, em uma moldura dourada e metálica, que remetia ao ouro. Ainda era uma criança no quadro, e estava tão pesaroso, tão triste, que sua agonia invadia quem olhasse para a pintura. Mesmo ele, o Lester de agora que sobreviveu aos homens, à velhice e ao Inferno, se contaminou com a pintura. De repente, ele estava triste e devastado, exatamente como naquele dia maldito em que se retratou, depois de sua tribo ser dizimada por sua denúncia covarde de Miro Santii. Iago não deixou que aquela agonia se perpetuasse.

— Chegou a hora de brilhar, *Gaspar*. As pessoas amam seus quadros, mas também estão aqui para conhecer um descendente vivo de Wladimir Lester.

— Me ouvir? E o que eu vou falar pra essa gente? Eu não sabia que vocês planejaram isso.

— Agora está sabendo — Lucrécia sorriu. — Você merece receber o carinho das pessoas, cigano.

Lester ameaçou um sorriso, mas não o fez. Não o faria enquanto o nome Gaspar Lester estivesse sobrescrito ao seu. Lucrécia aproveitou a ocasião para um último recado:

— Estamos felizes com você e com tudo o que aconteceu, não duvide disso. Mas, meu querido, se você por algum motivo resolver foder com tudo, te mando de volta pro Inferno antes que consiga dizer seu verdadeiro nome.

Com uma expressão de cinismo extremamente infantil, Lester respondeu a ela:

— Você tentaria.

XIII

Um pouco à frente, no mesmo pavimento, tudo estava pronto para as palavras do curador da mostra. Ao contrário dos outros setores da exposição, a ala era exclusiva a um grupo específico de pessoas, todas muito influentes em Três Rios e região. Na primeira fileira, por exemplo, estava a realeza da política local (incluindo os responsáveis pela pasta da cultura) e os maiores empresários e gestores (entre eles o supermercadista Celeste Brás, Franco Nälg e boa parte do "Pessoal da Carne" de Três Rios). Kelly Milena, relações públicas e CEO do Grupo Hermes Piedade, também estava na audiência, além da principal acionista do grupo Piedade, a empresária e filha de Hermes, Ella Piedade. Nas fileiras seguintes estavam os influencers digitais (todos selecionados no Inferno por Marcos Cantão) e alguns rostos desconhecidos que operavam atrás das cortinas (devotos e adoradores de Lúcifer com contrato assinado). As três emissoras de TV da região também estavam presentes, e um dos sócios da Firestar Videolocadora & Lounge, Valter Pirelli, fez questão de comparecer.

Antes que Lester apanhasse o microfone, Lucrécia cumprimentou Kelly Milena e deu uma maior atenção para a mulher ao seu lado.

— Ella, como tem passado?

— Estou ótima, minha querida.

— Sua assessoria explicou que você talvez não viesse — Lucrécia fez questão de olhar para Kelly ao dizê-lo —, que bom que está aqui.

— Por enquanto, quem manda na minha assessoria sou eu, Lucrécia.

As duas riram e Lucrécia falou:

— Eu quero que conheça alguém.

Ella se levantou, ajustou o caimento do vestido escuro e foi até Lester.

— Esse é Gaspar Lester, Ella. Sem esse homem, essa noite não seria possível.

— Lester? Você tem o sangue de Wladimir Lester correndo nas veias? — Ella estendeu a mão direita. Lester apertou com firmeza.

— Mais sangue do que a senhora imagina.

O cumprimento se manteve, as mãos continuaram unidas. A eletricidade entre eles era quase visível.

— Tenho alguns quadros do seu antepassado na minha casa, herança do meu pai. Hermes Piedade era um grande admirador das obras de Wladimir Lester, e um pouco mais da sua ousadia pessoal.

Percebendo o magnetismo entre os dois, Lucrécia raspou a garganta. As mãos finalmente se separaram. Era o poder, Lucrécia sabia, independentemente da polaridade, pessoas poderosas se atraiam como imãs.

Iago chegou com um microfone e entregou para Lucrécia. Ela respirou um pouco mais fundo.

— Boa noite a todos. Pelo que estou percebendo, se acontecer alguma tragédia nessa noite, o PIB de Três Rios será arruinado.

Algumas pessoas riram, outras ficaram mais sérias, pensando na possibilidade real de não voltarem pra casa. Lucrécia reiniciou a narrativa antes que elas chegassem a uma conclusão.

— O nome Wladimir Lester ecoa pelo Brasil, mas ele é transformado em realidade histórica apenas em Três Rios. De alguma forma, essa terra acabou sendo o lar do nosso prodígio cigano. Lester viveu pouco, mas o fez intensamente. O que vocês conheceram nos três andares dessa galeria, e pedimos perdão pela ausência de um elevador — ela olhou para Iago, que ruboresceu —, são o produto de uma vida inteira florescida e colhida na infância. Pinturas, esculturas, esboços, tudo o que foi recuperado de Wladimir Lester está em nossa companhia nessa noite, inclusive parte de seu sangue. Por favor, Gaspar. — Lucrécia o convocou. — Pessoal, esse é Gaspar Lester, sangue do sangue, carne da carne do inigualável Wladimir Lester.

Depois das palmas empolgadas, Lucrécia entregou o microfone já acionado a Lester, explicou que era só falar naturalmente. Lester o testou com amadorismo, golpeando a área de captação do Shure (não havia caixas de som aparentes, mas a amplificação era perfeita, os golpes pareciam nascer das paredes).

— Boa noite — ele disse, a voz perfeitamente clara e limpa. — Como ouvimos, sou parte do sangue de Wladimir Lester. Obrigado por terem vindo.

As pessoas aplaudiram de novo, com mais vontade. Mesmo Ella Piedade e Kelly Milena, costumeiramente frias como aço, moveram suas mãos. Além delas, cerca de trinta pessoas acompanhavam o discurso.

— O que hoje vocês conheceram em um espação tão sofisticado nasceu em tendas escuras, na calada da noite, muitas vezes entre a mudança de um acampamento a outro. Tudo o que vimos são criações de um menino que nasceu e cresceu convivendo com o medo.

“Wladimir ganhou má fama graças ao seu envolvimento com o obscuro, e não acho justo negar que parte de suas inspirações tenha nascido de seus sentimentos menos nobres, e também de seu contato com espíritos nefastos. Mas eu insisto, o principal pigmento, o barro primordial para tudo o que ele fez, era o medo que sentia.

“Imaginem um menino criado por um feiticeiro que fez a curva para escuridão. Esse era seu pai, e de certa forma, também era sua mãe. Wladimir Lester nasceu em uma época em que a energia elétrica era apenas um bebê, e alguns dizem que ele nasceu muito antes, quando a eletricidade não passava de uma ideia fantasiosa. O que se sabe com certeza é que naqueles dias de misticismo e penumbra, o Diabo estava atento ao que os homens faziam.

"Diz a lenda que Wladimir flagrou seu pai tratando com Lúcifer, e que esse foi o princípio de tudo o que descobrimos nessa galeria: a grande traição que viria de Juan Lester, o assassinato do próprio filho. Eu, sendo parte de sua família e companheiro de suas misérias, digo que Wladimir Lester sonhou seu próprio sonho com tamanha força que o sonho se tornou realidade.

"Wladimir passou a vida sendo perseguido, ludibriado, escorraçado e negado. Foi assim em sua tribo, foi dessa forma com seus parentes de sangue, foi assim com as igrejas e com as pessoas que ele amou um dia. Meu antepassado aprendeu a extrair a felicidade da solidão, alegria da agonia, Lester descobriu como transformar sofrimento em arte, castigos em aplausos, desapontamentos em realizações. Custou muito caro... hoje sabemos que sim, mas tudo o que se perpetua na terra possui sua própria cota de tragédias."

Lester se calou por um momento e olhou para Lucrécia. Ela estava conectada a ele, compactuando com o que ouvia, ele podia sentir. Mesmo as pessoas poderosas sentadas em cadeiras de estofamento perfeito, enfiadas em ternos e vestidos perfeitos, se conectavam com o custo horrendo do sucesso.

— Quando recebi a missão de promover as obras perdidas de Wladimir Lester, não soube exatamente o que encontraria, mas calculei que um artista desse porte tivesse produzido bastante. Pelo que me consta, foram anos de curadoria, negociação e garimpo, e o resultado vocês podem ver essa noite, nessa galeria. Mais do que *ver* esses quadros e esculturas, eu quero acreditar que a partir de hoje eles recebam um novo valor, e o reconhecimento pela coragem, ousadia e qualidade técnica de seu artista criador. Quem sabe dessa forma, esteja Wladimir onde estiver, ele alcance a paz e o reconhecimento que ele nunca pôde experimentar em vida.

Lester efetuou outra pequena pausa na oratória, para que as pessoas pensassem a respeito. Elas pareceram fazer isso e aplaudiram.

— Agradeço pelo tempo de vocês, por terem deixado seus lares e negócios para nos visitarem e ouvirem as minhas palavras. Agradeço antecipadamente pelas recomendações futuras sobre essa exposição.

Mais palmas, sorrisos discretos de Lester, Lucrécia se adiantando no microfone, surpresa pela capacidade oratória daquele homem tão estranho.

— Se vocês quiserem perguntar alguma coisa para o nosso anfitrião, Gaspar ainda tem um tempinho conosco — ela decidiu aproveitar o desempenho.

Uma jovem ergueu a mão, estava na fileira de cadeiras reservada para os influenciadores digitais mais populares da região. O nome que a garota usava era Esther Night, e além da conta no Instagram com meio milhão de seguidores, ela tinha um canal maior (O Farol Negro) sobre ocultismo no Youtube.

— Como você falou, muitas obras de Wladimir Lester estavam perdidas, eu queria saber qual foi a parte mais complicada desse resgate.

Lester tomou algum tempo para si. Essa parte foi resolvida por Iago, mas ele também tinha um bom palpite.

— A parte mais complicada foi lutar contra o tempo. O tempo enche tudo de ausência e esquecimento. No caso de Wladimir Lester, além dos séculos de desprezo e negação do mercado convencional, nós tivemos que confrontar o preconceito contra o nosso povo, e contra *os temas* que o artista abordou. — A influencer concordou assentindo com a cabeça, tomando o mesmo problema para si. Não era fácil falar de horror e ocultismo em um país como o Brasil. Lester continuou.

— Some a esses desafios a supervalorização das obras e teremos colecionadores, entusiastas e pessoas comuns escondendo o material, esperando que ele alcance um valor de revenda maior. Esser foi o nível de dificuldade que enfrentamos.

A jovem ficou satisfeita, agradeceu e Iago levou o microfone para um sujeito bastante sério, que estava na última fileira de convidados.

— Boa noite, Gaspar. Bom, o talento de Wladimir Lester é inegável, mas a minha pergunta toma outra direção. No incêndio do antigo orfanato, algumas pessoas acusaram o menino, seu parente, de ter começado o fogo. O que o senhor tem a dizer sobre isso?

Lester se manteve seguro, inalterado.

— São leviandades. Desde que me conheço por gente, todo problema que acontece perto de um cigano, é atribuído ao cigano. Furtos, violências, discussões, azares dos mais variados tipos. Acusam nosso povo de roubar criancinhas há séculos, somos perseguidos há milênios. O que falam sobre o incêndio do orfanato católico nasceu de especulações e algumas páginas imprecisas dos jornais. E também de escritores supersticiosos, loucos, de pessoas que nunca tiveram credibilidade.

— Existe um documento formal acusando o menino.

— Claro que sim. A Santa Inquisição também tem centenas de documentos formais atestando que as mulheres que eles queimaram eram bruxas.

Motivadas por um riso discreto de Lester, as pessoas da audiência também riram. Lucrécia sorriu um pouco mais, notando que aquele cigano não era apenas um artista, mas alguém tão adaptável à natureza das coisas quanto ela própria.

— Mais perguntas? — Iago disse ao microfone.

Uma mulher de meia-idade, elegante em um vestido de decote generoso, foi a próxima a pedir o microfone. Usava uma boa quantidade de joias de ouro, Lester a reconheceu como uma cigana imediatamente.

— Sendo o senhor um cigano, um cigano calon, presumo, qual é a sua opinião sobre o levante evangélico do nosso povo? Como isso pode impactar nossa cultura no futuro? E eu também gostaria de saber até que ponto as acusações de Wladimir Lester estar envolvido com o demônio podem ser verdadeiras.

— Qual é o seu nome, irmã?

— Dardária.

— Dardária, você acabou de colocar os cristãos e o demônio em uma mesma fala. Eles fazem isso o tempo todo nas suas igrejas, mas não deixa de ser uma sugestão perigosa. — As pessoas sorriram, quase todas. — Eu vou tentar responder sem ser acusado de alguma coisa.

"Pelo que eu conheço da nossa gente, nós assimilamos parte da religiosidade local. Estamos no Brasil há muito tempo, então já fomos católicos, umbandistas, espíritas, e agora somos evangélicos, isso não me incomoda em nada. O maior problema de algumas religiões é a conversão forçada da população, sua aniquilação cultural, e, se não for o caso, cada um segue com suas escolhas. Sobre a cultura, acho que também depende de nós, como povo, passarmos nossas tradições para os mais jovens, não podemos esperar que um gajon faça isso por nós."

— Mas por que uma religião tão castradora quanto essa? — a mulher insistiu.

— Posso? — Lucrécia se adiantou. Lester ficou feliz em acatar.

— Bem, infelizmente não sou cigana, mas entendo um pouquinho de fé, religião... e de problemas. — Ela sorriu discretamente. — Sou Lucrécia Trindade, a administradora e representante de alguns investidores dessa mostra. Sobre a sua pergunta, acredito que esse *levante evangélico*, como você colocou, reflita o desespero profundo da nossa população. As religiões sempre cresceram em momentos de desamparo e sofrimento, e estamos experimentando dificuldades há algumas décadas, sobretudo no Brasil. Hoje em dia, a luz no fim do túnel se apagou para muita gente. As igrejas evangélicas são acima de tudo uma organização para a recuperação social. Até onde pude saber, os ciganos calon são uma das minorias menos favorecidas e menos reconhecidas do país, então é um movimento natural que se sintam acolhidos por igrejas mais populares.

Lester não precisou pedir o microfone de volta, Lucrécia o entregou assim que terminou de falar.

— E sobre o pacto de Wladimir Lester com o Diabo? — A mesma mulher cigana foi mais direta.

— Se o pacto aconteceu, Wladimir não foi o primeiro e nem será o último — Lester disse em tom amigável, quase divertido. — Mas não vou fugir da sua pergunta.

Por um momento, Lucrécia e Iago se entreolharam, perdendo o compasso da respiração quase simultaneamente.

— Wladimir Lester sempre conviveu com o místico e o obscuro, isso é um fato. Nos dias em que ele foi uma criança nessa terra, o Diabo e Deus dividiam o tabuleiro de igual para igual, e dependendo do que você dissesse e fizesse, seria classificado como um soldado de um dos lados. A obra de Lester fala por si mesma, fala sobre uma etnia que, gostemos ou não, foi creditada ao que os gajons chamam de inimigo. Mesmo entre os não ciganos, não existe artista que flerte com o horror e não receba o carimbo acusatório de Satã.

Um homem ergueu a mão direita assim que Lester terminou sua explicação. Tinha cerca de quarenta anos, bom porte físico, algum cansaço no rosto e a barba por fazer. Diferente das pessoas presentes naquela noite, o terno que usava não era grande coisa, e estava surrado pelo uso.

— Boa noite, Gaspar, meu nome é Cláudio Frazão. Além de um apreciador de artes, eu também sou investigador de polícia.

— Espero não ter cometido nenhum crime — Lester abusou um pouco da malemolência.

— Ainda não — Frazão respondeu com secura. Depois fez sua pergunta: — Por alguma razão não compreendida totalmente, algumas obras de Wladimir Lester estão envolvidas com atos criminosos. Assassinatos, espancamentos, latrocínios, temos documentados inclusive sequestros de bens e de pessoas relacionados a dois quadros. Entre 2010 e 2015, tivemos o pior assassino que essa cidade conheceu, o Açougueiro, creditado por outra parenta sua, Sofia Lester, como um castigo da Ciganinha. Além desses casos, tenho descrito pelo menos cinco boletins de ocorrência que citam trabalhos de Lester como peças fundamentais de tragédias pessoais. Um dos quadros dele, chamado *Desgraça*, tem sido acusado de trazer boa sorte quando está coberto, e aniquilação de quem se arrisque a dar uma olhada. Inclusive temos uma ligação indireta com um assassinato relacionado a esse quadro, Liza Samael D'Noir, esposa do também assassinado Nôa D'Noir, que aliás era um especialista em Wladimir Lester.

— Isso parece uma acusação, moço — disse Lester. O homem se manteve calado e com o microfone, esperando algo mais completo.

Lucrécia fez menção de assumir essa parte, Lester sinalizou que deixasse com ele.

— Essa mulher, Sofia, ela não pode falar por todos os Lester, é uma leviandade e uma irresponsabilidade acreditar em uma única pessoa. Sobre a Ciganinha, o senhor mesmo deve ter passado pela estátua. Se ela supostamente faz milagres, bem... todos podem tentar fazer um pedido na saída. — Lester arrancou alguns sorrisos. — Claro que eu tenho conhecimento de algumas dessas acusações, mas todas elas, sem exceção, não passam de crendices passadas de uma geração para a outra. Em algumas cidades onde viveu, Lester recebeu a fama de santo popular, em outras, recebeu a fama de demoníaco. Chegam a dizer que ele nunca envelheceu, que escapou vivo do incêndio do orfanato e que ele continua escondido nos porões de alguma igreja. São as pessoas, entende? Pessoas, investigador, são elas que criminalizam ou beatificam um artista com o alcance popular de Wladimir Lester. Além do mais, se ele está morto, a possibilidade de prendê-lo é bastante remota.

— Mais uma coisa — o investigador voltou a falar. — Como expliquei, sou um entusiasta das obras e da vida de Wladimir. Fiquei surpreso quando vi seu sobrenome nessa exposição. Onde o senhor esteve esse tempo todo?

— Trabalhando, investigador, eu estive trabalhando incansavelmente para que essa noite se tornasse possível.

Os homens se encararam à distância e Lucrécia se adiantou com um terceiro microfone, antes que tudo se tornasse um problema incontornável. O investigador ainda tentou falar, mas seu microfone estava desconectado.

— Infelizmente chegou a hora de nos despedirmos, pessoal. — Lucrécia conduziu o final da coletiva — Foi ótimo receber todos vocês nessa noite maravilhosa, mas precisamos encerrar essa parte do evento. Nosso amigo Gaspar Lester tem uma palestra em Gerônimo Valente amanhã bem cedo, e na parte da tarde ele segue até Cordeiros. Muito obrigado pela presença de todos. E esperamos que vocês sejam generosos nas entrevistas, hã? — ela sugeriu. — A arte de Wladimir Lester precisa de apoio para continuar viva, contamos com vocês.

Iago puxou as palmas e os aplausos o seguiram. Lester acabou cercado por algumas pessoas que ainda queriam cumprimentá-lo.

— Fomos bem? — Iago perguntou a Lucrécia.

— Muito — ela respondeu.

O telefone de Iago tocou em seguida. Lucrécia sinalizou que ele verificasse.

— É o Zênite, melhor eu atender — ele explicou.

Em segundos, algumas rugas apareceram no rosto de Iago, a mão direita começou a massagear o pescoço, as palavras ficaram breves e curtas, resumidas a expressões de concordância. Ele desligou o aparelho.

— Problemas? — perguntou Lucrécia.

— O Zênite levou um tiro, alguém abriu fogo contra a igreja. Além dele, quatro pessoas foram baleadas. Um homem está em estado grave.

— Puta merda.

— Aconteceu faz uns quinze minutos, Zênite estava ocupado com os policiais, só conseguiu me telefonar agora.

— Imprensa?

— Internet, TV, rádio. Nossa igreja virou assunto.

Lucrécia levou três segundos para reagir.

— Pede pro Zênite não falar com mais ninguém. Se a polícia for atrás dele, encaminhe pro nosso advogado. Ele tem o número do Dimas?

Iago fez que sim com a cabeça.

— Eu espero você e o Zênite no Vagão em duas horas.

— E o Lester?

— O cigano vai comigo.

5
Atacados

I

Lucrécia precisou de quinze minutos para tirar Lester da exposição. As pessoas queriam tocar em "Gaspar", falar com ele, estabelecer algum laço físico com o descendente direto de Wladimir Lester.

Com o risco de o atirador eleger novos alvos, os dois deixaram o prédio pelos fundos, tomando um atalho pela área do buffet. De lá, direto para o carro contratado que os levou até o Vagão do Turco.

— Que lugar é esse? — perguntou Lester. Se a opção era se proteger de novos tiros, escolher aquele bairro beirava a estupidez.

— Uma lanchonete. Eu trabalhei aqui.

— Gerente?

Lucrécia riu.

— Sim, eu gerenciava a merda de dois banheiros e a gordura da cozinha. Algumas vezes gerenciava os tarados também. — Ela deixou que Lester entrasse primeiro e passou pela porta em seguida. Sinalizou algo para o rapaz do balcão (o sinal era parecido com um ok, mas riscava o ar da esquerda para a direita). O garçom deixou sua área, apanhou uma cadeira que estava no salão e seguiu até a porta. Trancou a porta e se sentou à frente dela.

— Eu dei um jeito nesse lugar, antes era bem pior.

Ela olhou ao redor, para tudo o que conhecia tão bem e pareceu relaxar um pouco.

— Continuo vindo aqui para me lembrar de onde eu vim, e para onde eu posso voltar. E também porque existe um atalho para o entra e sai do Inferno, fica no banheiro masculino. Lúcio sempre gostou de fazer reuniões nessas mesas, eu acabei pegando o hábito.

Lucrécia parou de falar quando notou alguma agitação à porta. Era Iago do lado de fora, ele e Zênite, que usava uma tipoia no braço esquerdo. Iago entrou na frente e seguiu na direção de Lucrécia, Zênite tentava caminhar na mesma velocidade. Assim que eles passaram, o rapaz fechou a porta de vez e apagou a luz externa da fachada, voltou para o trabalho no balcão.

— Pela cara dos dois, vocês precisam de uma bebida — Lucrécia disse. — Uísque?

— Bourbon — Zênite escolheu.

— Quatro Jack Daniel's, Danilo — Lucrécia pediu. No momento seguinte se apresentou à Zênite. — Lucrécia Trindade.

— Zênite — ele apertou a mão de Lucrécia. Era uma mulher decidida, o aperto e todo o resto dela diziam a mesma coisa.

As bebidas chegaram enquanto Lester se apresentava a Zênite. O religioso preferiu não alongar o assunto, mas sabia quem era e o que representava aquele cigano. Pela primeira vez em muito tempo, sentia-se intimidado pelo poder de outro, de outros.

— Vim assim que li sua mensagem — uma voz grossa, gutural, surpreendeu os homens, mas não a Lucrécia.

— Eficiente como sempre. Esse é o Zênite, Aim, o homem à frente da Estrela Eterna. — Zênite estendeu a mão e ela ficou no ar.

Uma igreja era uma igreja. Fosse ela dedicada a Deus, a um alienígena ou a Satã, Aim as detestava da mesma forma. Zênite não demonstrou estar ofendido com a rejeição.

Acalmando os ânimos, o barman trouxe mais um copo para Aim e o serviu com Bourbon. Todos beberam, Lucrécia conduziu a conversa.

— O que aconteceu naquela igreja?

— Um maluco de merda, foi isso que aconteceu. O desgraçado saiu de trás de uma das colunas e começou a meter bala. Foi uma correria danada, gente gritando, se empurrando, pisando em cima de quem caía... podia ter sido uma desgraça muito maior.

— E o seu braço?

— A bala entrou e saiu.

Lucrécia deu mais um gole no Jack Daniel's.

— Conseguimos uma identificação?

— O desgraçado estava de máscara, daquelas toda fechada, estilo balaclava.

— Verificaram as gravações? — perguntou Aim.

— Ele deve ter trocado de roupa — Iago disse. — Na gravação, o atirador usa jeans e uma camiseta preta, toda lisa. Ninguém com essas roupas aparece em outro momento.

— E o que a polícia disse? — Lucrécia perguntou a Zênite.

Zênite riu com deboche.

— Um dos investigadores falou em fanáticos religiosos, fez questão de dizer que a consequência de trabalhar para o Diabo é atrair a fúria das pessoas de bem.

— Pessoas de bem que entram em igrejas para atirar em outras pessoas... — Iago disse.

— Os malucos estão em todo lugar — Lucrécia ponderou. — O que me deixa preocupada é outra coisa. Foi um crime premeditado; maluco ou não, aquele homem montou uma estratégia e conseguiu entrar em uma igreja cheia, atirar em seu líder e sair sem ser reconhecido. Com tudo isso na mesa, acredito que o seu colega investigador possa ter algum crédito, Zênite. Eu consigo imaginar uma igreja *cristã*, desculpe o termo, Aim, patrocinando esse tipo de ataque. E precisamos levar em conta uma possível ajuda do andar de cima.

Seguindo o movimento de Lucrécia, Aim ergueu o pescoço, olhou para o teto do Vagão.

— Depois de tanto tempo? Não é assim que eles agem — disse.

Lucrécia deu mais um gole no uísque.

— O chefe já sabe? — ela perguntou.

— Lúcio não me pareceu surpreso — Aim disse —, mas não gostou nada. Pediu para eu dar mais uma dura nos policiais que estão na nossa folha. Ele acha que pode não ser um evento isolado, mas o começo de um ataque muito maior.

— E o que eu faço agora? — Zênite disse. — Eu não posso voltar pra igreja depois do que aconteceu.

Lucrécia avaliou seus modos, seu comportamento, o cheiro azedo que ele exalava. Não confiava em homens, mas aquele em especial a incomodava mais que todo o resto.

— O que você teme? — perguntou Aim.

— O que você acha? Dá uma olhada na porra do meu braço.

Por um momento, algo fulguroso ganhou os olhos de Aim.

— O Inferno detesta traidores, mas temos um ranço especial pelos covardes.

— Senhores — Iago interpelou a discussão —, nós estamos do mesmo lado.

Zênite baixou a cabeça, Aim continuou como estava.

— Você continua na igreja, Zênite — Lucrécia determinou. — Vamos aumentar a segurança, colocar gente à paisana e torcer pra esse filho da puta tentar de novo. Vou acionar o Cantão pra fazer uma varredura na nossa rede interna, descobrir se alguém está se vangloriando pelo ataque. Enquanto isso, preciso de alguém para falar com a imprensa.

— Eu mesmo falo — Zênite disse.

— Não sei se é uma boa ideia — Iago pensou em voz alta.

— É boa ideia, sim — Lucrécia decidiu. — É muito mais fácil convencer alguém usando uma vítima. Mantenha o foco em como a nossa igreja está ajudando as pessoas e que todos foram surpreendidos por esse maníaco. E não diga no jornal que somos uma igreja de Satã, por gentileza.

— Mas isso não é óbvio? — perguntou Zênite.

Lucrécia sorriu debilmente.

— Quase todas as igrejas desse país prestam algum tipo de serviço pro Diabo, mas ninguém diz o nome dele na frente das câmeras. Diga Criador, Chama Inicial, Pai, Estrela Maior, Arquiteto, Engenheiro... fale qualquer outra coisa que os mantenha anestesiados. Se jogarmos do jeito certo, vamos abrir uma rede de filiais da Estrela Eterna mais cedo do que planejamos.

— E a galeria? — Lester perguntou. — Meus quadros estão seguros? E a minha Ciganinha?

— Eles vão estar — Aim se prontificou. Lester insistiu com Zênite.

— A Ciganinha está com você? Está segura?

Zênite fez algum movimento para responder, mas Lucrécia calculou que não era um bom momento.

— Parece que estamos resolvidos. — Ela se levantou. — Se todos concordam, vamos colocar esse atentado a nosso favor. Lester, você vem comigo, vamos dormir em um hotel diferente essa noite. Se o atirador sabe que a igreja existe, ele não vai demorar para ligar a Estrela a você.

— Para onde vocês vão? — Zênite insistiu. — A gente não deveria ficar junto? E se eu for atacado de novo?

— Se você for atacado, o resto de nós vai ter uma chance. Digo o mesmo se acontecer o contrário.

II

Lucrécia e Wladimir mantiveram o silêncio nos primeiros quilômetros, introspectivos, pensando em seus próprios problemas. Apesar de cansados com a agitação do dia, sentiam uma energia extra. Não era uma sensação positiva, mas um estado alterado de tensão. Talvez por isso Lucrécia tenha sugerido assim que desceram do carro:

— Esse hotel tem um bar bem legal. Bebe uma saideira comigo, cigano?

— Acho que sim — ele disse, um pouco inseguro. — Lester nunca foi bom em beber demais.

Lucrécia tomou a frente e tratou com o atendente sobre as reservas dos quartos. Lester aproveitou para apreciar a recepção do Três Rios Plaza Hotel. Ele sequer imaginava que Três Rios pudesse ter um hotel como aquele. Só o lustre e a mobília do hall valiam mais dinheiro do que ele viu em mais de trezentos anos.

— Vamos? — ela disse quando terminou. Lester a seguiu até o primeiro andar, onde ficava o bar e também uma sala de conferências.

Era um bar mais que decente na opinião de Lester, assim como tudo o que via no Plaza. Os dois se sentaram ao balcão, o atendente os cumprimentou e esperou que eles se acomodassem antes de abordá-los mais diretamente.

— Parece que somos só nos dois — Lester falou, um pouco surpreso.

— Vai continuar assim. Pedi pra fecharem pra gente.

Mais surpresa no rosto de Lester.

— Eu nunca duvidei da existência do Inferno, mas não imaginei que vocês fossem tão ricos.

— Dois uísques? — ela sugeriu a ele.

— Acho que vou tomar um gim.

— Dois gins, nesse caso — ela pediu ao rapaz que atendia o bar. Ele era tão bonito que vê-lo atrás do balcão chegava a ser desperdício. Os copos chegaram depressa. Depois de servi-los, o rapaz atendeu um telefone do bar e caminhou até a entrada, para fechar a porta.

— Um brinde à sua grande noite, cigano. Que seja a primeira de muitas.

Lester ergueu seu copo e deu um gole generoso na bebida. Assim como o rum e a vodca, o gim tinha um gosto conhecido, de passado, de família.

— Gaspar agradece. — Lester brindou com certo azedume. — Foi uma longa caminhada até conseguir algum reconhecimento.

— Satisfeito?

— Por enquanto.

Voltaram aos copos novamente. O garçom já estava de volta para servir o tira-gosto, uma seleção de queijos.

— O que aconteceu com a sua perna? — Como estava irritado em falar de Gaspar em vez de falar de si mesmo, Lester direcionou o assunto para onde não se ofendia, mas possivelmente ofenderia a outra.

— Lúcifer aconteceu. Quando nos conhecemos, eu tive uma péssima impressão dele. Eu podia ser uma coitada, mas tinha aprendido a resistir a quem tentava mandar em mim. Acabamos discutindo e o Lú fez o osso da minha perna saltar para fora.

— Ele deve gostar de você — Lester disse. — Ele já fez coisas bem piores.

— Ouvi dizer que sim. Eu ainda manco um pouco, detesto escadas, mas hoje em dia ando de cabeça erguida. Tudo que sobrou daquela garçonete imbecil foi uma ferida na perna. E já que estamos sendo francos aqui, o que aconteceu naquele orfanato? Eu ouvi de outras fontes, mas quero ouvir de você.

O rosto do cigano ficou mais pesado, a respiração encurtou. A coluna ficou mais reta.

— Algum arrependimento? — ela incrementou.

— Minha vida toda é um arrependimento, dona.

— Se não quiser me contar, eu entendo, mas não precisa ficar na defensiva desse jeito.

— E existe outra posição para um cigano?

Lucrécia apanhou mais um queijo, deu outro gole na bebida. Manter a boca ocupada continuava sendo uma ótima maneira de não causar uma guerra. Lester respeitou o silêncio e também depôs suas armas.

— Minha gente me deixou com os católicos. Para uma criança cigana daqueles anos, o abandono significava a morte. Foi isso que meu povo fez comigo, eles me mataram em vida, me esqueceram. Por dentro eu tinha velhice, mas do lado de fora eu era um menino de doze anos. Não sei se esse foi um dos motivos, mas as outras crianças me detestaram assim que eu cheguei. Ganhei apelidos, fui provocado, eles me perseguiam dia e noite.

— Não é privilégio seu ser perseguido. Pelo que eu conheço da vida, é uma questão de tempo até nos tornarmos o alvo de alguém. Pretos e brancos, homens e mulheres, ricos e pobres. Nesse planeta, todo mundo escolhe alguém pra chamar de inimigo.

— Sim, e os ciganos ainda são o alvo preferido de muita gente. Fui para aquele orfanato antes da virada do século, antigamente era um pouco pior. Nas primeiras semanas, consegui sobreviver porque o padre, Dom Giordano, descobriu que podia ganhar dinheiro com meus quadros. Depois tudo ficou pior de novo.

— O incêndio?

— O fogo foi a explosão do meu ódio, do meu inconformismo. Eu tinha acabado de ser abandonado pela minha família, então vou para um lugar onde querem arrancar a minha pele. Quando eu faço meus quadros nesse estado, quando eu me entrego para a raiva, é como se o Inferno tomasse conta de mim. Foi assim que o fogo começou. Por dentro.

Lucrécia esperou que ele desse mais um gole na bebida antes de continuar.

— Você ainda pensa neles? Nas pessoas que morreram?

Lester deixou os olhos se perderem nas luzes do expositor de bebidas. Todas aquelas garrafas coloridas, os espelhos; o conjunto tinha a mesmo brilho de uma fogueira.

— Quando eu penso nos imbecis que me perseguiam, eu ainda sinto a mesma raiva, eles mereceram sofrer o que sofreram, o que ainda sofrem. Vão dizer que eram crianças, que não sabiam o que estavam fazendo, mas eu digo que você não deve deixar o mato se tornar uma floresta. Eles eram ruins, a natureza deles era má. Os que não eram naturalmente maus, eram frágeis, meninos sem decisão. Eu talvez me arrependa pelo padre, pela freira Suzana e pela menina Ágata, mas eu me absolvi do resto faz muito tempo.

— Não é curioso que agora você seja o mal? Que nós, eu e você, as vítimas de ontem, sejamos o mal de hoje?

— O mal é tudo o que nos contraria, gajin. No fundo não passa disso.

III

Naquela mesma noite, Iago sentiu o peso do estresse se acumular em seus ossos. As costas doíam, o ciático encurtava, até as plantas dos pés começavam a empreender uma fascite. Quando ele saltou do carro depois de entrar na garagem, seus únicos desejos eram mais um copo de bebida, algo boçal na TV e uma noite bem dormida. Gratificações que ele não teria. O que Iago encontrou assim que abriu a porta foi o rosto irritado de Cíntia.

— Achei que você já tinha dormido.

— E eu achei que essa bosta de celular servisse pra alguma coisa.

Iago o sacou do bolso. Estava no silencioso, é claro. *Ela* estava. Desde que Cíntia começou a ficar irritada com tudo e com todos, Iago mantinha suas notificações no mudo em todos os apps do iPhone.

— O que foi dessa vez? — Ele passou por ela e deixou a chave do carro sobre o aparador da sala. Tomou a direção da cozinha para apanhar sua bebida. Cíntia foi atrás.

— Não é *dessa vez*, não é assim que falamos um com o outro nessa casa.

Ele desistiu de abrir o armário das bebidas e virou de frente para ela.

— E como falamos nessa casa, Cíntia? Trocando acusações? Cobranças? Porque é só isso que eu escuto ultimamente.

— O que você queria? Ignorar os nossos problemas? Os problemas do nosso filho?

— O que ele aprontou agora?

— Seu filho machucou o Antony com um garfo. Não foi tão grave, mas o menino fez um escândalo. Eu tive que ficar ouvindo duas horas de merda dos pais dele.

— Você já falou com o terapeuta?

— Achei melhor falar com o pai dele primeiro. Não está funcionando, Iago. O Jonas está esquisito e está ficando cada vez pior. Eu posso encarar tudo como um ato de rebeldia, raiva acumulada, até algum problema neurológico, mas eu não posso negar as coisas que eu mesma vejo, que eu mesma sinto.

— O monstro da cortina... — Iago a ridicularizou.

— Nosso filho está diferente, maldoso, ele às vezes ri como um homem de noventa anos. O Jonas não parou de trazer animais mortos pra casa, ele só mudou de lugar. Agora nosso filho está usando a última gaveta do guarda-roupas como cemitério.

— E o que você quer que eu faça? O que o terapeuta, os professores ou você mesma já não fizeram?

— Você podia ser o pai dele.

— Eu salvei a vida do Jonas, caralho. Isso não vale nada?

— Sério? *Você* salvou?

Iago engoliu em seco.

— O hospital, os médicos, a porra de um milagre. Você sabe o que eu quis dizer, eu estava lá.

Houve um silêncio depois da explicação. Os dois se encaravam, mas as bocas não de mexiam.

— Como está o Antony? Machucou muito?

— Não. Furou a pele, mas não foi fundo. O problema é que mesmo depois do ataque, o Jonas tentou enfrentar a professora e um dos inspetores com o mesmo garfo. Tem alguma coisa errada com ele, Iago, alguma coisa... que nós não conseguimos enfrentar.

— Fantasmas... — Ele voltou a provocar. Era uma maneira de ser deixado em paz, Cíntia sempre se afastava quando a conversa caminhava para essa ridicularização. Mas não dessa vez.

— Eu vi de novo, sim. A coisa continua no quarto dele.

— Nas cortinas? — perguntou com seriedade dessa vez.

— Foi na hora do almoço, você já tinha saído e eu fui apressar o Jonas, pra ele não chegar atrasado na escola. Jonas estava sentado na cama, jogando no tablet em vez de se trocar. O sol contornava um... demônio, Iago, é isso que ele é. Tem espinhos e um rabo. Ele fazia uma coisa com as mãos, como se enfeitiçasse o Jonas. Eu não sonhei, eu não pensei, eu vi, por alguns segundos eu vi.

— Cíntia, vamos colocar tudo isso como o que você acredita ser. O que nós podemos fazer?

— Sair dessa casa. Sumir dessa cidade. Salvar a nossa família. Quanto tempo faz que você e o Jonas não passam algum tempo juntos? Que nós três não nos divertimos juntos?

Iago não aguentou mais e apanhou a garrafa de uísque. Serviu-se de uma dose tripla e desceu metade do copo no primeiro gole.

— Você não vai dizer nada? — Cíntia o pressionou.

— Eu não vou sair dessa casa, muito menos dessa cidade. As coisas finalmente estão dando certo para mim, e eu não vou parar até chegar onde eu preciso. Amanhã eu falo com o terapeuta e com o pessoal da escola, eu dou jeito.

Era a vez de Cíntia puxar a terceira emenda do cinismo.

— Claro que você vai dar um jeito. O pai herói, o maestro. O senhor ausência.

— Essa conversa acabou, Cíntia. Eu preciso acordar cedo amanhã.

— Nós precisamos de ajuda, Iago. Nosso filho continua doente e eu não sei mais o que fazer. Se você não ajudar a nossa família, eu mesma vou fazer isso. E vou fazer do meu jeito.

— Está ameaçando me deixar, Cíntia?

— Não, Iago. Estou informando uma decisão.

IV

A conversa com o terapeuta precisou ficar para depois, porque na manhã seguinte, assim que o sol radioativo de Três Rios começou a incomodar os vivos, o celular de Iago trouxe uma mensagem de Lucrécia. *O Inferno nunca descansa*, ela costumava dizer, e a mensagem matutina presenteava Iago com o número de um contato da TV Rio Verde, e uma orientação de agendamento da entrevista com Zênite para o mesmo dia, durante o culto noturno. A parte mais trabalhosa, como sempre, caberia a Iago, que deveria se reunir com Zênite e escalar alguns casos *milagrosos* da Estrela para colocar na frente das câmeras. Cíntia tentou falar com Iago antes que ele saísse, Iago disse que ela fizesse o que bem entendesse, desde que não colocasse Jonas em um risco maior do que ele já estava.

Iago repassou toda a alegria que sentia adiante e tirou Zênite da cama por volta das oito da manhã. Como Zênite estava vitimado por uma nova ressaca apocalíptica, o jeito foi pagar um café da manhã em uma padaria, a Pão de Ló, mais conhecida em Três Rios como a padaria do Giovannelli.

— Puta merda, que dor de cabeça — Zênite disse mais uma vez, ao experimentar o café forte, sem açúcar, que ele mesmo pediu para a mocinha do atendimento.

— Algum motivo específico pra se enfiar em uma garrafa?

— Alguém tentou me matar...

Iago manteve os olhos nele. Zênite mudou um pouco a versão dos fatos.

— Duas irmãs lá da igreja... elas são irmãs mesmo, gêmeas. Não são iguais, mas são gêmeas, uma loira e uma morena. Nós três trepamos até as cinco da manhã... Eu nunca vi duas mulheres fazendo o que elas fizeram comigo, com elas mesmas. Acho que resolveram me recompensar pelo tiro.

— Precisa maneirar, Zênite, estamos caminhando sobre o fogo.

— E algum dia não estivemos? — Zênite riu e deu mais um gole no café. Fez outra careta. — Mas me diga, velho amigo, por que eu precisei interromper meu sono da beleza e sentar minha bunda magra nessa padaria tão cedo?

Iago deu um gole em seu café com leite. Saiu de casa em jejum para evitar uma gastrite com a assinatura da esposa.

— Lucrécia quer alguns fiéis para dar testemunho na frente das câmeras.

— Disso eu já sabia.

— Ela quer pra hoje.

O líder da Estrela Eterna deu mais um gole no café. Fez uma careta ainda pior. Os olhos vermelhos lacrimejaram.

— Aquela mulher é uma demônia, Iago. Quando ela me pediu pra catalogar esse povo da Ciganinha, pra anotar os milagres, eu não entendi nada, agora entendo. Como essa filha da mãe sabia o que iria acontecer?

— Eu não acho que ela sabia do atentado, mas a parte dos testemunhos já estava nos planos. Lucrécia é uma mestra na antecipação.

— Não só nisso. Ela conhece as pessoas, Iago, conhece profundamente. Basta olhar nos olhos da mulher e você se sente pelado, ela consegue enxergar a gente por dentro. Puta merda, o que eu não daria pra dar uma pistolada nela.

Iago olhou ao redor. Teria começado a rir, mas o Inferno tinha ouvidos em muitos lugares. Percebendo o incômodo, Zênite voltou ao ponto principal da conversa.

— De quantas pessoas estamos falando?

— Pelo menos dez fiéis. Lucrécia quer cinco, mas conhecendo as pessoas, precisamos contar que alguém não apareça.

Zênite riu e sacudiu a cabeça.

— Você nunca foi bom em conhecer as pessoas, adorado. Pessoas são como insetos, você acende uma luz e elas se batem até morrer. Pode apostar, além dos nossos fazerem fila, vai ter gente se estapeando pra pegar o microfone. Isso também me preocupa um pouco. Com um novo tumulto, vai ficar ainda mais fácil eu levar outro tiro.

— Faremos a declaração essa noite por esse motivo. Seu fã não vai reaparecer um dia depois de atirar nas pessoas. Ele sabe que vai ter gente nossa de olho, polícia... Ele pode ser maluco, mas não deve ser idiota.

— Você não conhece essa gente. A obstinação e a falta de noção desses doentes são mais ofensivas que as atrocidades deles. Estamos em perigo, Iago. Eu estou em perigo.

— Confia em mim, Zênite. Se eu estiver errado, o Aim vai cuidar da segurança.

— O cara preto do Inferno? Aquele filho da puta nem pegou na minha mão...

Metade da padaria era composta por pessoas negras, então Iago precisou conferir se Zênite não tinha provocado uma nova agressão com sua pergunta.

— Se ele e Lucrécia dizem que é seguro, então é seguro.

Iago deu um último gole em seu café. Dessa vez não fez careta.

— Eu não queria falar nada... — Zênite reavivou a conversa —, mas preciso perguntar. Estou com a cara toda amarrotada porque tomei até óleo diesel na noite de ontem, mas você está mesmo acabado, meu filho.

Iago olhou bem para aquela criatura cheia de ressaca. Zênite tinha seus defeitos, e isso era mais defeitos que uma pessoa degenerada conseguiria ter, mas assim como Lucrécia, ele tinha jeito com as pessoas. E Iago precisava falar com alguém que não fosse um profissional médico capacitado a classificá-lo como esquizofrênico ou histérico.

— É o Jonas, o meu filho.

— Está doente de novo?

— Não fisicamente. Mas ele está... estranho. A Cíntia ameaçou sair de casa e levar o menino com ela.

— O problema é a casa, seu casamento ou o menino?

— O problema é não saber a resposta. — Iago precisou respirar mais fundo antes de continuar. — O moleque começou a ficar violento do nada. O primeiro alvo foi a mãe dele, depois o Jonas bateu em dois amigos da escola e xingou uma professora. E agora a Cíntia está convencida que temos um demônio morando lá em casa.

— Além de você? — Zênite sorriu. Sabia que um pouco de humor lubrificaria a conversa.

— Esse é mais assustador. — Iago moveu a xícara vazia levemente sobre a mesa.

— Chegou a falar com a sua amiga?

— Lucrécia? Achei melhor não correr riscos. Fiz meu acordo quando o Jonas estava desenganado. Salvei a vida dele sem perguntar as consequências. Eu tenho medo de fazer algum tipo de pressão e perder o meu filho para sempre.

Zênite olhou para a rua além da janela. Havia tanto que ninguém imaginava. Coisas terríveis que ninguém imaginava.

— Até que ponto você consegue ouvir, Iago?

— Se me disser a verdade, eu aguento o que vier.

Zênite se endireitou na cadeira, deu outro gole no café, continuou olhando para o lado de fora da padaria, para as pessoas incautas que não poderiam calcular o quão presente o Inferno estava em suas vidas.

— De uma forma ou de outra, o Inferno sempre se manifesta na vida dos seus abençoados. O seu filho está curado, mas ele tem um pouco de Lúcifer correndo nas veias.

— E o que isso significa?

— Que ele não é mais totalmente humano. Não quer dizer que o seu menino vá se transformar em um demônio com cascos e chifres, mas ele vai desenvolver certas... preferências. Todos nós estamos expostos a tentações, mas no caso de um abraçado pelo fogo, elas são maiores e mais irresistíveis.

— Você é um deles? — perguntou Iago.

Zênite assentiu.

— Descobri no leito de morte da minha mãe, eu tinha vinte e dois anos. Ela não podia ter filhos, já tinha removido um dos ovários por causa do câncer, o outro estava podre. Ela fez um pacto para que eu pudesse ser gerado.

— Eu não fazia ideia.

— Não importa. Metade dos que ouviram essa história preferiu ignorar. A minha mãe descobriu um milagreiro em Acácias, no boca a boca do lugar onde ela trabalhava. Ela marcou um encontro com esse homem em uma plantação de cana-de-açúcar, lá em Acácias mesmo. Ficou três dias e três noites no meio da plantação, jejuando, de joelhos nos pregos, esperando o milagreiro. Esse homem acabou sendo o meu pai.

— Você conheceu ele?

— Não. E a minha mãe só conheceu naquela noite. Ele plantou a semente e desapareceu.

Os dois mantiveram silêncio, pensando no que foi dito e ouvido.

Coube à Zênite quebrá-lo.

— Ele vai viver, Iago, seu filho vai viver. Mas se você quer saber se existe um jeito de tirar o Inferno dele, vai precisar pedir pra sua amiga, ou para o próprio Lúcifer.

Iago não disse nada, mas claramente não se sentia seguro com a sugestão.

— Você já o conheceu? — perguntou Zênite.

Novo silêncio de Iago.

— Tá na cara que não. Não que você saiba.

Zênite esperou uma nova reação de Iago, mais uma vez ela não veio.

— Cá entre nós — Iago disse —, algumas vezes eu me pego pensando se tudo isso não é fantasioso demais. Nos dias de hoje é um pouco irracional pensar em Deus, no Diabo, nessas coisas todas.

— O que você ainda precisa ver para acreditar, Molina? Quanto você ainda precisa sofrer para aceitar que somos operacionais? Teleguiados? Marionetes?

— Eu tenho um demônio morando na minha casa, Zênite?

— Não faço a menor ideia. Mas se o seu filho está tão próximo do Inferno, é provável que alguns amigos venham visitá-lo. Minha sugestão é que você não pressione demais a chefia. Nós servimos ao demônio, Molina, mas isso não significa que possamos confiar nele.

Iago deslizou lentamente o dedo indicador sobre a borda da xícara, talvez ele se sentisse da mesma forma, caminhando no meio-fio.

— O Jonas está vivo, essa sempre foi minha prioridade. Pronto para falar dos nossos candidatos? — Iago retirou o dedo indicador da xícara e reorientou a conversa.

Definitivamente não pediria novo socorro a Lúcifer, a menos que fosse impelido, ameaçado, que se tratasse de vida ou morte, como aconteceu naquele hospital maldito. O Diabo tinha muitas qualidades, mas um defeito horrível era sempre atacar quem o questionava.

— Vamos precisar de uns filtros, rapaz. Na Estrela Eterna colhemos dezenas de milagres todos os dias. Gente ficando rica, se curando de doenças, gente arrumando casamento e matando marido violento. Precisamos ser mais específicos.

— O que gera mais impacto? Dinheiro, cura... o que mais podemos explorar?

— Dinheiro e saúde todo mundo quer, mas tirar o filho das drogas, isso sempre coloca o povo pra agradecer de joelhos. E arranjar um emprego melhor, aumento de salário, esse tipo de coisa.

— Não dá na mesma que falar de dinheiro?

— Mais ou menos. Quando alguém pobre ganha dinheiro muito depressa, existe uma rejeição natural, porque todo mundo ouve desde pequeno que o dinheiro é uma coisa maldita, suja e que todo rico é filho da puta, esse tipo de besteira. Quando o sujeito entra pra igreja e arranja um emprego, mesmo um emprego beeem bosta, ele se sente o máximo com a merreca que recebe. Tenho o caso de um rapaz que ficou rico jogando no bicho, mas vamos botar um desses proletariados fodidos também. E podemos usar mulheres que não conseguem engravidar, como a minha mãe. Tenho três mulheres grávidas na igreja em menos de duas semanas.

— Certo, então temos dinheiro, emprego, gestações, livramento das drogas, cura... estamos esquecendo alguma coisa?

— Recuperar alguém do crime — Zênite sugeriu —, isso sempre gera notícia. Ah, mais uma coisa: você prefere focar nos ricos que ficaram mais ricos ou nos pobres que saíram da miséria?

— Nos pobres que ficaram ricos. Você consegue agendar com essas pessoas ainda hoje?

— Acho que sim. Eles vão se sentir homenageados, não vai ser difícil. — Zênite engulhou assim que terminou de falar. — Desculpa. Meu estômago ainda está querendo virar do avesso.

V

Como Lucrécia pressupôs, o que ficou na cabeça de quem assistiu às primeiras notícias na TV não foram os tiros e as pessoas feridas, mas os supostos milagres que aconteciam dentro da igreja.

Naquela noite, havia muitos rostos novos na Estrela Eterna. Além dos bancos lotados, pessoas se distribuíam de pé por toda a igreja. Tal lotação poderia ser creditada, em boa parte, à equipe de filmagem chefiada por Melissa Leyla, principal âncora jornalística da emissora Rio Verde, que decidiu gravar, antes da entrevista, algumas tomadas dentro da igreja — o que também aflorou bastante a nada modesta vaidade de Zênite Argentum. Nos momentos finais do culto, ele já havia trocado de roupa três vezes, e em cada uma delas despejou uma quantidade razoável de cocaína nas narinas. Agora, enquanto se preparava para colocar sua seleção de contemplados para falar, mordia o lábio inferior e secava a testa com um lencinho. Os olhos pareciam dois ovos estalados.

Notando que o homem estava praticamente o palhaço Bozo em seus anos de glória, Iago foi falar com ele.

— Melhor dar uma acalmada, Zênite, aparecer transtornado no jornal não vai ajudar a gente.

— D. te abençoe, meu filho. — Zênite sorriu e fez o sinal da cruz invertida em frente a ele. Iago sacudiu a cabeça, era como lidar com uma criança.

— Podemos começar antes que você tenha uma overdose?

— Estamos atrasados, filho? — O religioso fez uma gracinha, colocando as duas mãos no coração. — Por favor, relaxa um pouco, Iago. Você está me deixando nervoso.

Iago tornou a sacudir a cabeça.

Voltaram ao protocolo com a aproximação da repórter. Melissa Leyla se apresentou, explicou resumidamente para onde Zênite deveria olhar (para *ela* apenas quando ela estivesse falando, no resto do tempo deveria olhar para a câmera) e esperou que as assistentes da igreja organizassem a fila. Os projetores de luz se acenderam em poucos minutos. Melissa Leyla fez a contagem e abriu a reportagem.

— Boa noite. Desde a sua fundação, Três Rios tem sido o lar de diferentes crenças e religiões. Povo de fé, o trirriense já nasce sabendo que há muito mais entre o céu e a terra do que os nossos olhos podem ver, e um pouco mais aqui, em Três Rios. Na noite de hoje, vamos conversar um pouquinho com Zênite Argentum, o condutor e líder espiritual da recém-reinaugurada Estrela Eterna, igreja modesta localizada aqui mesmo no bairro do Limoeiro. A congregação vem chamando a atenção da população de Três Rios desde as primeiras celebrações, e chamou um pouco mais ontem à noite, quando a igreja foi alvo de um ataque. Zênite Argentum, o principal religioso da Estrela Eterna! Boa noite, senhor Zênite.

— Boa noite, Melissa. É um prazer falar com você e com sua audiência. Sintam-se todos abençoados. — Zênite fez o sinal da cruz, não exatamente invertido, mas com proporções impossíveis de se medir com os olhos.

— Senhor Zênite, a maior parte da população de Três Rios é católica, seguida de perto pelos evangélicos e pelos abadianos. Com isso em mente, como o senhor atribui o interesse repentino por sua igreja, que a muitos parece ser um pouco inconvencional?

Zênite sorriu amigavelmente.

— Na opinião dos seus contemporâneos, Jesus Cristo também era um homem inconvencional, e o mesmo acontecia com os profetas, os santos e muitos seres de luz. O que posso dizer da nossa igreja — Zênite fungou o nariz e mordeu o lábio superior — é que fazemos o bem sem olhar a quem. Por mais surpreendente que pareça, as nossas *benéfices* estão incomodando e ofendendo algumas pessoas. — Zênite olhou propositalmente para sua tipoia.

Melissa tomou a atenção da câmera para si.

— Zênite Argentum foi uma das vítimas do atentado ocorrido ontem, nessa mesma igreja, quando realizava o culto. Outras pessoas também foram feridas, felizmente não houve vítimas fatais. Senhor Zênite — voltou a ele —, alguma pista sobre as motivações ou a autoria do atentado?

— Ainda não, mas a polícia está investigando. Foi uma surpresa ser atacado depois de ajudarmos tantas pessoas. Mas eu não sou o primeiro, minha filha, e não serei o último. O nosso país parece gostar do fanatismo. Somos fanáticos pelo futebol, nos tornamos fanáticos pela política, obviamente a religião, sendo um assunto tão popular no Brasil, despertaria o fanatismo de muitos. Dentro dessas paredes nós pregamos o oposto, somos devotos do amor e da liberdade. O cabresto e a castração nós deixamos para as outras doutrinas.

Melissa sentiu o tom de provocação na voz de Zênite e sorriu por dentro. Provocar na TV era uma coisa boa, gerava audiência, e audiência gerava patrocínios. Patrocínios geravam mais provocação na concorrência e a roda seguia girando cada vez mais rápido.

— Já tivemos outras curas milagrosas em Três Rios — ela continuou. — Dentro de igrejas evangélicas, com os nossos santos e oráculos, muitos milagres aconteceram dentro da congregação dos abadianos. O que o senhor pode nos dizer sobre isso? É o senhor quem cura as pessoas?

— Quem cura é o pai eterno, nosso príncipe. E para ser curada, a pessoa precisa firmar um compromisso com o poder maior, uma escolha feita de coração, corpo e alma.

— Então não é o senhor quem cura?

Zênite sentiu a vaidade beliscar como um tendão repuxado.

— Eu sou parte do caminho, minha filha. Mais um degrau de uma longa escadaria. Se as pessoas não passarem por mim, dificilmente vão encontrar a graça, e mesmo que a encontrem, não conseguirão reconhecê-la ou conquistá-la. — Zênite tomou as mãos de Melissa nas suas. — É preciso acreditar para sentir, minha filha, e sentir para acreditar.

Melissa não disse uma palavra, mas ficou claramente atordoada pelo toque repentino de Zênite. Os olhos caíram um pouco, ela lambeu os lábios sem perceber. Mais tarde, dividindo um vinho com sua melhor amiga, diria que a energia de Zênite era puramente sexual, e que aquilo a excitou um pouco. Excitou e a *domou* de certa forma.

Ela recuperou as mãos e sorriu.

— Acreditar é uma prova de fé e devoção, mas será que conseguimos alguns testemunhos para os nossos espectadores? De pessoas que receberam milagres na Estrela Eterna?

— Claro que sim, todos os nossos irmãos estão ansiosos para espalhar a palavra da Estrela. Venham, meus queridos, podemos falar à vontade com a nossa amiga — Zênite disse ali mesmo, em frente às câmeras. Logo depois foi até as pessoas, focalizado pelo cameraman. Melissa Leyla aproveitou a ausência de Zênite para algumas explicações.

— Com apenas algumas semanas de funcionamento, dezenas de curas foram atribuídas à igreja Estrela Eterna. Além das curas, foram atendidos pedidos de riqueza, recuperação de créditos e imóveis, abandono das drogas; são essas pessoas que nós ouviremos agora. Eeeeee... corta.

Melissa aproveitou para conferir seu celular enquanto as pessoas começaram a se organizar em uma fila. Não conseguiu checar nem metade das notificações.

Em poucos minutos, a primeira testemunha já esperava pela equipe de TV. Zênite informou o nome da fiel e Melissa Leyla reabriu a reportagem. Depois convocou a mulher ao microfone.

— Boa noite, Cleide, quer dizer que você recebeu um milagre?

— Foi sim, dona — a mulher disse. — Meu marido tava perdido no vício, já fazia mais de quinze anos que acordava e dormia bêbado. Foi só eu ajoelhar no pé da Ciganinha que ele parou com a pinga no outro dia. Arranjou até emprego. E depois que o Oswaldo se curou, veio mais dois vizinho nosso, eles também receberam as graças da Ciganinha.

Melissa pediu um corte e fechou um close na Ciganinha, depois encontrou a explicação de Zênite.

— A Ciganinha é uma santa da nossa igreja. Mais que santa, é uma matriarca. Mãe Ciganinha sempre ajuda quem pede com fé.

Melissa mantinha uma expressão receosa, mas seguiu em frente.

— Muito obrigado, dona Cleide, saúde pro seu marido.

Cleide agradeceu e foi conduzida pra fora da fila antes que começasse a falar de novo.

— Boa noite, qual é o seu nome?

— Donizete — o homem disse. — Usava um terno com caimento perfeito, relógio de ouro, sapatos tinindo de novos. Infelizmente, havia certa breguice nele, algo que Melissa reconheceria mesmo sem as luzes dos refletores.

— Como você conheceu a igreja, Donizete? Conta pra gente um pouco da sua história.

— Eu era peão de obra. Peão mesmo, daqueles peão que vira lata de massa o dia inteiro. Uma vida construindo casa de rico e morando em casa de pobre. Eu pedi pra Ciganinha pra ganhar dinheiro, pra mudar de vida. No mesmo dia eu estourei a boca do bicho. Cobra na cabeça, ganhei um monte. Aí eu peguei uma parte pra jogar de novo. Eu já ganhei três vezes.

— E o senhor nunca pensou na loteria? Fazer a vida de uma vez? — Melissa soou divertida.

— Se a gente cobiça demais, perde o direito. Eu pedi pra ficar rico, não milionário. Tem amigo meu que fez o pedido errado, sabe? Ele não tá muito bem não, entrou pra igreja dos crente, vive perturbado. Fala sozinho na rua e tudo... coitado. Esses dias ele...

— Tudo bem, filho, muito obrigado — Zênite escoltou Donizete para longe das câmeras antes que ele arruinasse o próprio discurso (e o dos que viriam a seguir).

— Nome da senhora? — Melissa resumiu. A próxima mulher tinha cerca de setenta anos, coque apertado, saia jeans até o tornozelo.

— Tereza, fia.

— Também recebeu um milagre, dona Tereza?

— Óia, se é milagre eu não sei, mas eu tinha uma dor no estômago que nunca sarava. Doía de dia, de noite, doía até quando eu bebia água. Os médicos me jogavam de um lado pro outro já fazia sete anos. Igreja, então? Viiixi... fui em todas. Quando a minha comadre Alzira falou daqui eu quase que não vinha, porque a gente cansa de ver gente mentirosa prometendo um monte de coisa pra pegar nosso dinheiro. Mas aí eu tomei da hóstia preta do seu Zênite e comecei a melhorar. Na terceira noite, eu cuspi um negócio vermelho, uma pelota de sangue escuro que nem fígado de galinha. Sarei na mesma noite.

— Graças ao príncipe — a mulher que estava logo atrás disse. Tereza sorriu para ela.

— Que coisa boa, né? — Melissa retomou a fala. — Então quer dizer que a senhora recomenda a igreja para quem está nos assistindo?

Tereza pensou um pouco, e a pausa fez Iago, que estava ao lado do cameraman, sentir uma onda de palpitação.

Enfim a mulher respondeu.

— Tem que aguentar o repuxo. Ninguém dá nada de graça, dona. Nem Deus nem o Diabo. Aqui na Estrela, se gente faz o pedido do jeito certo, alguém vai atender. Mas a gente também precisa ter força pra aguentar as consequências.

— Consequências? Que tipo de consequência, dona Tereza?

— Todo milagre é uma troca e...

E Zênite a conduziu para fora da fila, enquanto a próxima pessoa, uma garota bem mais ansiosa, deu o bote no microfone e começou a falar.

— Meu nome é Maria Ester. Eu era abusada na minha casa pelo meu padrasto filho da puta. A minha mãe sabia e não tava nem aí. Ele me pegava cedo, quando ela saía pra trabalhar. Chegou uma hora que eu nem ficava mais em casa. Aí eu pensava, que merda de Deus é esse que não vê o que tá acontecendo comigo?

— Eu lamento, minha querida, você chegou a procurar a polícia?

— Ele falava que me matava, então eu tinha medo. Mas aí eu ouvi falar dessa igreja e resolvi vim aqui. Tava com uma raiva danada, então pedi pra Ciganinha fazer justiça.

— E ela atendeu?

A garota sorriu largamente.

— Ele tá com câncer nos ovo. Arrancou tudo e parece que a doença se espalhou pro corpo inteiro. Eu não desejei a doença, mas agora ele não tenta mais me pegar.

Melissa não conseguiu se controlar e arregalou os olhos. Ficou assim uns três segundos. O cameraman percebeu o impacto e estalou os dedos, para que ela voltasse a si.

— E você sente que a justiça foi feita, Maria?

Maria Ester pensou um pouco, os olhos se alegraram.

— Se ele sofrer mais um pouco, eu acho que eu vou ficar feliz sim.

Melissa olhou para a fila, havia mais quatro pessoas para falar. Três mulheres e um homem. O homem era o próximo.

— Boa noite, tudo bem com o senhor?

— Tudo sim, dona Melissa, *sastifação*.

— Qual o nome do senhor e qual foi a graça recebida?

Era um homem bastante simples, e antes de falar ele começou a chorar, secando as lágrimas com um lencinho.

— Desculpa, moça. Meu nome é João Salvino. Eu conheci aqui a igreja porque a minha filha tava muito doente, aí eu ouvi falar do seu Zênite e das pessoas que tava recebendo a cura. Tem gente que fala bobageira da nossa igreja, que é do Diabo e essas coisa toda. Quem fala isso não tem bom coração. Minha família inteira tava na desgraça, dona. Minha neta tava perdida, os dois neto no crime, minha mulher vivia confusa, com perda de memória.

— Alzheimer?

— Diz o médico que era demência. Eu cheguei aqui sem esperança nenhuma. Por mais que eu pedisse pra Deus, que é todo-poderoso, tudo o que ele me dava era mais tragédia. Lembra daquela gripe? Meu irmão perdeu a família inteirinha e eu nunca conheci homem mais crente na vida. Não bebia, não fumava, ia na igreja três vez por semana. Morreu todo mundo. Ele, a mulher, três filho e as duas netinha. Aqui eu pedi e fui atendido. Olha lá a minha Neide, tá até mais moça. — O cameraman fez questão de mostrar a esposa de João. Um pouco tímida, ela acenou de onde estava, bem perto do final da fila, ao lado de uma moça mais jovem.

Aquele pareceu um bom momento e uma boa pessoa para uma pergunta mais afiada.

— O senhor disse que algumas pessoas acusam a Estrela Eterna de ser uma igreja do Diabo. O senhor pode falar um pouquinho sobre o que pensa sobre isso, seu João?

João olhou para Zênite, Zênite olhou para Iago, Iago olhou para João. João estava olhando para sua esposa.

— Se o Diabo curou a minha Neide, então ele é meu amigo.

• • •

O homem foi um pouco direto demais, então Zênite pediu o microfone.

— Na nossa igreja não fazemos classificações sobre quem está operando as boas obras. Nós pedimos e somos atendidos, então acreditamos nessa energia provedora e benigna. É dessa energia que bebemos, esse é o elixir que tem reanimado a vida de tantas pessoas. Se vocês me permitem, gostaria de convidar a todos os amigos que nos veem agora para conhecerem a nossa igreja. Dentro dessas paredes, vocês podem ser surpreendidos, mas jamais serão enganados.

— Fica feito o convite. Esse foi Zênite Argentum e Melissa Leyla, diretamente da Estrela Eterna. Eeeeee… corta — Melissa Leyla disse.

— Encerramos? — Iago voltou a se aproximar. Parecia um pouco incerto.

— Acho que sim, conseguimos bons depoimentos e a declaração do Zênite foi perfeita para fecharmos a matéria. Ainda quero gravar mais uns três depoimentos e algumas imagens da santa, mas já temos o suficiente para os nossos espectadores.

— E… será que foi positivo? — Iago fez a pergunta mais importante.

Melissa sorriu.

— Na TV, o importante é gerar assunto. Pelo que ouvi essa noite, vocês vão precisar colocar uma lista de espera para as próximas missas.

VI

Naquela mesma noite, a Churrascaria do Jeffão estava restrita às reservas. O jantar particular, conhecido entre seus participantes e organizadores como Festim, contava com os melhores garçons e pratos, com os chefs mais celebrados, tudo pensado, calculado e executado para satisfazer os paladares e desejos mais exigentes. O evento era trienal, alinhado com pelo menos um ano de antecedência, tempo suficiente para a compra das carnes especiais, readequação e decoração da churrascaria, subornos triviais e convites essenciais. Com tudo alinhado, o restaurante se transformava em uma síntese do pecado.

Às dez e quinze da noite, com a lista de convidados já completa, a porta foi trancada para só ser reaberta pela manhã. Os colaboradores contratados para a noite também bloquearam as janelas com cortinas de três anteparos de madeira, que obliteravam toda a visão do interior. Dois seguranças foram contratados especialmente para o Festim; os homens estavam à porta, portando pistolas automáticas na cintura e duas armas ou três distribuídas pelo corpo em coldres secundários.

Além dos funcionários, dentro do Jeffão se reunia o suprassumo do progresso do Noroeste Paulista. Empresários, políticos, investidores, autoridades de diferentes áreas (bancos, agronegócio, carne), ricos emergentes e pobres ocasionais, que em oportunidades como aquela cavavam a saída do fundo do poço.

O traje era livre, e naquela noite muitos decidiram pelo mínimo. Pouco depois do fechamento da portaria, as apostas subiram, e já havia doze pessoas nuas, cinco homens e sete mulheres — não coincidentemente, os melhores corpos à vista. Esses doze estavam, digamos, *disponíveis* para os convidados. Muitos começaram a se refastelar deles assim que as portas se fecharam, sendo que os atos iniciais se resumiram à felação, apalpações e sucção dos seios. Era bom, mas o melhor daquela noite, a única coisa que conseguia ser mais atraente que o sexo sem moral ou limites, era o cardápio.

Celebrações como o Festim eram tradicionais no passado dos grandes reinos e nações, mas com o conhecimento científico suplantando os ritos profanos, os cerimoniais de abuso passaram a ser vistos como perversão, como crime. Em alguns países o próprio canibalismo ainda não era considerado um crime (ou pelo menos não havia nada oficial a esse respeito), não era o caso do Brasil.

No Festim, a maior parte do banquete principal era carne de origem humana. Os pratos iam desde pequenas iguarias (olhos, gônadas e pequenas vísceras), até partes extensas como o dorso, glúteos e coxas, esses últimos sempre chamavam a atenção dos convidados pela textura tenra das peças. Os pratos eram cuidadosamente preparados, todos com uma atenção especial à estética, embora os convidados mais puristas preferissem um estado mais natural, mais vivo das carnes. Para esses depravados, além das carnes estava disponível um Bloody Mary com sangue real e humano, e até mesmo membros completos dourados ao forno (o pernil feminino inclusive era bastante apreciado). Outro prato muito popular era o carpaccio, uma constante nas mesas. Nesse preparo, a carne milimetricamente fatiada e crua era retirada das regiões mais íntimas dos corpos, principalmente da área próxima à vulva feminina e ao períneo masculino. E havia os olhos, sempre um grande destaque. Os globos oculares eram apresentados em uma bandeja de prata reluzente, acomodados em conchas de madrepérola, cercados por legumes, dois tipos de molho e algumas cerejas. O resultado como um todo lembrava uma iguaria marítima.

Perto das onze, os convidados se dividiam de acordo com suas necessidades orgásticas. Os que gozavam pelo estômago, ficaram no salão de refeições, os que preferiam a praticidade dos órgãos sexuais se acumularam no salão das orgias, onde todos poderiam possuir e serem possuídos, consensualmente ou não. Dentro do cerimonial e longe das regras sociais convencionais, era permitido encontrar o prazer na violação, no açoite e no estupro, no estupor da carne. Caso alguma injúria fosse severa demais, havia uma palavra de segurança, *Gomorra*, e o aflito era conduzido ao atendimento médico. Algumas vezes, convidados mais incautos se feriam severamente nos abusos, e nesses casos cada pedaço de carne maculada serviria como um mérito, um prêmio, um troféu. Não raramente: um prato.

A alguma distância, Jefferson Franco admirava sua própria versão do Inferno.

Senhoras elegantes com dentes de porcelana sorvendo pedaços de pênis humanos, senhores calvos e avermelhados chupando intestinos recheados com carne moída, jovens sendo consumidos em sofrimento pelos que já não alcançavam a umidade ou a ereção. A esses mais perversos, havia o Flagelo Vivo. Os *pratos* dessa modalidade eram pessoas consideradas socialmente descartáveis, vítimas de antigos sequestros, humanos criados e mantidos saudáveis em currais dedicados a eles. As Casas de Cultura, como os currais eram conhecidos internamente, estavam espalhadas em diferentes partes do país, e apenas quando havia uma celebração, os exemplares humanos eram sedados e transportados até os Festins.

Os convites eram bastante restritos, e sempre no número exato de trinta e três convidados. Os contratados para a festa eram registrados e catalogados, passavam por anos de escrutínio, experiência e treinamento, todos reféns de seu silêncio e discrição. Se alguém falasse, não apenas perderia a vida: seus familiares mais próximos seriam enviados para as Casas de Cultura.

Franco mudou o foco de sua atenção quando notou uma mulher se aproximando dele. Era uma das pessoas nuas. Mais madura, de cerca de trinta anos, deve ter tido o corpo esculpido no melhor momento de Deus. Ela usava apenas uma coleira de couro e brilhantes, sem a guia condutora, e estava toda lambuzada de mel e algo mais fluido, transparente, que podia ser saliva.

— Se divertindo muito, chefão? — ela perguntou a Franco.

Operadores de orgia como aquela mulher eram contratados separadamente, e eles não poderiam ser feridos a menos que concordassem. Não era muito raro que consentissem; todos tem uma etiqueta de preço para o sofrimento, e muitos convidados dos Festins tinham uma reserva financeira praticamente infinita. Eram os Nefilins modernos, os que caíram em ruína por sua própria carne e espírito, criaturas sedentas por tudo o que poderiam sugar do outro. Sangue, vida, sêmen, medo… fertilidade.

— Um bom anfitrião sempre se diverte menos que seus convidados — Franco respondeu.

Estava em uma mesa mais simples, comendo alguns petiscos feitos de carne, tâmaras e damasco. O dono do Jeffão enfiou um combinado dos três na boca e bebeu um gole de um drink esverdeado.

— Posso? — a mulher perguntou, olhando para baixo da mesa, na direção de sua virilha. Franco ergueu a toalha da mesa para que ela pudesse entrar sob o móvel. Deu mais um gole em seu drink enquanto sua braguilha era aberta. Em seguida, sentiu-se engolido pela mulher. Ela o colocou todo na boca e fez pressão, para que chegasse o mais fundo possível, atravessando a glote. Os dentes morderam a base do membro de Franco, ele gemeu.

— Obrigado, Lúcifer.

O Inferno não servia para todos, mas Franco era feliz naquele reino de prazeres e transgressões. Nos primeiros anos não foi tão fácil, não foi nada simples, a falácia do julgamento divino costumava tirar o seu sono. Então ele compreendeu quem realmente mandava no mundo: a vontade.

Nascendo de diferentes mesas e cômodos, os gemidos se alternavam. Gemia-se de prazer, de dor, de todo o resto. Gemia-se porque o alimento que fartava era proibido, porque o sexo que pulsava era doloroso, gemia-se porque nada excita, corrompe e abastece mais do que um pedaço do fruto proibido.

Pela fresta dos olhos entreabertos, Franco notou um dos seguranças se aproximando. O organizador do evento estava quase enchendo a boca da mulher quando a visão do funcionário o tirou do momento. Ele deixou que ela continuasse enquanto ouvia o rapaz.

— Chegaram dois SUVs na nossa porta, seu Franco. Carros pretos, com insufilm, estacionaram do outro lado da rua. O senhor está esperando mais alguém?

— Ninguém entra, Galo. Deve ser algum filho da puta querendo melar a nossa festa. Não desceu ninguém do carro?

— Não. Até agor…

Antes que o segurança terminasse a frase, a porta da frente explodiu, como se tivesse sido atingida por uma granada. No susto, a mulher sob a mesa mordeu o pau de Franco, não chegou a cortar, mas ele gritou como se tivesse sido decepado. Franco ainda teve tempo de enfiar o sapato na cara da mulher antes de subir o zíper da calça.

— Mas que porra é essa? — reclamou quando viu o primeiro atirador entrar pelos escombros da porta.

Pareciam algum tipo de milícia, uma tropa organizada. Havia seis ou sete deles, todos de preto, balaclava, armas na mão. Usavam calças cargo e coturno, as armas tinham silenciadores. Sem palavras, seguiam atirando.

Galo, o segurança que falava com Franco, levou um tiro na cabeça. A bala arrancou o tampo do crânio e um jato de sangue acertou a cara de Franco. Ele ficou cego de pânico e de nojo por alguns segundos. A mulher nua que o servia sob a mesa saiu correndo. Ela foi atingida na coluna, caiu e se arrastou, gritando e chorando, então levou um tiro fatal na nuca.

Mais atiradores foram entrando, Franco também tentou correr até os fundos, um dos invasores arruinou seus dois joelhos, dois disparos certeiros.

Por todo o restaurante, pessoas gritavam e eram sumariamente abatidas. Um dos homens velhos, que parecia ser dono de metade do estado de São Paulo, ergueu as mãos. Na direita, ele sustentava sua carteira.

— Eu vou deixar vocês ricos! Não me matem e vocês vão ficar ricos!

O primeiro tiro foi na mão com a carteira. Arrancou os dedos médio e anelar e metade da palma direita.

— Filha da puta! — o velho gritou. O atirador se aproximava. O homem de balaclava enfiou o coturno no peito do velho e o tombou. Depois pisou sobre a cabeça, arrancando dois ou três dentes postiços. O velho se recusava a desmaiar, gemendo e se afogando com o sangue dos dentes extraídos. O agressor se cansou e disparou no crânio.

— Por que estão atirando na gente? O que nós fizemos? — uma mulher, exótica como as modelos da antiga revista Playboy, implorou em lágrimas. Era a deputada federal mais votada nas últimas eleições; defensora das minorias, gostava de dizer. O atirador a silenciou com uma arma de alto calibre, o rosto explodiu como um melão, se tornando uma minoria de pedaços.

O massacre continuou, e não havia distinção entre patrocinadores e patrocinados. Os atiradores agiam como se estivessem dentro do próprio Inferno, onde não haveria inocentes, apenas almas condenadas por suas diferentes escolhas corruptas. Em menos de um minuto o chão estava vermelho, tingido com sangue. Carne, brincos, colares e roupas, pedaços que deixaram os corpos, tudo misturado. Em um canto, um homem e uma mulher se abraçavam, estavam consumidos pelo pânico e o horror, gritavam sem parar. Tinham uma idade madura, por volta de trinta e cinco, quarenta anos. Havia um atirador os mantendo em sua mira, outro se aproximava.

— Não matem a gente! Nós somos gestores do hospital regional! Nós salvamos a vida das pessoas!

O segundo atirador chegou mais perto, segurava um celular, apontava para o casal.

— Vocês são sádicos? Parem de filmar! Parem agora! — o homem tentou se refugiar do celular, colocando a mulher à frente dele.

— Nós salvamos vidas! Por que estão nos ameaçando? Por que mataram todo mundo? — a mulher gritou. Havia sangue nela, não só no corpo como também no rosto. Sangue do que (de quem) ela consumia há pouco.

— Vocês são casados? — o atirador um perguntou. O segundo continuava com o celular. Outros dois já chegavam até eles. — *São casados, PORRA*?! — gritou o primeiro atirador.

— Somos! Pelo amor de Deus, nós somos!

— Pega o revólver — o homem de balaclava estendeu uma pistola ao homem acuado. — Pega essa arma e mata a puta.

— Você está louco!

— Se não matar, ela vai atirar em você. E se você tentar atirar em um de nós, vamos atirar no seu saco.

— Amor, não pega — a mulher disse.

O homem pegou o revólver e não perdeu tempo, meteu uma bala na barriga da esposa. Ela tentou atacá-lo e ele atirou mais duas vezes. Terminado o abate, ele devolveu a arma para o atirador.

— Eu fiz o que você pediu, agora me deixa ir. Pelo amor de Deus — chorou mais um pouco —, me deixa ir. — Eu tenho dois filhos, eu sou um bom homem.

O atirador engatilhou a arma outra vez.

— Eu fiz o que você mandou! Eu fiz o que você mandou, filho da puta! — repetiu.

O atirador disparou, e nasceu um furo do tamanho de uma cereja na testa do homem. Morreu de olhos abertos, como se ainda estivesse surpreso.

— Quem são vocês? Quem mandou vocês? — Franco se esgoelava a poucos metros do grupo. Já não conseguia ficar de pé. Sem os joelhos, as pernas pareciam feitas de pano. O resto do corpo também estava todo empapado de sangue, parte dele, parte dos outros. — O que vocês querem!? Vocês sabem quem eu sou?

— Um filho da puta que vai morrer — o atirador respondeu e deu o primeiro tiro. Foi o comando para uma saraivada de disparos que só terminou quando a última bala saiu da última arma. Em silêncio novamente, os atiradores saíram em bloco e queimaram o asfalto com os pneus das SUVs.

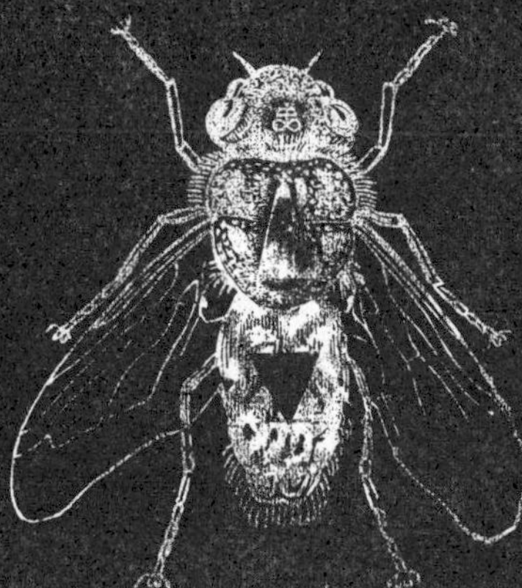

6
Priorado Oriente

I

Cíntia telefonou para Iago cinco vezes, e todas as ligações terminaram na caixa postal. Em vez de atendê-la, o lindo marido escreveu via WhatsApp que estava ocupado na tal "igreja onde prestava assessoria". Logo ele, o magnífico Iago Molina que nunca gostou mais de Deus do que gostava de declarar seu imposto de renda.

Dormir seria impossível com Jonas queimando de febre como estava, então Cíntia ficou pela sala mesmo, assistindo a primeira temporada de *Outer Ranger* pela segunda vez. Ela não conseguiu gostar tanto da segunda temporada, mas a primeira era uma obra de arte.

Pouco antes de Cíntia desistir de falar com Iago, por volta das dez da noite, Jonas começou a ficar agitado. Pulava de um lado para o outro, corria pela casa, falava sem parar. De tão afoito, começou a derrubar os brinquedos do quarto, as coisas do armário, quase jogou toda coleção de anjinhos de cristal de Cíntia no chão. O menino também exigiu que a mãe devolvesse o Playstation, e quando ela se negou, ele foi até o quarto de casal e puxou a TV para o chão (a Samsung recebeu um bonito trinco de 45 cm na tela). Como prêmio, Jonas recebeu um tapa estalado em seu rosto, e sua mãe se arrependeu em seguida, embora o que estivesse feito, feito estava. Jonas começou a chorar. Não um choro normal de quem levou um tabefe, mas algo cheio de ódio e ressentimento. Jurou que iria matá-la quando ficasse maior e exigiu falar com o pai. Outra vez de castigo, foi banido para o seu quarto. Corroída pelo remorso, Cíntia voltou para vê-lo depois de quinze minutos, quando percebeu que ele queimava de febre. Mesmo com sobredoses de dipirona, o menino mantinha o estado febril até o momento.

Jonas finalmente tinha se rendido ao sono em uma das poltronas da sala quando algum infeliz começou a martelar a campainha. Cíntia se levantou depressa e, enquanto caminhava até a porta da frente, se perguntava quanto tempo demoraria para ter dinheiro suficiente para se mudar para um condomínio. Gostava do bairro, das pessoas do bairro, mas os pedintes itinerantes estavam se tornando um problema. Não havia um único dia em que dois ou três deles não tocassem a campainha. Cíntia era uma pessoa socialmente consciente, achava que sim, mas também era uma mulher com uma criança dentro de casa. Tinha medo.

Antes de abrir, Cíntia espionou pelo lado de fora. Era apenas um menino, um pouco mais velho que Jonas. O garoto a notou e mostrou uma caixinha, vendia docinhos. Cíntia estava nervosa, irritada, mas ela ainda tinha um coração. Uma criança daquela idade andando por aí sozinha, de noite, debaixo de uma garoa fria, não era certo. Ainda que não pudesse resolver a situação como gostaria, ela podia dar alguma coisa para o menino, um lanche que fosse, um copo de suco, qualquer coisa que a deixasse se sentindo um pouco menos culpada.

Por precaução, conferiu pela mesma janela se o menino estava sozinho. Parecia que sim. Era apenas ele e a caixa de doces (paçoquinha, que por sinal ela não gostava, nunca gostou de amendoim na vida). Fez sinal para que ele esperasse um pouco com as mãos e voltou a conferir Jonas, que ainda dormia. Apanhou cinco reais, não era muito, mas era aquela nota ou uma de cinquenta, que ela não daria. Abriu a porta com suavidade, para não fazer muito barulho. O tranco veio em seguida.

Não houve tempo para reação. A porta veio com tudo e o homem de máscara entrou, já com um revólver na mão. A arma rapidamente se colou ao pescoço de Cíntia. Ela apenas teve tempo de ver o menino carente correndo pela rua, deve ter sido pago pra tocar a porra da campainha.

— Se gritar, morre.

"O que você quer?", ela queria perguntar, mas a voz tinha sumido da garganta. Cíntia não conhecia muito de armamentos, mas a coisa na ponta do revólver poderia ser um silenciador, ela já tinha visto nos filmes. Aquilo servia para execuções.

Outro homem já estava entrando, e foi na direção de Jonas. O garoto estava acordado de novo, parado e surpreso, talvez pensasse estar sonhando.

— Fica quietinho, filho — a voz de Cíntia conseguiu sair.

Foi como acordá-lo de vez. Jonas encheu o peito e gritou. Um segundo mascarado usou um pano contra o rosto do menino, Jonas apagou em dois segundos. O mesmo mascarado o deitou de volta no sofá.

— Não toca no meu filho!

O homem que a mantinha sob a mira a libertou e fechou a porta. Depois recolheu o revólver e tirou a balaclava. Podia ser um monstro, mas não se parecia com um. Aparentava cerca de trinta anos, cabelos castanhos bastante escuros, olhos pretos e pequenos.

— O que vai acontecer com o menino só depende de você.

Cíntia exigiu checar os sinais vitais de Jonas. Quando terminou, as outras duas pessoas mascaradas na casa também mostraram os rostos. Um homem e uma mulher, ambos entre vinte e cinco e trinta e cinco anos. Tinham boa aparência, o porte físico parecia excelente. Esse segundo homem, de cabelos mais claros e longos, foi até a janela e ficou por lá, atento ao que acontecia do lado de fora. Era o único dos três que carregava uma bolsa de lona, estava aos seus pés. A mulher continuava perto de Jonas, no espaço onde a família gostava de assistir à TV. Cíntia e o homem de cabelos castanhos estavam nesse mesmo cômodo; Cíntia sentada, o homem de pé.

— O que vocês querem?

— Nós não somos uma ameaça, Cíntia.

— Não, claro que não. Três pessoas armadas invadindo a minha casa claramente não são uma ameaça. Como vocês sabem o meu nome?

— Viemos ajudar — a mulher disse.

Cíntia olhou ao redor e calculou suas chances. Só não eram piores porque havia uma mulher entre eles, e Cíntia preferia acreditar que uma outra mulher não seria conivente com um estupro coletivo.

Mesmo se corresse pra longe, eles tinham as armas de fogo. E mesmo que não fosse atingida pelas balas, Jonas continuaria com eles. Até onde via, tinha apenas duas escolhas: obedecer ou obedecer.

— Vocês fizeram alguma coisa com o meu marido?

— Iago está vivo — respondeu o homem. —, mas o que nós decidirmos aqui pode mudar tudo.

— Quem são vocês?

— Meu nome é Lazar, essa é Rayna e o nosso amigo na janela é Yanco.

Cíntia olhou para os três, não disse nada.

— Tenho perguntas, Cíntia, e você precisa dizer a verdade se quiser ajudar o seu filho.

— E o seu marido — Rayna completou.

— O que vocês querem com a gente? O que o meu marido fez?

— Seu menino tem uma coisa ruim correndo pelo sangue. Essa coisa pode ter salvado a vida dele, mas o que é ruim, não se torna bom a menos que seja forçado. O menino está estranho, não está? Como se não fosse mais o mesmo.

— Estão seguindo o meu filho? Seguindo a minha família?

— Estamos seguindo o seu marido — a mulher que vigiava Jonas disse —, vocês dois são parte do pacote.

— Rayna.

Bastou Lazar dizer seu nome e Raya se acalmou. — Ela diz a verdade — ele falou em seguida. — Estamos seguindo seu marido e as pessoas para quem ele trabalha. Nosso interesse principal são os outros, mas Iago se tornou importante demais para ser desprezado. O que você sabe sobre essas pessoas?

— Não muito. Sei que tem essa mulher chamada Lucrécia que manda e desmanda, um outro homem chamado Zênite, que é pastor de uma igreja. E ouvi ele falando de um artista, acho que o nome é Gaspar Lester.

Os três invasores se procuraram com os olhos ao ouvirem o sobrenome.

— Me passa a bolsa — Lazar, que parecia ser o líder dos três, disse ao homem de cabelo mais claro. O outro entregou a bolsa e voltou para seu posto na janela.

— O nome correto é Wladimir Lester, Gaspar deve ser mais uma mentira dos servidores de Lúcifer. Chegou a ver esse homem?

Cíntia precisou de dois segundos para formular a pergunta.

— Peraí, que conversa é essa? Pensei que vocês fossem assassinos, sequestradores, mas vocês são completamente loucos.

— Por acreditar no Diabo? — o homem na janela perguntou.

— Eu sou agnóstica, moço. E daquelas que acredita que sem Deus e o Diabo esse mundo seria muito melhor.

— Concordamos nisso — Lazar disse. — Infelizmente eles existem, moça, e o seu marido escolheu o lado errado.

Cíntia manteve a expressão incrédula. Por um momento, todo seu intelecto a forçou a desconsiderar, inclusive, as coisas que ela mesma via e ouvia naquela casa. Ela poderia considerar a existência de um poltergeist, mas... E bastou pensar nele e a imagem da coisa pulou na frente de todo o resto. Ela o viu, ela foi tocada por ele, aquela aberração existia. E se ela existia, o que mais poderia existir além dele?

— Iago nunca escondeu o que ele fez no passado. Eu sei que ele andou por essas igrejas imundas quando era mais jovem, essas seitas, sei algumas coisas que ele fazia lá dentro. Mas nem mesmo o Iago acredita em tudo o que ele ouve.

— E no seu filho e nas coisas que estão acontecendo? Ele acredita?

— O que vocês sabem sobre isso?

— Existe um demônio profissional dentro dessa casa, uma criatura especializada em tornar a vida dos que resistem a Lúcifer um verdadeiro inferno. Eles ficam nas sombras, sussurrando, entram nas nossas mentes como vírus espirituais. Seu filho está doente, sim, ele é uma ferida aberta, e a menos que você renda graças a Lúcifer, essa ferida vai continuar infeccionando.

Jonas estava mudado, mas tinha alguma coisa errada com Iago também. Desde que ele começou a trabalhar com aquela gente, a suspeita do ilícito a mordia sem parar. Todas aquelas reuniões noturnas, os pesadelos constantes, a própria desconexão familiar de Iago era um sinal de que havia muito mais do que ele contava.

— Como é possível? — ela escolheu perguntar.

Lazar olhou para os outros dois. Entre eles havia o tipo de cumplicidade que somente os soldados possuem. Falavam sem precisar das palavras.

— A guerra começou muito antes de fazermos parte dela. Não uma guerra declarada, mas uma espécie de tentativa de domínio. É assim que essa batalha está estabelecida. Tudo pertence ao rei, mas o príncipe quer comandar esse mundo, porque dessa forma foi prometido a ele.

— Rei?

— Deus é o rei, o princípio e o tudo. O príncipe é o que está corrompendo o reino, Lúcifer. A batalha é pelo terreno, Cíntia, e o terreno é a adoração. Quanto mais pessoas adorarem Lúcifer, mais porções do mundo serão dele.

— Me desculpe, mas eu não consigo acreditar nisso — ela se levantou. A mulher que estava vigiando Jonas tomou sua frente, os corpos quase se tocando. As duas pareceram prestes a se atacar.

— Tudo bem, Rayna. Se ela quer sair, ela sai.

— É o que eu vou fazer — Cíntia se aproximou de Jonas e o abraçou. Antes que ela o tirasse do sofá, Lazar começou a explicar.

— A cura do seu filho está atraindo o mal para sua família, é dessa forma que funciona. Não importa para onde você vá, ou onde vocês estejam, o mal vai encontrar seu filho, como uma mãe encontra a cria. Com o tempo Jonas talvez seja capaz de se sobrepor, mas nunca vi acontecer. Talvez com os santos, com um ou dois deles.

— E se ele não se *impor*, como você disse?

— Seu filho tomará o caminho que o mal escolher. Assassinatos, perversões, crimes e dominação do próximo. Os abençoados pelo Inferno acabam abrindo os portões para os outros. Não existe escolha.

Cíntia olhou para Jonas, tornou a olhar para Lazar. Deixou o menino e voltou a se sentar no sofá.

— Vocês são o quê? Terroristas?

— Algumas pessoas vão dizer que sim. Terroristas, assassinos, fanáticos, mercenários... a lista é gigante — a mulher, Rayna, falou.

— Somos o Priorado Oriente, é como nos identificamos. Nossa organização nasceu há séculos, desde que o mal se interessou por um homem chamado Saymon Lester, pai de Juan Lester e avô de Wladimir Lester. Wladimir provavelmente é o homem que hoje adota o nome falso de Gaspar Lester. Ou Gaspar é uma isca para proteger o verdadeiro Wladimir. Esse homem pode ser eterno até onde sabemos, um produto direto de Lúcifer. O que Wladimir não sabe é que ele é uma árvore maligna que está sendo cultivada desde a semente. Desde antes da semente ser semente.

— E vocês são o quê? Inseticidas?

Lazar riu.

— Somos raízes, galhos e sementes da mesma árvore. Quando a doença de Saymon começou a se manifestar, ele mergulhou nossos antepassados na escuridão. No oriente, Saymon ergueu sozinho, e com as próprias mãos, um império feito de desejos, milagres e carne. Os mais antigos contam que a nossa nação se levantou como o fio de uma espada, decapitando quem ousasse se opor a ela. Nossos antepassados foram os primeiros a renegarem esse poder, eles assassinaram Saymon em uma emboscada.

— Juan Lester ainda era um menino, mas já havia experimentado o poder conquistado pelo pai. Quando se tornou um homem, o demônio também foi visitá-lo, assim como fez com o filho de Juan, Wladimir.

— Se ele é a fonte de tanto mal, por que vocês não matam esse homem em vez de atacarem a minha casa?

— Todas as tentativas de aniquilar Wladimir Lester esbarram em pessoas que se compadecem dele. Lester se escondeu por séculos, ajudado por padres católicos e por pessoas que acreditavam em sua recuperação. Ele talvez não seja totalmente mau, ninguém é, mas Lester é diferente. Ele transita pelos dois caminhos sem que alguém perceba de que lado está, confunde quem deveria combatê-lo.

— A sua ordem.

Lazar assentiu.

— Somos ciganos, de várias etnias, mas todos ciganos.

— Ciganos? — ela pareceu surpresa.

— Alguns de nós se adaptaram à sociedade. Enriquecemos, conquistamos poder, com o poder conseguimos convencer outras pessoas de que Lúcifer não é tão bom quanto se faz parecer.

— Moço, eu nunca ouvi falar que o Diabo é bom.

— Ele curou seu filho, não curou? Isso não faz dele uma boa criatura?

— Eu não sei... faz?

— Se você estivesse no lugar do seu marido, e precisasse escolher entre fazer um pacto com as sombras ou deixar seu filho morrer, limpo e sem pecados, mas morrer... o que você teria feito?

— Meu Deus. — Ela olhou para Jonas, relembrando a criança maligna que ele estava se tornando. Ficou nesse estado, alternando entre o amor e o receio por algum tempo. Ela viu o que aconteceu, Jonas passou de um bom filho para uma espécie de delinquente em semanas. Agora ele parecia pior, animalizado, depravado.

— Existe alguma maneira de ajudar o meu filho?

— Ele pode ser curado, mas o que podemos fazer nesse momento é limitado. A menos que encontremos Wladimir Lester e o expurguemos desse mundo, o sangue podre que corre nas veias do seu filho irá prevalecer.

— Resumindo: vocês ajudam o meu filho desde que eu ajude vocês a sacanearem o meu marido e os chefes dele. É isso?

Lazar manteve a expressão de aço no rosto.

— Um pouco mais do que isso.

II

Cíntia não concordou imediatamente, mas aceitou ouvir mais do que aquelas pessoas transtornadas tinham a dizer — com a condição que elas conseguissem provar alguma coisa. Como havia esse suposto poltergeist morando no quarto de Jonas, escolher um teste não foi a parte mais difícil.

Assim que Lazar entrou no cômodo, voltou a sair pela porta. Conteve o vômito sugando o ar limpo que havia no corredor. Fez isso duas vezes.

— Faz quanto tempo que você percebeu? — perguntou a Cíntia seguida.

— Logo depois que o Jonas voltou do hospital. No começo nós pensamos que fosse algum animal morto no forro, alguma coisa podre. Meu marido chegou a verificar, mas não encontrou nada. Tem dias que não cheira tão mal.

— Cheira sim, mas vocês não percebem — explicou Rayna. — O ranço desses nojentos é como qualquer outro cheiro ruim. Com o tempo deixamos de perceber.

Lazar entrou no quarto e ficou. Passou alguns segundos olhando ao redor, procurando alguma coisa que denunciasse a presença do inimigo. Logo se concentrou nas cortinas.

— Ele está ali — disse. — Nos tecidos.

— Como você sabe?

— Eles gostam de se esconder. São criaturas covardes.

— Eu cheguei a ver, mas... O que é essa coisa?

— Já foi gente. Hoje é um resíduo. Muitos espíritos barganham sua saída do Inferno prestando favores à Lúcifer, eles acabam desse jeito.

— Atormentar a minha família é um favor?

Lazar recebeu um frasco de vidro das mãos de Rayna. Tinha um pó amarelado dentro dele, bastante opaco.

— O que é isso? — perguntou Cíntia.

— O que sobrou do maxilar de São Cresso. — Enquanto abria o frasco e vertia uma pequena quantidade do pó em suas mãos, Lazar continuou explicando. — Cresso foi um dos primeiros da nossa ordem, um cigano convertido ao catolicismo. Ele expulsou mais demônios do que qualquer outro padre católico, mas, sendo cigano, seu nome foi banido da Santa Igreja. A relíquia serve para subjugar os que vem de baixo.

— E aquela coisa vai ficar esperando você acabar com ela?

— Ele não pode sair dessa casa. Esse demônio escolheu seu filho, desde então é um prisioneiro dele. Pronta? — perguntou para Rayna. Ela fechou a porta e ficou na frente da madeira. No quarto estravam apenas os três, Jonas ainda estava sedado na sala, vigiado por Yanco.

— Aconteça o que acontecer, não saia do quarto — Lazar explicou para Cíntia e chegou a um passo das cortinas.

O tecido se moveu suavemente, mesmo sem nenhuma corrente de vento no quarto.

— Pela intercessão de São Cresso e todo coro dos bons arcanjos, anjos, santos e profetas. Eu, Lazar Irisha, rogo aos poderes eternos que afasteis dessa casa, dessa família e dessas pessoas todo mal, toda inveja, todo ardil inimigo, toda soberba e egoísmo.

Lazar jogou um pouco do que tinha nas mãos na cortina. Dessa vez o tecido se moveu com violência, como se alguma coisa corresse por dentro dele, na direção do canto direito do quarto. Lazar continuou o expurgo.

— Em nome de Cresso, o maior dos soldados da criação, eu suplico pelas vidas dos que moram nessa casa, para que essa criatura maligna seja devolvida ao seu lugar merecido, onde não possa perturbar, atentar e corromper, onde pague o que é devido por ter escolhido o caminho do erro e da escuridão. Que tal criatura vil e antinatural rompa seus tratados com essa família, que perca do desejo de fazer o mal e destruir esse lar.

Estavam bem próximos do limite do quarto, acuando a coisa. Lazar lançou mais da relíquia do santo sobre o ponto onde a coisa se refugiava e ela gritou. Um urro horrível, doloroso, cheio de ódio, que terminou com o tecido das cortinas sendo arrancado e usado como uma mortalha. Os panos se debatiam, contornavam o ser que parecia pequeno e desesperado.

— Agora! — Lazar deu o comando. Rayna disparou três vezes na mortalha, e a cada disparo a coisa emitiu um grunhido. Da sala, Jonas também gritou, como se ele próprio tivesse sido atingido. Cíntia tentou correr para ele, mas Rayna bloqueou a porta.

— Se você sair desse quarto, aquela coisa vai entrar no seu filho! — explicou. — Vai entrar e não vai sair nunca mais! — A coisa no canto ainda se debatia violentamente dentro da mortalha, gritava e grunhia, parecia um tigre preso em um saco.

— Eles estão ligados — Lazar explicou à mãe. — Um sente o que o outro sente.

Os protestos de Jonas começaram a se acalmar no outro cômodo. Cíntia não poderia saber, mas Yanco o havia sedado de novo.

— Essa coisa podre morre hoje — disse Lazar —, mas você nunca viu nada parecido em sua vida. Fique firme e faça exatamente o que eu mandar.

— Eu... eu vou tentar — Cíntia disse em um fio de voz.

Lazar puxou o tecido das cortinas com decisão, de uma só vez. Os tecidos finos voaram para o lado. Sem proteção, a coisa se enovelou no canto, ofendida pela luz.

— Jesus Cristo — foi tudo o que Cíntia conseguiu dizer.

Se aquilo um dia tinha sido um ser humano, restaram bem poucos vestígios. Era uma coisa hibrida, pálida, os poros da pele pareciam dilatados e encardidos, sujos com algum tipo de material orgânico. A pele era oleosa, parecia untada. Não era uniforme, parecia mole demais, sem tônus. Folgava no corpo. Os olhos da coisa eram caídos, um pouco tristonhos e infantis. Na boca, a fileira de dentinhos pequenos e escurecidos o tornava envelhecido.

Estava nua, e os olhos de Cíntia acabaram descobrindo a parte da anatomia que ela não gostaria de conhecer. Tinha um pênis, era pequeno e enrugado, parecia pertencer a um idoso de noventa anos. Não havia pelos, e a bolsa escrotal era exagerada e frouxa, deslizando pelas coxas. Cíntia se livrou da visão e descobriu que o ser tinha menos dedos que um humano. Quatro dedos nas mãos, três em cada pé. A cabeça era calva, e o que ainda restava de fios proporcionava uma impressão adoecida e frágil. A coisa tinha marcas pelo corpo, grandes sulcos onde a pele foi retirada por flagelos passados. Ao notar a piedade de Cíntia, a criatura falou, da maneira que podia, tentando executar as palavras:

— Ajuda eu, me ajuda.

— Não escute o que ele diz. Não é mais humano, essa coisa escolheu sair do Inferno para atormentar o seu filho.

— Perdoa, moça — o espírito encurralado implorou. — Eu ajudo você e o menino, consigo coisas pra vocês. Eu...

Lazar enfiou o coturno no rosto da criatura. O ser sentiu o impacto e voltou a se encolher, chorando baixinho.

— Ele está sofrendo — Cíntia disse.

— Está sim, e vai sofrer muito mais quando você acabar com ele.

— Deixa ele ir — Cíntia disse —, você já conseguiu o que queria. Eu acredito em você, em vocês.

— Isso, deixa eu ir — a coisa choramingou.

Lazar voltou a chutá-la, dessa vez no dorso. O golpe bruto na pele frágil abriu uma ferida. O que havia no interior do rasgo era branco, sem sangue, parecia feito unicamente de gordura.

— Se você não fizer o que precisa, essa coisa vai atrás do seu filho, de você, de quem ficar no seu caminho. Não confie nele, não acredite em uma palavra. Toma aqui. — Lazar sacou uma lâmina na cinta e entregou a Cíntia. — A família é sua, é você quem precisa fazer.

Parecia uma faca cerimonial, um punhal. O cabo era feito de latão, havia alguns enfeites e entalhes no metal, símbolos estranhos. Na extremidade da arma havia uma pedra azul turquesa.

— Eu não vou matar ele, você está louco? — Cíntia segurava o punhal com certo nojo, estava frouxo em sua mão.

— Essa coisa não é mais alguém. Você precisa acabar com ele. Agora!

A coisa se aproveitou da discussão e saltou sobre Lazar com uma velocidade absurda. Em um ato de reflexo, Lazar a segurou pelo pescoço, a coisa tentando mordê-lo com seus dentinhos. O demônio parecia feliz, grunhindo e babando, tentando arrancar um pedaço do rosto de Lazar. Era como uma larva, uma coisa que não chegou ao estágio final de sua evolução.

— Ele vai atrás do seu filho! Do seu filho, Cíntia! Vai acabar com a vida do seu filho! — Rayna falou. E não precisou dizer mais nada.

Cíntia apertou o punhal nas mãos o enfiou na coluna do ser, bem perto do começo do pescoço. Após mergulhar o aço, usou o peso do corpo para que a lâmina descesse, abrindo um talho que chegou até a linha da cintura do pequeno demônio. Dentro do corte, mais daquela massa branca e repugnante.

O mau cheiro nascia das estranhas daquele bicho horrível. Ferido, ele ainda tentava alcançar a lâmina com as mãos, grunhindo, chorando e reclamando. Lazar aproveitou a chance e entornou o pó da relíquia na mão direita de Cíntia. Depois subjugou a coisa pelo pescoço, apanhando o punhal e torcendo seu cabo o máximo que podia. O ser urrava como um porco.

— Enfia na boca dele.

— De que jeito!?

— Enfia na boca dele, cacete! — Lazar repetiu e soltou o punhal, escancarando ele mesmo a boca do bicho. O demônio transmutado resistia, mas, ferido como estava, não tinha a menor chance. Cíntia fechou a mão e só abriu quando a relíquia de Cresso estava dentro da boca da coisa, só então Lazar o soltou, puxando Cíntia para longe da besta.

O que se seguiu foi a decomposição da criatura. O ser foi derretendo rapidamente, gemendo e se dissolvendo, perdendo pedaços de sua formação original. Antinatural como era, a carne deixava de existir quando se despregava do corpo. Toda ela foi sendo aniquilada, evaporada, até que a criatura se reduziu a uma coisinha fina e frágil. Antes de deixar de existir, o ser ainda encontrou Cíntia com seus olhos tristes, como se perguntasse através deles por que estava sendo aniquilado.

— Nunca mais chega perto do meu filho, seu filho da puta! — ela disse e correu até a sala. Dessa vez ninguém a impediu.

III

Jonas ainda dormia.

Lazar explicou que o menino se recuperaria depressa, também que era questão de tempo até que seu sangue contaminado atraísse mais ervas daninhas como a que eles acabaram de exterminar. Cíntia precisou de algum tempo para se acalmar e, naquele momento, não pensou uma única vez na plausabilidade do que acabou de acontecer. Ela sabia que não existia lógica no que viveu, e, da mesma forma, sabia que tudo o que realmente importava era ter seu filho de volta, o filho que Jonas costumava ser. Quando finalmente se estabilizou, ela perguntou:

— Até quando vão me manter como refém?

— Nós vamos embora se você quiser — Lazar disse. — Se depois de tudo o que você viu e ouviu ainda nos quiser fora de sua casa, nós vamos sair.

— Lazar... — Rayna ainda tentou. Ele sacudiu a cabeça em negativa.

— Existe alguma chance de afastar meu filho dessas coisas?

— Poucas. Wladimir Lester é a chave, mas ele não vai confiar em você e na sua família. Agora que ele está voluntariamente à serviço do Inferno, as chances de localizá-lo são quase nulas.

— Pelo que eu entendi, vocês não podem encontrar esse homem.

— Não é tão fácil, o Inferno protege Wladimir Lester, os chefes do seu marido vão e vem com ele através de portais.

— Mas se vocês não conseguem derrotá-lo em duzentos anos, por que continuam arriscando suas vidas?

— Para atrasá-lo — Rayna disse. — É por isso que você vai ajudar a gente.

— Para não deixar que Lúcifer transforme a terra em outro Inferno — Yanco completou.

— E já não estamos nele? — perguntou Cíntia.

Lazar sorriu. Gostava do senso de humor da mulher.

— O que existe nas terras de Lúcifer é diferente, é pior. Mas se ele conseguir o que deseja, todos nós seremos uma grande nação a serviço de Satã. Será o fim desse mundo como conhecemos.

— Eu não preciso ser muito cristã para acreditar que se existe um Diabo também existe um Deus. Então cadê ele? — perguntou a Lazar.

— Está em todo lugar. E se essa guerra for declarada com o apoio dos humanos, o criador precipitará seu exército de anjos, não para nos ajudar, mas para acabar de vez com a rebelião. Aniquilação, Cíntia. É o que Deus faz quando não se sente amado.

IV

Caso alguém observasse com atenção suficiente, veria o homem caminhando pela chuva sem que uma única gota acertasse sua camisa escura. Embora trafegasse por calçamentos em ruínas, enfeitados por um sem-número de poças d'água encardidas, ele não se preocupava em desviar seu caminho. Assim como o resto dele, seus sapatos continuavam secos e brilhantes.

Caminhava pelo Jardim Pisom, outrora bairro nobre, hoje era um dos muitos lugares evitados de Três Rios. Culpa da cratera, e do que aconteceu com as crianças que foram atraídas para aquele buraco.

O homem que caminhava pela chuva não se ocupava desses assuntos, eles eram de outra competência, de outras lideranças. A terra era um reino de muitos reinos, bem sabia.

Seu destino era uma oficina mecânica chamada Auto-Batista. Assim que ele alcançou a porta de metal, ouviu algum movimento nos cadeados do lado de dentro. Em menos de dez segundos o metal se erguia, deixando que a luz do interior da oficina banhasse o rosto do homem parado na calçada.

— Boa noite, Ciro — o homem recém-chegado cumprimentou.

— Satisfação, seu Lúcio — o vigia o saudou. O empregado usava uma calça social cinza e castigada, sapatos gastos, camisa azul-cobrador. Tinha certa idade, mais de sessenta anos. Restaram poucos cabelos, que tingidos de preto contrastavam com a visível palidez do rosto. — O seu pessoal já chegou.

— Tudo bem com a família?

— Tudo sim, graças ao senhor.

Lúcio sorriu e seguiu pela oficina.

Havia alguns carros esperando a mão de obra do dia seguinte. Um Fiat Tipo, um Renaut, uma Montana, dois Chevrolets e um Ford Fiesta vermelho virado do avesso. A oficina funcionava convencionalmente no horário comercial, apenas à noite o imóvel servia aos interesses do Inferno.

Lúcio tomou a escada estreita que levava ao segundo andar da oficina. A fuligem impregnada nas paredes foi diminuindo a cada degrau vencido, enquanto a aparência de Lúcio se transmutava no homem bem mais jovem, arrogante e vestido com uma jaqueta de couro que às vezes ele gostava de ser. A porta ao final da escada estava fechada. Lúcio a abriu e entrou, recebendo a atenção receosa de seus colaboradores.

— Eu preferia chegar dizendo boa noite, mas essa é uma noite de merda.

Lucrécia parecia surpresa com a aparência escolhida. Iago não sabia quem era "aquele cara", Lester sentiu o estômago gelar ao revê-lo. Aim sorriu discretamente; era sempre um deleite ver os humanos desconfortáveis.

— Sou o número um, Iago. Sou ele. O que você procurou a vida inteira. — Lúcio chegou à ponta da mesa. — Sim, Molina, eu existo. Não precisa ter um ataque de pânico. — Lúcio sorriu.

Iago tentou fazer o mesmo e sentiu o coração acelerar. Claro que sabia com quem estava lidando desde o hospital, mas isso não tornava a coisa mais fácil. A presença daquele ser o aterrorizava como um risco de vida, um horror plantado na primeira infância.

— Quero detalhes sobre o que aconteceu no Franco. Alguém se habilita?

Lucrécia respirou mais fundo. Foi discreta, mas Iago percebeu sua insegurança. Isso o deixou ainda mais assustado do que já estava.

— Não sobrou ninguém — explicou Lucrécia. — Tudo o que nós temos são algumas gravações. Eles desativaram o sistema de segurança e as câmeras da Churrascaria, mas um dos assassinos fez questão de enviar um arquivo para a nossa rede.

— Conseguimos rastrear?

— Cantão está empenhado nisso, mas até esse momento... — Ela sacudiu a cabeça.

— Quem estava à frente da segurança?

— Mauro Torres — Aim disse.

— E como vocês não perceberam que aquele retardado ia fazer cagada? Ele ainda está vivo?

— Eu já resolvi — Aim disse. Iago se encolheu um pouco mais.

— Viram? — Lúcio sorriu e trocou o lado do chiclete. — É disso que estou falando, de ação rápida. De eficiência.

— São profissionais, Lú. Traje militar, luvas e mangas compridas para tapar as tatuagens, todos usam balaclavas. Pela aparência dos corpos, trata-se uma equipe mista, homens e mulheres. Descobrimos com os comerciantes da rua que eles chegaram em SUVs. Entraram, mataram todo mundo e foram embora.

— Eu sei quem eles são — disse Lúcio. — E se vocês fossem minimamente competentes, também teriam essa informação.

As lâmpadas começaram a chiar e todos olharam para elas. A que estava acima de Lester deu um estalo a parou de funcionar.

— Priorado Oriente, esse é o nome que vocês precisam guardar.

• • •

Lester se endireitou na cadeira e apoiou os cotovelos sobre a mesa. Fechou o rosto e apoiou o queixo nas mãos. Respirou mais fundo.

— Faz bem em se preocupar, cigano, essa escória de gente está no seu encalço há pelo menos duzentos anos.

— Alguém pode me atualizar? — perguntou Lucrécia.

— São assassinos atraídos pelo sangue do nosso amigo — Lúcio resumiu.

— Cristãos? — ela perguntou.

— Alguns deles insistem nessa coisa ridícula, mas eles também gostam do islamismo, do budismo e do hinduísmo, uma verdadeira fauna. O laço de união desses vermes é nos combater, eles fundamentalmente são contra nós e contra tudo o que fazemos e representamos. Mas esses imbecis são diferentes da inquisição e de outras facções que já nasceram corrompidas, essas pessoas não têm preço, o único pagamento dessa escória é a nossa ruína.

Iago ergueu o dedo indicador, inseguro. A mão não chegou a se erguer quase nada. Lúcio franqueou a palavra.

— Por que agora? — Molina perguntou.

— Eles sempre estiveram por perto. Estavam dormindo porque sem a Lucrécia e o elixir de Lester, nós também estávamos estacionados. Agora os pactos florescem e com eles o Priorado. Quanto mais gente passa para o nosso lado, mais fracos e provocados eles se sentem. O Priorado Oriente age como qualquer ordem de fanáticos, eles não questionam, tudo o que sabem fazer é seguir a matilha sem alterar a rota.

— Se sabemos quem eles são, por que não resolvemos? — Iago disse.

— Que responder, Cigano? — Lúcio propôs.

— Eles são invisíveis. No começo, quando apareceram, eram todos ciganos, e os ciganos eram socialmente inexistentes. Como todas as tribos ciganas, eles eram nômades, difícil de rastrear. O que me manteve seguro dos primeiros ataques, fez o mesmo por eles.

— Você sabia da existência dessa... gangue? — Lucrécia inqueriu Lester.

— Eles chegaram perto de me alcançar em Martírios. Tive a ajuda dos padres e da população da cidade, eu era o milagreiro, me achavam um santo, então ninguém me delatou. Também é possível que o Priorado tenha me dado como morto depois do incêndio do orfanato. Pelo visto, agora sabem que estou vivo.

— Qual o objetivo final dessas pessoas? — Lucrécia quis saber mais. — Eles têm um?

— A destruição dos caminhos que levam a mim — Lúcio explicou. — Isso inclui a aniquilação do nosso amigo e de tudo o que ele produz.

Iago ouvia tudo atentamente, mas não conseguia experimentar o mesmo receio.

— Peraí, pessoal. Somos do Inferno, não somos? Nós temos o maior poder de fogo, nós não deveríamos estar com medo.

Lúcio deixou os olhos arderem, eles queimaram como fogo. O demônio desceu os dois punhos contra a mesa.

A superfície da mesa reagiu imediatamente, como se confrontasse um metal ao ponto de fusão. A fórmica chiou, ergueu alguma fumaça, teria incendiado se Lúcio não reerguesse os punhos.

— Não me faça redefinir o que é medo, macaco.

— Calma, Lú, por favor, Molina não fez por mal.

Lúcio continuou o encarando, esperando alguma reação. Seu olhar era tão poderoso que Iago começou a sentir calafrios. Era o corpo. O corpo humano conhecia a ancestralidade, o corpo sabia que jamais teria chance contra tamanho poder.

Frente à rendição completa, Lúcifer explicou.

— O ataque desses imbecis ao Festim nos custou pelo menos vinte gestores, um atraso de cinquenta anos. Precisamos dar uma resposta à altura ou cairemos em descrédito com os que virão.

— Não podemos responder — Lucrécia disse.

— Não?

— É exatamente o que eles querem, uma resposta. Quando fizermos isso, eles estarão nos rastreando. Pensa comigo, Lú, nós não podemos atingi-los diretamente porque não sabemos onde eles estão. Se decidirmos revidar contra qualquer organização cristã, contra qualquer religião, para acalmar os nossos, podemos eleger um novo mártir. Você sabe tão bem quanto eu o que um único homem pregado na cruz é capaz de causar.

Lúcio procurou pela opinião de Aim.

— A mulher tem razão. Precisamos garantir a opinião pública antes de qualquer reação. E precisamos saber exatamente onde e quem atacar.

Por alguns segundos, todos ficaram calados, então um riso muito discreto começou a brotar nos lábios de Lucrécia. Discreto, sim. Mas para Lúcio aquele pequeno movimento iluminou a sala.

— Eu sei o que faremos, chefe. Tenho algumas informações privilegiadas, mas preciso que essa parte fique entre nós dois.

Aim socou a mesa.

— Perdeu o juízo, humana? — Era um demônio ponderado, mas aquela mulher sempre conseguia tirá-lo do sério. — Quem você pensa que é pra me tirar dos negócios?

— Lucrécia Trindade, e é melhor não falar assim comigo.

Aim se levantou, Lucrécia fez o mesmo. Iago, sentado entre eles, calculando que não sairia vivo daquela mesa.

— Já está resolvido, Aim. Eu vou falar com a Lucrécia em particular. Coloque dois ou três dos nossos na porta da galeria, eles têm ordem pra matar, desde que se livrem dos corpos. Iago, você dá uma carona pro cigano até o hotel dele. Quando tivermos novidade, eu volto a convocar todos vocês.

— Mas chefe, isso é...

— Está decidido, Aim.

V

Como exigido por Lúcio, Iago ofereceu uma carona para Lester. Nos primeiros minutos, o cigano manteve um silêncio incorruptível, mergulhado em si mesmo. Olhava para o retrovisor sem parar, também olhava pelos vidros. Incomodado com tanta quietude e receio, Iago perguntou a ele novamente sobre o Priorado. A resposta de Lester foi seca e áspera:

— Se concentra na direção e se não tem ninguém atrás da gente.

Depois de dez minutos, o carro precisou parar em um sinal de trânsito, e Lester notou uma pequena igreja católica com as luzes acesas no quarteirão à frente. Apesar de já ser madrugada, as portas estavam abertas, e à frente da catedral um grupo distribuía sopa para as pessoas em condição de rua.

— Podemos parar um pouco? — Lester pediu.

— Aqui? A essa hora da noite?

— Os mendigos não são mais perigosos que eu e você.

Iago conferiu o relógio do carro. Uma e quinze. Pensou mais um pouco. Ficar mais tempo na rua poderia ser útil. O sono profundo de Cíntia chegava perto das duas, depois desse horário ela não escutaria uma retroescavadeira derrubando a casa. Com sorte ele conseguiria entrar e dormir em paz.

Estacionou o carro na frente de uma agência funerária que lutava para sobreviver do outro lado da mesma rua. As coisas pioraram depressa desde 2021. O boom acabou, as pessoas não morriam como moscas.

— Eu quero entrar um pouco — Lester disse depois de atravessarem a rua.

— Pode me explicar por que você quer entrar em uma igreja?

— Passei boa parte da minha vida em uma, gajon. Ninguém vai pegar fogo.

Iago parou um pouco antes do lance de escadas e conferiu a movimentação local. Ainda parecia uma ideia ruim. Aquele monte de gente estropiada, um carro de polícia, e ainda havia um padre na porta da igreja.

— Podemos entrar um pouco? — Ouviu Lester perguntar ao padre. Iago se apressou até eles.

— Não estamos em funcionamento, filho. Acendemos as luzes para a segurança dos voluntários.

— Não vamos demorar, eu só quero rezar um pouco — Lester insistiu. — Eu deixo uma doação para o trabalho com os pobres.

O padre sorriu.

— Primeiro o que é de Deus. Você pode falar com ele, se é assim tão urgente. Se depois quiser nos ajudar, é só deixar sua contribuição naquela urna — o padre indicou. Abençoou Lester em seguida. Ao final do movimento, Iago teve impressão que o sacerdote sentiu algum tipo de desconforto (o padre chegou a se arquear um pouco, além de ter ficado vermelho). Recuperado do incômodo, também abençoou Iago.

Lester caminhou até a terceira fileira de bancos, do lado direito. Iago sentou ao seu lado.

— Viu? Ninguém pegou fogo — Wladimir disse. Havia algum humor na voz.

— Ainda não. Mas eu tenho a impressão que você não entrou nessa igreja pra falar com Deus.

Lester mantinha os olhos no altar, no Cristo todo machucado que se elevava aos céus, observado por alguns discípulos. No chão, Maria, sua mãe, chorava de joelhos, arruinada.

— Quero conversar com você, gajon. Mas não quero que o Diabo escute a nossa conversa. — Lester deu alguns segundos a ele. — Qual é a sua história, Iago Molina? Como se envolveu com o Inferno?

Iago baixou a cabeça por um momento, desceu os olhos para suas mãos cruzadas entre os joelhos, tornou a erguer a cabeça.

— Meu filho estava morrendo — resumiu.

Lester continuou com os olhos no altar, Iago calculou que ele quisesse ouvir mais.

— Meu Jonas ficou doente de uma hora para a outra. Os médicos não sabiam o que ele tinha, como tratá-lo, ninguém podia ajudar.

— É um bom motivo, melhor que o de muita gente. Mas se o menino está bem agora, por que você ainda está trabalhando para a mulher?

— Porque ele pode piorar de novo e eu não posso arriscar a vida do meu filho. — Iago cruzou as mãos entre os joelhos, apertou os nós dos dedos. — Eu ainda escuto os aparelhos do hospital quando me deito para dormir. Acordo no meio da noite para ver se ele está no quarto, se ele está... respirando. Quase todos os dias meu primeiro pensamento é ter acontecido alguma coisa ruim com o Jonas.

Iago se calou. Lester não disse nada. O cigano não precisou fazê-lo. Algo em seu rosto dizia a Iago que ele entendia, que ele sabia exatamente o que era sentir medo o tempo todo.

— No carro você me perguntou sobre o Priorado Oriente. Eu posso explicar agora, mas o que eu vou dizer precisa ficar nessa igreja. Você consegue entender isso?

— Acho que sim.

— O Priorado é uma ameaça real, são mortais, mas você não pode confiar em Lúcifer. Nem por um segundo, nem mesmo em um pensamento que nasceu destinado a morrer dentro de você. O demônio pode fingir que é bom, bonito, pode encher sua vida de alegrias e riquezas, mas ele é podre por dentro. Tudo o que o demônio quer é usar sua melhor parte em benefício próprio.

Iago sorriu.

— Ele errou feio comigo. Sou um homem comum, um homem como outro qualquer.

— Sua fé foi suficiente para atrair a atenção do Diabo. E antes disso, você teve força suficiente para questionar o poder e a existência divina. A maior parte das pessoas segue sua vida sem questionar coisa alguma, acreditando que levantar questões sobre a divindade possa condená-las ao Inferno.

— E estão erradas? Olha só pra nós dois.

— Você não tropeça e cai no Inferno, gajon, você escolhe caminhar sobre o fogo. É por isso que estamos bebendo a água suja da mesma trincheira.

— De que lado dessa guerra você está, Wladimir?

— Do meu — ele disse, como já dissera dezenas, centenas de vezes. Parou de olhar para o altar e olhou diretamente para Iago. — Como você ouviu, o Priorado me persegue há séculos, desde que eu era menino. Descobri que era o alvo dessas pessoas quando já estava velho, internado em uma igreja em Martírios. Somos... parentes, de certa forma. Eles não vão parar, gajon, essas pessoas vão continuar sua guerra até que não reste nada do que minhas mãos tocaram. E se eles não conseguirem me pegar, irão atrás de você, do seu filho, de tudo que tiver alguma relação comigo.

— Minha família está segura? — Iago foi direto ao ponto.

— Quem sabe? O que eu sei é que não se pode confiar no Inferno, da mesma forma que eu também não posso confiar em nenhum de vocês.

— E o que nós vamos fazer? Como podemos trabalhar juntos dessa forma?

— Não vamos. Nós nos separamos aqui, gajon.

— Nem a pau, Lester. A Lucrécia me mata se eu perder você de vista.

— Nós vamos nos separar aqui — Lester reafirmou e mostrou um revólver que carregava oculto. O mesmo que conseguiu chantageando Franco.

— Péssima ideia, cara. Você não pode se esconder de Lúcifer e do Priorado ao mesmo tempo, não sem a ajuda de alguém. O que você entende do mundo moderno? Como vai se virar por aí?

Lester aproximou mais o revólver da barriga de Iago.

— Me passa a chave do seu carro, gajon. E o seu telefone. Eu não vou pedir duas vezes.

— Calma aí. — Iago apanhou a chave e o smartphone e entregou a ele. — Pelo menos você sabe dirigir? — perguntou.

Lester riu.

— Não. Mas você vai voltar pra casa a pé. Bem devagar.

Lester se levantou e manteve o revólver apontado, oculto pelo paletó.

— Se você sair dessa igreja em menos de vinte minutos, vai levar um tiro nas costas.

— E o que eu falo pra eles, homem?

— Que Wladimir Lester foi mais esperto que todos vocês.

VI

Com o ego inflado, satisfeito por sua popularidade instantânea na última semana, Zênite requisitou duas fiéis da Estrela (bastante jovens, de vinte e quatro e vinte e seis anos) para os trabalhos noturnos. No piso frio da igreja forrado com cobertores e colchões, em frente à Ciganinha e outros anjos do Inferno, os três se embebedaram e riram e treparam e gozaram, e continuaram a fazer mais daquilo enquanto seus corpos suportaram.

Servir ao Inferno era uma coisa boa. Foi o que Zênite pensou horas antes, enquanto copulava com uma mulher e tentava satisfazer a outra com a boca. Era a carne, o cheiro da carne, penetrar e ser penetrado na carne, na alma, onde mais houvesse uma fissura. Servir ao Inferno trazia prazeres ocultos que poucos poderiam compreender. Como alguém entenderia os desejos da carne, suas exigências e suas demandas, sem se entregar voluntariamente a ela? Aos seus desafios e recompensas? Zênite começou cedo. Ainda menino, roubou dinheiro do pai e pagou a empregada da casa para iniciá-lo. O acordo se ampliou e se estendeu por meses, então o pai de Zênite descobriu tudo. O velho pagou para que a mesma mulher trepasse com ele na frente do filho, mostrando àquele Zênite jovem e apaixonado que não se deve confiar em ninguém, muito menos no dinheiro.

E quem se importava? Naquela noite na igreja, Zênite foi nocauteado pelas duas garotas. Ele chegou ao paraíso duas vezes; na terceira, o corpo cedeu ao sono, inebriado pela juventude que não poderia acompanhar. Abatido pelo torpor, Zênite pensou estar sonhando quando ouviu o toque da campainha da igreja.

— Puta que pariu — ele reclamou sem abrir os olhos. — Vão ver quem é, eu não consigo sair desse colchão.

Ainda sem as roupas, a mais voluptuosa das jovens sentou no colchão e massageou a testa, atordoada pelos exageros da noite. *O Bode*, como ela e a amiga chamavam Zênite, tinha um apetite impressionante. Assim que a mulher ficou de pé, ela sentiu a vulva exagerada entre as pernas, e não precisaria checá-la para saber que estava inchada, um pouco escoriada. A moça vestiu um dos mantos cerimoniais de Zênite e caminhou lentamente até a porta, bocejando e sentindo a cabeça pulsar a cada passo.

Zênite e a outra ficaram nos colchões, a mulher deitada no ombro direito de Zênite. Havia quatro colchões encaixados, formando uma pista confortável para os desafios e exageros noturnos. Com Zênite não se fazia amor, o sexo era tratado como batalha, como prova de resistência. A porta se abriu e a garota foi até o outro lado... Zênite ouviu um som agudo e breve, como se ar comprimido escapasse por algum recipiente. Um baque em seguida.

— Vai lá ver se a sonsa da Sabrina caiu da escada — ele disse para a segunda garota.

A moça não o questionou. Bode sabia ser bom, mas se ele ficasse irritado demais, poderia se tornar violento.

A garota chegou ao outro lado da porta e o som chiado se repetiu, e o mesmo baque.

— Cátia? Sabrina? O que está acontecendo aí fora? — Zênite cedeu um gemido em seguida, içando o corpo que naquela noite pesava bem mais que seus oitenta e nove quilos. Precisou caminhar devagar, suas bolas doíam.

— Que putaqueopariu que um homem não tem o direito de descansar.

Chegava na metade da igreja quando uma terceira mulher entrou.

— Dona Lucrécia? Tá tudo bem?

Ela levantou a automática e fez a mira na linha da cintura.

— Que porra é essa? Vai atirar em mim?

O primeiro disparo foi no joelho direito. Um tiro incapacitante. Zênite caiu aos gritos, apertando a perna logo abaixo da ferida.

— Sua puta velha! Por que atirou em mim?

Ela atirou de novo. Dessa vez na mão, que foi atravessada e deixou a bala encontrar a mesma perna.

— Puta! Sua puta de merda! Por queeeeeeê??!

— Servir à Lúcifer. Era o que você queria, não era?

— Vivo, porra! Eu quero servir vivo!

Lucrécia o mantinha na mira, a mão firme, não havia o menor movimento da arma. Ela estava diferente naquela noite, em vez de vermelho, preferiu o preto, que devia ser a cor preferida dos assassinos.

— Estão filmando, cadela! Eles vão ver! Vão ver que foi você!

— Acho que não. Eu tenho a senha dos programas de vigilância, Zênite. Tenho inclusive as senhas das câmeras que você não conhece.

A frase mudou a expressão de Zênite. Ele sabia o que havia feito, só não imaginava que seria apanhado.

— Não me mata, Lucrécia, eu imploro. Eu faço o que você quiser, eu posso desaparecer, eu sumo pra nunca mais voltar. Eles me obrigaram, eu não tive escolha.

Lucrécia era uma rocha. Zênite começou a chorar.

— Eu fiz tudo que vocês pediram. Por que eu preciso morrer?

— Você é uma cobra, Zênite. Uma cobra velha, magoada e vagabunda. O que eles te ofereceram? Quanto pagaram pra você levar um tiro?

Zênite se encolheu mais, os globos oculares estavam tremendo.

— Você não entende, eles iam me matar. Se eu não ajudasse, eles teriam me matado. Eles só querem o pintor, eu não vou morrer pra salvar o rabo daquele cigano de merda.

— Não, mas vai morrer do mesmo jeito.

— Esper...

Lucrécia atirou duas vezes. Uma bala na barriga, a derradeira no olho direito.

— Descanse nas trevas, querido.

Lucrécia recolheu a arma e conferiu se o peito do velho estava mesmo parado. Depois, deixou a igreja calmamente, saltando os dois corpos femininos que se acumulavam na porta. Chegou ao carro, entrou, o motorista arrancou e o smartphone chamou por ela. Era aquele mesmo aparelho bonito, todo feito de vidro, uma coisa impressionante. Ela olhou para o aparelho e esperou um pouco, decidindo se deveria atender ou não.

— Quem fala?... Iago? Que número é esse?

Ouviu o que Iago tinha a dizer.

— Sumiu? Como assim, ele sumiu?

Ouviu mais um pouco, mais do que gostaria de ter ouvido.

— Não, não; vá pra casa. Essa pode ser uma noite perigosa e ficar acordado não vai resolver nossos problemas. Eu vou colocar nosso pessoal atrás dele.

Lucrécia desligou o telefone com suavidade, embora seu desejo fosse mastigá-lo até virar poeira.

— Lester, seu cigano desgraçado.

VII

Sofia Lester sabia que aquele dia traria surpresas — e que muitas delas seriam desagradáveis e perigosas.

Ao se aconselhar com seu baralho pela manhã, antes do primeiro gole de café e muito antes de abrir a loja O Estranho e o Mágico: Produtos Raros, as cartas disseram que alguém poderoso, um possível portador da morte, traria perigos e grandes revelações. Nada que tenha mudado o curso do seu dia, afinal de contas, sendo uma velha cigana, ela sabia que o que está escrito não pode ser borrado.

Escolheu um bom vestido, caprichou nas joias e desceu as escadas. Se era para ter problemas, que eles a encontrassem bonita e senhora de si, como era desde menina.

O movimento na loja, na rua, no bairro todo estava ridículo, e parte da culpa estava na TV, que não parava de assustar todo mundo com a notícia da morte daquele pastor do capeta, o tal do Zênite Argentum. Todo dia morria alguém, mas parece que os repórteres tinham uma predileção bem maior pelos vagabundos. Sofia não conhecia Zênite pessoalmente, mas tinha ouvido falar. Era mais um desses canalhas fantasiados de santo.

— Essa merda de aparelho ainda vai acabar com essa cidade — ela resmungou com um cliente, enquanto recebia o pagamento pelas compras. Não fazia muito tempo que a TV ficou maluca e começou a entregar todos os crimes de Hermes Piedade. Culparam hackers, inimigos corporativos, mas todos sentiam que havia mais sob a superfície. Com a mesma memória em mente, o homem que apanhava seu troco comentou:

— Pelo menos não estão entregando os Piedade de novo.
— Não deve ter sobrado muita coisa — Sofia riu.
Os dois voltaram a se concentrar na TV. O jornal ainda especulava quem teria sido o autor do assassinato de Zênite. A reportagem valorizava o acontecimento, fizeram uma simulação em computador e tudo. Era bem ridícula, quadrada, mas levando em conta o vasto conhecimento da população média em CGI, era mais que suficiente.
— Ele fazia milagres de verdade — o rapaz disse. — Tenho uma tia que se curou de Herpes Zoster em dois dias.
— Quem curou sua tia foi ela mesma, a fé e a crença dela. É assim que os milagres acontecem.
— Pode ser... mas na igreja tem aquela estátua. Dizem que é ela quem cura.
Sofia preferiu encerrar a conversa. Pensar na Ciganinha presa dentro de uma igreja, escrava da vontade de pessoas como Zênite Argentum, a deixava magoada. Sentia falta da estátua, da amizade da Ciganinha. Elas se respeitavam mutuamente. Como toda mulher que já sofreu demais, se entendiam.
— Vai com Deus, fio — Sofia disse e deixou a área de cobrança. O homem foi saindo.
Assim que ele se afastou, Sofia notou outros dois homens caminhando no sentindo oposto, tomando a direção dela. Homens... seria um grande elogio chamar um deles daquela forma.
— Sofia, há quanto tempo — o primeiro sujeito disse e estendeu a mão direita, que ficou bailando no ar.
— Menos do que eu gostaria, Atílio. O que você quer na minha loja? E você? — Ela olhou para Aim. — Eu já não falei pro teu chefe que não quero a laia dele entrando aqui?
— Cuidado com a língua, cigana. Eu posso fazê-la apodrecer na sua boca.
Sofia sentiu a boca amargar imediatamente. Não tinha certeza se havia sido ardil daquele demônio, mas não descartaria a possibilidade.
— O que vocês querem na minha loja?
— Tem um lugar mais tranquilo onde possamos falar? — perguntou Atílio.
— Aqui mesmo, e é bem mais do que vocês merecem. Diz logo por que estão me atrapalhando.
— Wladimir Lester — Aim disse. A voz ainda mais grossa do que costumava ser.
— Meu parente? Ué, vocês não estavam unha e carne com ele?

— Não dá pra confiar naquele cigano maldito — Aim voltou a se zangar. Atílio interveio.

— Seu parente desapareceu, Sofia. Não sei se você está ciente, mas estão atacando alguns negócios do nosso grupo. Pessoas morreram.

— *Nosso* grupo? Quando foi que o Inferno se tornou uma empresa?

Atílio sorriu. Aquela cigana era tão difícil que chegava a ser divertida.

— Assim é o mundo, Sofia, assim é o povo. Somos uma raça repleta de negociantes, negociar é a única vantagem humana sobre as outras espécies. Agora, se puder nos dizer onde está o seu parente, podemos negociar uma recompensa.

— Eu não sei dele. Se eu pudesse escolher, não veria o rosto dele nunca mais.

— Tem certeza? — perguntou Aim.

— Wladimir Lester jogou o nome da minha família na lama, atirou nossa gente no fogo, transformou nossa descendência em uma doença. Eu acho que tenho certeza sim.

— Vai entrar em contato se ele resolver aparecer? — Aim perguntou.

Sofia riu.

— Não. Mas vocês podem ficar vigiando a porta.

VIII

Na noite anterior, Iago chegou em casa depois das duas da manhã. Exausto, irritado, e ainda sem o carro e o telefone, porque vossa excelência, o Cigano Filho da Puta, tinha sido mais esperto que todo mundo. Acabou entornando uma dose de uísque para chamar o sono e desabou no sofá da sala, perto das quatro da madrugada. Lugar esse onde ainda estava, às nove e vinte e cinco da manhã.

— Acorda, cabeção! — ouviu a voz de Jonas dizer. Ainda de olhos fechados, sentiu a boca amargando e a cabeça ferroando. Sentiu o peso de Jonas amassando sua barriga em seguida.

— Me dá um espaço, pai!

Iago gemeu, mas chegou o corpo para a beirada dos assentos. O menino escorregou para o encosto, se encaixando ao lado dele.

— Por que você dormiu na sala?

Pra não deixar sua mãe descobrir a hora que eu cheguei em casa.

Iago levou a mão à testa e apertou as pálpebras.

— Eu não quis acordar vocês.

Aproveitou para se sentar no sofá. As costas doíam um pouco mais que a cabeça.

— Jonas — Cíntia também se manifestou —, você já fez seu dever de casa?

— Ah, mãe... agora?

— Pode ser depois que você tomar seu banho. Eu preciso falar com o seu pai.

— Vocês vão brigar de novo?

Iago não respondeu, mas seu desapontamento era visível. Acontecia o mesmo em sua casa, com seus pais, quando ele era um menino. Por mais que tentasse ser diferente dos seus progenitores, ali estava ele, uma atualização com os mesmos problemas básicos.

— Pro banho, filho, me chama quando estiver terminando e eu levo a sua roupa. — Cíntia finalizou a conversa. Jonas saiu um pouco frustrado, mas em nada parecido com o que ela presenciava há semanas.

O ruído do chuveiro logo chegou na sala.

— Outra DR, Cíntia? Porque eu não aguento mais.

— Nós vamos embora, Iago.

— Porra, Cíntia, tá falando sério?

Ela não se moveu, não disse nada, talvez não tenha respirado por um segundo ou dois.

— Quer saber, Cíntia, se você quer mesmo desistir de tudo, vá em frente.

— De tudo não, amor. Eu só estou desistindo de você. Das suas mentiras, da sua falta de atenção e do seu egoísmo.

Iago respirou fundo.

— Cíntia, pelo amor de Deus.

— Eu quero saber a verdade sobre o seu emprego, Iago. Quero saber onde você meteu a nossa família.

— Isso é problema meu.

— Quero saber agora, Iago Molina! Ou vai ter que aprender a viver sem o seu filho.

Ele se desarmou um pouco. Talvez fosse o cansaço, a extenuação física e mental, mas naquele momento Iago depôs as armas.

— Até onde você está disposta a descer? — ele fez a pergunta e esperou a reação de Cíntia. Quando ele a captou (a falta de pânico, receio ou surpresa), achou conveniente refazer a pergunta. — Até onde você já desceu, Cíntia?

IX

— Eles sabem onde nós moramos. Precisamos sair dessa casa, Iago. Eu, você e o Jonas.

— Quem esteve na nossa casa, Cíntia? O que eles fizeram com o meu filho?

— Eu... Eu ainda não sei o que eu vi, mas eu vi ... puta merda, como eu posso explicar o que...

Finalmente o choro venceu. Cíntia estava com aquele nó travando sua garganta há tanto tempo que já não conseguia mais respirar direito. Foi um choro discreto sim, choro de gente grande, mas as lágrimas desceram até molhar o queixo.

— O que aconteceu ontem à noite?

— A coisa, Iago, a coisa no quarto do Jonas. Ele estava comendo a alma do nosso filho.

— Quem esteve na nossa casa, Cíntia? — Iago perguntou com mais energia.

— Eles ajudaram o Jonas, dois homens e uma mulher. Eles sabem para quem você trabalha, sabiam que o Jonas estava doente.

— O Jonas *esteve* doente.

— Para de mentir, Iago. Eu sei que alguém ou alguma coisa ajudou o nosso filho. Agora eu quero ouvir da sua boca. O que você fez para tirar o Jonas daquele hospital?

Acuado como estava, exausto e apanhado de surpresa, era bem mais difícil produzir uma explicação.

— Eu não sei explicar racionalmente, mas pode ser que eu tenha feito um acordo.

— Que tipo de acordo?

Iago ergueu os olhos e encontrou os dela.

— Um pacto com o demônio.

X

Houve um choque inicial, mas nada comparável ao que Iago esperava. Com a reação moderada de Cíntia, chegou a certeza de que ele não foi a primeira pessoa a contar o que aconteceu no hospital.

— Então é verdade, tudo é verdade. É real e você sabia, e mesmo assim você me tratou como louca. — Cíntia se sentou ao seu lado, soltando o corpo no sofá.

— Eu ainda estou assimilando tudo isso também. Você não entende, não é como nós ouvimos a vida inteira. O Inferno é um pedaço do mundo, está em todo lugar, vivendo e caminhando com a gente. Se um desses... seres entrasse pela porta da frente, você não saberia a diferença pra uma pessoa normal.

— E você saberia?

Iago tomou um segundo, mas logo respondeu.

— Pode ser que não. Eles têm igrejas, bares, restaurantes, postos de gasolina, boates... as pessoas mais ricas desse país estão trabalhando para eles ou com eles. Existe toda uma infraestrutura, Cíntia, negócios planejados para manter o Inferno na terra e trazer mais pessoas para o nosso lado.

— Nosso lado, Iago?

— O lado que manteve o Jonas vivo. Deus não me ouviu, não ouviu você, não ouviu os padres que receberam nosso dinheiro pra rezar pelo nosso filho. Nós dois concordamos que seria melhor que esse deus-filho-da-puta não existisse, tá lembrada? Seria melhor do que existir e se fingir de surdo. Do que ser uma fraude.

— Mas e o outro lado? Como o demônio pode ser tão bom?

— O que é ser bom? Um Deus ausente o torna bom? Eu acho que não. Nós *sabemos* que não.

Pararam a discussão por alguns segundos, ouvindo o ruído do chuveiro e a cantoria distante de Jonas. Naquele momento, os dois pensavam a mesma coisa. Como seria viver em uma casa silenciosa? Uma casa sem brinquedos espalhados? Uma casa cheia de ausência?

— Nossa casa foi invadida ontem à noite.

— Fizeram alguma coisa com você? Com o Jonas?

— Não, mas poderiam ter feito. Não eram ladrões, mas eles estavam armados. Eles tinham uma coisa pra dormir, acho que era clorofórmio. Eles usaram no Jonas quando ele se assustou.

— Merda. — Iago baixou a cabeça e deslizou os dedos pelos cabelos das têmporas. Uma primeira reação de descontrole. Cíntia gostou de vê-la, era bom que Iago provasse do próprio veneno.

— O Jonas só acordou no meio da madrugada. Eu falei que ele teve um pesadelo, então ele acha que foi só isso.

— Quem eram as pessoas?

— Eles não disseram.

Iago a encarou de frente. Cíntia nunca foi muito boa em mentir. Os olhos desviavam e a entregavam.

— Estou sendo sincero com você. Eu espero a mesma coisa. Eu sei que você está com medo, mas precisamos confiar um no outro para entender o que está acontecendo e manter nosso filho longe do perigo.

— A coisa que eu vi no quarto dele era de verdade. Ela se materializou na minha frente, depois ela derreteu como... como em um filme de terror. Aquele cheiro horrível que a gente sentia, o comportamento destrutivo do Jonas, era ele, tudo vinha daquela... coisa.

— Como ele era?

— Parecia meio porco e meio gente. Era mais feio que um porco, deformado, a pele era branca e úmida, ele era todo nojento. As pessoas que invadiram a nossa casa tinham um tipo de relíquia sagrada, foi assim que eles tiraram aquele demônio do esconderijo e me ajudaram a matar ele. Eu vi, Iago, ninguém me contou, eu vi. Da mesma forma que eu vi meu Jonas voltar a ser um menino doce e gentil da noite pro dia. Era aquela coisa podre que estava mudando nosso filho. Eu vi com meus próprios olhos, Iago, assim como você deve ter visto todas as coisas que não me contou.

Iago a encarou mais uma vez.

— Acho que nós precisamos de um café.

Iago recebeu seu café. E Jonas recebeu seu Playstation para os pais conseguirem terminar aquela conversa. Enquanto Cíntia ajudava Jonas com o videogame, Iago verteu uma xícara dupla de café e aproveitou para entornar uma dipirona e driblar sua dor de cabeça. Cíntia voltou para a sala logo depois. Ele começou a contar.

— Eu estava na capelinha do hospital, implorando um milagre. Foi quando eles vieram até mim.

— Quem são eles?

— Os meus empregadores. Enquanto eu fazia minhas orações, um homem chamado Atílio entrou na capela. De repente, mesmo antes dele falar comigo, o tempo parou de andar. A água, o som, tudo ficou muito estranho, como se alguém tivesse pausado o mundo.

— E eu achando estranho ver um demônio no quarto do Jonas.

— Vai piorar, confia em mim. Esse homem chamado Atílio me contou que o nosso filho... iria embora. Ele disse em detalhes a vida que nós teríamos e ela era terrível. Não havia esperança, Cíntia. Eu sei que falando isso agora com o Jonas jogando videogame no quarto dele parece exagero, parece fantasia, mas naquele momento eu sei que o Atílio falou a verdade. O acordo com esse homem foi que ele curasse o Jonas. Em troca eu trabalharia pra eles.

— E ele cumpriu a promessa — ela disse assertivamente.

— Ele me deu uma ampola, um frasquinho com um líquido avermelhado. Pediu que eu desse pro Jonas beber. Foi assim que ele melhorou. Atílio, o demônio, o Inferno..., quem quer que sejam eles, essas pessoas salvaram a nossa família.

— Você deu uma coisa desconhecida pro nosso filho tomar enquanto ele estava internado?

Iago pensou no que diria, e se deveria dizer alguma coisa.

A verdade é que Cíntia não estava lá. E que naquele momento complicado e terrível da vida, ela desmoronou e se jogou nos remédios e nas fugas da realidade. Preferiu não ver, não participar, preferiu não sofrer, talvez por não ser capaz de suportar a dor. Coube a Iago fazer os dois papéis, de pai e de mãe, para que Cíntia pudesse manter sua mente à salvo. Diria tudo isso a ela?

— Eu faria de novo, Cíntia. Faria tudo outra vez.

Ela o avaliou, sugou todo ar que pôde e esvaziou o peito fazendo barulho.

— As pessoas que vieram aqui ontem falaram que eram do Priorado, foi o nome que usaram.

— Eu sabia. Claro que eles atacariam nossas famílias.

— Eles não atacaram, Iago. Eles ajudaram o Jonas, foi graças a eles que aquela coisa tenebrosa foi embora pra sempre.

— E quem garante que não foram eles mesmos que trouxeram aquela coisa tenebrosa pra dentro da nossa casa? Pra você me entregar pra eles?

Cíntia não descartou a possibilidade, tampouco conseguiu abraçá-la.

— Estão atrás de você, Iago. De você e de alguém chamado Wladimir Lester. Eu ainda não sei se consigo confiar em você de novo, mas não posso arriscar que eles te machuquem.

— Eles estão do lado de fora da casa? Estão vigiando a gente?

— Eu não sei. Eu disse que falaria com você, e que falaria com eles depois.

— Não é atrás de mim que eles estão, eles querem o cigano. Preciso falar com a Lucrécia.

— De jeito nenhum! Você precisa sair, Iago, sair agora! Essa gente esteve na nossa casa, eles têm armas, eles colocaram o Jonas pra dormir e apontaram revólveres pra mim!

— Meu pessoal também tem armas, não se preocupe com isso.

— Estou preocupada com o Jonas.

— Eles não vão tocar em uma criança. São fanáticos, uma cópia mal feita da inquisição, mas não vão ferir uma criança. Além do mais, eles ajudaram o Jonas. Ou eu entendi errado?

— Eles ajudaram, mas o Jonas vai atrair mais daquelas coisas, mais espíritos podres. É alguma coisa no sangue dele. Pelo que eu entendi, a mesma coisa que tirou nosso filho da morte, atraiu a maldade para perto dele. Eles falaram que podem resolver de vez, mas para isso precisam acabar com a fonte desse poder.

— Lester é o poder e ninguém pode acabar com ele. O máximo que irão conseguir é começar uma guerra pessoal com... o chefe.

— Eu não sei o que fazer, Iago.

— Então não é hora de fazer nada.

Os dois se calaram, ouvindo Jonas reclamar que tinha morrido no jogo.

— Nosso filho está bem, nós não começamos essa guerra, somos apenas soldados perdidos no meio do tiroteio. Nós vamos ficar escondidos por enquanto, esperando a hora certa de fazer alguma coisa.

— Vamos enrolar os dois lados? É isso que está dizendo?

Antes que Iago pudesse responder, o telefone de Cíntia bipou. Ela precisou conferir de quem se tratava, tinha um cliente marcado naquele mesmo dia.

— Falando no Diabo... é pra você. Aconteceu algum problema com o seu celular? — ela disse, mas estendeu o aparelho a ele.

Ele apanhou o aparelho e leu.

Recado urgente para Iago Molina. Iago, se você está aí, precisamos conversar.

Lucrécia

Ele olhou para Cíntia.

Ela espalmou as mãos e as desceu com vigor, descrente que aquilo estava mesmo acontecendo.

Iago se afastou, retornou a chamada e falou bem pouco. Soltou dois "puta merda", disse "não é possível", agradeceu sabe-se lá o quê e devolveu o telefone para Cíntia. Estava pálido.

— Que cara é essa? — ela perguntou.

— Alguém matou o Zênite.

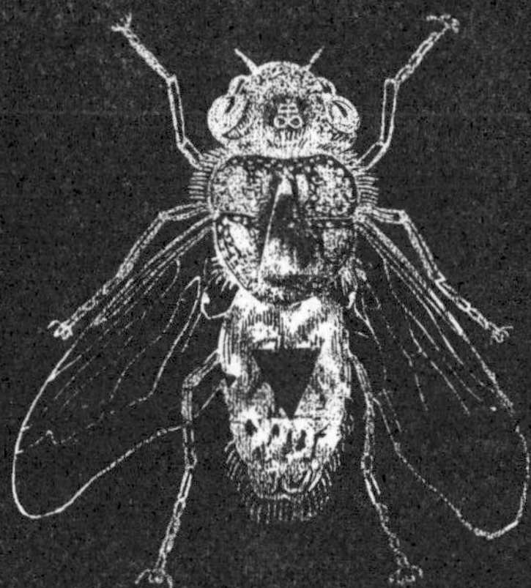

Capítulo final
Sangue, luto e despedidas

I

Alguns hábitos continuam grudados nas pessoas, como se fossem sua própria pele. No caso de Donizete, isso queria dizer que ele saiu da pobreza, mas a pobreza jamais sairia dele. Sua pobreza estava nos pensamentos, nas ideias frágeis, na forma estática e livre de ambições que ele sempre viveria a vida.

Durante uma semana, a TV não falou de outra coisa, e Donizete e outros contemplados pela Ciganinha começavam a se preocupar, enquanto tomavam mais uma rodada de cerveja no Clube dos Amigos, um boteco que sobrevivia há dois quarteirões da igreja do falecido Zênite. Entre os homens, o assunto em pauta não era o líder religioso ou a temperatura da cerveja, mas algo muito mais sério e até então não veiculado pela TV: o desaparecimento da estátua da Ciganinha.

— Se pegaram a santinha, é pra acabar de vez com a igreja — um dos amigos de Donizete disse. Era um homem relativamente jovem, vinte e cinco anos, jogador de futebol e novamente titular do Trirriense. Nilo Guedes esteve afastado dos campos por dois anos, porque mancava do joelho esquerdo como uma engrenagem mastigada. Nilo foi atingido covardemente por um jogador do Terracotense, e três médicos diferentes disseram que ele nunca mais ia jogar bola. Nilo, rebatizado pelos amigos de "Ponto e Vírgula" desde o afastamento, também foi fazer o pedido para a Ciganinha. Desejou voltar para os campos. Em cinco dias, Nilo já era artilheiro da terceira divisão.

— Nós vamos achar ela. A santa é forte, fez o bem pra muita gente, ela vai aparecer — Donizete o consolou. — Sabe o Tide?

— O polícia?

Donizete confirmou com a cabeça.

— O Tide tá chefiando uma operação para encontrar a Ciganinha. Parece que já mandou mais de cinco vagabundo pro céu. Daqui a pouco um abre o bico.

— E ele sabe onde procurar?

Antes de responder, Donizete baixou o tom da fala, para que ninguém prestasse atenção neles.

— O Tide tá de olho nas outras igrejas. Ele acha que é obra desses pela-saco daqui da cidade, desse bando de crente invejoso. Os pastor deles não curam nem caganeira, daí aparece o seu Zênite e a Santa Ciganinha e começa a ajudar todo mundo... Aí o povo de lá das outras igrejas para de dar o dízimo e todo mundo fica pistola. Foi o que aconteceu. Eles mataram o seu Zênite e pegaram a santa pra acabar com a concorrência.

Donizete encheu o copo do colega e um rosto conhecido chamou sua atenção na TV. Os outros homens no bar não paravam de falar, então ele chegou mais perto do aparelho e pediu ao dono do estabelecimento para aumentar o volume. Meio à contragosto, o dono do bar acatou.

— Eu já vi essa dona na igreja, era amiga do seu Zênite — outro dos amigos eventuais de Donizete disse. Esse homem era a mais nova contratação do grupo H. Ella Piedade, outro milagre da Ciganinha.

— Peraí, eu quero ouvir a TV — Donizete disse aos homens.

Lucrécia continuava de preto, usava um terninho que a deixava um pouco mais loira. Estava atraente, chamava a atenção dos homens, ainda que sua expressão emulasse revolta e pesar. Atrás dela, alguns populares se agitavam, erguendo cartazes de cartolina que pediam justiça para a Igreja da Estrela Eterna. Algumas dessas pessoas tinham a foto ampliada de Zênite nos cartazes, pediam justiça. A legenda da emissora de TV dizia: Lucrécia Trindade, relações públicas da Estrela Eterna, quebra o silêncio sobre o assassinato de Zênite Argentum.

"... Não entendemos os motivos para esses ataques. Zênite era um homem bom, um homem santo. Sua morte, seu *assassinato*, é uma agressão a toda a cidade de Três Rios. Uma barbárie."

Melissa Leyla, a repórter que entrevistava Lucrécia, ensaiava o mesmo desapontamento no rosto.

"Já faz uma semana que a igreja está fechada, a polícia tem algum suspeito? E se puder nos esclarecer o que as outras duas jovens assassinadas estavam fazendo dentro da igreja tão tarde da noite..."

"Zênite estava trabalhando espiritualmente com as moças. Uma delas sofria de pânico noturno, a outra era uma amiga, ajudava a cuidar da mesma mulher. Zênite estava tratando a jovem há meses, orando e pedindo que a Luz a ajudasse. Quem quer que tenha praticado esse ato horrível, ceifou a vida de três inocentes, e entre eles uma moça mentalmente doente."

A repórter Melissa Leyla fez uma pequena pausa dramática antes de prosseguir. Os olhos na câmera, o rosto cheio de tensão.

"Tudo isso é tão lamentável, tão triste e lamentável. Nossa reportagem também apurou que uma das estátuas da igreja, que os fiéis afirmam ser milagrosa, foi levada em um terceiro ataque à Estrela Eterna. Alguma ideia de quem possa ter roubado a estátua?"

"Ainda é cedo para elencarmos suspeitos, mas a polícia não descarta a possibilidade de ter sido a mesma pessoa, o mesmo criminoso, ou uma mesma organização. Quem destruiu a vida de Zênite, das duas moças e a felicidade do nosso povo, o fez de cabeça fria. Além de terrível, foi um crime calculista."

"Você disse organização? Então podemos afirmar que existe uma nova facção criminosa na nossa cidade?"

"A única pessoa que poderia responder a essa pergunta está morta. Dias antes de ser assassinado, Zênite disse no culto para os fiéis tomarem bastante cuidado, porque algumas pessoas estavam irritadas com a nossa igreja. Acreditamos que Zênite estava sendo ameaçado, sendo forçado a abandonar a igreja."

"Uma última pergunta, Lucrécia. Como a igreja irá reabrir suas portas sem o seu principal representante e sua estátua milagrosa?"

Lucrécia era bonita e talentosa como uma atriz, mas Donizete tinha um bom faro para mentiras e dissimulações. O rosto daquela mulher mudou bem rápido depois da última pergunta.

"Ainda não sabemos. A Santa Ciganinha agora está à mercê desse criminoso, as nossas suspeitas giram em torno de depredação, destruição e ódio. Alguém também destruiu as hóstias sagradas da igreja. No mundo violento em que vivemos hoje, eu não me surpreenderia se encontrássemos a santinha quebrada e profanada, abusada, como se fosse uma mulher como nós duas, feita de carne e osso. Mas a nossa Estrela Eterna não recebeu esse nome em vão, então iremos continuar. Nós temos uma longa linha de sucessores para o ministério, um discípulo do nosso querido Zênite logo irá seguir com as celebrações."

Melissa estava prestes a retomar o microfone, mas Lucrécia complementou:

"Eu tenho fé que a polícia encontre um culpado antes que a população se levante contra as outras igrejas. Muitos fiéis suspeitam que os ataques podem ser obra do fanatismo das outras religiões e..." Lucrécia forçou um tom mais emocionado, os olhos diretamente focados na câmera. "Nós não queremos confusão, queremos apenas nosso lugar no mundo. Nunca pretendemos roubar o lugar de ninguém, e agora tudo isso acontece e..." Ainda sem lágrimas, ela tapou a boca como quem interrompe uma crise de choro.

De repente, todos estavam calados na frente das telas. Nos bares, nas casas, onde houvesse um aparelho sintonizado naquela entrevista. A "tal da Lucrécia" estava emocionada, a ponto de receber algum consolo da repórter. A "tal da Lucrécia" também pedia desculpas por não poder continuar com a entrevista e se afastava da repórter. Melissa Leyla finalizou a inserção jornalística sozinha, visivelmente emocionada:

"Desejamos força para os familiares e fiéis nesse momento de tristeza e incompreensão. Também pedimos que a população tenha calma nesse período tão delicado. Desde o assassinato de Zênite Argentum, um grupo cada vez mais numeroso de fiéis estabelece vigília na frente da Estrela Eterna. Mais uma vez pedimos calma, a polícia está agindo depressa para encontrar os responsáveis e levá-los à justiça".

— Justiça! É isso aí! — Um outro rapaz, ligeiramente bêbado, concordou.

Outro completou: — A justiça é arregaçar esse bando de filho da puta assassino.

Donizete matou outro copo de cerveja. Notou que muitos homens concordavam com os dois revoltados. Parecia o início de mais problemas.

II

Lúcio convocou outra reunião na oficina, e pela mensagem seca de Lucrécia ("esteja hoje às nove na Auto-Batista, precisamos realinhar alguns pontos") encaminhada a Iago, ninguém estava muito feliz.

Apesar da insistência contrária de Cíntia, seu marido vestiu uma camisa limpa e saiu para a reunião. Iago ainda não estava convencido da maldade do Inferno, das más intenções, e estava um pouco menos convicto de que os assassinos do Priorado seriam bons companheiros de alguma forma. O Inferno são os outros, sempre ouviu dizer, e, no caso dele, os outros eram o Priorado.

Já fazia uma semana desde que aqueles sem noção invadiram sua casa, e até então não existiu nova ameaça. Inclusive, desde a morte de Zênite, e até ele receber aquela mensagem de Lucrécia, tudo caminhava em relativa tranquilidade, mesmo com a igreja fechada e sem a presença de Wladimir Lester. Houve, sim, o roubo da estatueta e o desaparecimento de alguns quadros da coleção de Lester — o que o levou a focar seus últimos esforços na galeria —, mas o que alguém poderia esperar ao sediar seus negócios no bairro do Limoeiro?

As ruas ainda estavam um pouco úmidas com a garoa do comecinho da noite. Em vez de refrescar a cidade, a umidade tornou tudo mais pegajoso e abafado, gerando uma sensação térmica muito pior que o sol forte que queimou à tarde.

Dentro da sala de reuniões, o clima era outro, mais frio, tempestuoso.

Iago entrou e encontrou apenas Lucrécia sentada à mesa. Ela não falou com ele nada além de um oi magrinho e voltou a enterrar a cara no MacBook. Saiu novamente da sala em poucos segundos, deixando Iago sozinho de novo. Aim chegou para lhe fazer companhia, e com ele, alguém que fez o estômago de Iago enovelar.

— Que bom vê-lo, Molina. Como tem passado?

Iago não conseguiu dizer nada.

Era aquele cara do hospital, Atílio. O mesmo sorriso de vendedor, a mesma cara de pau, a mesma falsa simpatia. Olhar para ele era como voltar aos dias terríveis. A impressão foi tão potente que Iago ouviu o bip dos aparelhos, sentiu o cheiro alcoólico daquele lugar maldito.

— O que você está fazendo aqui?

— Negócios, Iago. Todo mundo tem conta pra pagar.

— Alguns tem uma conta bem maior — Aim disse e tomou seu lugar à mesa.

— E o seu filho? — perguntou Atílio. — Como vai o grande Jonas?

A primeira vontade de Iago foi socar aquele imbecil até que o nome de seu filho desaparecesse de sua boca suja. Não o fez, óbvio que não. Era mais seguro dissimular, mentir, se fingir de besta.

— Está se recuperando.

— As crianças são mais resistentes do que parecem. — Lucrécia disse, ressurgindo de repente na sala. Ela também se sentou e esperou que todos se acomodassem.

Algumas luminárias começaram a chiar e a falsear e todos sabiam o que significava. Era a presença dele, do que comandava, do que realizava. Iago sentiu a pele repelindo a entidade, como se o corpo sentisse sua presença. Quem entrou na sala foi um homem jovem, de jeans, camisa branca e jaqueta de couro.

Calado, Lúcio olhou para cada rosto à sua frente. Iago sentiu uma vontade imensa de sair da sala, envergonhado, amedrontado por estar ocultando informações sobre o Priorado. Sentia-se exposto. Poderia o Diabo ler seus pensamentos? Se interessaria em lê-los?

— Esperava não precisar fazer essa convocação, mas agora que estamos todos reunidos e infelizes com nossos fracassos, eu preciso perguntar: por que ninguém encontrou aquele cigano filho da puta ainda? Ele está vivo? Morto? Preso? E onde está a porra daquela estátua cigana?

Todos continuaram calados.

— Claro que ele está vivo — o próprio Lúcio explicou —, Lester sempre está vivo. Eu sinto seu cheiro, ouço a sua respiração. Eu só não consigo localizar seu corpo físico.

— Colocamos toda nossa energia atrás dele, Lú. O Lester sabe se esconder, ele já fez isso antes e está fazendo de novo.

Lúcio respirou mais fundo.

— Depois de tudo o que oferecemos a ele...

— Nosso amigo estava acuado — explicou Lucrécia. — Lester estava infeliz com o anonimato, e descobrir que a Ciganinha estava nas mãos de alguém como Zênite Argentum pode ter antecipado um rompimento.

— Então — Lúcio começou a falar —, eu devo assumir que a culpa do desgraçado do Zênite ter traído a nossa confiança e rebaixado a nossa Igreja a um puteiro, o que entristeceu Wladimir Lester, é minha e, portanto, sua. É isso, Lucrécia?

Iago baixou a cabeça. Zênite era um canalha, mas não deixava de ter sido um amigo, um rosto conhecido ao longo dos anos. Agora ele estava morto e Iago se perguntava há uma semana se também estaria na lista de execução. Lucrécia não foi clara o bastante, mas ela sugeriu que Zênite poderia estar vendendo informações para o Priorado, disse que sua morte foi um livramento.

— Não, Lú. Estou dizendo que a culpa é *dele*, de Wladimir Lester. Porque aquele cigano nasceu um egoísta egocêntrico e irá morrer da mesma forma. Eu detesto o verbete “eu avisei”, e jamais usaria isso contra você depois de tudo o que fez por mim, mas Lester nunca mereceu nossa confiança.

Apesar da aparente cumplicidade entre eles, o pai do fogo a encarava com tamanha promessa de dor que Lucrécia se esqueceu de respirar enquanto os olhos se visitavam.

— Sua sinceridade é perigosa, mas não deixa de ser um deleite. Vamos aproveitar esse momento tão sublime para guardar um segundo e meio de silêncio pela alma corrompida do vagabundo do Zênite. Pronto, tempo esgotado, e foi bem mais do que aquele cabeça de bagre merece. Não me leve à mal, Molina, mas seu amigo me causou mais dor de cabeça do que você imagina. Ele estava transformando minha igreja em um prostíbulo.

— Nós temos alguma coisa a ver com a morte do Zênite? — Iago perguntou diretamente.

Lúcio riu.

— Será? Não esqueça que a estátua do cigano foi roubada, assim como o sangue cigano que Zênite usava na consagração das hóstias. Sem esses elementos, nossa igreja não passa de mais uma porta aberta na rua, outra igrejinha onde muito se promete e nada se cumpre. Molina, Molina... Nós podemos ficar sem o Zênite, podemos ficar sem Wladimir Lester por um tempo, mas ficar sem os nossos milagres? Seria o mesmo que jogar nosso trabalho no lixo. Atílio, me dê uma boa notícia por gentileza. — Lúcio pediu ao outro.

— Estamos em queda livre, chefe — Atílio explicou. — Tivemos uma pequena alta depois que atiraram no Zênite na primeira vez, mas com a morte dele e a igreja parada como está...

— Vamos tentar novamente, Atílio. Me diga com toda sua sinceridade, isso é problema meu?

— Não, seu Lúcio... de forma alguma. Eu só estou explicando que...

— Você não foi contratado para explicar, mas para fechar novos contratos. Vossa senhoria só recuperou a saúde para que possa me servir até que eu o dispense do cargo. Estou errado?

— Você tem toda razão, chefe. O problema é meu, e o meu problema é não saber como reverter essa situação. Tenho trabalhado nos hospitais desde 2011, lidando com os desenganados, mas sem o sangue do cigano...

— Desenganados... que ótimo — Iago não conseguiu se segurar.

— Quer dividir seu pensamento conosco, Molina? — perguntou Lúcio.

Iago se encolheu, mas não levou muito tempo para se recompor. Fodido, já estava. Agora era sair da merda ou se afogar nela de vez.

— Meu filho era um desses desenganados. Agora ele está bem, mas o Jonas tem, ou teve, alguma coisa grudada nele. Meu menino começou a ficar raivoso, violento. O Jonas começou a mudar.

— Todo remédio tem uma reação adversa — Lucrécia disse.

— Tudo bem, adorada, vamos ouvir nosso amigo. Continue, Molina, o que mais você quer contar pra gente?

Iago tentou esfumaçar os pensamentos, mas a mente queria dizer *Priorado! Priorado! Priorado! Estiveram na minha casa! Eles querem pegar a gente!*

— Somos gratos pela cura, mas eu a minha esposa quase não reconhecíamos mais o Jonas. Ele saiu saudável daquele hospital, mas não parecia o mesmo.

— Então é esse o caso... Eu tenho um Inferno inteiro pra administrar, Molina, e você não sabe como é difícil gerir almas desencarnadas. Esse desconsagrado que estava na sua casa, ele deve ter sentido o cheiro do elixir que curou o menino. São criaturas viciadas, quando elas sentem o perfume do poder, ficam entorpecidas por ele. São como mariposas sugadas pela luz.

— Posso? — Aim perguntou. Lúcio estendeu a mão direita espalmada, para que ele falasse. — Pode ser um dos meus.

— O que eles são? Demônios? — Iago quis saber o resto.

— Já foram humanos. Usamos alguns desses para conseguir as coisas que precisamos. Tomadas de decisão, precipitações, alguns contratos ocasionais. O problema com um Damaled é que ele precisa ficar na coleira. Os que conseguem escapar ficam vagando pela terra e atormentando os vivos. O que corre nas veias de seu filho é como o cio de uma cadela para eles.

— Como está o menino agora? — Lúcio perguntou.

Iago engoliu a saliva parada na garganta antes de responder.

— Melhorando.

— Nesse caso é melhor deixar a natureza seguir o seu curso. E voltando à nossa pauta, o elixir continua sendo o melhor condutor entre o Céu e o Inferno. Nós precisamos encontrar Wladimir Lester porque ele é o selo, é graças ao sangue corrompido desse homem que conseguimos crescer em número e em vontade.

— Existem outros? — Iago quis saber.

— Existiram muitos. E talvez venham a existir mais alguns — respondeu Lúcio. — Mas se você me perguntar se alguma alma já foi tão indecisa quanto a desse cigano, eu preciso dizer que não. É essa ambiguidade, essa dualidade que faz esse homem alcançar tantas pessoas. É a dúvida que faz Lester ser tão irresistível e resistente aos anos. É por isso que eu preciso daquele cigano.

As luzes piscaram de repente, e mesmo que a escuridão tenha durado menos de um segundo, o retorno da luz trouxe de volta o demônio em sua forma mais velha e madura. Ele olhou ternamente para os quatro sentados à mesa.

— Vocês formaram um grande time, mas infelizmente minha paciência acabou. Se não me trouxerem a localização de Wladimir Lester e daquela estátua em 24 horas, vamos precisar nos despedir prematuramente.

— O que isso significa, Lúcifer? — perguntou Lucrécia.

— Que eu vou mastigar o coração de vocês.

III

A reunião terminou, o Diabo se foi, Lucrécia saiu sem se despedir dos demais.

Ela não tinha certeza se Lúcio realmente a mataria (ou faria coisa pior), mas achava possível. E pensou que, caso falhasse em encontrar aquele cigano, ela talvez merecesse o castigo. Ocupava um cargo de confiança, uma comandante, ela não tinha o direito de errar, não depois de tudo o que Lúcifer fez por ela.

Precisava pensar rápido e foi o que ela fez. Em apenas algumas horas de imersão silenciosa, Lucrécia Trindade sabia exatamente qual caminho tomar.

IV

Jonas não tinha uma cuidadora, uma babá regular, mas ele ficava na casa de uma amiga de Cíntia quando ela precisava atender algum cliente no horário das aulas. Não era incomum que ele almoçasse na casa de Juliana, mãe de seu melhor amigo, Rafael, e que passasse algumas horas por lá. Também era frequente o caminho inverso, expandindo o acordo para as outras casas e famílias. Antes da doença de Jonas, seus amigos tinham ficado na casa de Cíntia e Iago uma porção de vezes. As mães mais íntimas se intitulavam de "A Irmandade das Mamães". Os maridos chamavam o grupo de "Gestapo".

A família de Juliana morava no condomínio Águas Claras. Loteamentos caros, portaria, interfone e muitas câmeras. Um homem com seu cacetete dentro da guarita. Realmente parecia seguro.

Por volta das nove da manhã, Cíntia recebeu uma chamada de Juliana no seu telefone. Ela pediu licença ao cliente e foi atender à ligação em um cantinho mais discreto da casa. Ouviu o que Juliana tinha a dizer, se desculpou com o cliente e saiu correndo, tremendo bastante, se esforçando para conseguir acertar os números do novo smartphone de Iago antes de chegar no carro. Assim que ele atendeu, ela falou:

— Pegaram o nosso filho!

V

— Eu não aguento mais esperar, eu vou ligar pra Lucrécia — Iago disse, duas horas depois daquele primeiro telefonema.

A primeira coisa que ele e Cíntia fizeram foi ir até o condomínio de Juliana. Tudo o que descobriram (o amigo de Jonas, Rafael, contou a eles) foi que Jonas tinha sido "levado embora" por um "carro de comida". O carro de comida, Iago conseguiu apurar na portaria, era uma das vans de uma empresa de esfirras popular na cidade, a Bibisfirras, e havia sido roubada na noite anterior. A portaria deixou o carro entrar sem questionamentos, porque a Bibisfirras já tinha "registro no computador" há mais de seis meses, então, assim como muitas empresas cadastradas, era passe livre. Na delegacia, os policiais informaram que uma patrulha encontrou a van ao lado de uma escola pública, e imaginava-se que o sequestrador tenha feito a troca de carros naquele ponto, se aproveitando do entra e sai de crianças que sempre tumultuava a rua.

— Isso, liga pra sua amiguinha, Iago. Deve ter sido essa cadela que pegou o nosso filho.

— Não fala besteira, Cíntia. Por que ela faria isso?

— Pelo mesmo motivo que colocaram um demônio no quarto do Jonas. Deus do céu, onde você foi meter a gente?

Ela pegou o seu smartphone do braço do sofá e o segurou na mão direita.

— Eu tenho o número deles, Iago, das pessoas que estiveram aqui casa.

— Ah que ótimo, eu não posso pedir ajuda para a Lucrécia, mas você está pensando em ligar para aqueles psicopatas...

— Eles ajudaram o Jonas, falaram que poderiam ajudar a gente também.

— Você perdeu o juízo. O Priorado é uma gangue, são fanáticos.

— Pelo menos eles são seres humanos. — Ela começou a discar os números.

VI

O local do encontro foi definido pelo Priorado, uma beneficiadora de grãos desativada, há seis quilômetros da saída para a cidade de Velha Granada. Cíntia falou diretamente com Lazar. Ele não disse que tinha informações do menino, mas falou que talvez pudesse ajudar, se Iago fosse até eles. Não havia muito o que ver pelo trajeto, apenas a cidade morrendo aos poucos, as casas e pessoas deixando de existir. Os Molina chegaram em menos de meia hora. Atravessaram um portão de arame hexagonal e seguiram por mais ou menos quinhentos metros, até chegarem ao terceiro barracão, seguindo a indicação de Lazar. Não havia nada que indicasse a presença humana depois do primeiro portão.

— Tem certeza que é aqui? — Cíntia perguntou.

— É a localização que você me passou. Se você concordar, nós podemos voltar sem levar um tiro.

Cíntia deu uma nova olhada no perímetro. Não havia nada. Carros, pessoas ou animais. O barracão estava fechado, assim como os dois galpões anteriores que eles cruzaram.

Apesar dos protestos de Iago, ela desceu do carro e caminhou até o galpão. Bateu com as mãos espalmadas na porta de metal, fez um monte de barulho. Chutou a porta duas vezes. Iago já estava chegando para levá-la de volta.

Os dois ouviram um som curto e metálico e o portão começou a correr.

Cíntia reconheceu o homem chamado Yanco na abertura, o mesmo homem que esteve em sua casa. Segurava uma arma automática em sua mão direita — estava abaixada, rente às pernas. A arma não subiu enquanto ele olhava ao redor, procurando outras pessoas que poderiam estar com o casal.

— Somos só nós dois — explicou Cíntia.

Ele continuou a checagem visual e só depois de satisfeito aumentou um pouco a abertura do portão.

Yanco se afastou e permitiu que Cíntia avançasse. Iago olhou firme para ele, sem confiança alguma, mas também atravessou. Foi tomado em um mata-leão assim que passou pelo portão. Cíntia se assustou, mas não tentou agir. Ela viu aquelas pessoas ajudando Jonas, de uma forma muito estranha, quase conseguia confiar nelas.

— Me larga, porra!

Um segundo homem chegou para cuidar da geral. Bateu as mãos pelo corpo de Iago com um pouco mais de força do que seria necessário.

— Tudo certo com esse aqui — disse. O homem do mata-leão o deixou livre em seguida. Iago tentou recuperar a dignidade reajustando a camisa.

— Cadê o Lazar? — Cíntia perguntou a Rayna. A mulher do Priorado estava chegando até eles. — Precisamos falar com ele.

— Hoje vocês falam comigo. — O portão voltou a fechar e mais homens saíram das SUVs estacionadas no galpão. Os carros eram todos pretos, vidros escurecidos, sem placas. Não havia forma de diferenciar um veículo do outro.

— Sequestraram nosso filho — Cíntia explicou de novo o que havia falado com Lazar, pelo telefone. — Se não foram vocês, só podem ter sido os outros.

— Nós avisamos — Rayna disse. — Não pode confiar neles, em *nenhum* deles — ela olhou para Iago.

— Eu não faria nada contra o meu próprio filho.

— Você já vendeu a alma do menino — Yanco disse.

— Vocês não me conhecem. Não conhecem a minha família.

Com a aversão, Iago contabilizou suas chances de escapar caso as coisas fugissem do controle. Não havia a menor possibilidade de fuga. O Priorado estava em doze pessoas. Todos armados. Todos militarizados. Quatro deles mantinham as armas nas mãos.

— Nós precisamos do seu amigo — Rayna disse a Iago. — Se trouxer Wladimir Lester, vamos encontrar o seu filho.

— Eu não sei onde ele está. Lester fugiu.

Rayna riu.

— Bem, é uma pena. Matem os dois.

— Não, caralho! — Iago disse mais alto. Enquanto as armas se erguiam, espalmava as mãos como se pudesse parar as balas. — Ele sumiu, tá bom? — Manteve os olhos baixos — Lester me enganou e fugiu. Nosso pessoal também está atrás dele, mas ninguém sabe onde ele está.

Rayna ergueu a mão direita. As armas continuaram apontadas, sem disparos. Ela manteve a mão erguida.

— Faz quanto tempo?

— Uma semana.

— Como ele conseguiu escapar?

— Me enganando. Ele conseguiu uma arma e me ameaçou. Ele virou fumaça depois disso.

— Está em uma igreja — Yanco disse. — Se não estivesse em uma, o Diabo o encontraria.

— É possível. — Rayna concordou. — Mais algum detalhe? Alguma coisa que nos ajude a encontrar esse homem?

Iago manteve a boca fechada.

— Você vai falar de qualquer jeito. Quem procurou por nós foram vocês dois, quem precisa de ajuda são vocês dois.

— Iago, pelo amor de Deus, diz logo o que você sabe. Eles podem ajudar o Jonas.

Iago olhou para as pessoas armadas, também olhou para Cíntia. No rosto da esposa, encontrou desespero semelhante aos piores dias, quando Jonas estava lutando para continuar respirando.

— Não tenho certeza se vai ajudar em alguma coisa, mas alguém roubou uma estátua da igreja. Ela faz milagres. Meu pessoal não sabe se quem a roubou foi a mesma pessoa que assassinou o Zênite, ou seja, *vocês*, mas achamos que sim. A estátua pode ser uma isca para atrair o Lester.

— Errou duas vezes, gênio. Nós não roubamos nada e nem matamos aquele verme — Yanco disse. — Depois do primeiro tiro, Zênite concordou em entregar o Lester pra gente. Deve ter sido por isso que apagaram ele.

— Foi ele — Rayna disse para Yanco.

Yanco pegou a ideia no mesmo instante, sem que ela precisasse explicar. Iago não teve tanto êxito.

— Zênite não roubou nada, ele já estava morto quando…

Rayna não ouvia mais nada. Ela sinalizou que as armas descessem e sacou um rádio da cintura.

— PO5, na escuta? PO2 no QTH. Câmbio.

Na escuta, PO2, a voz respondeu pelo rádio.

— Temos uma pista do Milagreiro. Eu pego vocês em quinze minutos.

Rayna devolveu o rádio à cintura e Yanco jogou a chave de um dos carros a ela.

— E o nosso filho? — perguntou Cíntia.

Rayna desprezou a pergunta e foi até um dos carros. Abriu a porta do carona e disse a Yanco:

— Os dois ficam aqui. Se eles derem trabalho, pode amarrar.

— Como é que é? Estamos sendo sequestrados? — Cíntia perguntou.

— Estão sendo protegidos.

A SUV saiu do galpão e Iago começou a pressionar Yanco sobre a ajuda que teriam com o sequestro de Jonas. Tudo o que recebeu foi silêncio e pedidos de silêncio. Passou das perguntas para a provocação verbal, forçando uma reação. E nada. Apenas quando ele tentou sair do galpão, Yanco apontou sua arma e outro homem o amordaçou e prendeu suas mãos com fita lacre. Colocaram Iago em uma cadeira aos fundos, bem longe da porta. Cíntia pediu para que não o machucassem, mas não tentou confrontar ninguém. Quando as coisas se acalmaram de novo, ela disse a Yanco:

— Vocês podem falar comigo. Eu trouxe meu marido aqui, não trouxe? Eu podia ter procurado o outro lado.

— Você demorou uma semana para se decidir. E só fez isso porque pegaram seu filho.

— Moço, Yanco né? Eu não vou fazer nenhuma besteira, mas precisamos de ajuda para encontrar o Jonas. Seu amigo falou que ajudaria a gente, nós só viemos por isso.

— Seu marido é insistente demais, dona. Não cometa o mesmo erro. — Yanco fez um movimento sutil com a cabeça, convocando Cíntia para que caminhasse com ele. Iago ficou se remexendo a cadeira, incomodado e revoltado. Acabou se conformando e parando de grunhir depois que os dois passaram por ele.

— Café? — Yanco ofereceu a ela quando chegaram aos limites do barracão. Havia uma bancada, do lado de dentro o espaço acomodaria uma pequena cozinha (mas não existia nada ali, apenas uma pia). A térmica estava na bancada. — Os rapazes não ficam sem — Yanco explicou.

Cíntia recebeu um copo descartável, duplo, bem cheio. O primeiro gole desceu metade da bebida.

— Seu filho vai ficar bem.

— Como você sabe?

Yanco continuou servindo a bebida para si.

— Ele ficou melhor?

— Acho que sim. Por que isso está acontecendo com a gente? Eu não era tão fervorosa, mas fui batizada, crismada, e eu fiz aquele curso estúpido de casamento que não serviu pra nada. Isso não deveria me proteger?

— Não é culpa sua. Ou dele — Yanco olhou para a posição de Iago. Ele ainda mexia com as mãos, inutilmente tentando libertá-las. — O Inferno tem seus próprios interesses, ele usa quem precisa para alcançar seus objetivos. Seu marido deve ter chamado a atenção deles.

— E vocês? Como alguém toma a decisão de entrar nessa bagunça? Chamado divino?

Yanco sorriu.

— Antes fosse. Pense dessa forma, é como se alguém contasse um segredo que ninguém conhece. Depois de ouvi-lo, não se trata do que recebemos por nossa devoção, mas sim de não perdermos nossas almas.

Nossa fé em Deus assegura que nada será tomado pelo Inferno. Os demônios prometem o Paraíso, mas para cada favor recebido, você precisa entregar mais dois, mais dez, mais uma vida de favores. O apetite do Inferno é interminável, moça.

O rádio na cintura de Yanco fez um ruído curto e agudo.

— Na escuta.

Apenas estática. Yanco apertou novamente a locução.

— PO9, câmbio?

Nada de resposta do outro lado. Apenas mais chiado.

— PO9, responda.

Mais uma vez, nada.

— Hector? O que está acontecendo aí em cima? — Merda...

Sem resposta pela terceira vez, Yanco guardou o rádio na cinta e apanhou a automática da cintura.

A explosão veio em seguida.

VII

Só depois que o portão de aço se deformou como uma cortina, todos perceberam que um carro havia atravessado. Uma caminhonete Ford com reforço de aço no para-choque, propositalmente modificada para arruinar qualquer coisa que ficasse em seu caminho.

Depois da Ford, mais três carros entraram, dois Toyota e um Citroën.

Os dois homens que guardavam a entrada foram esmagados pelo Ford e o que sobrou do portão. Outro homem, mais recuado, foi atropelado pelo Citroën. Mais três do Priorado foram atingidos pelos atiradores que entraram depois da queda da defesa. Após o ataque inicial, restaram cinco do Priorado vivos, incluindo Yanco. Eles abriram fogo de volta, e Iago, ainda amarrado, só pôde fechar os olhos e torcer para escapar da chuva de balas. No meio da confusão, Cíntia se refugiou atrás de um dos SUVs, tapando os ouvidos e chorando. Era muita loucura. Aquele não era seu mundo, nunca seria.

Um dos homens do Priorado se refugiou atrás do mesmo SUV, que a essas alturas estava sendo crivado de balas. O soldado atirava de volta, e já tinha conseguido derrubar um dos invasores. Precisou parar de atirar para trocar o pente de balas. Quando ele se reergueu, um invasor o acertou na testa. O corpo caiu ao lado de Cíntia e ela começou a se encolher e a respirar depressa, trocando o choro pela pressão no maxilar.

Outro homem foi atingido e gritou no galpão, depois mais um. Cíntia não sabia quem estava caindo, mas pessoas estavam sofrendo, morrendo. Ela se abaixou sob o carro onde se escondia. Viu um homem do Priorado caído no chão do outro lado. Ainda agonizava. Outra pessoa chegou perto dele. Ela viu os coturnos. Também viu o tiro que executou o homem incapacitado. Um tiro no olho. Os calçados se afastaram. A cabeça morta girou para ela.

— Se alguém estiver vivo — disse uma voz de mulher —, essa é a chance de não morrer também.

— Lucrécia, puta merda, não atira em mim. — Cíntia ouviu a voz do marido.

— Tem um aqui — ouviu a voz de outro homem dizer. Depois ouviu mais gemidos de agonia. Eram reclamações dolorosas, a respiração da vítima estava entrecortada e carregada de secreções. Mais alguns passos. Cíntia via mais botas e coturnos. Também viu sapatos vermelhos, de salto alto. E meias-calças pretas e finas.

Alguém a puxou pelas pernas para fora do esconderijo. Cíntia se agarrou às rodas da SUV. Puxaram com mais força.

— Me solta! Não põe a mão em mim!

O homem que a puxava usou mais força e a tirou de lá. Em seguida colocou Cíntia de pé, a segurando pelos cabelos da nuca. Fez que ela se ajoelhasse ao lado de Iago, que continuava amarrado à cadeira.

— Tudo bem com você? — ele perguntou.

— Não, caralho — respondeu Cíntia. Olhou ao redor e foi retomada pelo horror. Estavam mortos, quase todos do Priorado e três homens de roupas normais, que deviam ser do grupo dos invasores. Yanco ainda estava vivo e de pé, mas parecia parcialmente sustentado pelos dois homens que o continham.

Os atiradores eram numerosos; em uma contagem rápida de Cíntia, havia pelo menos dez deles. Eram todos homens, à exceção daquela mulher, que ela nunca tinha visto, mas conhecia pelo nome graças a Iago.

— Ainda bem que vocês chegaram, como encontraram a gente? — Iago perguntou.

Lucrécia riu.

— Traidor de bosta. Você aprendeu direitinho com o Zênite. Encontramos vocês porque pegamos o seu filho.

— Cadê o Jonas?! O que vocês fizeram com o meu filho? — Cíntia se desesperou.

— Ele está bem. Você deve ser a Cíntia. Eu sou Lucrécia Trindade. Uma pena nos conhecermos nessa situação tão delicada, querida.

— Se você machucar o meu menino...

— Só depende de vocês dois. Se acalmem, por favor, sejamos práticos e objetivos e vamos acabar logo com isso.

— Lucrécia, acredita em mim, eu não traí ninguém. Eu estou amarrado, caralho.

Yanco tentou aproveitar a distração para escapar dos captores, o homem ao seu lado o socou no estômago. Yanco verteu algum sangue pela boca e voltou a se recompor. Cuspiu de lado. Continuava ofegando.

— Precisei do menino para vocês me trazerem até os covardes. Era a única maneira. Já sabíamos que a sua esposa tinha recebido essa escória em casa, estávamos de olho em você, imaginei que ela anteciparia uma decisão se o menino estivesse em risco.

— Eu ia ligar pra você, Lucrécia. Eu só precisava...

Ela riu, um riso descrente e ácido. Iago desistiu de falar qualquer coisa. Estava queimado com Lucrécia e ele próprio acendeu o fogo.

— Eu acho que você acabaria mesmo me telefonando, mas para não correr o risco colocamos um rastreador no seu celular novo. Chegamos até vocês via GPS, graças às bençãos da tecnologia. Facilitou nossa vida, Iago.

— Cadê o meu filho! — Cíntia gritou.

Lucrécia olhou para ela e levou o dedo indicador à boca. A decisão nos olhos bastou para silenciar Cíntia.

— Qual é o seu nome, vagabundo? — Lucrécia perguntou a Yanco.

— Não somos vagabundos.

— Claro que não. Vocês são uma milícia, são as boas pessoas que combatem o mal com assassinatos e torturas. Quero seu nome, desgraçado. Agora. — Ela puxou a bengala para cima e girou a empunhadura, expondo a adaga oculta. Deixou que a ponta ficasse em contado com a pele sob o olho esquerdo do prisioneiro.

— Yanco.

— Eu quero que você me faça um favor, Yanco. Quero que me diga onde está Wladimir Lester.

— Eu não sei. E mesmo que soubesse, você não ia tirar isso de mim.

— Não me subestime, rapaz. Você não me conhece.

Yanco tossiu e seus dentes ficaram vermelhos. Longe de se compadecer, Lucrécia colocou a lâmina em um dos ferimentos de tiro que ele levou no peito. Yanco gritou, gemeu e se encolheu, os homens o forçaram a continuar de pé.

— Canta, passarinho. Canta ou vai morrer nessa gaiola.

— Chega dessa tortura, pelo amor de Deus! — disse Cíntia. — Eles foram atrás desse homem na igreja, na mesma onde roubaram uma estátua. — Lucrécia conferiu no rosto de Iago se ela dizia a verdade, Iago assentiu.

— Isso é um ponto de partida, mas não serve pra muita coisa — Lucrécia concluiu.

Ouviram a campainha de um celular em seguida. Um pequeno plim. Yanco se mexeu como se tentasse esmagá-lo em seu bolso. Lucrécia fez questão de apanhar ela mesma o smartphone. Havia um endereço inserido na tela, uma localização em um aplicativo de GPS.

— Quem disse que não existem milagres? — Ela sorriu para Yanco. — Vocês não podem protegê-lo dessa vez. Não vão.

Lucrécia ficou com o celular e deu um passo na direção do Toyota.

— Tragam os três. O senhor Molina vai comigo.

Os homens armados obedeceram e cada um deles entrou com um prisioneiro em um carro diferente. Em menos de dois minutos, tudo o que restou no galpão foram os restos do massacre.

VIII

— Lucrécia, por favor, faça o que quiser comigo, mas esse silêncio está me matando. Não foi minha culpa o que aconteceu, eu não ajudei Lester a fugir, eu não criei esses lunáticos.

O carro tinha rodado apenas alguns quilômetros de uma estrada de terra secundária, mas para Iago parecia bem mais. Ele insistia com as perguntas, mas Lucrécia e o homem armado ao seu lado não alteraram sequer as respirações.

— Podemos parar — ela disse ao motorista. O carro estava ao lado de uma plantação de cana-de-açúcar.

Iago olhou pelos vidros do carro, os outros cinco carros do comboio (havia mais dois veículos do lado de fora do barracão) também paravam. O homem armado que estava ao lado de Iago desceu do carro e manteve a porta aberta.

— Eu tinha fé em você, Iago. Um homem esperto, já tinha tratado indiretamente com gente nossa, eu não queria acreditar que você mudaria de lado.

— Não foi assim que aconteceu, eu não traí vocês. Por favor, Lucrécia, pelo que é mais sagrado, não machuquem a Cíntia e o meu filho. Eu só quero minha família de volta.

— Terminamos por aqui, Iago. O Lú tem uma frase engraçada sobre confiança, ele sempre diz que levamos uma eternidade pra conquistá-la e apenas um segundo para perdê-la.

— Onde está o meu filho, Lucrécia? O que vocês fizeram com ele?

— Melhor descer agora. — Ela apanhou a bengala. Não precisou puxar a lâmina.

Iago desceu. Cíntia também estava sendo colocada pra fora do carro. Ela correu na direção dele. Estava com o rosto vermelho de choro, de raiva, de tudo.

— Por favor... o meu filho — ela implorou a Lucrécia.

O homem armado que havia descido do carro voltou a entrar. Os vidros subiram. O carro saiu.

— Meu filho, desgraçada! Cadê o meu Jonas! Cadê o meu filho!?

Cíntia caiu de joelhos, juntou um punhado de terra em cada mão e deixou o choro brotar. Sentia como se ela mesma tivesse assassinado seu filho.

— Levanta, a gente precisa sair daqui. Precisamos avisar a polícia.

— Avisar, Iago? E o que nós vamos dizer? Que o Diabo sequestrou nosso filho? Que a santa inquisição está de volta?

Ele tentou encontrar uma resposta razoável — não, não havia. O que existia era arrependimento e desespero de sobra. Havia a sensação de ter feito todas as escolhas erradas possíveis em um período muito curto de tempo.

O celular de Iago vibrou assim que o comboio desapareceu na poeira da estrada. Iago o apanhou e reconheceu o remetente. Era de Lucrécia.

"Agradecemos pelos serviços prestados, mas estamos rescindindo seu contrato. Desejamos maior sorte no futuro. O depósito de sua rescisão, seu bem mais precioso, está seguro no Vagão do Turco."

— O que isso significa? — Cíntia perguntou.

— O Jonas está vivo, Cíntia. Graças a Lucrécia, nosso filho está vivo.

IX

Todo especialista reconhece: bananas de dinamite, barris de pólvora e multidões sob pressão sempre encontram uma maneira de explodir.

Quis o destino (e a entrevista emocionada de Lucrécia) que, naquela sexta-feira, o maior público que a igreja Estrela Eterna veria em sua reexistência se reunisse para orações e vigília, em frente às portas fechadas da assembleia. O mesmo destino, sempre preciso e muitas vezes manipulável, também garantiu que um bom número de justiceiros furiosos se inflamasse ainda mais ao longo da semana anterior, graças ao disse-me-disse e às reportagens da TV que promoviam Zênite Argentum a uma espécie de santo.

Pouco depois das três da tarde, as portas da Estrela reuniam todo tipo de desgraçado, muitos deles um pouco menos desgraçados nos últimos meses, graças à tal igreja de Satã. Pessoas comuns que mergulharam no sagrado de uma hora para a outra, e agora se afogavam na ausência de suas bençãos e milagres. Faltava apenas um impulso, uma pequena fagulha para que tudo se tornasse caos.

Um start orquestrado horas antes, entre Lucrécia Trindade e seu comandante.

Lúcio Ferro tinha um nome poderoso, mas preferia operar no anonimato. Sendo um mestre da manipulação e do ardil, o caído jamais desperdiçou uma chance de provar o quanto um ser humano médio pode ser feito de idiota.

O Diabo encarnado em um homem maduro passou algum tempo observando a plateia, analisando seus receios, experimentando sua coragem e seus impulsos destrutivos. Não estava em seus planos promover um embate direto com os cristãos, não ainda, mas haveria melhor hora de confrontar as ratazanas do altíssimo? Existiria melhor hora de provar aos seus acionistas e colaboradores que ninguém brinca com Satã? O que mais ele precisaria fazer em Três Rios, ele ou os outros poderes, para que aquela cidade se desse conta de sua própria escuridão? Para que aquela terra podre reconhecesse seu verdadeiro mestre?

Seus ouvidos coçavam a cada oração desperdiçada.

Sua igreja era escura, havia pentagramas expostos — e muitos outros símbolos e sigilos escondidos —, os fiéis recebiam seus créditos de uma estátua que muitos sabiam ser maldita. E eles não se importavam, e no ápice de sua falta de critério, chegavam a agradecer ao poder errado. As velhas beatas eram as piores. Criaturas ultrapassadas, não por fora, mas por dentro. Não no corpo, mas no espírito. Mulheres que secaram suas vontades como maçãs atiradas no forno.

Entre as mais jovens, havia pelo menos sete que tinham se deitado com Zênite, consumido de suas porcarias e bebido de seu sêmen. Lúcio sabia sobre elas, claro que sim, como também sabia que, enquanto oravam, seus pensamentos estavam apenas nas coisas que elas perderam com a morte do velho. Os luxos, os privilégios, o exibicionismo.

Mais cedo, Lucrécia pediu a ajuda de Lúcio. Segundo ela, Lester seria localizado naquele mesmo dia, mas poderia haver retaliações rápidas depois do primeiro confronto com o Priorado — e um problema que se tornaria maior caso a polícia decidisse se envolver (porque obviamente os maníacos do Priorado tentariam colocar a polícia atrás do comboio de Lucrécia assim que alguém informasse o ataque ao galpão). Ela precisava de uma distração que limitasse tanto a polícia quanto as ações coordenadas do Priorado. E Lúcio precisava ressignificar um pouco da raiva e do desapontamento que sentia. Zênite tinha que morrer, claro que sim, mas agora ele não tinha Zênite, Lester ou a Ciganinha. Não tinha sequer a confiança de seu esquadrão de empresários.

Lúcio esperou a hora certa, e a hora certa pareceu demorar um pouco demais, mesmo para um ser eterno. Enfim, as orações e cantos diminuíram, trazendo o momento ideal para ele atravessar as flores e ofertas, os cartazes e as velas, e conseguir alcançar as portas da Estrela Eterna. Lúcio avançou e se posicionou, raspou a garganta e realinhou as cordas vocais. Alterou minimamente a textura do aparato vocal, para que a voz saísse mais grossa e empostada.

— Zênite não irá voltar, meus amados irmãos.

Algumas pessoas olharam para ele, curiosas e um pouco irritadas. Lúcio gostou do segundo sentimento e repetiu mais alto:

— Zênite não irá voltar. Mataram nosso líder, tiraram a vida daquele que nos livraria das nossas misérias.

— Fica quieto, porra, as mulheres tão rezando.

Quem cometeu o ato falho foi um sujeito grande e barrigudo, que provavelmente passava mais tempo coçando a bunda do que valorizando a própria vida. Lúcio pediu que ele chegasse mais perto. Pediu com gentileza, com um sorriso nos lábios. O homem aceitou a intimação, ansioso para arranjar uma confusão de verdade.

Quando estavam a menos de um metro, Lúcio o esbofeteou, e o golpe foi tão forte que o gigante tombou. Teria caído de costas se não tivesse sido amparado por outras três pessoas.

— Como eu dizia, mataram nosso Zênite, nosso alvorecer, apagaram a luz da nossa estrada. Desculpe por ter agredido esse homem na frente de vocês, mas Zênite era meu irmão. Irmão sim, irmão de sangue. Acho que vocês entendem como eu me sinto...

O murmúrio de pesares se espalhou rapidamente.

— De certa forma, ele também era irmão de todos vocês. Irmão, pai e conselheiro, muitas vezes foi marido. Zênite era um homem com os pecados dos homens, mas tinha a chama do sagrado ardendo em seu coração. Ele tinha planos. Tantos planos...

Algo que poucos sabem — e muitos se esquecem —, é que o Diabo conhece o nome e as preferências das pessoas que entoam seu evangelho. Quando o Diabo deseja, cada pequeno pensamento negativo chega a ele como uma prece, um mapa, uma chuva de palavras desperdiçadas. Naquele momento, ele quis ouvir os anseios de todas aquelas pessoas pequenas e irritantes.

— Dona Nicéia, a senhora mesmo. Sua máquina de lavar novinha estava nos planos dessa igreja. O carro novo do seu Irineu, o Enem da Fabiana e até mesmo a reeleição do senhor, seu Cláudio Marras, estavam nos planos do nosso padrinho.

— Como você sabe dessas coisas? — Irineu perguntou.

— Eu sei o que Zênite me contava. E o que ele *ainda me conta*, agora que se livrou da prisão da carne.

— Ele tá aqui? O seu Zênite? — outra mulher perguntou, olhando ao redor e se segurando para não começar a rezar de novo.

— Está em todo lugar. Na voz do criador, nos desejos dos irmãos, nas graças que não poderão ser atendidas.

Lúcio tomou fôlego e gritou:

— ZÊNITE MERECE JUSTIÇA!

Em um primeiro instante, os rostos mostraram insegurança, mas a energia emanada pelo demônio evaporou qualquer traço de temor. Era a voz do comandante dos exércitos, a voz daquele que se levantou contra o poder e os desmazelos da criação.

— JUSTIÇA — um dos cachaceiros do bairro, Edvaldo "Litrão", que estava por ali atrás de moedas, também gritou.

— Sim! Justiça sim! — Lúcio repetiu. — Olhe no seu bolso, Edvaldo. No bolso esquerdo da sua calça.

Um pouco desconfiado, Litrão conferiu o bolso. Trouxe algo na mão das profundezas da calça de tergal. Quando viu o que era começou a chorar.

— Duzentão! Seu Zênite me deu duzentão mesmo depois de morto! É um milagre! Milagreeeeee! Glória ao eterno!

As pessoas começaram a especular imediatamente. Era um milagre? O espírito de Zênite podia realizar milagres?

Sim, era um milagre! E se havia um, poderia haver muitos mais.

— Escutem, meus irmãos. Essa igreja irá continuar, nós teremos um novo orador, um novo guia. Também vamos recuperar nossa santinha. Mas devemos esperar sentados que esse novo irmão também seja morto? Vamos esperar, com a bunda nos bancos, que os falsos adoradores das outras igrejas levem embora nossos milagres?

— Nem fodendo! — disse Litrão.

— Eles roubaram nossos milagres! — Cláudio Marras se encorajou. — Roubaram! Eles roubaram e vão roubar de novo!

— E o que nós vamos fazer? — perguntou Lúcio. — Como vamos trazer a justiça que nosso amado Zênite merece? Como manteremos nossa igreja viva?

— Vamos arregaçar as igreja desse bando de filhadaputa! — O gigante esbofeteado acordou; enfim a confusão que ele tanto procurava.

— Sim, meus abençoados! É isso que Zênite quer! Se fizerem isso pelo meu irmão, vão chover tantas bençãos que teremos uma enchente em Três Rios! Vamos fazer a justiça que os homens já não fazem, meus filhos! Glória ao príncipe! Glória ao ETERNOOOO!

— Glóriaaaaa! — a febre nos corações se manifestou e começou a se alastrar pelas ruas da igreja.

Lúcio caminhou com a massa histérica por alguns quarteirões, inflando e insuflando, e ele mesmo puxou o coro de "Justiça para a Estrela" — e também fez questão de atirar a primeira pedra nos vitrais da igreja dos cristãos. Quando um número razoável de pessoas o seguiu, comovidos e atirando mais pedras e outros entulhos, ele se dispersou do povo. As autoridades não teriam olhos para Lucrécia com tamanho levante popular. Os sócios se sentiram empoderados. E, na verdade, ele estava se sentindo muito bem com o que havia feito. Estava pronto para reencontrar Wladimir Lester.

X

Três madrugadas depois de Lucrécia assassinar Zênite, Lester visitou a igreja Estrela Eterna. Desde o dia dos assassinatos, o cigano estava se passando por morador de rua, acampado nas redondezas, esperando o melhor momento para agir. Ele teria recuperado a Ciganinha na mesma noite em que fugiu de Iago, mas então viu Lucrécia e o que Lucrécia fez com Zênite e as duas moças. Lester viu os corpos caindo, ouviu Zênite gritando e fugiu.

Voltou para a igreja dias depois, também de madrugada, e no meio da confusão de pessoas que se reunia na frente da igreja, ele conseguiu entrar por uma das janelas. Do lado de dentro, Lester depredou as coisas que poderiam gerar milagres (as hóstias preparadas e seu elixir já diluído para as próximas missas) e libertou a Ciganinha de seu novo cárcere. Ele também fez um pedido para a estátua, um pedido simples e de coração aberto. Queria recuperar alguns quadros para si. Como resultado, Lester encontrou um monte de dinheiro do falecido Zênite escondido no nicho onde ele guardava a estátua.

Quem o viu saindo da igreja, todo encapuzado com a estátua enrolada em um cobertor, foi um menino chamado Marlon Brando da Silva. Ele também morava na rua, e desde que Lester chegou, o menino não tirava os olhos dele. Em parte porque o homem novo da rua era esquisito mesmo, mas principalmente porque uma vez, no meio da madrugada, Marlon o viu pintar um azulejo branco com seu próprio sangue. O homem novo da rua ficou todo esquisito quando pintou o azulejo, parecia uma daquelas pessoas de filmes de terror. A pintura que ele fez não era bonita, era o rosto de um monstro ou coisa parecida, mas o que aquele homem fez com dedos e sangue, outras pessoas não conseguiam fazer com pincel e tinta.

Depois que Lester roubou a Ciganinha, o menino chamado Marlon foi atrás dele. Lester parecia saber exatamente aonde iria, e o menino não tirou os olhos dele até que Lester falou com um vigia noturno, deu um monte de dinheiro pra ele, e desapareceu naquele prédio bonito e esquisito, onde as pessoas pagavam para entrar e ver quadros. O pessoal da rua sabia onde ficava a galeria, alguns deles vigiavam carros ou simplesmente esmolavam ali por perto. Depois o homem que pegou a estátua saiu de novo, carregando mais coisas. E o menino o seguiu mais uma vez.

Marlon não tinha nada a ver com a vida do homem novo na rua, e não pretendia denunciá-lo pelo roubo da estátua, mas o menino acabou contando para um outro homem, que também morava na rua, sobre o que viu naquela noite. O homem falou para Marlon nunca mais falar no "assunto" com ninguém, porque tinha morrido gente na igreja e iam culpar o "moço da estátua", em vez de procurar o verdadeiro assassino. Marlon também sabia quem tinha matado o "pastor esquisito da igreja do capeta", que tinha sido a "moça loira bonitona", mas ele jamais diria a alguém que viu coisa alguma. E agora diria muito menos. Marlon Brando da Silva foi retirado da rua pelo juizado de menores um dia depois de contar ao amigo sobre o roubo da estátua que fazia milagres.

Dias depois, apareceram uns homens de máscara batendo nos desabrigados e perguntando sobre a mesma estátua, e de alguém chamado Wladimir Lester. Quando eles bateram na pessoa certa, o homem contou a história de Marlon, explicando que o homem com a estátua entrou no lugar onde as pessoas "vão ver quadros", e de lá ele foi até o Mosteiro dos Frades, de onde não saiu mais.

Esse era o endereço que tanto o Priorado quanto Lucrécia Trindade tinham em mãos enquanto uma multidão cada vez maior distraía as autoridades, atacando diferentes igrejas e comércios da cidade de Três Rios.

XI

Lucrécia precisou tomar dois desvios para chegar ao mosteiro. Os impedimentos, ambos causados pela polícia no bairro do Limoeiro, tentavam conter uma turba de munícipes histéricos, armados com paus e pedras, que destruíam parte do bairro. O que começou como um ataque direcionado a igrejas, e pedidos de justiça, rapidamente evoluiu para uma espécie de vômito social, onde cada indivíduo encontrava seus próprios motivos para se vingar do bairro, da cidade, do estado, do país inteiro. Oh, sim, e havia muitos motivos.

Os munícipes tinham feito uma barricada e incendiado pneus para barrar o avanço da polícia. Como os oficiais não eram muitos, e tampouco recebiam o salário necessário para se jogarem em um inferno popular como aquele, a decisão foi isolar os exaltados até que os reforços das outras cidades chegassem. Passe livre para Lucrécia e seu comboio a alguns quarteirões.

Capacitada com alguns milagres do Inferno, Lucrécia observou de longe o motivo oculto para a potencialização daquele levante popular. Eram os demônios de Aim, Damaleds, a tropa particular de Lúcifer. Estavam por todos os lados, se debruçando nos vivos, incrementando a raiva e a insatisfação que as pessoas escondiam por dentro. Uma pequena semente de fúria era amplificada ao ódio extremo por eles, usando o mesmo ódio como combustível e comburente, fazendo com que as chamas da violência queimassem e se retroalimentassem em um fogo coletivo e exponencial. Enquanto as pessoas (gente comum que acorda cedo, dorme tarde e rala feito um condenado para pagar as contas e cuidar dos filhos) se armavam com paus, pedras e cacos de vidro, e se uniam para apedrejar comércios e saqueá-los, os demônios de Aim tomavam energia e vigor, ao ponto de suas peles cinzentas e pálidas ganharem uma tonalidade avermelhada e fulgurosa. Mesmo para Lucrécia, já acostumada com a presença do Inferno na terra, a cena impressionava.

Ela e seus homens conseguiram desviar dos levantes sem a abordagem da polícia, mas o Priorado estava em vantagem, e já deviam ter conseguido entrar no mosteiro. Talvez não tivessem encontrado (ou aniquilado) o cigano, mas sua presença tornaria tudo mais delicado.

Mais perto do Mosteiro dos Frades, um dos carros do comboio se destacou e partiu na frente, para mapear a situação.

Exatamente como Lucrécia havia pensado, o Priorado tinha tomado o perímetro. Havia atiradores posicionados em pelo menos duas construções próximas ao mosteiro, além dos homens que poderiam estar nos carros, esperando para atirar. Muitos poderiam estar dentro do próprio mosteiro.

Lucrécia comandou que a frota parasse e foi até o carro onde estava Yanco. Pela quantidade de ferimentos, ele estava aguentando bem.

— Ele é durão — o homem que o escoltava disse. Yanco gemeu alguma coisa e ela trocou de lugar com o homem armado, sentando ao lado do prisioneiro. Havia muito sangue em Yanco; durão ou não, ela precisaria ser rápida ou ele morreria antes de ser negociado.

— Yanco Lorca... seu nome não é muito comum.

Ele respirou mais fundo. Calado.

— Yanco Lorca, casado com Rayna Lorca. Sem filhos, sem endereço fixo, fichado na polícia em 2016, depois de abrir fogo contra uma igreja em Martírios. Quer falar sobre isso?

— Vai pro Inferno.

Lucrécia riu.

— Você vai me colocar dentro daquele mosteiro, Yanco Lorca. Vai me ajudar nisso ou sua esposa vai morrer antes de você.

— Ninguém vai te ouvir. Eu não sou importante, a Rayna não é importante, nossa missão é a única coisa que... — uma pequena tosse, sem muita energia —... importa.

— Veremos, meu amigo.

Lucrécia desceu do Toyota e coordenou alguma coisa com o outro carro, Yanco não conseguiu ouvi-la. Ferido como estava, com a quantidade de sangue que havia perdido, os sentidos já não eram os mesmos.

Logo outros dois homens o retiraram do carro.

Lucrécia fez questão de amordaçá-lo ela mesma.

XII

Lucrécia sabia que Yanco tentaria ordenar sua própria execução, e essa parte do problema foi resolvida com aquela mordaça. O restante do plano, ela resolveu com dois homens de apoio, cada um com uma arma, ambas apontadas para a cabeça de Yanco. Caso os atiradores acertassem um dos homens na tentativa de resgatar Yanco, o outro acabaria com ele. Simples e eficaz. Como ela gostava de agir.

Ela amarrou os cabelos, colocou óculos de grau e mudou a cor do seu terninho para um bege mais impessoal que uma tarde de terça-feira. Com sorte, não a reconheceriam naqueles trajes sonsos e ela poderia falar com as pessoas certas antes de levar um tiro. Lucrécia costumava ser uma das lideranças mais discretas de Lúcio, mas então precisou colocar seu rosto na TV e arriscar o anonimato. Ela, que sempre preferiu os bastidores, onde tudo é mais linear e eficiente.

Mesmo sem ser reconhecida, ela conseguiu avançar despercebida apenas até a metade do quarteirão. Pela periferia dos olhos, via os primeiros homens à paisana passando informações pelos rádios de lapela, se refugiando atrás de carros, se misturando às poucas pessoas que estavam na rua naquele momento. Com a violência estabelecida na cidade, quase ninguém se aventurava.

Ela seguiu sem ser perturbada, uma mulher e sua bengala, uma possível visitante daquele mosteiro tão estranho. Desde o incêndio do antigo orfanato, as pessoas evitavam o lugar. Mesmo com a presença dos frades, o prédio era considerado assombrado, perigoso, até mesmo maldito.

Havia dois homens do Priorado à frente dos portões. Para alguém que não soubesse quem eram, poderiam se passar por agentes da polícia. Estavam de preto, usavam coletes, coldres e coturnos, seguravam armamento pesado, cruzado contra o peito.

— Estamos fechados — um deles disse a Lucrécia e avançou lateralmente, impedindo que ela chegasse ao portão.

— Como fechados? Não é possível! Eu telefonei e me disseram que estariam abertos. E o que vocês estão fazendo aqui fora, cheios de armas? Os padres ficaram violentos? — Sorriu.

— Dona, a senhora precisa ir embora, é perigoso ficar na rua. As pessoas estão loucas.

— Imagino que sim. — Ela foi anulando o riso. — Agora podem confirmar quem está no comando dessa operação? Acho que eu tenho um nome, mas preciso ter certeza. Seria... Lazar? Ou Rayna? Isso, acho que é isso mesmo. Rayna Lorca. Cadê a biscate?

Os homens mudaram de posição vigorosamente. Agora, as duas armas apontavam para o rosto de Lucrécia.

— Quem é você? — o mesmo homem que falava com ela perguntou.

— Lucrécia Trindade. — Ela retirou os óculos de grau e os deixou cair no chão. — Eu conheci um amigo de vocês, Yanco Lorca. Ele acabou levando uns tiros. Eu e meus amigos garantimos que ele sobrevivesse, então, se puderem chamar a esposa dele, eu fico agradecida.

Um dos homens virou de costas e se comunicou via rádio com alguém. O outro manteve a arma apontada. A fim de se mostrar segura — como de fato estava —, Lucrécia encarou o homem armado e pisou nos óculos que derrubou no chão, até que ouvisse a lente explodindo. O primeiro homem do Priorado terminou de falar no rádio e voltou a falar com ela.

— Sabe mexer nisso? — perguntou, estendendo o mesmo rádio que ele usou. Lucrécia apanhou o aparelho.

— Cadê o Yanco? — a voz no rádio perguntou. Era uma mulher.

— Rayna? Muito prazer, querida, meu nome é Lucrécia. Câmbio.

— O que você fez com ele? Onde está o meu marido?

— Está vivo. Mas para ele continuar respirando, você precisa tirar seus homens da rua e me colocar dentro do mosteiro. Consegue essa proeza? Câmbio? — ela disse olhando para os homens armados. Tapou a boca do rádio e sorriu: — Eu sempre adorei falar Câmbio.

A resposta dos homens foi o silêncio, Lucrécia aproveitou para conferir o que havia depois dos portões. A porta de entrada do mosteiro estava fechada, mas ela notou alguns vultos passando rapidamente na frente das janelas.

— Eu quero falar com o Yanco — o rádio voltou a falar.

— Temos um acordo? Câmbio.

— Primeiro eu preciso saber se ele está bem.

Lucrécia devolveu o rádio ao homem.

— Eu vou soltar os cabelos, depois vou subir meus dedos e assoviar. Não atirem em mim, por favor — ela explicou aos guardas do Priorado. Primeiro cuidou dos cabelos. Depois do assovio.

Houve um silvo parecido em resposta, mais distante, e dois homens apareceram no começo da rua. Carregavam Yanco. O avanço era lento, o prisioneiro não parecia ser capaz de andar sem a ajuda dos captores.

Rayna saiu de uma das casas da rua carregando uma arma na mão direita. Ela não foi até o marido, mas avançou até Lucrécia e colocou a Taurus em sua testa.

— Solta ele, sua puta!

— Muito prazer, Rayna. Infelizmente, eu não posso libertar seu marido agora.

— Então você vai morrer antes dele.

— Morrer, viver... não faz tanta diferença quando nós sabemos pra onde ir. Quer me matar? Vá em frente. Mas seu marido morre junto.

— Você acha que eu me importo?

— Rayna. — Alguém intercedeu, saindo dos portões da casa dos frades e chegando rapidamente ao calçamento. Vestia-se como qualquer outro soldado do Priorado. — Ninguém precisa morrer. — Em seguida, virou-se para Lucrécia. — Wladimir não está aqui. Nós evacuamos o prédio, estamos procurando há horas.

— E por que vocês ainda estão aqui?

— Lucrécia Trindade... sim, sim, ouvimos falar de você. A número um do Inferno. Meu nome é Lazar, a Rayna você já conheceu. Estamos aqui para ter certeza que aquela barata não está escondida em algum canto.

— Não, vocês estão aqui para matá-lo.

— Acaba com ela, Lazar, atira nessa maldita! — Yanco gritou de onde estava. A voz soava cansada, mas chegou com clareza aos ouvidos de Lazar e Rayna. Lazar não lhe deu atenção e consultou o relógio. Voltou a olhar para Lucrécia.

— Eu preciso entrar — ela disse. — É a única forma do seu amigo viver.

Lazar olhou para Rayna, ela sacudiu a cabeça em negativa.

— Tudo bem, Lucrécia. Nós acabamos com a festinha de vocês naquela churrascaria canibal, vocês mataram sete dos nossos. Parece que empatamos. Eu vou tirar meus homens do mosteiro. Você entra sozinha e tem dez minutos para sair, apenas para ter certeza do que eu já disse. Não tem cigano, não tem quadros, não tem estátua, não tem mais nada. Se você não sair em dez minutos, nós mesmos atiramos no Yanco e nos seus dois amigos. Depois entramos e atiramos em você.

Lucrécia ensaiou uma expressão divertida com o rosto.

— Parece bom pra mim.

XIII

Os homens saíram e Lucrécia entrou, recostando a porta do mosteiro e modificando suas roupas de volta ao vermelho. Pelo rádio oculto que mantinha consigo, deixou ordens com seus dois homens para que atirassem em Yanco caso alguém invadisse o prédio, antes ou depois do prazo combinado.

Se encontrasse Lester, ela não precisaria sair pela mesma porta, bastaria chamar Lúcifer e ele os resgataria, como havia sido feito em Martírios. O demônio não costumava colocar diretamente suas mãos no fogo, mas ele faria qualquer coisa para assegurar que seu bem mais precioso, Wladimir Lester, continuasse vivo. Se Lúcifer ficasse muito irritado, talvez ele mesmo acabasse com aqueles maníacos que se autoproclamavam os salvadores da humanidade.

— Lester? Sou eu, Lucrécia — ela disse, depois de garantir que os homens do Priorado tinham saído. Ainda estava na área destinada à recepção. — Eles já foram, eu estou sozinha.

Lucrécia cruzou a sala e avançou um pouco mais devagar no corredor principal, tirando o peso dos passos.

O eco falava alto. Os homens do Priorado tinham razão, o lugar parecia vazio. Os cômodos estavam todos com as portas abertas. Dentro de todos os quartos havia a mesma situação de abandono apressado. Sendo uma casa de frades, havia muitos crucifixos e imagens sagradas. O cheiro de sabonete e do pós-barba dos homens ainda estava nos quartos, se assomando à velhice e à castidade que eles exalavam pela pele. Lucrécia sentia nojo.

— Lester, eu sei que você está aí. Me ajuda a te ajudar, cigano. Eu não entendo por que você fugiu de gente, mas seus amigos do Priorado estão por todos os lados. Eu não tenho como proteger você de todas as balas, não sozinha. Nós precisamos tirar você daqui.

Avançou até o refeitório; tudo exatamente como nos cômodos anteriores.

Era desconfortável caminhar pelo mosteiro, um espaço morto e sem progresso. Uma tumba. O que aquele homem cigano queria encontrar em um lugar tão estéril? Que espécie de doença espiritual tinha acometido Wladimir Lester?

Lucrécia fechou os olhos e voltou ao silêncio.

Com o corpo privado da visão, a audição se esforçaria para compensar a perda. Talvez os ouvidos fossem mais úteis que os olhos. Ela controlou a respiração para que nada quebrasse a quietude. Ouviu um pássaro cantando lá longe, falando sozinho. Depois ouviu alguns rumores da rua, o som do motor de um carro gritando. Cães latiram.

Ficar de olhos fechados era incômodo. Sentia-se exposta, vulnerável e impotente. Tudo o que os seus sentidos diziam era para tomar cuidado, que ela era um alvo em potencial e que não demoraria a ser atingida.

Chegou mais perto de uma das paredes do refeitório.

Sempre de olhos fechados, seguia tateando, sentindo as paredes, se concentrando em cada pequeno estalido. Até que ouviu. Um pequeno estalado, como se alguém pisasse em pedrinhas de concreto.

Lucrécia abriu os olhos e voltou a sair do refeitório. Não havia cômodos na parte do corredor que correspondia ao espaço onde ouviu o ruído. Havia apenas a parede e um quadro bem grande — ia praticamente do chão ao teto —, de um homem chamado Dom Giordano. Ela se aproximou e tentou empurrar a moldura para os lados. O conjunto se movimentou com facilidade. Lucrécia a afastou mais e enxergou uma porta.

— Eu sabia que você estava aqui.

XIV

O cheiro das tintas era tão forte que Lucrécia lacrimejou assim que cruzou a passagem. Mas não era apenas tinta, havia também algo fuliginoso e antigo, os fósseis de um incêndio. Mesmo depois de tanto tempo, ainda estava lá. O que sobrou dos tecidos, da gordura das peles, o vapor dos cabelos arruinados.

— Onde você está?

Não houve resposta.

— Nós precisamos sair, cigano. Aquelas pessoas vão matar você.

Ouviu novamente o som estalado, de algo se quebrando. Depois ouviu a voz:

— Vão sim. É o que eles fazem. Como me achou, gajin?

— Você é bom em se esconder, mas eu sou ótima em encontrar. — Lucrécia seguia tateando as paredes.

Havia um brilho amarelado naquela fornalha inativa, mas era insuficiente para que alguém se orientasse. Lucrécia acendeu a luz de emergência do celular para ajudá-la e se surpreendeu novamente.

• • •

Eram quadros e mais quadros. Não apenas alguns que Lester apanhou da exposição, mas quadros novos, que refletiam as coisas que ele via no mundo novo e estranho onde fora inserido. Paisagens urbanas e frias, populações miseráveis, o rosto de uma criança derretendo na chuva. Pingos se misturando com as lágrimas, a tristeza escorrendo pela pele em finos rios de fuligem. Havia telas com a carne dos açougues, peixes decepados dos mercados, um banquete feito de cabeças, tripas e fetos humanos. Entre tantos horrores, uma imagem que ela não poderia confundir.

— Você me pintou.

Ela ainda não via Lester, mas podia ouvir sua respiração. Não parecia natural.

— Desculpe se a ofendo, mas é assim que eu te vejo. Metade mulher, metade demônio, metade ajuda, metade ameaça, parte salvação, parte condenação. Eu só consigo pintar o que eu sinto, mulher, e em você existe a dualidade.

Lucrécia sentiu as lágrimas brotando, discretas, lágrimas que morreriam dentro dos seus olhos.

— Não me ofende. Já faz muito tempo que ninguém se interessa por mim dessa forma.

Lucrécia mudou a posição da luz e o encontrou. Lester estava a alguns metros no mesmo cômodo, sentado no chão e recostado à parede. Havia tinta em seus cabelos, em seu rosto, tinta nas roupas e nos pés descalços. E havia uma estátua quebrada, estilhaçada ao seu lado. Lester mastigava um pedaço dela, do gesso, uma parte da cabeça da Ciganinha.

— O que você fez, meu amigo?

Lester engulhou, ou talvez tenha arrotado. Sangrava pela boca.

— Posso me sentar com você? — ela reformulou a pergunta.

Ele assentiu.

Lucrécia desligou a luz do celular e aceitou a insuficiência das velas. Chegou mais perto e usou a bengala para se abaixar e se acomodar ao lado dele. Esticou a perna sempre incômoda — a lembrança mais vívida de sua humanidade — e tirou um cigarro do terninho.

— Fuma comigo?

— Claro — Lester disse e mastigou outro pedaço da estátua. O sangue vinha dos dentes e das gengivas, Lester tinha arruinado sua boca, provavelmente tinha acabado com todo seu sistema digestivo mastigando aquela coisa.

Ela acendeu o primeiro cigarro e colocou na boca de Lester. Depois acendeu um para si.

— Quer me contar por que fez essa estupidez a si mesmo?

Lester tomou novo fôlego.

— Tempo. O tempo muda a maneira como enxergamos o mundo, mas não muda o que fizemos com ele. Minha vida é a ferida do outro, Lucrécia. Foi assim desde sempre. Minha existência é a descida para o Inferno.

Ela tragou novamente. Sentia-se tão bem ao lado dele, tão surpreendentemente conectada, que pensou em beijá-lo, apenas para comungar com aquele homem de alguma forma mais íntima. Não o fez.

— O Inferno é todo lugar, meu caro. Nascemos com o Inferno ardendo em nossas barrigas e passamos o resto da vida tentando apagá-lo. Você não jogou ninguém no fogo, só pulou quem quis. — Ela pensou mais um pouco. — Ou quem precisou. Pode me perdoar por chegar tarde demais?

Sempre olhando para a parede à frente, para o nada, ele assentiu com a cabeça. Perdoar era uma palavra engraçada. Não fazia sentido. O que fazia sentido era não precisar pedir perdão.

— Eu continuava sendo um escravo. Nada dói mais fundo na alma de um cigano do que não ter a sua liberdade. Tenho me vendido por pouco, mulher. Desde menino, desde o berço. Agora percebo que já fiz o suficiente. Eu quero descansar. Preciso desistir das coisas que nunca terei.

— Podemos dar um jeito. Me deixa falar com o Lú, renegociar de alguma forma.

— Ninguém negocia com Satã. Ninguém se opõe, ninguém se iguala. O mesmo ser iluminado que me tirou da escuridão precipitou uma legião de anjos para o abismo. A mesma mão que oferece carinhos e abraços, quase sempre esconde um chicote. Estou cansado, Lucrécia. Minha luta já não faz sentido.

Lester engolfou, e uma mistura de sangue e flocos arenosos fugiu de sua boca. Ele golpeou a estátua no chão, apanhou mais um fragmento e enfiou o pedaço na boca.

Mais acostumada com a luz frágil, Lucrécia via alguns quadros cortados, telas mastigadas, o ventre de Lester estava inchado, se esforçando para acomodar tudo o que ele engoliu.

— Diz pro teu chefe que eu deixei algumas coisas para ele. Eu só levo comigo o que me diz respeito.

Ela mal ouviu as palavras.

— Depois de tudo o que nós fizemos, de tudo o que conquistamos... Onde nós erramos, Lester? O que poderíamos ter feito que não fizemos?

Lester fechou os olhos, e por um breve instante Lucrécia enxergou um brilho novo em sua pele. Discreto, mas ali estava ele, como o fogo tentando não se extinguir em um braseiro. Aquele homem tinha tomado algo de Lúcifer em sua ressurreição em carne, algo que talvez fosse a ínfima porção de bondade ainda presente em Satã.

— O que você ainda quer, Wladimir Lester?

Os lábios se esticaram, um quase sorriso.

— Voltar no tempo. Queria me afastar de quem me tornou mal, queria de volta o abraço de minha mãe, queria estar com Romena Lester no tempo curto que ela conseguiu me amar de verdade. Gostaria de ter o amor que o meu pai nunca me deu, a leveza e a segurança que eu nunca experimentei. Como eu pude ser criança por tanto tempo e nunca ter experimentado a infância? Essas feridas... minhas feridas mais profundas ainda ardem, elas queimam; mas, sem elas, o que seria de mim? Consegue ver, mulher? Você consegue entender que ninguém pode me ajudar? Por isso eu escolhi devorar as minhas paixões, devorar a mim mesmo e me alimentar de todo veneno que eu possa ter criado.

— Todos somos venenos, cigano. Uns mais fortes, alguns fatais, a maioria fracos demais para incomodar o outro.

Ele mastigou mais um pedaço. Lucrécia ouvia os cacos entre os dentes, ouvia o esôfago e o estômago sendo arruinados.

— Eu sempre soube que era diferente dos outros. Sarah, minha amiga Sarah, dizia que ser diferente era uma coisa boa. Ela estava errada... Deus, como ela estava errada. Ser diferente nesse mundo tão igual é o mesmo que nascer maldito. Foi assim que eu me fiz gente. Diferente, incompleto, um filho do diabo, como os meninos e os padres falavam.

— Você pode não gostar da guerra, mas isso não o torna um mal soldado. Quem nasceu para guerra, Lester, não sabe viver na bonança. Esse parece ser o seu caso, o nosso caso.

Ele sorriu. E aquele sorriso tinha tanta infância, tamanha sinceridade, que Lucrécia o invejou profundamente.

— Não serei mais a arma de ninguém, gajin. Meu sangue se tornou veneno. Já não serve para muita coisa.

— Eu lamento ter retirado você daquela igreja para... isso. Quando foi que tomou a decisão? Tem que ter existido um momento...

— Alguns. Aquela igreja maldita, aquela aberração de Lúcifer, foi um deles. Aquilo não podia continuar. Essa santinha, minha Ciganinha, ela não merecia ser tratada com tamanha falta de caráter. Eu sei o que você fez com Zênite, Lucrécia, outros também sabem. Quanto tempo demoraria até chegar a minha vez? Seria morto pelas costas? Ou poderia enxergar o rosto da minha assassina?

— Foi minha decisão, mas não minha escolha. Zênite estava nos traindo com o Priorado. Ele entregaria você de bandeja. Eu tenho as provas, eles atiraram nele na primeira vez. Zênite se assustou e concordou em nos espionar.

— Zênite só estava sobrevivendo. O único erro daquele homem foi se tornar maior que o seu chefe. Foi por isso que Zênite perdeu a vida, porque toda vez que o demônio se vê ameaçado, ele se levanta em vingança e extermínio. — Lester tomou alguns segundos para respirar. — O menino, filho de Iago, ele também me comoveu. No tempo que vivi entre os órfãos, eu não via esses demônios, mas sentia a presença deles de alguma forma. Buba, Vermelho, o menino japonês. Os demônios circulavam entre eles, dormiam embaixo de suas camas e se escondiam em seus armários. Eu era o laço que amarrava essas crianças ao que subia do chão. Eu vi Iago com medo de perder o menino para a doença de novo, vi o pobre homem se rebaixando e se acovardando... se anulando.

Lester engatou uma crise de tosse, quase sufocou, mas conseguiu respirar de novo.

— Sente o cheiro desse lugar? O mofo? A falta de renovação? — ele perguntou.

Lucrécia assentiu.

— Não é só o lugar. Somos nós, o cheiro repugnante, antinatural, é a essência do que nós produzimos. — Ele respirou mais fundo, buscando o ar que já não vinha. A vida chegando ao fim. Lucrécia apagou seu cigarro e o dele.

— Como conseguiu se esconder de Lúcifer?

Lester ergueu sua mão direita, apontava para as paredes. Lucrécia voltou a acionar a luz de emergência do smartphone e viu linhas e mais linhas de letras, números e símbolos.

— Vivi muito tempo na barra da saia dos padres, eles me ensinaram a consagrar paredes. Já faz muito tempo que eu sei ficar invisível a Lúcifer. — Lester ergueu a camisa e exibiu o ventre distendido. A carne também estava sulcada com caracteres parecidos. Feridas recentes.

— Eu sinto muito — ela repetiu. E sorriu ao perceber. — Acho que é primeira vez em muito tempo que eu sinto alguma coisa por alguém.

— Devo me desculpar por isso? — ele perguntou. Ela sorriu de novo.

— Escolhi antecipar o inevitável, gajin. Eu não me deixaria tombar por Priorados, religiosos e por suas ordens seculares. Essa gente vem estragando o mundo da mesma maneira que Lúcifer o faz. São endurecidos, resistentes a qualquer mudança, inflexíveis a qualquer entendimento.

Lester gemeu profundamente e abraçou a própria barriga. Começou a respirar mais depressa, o rosto ficou mais úmido.

— Se quiser sair — ele disse em um sopro de voz —, eu vou pedir uma última reunião com seu chefe.

Lucrécia ficou onde estava.

— Eu não sou sua pá de cal, mas eu te ajudo a segurar. Pode chamar o Lú.

Lester apanhou a mão de Lucrécia para resistir à dor que sentia. Sussurrando — não tinha forças ou energia para fazer de outra forma —, ele disse as palavras secretas que abriram seu corpo e aquele lugar para a presença do demônio.

XV

Lúcifer se fez existir a partir da chama de uma vela. Do contorno humano, um brilho tão intenso tomou o lugar que Lucrécia e Lester precisaram fechar os olhos. Satã completou sua materialização na forma do homem maduro que transitava pela cidade. Ele encontrou os olhos em Lucrécia em silêncio, depois olhou para o homem que se perdia em agonia.

— Oi, demônio — Lester disse.

— Oi, menino — respondeu o Diabo. Abaixou-se em seguida. Sentou-se de pernas cruzadas, de frente para Lester. — Esse lugar... Eu devia ter imaginado.

— Considere uma homenagem.

Lúcifer notou os estilhaços da estátua cigana pelo chão, o pouco que Lester ainda não tinha mastigado e engolido. Pegou um pedaço para si, admirou o caquinho e também enfiou na boca. Diferente de Lester, mastigou a coisa como se fosse feita de suspiro.

— Depois de tanto tempo, o gosto ainda é bom — disse.

Lúcifer apanhou um dos cigarros que Lucrécia havia dispensado no chão. Assim que o tocou, o cigarro se refez. Tão logo tocou seus lábios, a ponta se acendeu.

— Não vai perguntar meus motivos? — Lester disse.

Lúcio tragou o cigarro.

— Dessa vez, vou respeitar a sua vontade. Está pronto pra ir, Wladimir Lester? Conhece as consequências de sua escolha? Você está pronto para deixar de ser?

— Eu já não sou.

Longe de estar furioso, desapontado ou frustrado, o demônio parecia compadecido.

— Conheço a sensação. Já faz muito tempo que eu não posso ser quem era. Sinto sua dor, Wladimir Lester, da mesma forma que sentirei sua falta. Eu não pretendo arrastá-lo pro Inferno.

— Obrigado.

— Considere um último presente, um ato de civilidade. Em troca, eu vou continuar a obra de onde você parou. Não tenho certeza de como conseguirei fazer isso, mas encontraremos uma maneira. Uma coisa que os séculos e milênios comprovaram, é que o Inferno sempre irá existir.

Lester voltou a tossir e mais daquele sangue rosado escorreu por sua boca.

— Está doendo muito? — Lúcifer quis saber.

O cigano respirou mais duas ou três vezes, bem curtinho, depressa.

— A vida... doeu bem mais.

Estava nos últimos suspiros, e sendo parte daquele homem, Lúcifer conhecia os limites de sua vitalidade. Lucrécia talvez também o soubesse, Lúcio a viu apanhando outro cigarro às suas costas. Ela o acendeu, e no momento em que a chama do isqueiro brilhou, Lúcifer estalou os dedos.

O amarelado do fogo parou onde estava, o fluxo de ar do primeiro trago de Lucrécia fez o mesmo, o mundo se congelou sob o julgo de Satã.

Ele se colocou de pé outra vez. Apanhou Wladimir Lester e o colocou nos braços, como um pai que carrega um filho adormecido. Passou pela paralisia de Lucrécia e atravessou a porta, deixando um rastro de pegadas escuras, marcadas no cimento e na madeira, como se tivessem sido queimados. Lúcifer seguiu na mesma cadência até chegar aos portões, depois à rua. Lester ainda respirava.

O demônio e seu grande prodígio cruzaram as fileiras de homens armados e paralisados, desprezando e ignorando sua presença insignificante. Era o que sempre mereceram, afinal, eles, os que nunca entenderam a verdadeira batalha.

Lúcifer seguiu com Lester até as últimas ruas habitadas. Dessas ruas quase mortas, tomou as estradas. Das estradas, encontrou o caminho até os rios. Nos limites da cidade havia um lugar conhecido por reverenciá-lo, uma igreja erigida há muito tempo. Lúcifer não entraria na igreja, não queria e não precisava. Aquela igrejinha nasceu das lágrimas de uma mulher chamada Gemma Dulce, a Igreja da Saudade.

Já caía a noite quando chegaram ao lugar. As cigarras cantavam, os morcegos acordavam, os pássaros noturnos trocavam seus ninhos pelas caçadas. Wladimir Lester não conseguia mais falar, mas o demônio não precisava ouvir suas palavras. O que Lester sentia era dele, pertencia a ele. Sempre seria dele.

Repousou Lester à beira das águas, em um trecho de grama verde e viçosa. Deu as costas ao corpo e preferiu escolher outro corpo para seu último adeus.

— Ária — Lester balbuciou.

Ela o puxou e o acomodou em seu colo, maternalmente. Afastou os cabelos úmidos da testa de Lester e passou as mãos finas por seu rosto marcado. Ária o embalou como um filho, cantarolando sem abrir a boca, chorou um pouco ao vê-lo indo embora. Sendo também o demônio, não poderia dizer o quanto o amou, ou quantos planos ainda tinha com ele. Lester, sendo um cigano, não poderia confessar-se prisioneiro do mesmo amor.

Quando Lester suspirou pela última vez, Ária sugou seu hálito, como se pudesse guardar aquele último momento de vida para si. Por alguns segundos, o mundo todo chorou com ela. Os animais se calaram, os insetos pousaram, o vento parou de soprar. Mesmo as nuvens tão unidas decidiram se separar, para que o céu também pudesse se despedir do menino cigano. Ária se abaixou, beijou os dedos indicador e médio e selou a boca de Lester com um novo sigilo.

— Adeus, Wladimir Lester. Foi um prazer dividir o mesmo mundo com você.

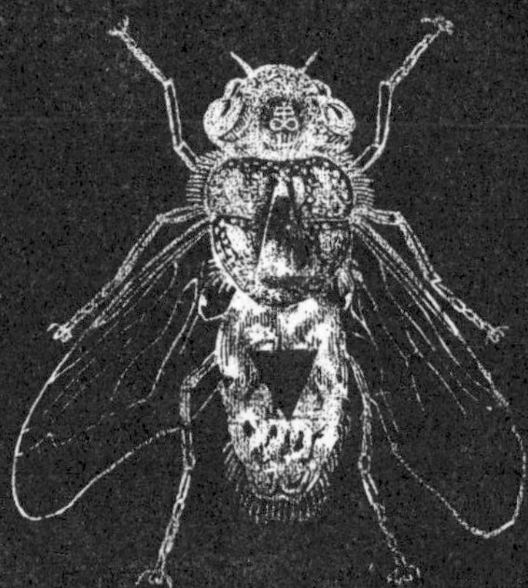

Epílogo

I

Eles estavam lá, então, não estavam mais.

Ciente que Lester tinha deixado o mundo dos vivos, Lucrécia fez o caminho de volta sozinha. Os homens do Priorado continuavam do lado de fora do mosteiro, Yanco agonizava entre os dois contratados do Inferno; a mulher chamada Rayna, esposa de Yanco, segurava o choro e voltava a apontar uma automática para Lucrécia.

A preferida do Inferno seguiu sua caminhada pesada, triste e enlutada. Sentiria falta daquele homem, de sua confusão, sentiria falta até mesmo de seus desejos intangíveis. No fundo, ela tinha a impressão de que Lester nunca desejou o poder, sua única ambição era a reconstrução de seu próprio passado, a conquista de uma liberdade que jamais teria.

— Podem soltar — Lucrécia disse aos seus homens quando chegou ao calçamento.

— Tem certeza? — um dos homens que continha Yanco perguntou. Não tinha intenção de desafiar a mulher no comando, mas também não estava disposto a morrer por ela.

— Pode soltar — ela confirmou.

Yanco não se sustentaria com as próprias pernas, mas Rayna e outro soldado o apanharam antes do chão. Rayna o beijou no rosto e o arrastou dali depressa, esperando uma armadilha de Lucrécia.

— Eu falei que ele não estava lá dentro — Lazar reforçou a ela.

— Meus homens podem ir agora? Minha parte do trato está feita, eu não matei seu amigo.

Lazar não decidiu imediatamente. Toda ansiedade que Lucrécia demonstrou foi conferir seu relógio de pulso.

Enfim Lazar fez um sinal com o pescoço e seus homens relaxaram as miras. Os dois de Lucrécia recuaram (as armas apontadas para os oponentes até os carros), os veículos os aguardavam no começo da mesma rua. Lucrécia ouviu um trovão e olhou para o céu que começava a se fechar de novo.

— Wladimir Lester está morto — ela disse.

— Quer que eu acredite nisso?

— Não tenho motivos para mentir para você, herói. Lester terminou seu acordo com Satã. Ele renunciou ao que havia recebido e agora está livre. Eu vi seus últimos momentos. Tem uma ala escondida no mosteiro, fica depois de um quadro. Você vai encontrar o que restou dele. Não é muita coisa.

Lazar manteve os olhos em Lucrécia por mais tempo. Apostaria que era uma mulher forte, igualmente dura, mas não parecia uma mentirosa.

— Morto ou não nós vamos queimar o corpo e as porcarias indecentes que ele trouxe ao mundo. E se você cruzar o nosso caminho de novo, vai acabar na mesma fogueira.

No rosto de Lucrécia, havia uma mistura de desdém e descrença, mas ela não provocou o homem além disso. Lazar estava entre os seus, e todo ser humano fica mais valente quando encontra uma plateia.

— Posso voltar pra casa ou alguém vai me balear pelas costas?

— Hoje você pode ir — disse Lazar. Ergueu a mão direita e a rodou no ar. Seus homens recolheram as armas.

Lucrécia seguiu seu caminho, sem pressa e sem perder tempo. Entrou no Toyota, respirou fundo e soltou o ar bem devagar. Aim se manifestou imediatamente ao lado dela, surgindo no banco traseiro do carro.

— Cadê o cigano? — perguntou.

— Wladimir Lester e Iago Molina não trabalham mais pra nós. Nesse momento, precisamos esvaziar a galeria e levar os quadros que sobraram para um lugar seguro.

— Fomos roubados?

— Ainda podemos ser. Você consegue localizar o Atílio? Quero ele no lugar do Molina.

— Acho que sim.

Os carros saíram devagar, Lucrécia ainda não descartava a ideia de serem seguidos e atacados.

Quarteirões à frente, as pessoas do levante popular ainda estavam pelas ruas, muitas já contidas pela polícia. Estavam sendo desarmadas e colocadas sentadas no chão, depois seriam conduzidas aos departamentos de polícia. Aim travou o rosto e sacudiu a cabeça ao ver seu esquadrão de Damaleds se precipitando através do chão. Mergulhavam como se o asfalto fosse um ralo. Aos gritos de contrariedade, voltavam pra casa.

— Pode me falar o que está pensando, Aim, eu não vou te entregar pro Lú.

Aim continuou calado, como se tentasse sublimar as palavras. Seria capaz de confiar naquela mulher um dia? Ou em qualquer ser humano? Achava que não. Preferia que não. Mas ele falou:

— Lúcifer podia acabar com essas aberrações humanas com seu pé esquerdo, mas prefere criá-los como uma colônia de escorpiões. Não leve para o lado pessoal, mulher, mas é o que estou pensando agora.

Lucrécia olhou para as dezenas de desocupados que ainda tomavam as ruas. Pessoas armadas pela fé, insufladas pela incompreensão, torcidas em seus próprios desejos. Gente que havia se esquecido, e talvez nunca tenha sido gente. Sendo mais humana que boa parte daquela turba, ela reconhecia todas as fragilidades que via pela janela do carro, e poderia imaginar muitas outras que ainda faltavam.

— Somos frágeis, Aim. Na espécie humana, o ferrão é a parte mais importante da anatomia.

II

O Inferno se entristeceu por um ano inteiro.

Os gritos emudeceram, as chamas enfraqueceram, as almas desceram e sequer sofreram, ficando em cárcere, esperando e até mesmo desejando um castigo ou qualquer outra coisa que os tirasse daquela mesmice.

Nesses meses eternos, tudo o que se soube de Lúcifer nasceu da boca dos condenados. Muitos disseram que ele não era mais o mesmo, que a partida do cigano havia despedaçado seu coração. Outros, os demônios de uma escala maior e mais próximos ao trono, contaram que Lúcifer estava sim entristecido, mas que ele nunca deixou de procurar um sucessor.

Sem o pulso firme de Satã, as coisas se desorganizaram um pouco.

É verdade que muitas celas foram arrebentadas, que muitos demônios escalaram a saída para a Terra, e que coube a Lucrécia trazer quase todos de volta e proporcionar um sofrimento inimaginável aos que pleitearem o motim. Também ficou à encargo dela manter a indústria dos pactos funcionando, mesmo sem os prodígios e a presença poderosa de Wladimir Lester. Fato é que o nome daquele cigano se tornou tão valioso, tão constante, que as pessoas continuavam se atirando nos braços da cobiça, mesmo sem garantias de progresso. Havia muitos artistas, pessoas como Nôa D'Noir, que acreditavam piamente que o único atalho para o sucesso era a tinta vermelha de Wladimir Lester. E seria justo dizer que aquele menino cigano já estava morto para o mundo há tanto tempo, que sua morte real não gerou tanto impacto quanto o desaparecimento momentâneo de seus milagres.

Como Lúcifer delegou a Lucrécia o comando de outros níveis do inferno, parte das novas funções recaiu sobre o setor de Aim. No começo ele e Lucrécia travaram todos os combates possíveis, se ofenderam, Aim tentou matá-la duas vezes. Lucrécia por sua vez, fez o contrário, e quando aconteceu ocorreu um levante dos Damaleds contra Aim, foi ela quem o ajudou a aniquilar a rebelião. Nôa também ajudou nessa contenção, e como prêmio recebeu sua própria Legião de seguidores. Lucrécia ainda tinha planos para Nôa, quais planos, nem o próprio Nôa conseguia imaginar.

Marcos Cantão, outra semente de Wladimir Lester, também recebeu uma promoção. Com o sistema dos Pactos ruindo e Lúcifer se ausentando do Inferno, Atílio mergulhou em fracassos. O pobre condenado perdeu tanto, e em tão pouco tempo, que pediu a Lucrécia para encerrar sua participação no Inferno, mesmo que para isso ele tivesse que morrer de uma vez. Em vez da morte, Lucrécia sugeriu Marcos Cantão, "o cara tarado da informática", para ajudá-lo. Juntos, eles reencontraram um velho caminho para os que desejam o Inferno, o atalho da cobiça, investimentos. Isso deixou Lucrécia muito feliz, e quando ela estava feliz, o inferno inteiro cantava.

Na eternidade de um dia como outro qualquer no Inferno, Lucrécia olhava para os mares de fogo além da vidraça de sua sala. O vermelho e o amarelo se misturando, alguns corpos para sempre queimando enquanto serpentes cor de chumbo entravam e saiam dos corpos. Tanto sofrimento e todos queriam o Inferno. Homens como Nôa, Marcos Cantão e seu próprio pai. Homens que se renderam aos desejos e desprezaram as consequências. Talvez um dia ela também estivesse no andar mais baixo do porão, depois que perdesse as bençãos de Lúcifer e precisasse se entender com Deus. E talvez ela preferisse qualquer inferno à humilhação de implorar o perdão divino.

— Lucrécia? — ouviu uma voz conhecida a convocar. Não ouviu a porta, não ouviu os passos, e só havia um poder capaz de se deslocar tão silenciosamente pelo Inferno.

— Lú! Meu amado Lú, pode onde você andou? — Seguindo uma antiga contradição, ela estava feliz em rever o demônio. Lúcifer vestia-se com a carne de um homem mais velho. Belo como poucos, mas já próximo aos setenta anos. A barba bem feita totalmente branca, assim como os cabelos. Os olhos eram azuis e brilhantes, os lábios atraentes, os dentes pareciam jovens e esculpidos um a um.

Ele estendeu a mão e Lucrécia estendeu a dela.

— Estive andando pelos campos e me escondendo nas cidades. De muitas formas, eu precisei viver o meu luto. — Lúcifer ficou bastante sério e pesaroso. — Conheci milhões de almas em todos esses milênios, mas ainda é difícil entender como aquele cigano conseguiu mudar tantas vidas. A sua vida, inclusive, minha querida.

Lucrécia sabia o que ele queria dizer.

— Eu tenho sonhado com ele — ela disse.

Lúcifer caminhou até a janela e admirou seu reino. Aquela parte do Inferno era pura cor, agonia e poesia. Rios de fogo, firmamento alaranjado, montanhas sem fim. O conjunto trazia de volta um mundo que muitos preferiam esquecer. Um lugar onde o impossível e o eterno passeavam de mãos dadas, e a cortina entre a carne e o espírito era tão fina que era possível enxergar o outro lado. E até mesmo o que pensavam sobre o Inferno estava mudando. Tornando-se mecânico e tecnológico, perdendo o espírito e se agarrando à física quântica.

— E o que ele diz em seus sonhos? — Lú perguntou.

— Às vezes não diz nada. — Lucrécia deixou os olhos se perderem no lugar indistinto que ocupa o aqui e o além. — Lester puxa uma cadeira e se senta ao lado da minha cama. Ele me observa. Faz isso por horas, e eu penso o tempo todo que ele me irá me atacar, ou que começará a falar e gritar e nos culpar por tudo o que aconteceu. Mas ele apenas fica ao lado da cama. Ele não é um menino, não é um homem de meia idade. Lester está... ele deve ter a mesma idade que você aparenta agora.

Lúcifer sorriu, concordante e terno.

— Conheci aquele menino em uma casa de madeira e barro, já sabendo o homem que ele se tornaria. Um menininho assustado e cheio de planos. Uma alma grande demais para um corpo tão pequeno.

— Você sabia que ele escolheria morrer?

— E alguém não o escolhe? — ele cruzou as mãos às costas e respirou mais fundo. — Escolhemos a morte quando concordamos em existir nesse mundo, Lucrécia. Escolhemos a morte a cada dia vivido e escolhemos morrer na eternidade para voltar a existir como carne. O que Wladimir Lester possui de tão único é a sua capacidade de continuar vivo, mesmo sem um corpo ou espírito que o perpetue. Aquele menino se tornou homem, o homem se tornou velho, e o velho se tornou o que existe de mais valioso e fugaz no universo: uma memória.

No mar de fogo, algum condenado gritou tão alto que o eco da voz escalou as masmorras de Satã. Lú se manteve impassível.

— Por todos esses séculos eu estive procurando um sucessor de Wladimir Lester, mas finalmente entendi que não existirá outro como ele. Ciganos são livres como o vento, decididos como a chuva, persistentes como a poeira. Um ser humano comum pode ser dono de si, mas é sempre escravo de seu tempo. Lester transcendeu a lei e fez tudo o que fez em duas ou três vidas amarradas em uma. E que grande presente esse homem nos deu.

Lucrécia sentiu algumas lágrimas forçando a saída nos olhos. Por mais que se sentisse completa, aquele cigano levou um pedaço dela com ele. Talvez tenha sido o último suspiro de bondade, de empatia, de saudade. Se ela fechasse os olhos por algum tempo, sentiria o cheiro daquela tumba, o odor das velas, o que restou do cigarro. Se fizesse um pouco mais de esforço, relembraria o cheiro de seu sangue.

— E nós? O que nós faremos com esse lugar?

Lúcifer descruzou os braços, se virou de frente para ela e sorriu.

— O Inferno continuará sendo eterno, assim como a vontade dos homens em descer até ele.

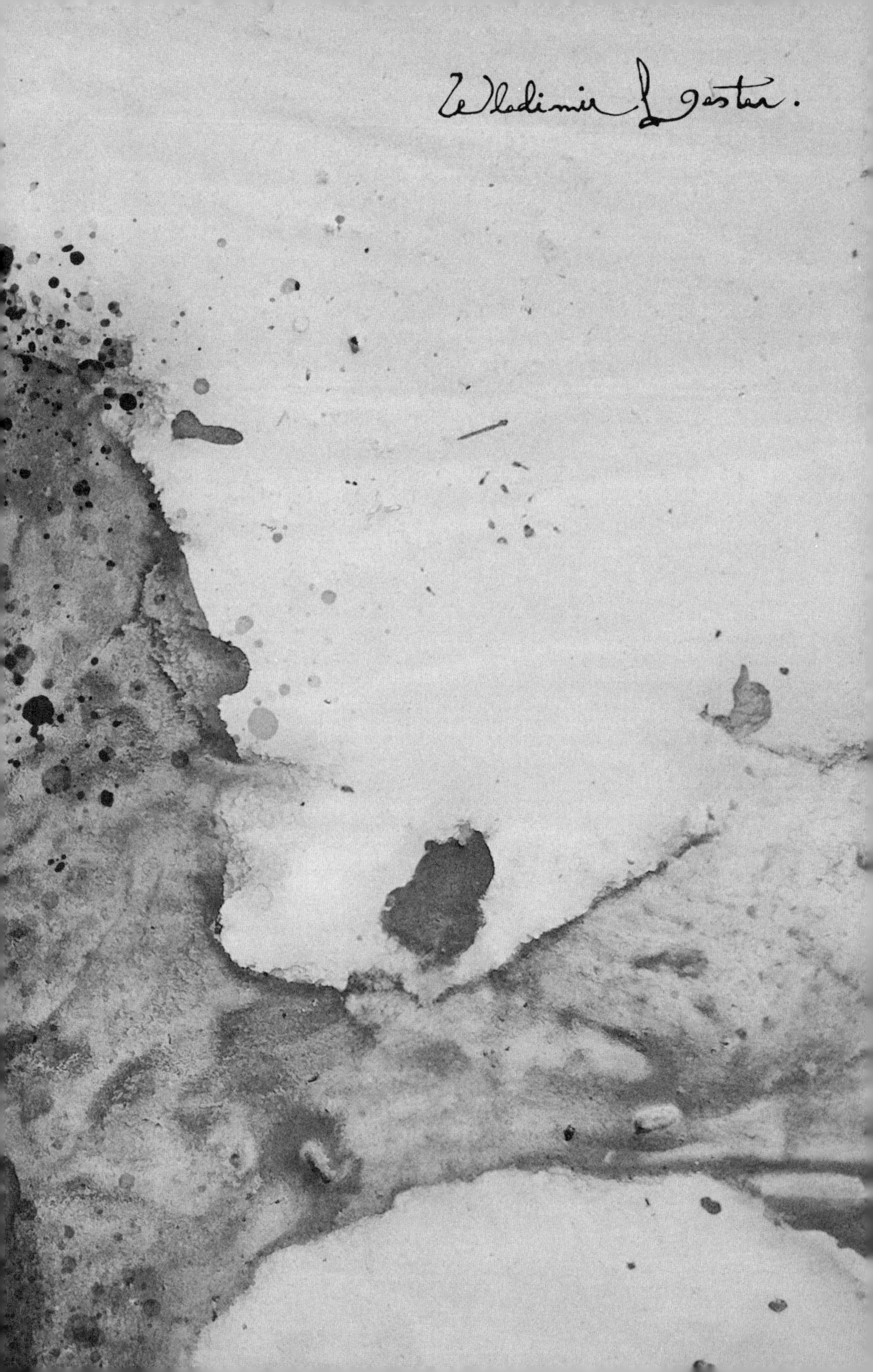
Wladimir Gaster.

ÚLTIMOS RITOS

Existe um encantamento mais poderoso que todos os outros. Ele não possui palavras em latim, não exige sacrifícios e não depende de templos cerimoniais. Esse encantamento também é uma revelação, e ele deve ser recitado aqui e agora, ao final desse livro temperado no aço dos anos. Prontos? Aí vamos nós:

"Quem diria?"

Pois é, meus amigos, parceiros e leitores. "Quem diria?" é uma frase poderosa, capaz de abrigar surpresas, êxitos e uma alegria explosiva em suas letras. Foram dez anos de sangue, suor e lágrimas (em sua imensa maioria, de alegria) e nada disso foi construído sozinho. "Quem diria?"

Meu muito obrigado à minha família, sem vocês não teria a menor graça, e nem mesmo sentido, continuar nessa carreira. Sem os sorrisos de Sarah, os impulsos e a energia de Bianca, sem a presença de meus pais em tantos eventos, e com toda minha família de sangue que vibra a cada página escrita (às vezes, a vibração é pavor mesmo...), essa seria uma caminhada sem tanto brilho.

Falando em família, minha família também se chama DarkSide. Para saber para onde vamos, precisamos saber quem éramos e onde estávamos. Também precisamos de companhia e direção para trilhar o melhor caminho, sem tropeçarmos em nossos próprios passos. Essa tem sido uma estrada dura, mas extremamente divertida. Como nos tornamos mais acelerados ("Quem diria?"), nem sempre conseguimos compartilhar todos os momentos (e cervejas) que gostaríamos, mas sempre soubemos a quem brindar e a quem celebrar, e eu fiz isso a cada dia desses dez anos. Meu irmão, minha irmã, vocês sabem. Foi assim que aconteceu, de farmacêutico a escritor em um piscar de olhos que durou pouco mais de 3650 dias. Algumas Caveiras se foram, outras Caveiras chegaram, e todas sempre terão um lugar especial em meu coração.

Agradeço também ao povo cigano que sempre me ajudou com respeito e generosidade ao longo da história de *Ultra Carnem*. Hoje me considero, com uma enorme alegria, um pouquinho de vocês todos.

E vamos aos responsáveis maiores por toda essa estrada de paixão, sangue e felicidade.

Minhas leitoras e meus leitores, vocês me fazem acreditar a cada dia que os sonhos são mesmo milagres que escaparam dos céus. Cada um desses milagres tem um pouco de vocês, tem um nome e um rosto com meus livros nas mãos. Agradeço por sua fé, amizade e companheirismo nesses anos todos. Agradeço os papos, fotos e abraços.

Por fim, agradeço ao Cesar de 2015, que se jogou sem rede de proteção nessa nova loucura de se tornar escritor.

"Quem diria?"

Taubaté • 29.10.2025

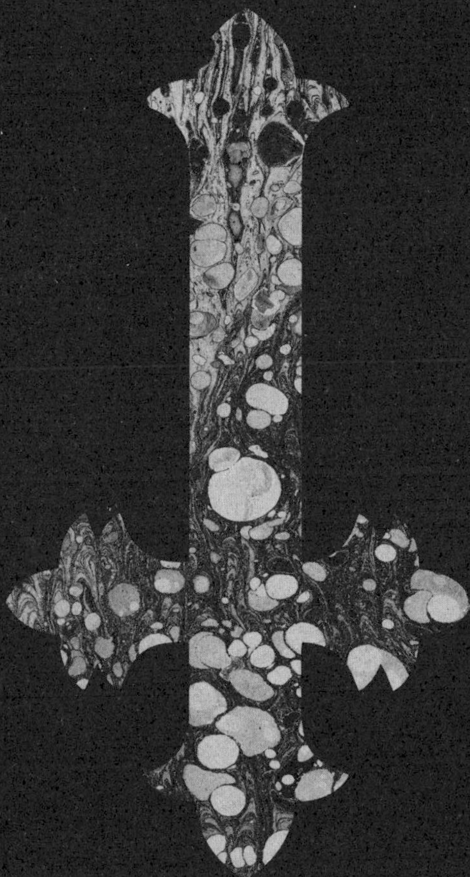

Há dez anos, **CESAR BRAVO** selou um pacto com a DarkSide® Books e ajudou a reinventar o terror brasileiro. Desde sua estreia, Bravo transformou o medo em linguagem e construiu uma voz única dentro do gênero, trazendo para o horror uma força genuinamente nacional. Autor de obras marcantes como *Ultra Carnem* (2016), *VHS: Verdadeiras Histórias de Sangue* (2019), *DVD: Devoção Verdadeira a D.* (2020) — finalista do Prêmio Jabuti 2021 —, *1618* (2022), *Amplificador* (2023) e *Três Rios* (2024), Bravo deu forma a terrores enraizados no Brasil, mas com ecos universais. Tradutor de *The Dark Man*, de Stephen King, colaborador nas edições de *Livros de Sangue*, de Clive Barker, e editor de novos nomes do horror nacional, Cesar Bravo consolidou uma trajetória que une arte, sangue e devoção. Em 2026, Bravo celebra uma década de parceria com a Caveira, brindando pelos anos de pura alma dark.